D1996013

BASTEI
LÜBBE

Taschenbücher von WOLFGANG HOHLBEIN
im BASTEI-LÜBBE-Programm:

13 101 Der Hexer von Salem
13 182 Neues vom Hexer von Salem
13 228 Auf der Spur des Hexers
13 306 Der Hexer von Salem – Der Dagon-Zyklus

13 032 Die Kinder von Troja
13 328 Geisterstunde

20 130 Die Heldenmutter
20 152 Die Töchter des Drachen

23 096 CHARITY – Die beste Frau der Space Force
23 098 CHARITY – Dunkel ist die Zukunft
23 100 CHARITY – Die Königin der Rebellen
23 102 CHARITY – In den Ruinen von Paris
23 104 CHARITY – Die schlafende Armee
23 106 CHARITY – Hölle aus Feuer und Eis
23 110 CHARITY – Die schwarze Festung
23 115 CHARITY – Der Spinnen-Krieg
23 117 CHARITY – Das Sternen-Inferno
23 121 CHARITY – Die dunkle Seite des Mondes

Wolfgang Hohlbein

DIE SCHATTEN DES BÖSEN

Schwarze Fantasy

BASTEI LÜBBE

BASTEI-LÜBBE-TASCHENBUCH
Fantasy

Band 20172

Erste Auflage: Januar 1992

© Copyright 1992 by
Bastei-Verlag Gustav H. Lübbe GmbH & Co., Bergisch Gladbach
All rights reserved
Lektorat: Reinhard Rohn
Titelillustration: Mark Harrison
Umschlaggestaltung: Quadro Grafik, Bensberg
Satz: Fotosatz Schell, Bad Iburg
Druck und Verarbeitung:
Brodard & Taupin, La Flèche, Frankreich
Printed in France
ISBN 3-404-20172-8

Der Preis dieses Bandes versteht sich einschließlich
der gesetzlichen Mehrwertsteuer.

Es war immer der gleiche Alptraum, und obwohl sich Vivian vollkommen bewußt war, daß sie träumte, den gleichen, absurden Traum wie in der vergangenen Nacht und der davor und der davor, konnte sie sich der Angst und dem Schrecken, die dieser Traum mit sich brachte, nicht entziehen. Das Bewußtsein, nichts von alledem wirklich zu erleben, machte es eher noch schlimmer:

Es war ein Fehler gewesen, das Mädchen zu töten, zumindest das wußte sie nun. Aber die Erkenntnis kam zu spät. Das Mädchen war für ihr Vorhaben wie geschaffen gewesen, das perfekte Opfer, zumal ihr nicht mehr viel Zeit blieb. Wie eine Anfängerin hatte sie den ihr hingeworfenen Köder geschluckt, doch ihre Verfolger hatten sie aufgespürt, noch bevor sie die Beschwörung beenden konnte.

Immer härtere Schläge brachten das Holz der Tür zum Erbeben. Es war nur noch eine Frage von Sekunden, bis es dem Ansturm der fanatischen Meute nachgeben würde.

Gehetzt schaute sie sich in dem kleinen Apartment des Mädchens um. Es gab keinen weiteren Ausgang, die perfekte Falle. Die einzigen Türen, die von dem Wohnraum abzweigten, führten ins Bad, ins Schlafzimmer und auf einen winzigen Balkon hinaus, aber um von dort zu fliehen, müßte sie schon fliegen können.

Krachend brach die Tür aus den Angeln. Fünf junge Männer kamen hereingestürmt, halbe Kinder noch, aber dennoch fanatisch genug, sich auf einem Kreuzzug zu wähnen, der die Welt vom Bösen befreien sollte. Drei von ihnen trugen Fackeln in den Händen, der vierte einen alten Revolver, der noch aus der Zeit des Bürgerkriegs zu stammen schien, und der fünfte hielt mit beiden Händen ein armlanges Kreuz umklammert, das er ihr entgegenstreckte.

Sie wich zurück. Das Kreuz schreckte sie nicht, es war nicht mehr als ein albernes, nutzloses Symbol, dessen Magie sich darauf beschränkte, dem Narren, der es trug, ein trügerisches Gefühl von Sicherheit und Macht vorzugaukeln. Anders jedoch sah es mit den Fackeln aus, und angesichts des schlechten Zustandes, in dem sie sich befand, mochte ihr sogar der Revolver gefährlich werden.

»Das ist dein Ende, Hexe!« zischte einer der Männer. Seine Stimme bebte vor Haß.

Sie wich ein paar Schritte zurück und bemühte sich, alle Kräfte zu sammeln, die sie noch aufbringen konnte. Sie spürte, daß es zuwenig war, um die Männer ausreichend beeinflussen zu können, dafür war ihr Körper schon zu alt und ausgezehrt, und auch die begonnene Beschwörung hatte sie bereits viel Kraft gekostet. Dennoch versuchte sie es, griff mit aller ihr noch verbliebenen geistigen Macht nach dem Willen der Männer.

Es war, als schlüge sie mit bloßen Fäusten gegen eine Felswand. Ihre schwache Magie verpuffte wirkungslos.

Und im gleichen Moment begannen die Gestalten der Männer vor ihren Augen zu zerfließen, wurden zu milchigen, wabernden Schemen, um dann ihr wahres Aussehen anzunehmen. Sie schrie auf, als sie erkannte, mit wem sie es wirklich zu tun hatte. Ihre Gegner waren nicht die närrischen Hexenjäger, für die sie sie gehalten hatte. Sie waren nicht einmal Menschen.

Vor ihr standen fünf gedrungene, echsenhafte Alptraumkreaturen mit messerscharfen Klauen und einer geschuppten Panzerhaut aus grünlich schimmerndem Horn. Ihre krokodilartigen Schädel verzogen sich höhnisch zu einer schreckenerregenden Karikatur eines Lächelns und gaben dabei dolchartige Reißzähne frei. Langsam, fast gemächlich traten die Gestalten näher.

Sie wich weiter zurück, bis sie die Wand im Rücken spürte und taumelte dann von panischer Angst erfüllt durch die Balkontür ins Freie. Der Balkon war ein von einer niedrigen Brüstung umgebenes Rechteck, unter dem ein zwanzig Stockwerke tiefer Abgrund gähnte.

Eines der Ungeheuer folgte ihr auf den Balkon, drängte sie bis in die äußerte Ecke zurück und musterte sie einige Momente lang ausdruckslos mit seinen kalten Reptilienaugen. Wieder begann sie zu schreien. Sie schrie immer noch, als die Klauen der Kreatur blitzartig vorschossen und ihr einen Stoß versetzten, der sie über die Brüstung schleuderte und haltlos ins Nichts stürzen ließ. Die Welt verwandelte sich in ein irres Kaleidoskop durcheinanderhuschender Farben und Formen. Himmel und Erde führten einen rasenden Tanz um sie herum auf, und der Wind schlug mit eisigen Krallen nach ihr, während sie in immer rasenderer Geschwindigkeit fiel, tiefer und tiefer, bis …

Mit einem erstickten Schrei fuhr Vivian hoch, riß die Augen auf und schlug einen Augenblick blindlings um sich, bis sie begriff, daß sie nicht länger fiel, sondern aufrecht in ihrem Bett saß und wie all die unzähligen Male zuvor aus ihrem Alptraum aufgeschreckt war. Einige Sekunden starrte sie in die Dunkelheit, die nur von schwachem Mondlicht durchbrochen wurde, das durch Ritzen in der Jalousie hereinfiel, und wartete darauf, daß sich ihr keuchender Atem und der wild rasende Puls wieder beruhigten.

Dann wurde das Nachttischlämpchen auf der anderen Seite des Bettes angeknipst. Mark blinzelte und schaute besorgt zu ihr hinüber. »Was ist los, Darling?« erkundigte er sich. »Wieder der gleiche Alptraum?«

Vivian nickte. »Ja«, preßte sie hervor. Sie zitterte am ganzen Körper, und das Nachthemd klebte ihr feucht vom Schweiß am Körper. Das schlimmste an dem Traum war das Gefühl des Fallens, das sie auch nach dem Aufwachen immer noch hartnäckig verfolgte, da sie an einer geradezu panischen Höhenangst litt. »Aber diesmal …«

Mark legte die Arme um sie und zog sie an sich. Sie brauchte ihm den Inhalt des Traumes nicht zu erzählen, das hatte sie schon mehr als ein dutzendmal getan.

»Beruhige dich erst einmal«, sagte er mit sanfter Stimme. »Jetzt kann dir ja nichts mehr passieren. Du brauchst nicht darüber zu sprechen, wenn du nicht willst.«

Vivian schmiegte sich an ihn und schloß die Augen. Der Traum verfolgte sie bereits seit ihrer Pubertät. Sie würde niemals vergessen, wann er sie zum ersten Mal gequält hatte – es war in der Nacht nach ihrer ersten Periode gewesen, dem Zeitpunkt, in dem sie erstmals auch die seltsamen Fähigkeiten in sich gespürt hatte, als wäre durch die Umstellung ihres Körpers vom Mädchen zur Frau auch in ihrem Geist etwas freigelegt worden, das bis zu diesem Moment tief in ihrem Inneren verborgen geschlummert hatte. Seither kehrte der Traum immer wieder, manchmal nur im Abstand von wenigen Tagen, manchmal aber auch mehreren Wochen, und einmal hatte es sogar fast drei Monate gedauert, so daß sie bereits gehofft hatte, ihn endgültig abgeschüttelt zu haben. Seit fast einer Woche jedoch quälte er sie nun schon jede Nacht.

»Es war diesmal irgendwie … deutlicher«, brach es stockend aus ihr heraus. »Deutlicher als bisher, intensiver. Sonst gab es da immer eine gewisse Distanz. Zwar war ich die Frau in dem Traum, aber irgendwie war ich es auch wieder nicht, so als wäre ich … eine Art Beobachterin in meinem eigenen Körper.« Sie machte eine resignierende Geste. »Ich weiß nicht, wie ich es beschreiben soll.«

»Ich verstehe schon«, murmelte Mark. »Das ist bei Träumen keine Seltenheit.«

»Aber diesmal befand ich mich mitten drin. Diesmal war nichts verschwommen, jedes Detail wirkte ungeheuer realistisch. Ich war diese Hexe, und ich war es auch, die in die Tiefe …« Sie brach ab und schluchzte. »Glaubst du, daß es … daß es eine Art Blick in die Zukunft ist? Ich meine, ich bin schließlich in gewisser

Hinsicht eine Hexe, jedenfalls hat man es früher wohl so genannt. Vielleicht ist dieser Traum nicht bloß ein Alptraum, sondern eine Vision, und ich sehe meinen eigenen Tod voraus.«

»Unsinn«, widerprach Mark energisch. »Du bist keine Hexe, sondern eine Wahrsagerin. Du führst schließlich keine Teufelsbeschwörungen durch, bei denen du Menschen umbringst, sondern du legst ihnen die Karten und liest ihnen aus der Hand. Es gibt viele, die so etwas tun.«

»Ja, Scharlatane, die den Leuten mit ein bißchen Hokuspokus und erfundenen Geschichten das Geld aus der Tasche ziehen. Aber du weißt, daß es bei mir etwas anderes ist. Wer weiß, ob nicht vielleicht noch andere Fähigkeiten in mir schlummern, und ob sie nicht möglicherweise irgendwann einmal mich beherrschen werden, statt ich sie.« Sie stockte und wischte sich eine Träne von der Wange. »Ich habe Angst, Mark, höllische Angst.«

Er zwang sich zu einem gekünstelten Lächeln. »Nur wegen eines Traumes, Darling? Das brauchst du nicht. Es ist nur ein böser Traum, mehr nicht. Viele Menschen werden immer wieder von den gleichen Alpträumen heimgesucht, das ist völlig normal.«

Vivian schüttelte zweifelnd den Kopf. Sie wollte ihm glauben, wollte es nur zu gern, aber es gelang ihr nicht, die tief in ihr nagende Angst abzuschütteln. »Dieser Traum spielt in New York«, sagte sie. »Und es kann doch kein Zweifel sein, daß ich ihn seit fast einer Woche *jede* Nacht habe, seit du die Flugtickets gebucht hast, und daß er gerade heute zum ersten Mal so sehr viel deutlicher ist, wo wir die erste Nacht in dieser Stadt verbringen.«

»Natürlich ist es kein Zufall«, erwiderte Mark. »Träume sind eine Reaktion des Unterbewußtseins auf reale Ereignisse, es verarbeitet auf diese Art all die Eindrücke, die am Tage auf dich einströmen. Das hat Doktor Lincoln dir doch alles ausführlich erklärt.«

Vivian versteifte sich bei der Erwähnung des Psychiaters, zu dem sie sich vor einigen Monaten auf Marks Drängen hin für eine Weile erfolglos in Behandlung begeben hatte, und rückte ein Stück von Mark ab. »Sicher hat er das«, stieß sie schroffer als beabsichtigt hervor. »Und er hat mir noch eine Menge anderen Blödsinn erzählt, im gleichen belehrenden Ton wie du jetzt. Ich kenne den ganzen therapeutischen Mist, aber du weißt, daß es bei mir etwas völlig anderes ist. Also hör auf, mit mir wie mit einem Kind zu reden!«

»Tut mir leid«, murmelte er. »Ich wollte kein hohles Zeug reden, aber die Zeitumstellung und der Flug sitzen mir noch ziemlich in den Knochen, und ich habe tief geschlafen. Mag sein, daß dieser Traum einen tieferen Sinn hat, aber er ist ganz bestimmt kein Blick in deine Zukunft. Denk doch nur an diese Kreaturen, die dich angegriffen haben. Glaubst du vielleicht ernsthaft, daß es solche Schauergestalten wirklich gibt?« Er schaute sie fragend an, und als sie mit dem Kopf schüttelte, fuhr er mit sanfter Stimme fort: »Na also. Du brauchst einfach nur Ruhe. Spann ein paar Tage aus, und schau dir die Stadt an. Amüsier dich. Hier gibt es mehr als genug Möglichkeiten, dich zu zerstreuen. Vielleicht ist es besser, wenn du morgen einen Einkaufsbummel machst, statt zu den Mastertons zu fahren.«

Vivian lächelte flüchtig. »Du selbst hast mich doch gebeten, die Einladung anzunehmen«, erinnerte sie. »Das ist schließlich einer der Gründe, weshalb ich überhaupt mitgekommen bin. Es wäre nicht besonders höflich, so kurzfristig noch abzusagen, und das könnte sich auch auf deine Verhandlungen negativ auswirken.«

Mark zuckte mit den Schultern. »Man wird Verständnis dafür haben, wenn du sagst, daß du dich nicht wohl fühlst. Schließlich ist morgen abend ja noch das Fest bei

Conelly. Da können die alten Schnepfen dich immer noch kennenlernen, wenn sie so begierig darauf sind.«

Vivian schüttelte den Kopf. »Wenn du den ganzen Tag mit Masterton verhandeln kannst, werde ich ja wohl ein Kaffeekränzchen bei seiner Frau durchstehen. Ich brauche ja nicht lange zu bleiben.« Sie löste sich aus seiner Umarmung. »Ich bin so durchgeschwitzt, daß ich erst einmal unter die Dusche muß, bevor ich weiterschlafe.«

Sie stand auf und streifte das feuchte Nachthemd ab, dann huschte sie ins Badezimmer und trat in die Duschkabine. Mehrere Minuten lang ließ sie sich von den heißen Wasserstrahlen massieren, genoß es, wie sich ihre während des Traumes verkrampften Muskeln entspannten, und im gleichen Maße auch das Gefühl von Angst und Verzweiflung, das ihr auch nach dem Aufwachen noch in die Realität gefolgt war, von ihr abfiel.

Als sie schließlich ins Schlafzimmer zurückkehrte, war Mark bereits wieder eingeschlafen. Sie konnte es ihm nicht verübeln, schließlich hatte er einen anstrengenden Tag vor sich. Vivian schaute auf die Uhr. Es war bereits halb fünf durch, und sie entschied, daß es keinen Sinn hatte, wenn sie sich wieder hinlegte. Sie würde ohnehin keinen Schlaf mehr finden. Also konnte sie auch aufbleiben. Sie zog einen Bademantel über, trat in den Wohnraum der großen, aus drei Zimmern bestehenden Suite und bestellte telefonisch eine Tasse Kaffee.

Kurz darauf klopfte es an die Tür. Ein Junge vom Zimmerservice brachte ihr den Kaffee. Er stellte das Tablett auf dem Tisch ab, während er mit verstohlenen Blicken musterte, was ihr knapp geschnittener Bademantel ihm enthüllte. »Bitte sehr, Missis Taylor.«

Vivian drückte ihm ein Trinkgeld in die Hand und schloß die Tür hinter ihm wieder. Dann setzte sie sich in einen der behaglichen Ledersessel, nippte an der Tasse und zündete sich eine Zigarette an. Sie rauchte nur unregelmäßig, meist nicht mehr als zwei oder drei Zigaretten am Tag, hatte aber stets eine Schachtel bei sich. Gedankenverloren schaute sie dem Rauch nach, der in Kringeln zur Decke aufstieg, und trank gelegentlich einen Schluck Kaffee.

Zwar waren die Schrecken des Alptraums weitgehend verblaßt, aber immer noch quälten sie die Zweifel und Ängste, die sie stets erst nach dem Aufwachen empfand, wenn sie den Inhalt und vor allem den Sinn des Traumes mit Logik zu analysieren versuchte.

Nachdenklich spielte sie mit dem kleinen Medaillon, das an einer Kette um ihren Hals hing. Sie hatte es vor einigen Jahren bei einer Urlaubsreise nach Kalkutta in einem kleinen Geschäft gekauft, in dem vor allem Wurzeln, Kräuter, selbstgebraute Arzneien und dergleichen mehr verkauft wurden, aber auch eine Reihe von Dingen, die aus dem okkulten Bereich stammen sollten: Armreifen, Amulette, Glaskugeln und eine Vielzahl ähnlicher Gegenstände, denen angeblich magische Kräfte innewohnen sollten. Das meiste davon war wertloser Tand, nur dazu bestimmt, abergläubische Dummköpfe übers Ohr zu hauen, doch das Medaillon hatte Vivian wie ein Magnet angezogen, kaum daß sie den Laden betreten hatte. Vom ersten Moment an hatte sie gewußt, daß es damit eine besondere Bewandtnis besaß. Irgend etwas in ihr hatte auf das Kleinod reagiert, und sie hatte eine tiefe innere Verbundenheit mit dem Medaillon gespürt. Als sie es berührte, fühlte es sich nicht wie ein toter Gegenstand an, sondern schien in ihrer Hand zu pulsieren, sich fast wie ein Lebewesen an sie zu schmiegen.

Natürlich hatte der Händler ihr Interesse sofort bemerkt und eine horrende Summe verlangt, und obwohl sie den Preis noch um einiges drücken konnte, hatte der Kauf des Medaillons fast ihre gesamte, ohnehin nicht besonders üppige Reisekasse verschlungen. Aber trotz seines beinahe unscheinbaren Aussehens war es jeden Penny mehr als wert gewesen.

Vivian hob das Medaillon vor die Augen und starrte es an. Es handelte sich um einen flachen, von einem matten, bläulichen Glanz erfüllten Schmuckstein, eingefaßt in einen silbernen, sternförmig gezackten Kranz. Unverständliche Schriftzeichen waren in das Silber eingraviert, auf deren Bedeutung sie auch in ihrer mittlerweile recht umfangreichen Sammlung okkulter Schriftstücke und Bücher keinen Hinweis gefunden hatte. Ein paarmal hatte sie erwogen, die Zeichen einem Archäologen oder Schriftforscher vorzulegen, war aber ebenso stets davor zurückgeschreckt wie vor einer Analyse des Materials, aus dem der Stein bestand. Unterschwellig fürchtete sie, die geheimnisvolle Macht des Talismans könnte verlorengehen, wenn sie zuviel von seinem Geheimnis entschlüsselte.

Auch jetzt spürte sie das Pulsieren des Steins, der auf die medialen Kräfte in ihr reagierte, ihre Gedanken wie in einem Fokus zu bündeln und zu verstärken schien, aber eine Antwort auf die drängenden Fragen, die sie quälten, vermochte auch er ihr nicht zu liefern.

Nach einigen Minuten hatte sich Vivian zu einem Entschluß durchgerungen. Sie drückte den Zigarettenstummel im Aschenbecher aus, leerte die noch halbvolle Tasse in einem Zug und stand auf, um das Päckchen Tarock-Karten aus ihrer Handtasche zu holen, auf das sie auch auf dieser Reise nicht verzichtet hatte. Mit den Karten in der Hand kehrte sie an den Tisch zurück und setzte sich wieder, dann zögerte sie aber. Noch nie zuvor hatte sie für sich oder für Mark die Karten gelegt. Bislang war sie immer davor zurückgeschreckt. Was auch immer sie aus den Karten über andere erfuhr, konnte sie ihnen schonend mitteilen, notfalls abschwächen oder ganz verschweigen. Sich selbst hingegen würde sie nichts vormachen können, und im Gegensatz zu vielen anderen hatte sie begriffen, daß es nicht immer erstrebenswert war, die Zukunft, oder wenigstens einen Teilaspekt davon zu kennen. Sie wußte nur zu gut, daß die von den Karten offenbarten Konstellationen sich auf vielfältige Weise interpretieren ließen, und das, was man sich am wenigsten wünschte, nur deshalb eintrat, weil man es nach einer Voraussage mit aller Kraft zu verhindern versuchte.

Jetzt aber war sie an einem Punkt angelangt, wo sie die quälende Ungewißheit nicht länger ertragen konnte. Mit mechanischen Bewegungen begann sie, die Karten in der vorgeschriebenen Form auf dem Tisch aufzudecken. Ihre Finger zitterten merklich. Sie spürte, wie sich das Medaillon auf ihrer Brust stärker zu erwärmen begann.

Schon nach wenigen Sekunden zeichnete sich ab, daß es eine interessante Konstellation werden würde, kompliziert und verworren, doch nachdem sie fertig war, hatte sie dafür keinen Gedanken mehr übrig. Ihr Blick hing wie gebannt an den beiden Karten, die das gesamte übrige Gefüge dominierten.

Die eine von ihnen zeigte den doppelgesichtigen Januskopf, der gleichermaßen das Antlitz eines Engels wie eines Teufels besaß.

Die andere Karte zeigte den Tod.

2

Die See war in dieser Nacht so ruhig, daß selbst das leise Geräusch der ins Wasser tauchenden Ruderblätter wie das Tosen eines Wasserfalls zu klingen schien. Es war dunkel, aber es war eine seltsame, wattige Dunkelheit, in der nicht nur Licht, sondern auch die Geräusche des Hafens und der Stadt zu versickern schienen. Selbst der

Mond wirkte fremd und beunruhigend – eine bleiche, fleckige Scheibe, die kein Licht spendete, sondern wie ein scharf ausgestanztes Loch im Himmel aussah.

Längst schon bereute Melissa Warren ihren Entschluß, Frank auf diesen nächtlichen Ausflug begleitet zu haben, aber sie hatte bisher einfach nicht den Mut aufgebracht, ihm zu sagen, daß sie sich hier nicht wohl fühlte, daß ihr die Umgebung Unbehagen bereitete und sie im Grunde Angst hatte und nach Hause wollte. Sie versuchte, das langsam aufkeimende Gefühl der Furcht zu ignorieren und drehte sich um, um zum Ufer zurückzusehen.

Sie waren erst vor einigen Minuten losgefahren, aber die Kaimauer war längst im Dunkel versunken und zu einem Teil der Nacht geworden. Rechts von ihrem Boot glänzte ein Meer heller Lichter, durchsetzt von kleinen, bunten, auf und ab blitzenden Sternen; der Yachthafen. Selbst über das leise Tuckern des Außenbordmotors waren Musikfetzen und ein wispernder Chor undeutlicher Stimmen zu hören, die von dort durch die Nacht zu ihnen herüberwehten. Hinter dem Hafen erhob sich die Lichtglocke der Riesenstadt New York, deren City zu dieser Uhrzeit erst richtig erwachte. Aber selbst der Glanz der Millionenstadt schien gedämpft, als hätte jemand einen unsichtbaren, lichtschluckenden Schleier über der Stadt ausgebreitet.

Melissa schauderte.

Frank bemerkte ihr Zusammenzucken, legte es aber falsch aus. Er schälte sich umständlich aus seiner Jacke und legte sie um Melissas Schultern. »Es wird rasch kühl hier draußen«, sagte er überflüssigerweise. »Ich wollte eigentlich noch ein bißchen herumfahren, aber wenn dir kalt ist …« Er sprach nicht weiter, sondern änderte den Kurs des Bootes ein wenig.

Melissa strich sich eine Strähne ihres blonden Haares aus der Stirn, das in sanften Locken bis weit über ihren

Rücken fiel, erwiderte das Lächeln des Jungen flüchtig und starrte an ihm vorbei zum gegenüberliegenden Ufer. Nacht und Entfernung hatten es zu einer drohenden, zweidimensionalen Silhouette werden lassen; eine schwarze, kompakte Masse aus unidentifizierbaren Umrissen und bizarren Türmen. Das Bild erinnerte Melissa an jene Art von Schlössern, die man häufig in Zeichentrick- oder Märchenfilmen sieht: schwarze Ungeheuer aus Stein und gestaltgewordener Furcht, bewohnt von dunklen Zaubern und Magiern und fast immer auf unbeschreibbaren Gipfeln oder inmitten grundloser Seen gelegen. Der Gedanke erschien ihr so albern und kindisch, daß sie normalerweise laut darüber gelacht hätte. Aber heute war ihr nicht zum Lachen. Immer deutlicher kam es ihr so vor, als ob sich mit der Dunkelheit eine schwarze, erstickende Decke ausgebreitet hatte, etwas, was sich wie eine unbegreifliche Barriere zwischen sie und die reale Welt geschoben hatte und langsam ihr Denken vergiftete.

Das Ufer kam rasch näher. Gleichzeitig fielen die Geräusche des Yachthafens und die Lichter der Stadt zurück. Scharrend fuhr der Bootsrumpf über Sand und Kies, als sie den Strand erreichten. Frank stellte den Motor ab, sprang leichtfüßig auf den Sand hinaus und half Melissa beim Aussteigen. Dann zog er das Boot ganz auf den feinkörnigen Sandstrand hinauf und überzeugte sich pedantisch davon, daß es nicht von einer unvorhergesehenen Welle mitgerissen werden konnte.

»Da wären wir also«, sagte er. »Coney Island – das größte Vergnügungsparadies der Stadt. Und heute abend ganz allein für uns zwei geöffnet.« Er grinste, und für einen Moment fühlte sich Melissa von seinem überschäumenden Tatendrang mitgerissen. Sie hatte Franks Idee, einfach ein Boot zu nehmen und zu dem stillgelegten Vergnügungspark hinüberzurudern, von Anfang an für nicht besonders gut gehalten. Wenn man wie sie in der South Bronx aufgewachsen war, lernte man früh, sich zu behaupten, aber man lernte auch, Gefahren weitmöglichst zu meiden. In einer Stadt, die von Wahnsinnigen und Kriminellen nur so wimmelte, in der man als Frau in jeder dunklen Gasse, an jedem etwas einsameren Platz Gefahr lief, überfallen und ausgeraubt oder vergewaltigt zu werden, blieb einem gar nichts anderes übrig. Am sichersten war es, im Strom der Menge zu schwimmen, statt sich von der Herde abzusetzen.

Aber sie war jung, gerade erst volljährig, und sie war frisch verliebt. Franks Vorschlag, eine nächtliche Bootsfahrt zu unternehmen und im Anschluß daran einen Bummel durch den stillgelegten Vergnügungspark auf Coney Island zu unternehmen, hatte sich nicht nur verlockend angehört, sondern vor allem auch höllisch romantisch, und Romantik war etwas, wovon es in einem Leben in trostloser Arbeitslosigkeit zwischen billigen Bars und Discos und der Steinwüste abbruchreifer Gemäuer in den Slums viel zuwenig gab. Dennoch hatte Melissa gezögert, aber es war Frank nicht schwergefallen, sie mit zahlreichen Küssen, Versprechungen und seinem Charme umzustimmen, so linkisch und unbeholfen er manchmal auch sein mochte.

Frank war bei weitem nicht so hart und rücksichtslos, wie er sich selbst gerne gab. Unter der rauhen Schale lag ein eher sanfter Kern verborgen, der sich auch in seinen Augen widerspiegelte, und den Melissa auf Anhieb entdeckt hatte. Obwohl sie erst seit knapp zwei Wochen fest mit Frank befreundet war, zeigte ihr Einfluß bereits unverkennbare Spuren. An diesem Abend hatte er ihr zuliebe sogar seinen Bart ein wenig gestutzt und auf seine Motorradkluft verzichtet, die er sonst ständig trug. Statt dessen hatte er eine saubere Jeans und ein frisches Hemd angezogen.

»Komm schon«, sagte Frank. Er legte seinen Arm um sie, zog sie an sich und schlenderte zusammen mit ihr los. Nach wenigen Dutzend Metern schon erreichten sie den ehemaligen Rummelplatz. Melissa preßte sich enger an ihren Begleiter, und seine Nähe vermittelte ihr ein Gefühl des Schutzes, dennoch bedauerte sie es, ihm nachgegeben zu haben. Mit jedem Schritt, den sie tiefer in die Geisterstadt aus Bretterbuden und verrottenden Wellblechbuden eindrangen, schien sich das Gefühl der Bedrohung zu verstärken. Später würde sie wahrscheinlich darüber lachen, so wie man sich nach einem Gruselfilm beim Verlassen eines Kinos meist kaum noch vorstellen konnte, sich während der Vorführung gefürchtet zu haben, aber im Moment war das Gefühl noch höchst gegenwärtig.

Das fahle Mondlicht ließ die Farbe an den Buden, Karussells und Häusern verblassen, aber es legte auch einen barmherzigen Schleier über die überall sichtbaren Zeichen des Verfalls; abgeblätterter Lack, heruntergefallene Dachziegel. Türen, die schräg und halbverfault in ihren Angeln hingen. Sie kamen an einer verlassenen Geisterbahn vorbei. Jemand hatte die Bretter, mit denen der Eingang zugenagelt gewesen war, heruntergerissen, und der gähnende schwarze Schlund erschien ihr wie ein Tor zu einer fremden, geheimnisvollen Welt. Melissa blieb stehen. Über dem Eingang glotzten sie die Augen eines Phantasiemonsters an, ein hornköpfiges, geschupptes Ungeheuer, vor dem sich wahrscheinlich nicht einmal kleine Kinder erschrecken würden. Daneben war etwas, das vage an eine menschliche Gestalt erinnerte, aber Regen und Zeit hatten die lackierte Oberfläche aufgebrochen und den Puppenkörper zu einer verquollenen, weißgrauen Masse werden lassen. Das einzige, was noch zu erkennen war, war eine Hand; eine Laune der Witterung hatte sie vor dem Verfall bewahrt. Sie ragte weiß und zu einer Klaue verkrümmt aus dem Rest der aufgeschwemmten Masse, fast so, als hätte hier ein bizarres Protoplasmawesen einen Menschen verschlungen.

Melissa schüttelte sich. Obwohl der Anblick sie entsetzte, verspürte sie gleichzeitig eine morbide Faszination. Die drängende, an Panik grenzende Angst wich allmählich jener Art wohligen Grauens, das sie im Kino empfand. Sie spürte, wie ihr Herz wild und hart zu hämmern begann. Ihre Finger krallten sich so fest in Franks Oberarm, daß der junge Mann zusammenzuckte.

Er grinste. »Na, habe ich zuviel versprochen? So ein bißchen Grusel ist doch ganz aufregend.«

Melissa schüttelte den Kopf, ohne zu antworten. Franks Stimme hatte seltsam laut und durchdringend geklungen, obwohl er sich Mühe gab, leise zu sein. Aber die verlassenen Gebäude schienen jedes Geräusch zu verstärken und tausendfach verzerrt zurückzuwerfen. Nein; nicht jedes, verbesserte sie sich in Gedanken. Das Geräusch ihrer Schritte beispielsweise war kaum zu hören. Der Boden schien die Laute aufzusaugen.

Irgendwo klapperte etwas – ein loser Fensterrahmen vielleicht. Eine Tür, die sich im Wind bewegte. Melissa fuhr zusammen und lächelte unsicher. »Meinst du nicht, daß wir lieber umkehren sollen?« fragte sie leise. Die Worte kamen ihr nur mühsam über die Lippen; auf gar keinen Fall wollte sie, daß Frank sie für feige hielt, und deshalb fügte sie rasch hinzu: »Hier gibt es ja doch nichts zu entdecken, und besonders romantisch finde ich diesen ganzen Dreck auch nicht. Dafür ist alles viel zu trostlos.«

»He, nun sei doch keine Spielverderberin.« Frank lachte und gab ihr einen Kuß auf die Wange. »Wir sind doch gerade erst angekommen. Was ist denn bloß los mit dir?«

Melissa senkte den Blick. »Ich weiß auch nicht. Ich habe mir das alles ein bißchen anders vorgestellt. Ich wollte so gern ein paar Stunden mit dir allein sein, aber hier ...« Sie zuckte nervös mit den Schultern. »Sehen wir uns noch ein bißchen um, aber laß uns nicht mehr allzu lange bleiben, okay?« Ihre Stimme bebte.

Sie drangen tiefer in das Labyrinth aus Geisterbahnen, Schießbuden und Schiffschaukeln und tausend anderen Jahrmarktsattraktionen ein. Melissa versuchte sich vorzustellen, wie es hier wohl ausgesehen haben mochte, als Coney Island noch nicht aufgegeben worden war. Coney Island, die Insel der Träume, auf der Illusionen und Wünsche für ein paar Stunden wahr werden konnten. Plötzlich glaubte sie Stimmen zu hören, das dumpfe Raunen einer riesigen Menschenmenge, die die engen Gassen bevölkerte. Kinderlachen, die Stimmen der Ausrufer, die sich gegenseitig zu überbrüllen versuchten, das Plärren von einem Dutzend Lautsprechern. In ihrer Phantasie wurde der Vergnügungspark mit all seinen Farben und Lauten, seinem Treiben, dem Lachen und den fröhlichen Kindern, die ihre Mütter um ein paar Cent für die Geisterbahn anbettelten, noch einmal lebendig. Dann verschwand die Illusion, und statt dessen tauchte noch einmal die weiße, verquollene Masse aus Pappmaché und Klebstoff auf. Eine verkrampfte menschliche Hand ragte daraus hervor. Die Musik in ihren Ohren wurde schrill und mißtönend, eine kreischende Kakophonie des Grauens, und all die fröhlichen, heiteren Menschen, mit denen ihre Phantasie die Halbinsel bevölkert hatte, begannen sich auf erschreckende Weise zu verändern. Ihre Gesichter wirkten plötzlich verzerrt. In den Augen, die Melissa hilfesuchend anzustarren schienen, stand ein Ausdruck unbeschreiblicher Qual.

Melissa ballte die Fäuste, riß die Augen auf und versuchte, den gräßlichen Anblick zu verscheuchen. Ihr

Blick tastete über das Stahlskelett des Riesenrades, das hoch über die zerrissene Skyline der Geisterstadt aufragte. Ein einzelner, blasser Stern blinkte durch das Gewirr von Trägern und Streben, von dem die verrosteten Gondeln wie die Körper Gehängter baumelten. Sie hatte plötzlich das Gefühl, das dieser Stern sie anstarrte; ein kaltes, gefühlloses Auge, das sie abschätzte wie ein Raubtier, bevor es seine Beute schlug. Mit äußerster Willenskraft gelang es Melissa, sich von der Vorstellung loszureißen. Die Bilder verblaßten, die Musik verklang, wurde dünner und hörte schließlich ganz auf.

Nein – nicht ganz.

Sie blieb stehen, schloß die Augen und lauschte angestrengt. Von irgendwoher wehte Musik an ihr Ohr, dünne, anspruchslose Musik, wie man sie nur auf Jahrmärkten hören konnte.

Frank war ebenfalls stehengeblieben. »Sag mal – hörst du das auch?« fragte er.

Melissa nickte wortlos. Ohne einen vernünftigen Grund dafür nennen zu können, fürchtete sie sich plötzlich vor der Musik.

»Komm. Wir gehen nachsehen«, schlug Frank vor.

Melissa zögerte. »Nein – ich würde lieber ...«

Frank wischte ihren Einwand mit einer gebieterischen Handbewegung fort. »Nun komm schon. Wahrscheinlich hat noch jemand den klaren Abend zu einem Ausflug genutzt.« Er grinste. »Vielleicht ist das eine ganz heiße Party. Gehen wir.« Er nahm sie an der Hand und zog sie hinter sich her.

Die Musik wurde lauter, als sie sich dem Zentrum des Parks näherten. Schließlich blieb Frank vor einem niedrigen, aus Wellblech und bunten Kunststoffteilen gefertigen Gebäude stehen. Die Musik drang aus seinem Inneren. Er ließ Melissa los, trat zögernd auf den Eingang zu und klopfte gegen den Rahmen. Irgendwie, fand

Melissa, sah es albern aus. Sie wollte lachen, aber ihre Kehle war wie zugeschnürt. Das Gefühl der Bedrohung wurde stärker. Die Schatten, die bisher schweigend und drohend in ihren Winkeln gelauert hatten, schienen plötzlich auf sie zuzukriechen, sie wie eine schweigende Armee großer dunkler Tiere zu umzingeln und einzukreisen.

»Frank, ich möchte gehen«, sagte sie unsicher.

Frank drehte sich nicht einmal um. »Sei nicht albern«, murmelte er, während er mit zusammengekniffenen Augen versuchte, im abgedunkelten Inneren des Gebäudes etwas zu erkennen.

»Bitte, Frank, ich ...« Melissa brach ab und stieß einen kleinen, spitzen Schrei aus. In der Dunkelheit hinter dem Eingang hatte sich etwas bewegt.

Frank wich ebenfalls zurück. Er gab sich Mühe, sein Erschrecken zu verbergen, aber Melissa konnte sogar bei der unzureichenden Beleuchtung sehen, daß seine Selbstsicherheit erschüttert war. Dann aber atmete er auf, als er sah, wer die Bewegung verursacht hatte. Es war nur ein alter, einarmiger Mann mit schütterem, schulterlangem grauem Haar, der aus dem Gebäude trat und die beiden jungen Besucher musterte. Melissa war zu weit von dem Alten entfernt, um mehr als einen verwaschenen Fleck an der Stelle auszumachen, wo eigentlich sein Gesicht sein sollte, aber sie hatte trotzdem den Eindruck, daß die Augen des Alten triumphierend aufleuchteten.

»Willkommen«, sagte er mit einer unangenehm krächzenden Stimme.

Frank nickte zaghaft. »Wir ...«

Der Alte unterbrach ihn mit einem sanften Lächeln. »Sie brauchen nichts zu erklären, junger Mann.« Er trat ein paar Schritte weiter vor und musterte Melissa und Frank mit unverhohlener Neugierde. »Kommen Sie doch herein. Wir haben geöffnet. Nur leider kommt heutzutage nicht mehr viel Kundschaft«, sagte er mit wehmütiger Stimme, dann drehte er sich um und machte eine einladende Handbewegung. Aber weder Frank noch Melissa machten Anstalten, seiner Einladung zu folgen. »Sie interessieren sich nicht für mein Kabinett?« fragte der Alte. In seiner Stimme klang Trauer mit. »Es ist das einzige, das hier noch geöffnet hat.«

Frank nickte hastig. »Doch«, sagte er verlegen. »Es ist nur ...«

»Sie sind überrascht, mich hier anzutreffen«, sagte der Alte. »Das verstehe ich. Aber kommen Sie doch herein. Wir können uns drinnen unterhalten. Es ist kühl hier draußen. Ein alter Mann wie ich friert schneller als Sie.« Er drehte sich um, schlurfte zum Eingang zurück und verschwand, ohne sich davon zu überzeugen, daß seine Besucher ihm auch tatsächlich folgten.

Frank tauschte einen verwirrten Blick mit Melissa. »Was hältst du davon?«

»Nichts«, sagte Melissa entschieden. Nun war es ihr auch egal, ob Frank sie für feige hielt. »Ich will nicht dort hinein. Ich will weg. Ich will nach Hause oder jedenfalls weg von dieser verdammten Insel.«

In diesem Augenblick flammte die Beleuchtung auf. Quer über die Front des Gebäudes gleißten Dutzende von kleinen, grellweißen Scheinwerfern, und über dem Eingang konnte Melissa in verschnörkelten Buchstaben die Worte ULTHARS SPIEGELKABINETT entziffern. Gleichzeitig wurde die Musik lauter.

Frank zuckte mit den Achseln, griff nach Melissas Hand und zog sie mit sich. Melissa sträubte sich nicht, obwohl sie sich am liebsten losgerissen hätte und weggelaufen wäre, aber noch weniger als in den Schuppen wollte sie allein sein.

Gemeinsam betraten sie das Gebäude. Ein kleiner, spärlich beleuchteter Raum nahm sie auf. Der Alte saß hinter einem niedrigen Tisch aus weißem Kunststoff und lächelte ihnen freundlich zu. »Nur keine Scheu«, sagte er, als er bemerkte, daß sie immer noch zögerten. »Es wird Ihnen gefallen. Bislang hat sich noch niemand beschwert, der mein Kabinett besucht hat.« Er beugte sich unter den Tisch und kam mit zwei Eintrittskarten wieder hoch. »Das macht einen Dollar. Für Sie beide zusammen.«

Frank runzelte die Stirn. »Augenblick, wir …«

Auf dem Gesicht des Alten erschien Bestürzung. »Ein Dollar ist wirklich nicht viel.«

»Nein, das nicht«, entgegnete Frank hastig. »Es ist nur …« Er brach ab, lächelte verlegen und wischte sich den Schweiß von der Stirn. »Wir … hatten nur nicht damit gerechnet, daß Sie wirklich öffnen«, sagte er schließlich.

»Ich verstehe«, sagte der Alte. »Aber sehen Sie – ich lebe schon sehr lange hier. Ich bin ein alter Mann, müssen Sie verstehen. Wenn man so jung ist wie Sie, dann begreift man es vermutlich nicht, aber … aber ich kann hier nicht weg. Ich habe beinahe mein ganzes Leben hier draußen verbracht, und dieses Geschäft ist alles, was ich habe.«

»Aber wovon leben Sie?« fragte Frank neugierig.

»Von meinem Geschäft. Ich weiß, was Sie jetzt denken. Aber ich kann davon leben. Es kostet praktisch nichts – ein bißchen Strom und etwas Arbeit. Und ich selbst brauche nicht viel.«

»Aber kommen denn überhaupt Besucher?«

»Nicht viele, aber immer wieder mal welche. Sie sind nicht die einzigen, die nachts hier herauskommen. Viele Menschen kommen hierher, obwohl es eigentlich verboten ist. Und jeder, der einmal bei mir war, kommt wieder.« Er reichte Frank die Karten. »Ich mache Ihnen einen Sonderpreis. Fünfzig Cent für jeden.«

Frank stutzte, grinste flüchtig über den Scherz und kramte eine Dollarnote aus der Tasche. Der Alte nahm das Geld und legte es achtlos auf den Tisch. »Der Eingang ist dort drüben«, sagte er. Er deutete auf eine schmale, in Gold und Schwarz lackierte Tür. »Es wird Ihnen gefallen. Ich bin ganz sicher.«

Für einen Augenblick hatte Melissa das Gefühl, in Ulthars Stimme so etwas wie gehässige Befriedigung zu hören. Aber sein Gesicht blieb ausdruckslos, und der Blick seiner grauen Augen wirkte eher väterlich als verschlagen. Wahrscheinlich, sagte sich Melissa, war sie nur überreizt, hatte die Atmosphäre hier ihre Nerven so strapaziert, daß sie hinter allem und jedem eine Gefahr witterte, selbst hinter einem freundlichen, alten Mann, der nicht einsehen wollte, daß die Zeit dieses Vergnügungsparks längst abgelaufen war. Statt dessen sollte sie lieber froh sein, einen Menschen gefunden zu haben und nicht mehr länger nur mit Frank allein zu sein. Der Alte war schließlich der beste Beweis, daß hier *keine* Gefahr drohte.

Sie gingen durch die bezeichnete Tür. Zuerst sahen sie nichts. Der Raum war vollkommen finster, eine Dunkelheit, die alles übertraf, was Melissa jemals erlebt hatte. Sie spürte, wie ihr Herz erneut zu rasen begann. Wenige Menschen ertrugen es, totale Finsternis zu erleben. Dann glomm über ihnen ein schwachgelbes Licht auf. Es schien aus keiner sichtbaren Quelle zu stammen, sondern überall gleichzeitig aufzuglühen, als wäre die ganze Decke eine einzige überdimensionale Lampe. Gleichzeitig begannen die Wände ringsum im gleichen Farbton zu glimmen, bis sich der ganze Raum in ein Meer flackernder, orangegelber Helligkeit verwandelt hatte.

Um sie herum waren Spiegel. Sie befanden sich in einem scheinbar endlosen Raum voller Spiegel. Melissa machte einen vorsichtigen Schritt. Tausend spiegelverkehrte Ebenbilder von ihr kopierten die Bewegung. Sie streckte die Hand aus und löste damit eine ganze Lawine gleichartiger Bewegungen ringsum aus. Sie sah, wie Frank nervös lächelte. Tausend gleichgesichtige Franks lächelten zurück.

Sie trat einen weiteren Schritt vor. Der Boden unter ihr fühlte sich kühl und glatt und hart an. Als sie den Blick senkte, sah sie, daß selbst der Fußboden ein riesiger, mattsilberner Spiegel war. Ihre Angst verschwand und machte einer Mischung aus Neugier und Faszination Platz. Mit einemmal empfand sie für den Alten so etwas wie Bewunderung, mindestens aber Respekt. Wenn er die ganze Anlage hier wirklich allein in Ordnung hielt, dann war es eine ungeheure Leistung.

Melissa ging weiter. Ihre tausend vorgestreckten Fingerspitzen verschmolzen mit denen ihrer Ebenbilder und stießen auf ein Hindernis. Sie drehte sich um. Auch die Rückwand bestand aus Spiegeln. Dutzende, scheinbar Hunderte von Spiegeln, die sie selbst und Frank in immer neuen Perspektiven zeigten. Es gab keine sichtbare Unterbrechung. Der Eingang, durch den sie gekommen waren, war verschwunden.

Melissa runzelte die Stirn. Tausend Melissas kopierten die Bewegung. Sie hatte schon von solchen Spiegelkabinetten gehört, aber zuvor noch nie selbst eines betreten. Plötzlich fielen ihr Geschichten über Leute ein, die sich in einem solchen Labyrinth verirrt hatten, und schließlich befreit werden mußten, weil sie den Ausgang aus eigener Kraft nicht mehr fanden. Das hatte sie bislang für übertrieben gehalten, aber nachdem sie dieses Kabinett nun betreten hatte, erschien es ihr durchaus vorstellbar.

Mit einemmal kehrte die Angst zurück, schlimmer und quälender als zuvor. »Ich ... ich sehe keinen Ausgang«, sagte Melissa. Sie machte eine weit ausholende Geste. Die Kammer schien in einer Woge aus reiner Bewegung zu versinken, als die Spiegelbilder ihre Geste nachahmten.

Frank zögerte. »Aber es ...« Er brach ab, machte einen Schritt und prallte gegen einen der deckenhohen Spiegel. Es klirrte vernehmlich, aber das polierte Kristallglas war unbeschädigt. Franks Spiegelbild schien ihn strafend anzusehen.

»Wir müssen nur die Nerven bewahren«, sagte Frank nervös. »Das ist ja gerade der Trick hier. Wir müssen den Ausgang selbst finden. Am besten, wir gehen das Problem mit Logik an.« Er atmete hörbar ein und fuhr sich mit einer nervösen Geste über das Gesicht. »Es gibt keine Probleme, die man nicht mit Logik und einem klaren Kopf lösen kann.« Er drehte sich einmal um seine Achse und musterte die spiegelnden Wände. Es gab tatsächlich keinen Ausgang.

»Wahrscheinlich nur ein optischer Effekt«, behauptete Frank. »Es muß irgendwo weitergehen, schließlich ist das ja der Witz bei so einem Kabinett. Es wäre wenig vergnüglich, wenn man nur in einen Raum eingesperrt würde. Am besten, wir tasten uns an den Wänden entlang. Wenn wir den Durchgang aufgrund der Optik schon nicht sehen, werden wir ihn auf alle Fälle spüren.«

Wie auf ein Stichwort hin begann plötzlich einer der Spiegel zu flackern. Das Bild wurde unscharf, verschwamm, und dann gähnte dort, wo sich eben noch die Gesichter ihrer Spiegelbilder befunden hatten, ein schwarzer, rechteckiger Durchgang.

Frank lächelte verzerrt. »Na also.«

»Was ... was war das?« stieß Melissa leise hervor. »Der Spiegel ist einfach verschwunden.«

»Das sah nur so aus«, erklärte Frank. »Ein genialer Trick, wahrscheinlich eine optische Täuschung.« Seine Stimme klang nicht so kühl und sachlich, wie er es gerne gehabt hätte. »Ich werde den Alten nachher fragen, wie das funktioniert.«

Kaum waren sie durch den Durchgang getreten, schloß sich die Tür hinter ihnen wieder, und erneut umfing sie Dunkelheit, die nach wenigen Sekunden von diesem seltsamen, orangegelben Licht abgelöst wurde.

Dieser Raum war anders. Es gab keine Spiegel, keine stummen Ebenbilder an den Wänden, aber durch einen optischen Trick schien sich der Raum bis in die Unendlichkeit auszudehnen; ein rechteckiger, hoher Korridor, der sich scheinbar kilometerweit erstreckte.

»Phantastisch«, murmelte Frank. »So etwas habe ich noch nicht gesehen.«

Sie schritten langsam den Flur hinunter, die Hände tastend wie Blinde vorgestreckt und jederzeit darauf gefaßt, gegen ein unsichtbares Hindernis zu stoßen. Aber es gab keine Hindernisse, weder sichtbare noch unsichtbare. Es war nichts als ein gerader, ebener Flur, der sich endlos dahinzog.

»Ich verstehe das nicht«, raunte Melissa. »So groß ist das Gebäude doch gar nicht.«

Frank nickte. Auch ihm war der krasse Widerspruch zwischen dem kleinen Wellblechschuppen und der scheinbaren Endlosigkeit des Ganges aufgefallen. »Wahrscheinlich bewegen wir uns im Kreis, ohne es zu merken«, suchte er nach einer Erklärung.

Melissa sah ihn zweifelnd an. Irgend etwas stimmte mit diesem Kabinett nicht. Sie spürte es, und ihr gesunder Menschenverstand bestätigte das Gefühl. Sie verstand nichts von Schaustellerei und Zaubertricks, aber sie wußte, daß dieses Spiegelkabinett eine Sensation war, mit der der Alte in wenigen Jahren Millionär werden konnte, wenn er es irgendwo anders aufbauen ließe. Und wenn er absolut nicht von hier weggehen wollte, bräuchte er nur etwas Reklame zu machen, dann würden die Leute auch in Scharen hierherkommen, und vielleicht würde man auch einige der anderen Attraktionen wieder neu aufbauen und in Betrieb nehmen. Niemand, der seine fünf Sinne auch nur halbwegs beieinander hatte, würde eine solche Goldgrube hier nach und nach verkommen lassen und sich darauf beschränken, den paar Jugendlichen, die so wie sie gelegentlich hierher kamen, einen läppischen Dollar Eintrittsgeld abzuknöpfen. Irgend etwas war mit diesem seltsamen Alten und seinen Spiegeln ganz und gar nicht in Ordnung.

Der Gang endete ebenso plötzlich, wie er begonnen hatte. Gerade schien er sich noch unzählige weitere Kilometer vor ihnen auszudehnen, dann, von einer Sekunde auf die andere, fanden sie sich in einem runden, von mattgelber Helligkeit erleuchteten Raum wieder. Melissa blieb verblüfft stehen und drehte sich um. Die Wand hinter ihrem Rücken war glatt und fugenlos. Der Eingang, durch den sie in die Kammer gekommen waren, war verschwunden. Melissa fuhr herum, um Frank ihre Entdeckung mitzuteilen, und erst jetzt bemerkte sie, daß sie allein war.

Allein.

Allein in diesem runden, vielleicht fünf Meter durchmessenden Raum, der keinen sichtbaren Ausgang hatte. Sie drehte sich einmal um ihre Achse und stellte fest, daß sie ihren Orientierungssinn verloren hatte.

»Frank!« rief sie mit zitternder Stimme.

Die Wände schienen ihre Worte aufzusagen. Die Geräusche versickerten wie Wasser in einem trockenen Schwamm. Sie rief noch einmal nach Frank, ohne eine Antwort zu bekommen. Dafür öffnete sich in der Wand vor ihr ein weiterer Durchgang. Kalkweiße Helligkeit drang in ihre Kammer.

Melissa machte einen zögernden Schritt, dann noch einen. Vor dem Durchgang blieb sie stehen. Der Raum dahinter schien sich in nichts von dem zu unterscheiden, in dem sie sich befand, lediglich an der gegenüberliegenden Wand befand sich ein hoher, ovaler Spiegel.

Sie betrat die Kammer und warf einen zögernden Blick in das geschliffene Kristallglas. Zuerst sah sie nur sich selbst und die Wand in ihrem Rücken, dann …

Die Züge ihres Spiegelbildes verzerrten sich zu einem gehässigen Lächeln. Einige Sekunden lang starrte es sie grinsend an, dann hob es den Arm und winkte Melissa zu sich heran.

Eine eisige Hand schien nach ihr zu greifen. Melissa begann zu schreien, aber es war niemand da, der ihr helfen konnte.

3

»Wie reizend, daß Sie gekommen sind, meine Liebe«, grüßte Missis Masterton und eilte Vivian entgegen, nachdem ein Butler sie in den Salon des vornehmen Hauses an der Park Avenue geführt hatte. Ihre Gastgeberin war eine aufgedrehte, zur Magersucht neigende Endvierzigerin mit hochtoupiertem, blondgefärbtem Haar und einer Brille, die ihr ohnehin schmales Gesicht noch hagerer und länger aussehen ließ. Sie reichte Vivian die Hand. Obwohl sie Mark gegenüber bei der telefonischen Einladung vor einigen Tagen ausdrücklich betont hatte, daß es sich nur um eine gemütliche Kaffeerunde im kleinen Kreis handeln sollte, hatte sie es sich nicht nehmen lassen, sich ebenso wie ihre acht oder neun Freundinnen, die hinter ihr um den gedeckten Tisch herum Platz genommen hatten, in ein teures Modellkleid zu hüllen und mit reichlich Schmuck zu behängen, so daß sich

Vivian in ihrem zwar teuren, aber in erster Linie lässigen und bequemen Hosenanzug ziemlich deplaziert vorkam. Aber das war angesichts der Tatsache, daß jede der Frauen mindestens doppelt so alt war wie sie, ohnehin der Fall.

»Es war sehr nett von Ihnen, mich einzuladen«, sagte sie steif.

»Aber ich bitte Sie, nicht so förmlich.« Missis Masterton blinzelte ihr zu. »Kommen Sie, damit ich Sie meinen Freundinnen vorstellen kann.«

Sie führte Vivian an den Tisch und machte sie mit den Frauen bekannt. Es gelang Vivian nicht, sich alle Namen auf Anhieb zu merken, sie bekam jedoch mit, daß es sich ebenso wie bei ihrer Gastgeberin auch bei den übrigen ausnahmslos um die Frauen bedeutender Unternehmer oder einflußreicher Persönlichkeiten des öffentlichen Lebens handelte, zumal Missis Masterton nicht nur ihre Namen nannte, sondern über jede der Anwesenden auch ein paar Worte verlor.

Vivian fühlte sich nicht besonders wohl, obwohl die Stimmung locker und freundlich war. Die erste Zeit bestritt hauptsächlich Missis Masterton selbst die Unterhaltung, indem sie allerlei bedeutungslosen Tratsch aus der gehobenen New Yorker Gesellschaft verbreitete. Nach einiger Zeit bat sie Vivian, von London zu erzählen.

Auch von der scheinbar gelösten Atmosphäre ließ sich Vivian während der ganzen Zeit nicht darüber hinwegtäuschen, daß man sie nicht nur aus purer Freundlichkeit eingeladen hatte, sondern daß dieses Treffen hauptsächlich dazu diente, sie einer strengen Prüfung zu unterziehen, die darüber entscheiden würde, ob man sie gesellschaftlich akzeptierte oder nicht. Das Ergebnis würde nicht ohne Auswirkungen auf den gesamten Taylor-Konzern bleiben, zumal Marks Verhandlungen hauptsächlich dem Ziel der Expansion dienten. Er wollte auch in den USA Niederlassungen seines in vielfältige Bereiche aufgegliederten Firmenkonglomerats errichten und seine Geschäftsbeziehungen verstärkt auf den amerikanischen Markt ausdehnen. Beziehungen konnten dafür ebenso bedeutsam sein wie die Finanzkraft, Größe und Leistungsfähigkeit seiner Unternehmen. Ob es ihm gelingen würde, diese Beziehungen zu knüpfen und in die entsprechenden Kreise der amerikanischen Wirtschaft und Hochfinanz aufgenommen zu werden, hing nicht nur von ihnen ab, sondern zu einem beträchtlichen Teil auch von ihr als seiner Ehefrau. Dieser Druck lastete auf Vivian. Jede ihrer Bewegungen wurde mit Argusaugen beobachtet, und das machte es ihr unmöglich, sich frei und unbefangen zu geben, auch wenn sie sich mit aller Macht bemühte, sich ihre Nervosität nicht anmerken zu lassen.

»Stimmt es eigentlich«, erkundigte sich Missis Masterton nach einer Weile mit beiläufig klingender Stimme, »daß Sie bis zu Ihrer Verlobung mit Mark Taylor als Wahrsagerin gearbeitet haben? Gewissermaßen als eine Art moderne Hexe?«

Vivian konnte nicht verhindern, daß sie zusammenzuckte. Es war die Frage, auf die sie die ganze Zeit über gewartet hatte, aber die unverhohlene Bezeichnung als Hexe brachte sie für einen kurzen Moment aus der Fassung. Zu stark waren die negativen Assoziationen, die sie gerade in den letzten Tagen mit diesem Wort verband. Sie hatte Mark nichts davon gesagt, daß sie sich selbst die Karten gelegt hatte, und ihm vor allem den erschreckenden Ausgang dieses Experiments verschwiegen. Statt dessen hatte sie ihn betont heiter am Morgen zu seiner Besprechung zum Masterton-Building an der Fifth Avenue gefahren. Dann aber war sie anstelle des geplanten Stadtbummels ins Hotel zurückgekehrt, hatte sich eine Weile hingelegt und tatsächlich mehr als zwei Stunden tief und traumlos geschlafen. Anschließend hatte sie sich etwas besser gefühlt, aber der Schrecken nistete immer noch tief in ihr und lauerte nur auf eine Gelegenheit, wieder von ihr Besitz zu ergreifen.

Doch sofort hatte sie sich wieder in der Gewalt und nickte. »Ein etwas ausgefallener Beruf, zugegeben, aber ich hatte eine Begabung dazu«, erklärte sie, um einen beiläufigen Tonfall bemüht. »Ich habe mich auch einer Reihe wissenschaftlicher Tests unterzogen, die starke mediale Kräfte ergaben.«

Erwartungsgemäß löste ihre offene Antwort keine schroffe Ablehnung aus. In Amerika mochte man in mancherlei Beziehung noch puritanischer als in England sein, aber man besaß auch nicht den typisch britischen Standesdünkel. In der englischen Gesellschaft hatte es Bestürzung, ja teilweise geradezu Empörung ausgelöst, als Mark Taylor, Erbe des Taylor-Konzerns und einer der begehrtesten Junggesellen Europas, seine Verlobung mit der aus einfachsten Verhältnissen stammenden Wahrsagerin Vivian Baker bekanntgegeben hatte. Vor allem die Regenbogenpresse hatte sich auf dieses Thema gestürzt und über Wochen hinweg die Emotionen mit gehässigen, hauptsächlich frei erfundenen Artikeln über sie angeschürt. Die Geschichte vom Aschenputtel war für Vivian wahr geworden, mitsamt aller Konsequenzen, die das Märchen verschwieg, die aber auch in der heutigen Zeit in gewissen Gesellschaftskreisen immer noch unvermeidlich waren. Es war für sie eine Zeit des Spießrutenlaufens gewesen, doch ihre Liebe zu Mark hatte sie diese schlimme Zeit überstehen lassen.

In Amerika, vor allem im Schmelztiegel New York, würde man wesentlich eher bereit sein, ihren früheren Beruf als exotische Note zu akzeptieren. Insofern überraschte es sie nicht sonderlich, daß Missis Masterton keineswegs verärgert reagierte. Womit sie jedoch nicht gerechnet hatte, das war die offenbar aufrichtige Erleichterung und Freude, die ihre Antwort unter allen Anwesenden auszulösen schien.

»Das ist wundervoll«, sagte Missis Masterton. »Wirklich wundervoll.«

Die Stimmung im Raum hatte sich schlagartig verändert. Vivian begriff, daß die Prüfungen vorüber waren, und man sie allem Anschein nach akzeptiert hatte, aber das allein erklärte den krassen Stimmungsumschwung nicht. Fragend runzelte sie die Stirn. »Ich fürchte, ich verstehe nicht ganz.«

Missis Masterton beugte sich zu ihr herüber und berührte ihren Arm. »Sie wissen ja sicher selbst, daß es auf dem Gebiet, auf dem Sie früher gearbeitet haben, von Schwindlern nur so wimmelt. Scharlatane, die den Leuten nur etwas Hokuspokus vorgaukeln, um sich an deren Gutgläubigkeit zu bereichern. Wir waren nicht sicher, ob Sie nicht ebenfalls dazugehören.«

»Und was macht Sie jetzt plötzlich so sicher, daß es nicht so ist?« erkundigte sich Vivian. Ihr Mißtrauen war erwacht. Das starke Interesse an ihrem früheren Beruf machte sie nervös. »Ich meine, niemand wird bereitwillig zugeben, ein Schwindler zu sein.«

Missis Masterton lächelte. »In diesem Fall schon. Niemand, der nicht aus Überzeugung dazu steht, würde sich zu einem so extravaganten, so ... *obskuren* Beruf bekennen. Es wäre viel unverfänglicher, sich damit herauszureden, daß man es nur wegen des Geldes getan hat. Und um Geld dreht sich ja schließlich fast alles, das ist in Ihrem Land nicht anders, als bei uns. Ich meine, eine Tänzerin in einer Nachtbar würde schließlich auch nicht versuchen, ihre Darbietungen damit zu rechtfertigen, daß es sich um einen ungeheuer ausdrucksstarken Tanz handelt, nicht wahr?« Sie kicherte leise. »Ich hoffe, Sie nehmen mir den Vergleich nicht übel.«

»Also schön, ich habe niemandem etwas vorgegaukelt«, gab Vivian zu. Das unbehagliche Gefühl in ihr hatte sich noch verstärkt. »Ich wußte nicht, weshalb ich mich dafür schämen sollte, daß ich eine mediale Begabung habe.«

»Das sollen Sie ja auch nicht, ganz und gar nicht«, entgegnete Missis Masterton aufgeregt. »Wir haben sogar gehofft, daß es sich so verhält. Um ehrlich zu sein – es war sogar einer der Hauptgründe, weshalb ich Sie für heute eingeladen habe.« Sie seufzte. »Viele Menschen glauben, New York wäre so etwas wie der Nabel der Welt, eine Stadt, in der einem nie langweilig werden könnte. Aber das ist Unsinn. Hier gibt es von allem etwas mehr, und das Leben ist etwas lauter und schneller, doch im Grunde ist es hier nicht anders als anderswo auch. Wenn man sich die Langeweile vertreiben will, muß man sich schon selbst etwas einfallen lassen.«

»Amy will sagen, daß wir alle ein gemeinsames Hobby haben«, ergänzte die Frau, die links von Vivian saß. Wenn Vivian sich recht erinnerte, hieß sie Mary-Lou Cramer und war die Frau des Chefs des New Yorker FBI. »Wir haben in gewisser Hinsicht die gleiche Leidenschaft wie Sie. Mindestens einmal im Monat treffen wir uns, um eine ... na ja, eine spiritistische Sitzung abzuhalten.«

»Natürlich keine richtige Beschwörung«, ergriff Missis Masterton rasch wieder das Wort, als sie die starke Ablehnung auf Vivians Gesicht sah. »Wir feiern keine Schwarzen Messen oder versuchen, den Teufel heraufzubeschwören, wenn Sie so etwas befürchten. Nein, es ist nur ein harmloses, kleines Vergnügen, ein Nervenkitzel, wenn Sie so wollen. Aber niemand von uns ist als Medium sonderlich geeignet.«

»Zweimal haben wir Versuche mit professionellen Spiritisten unternommen«, fügte eine der anderen Frauen hinzu. »Aber beide entpuppten sich als Betrügerinnen.

Als wir dann erfuhren, daß Sie zusammen mit Ihrem Mann nach New York kommen würden, stand für uns fest, daß wir Sie unbedingt kennenlernen müßten.«

Vivian schluckte. Anfangs hatte sie befürchtet, die Fragen nach ihrer spiritistischen Veranlagung würden nur dazu dienen, sie auch über diesen Abschnitt ihres Lebens auszuhorchen, doch was sich nach dieser unerwartet eingetretenen Wendung abzeichnete, bereitete ihr noch wesentlich größeres Unbehagen. »Sie meinen, ich soll an Ihrer Séance teilnehmen?«

»Sie würden uns eine große Freude damit machen«, bestätigte Missis Masterton. »Ich bin davon überzeugt, Sie wären eine echte Bereicherung für unsere kleine Runde.«

Vivian zögerte. Sie hatte diesen Abschnitt ihres Lebens nie als ein abgeschlossenes Kapitel betrachtet, sondern gewußt, daß die Vergangenheit sie wieder einholen würde, zumal sie immer noch die gleiche Veranlagung wie früher besaß, doch war es ihr niemals nur um das Geld gegangen. Und auch wenn sie seit ihrer Hochzeit mit Mark nicht mehr darauf angewiesen war, sich auf diese Art ihren Lebensunterhalt zu verdienen, zierte sie sich gewöhnlich nicht, wenn einer ihrer Bekannten sie um ihre Hilfe als Wahrsagerin bat.

Diesmal jedoch lag die Situation aus gleich zweierlei Gründen anders. Hier ging es nicht darum, jemandem zu helfen. Sie betrachtete sich nicht als eine Jahrmarktskünstlerin, und hatte wenig Lust, ihre Fähigkeiten dazu zu mißbrauchen, ein paar alten Damen eine wohlige Gänsehaut zu bereiten.

Der zweite Grund beruhte auf einem wesentlich weniger edlen Motiv. Bereits seit sie nach New York gekommen war, verspürte sie eine seltsame innere Unruhe. Irgendwo in dieser Stadt drohte ihr eine noch ungewisse Gefahr. Vielleicht war es nur eine alberne Überreaktion auf die Alpträume, und sie bildete sich nur etwas ein, zumal sie sich bereits seit dem Vormittag schon nicht mehr sicher war, ob ihr nicht in ihrer Nervosität beim Legen der Karten einfach nur ein Fehler unterlaufen war, da sie vor allem für die zweite der beiden dominierenden Karten – den Januskopf – noch keine Erklärung gefunden hatte. Aber falls ihr Gefühl sie nicht trog, würde sie diese drohende Gefahr vielleicht unnötig vergrößern, wenn sie an dieser spiritistischen Sitzung teilnahm.

»Tun Sie uns doch den Gefallen«, drängte Missis Masterton. »Es handelt sich doch wirklich nur um ein harmloses Vergnügen. Gerade eine sachkundig durchgeführte Séance ist schließlich völlig ungefährlich. Meinen Freundinnen und mir aber liegt wirklich viel daran.«

Vivian ließ ihren Blick über die Gesichter der Anwesenden wandern. In allen entdeckte sie die gleiche Mischung aus Aufregung und erwartungsvoller Vorfreude; sie freuten sich fast wie kleine Kinder darauf. Wenn sie sich jetzt weigerte, würde sie alle vor den Kopf stoßen, und man würde es ihr übelnehmen.

Andererseits – was war denn schon dabei? Anders als die meisten Menschen es sich vorstellten, diente eine ernsthafte Séance nicht dem Zweck, den Geist irgendeines Toten heraufzubeschwören, der dann als grünes Schemen über dem Tisch tanzte, sondern es ging darum, ähnlich wie bei einem Orakel Antworten auf bestimmte Fragen zu erhalten, die detaillierter waren, als die Karten sie zu geben vermochten, die nur grundsätzliche Richtungen andeuteten. Statt sich alle bisher errungenen Sympathien mit einer Weigerung zu verscherzen, erschien es Vivian günstiger, wenn sie wenigstens zum Schein auf die Bitte einging.

Nur bei ganz wenigen Séancen gelang es, die Tür in die Bereiche jenseits der normalen menschlichen Wahrnehmungsfähigkeit mehr als nur einen winzigen Spalt zu öffnen. Mehr dürfte in diesem Fall für einen kleinen Nervenkitzel auch nicht nötig sein, und es lag an ihr, dafür zu sorgen, daß es selbst bei einer günstigen Konstellation, die ein tieferes Vordringen ermöglichen würde, bei diesem Spalt blieb. Niemand konnte sie dazu zwingen, weiter zu gehen, als sie es wollte.

»Also gut«, gab sie nach. »Versuchen wir es. Aber ich kann nicht für einen Erfolg garantieren, Missis Masterton.«

»Sagen Sie doch einfach Amy zu mir, dafür werde ich Sie Vivian nennen, einverstanden?« Amy Masterton wartete keine Antwort ab, sondern fuhr fort: »Und was den Erfolg der Séance betrifft, so bin ich durchaus Realistin. Wir alle wissen, daß es auf diesem Gebiet keine Garantien gibt.« Sie lachte kurz und etwas nervös auf. »Kommen Sie, gehen wir in die Bibliothek hinüber.«

Genau wie die anderen stand sie auf und wollte ihrer Gastgeberin in einen Nebenraum folgen, als Missis Cramer neben sie trat und sie am Arm zurückhielt. »Bitte warten Sie einen Moment, Vivian.« Ihre Nervosität war unverkennbar, und als sie weitersprach, sprudelten die Worte so schnell aus ihr heraus, daß man merken konnte, daß sie sie sich schon vorher zurechtgelegt hatte, es ihr nun aber nicht mehr gelang, sich richtig an sie zu erinnern. »Ich befinde mich in einer ziemlich bedrückenden Situation. Mein Mann lebt schon seit langem nur noch für seine Arbeit, unsere Kinder und ich spielen in seinem Leben kaum noch eine Rolle. Ich ... ich habe mich damit zwar abgefunden, aber es fällt mir immer schwerer, so zu leben.«

»Warum wenden Sie sich damit gerade an mich?« fragte Vivian. »Ein Eheberater dürfte Ihnen sicherlich eher helfen können.«

Mary-Lou Cramer schüttelte hastig den Kopf. »Darum geht es nicht. Sehen Sie, ich liebe meinen Mann noch immer, und ich habe Andeutungen aufgeschnappt, daß man ihn wegen seiner angeschlagenen Gesundheit demnächst in den vorzeitigen Ruhestand versetzen wird. Der Streß, wissen Sie, und ich möchte gerne wissen, ob es nach seiner Pensionierung noch eine Chance gibt, unsere Ehe zu retten. Obwohl ich meinen Mann liebe, möchte ich nicht neben jemandem alt werden, der mir nur noch Gleichgültigkeit entgegenbringt. Noch bin ich nicht zu alt, um irgendwo einen Neuanfang zu versuchen, aber die Zeit rinnt immer unbarmherziger davon. Wenn ich weitere Jahre unnütz opfere, um etwas zu retten, was nicht mehr zu retten ist, wird es zu spät sein. Können Sie verstehen, was ich meine?« Sie streckte Vivian die Hand entgegen. »Wenn Sie wirklich Wahrsagerin sind, dann können Sie auch aus der Hand lesen. Sagen Sie mir, was in meiner geschrieben steht.«

»Das ist nicht so einfach, wie Sie es sich vielleicht vorstellen«, entgegnete Vivian zögernd. »So etwas bedarf einer längeren Vorbereitung. Ich müßte mehr über Sie wissen, um überhaupt zu wissen, nach welchen Hinweisen ich suchen muß. Und selbst dann hätte ich wahrscheinlich keinen Erfolg. Die Zukunft ist keine starre Linie, sondern sie wird in jedem Moment durch eine Unmenge von Faktoren beeinflußt. Aus der Hand eines Menschen kann man ersehen, ob diese Faktoren gegenwärtig eher auf Glück oder Unglück hindeuten oder auf andere allgemeine Tendenzen. Dies ist kein Rollenspielbuch, in dem man einfach ein paar Seiten weiterzublättern braucht, um nachzulesen, welche von zwei oder drei möglichen Entscheidungen richtig ist und zu welchem Ergebnis führt. Das ...«

»Wo bleiben Sie denn, Vivian?« Amy Masterton erschien in der Türöffnung und schaute sie tadelnd an.

»Wir kommen gleich«, versprach Mary-Lou. »Einen Moment noch. Bereitet in der Zwischenzeit schon mal alles vor.« Sie schaute Vivian an. »Bitte, versuchen Sie es wenigstens.«

Vivian erwiderte den Blick. Sie las aufrichtige Verzweiflung in Mary-Lou Cramers Gesicht. Dies war kein Test und auch kein Spiel wie die geplante Séance; die Frau brauchte wirklich Hilfe und griff nach jedem Strohhalm, der sich ihr bot. »Bitte«, drängte sie noch einmal.

Vivian ergriff ihre Hand, drehte die Handfläche nach oben und betrachtete die darin eingegrabenen Linien. »Ich glaube allerdings kaum, daß ich Ihnen weiterhelfen kann«, warnte sie vor allzu großen Hoffnungen und konzentrierte sich. »Aber ...«

Es war wie ein Stromstoß, der durch ihre Gedanken fuhr. Unwillkürlich zuckte Vivian zusammen. Ihre Augen weiteten sich; immer noch starrte sie auf die Hand vor sich, doch ihr Blick ging durch diese hindurch ins Nichts.

»Was ist los mit Ihnen?« fragte Mary-Lou besorgt.

»Ihre Kinder ... sie sind nicht zu Hause«, murmelte Vivian und zog ihre Hände ruckartig zurück.

»Was?« Verwirrt schaute Mary-Lou Cramer sie an, dann nickte sie. »Ja, die Kinder sind mit der Schule ein paar Tage weggefahren, aber was ...« Sie stockte. »Sie können es tatsächlich, nicht wahr? Wie hätten Sie sonst davon wissen können?« Sie rang sich ein Lächeln ab, doch irgend etwas in ihrem Blick hatte sich verändert, auf eine Art, die Vivian nur allzu vertraut war. »Ist ... ist etwas mit den Kindern?«

»Nein, machen Sie sich keine Sorgen.« Vivian schüttelte den Kopf. »Mit den Kindern ist alles in Ordnung.«

»Dann ist es gut.« Mary-Lou atmete erleichtert auf. »Hören Sie, seien Sie mir nicht böse, aber ich habe es mir anders überlegt. Ich weiß nicht, was Sie gesehen haben, aber es ... ich glaube, es ist besser, wenn Sie mir nichts darüber sagen. Ich möchte es nicht mehr wissen, egal, was es ist.«

Vivian nickte. Sie hätte ihr ohnehin nichts erzählen können. Dafür war alles zu schnell gegangen und viel zu überraschend gekommen. Sie hatte sich nur Mary-Lous Handlinien ansehen und dann vielleicht mit einem ganz leichten geistigen Stoß über das Sichtbare hinaus vordringen wollen, aber wofür sie gewöhnlich intensive Konzentration benötigte, war diesmal fast von alleine geschehen, und in viel, viel stärkerem Maße, als sie es beabsichtigt hatte. Da sie instinktiv sofort abgeblockt und ihren Geist verschlossen hatte, hatte sie nur einige ganz vage Eindrücke aufgeschnappt. Es war um Mary-Lous Mann, Jeremy Cramer, gegangen, und um das Haus und darum, daß es gut war, daß die beiden Kinder der Cramers fort waren. Auch hatte in irgendeiner Form ein Spiegel eine Rolle gespielt. Sämtliche Eindrücke waren von drohendem Unheil überschattet gewesen. Mehr hatte sie nicht mitbekommen, bevor sie ihren Geist erschrocken vor den fremden Sinneseindrücken abgeschirmt hatte.

Kurz spielte sie mit dem Gedanken, Mary-Lou zu raten, nach Hause zu fahren, schwieg dann aber doch. Dies wäre genau die Art von Rat gewesen, die dazu dienen sollten, irgendein Unheil zu verhindern, statt dessen aber eine verhängnisvolle Entwicklung womöglich erst in Gang setzten. Es war immerhin vorstellbar, daß Mary-Lou ihren Mann mit einer anderen im Bett erwischte, wenn sie jetzt nach Hause fuhr, oder in sonst irgend etwas hineingeriet, was ihr ohne diesen Ratschlag erspart geblieben wäre. Die Vision war zu kurz gewesen, als daß Vivian sich zutraute zu entscheiden, was das beste wäre, und sie war noch viel zu verwirrt, um klar denken zu können.

Aus irgendeinem Grund war es ihr diesmal nicht gelungen, ihre Kräfte wie gewohnt zu kontrollieren.

Wahrscheinlich hätte sie trotz ihrer vorherigen Zustimmung ihre Teilnahme an der Séance doch noch verhindert, wenn ihr nur ein paar Sekunden mehr Zeit zum Nachdenken geblieben wären, doch genau in diesem Moment kehrte Amy Masterton in den Salon zurück.

»Ich weiß nicht, was es hier noch zu tuscheln gibt. Wir warten bereits alle«, sagte sie gespielt vorwurfsvoll, ergriff Vivian am Arm und zog sie mit sich, so daß Vivian kaum eine andere Möglichkeit blieb, als ihr zu folgen.

Die Wände der Bibliothek waren bis unter die Decke mit Regalen gesäumt, auf denen Tausende von Büchern standen. Vivian sah sich von einer ganzen Galerie von Buchrücken umgeben, die meisten davon aus kostbarem Leder und viele mit Einlagen aus Blattgold verziert. Es gab nur drei Unterbrechungen in den Regalen: Die Tür, durch die sie gerade gekommen war, und zwei Fenster, die jedoch so gründlich mit schweren Vorhängen verdeckt waren, daß nicht der kleinste Strahl Tageslicht hereinfiel. Die einzigen Lichtquellen bildeten ein großer Kristallüster und eine wesentlich kleinere Lampe, die in einem langen Kabel von der Decke herunterhing, bis nicht einmal einen Meter über einem großen, runden Tisch, der neben einer ledernen Sitzgruppe in einer anderen Ecke des Raumes die einzige Einrichtung des Raumes bildete.

»Setzen Sie sich, Vivian«, sagte Missis Masterton und deutete auf einen der drei noch freien Stühle am Tisch. »Was ist mit dir, Mary-Lou?«

Mary-Lou Cramer schüttelte fahrig den Kopf. »Ich ... ich werde diesmal nicht teilnehmen«, verkündete sie mit vor Nervosität bebender Stimme, ging zu einem der Ledersessel hinüber und setzte sich dort. »Ich werde von hier aus zusehen.«

»Wie du meinst.« Amy Masterton runzelte die Stirn, zuckte dann aber mit den Schultern und stellte einen der

Stühle zur Seite. »Rücken wir ein wenig, um den Kreis gleichmäßig zu schließen.«

Mit einem Knopfdruck löschte sie den Kristallüster, dann drehte sie an einem Dimmer, bis die andere Lampe nur noch matt glühte und der Schein gerade noch ausreichte, über dem Tisch eine Oase trüben Dämmerlichts zu erzeugen. In der Mitte des Tisches, genau im Zentrum des schwachen Lichtkegels, stand ein aus dünnen Metallstäben konstruiertes Gebilde, in dessen Mitte ein Pendel an einem dünnen Faden herabbaumelte. Um dieses Pendel waren kreisförmig Metallplättchen angeordnet, von denen jedes einen Buchstaben des Alphabets zeigte.

»Wir haben bereits verschiedene Hilfsmittel ausprobiert«, erklärte Amy Masterton und nahm Vivian gegenüber auf dem einzigen noch freien Stuhl Platz. »Dieses hier habe ich mir selbst ausgedacht und anfertigen lassen. Da unsere Runde stets recht groß ist, haben wir damit bessere Erfahrungen gemacht als mit einem Ouija-Brett und all den anderen Möglichkeiten, die es gibt.«

Vivian verkniff sich taktvoll die Frage, welche Erfolge sie denn bislang schon erzielt hätten. Statt dessen betrachtete sie das Gebilde genauer. Sie mußte zugeben, daß es zwar einfach, aber äußerst geschickt ausgetüftelt war – vorausgesetzt, daß genügend mediale Energie freigesetzt wurde, um überhaupt etwas zu bewirken, aber das galt schließlich für alle anderen Hilfsmittel auch. Wenn es gelang, das Pendel zum Ausschlagen zu bringen, stieß es die Plättchen mit den Buchstaben an und war auf diese Art in der Lage, Worte zu bilden. Die Plättchen waren so angeordnet, daß sie von jeder Seite des Tisches aus zu sehen waren. Missis Masterton beugte sich vor und stieß das Pendel mit der Hand leicht an. Es mußte durch eine Batterie mit Strom versorgt werden, denn es ließ die Plättchen bei der Berührung kurz aufleuchten. Außerdem waren sie mit unterschiedlich großen Hohlkörpern versehen, so daß jedes beim Anstoßen einen geringfügig anderen Ton erzeugte.

»Sie werden selbstverständlich das Medium sein«, fuhr Missis Masterton fort. »Wie wir bereits aus bitterer Erfahrung wissen, eignet sich keine von uns sonderlich gut für diese Aufgabe. Hoffen wir, daß Sie mehr Erfolg haben.« Sie räusperte sich. »Wir werden unsere gemeinsame Konzentration auf Sie richten, und Sie werden versuchen, sie auf das Pendel zu übertragen.«

»Haben wir nicht noch eine Kleinigkeit vergessen?« fragte Vivian mit angedeuteter Ironie. »Bei aller Begeisterung dafür, möglicherweise eine Antwort durch das Pendel zu bekommen, sollten wir uns vielleicht erst einmal Gedanken darüber machen, welche Frage wir überhaupt stellen.«

Missis Masterton lächelte. »Nun, es gibt eine Menge Fragen, die wohl jeden von uns brennend interessieren. Aber in diesem speziellen Fall schlage ich vor, daß wir uns an den Anlaß halten, aus dem Sie und Ihr Mann überhaupt nach New York gekommen sind. Während unsere Männer über Geschäfte verhandeln, sollten wir versuchen, schon mal im voraus etwas über das Ergebnis dieser Verhandlungen herauszufinden. Was halten Sie davon?«

»In Ordnung.« Vivian nickte. »Allerdings nur unter einer Bedingung. Wir sollten uns verpflichten, Stillschweigen über das zu bewahren, was wir vielleicht erfahren, bis die Verhandlungen wirklich abgeschlossen sind. Sonst greifen wir auf eine Art in diese Verhandlungen ein, die den normalen Lauf der Dinge möglicherweise verändern.«

Das war zwar äußerst unwahrscheinlich, aber Vivian hatte gar nicht vor, dem Pendel eine exakte Aussage zu entlocken, da sie wußte, daß sich trotz aller Zusicherungen höchstwahrscheinlich niemand an diese Bedingung halten würde, dennoch wartete sie, bis die anderen ihr Einverständnis erklärt hatten.

»Also gut. Fassen wir uns nun an den Händen, um den Kreis zu schließen.«

Sie griff nach den Händen ihrer beiden Tischnachbarn und begann, sich zu konzentrieren. »Werden die Geschäftsverhandlungen zwischen William Masterton und Mark Taylor Erfolg haben?« fragte sie laut.

Zwei, drei Minuten lang geschah gar nichts. Dann spürte sie einen Strom schwacher mentaler Kräfte, die auf sie eindrangen, sog sie in sich auf und bündelte sie, bevor sie sie kontrolliert an das Pendel weitergab. Es begann sich zu bewegen, fast unmerklich zunächst, als würde es nur von einem Lufthauch gestreift, dann schwang es etwas stärker, bis es deutlich sichtbar hin und her schwang.

»Es funktioniert!« stieß Amy Masterton hervor. Allem, was sie zuvor gesagt hatte zum Trotz, schien sie selbst nicht recht an einen Erfolg geglaubt zu haben. Der Konzentrationsfluß riß ab, und Vivian warf ihr einen strafenden Blick zu.

Wieder dauerte es mehrere Minuten, bis sie das Pendel zum Ausschlagen brachte, aber die Bewegungen waren noch unkoordiniert, in keiner Weise zielgerichtet. Die eigentliche Arbeit würde erst noch beginnen. Langsam und behutsam begann Vivian, mit ihren Gedanken nach dem Bewußtsein der anderen zu tasten, wobei sie das durch die gemeinsame Konzentration gewobene Band der Verbundenheit wie einen Leitfaden benutzte, an dem sie sich entlangtasten konnte. Spätestens an diesem Punkt wäre jedes unbegabte Medium gescheitert, doch ihr gelang es ohne große Anstrengung, die gesamte Gruppe unbemerkt in einen Zustand leichter Trance zu versetzen, in dem sie sich die kollektiven unterbewußten Kräfte leichter zunutze machen konnte.

»Werden die Geschäftsverhandlungen Erfolg haben?« wiederholte sie die Frage.

Erneut wirkte sie auf das Pendel ein, aber sie versuchte nicht, es als Werkzeug zu benutzen, um eine wahre Antwort zu erhalten, sondern beeinflußte es in ihrem Sinne. Sie ließ es stärker pendeln, bis es nacheinander einige der Buchstaben anschlug. Zunächst wollte sie ein *vielleicht* formen. Das Pendel schlug gegen das ›*VIELLEICHT*‹, das ›*I*‹, das ›*E*‹ und das ›*L*‹, dann setzte es ihr plötzlich Widerstand entgegen. Irritiert verstärkte Vivian ihre Bemühungen, zwang das Pendel erneut gegen das ›*L*‹, dann das ›*E*‹ und das ›*I*‹, dann wurde der fremde Einfluß größer.

Als würde es mit einemmal ein Vielfaches seines ursprünglichen Gewichts wiegen, blieb das Pendel unbeweglich in der Ausgangsposition ruhen, widersetzte sich all ihren Bemühungen, bis es plötzlich von selbst wild auszuschlagen begann.

C-H-T formte es das von Vivian geplante Wort zu Ende, fügte aber ohne ihr Zutun weitere Buchstaben hinzu: *E-R--A-L-S--I-C-H--D-A-C-H-T-E.*

Vivian begriff, daß es sich nicht mehr länger nur um ein Spiel handelte. Ihr geistiger Kontakt mit den anderen war abgebrochen, sie saßen reglos wie Statuen auf ihren Stühlen, mit weit aufgerissenen Augen ins Leere starrend. Anscheinend bekamen sie nicht einmal mehr mit, was geschah. Vivian wollte ihre Hände zurückreißen, um den Kreis zu durchbrechen, doch es gelang ihr nicht. Die Hände ihrer Tischnachbarn hielten ihre wie Schraubstöcke umfangen. Schweiß bildete sich auf ihrer Stirn.

G-I-B--D-I-R--K-E-I-N-E--M-Ü-H-E, schrieb das Pendel.

Vivian hatte Mühe, die rasch aufeinanderfolgenden Buchstaben zu sinnvollen Worten zu ordnen. Das Tor in die Bereiche, mit denen sie nur als Medium Kontakt aufnehmen konnte, hatte sich sperrangelweit geöffnet, und sie hatte keinerlei Einfluß mehr auf das Geschehen.

»Mary-Lou!« rief sie. Aus der Dunkelheit jenseits des Tisches kam keine Antwort.

S-I-E--K-A-N-N--D-I-C-H--N-I-C-H-T--H-O-E-R-E-N, verkündete das Pendel. *N-I-E-M-A-N-D--K-A-N-N--D-I-C-H--H-O-E-R-E-N.*

»Wer bist du?« Sie hatte die Frage laut stellen wollen, doch es gelang ihr nicht. Sie war wie gelähmt, hatte nicht einmal mehr Macht über ihre Stimmbänder, aber es war auch nicht nötig, die Frage laut auszusprechen.

M-E-L-I-S-S-A, erhielt sie zur Antwort. *I-C-H--B-I-N--D-U.* Das Pendel verharrte kurz und fügte dann hinzu: *D-E-I-N--W-A-H-R-E-S--I-C-H--D-A-S--D-U--B-I-S-L-A-N-G-S-T-E-T-S--U-N-T-E-R-D-R-U-E-C-K-T--H-A-S-T.*

Die Buchstaben wurden nun so rasend schnell nacheinander angeschlagen, daß es Vivian kaum noch gelang, sie einzeln wahrzunehmen, aber sie hörte die unterschiedlichen Töne, die sich zu einer schrillen, disharmonischen Melodie zusammenfügten, deren Sinn sie auch ohne den Umweg über die einzelnen Buchstaben verstand. Verzweifelt bemühte sie sich, die Verbindung abreißen zu lassen, doch sie schaffte es nicht. Anders als zunächst geglaubt, gab es keinen fremden Einfluß, der Kontrolle über das Geschehen erlangt hatte, jedenfalls spürte sie keinen. Immer noch bestimmte sie allein mit ihren Kräften die Séance, aber sie gehorchten nicht mehr ihrem eigenen Willen, sondern schienen plötzlich ein unheimliches, furchterregendes Eigenleben entwickelt zu haben.

Ich bin Melissa, dein wahres Ich, das du bislang unterdrückt hast, durchzuckte sie noch einmal, was das Pendel behauptet hatte. Obwohl sie rund ein Dutzend Jahre Zeit gehabt hatte, sich an ihre medialen Kräfte zu gewöhnen und sie beherrschen zu lernen, waren sie ihr im Grunde immer fremd geblieben. Sie hatte es nicht wirklich ernst gemeint, als sie in der vergangenen Nacht zu Mark gesagt hatte, sie hätte Angst davor, daß ihre Fähigkeiten irgendwann sie beherrschen würde, aber bis zu einem gewissen Grad schien genau das jetzt zu passieren. Wieder mußte sie daran denken, daß sie in ihrem Traum eine Hexe gewesen war, die keinerlei Skrupel hatte, zu töten. Ihr Pulsschlag jagte, pochte dumpf in ihren Schläfen.

E-S-- W-A-R-- K-E-I-N-- T-R-A-U-M-- D-U-- D-U-M-M-E-S-D-I-N-G verkündete das Pendel, wild hin und her, zu schnell, als daß das Auge den einzelnen Bewegungen noch folgen konnte, dennoch hatte Vivian keine Schwierigkeiten, die Worte anhand der aufklingenden Töne zu verstehen. Durch die rasenden Bewegungen schien sich das Pendel in eine glatte Fläche zu verwandeln, und Vivian schrie innerlich auf, als sich darin ein Gesicht zu formen begann. Es war ihr eigenes Gesicht, doch waren die Züge zu einer höhnischen Grimasse verzerrt, und die Augen schienen vor Haß in verzehrendem Feuer zu lodern.

DU WIRST STERBEN SCHON BALD STERBEN STERBEN STERBEN …

»Nein!« schrie Vivian gellend auf, und erst nach ein paar Sekunden wurde ihr bewußt, daß sie tatsächlich laut aufgeschrien und den Bann damit durchbrochen hatte. Die Bewegungen des Pendels hatten aufgehört, ruhig hing es an dem Faden herab. Vivian atmete tief durch.

Fragend schaute Mrs. Masterton sie an. »Wann geht es denn endlich los?« fragte sie ungeduldig.

Vivian riß ihre Hände so schnell zurück, als hätte sie sich daran verbrannt. Alles um sie herum schien unwirklich zu werden und begann sich zu drehen, dann sank sie ohnmächtig auf ihrem Stuhl zusammen.

Der Raum war niedrig, rund und bis auf einen flachen dreibeinigen Tisch vollkommen leer. Die Wände bestanden aus Spiegeln. Hohe, rahmenlose Spiegel, die beinahe fugenlos aneinandergesetzt waren und dem Betrachter das Gefühl vermittelten, sich in einem gigantischen Kaleidoskop zu befinden. Die Beleuchtung kam von einer einzelnen Kerze, die auf dem Tisch stand und in der schimmernden Sterilität des Raumes irgendwie verloren und deplaziert wirkte. Aber obwohl es nur diese winzige, ruhig brennende gelbe Flamme gab, war der Raum fast schmerzhaft hell erleuchtet. Die schimmernden Wände warfen das Licht tausendfach zurück. Einem aufmerksamen Bobachter wäre aufgefallen, daß die Spiegel nicht ganz eben waren. Ihre Oberflächen waren konkav geschliffen, so daß der Schein der Kerzenflamme wie von einem Parabolspiegel gesammelt und zurückgeworfen wurde.

Einer der Spiegel verblaßte plötzlich. Er wurde unscharf, blaß und transparent und löste sich schließlich vollständig auf. Ein Mann betrat den Raum. Hinter ihm materialisierte sich der Spiegel wieder. Ulthar blieb stehen, betrachtete den Tisch mit der Kerze kritisch und nickte schließlich unmerklich. Er hatte die gleichen Vorbereitungen schon unzählige Male getroffen, sie waren zu einem täglichen Ritual geworden, aber dennoch war er nervös.

Mit zwei, drei schnellen Schritten durchquerte er den Raum und kniete vor dem Tisch auf den Boden. Seine Lippen murmelten eine lautlose Beschwörungsformel, und seine Hand führte verschlungene, komplizierte Bewegungen aus, fast als führe er mit den Fingerspitzen über die Linien eines unsichtbaren Pentagramms. Für eine endlose Zeitspanne geschah nichts, dann schloß Ulthar die Augen. Er spürte, wie sein Geist mit den Spiegeln verschmolz, wie ihre Macht ihn durchströmte und ihm Kraft verlieh.

»Melissa«, raunte er. »Melissa, ich rufe dich.«

Sein leises Flüstern wurde von den Spiegeln zurückgeworfen und verstärkt, hallte als immer lauter werdendes Echo durch den kleinen Raum. Diesmal aber war etwas anders als sonst. Ulthar wurde selbst so überrascht, daß es mehrere Sekunden dauerte, bis er begriff, daß sein Ruf nicht wie all die Tausenden anderen Male zuvor ungehört im Nichts verhallte, sondern empfangen wurde, daß er mit seinen geistigen Fühlern nicht wieder nur ins Leere tastete, sondern bereits nach wenigen Sekunden Kontakt bekam. Für einen Augenblick glaubte er an eine Täuschung, eine Halluzination, weil er diesen Moment so lange herbeigesehnt hatte. Schon ein paarmal hatte er geglaubt, Melissa aufgespürt zu haben, aber jedesmal stellte sich heraus, daß er sich nur selbst etwas vorgegaukelt hatte.

Diesmal jedoch war kein Irrtum möglich. Das Echo, das er verspürte, war so deutlich, so stark, daß es sich nicht nur eindeutig um Melissa handelte, sondern sie sich sogar ganz in der Nähe befinden mußte, auf alle Fälle innerhalb der Stadtgrenzen von New York.

Melissa!

Eine ungeheure Aufregung packte Ulthar. Sein Herz begann zu rasen, und er verstärkte seine Anstrengungen noch.

Er hatte Melissa gefunden, hatte sie nach so vielen Jahren endlich gefunden, und sie befand sich hier in New York. Die Namensgleichheit mit dem jungen Mädchen, das ihm in der vergangenen Nacht in die Falle gegangen war, schien ein gutes Omen gewesen zu sein.

Das Gesicht einer jungen, dunkelhaarigen Frau zeichnete sich verschwommen in den Spiegeln ab, wurde langsam deutlicher. Sie saß zusammen mit anderen Frauen an einem Tisch. Vorsichtig tastete Ulthar nach ihrem Geist. Wie nicht anders zu erwarten, hatte Melissa eine andere Identität angenommen, war mit dem Bewußtsein einer anderen verschmolzen, aber das stellte kein Problem dar. Er würde dafür sorgen, daß sie sich ihrer selbst bewußt wurde und sich daran erinnerte, wer sie wirklich war, und schließlich würde er sie aus ihrer jetzigen unwürdigen Existenz befreien, und alles würde wieder wie früher sein.

Ulthar zwang sich selbst zur Ruhe. Er wußte, daß er jetzt keinen Fehler machen durfte, so groß die Versuchung auch war, Melissa augenblicklich aus ihrem Dämmerschlaf zu reißen. Er mußte langsam und behutsam vorgehen. Wenn er sie schon jetzt aufweckte, konnten die Folgen dieser abrupten Bewußtseinsspaltung sowohl für sie wie auch für ihre augenblickliche Identität verheerend sein, möglicherweise würde der Schock sogar beide töten. Er durfte nur vorsichtige Anstöße geben, solange sie sich nicht hier in seinem Kabinett befand und er ihr vollends zu einem neuen eigenen Leben verhelfen konnte.

All die Jahre, die verstrichen waren, seit er Melissa zuletzt gesehen hatte, waren vergessen. Er hatte gewartet, gewartet und gehofft, fast ein Vierteljahrhundert lang, hatte all die hochtrabenden Pläne, die er vor ihrem Tod gehabt hatte, zurückgestellt, und mehr als einmal hatte er die Hoffnung fast aufgegeben. Aber all das war nun unwichtig geworden.

»Melissa«, raunte Ulthar noch einmal und spürte, wie ihr Bewußtsein auf seinen Ruf reagierte, dann schrak er plötzlich auf. Etwas hatte sich verändert. Er war nicht länger allein. Jemand näherte sich, aber diesmal handelte es sich nicht um irgendeinen Touristen, der sich auf Coney Island ein wenig umsehen wollte. Dieser Besuch galt ihm. Und sein Besucher war kein normaler Mensch. Deutlich konnte Ulthar die fremdartige Ausstrahlung des Mannes spüren.

Mit einem gemurmelten Fluch erhob er sich. Das Bild der jungen Frau in den Spiegeln verblaßte und verschwand ganz. Ulthar löschte die Kerze, murmelte einen weiteren Fluch und verließ den Raum auf dem gleichen Weg, auf dem er gekommen war.

Sein Besucher hatte das Kabinett bereits betreten und erwartete ihn in einem völlig kahlen Raum. Einige Sekunden lang musterten sie sich gegenseitig schweigend, dann trat Ulthar auf den kleinwüchsigen, leicht übergewichtigen Mann zu. »Du bist also gekommen. Wir haben uns lange nicht gesehen, Conelly. Oder soll ich dich lieber wie früher Monstermacher nennen?«

Sein Gegenüber verzog das Gesicht. »Du weißt, daß ich diesen Namen schon immer gehaßt habe. Du bist alt geworden, Ulthar, aber sonst scheinst du dich nicht verändert zu haben. Wir hätten uns schon längst mal treffen sollen, um wie Freunde über die alten Zeiten zu plaudern.«

»Freunde?« Ulthars Gesicht verzog sich zu einem höhnischen Lächeln. »Ich kann mich nicht erinnern, daß wir jemals sonderlich gute Freunde waren. Und ich kann mich auch nicht erinnern, dich eingeladen zu haben. Du bist doch sicherlich nicht nur gekommen, um über die *alten Zeiten zu plaudern*«, vermutete er, den Tonfall seines Besuchers nachahmend. »Also sag, was du zu sagen hast, oder verschwinde wieder.«

Conelly schüttelte den Kopf. »Warum so barsch, Ulthar? Gut, wir waren nie besonders gute Freunde, aber als Feindschaft kann man unsere gelegentlichen Meinungsverschiedenheiten doch auch nicht bezeichnen.«

»So? Meinst du?« entgegnete Ulthar und musterte seinen Besucher kalt. Obwohl dieser Mann so harmlos aussah, beging Ulthar nicht den Fehler, ihn zu unterschätzen. Er fragte sich, worauf Conelly hinauswollte und was sein Auftauchen gerade zu diesem Zeitpunkt zu bedeuten hatte. Ein Zufall? Ulthar glaubte nicht daran.

Conelly nickte. »Ja, meine ich. Außerdem liegt diese kleine Fehde nun wahrlich lange genug zurück. Du und ich, wir gehören dem gleichen Schlag an. Wir sind anders als dieses minderwertige Gewürm da draußen. Stärker. Mächtiger. Zum Herrschen bestimmt. Gemeinsam können wir alles erreichen.«

»Wenn ich dich richtig verstehe, bittest du mich also um Hilfe?«

»Hilfe?« Conelly lachte abfällig, und für einen Moment schimmerte grenzenloser Hochmut in seinen Augen. »Ich komme nicht als Bittsteller. Vergiß nicht, daß mir diese Stadt praktisch gehört. Wenn ich gewollt hätte, hätte ich dich längst vernichten können. Ich brauche deine Hilfe nicht, um meine Ziele zu erreichen.«

»So?« erkundigte sich Ulthar, ohne eine Miene zu verziehen. »Warum hast du es nicht versucht?«

»Warum hätte ich? Eine Weile habe ich Angst vor dir gehabt, damals, als du dich mit Melissa zusammengetan hast. Gemeinsam wart ihr so mächtig, daß ihr mir hättet gefährlich werden können. Aber nach ihrem bedauerlichen Tod ...« Er zuckte mit den Achseln. »Sieh dir doch an, was aus dir geworden ist. Ein verbitterter alter Mann, der einem Traum nachjagt, der sich nie erfüllen wird. Du hast deine Finger aus meinen Geschäften gelassen, und ich habe dich dafür gewähren lassen. Und vergiß nicht, daß ich es war, der Melissas Mörder zur Rechenschaft gezogen hat.«

Bevor ich es tun und dabei mehr über die Hintergründe erfahren konnte, dachte Ulthar, sprach diesen Gedanken aber nicht aus. »Komm endlich zur Sache«, verlangte er. »Warum bist du gekommen?«

»Um endlich Frieden zu schließen. Es wird Zeit, das Kriegsbeil zu begraben.«

»Ich denke, wir hatten nie Krieg?« erinnerte Ulthar ironisch.

»Hör endlich auf mit den Spielchen«, zischte Conelly. »Ich bin nicht hier, um mit dir um Worte zu feilschen. Ich will dir einen Pakt anbieten, von dem wir beide profitieren. Es ist erbärmlich, wie die du deine einzigartigen Fähigkeiten vergeudest. Ich habe nichts gegen dich unternommen, aber das heißt nicht, daß ich dich nicht beobachtet hätte. Ich weiß, wie gut du deine Spiegel inzwischen beherrscht. Du könntest jeden in deine Macht bringen, die einflußreichsten, reichsten und mächtigsten Leute des Landes, statt dessen begnügst du dich damit, ein paar Teenager in dein Kabinett zu locken, die nachts hier herumstreunen.«

»Vielleicht reicht es mir«, wandte Ulthar ein. »Du weißt, daß ich nicht von hier weggehen kann, solange ich Melissa nicht gefunden habe. Nirgendwo sonst sind die Konstellationen so günstig.«

Conelly machte eine gleichgültige Handbewegung. »Wer sagt, daß du das sollst? Du kannst mir nichts vormachen, dafür kenne ich dich zu gut. Du gibst dir die Schuld an Melissas Tod, weil du sie nicht geschützt hast, und deshalb bestrafst du dich selbst, indem du dich von der Welt zurückziehst und hier den Emigranten spielst.«

»Ein bißchen Selbstbeschränkung tut manchmal ganz gut. Du hättest einen hervorragenden Psychiater abgegeben«, erwiderte Ulthar mit einem kalten Lächeln, doch diesmal reagierte Conelly nicht auf den Spott.

»Du hast über zwanzig Jahre um Melissa getrauert und alles unternommen, um sie zu finden«, fuhr er fort. »Du bist alt, viel Zeit bleibt dir nicht mehr. Willst du den Rest deines Lebens auch noch vergeuden?« Er machte eine kurze Pause. »Auch ich merke, daß ich allmählich älter werde, und es gibt noch vieles, was ich erreichen will. Diese Stadt wird mir allmählich zu klein. Ich habe größere Ziele.«

»Dann werde Präsident.«

»Warum nicht?« Conelly blieb ernst. »Vielleicht habe ich genau das vor. Ich habe New York immer nur als ein Sprungbrett gesehen, aber diese Sache mit der Prostituierten hängt mir auch nach all den Jahren noch nach. Ich komme nicht richtig voran. Ich kann dank meiner Helfer jeden ausschalten, der sich mir in den Weg stellt, aber im Gegensatz zu dir kann ich niemanden unter meinen Willen zwingen. Gemeinsam aber könnte uns niemand aufhalten. Ich kann dafür sorgen, daß jede auch nur einigermaßen einflußreiche Person in den Bann deiner Spiegel gerät.«

Ulthar überlegte. Wenn es ihm um diese Art von Macht ginge, bräuchte er Conellys Hilfe nicht. Er war längst nicht mehr darauf angewiesen, zu warten, bis jemand aus freiem Willen in sein Kabinett kam. Bislang jedoch hatte er keinerlei Ambitionen in dieser Richtung gehegt. Wichtiger war es ihm gewesen, Melissa zu finden, und wenn er gleichzeitig versucht hätte, größere Macht zu erlangen, wäre der alte Konflikt mit Conelly oder möglicherweise auch anderen wie ihnen beiden neu entbrannt und hätte ihn von seinem eigentlichen Ziel abgelenkt. Mit Melissas Auftauchen hatte sich die Situation grundlegend verändert, aber die Suche hatte lange gedauert, viel, viel länger als anfangs erwartet. Er war alt geworden, doch das spielte nun keine Rolle mehr. Es war ein Irrtum zu glauben, ihm bliebe deshalb nicht mehr viel Zeit. Es war nur gerecht, wenn er zum Ausgleich für die ihretwegen verlorenen Jahre von Melissa die Preisgabe ihres besonderen Geheimnisses als Preis für ihre Befreiung verlangte.

In anderer Hinsicht sah er wegen der verstrichenen Zeit viel größere Schwierigkeiten auf sich zukommen. Er hatte sich weitgehend hier vergraben, und die Welt war in den zweieinhalb Jahrzehnten nicht stehengeblieben. Mit Sicherheit hatte sich vieles verändert, und Ulthar war sich nicht sicher, ob er sich auf Anhieb so zurechtfinden würde, wie nötig sein würde. Insofern kam ihm das Angebot nicht einmal ungelegen. Natürlich würde ihn Conelly nicht auf Dauer neben sich dulden, so wenig, wie er selbst es umgekehrt vorhatte, aber eine vorübergehende Zusammenarbeit würde Ulthar nur Vorteile bringen. Er konnte die Stärken und Schwächen seines Gegners kennenlernen und dieses Wissen dann gegen ihn verwenden. Der Monstermacher würde sich sein eigenes Grab schaufeln.

»Nun?« drängte Conelly.

Ulthar nickte bedächtig. »Warum eigentlich nicht? Vielleicht hast du recht. Die Welt ist groß genug für uns beide, wir sollten zusammenarbeiten. Und wie ich dich kenne, hast du doch bestimmt schon einen Plan.«

»Sogar mehr als das«, bestätigte Conelly mit einem zufriedenen Lächeln. »Ich habe schon konkrete Vorkehrungen getroffen. In ein paar Stunden findet bei mir ein Empfang statt, zu dem fast alle einflußreichen Persönlichkeiten der Stadt kommen werden. Eine ideale Gelegenheit, sie alle auf einmal in unsere Gewalt zu bringen. Ich werde dafür sorgen, daß du leichtes Spiel mit ihnen hast. Allerdings fordere ich dafür eine Gegenleistung.«

»Und die wäre?« erkundigte sich Ulthar gespannt. Er hatte von Anfang an gewußt, daß es einen Haken geben würde. Conelly wäre nicht Conelly, wenn er nicht irgendwelche Hintergedanken hegte.

»Nur eine Kleinigkeit«, erklärte Conelly. »Es geht um

eine Frau. Sie könnte uns vielleicht gefährlich werden. Ich will sie haben. Ihr Name ist Vivian Taylor.«

Ulthar hatte Mühe, sich seinen Schrecken nicht anmerken zu lassen. Vivian Taylor war Melissas gegenwärtige Identität. Er hätte sich denken können, daß Conelly nur gekommen war, weil er Bescheid wußte und ihm zuvorkommen wollte. Aber dafür war es bereits zu spät.

»Einverstanden«, antwortete Ulthar mit einem ebenso freundlichen wie falschen Lächeln.

5

»Noch so ein Tag«, seufzte Mark Taylor, »und ich verkaufe den Konzern und beschäftige mich für den Rest meines Lebens mit Rosenzucht.« Er lehnte sich zurück, schloß die Augen und stieß geräuschvoll die Luft aus. Sein Gesicht wirkte blaß und eingefallen, und unter seinen Augen lagen tiefe, dunkle Ringe, die von den überstandenen Anstrengungen des Tages kündeten.

Vivian sah ihren Mann von der Seite an, runzelte die Stirn und lächelte dann wortlos. Sie wußte, daß Marks Worte nicht allzu ernst gemeint waren, auch wenn die Verhandlungen hart gewesen waren. Im Gegensatz zu so vielen anderen Kindern reicher Eltern, die auch als Erwachsene nur ihr Leben im Luxus genießen wollten, war Mark ein Arbeitstier – und ein Genie, was Geschäfte anging. Innerhalb der nur wenigen Jahre, die verstrichen waren, seit er nach dem Tod seiner Eltern ihr Erbe angetreten und damit die alleinige Leitung des Taylor-Konzerns übernommen hatte, war es ihm gelungen, dieses gesunde, aber nicht allzu bedeutende Unternehmen zu einem der mächtigsten und finanzkräftigsten Industriekonzerne der westlichen Welt zu machen. Ohne Verantwortung und Streß bereitete ihm das Leben keine Freude. Dennoch hatte Vivian ihm das Versprechen abgerungen, mit ihr einen Kurzurlaub zu unternehmen. Nach Abschluß der Verhandlungen würde sie zusammen für ein paar Tage in die amerikanische Wildnis fahren, um sich zu erholen.

»Die Verhandlungen waren zwar hart, aber auch sehr konstruktiv. Ich schätze, wir kommen schon morgen zum Abschluß«, fuhr er fort. »Also früher als erwartet.«

»Vivian seufzte. »Hoffentlich.«

Sie hatte Mark nichts von der Séance erzählt, sondern ihn mit der gleichen erzwungenen Fröhlichkeit, mit der sie ihn am Morgen zum Masterton-Building gefahren hatte, am späten Nachmittag wieder von der Fifth Avenue abgeholt und auf seine Frage, wie der Nachtmittag bei Amy Masterton verlaufen wäre, nur ausweichend geantwortet. Sie konnte sich selbst noch keinen richtigen Reim auf die Ereignisse machen, und Mark würde ihr auch nicht helfen können. Im Moment hatte er genügend eigene Sorgen und war so erschöpft, daß er wahrscheinlich nicht einmal in der Lage wäre, ihren Worten richtig zu folgen.

»Masterton versucht natürlich, den Preis in die Höhe zu treiben, aber ich denke, er hat begriffen, daß ich jetzt keinen Dollar mehr zulege.« Mark grinste siegessicher. »Im Endeffekt machen wir beide ein glänzendes Geschäft.«

»Was ist er denn so für ein Typ?«

»Jonathan Masterton?« Mark verzog das Gesicht. »Ein eiskalter Hai. Knallhart. Stell dir eine Mischung aus Cecil Colby und einer Klapperschlange vor, dann hast du in etwa ein Bild von ihm. Ich bin nur froh, daß ich ihn nicht zum Feind habe. Als Geschäftspartner reicht er mir schon, mit ihm zu verhandeln, verdient wirklich die

Bezeichnung Arbeit. Sonst kann ich nicht viel über ihn sagen. Und wie ist seine Frau?«

»Ganz nett«, entgegnete Vivian ausweichend. »Ein bißchen geschwätzig und aufdringlich, aber recht lustig.«

»Kann man sich bei Jonathan kaum vorstellen. Wie war denn dein Nachmittag überhaupt so?«

Vivian antwortete nicht. Sie warf einen Blick in den Rückspiegel des Cadillac, setzte den Blinker und bog an einer Kreuzung ab. Der Cadillac war ein plumpes, schwerfälliges Fahrzeug, aber Vivian war eine geübte Fahrerin, die auch mit dem ungewohnt großen und protzigen Straßenkreuzer zurechtkam. Der wuchtige, altmodisch wirkende Bau des SHERIDAN-Hotels tauchte vor ihnen auf. Sie verringerte das Tempo und wollte den Wagen in die hoteleigene Tiefgarage lenken, als Mark sie von der Seite antippte. »Direkt hinter uns fährt einer raus«, sagte er.

Vivian hielt an und sah in den Spiegel. Wenige Meter hinter ihnen scherte gerade eine Limousine aus einer Parklücke aus, fast direkt vor dem Haupteingang des Hotels. Sie würden den Wagen in knapp einer Stunde ohnehin wieder brauchen, um zu dem Empfang bei Conelly zu fahren, da war es praktischer, direkt hier zu parken. Vivian legte den Rückwärtsgang ein und fuhr vorsichtig zurück, ohne sich umzudrehen. Der übergroße Innenspiegel des Cadillac genügte vollkommen.

Ein leichter Schlag traf den Wagen. Vivian trat instinktiv auf die Bremse. Sie hörte einen dumpfen Aufprall, dann den schmerzerfüllten Aufschrei eines Menschen. Vivian erbleichte, riß die Tür auf und sprang aus dem Wagen. Ein junger Mann lag direkt hinter dem Reifen des Cadillac. Er stöhnte. Auf seinem Gesicht lag ein schmerzerfüllter Ausdruck. Die Rechte preßte er fest gegen das Knie, wo ihn die Stoßstange des Wagens getroffen hatte. Der Mann mußte direkt in den Wagen gelaufen sein.

Vivian kniete sich neben den Verletzten. Sie konnte

sich nicht erklären, wie es zu dem Unfall gekommen war. Sie war absolut sicher gewesen, daß die Straße leer war – sie hatte den Spiegel nicht eine Sekunde aus dem Auge gelassen. »Es ... es tut mir leid«, sagte sie unbeholfen. »Ich habe Sie übersehen.«

»Übersehen?« keifte eine Stimme. Vivian sah auf und blickte in das Gesicht eines alten, grauhaarigen Mannes. Er trug einen schäbigen Freizeitanzug, ein billiges, altes Nylonhemd und schwang drohend seinen Spazierstock. Außer ihm waren keine Passanten zu entdecken. Das SHERIDAN lag in einer ruhigen Nebenstraße. »Übersehen?« wiederholte er aggressiv. »Der Mann hat die ganze Zeit dort gestanden. Sie sind direkt in ihn hereingefahren.«

Auch Mark war inzwischen ausgestiegen. »Rufen Sie lieber einen Krankenwagen, statt Volksreden zu halten«, sagte er gereizt. »Der Mann ist verletzt.«

Der Alte grinste boshaft. »Damit ihr zwei inzwischen abhauen könnt, wie?« fragte er. »Ich hab's genau gesehen. Sie haben den armen Kerl ja fast mit Absicht über den Haufen gefahren. Nur, weil ihr euch dicke Schlitten leisten könnt, denkt ihr, die Straßen gehören euch.« Er wandte sich an den Verletzten. »Wenn Sie mich als Zeugen brauchen, Sir ...«

Der Mann schüttelte mühsam den Kopf und versuchte aufzustehen. Vivian half ihm. Schmerz zuckte über sein Gesicht, als er das verletzte Bein belastete, aber er blieb schwankend stehen. »Zuerst einmal rufen wir einen Krankenwagen«, sagte Vivian entschieden. »Wir besprechen alles andere später. Natürlich werde ich Sie entschädigen. Ich habe den Unfall schließlich verschuldet.«

»Wenn es ein Unfall war«, murmelte Mark.

Vivian sah verwirrt auf. »Wie meinst du das?«

Marks Zeigefinger richtete sich drohend auf den Alten, der noch immer dastand und Vivian streitlustig musterte. »Ist doch recht praktisch, gleich einen Zeugen bei der Hand zu haben, nicht wahr?« fragte er.

»Was soll das heißen?« keifte der Alte.

Mark fuhr unbeirrt fort. »Nichts«, sagte er ruhig. »Noch nicht, jedenfalls. Aber weder meine Frau noch ich haben den Mann gesehen. Und Sie behaupten, daß er die ganze Zeit über dagestanden hat.«

»Hat er auch!« brüllte der Alte. Er schnaufte, bedachte Mark mit einem vernichtenden Blick und wandte sich dann an das Unfallopfer. »Lassen Sie sich bloß nicht einschüchtern. Wir sollten die Polizei rufen. Die wird dann die Sache schon klären.«

Der Mann schüttelte mühsam den Kopf. »Keine Polizei!« sagte er. Seine Stimme klang seltsam, irgendwie eingeübt, so, als hätte er selten Gelegenheit, sie zu benutzen. Etwas an ihm störte Vivian. Er war ... sonderbar, irgendwie blaß, dünn und farblos.

»Ruf einen Krankenwagen, Mark«, bat sie.

Mark nickte, warf dem Alten einen letzten, warnenden Blick zu und ging mit raschen Schritten in Richtung Hotel davon.

»Bitte keinen Krankenwagen, das ist nicht nötig. Mir geht es gut. Ich ... ich bin nicht verletzt«, beharrte der Mann.

»Gleich wird sie Ihnen Geld anbieten«, keifte der Alte, durch Marks Abwesenheit schon wieder merklich mutiger geworden. »Gehen Sie nicht darauf ein. Diese reichen jungen Gören glauben, sich alles erlauben zu können. Aber das Recht können sie mit ihrem Geld nicht kaufen. Noch nicht, jedenfalls.«

Vivian fuhr erbost herum. Ihre dunklen Augen blitzten wütend auf. »Es reicht«, sagte sie mit mühsam beherrschter Stimme. »Ich weiß, daß ich an dem Unfall schuld bin. Es tut mir aufrichtig leid, und ich werde den Mann entschädigen. Aber zuerst kümmern wir uns darum, daß er in ärztliche Behandlung kommt.« Normalerweise gehörte einiges mehr dazu, sie aus der Fassung zu bringen. Aber sie war nach dem Unfall nervös, und die vollkommen unbegründete Aggressivität des Alten reizte sie noch mehr. »Vielleicht sparen Sie sich Ihre Gardinenpredigt auf, bis die Polizei hier ist«, fügte sie hinzu.

Das Selbstvertrauen des Alten schien merklich angeknackst. Augenscheinlich hatte er sich in Vivian getäuscht – wie schon viele vor ihm. Trotz ihres jugendlichen Aussehens war Vivian eine Frau, die durch ein paar böse Worte allein nicht einzuschüchtern war. Dafür hatte sie schon zuviel erlebt, und gerade an diesem Tag hatte sie andere Sorgen, als sich mit einem verrückten alten Mann herumzustreiten, der sich unbedingt pofilieren wollte, nur weil er zufällig Zeuge des Unglücks geworden war.

Sie spürte eine zaghafte Berührung an der Schulter und drehte sich um. »Hören Sie, Miß«, sagte der Verletzte, »es ... es geht schon besser. Ich glaube wirklich nicht, daß wir den Krankenwagen benötigen.«

Vivian runzelte unwillig die Stirn. Der Mann wirkte blaß und verstört, und in seinen Augen stand ein seltsames Flackern. Ganz offensichtlich stand er unter einem Schock. »Es ist wirklich nichts passiert«, fuhr er eindringlich fort. »Mein Bein ist vollkommen in Ordnung. Hier – sehen Sie selbst.« Um seine Worte zu untermauern, hüpfte er auf dem verletzten Bein auf und ab. Aber offensichtlich hatte er sich überschätzt. Er stieß einen schmerzhaften Seufzer aus, taumelte und wäre gestürzt, wenn Vivian nicht blitzschnell zugegriffen und ihn am Arm festgehalten hätte.

Als sie die Haut des Mannes berührte, breitete sich ein seltsames, prickelndes Gefühl in ihren Händen aus. Sie fühlte sich kalt und glatt an, kaum wie menschliche Haut, sondern eher wie Kunststoff oder Glas. Sie mußte sich überwinden, die Hand nicht sofort angewidert wieder zurückzuziehen.

»Sehen Sie!« keifte der Alte. »Ich hab's ja gesagt, der Mann ist verletzt! Und Sie sind schuld!«

Vivian lehnte den Verletzten behutsam gegen den Wagen und überzeugte sich davon, daß er aus eigener Kraft stehen konnte, ehe sie sich betont langsam umdrehte. Sie wußte nicht, was der Alte mit seinem Auftritt bezweckte, aber er ging auf alle Fälle entschieden zu weit.

Die Straße hinter ihr war leer, als sie sich umdrehte. Vivian runzelte verblüfft die Stirn, sah hastig nach rechts und links und hielt nach dem alten Mann Ausschau. Er war verschwunden.

»Aber das ist doch unmöglich«, flüsterte sie fassungslos. Die wenigen Sekunden, die sie den Alten aus den Augen gelassen hatte, waren viel zu kurz gewesen, als daß ein Mensch spurlos verschwinden konnte. Plötzlich spürte sie eine seltsame, unerklärliche Kälte, so als würde sie von einem eisigen Windstoß getroffen. Aber es war völlig windstill. Sie schauderte und drehte sich erneut um; der Verletzte war ebenfalls verschwunden. Sie hatte allerhöchstens vier, fünf Sekunden nach dem Alten Ausschau gehalten. Mit seinem verletzten Bein konnte der Mann in dieser Zeit unmöglich weiter als ein paar Schritte weit gekommen sein. Aber die Straße war zu beiden Seiten leer, und das einzige Gebäude, das er in den wenigen Augenblicken erreicht haben konnte, war das Hotel.

Vivian eilte mit raschen Schritten auf den Hoteleingang zu. Mark kam ihr entgegen, als sie das Foyer betrat. »Ist er hier?« fragte sie übergangslos.

»Wer?«

»Der Mann, den ich angefahren habe«, entgegnete Vivian ungeduldig. »Er ist verschwunden.«

»Verschwunden?« wiederholte Mark. »Was heißt das?«
»Verschwunden«, sagte Vivian gereizt. »Weg. Nicht mehr da. Ich hatte mich einen Augenblick umgedreht, um mit diesem komischen Alten zu reden. Als ich wieder hinsah, war er weg. Aber er kann mit seinem verletzten Bein unmöglich weiter als ein paar Schritte gelaufen sein. Ich dachte, er wäre vielleicht hier.«

Mark schüttelte den Kopf. »Ich habe die ganze Zeit dort drüben beim Portier gestanden und den Ausgang nicht aus den Augen gelassen.« Er lachte kurz und humorlos. »Die beiden sauberen Herren werden sich aus dem Staub gemacht haben. Wahrscheinlich haben sie gemerkt, daß sie mit ihrem Trick an die Falschen geraten sind.«

»Was für ein Trick?«

»Er ist nicht gerade neu, aber es gibt einige Gauner, die versuchen es immer wieder. Und es gibt noch genügend Dumme, die darauf hereinfallen. Diese Burschen arbeiten meist zu zweit. Einer springt vor einen Wagen und mimt den Verletzten, der andere tritt als zufällig anwesender Zeuge auf und beschwört, daß der arme Mann wirklich unschuldig an dem Unfall sei. Der Verletzte ist schließlich bereit, sich mit einer Entschädigung abzufinden, und der Fahrer zahlt, um unerwünschtes Aufsehen zu vermeiden.« Er grinste. »Aber sie haben wohl erkannt, daß die Masche diesmal nicht zieht. Die beiden konnten es sich nicht leisten, auf die Polizei zu warten.«

Vivian nickte widerwillig. Marks Worte klangen logisch und überzeugend, dennoch sträubte sie sich dagegen, die Erklärung zu akzeptieren. Mit den beiden hatte irgend etwas zweifelsohne nicht gestimmt, aber sie glaubte einfach nicht daran, daß es sich nur um zwei geschickte Trickbetrüger gehandelt hatte. Und da war noch ein Gedanke, der sich in ihrem Bewußtsein einnistete. Je genauer sie sich die Szene ins Gedächtnis rief, desto sicherer war sie, daß die Straße hinter dem Wagen leer gewesen war, als sie in den Spiegel gesehen hatte.

Mark drückte sie in die Polster eines Ledersessels. »Warte hier. Die Polizei wird bald kommen. Ich parke in der Zwischenzeit den Wagen richtig, bevor es womöglich noch einen weiteren Unfall gibt.«

Vivian nickte, und er verließ das Hotel. Kaum eine Minute später kehrte er zurück, und kurz darauf betrat auch ein Polizist das Foyer, der sich als Lieutenant Beramo vorstellte. Vivian erzählte ihm in knappen Worten, was passiert war, und Mark machte einige ergänzende Bemerkungen. Beramo kritzelte etwas auf seinen Block, schüttelte den Kopf und steckte seinen Kugelschreiber zurück. »Ich glaube«, sagte er nach kurzem Überlegen, »daß Ihr Mann recht hat.« Er klappte seinen Notizblock zu und schenkte Vivian ein scheues Lächeln. »Wahrscheinlich haben die beiden wirklich versucht, Sie hereinzulegen. Ein uralter Trick. Ich bin nur froh, daß Sie nicht darauf hereingefallen sind und ihnen Geld gegeben haben.«

Vivian erwiderte seinen Blick gelassen. Sie hatte keine Lust, länger als unbedingt nötig über den Vorfall zu sprechen. Ihrer Meinung nach wäre es nicht nötig gewesen, überhaupt die Polizei einzuschalten, und sie mußte sich Mühe geben, ihre Verärgerung darüber nicht an dem jungen Beamten auszulassen. »Wenn ich ehrlich sein soll«, sagte sie nach einer Weile, »wäre es mir am liebsten, wenn wir die ganze Angelegenheit so schnell wie möglich vergessen würden.«

»Soll das heißen, daß Sie keine Strafanzeige erstatten wollen?«

Vivian schüttelte den Kopf. »Gegen wen denn? Und weswegen? Ich wüßte kein Gesetz, nach dem sich ein Unfallopfer strafbar macht, wenn sie sich weigert, eine Entschädigung anzunehmen. Und mehr ist schließlich nicht passiert. Eventuelle Absichten können wir höchstens vermuten, aber nicht beweisen. Die beiden würden nicht einmal einen Anwalt brauchen, um sofort wieder freigelassen zu werden.«

»Es sei denn, es liegen schon weitere Anzeigen gegen sie vor. Dann würden die beiden sich nicht mehr herausreden können.«

»Falls Sie sie überhaupt finden sollten.«

»Die Chancen dafür stehen allerdings nicht besonders gut«, räumte Beramo ein. »Trotzdem wäre es einen Versuch wert.« Er wandte sich Mark zu. »Sie und Ihre Frau sind bedeutende Persönlichkeiten. Ich möchte nicht, daß Sie einen falschen Eindruck von unserem Land bekommen.«

»Keine Sorge.« Vivian lächelte und wechselte einen raschen Blick mit Mark. Er schwieg, konnte sich aber nur mühsam ein Grinsen verkneifen. »Gauner gibt es überall. Ich bin Ihnen für Ihre Bemühungen sehr dankbar, aber mehr ist wirklich nicht nötig.«

Beramo überlegte. Auf der einen Seite mochte er froh sein, die Angelegenheit so schnell erledigen zu können, anderseits widerstrebte es seinem Gerechtigkeitsempfinden. Schließlich zuckte er mit den Achseln und stand auf. »Wie Sie wünschen, Missis Taylor.« Er ging zur Tür und blieb zögernd stehen. »Wenn Sie Wert darauf legen, lasse ich zwei Beamte zu Ihrem Schutz abstellen.«

Vivian schüttelte erneut den Kopf. Sie konnte sich Angenehmeres vorstellen, als Tag und Nacht von zwei Polizisten begleitet zu werden, und alles nur, weil zwei kleine Ganoven sie um ein paar Dollar zu betrügen versucht hatten. »Das ist wirklich nicht nötig«, erklärte sie mit Entschiedenheit. »Mein Mann und ich werden voraussichtlich ohnehin morgen oder spätestens übermorgen abreisen.«

»Ist das auch Ihre Meinung, Mister Taylor? Sie sollten sich das Angebot überlegen.«

Mark nickte. »Wir wissen Ihre Hilfe zu schätzen, Lieutenant«, sagte er. »Aber ich schließe mich der Meinung meiner Frau an.«

Beramo trat noch einen Moment unschlüssig von einem Fuß auf den anderen. »Also gut, dann wünsche ich Ihnen noch einen angenehmen Aufenthalt.« Er verabschiedete sich und verließ das Hotel.

»Polizeischutz«, murmelte Vivian kopfschüttelnd, während sie mit Mark zum Fahrstuhl ging. »Kommt überhaupt nicht in Frage.«

Mark lachte leise. »Wir werden ihn sowieso bekommen, ob es uns paßt oder nicht.«

Vivian zog die Brauen zusammen. »So?«

Mark nickte gelassen. »Sicher. Wenn wir nicht offiziell zustimmen, wird man uns eben etwas unauffälliger beobachten, aber den Schutz bekommen wir auf alle Fälle. New York kann es sich nicht leisten, uns zu verärgern. Es gibt schließlich den Taylor-Konzern.«

»Du übertreibst.«

»Keineswegs. Wenn alles so läuft, wie ich es mir gegenwärtig vorstelle, werden unsere Niederlassungen hier der Stadt demnächst Millionen an Steuergeldern einbringen, und nichts braucht New York dringender als Geld. Ob es dir paßt oder nicht – wir gelten im Moment als äußerst wichtige Personen.«

»Und nur wegen ein paar kleinkarierter Ganoven sieht man plötzlich die Verhandlungen bedroht?«

Mark lächelte, und sie stiegen gemeinsam in die Liftkabine. »Wohl kaum. Bloß ist den Herren im Stadtrat wahrscheinlich jetzt erst aufgefallen, wie gefährdet wir sind. Die beiden hätten theoretisch auch Touristen sein können, und wenn man hier einen Anschlag auf uns unternommen hätte, würde das für einige der hohen Tiere ziemlich unangenehme Folgen haben.«

»Aber das ist doch totaler Blödsinn!«

»In dieser Welt ist vieles blödsinnig.« Mark lächelte. Sie betraten ihr Apartment.

»Ich bin froh, wenn wir wieder von hier weggehen«, stieß Vivian hervor. Sie ging zum Fenster hinüber und warf einen Blick hinaus. Obwohl sie sich nur im dritten Stock befanden, schien die Straße tief unter ihr zu liegen. Die wenigen Passanten bewegten sich seltsam ruckartig, wie bei einem alten, mit viel zu hoher Geschwindigkeit gedrehten Film. Wenn sie aus einer größeren Höhe nach unten schaute, empfand Vivian durch ihre Höhenangst fast augenblicklich Schwindel, und sie wandte den Kopf rasch wieder ab. »Ich hasse diese Stadt. Hier ist alles so voller Hektik, so seelenlos, wie in einer Roboterfabrik.«

Mark musterte sie durchdringend. »Was ist eigentlich mit dir los?« fragte er unverblümt. »So nervös kenne ich dich überhaupt nicht.«

Vivian zuckte unwillig mit den Achseln. »Nichts. Ich ... ich fühle mich nicht besonders wohl«, antwortete sie.

»Wegen des Unfalls?« Er machte eine wegwerfende Handbewegung. »Vergiß die Sache. Selbst wenn es kein abgekartetes Spiel gewesen sein sollte, kann der Mann nicht schwer verletzt gewesen sein, sonst wäre er wohl kaum so schnell verschwunden.«

Vivian wußte, daß Mark recht hatte, aber die seltsame unerklärliche Unruhe, die von ihr Besitz ergriffen hatte, schien sich eher noch zu verstärken. Irgend etwas war mit diesem Mann nicht in Ordnung gewesen. Sie war sich vollkommen sicher, daß er im Spiegel nicht sichtbar gewesen war, auch wenn dies unmöglich war. Sie stieß sich vom Fenster ab und ging auf Mark zu. Es hatte keinen Sinn, sich den Kopf über etwas zu zerbrechen, das sie im Moment sowieso nicht lösen konnte. »Du hast recht«, flüsterte sie. Sie schlang die Arme um seinen Hals, hauchte einen Kuß auf seine Lippen und preßte ihr Gesicht gegen seines. »Entschuldige, Liebling. Ich bin wohl einfach etwas überreizt.«

»Da geht es nicht nur dir so.« Marks Finger streichelten sanft ihre Wange. »Sobald wir das Geschäft hinter uns gebracht haben, machen wir uns ein paar schöne Tage. Dann kann uns der Rest der Welt gestohlen bleiben.«

»Ich freue mich schon darauf. Allerdings warne ich dich schon jetzt: Wenn du irgend jemandem Bescheid sagst, wo man dich erreichen kann, dann kratze ich dir die Augen aus.«

»Ich verspreche dir, keiner wird uns stören.« Mark löste sich aus seiner Umarmung. »Aber noch ist es nicht soweit. Es wird Zeit, daß wir uns für den Empfang zurechtmachen, wenn wir nicht zu spät kommen wollen.«

Vivian nickte widerwillig. »Ich fürchte, du hast recht. Dabei habe ich überhaupt keine Lust.«

»Vielleicht wird es ganz unterhaltsam«, erklärte Mark wenig überzeugend. »Immerhin – wer wird schon vom Bürgermeister New Yorks zu einer Party eingeladen?«

»Wahrscheinlich ein paar hundert absolut langweilige Leute«, konterte Vivian. Sie drehte sich um und ging auf das Badezimmer zu. »Ich mache mich nur ein wenig frisch und ziehe mich um, dann …« Sie brach ab. Ihre Augen weiteten sich ungläubig.

Mark war mit einem Satz bei ihr. »Was hast du?«

»Ich … ich weiß jetzt, worauf es die beiden Kerle wirklich abgesehen hatten«, sagte Vivian stockend. »Mein Amulett. Sie … sie haben mir mein Amulett gestohlen!«

6

Jeremy Cramer schloß wie stets pedantisch seinen Wagen hinter sich ab, überzeugte sich trotz der Zentralverriegelung mit einem zusätzlichen Blick davon, daß alle vier Türen verschlossen waren und die Alarmanlage in Betrieb war und verließ dann die Garage. Die elektronisch gesteuerten Türen aus Panzerstahl schlossen sich hinter ihm. An der Korridordecke glomm ein winziges rotes Auge auf, als die automatische Überwachungsanlage ihr Videosystem aktivierte. Niemand, der sich dem Haus auf mehr als zehn Meter näherte, konnte auch nur einen Schritt machen, ohne überwacht zu werden.

Es gab Tage, da fühlte sich Cramer wie ein Gefangener in seinem eigenen Haus. Die äußerlich schmucke und gepflegte Villa schien sich in nichts von den Häuser zu unterscheiden, die das Stadtbild in dieser Gegend New Yorks bestimmten. Aber der Schein täuschte – das Haus war eine Festung. Die Videoanlage war nur ein Teil der nach menschlichem Ermessen absolut unüberwindlichen Sicherheitsvorkehrungen. Das begann bei den Stahlbetonwänden, ging über schußsichere Fenster und Berührungssensoren unter dem Rasen, bis hin zu den kunststoffverkleideten Stahltüren, die im Falle des Angriffs per Knopfdruck unter Starkstrom gesetzt werden konnten. Und die Sicherheit, die der Staat Jeremy Cramer und seiner Familie garantierte, hörte keineswegs an seiner Grundstücksgrenze auf. Sein Wagen war eine Art getarnter Panzer, den man höchstens mit einer Kanone beschädigen konnte, und selbst seine Kinder wurden auf dem Weg zur Schule von zwei FBI-Agenten überwacht, die die beiden sogar ins Ferienlager begleitet hatten.

Aber Cramer wußte auch, daß dieser Aufwand nicht

ihm persönlich galt. Es waren sein Wissen und vor allem der schmale, in braunes Leder eingeschweißte Dienstausweis in seiner Brusttasche, den die Stadt mit so hohem Aufwand schützte. Jeremy Cramer war der Chef des New Yorker FBI. Er hatte das Amt in dieser Stadt vor zwölf Jahren übernommen, und er hatte es in dieser Zeit geschafft, die Stadt merklich sicherer zu machen. Im Gegensatz zu seinem Vorgänger baute Cramer auf das Rezept, so eng mit der städtischen Polizei, privaten Sicherheitsunternehmen und dem Geheimdienst zusammenzuarbeiten, wie überhaupt möglich. Sein gewagtes Vorgehen hatte schon nach wenigen Jahren Erfolg gezeigt – die allgemeine Kriminalität in der Riesenstadt war zwar nicht zurückgegangen, aber auch nur geringfügig gestiegen, was angesichts der gigantischen Steigerungen der Verbrechensrate in nahezu allen anderen amerikanischen Großstädten bereits einen gewaltigen Erfolg darstellte. Alle Prognosen Anfang der achtziger Jahre hatten gerade für New York eine weit überdurchschnittliche Zunahme an Gewaltverbrechen vorausgesagt, doch es war vor allem Jeremy Cramers unermüdlichem Engagement zu verdanken, daß dieser Trend nicht nur bei der Straßenkriminalität umgekehrt werden konnte, sondern es war ihm sogar gelungen, zwei der vier Mafiafamilien, die das organisierte Verbrechen in der Stadt unter sich aufgeteilt hatten, zu zerschlagen. Auf der Todesliste der Syndikate stand sein Name mit weitem Abstand an erster Stelle, und er hatte es längst aufgegeben, die mißlungenen Attentate noch zu zählen, die bereits auf ihn verübt worden waren.

Cramer ging ins Wohnzimmer hinauf, stellte seinen Aktenkoffer ordentlich in die gewohnte Ecke und ließ sich in einen Sessel fallen. Die Kinder waren mit der Schule unterwegs, und seine Frau verbrachte den Nachmittag mit einem der regelmäßigen Kaffeekränzchen bei den Mastertons; das Haus war leer. Aber es kam auch nicht öfter als ein paarmal im Jahr vor, daß Cramer so zeitig nach Hause kam. Er schloß die Augen, verschränkte die Arme hinter dem Kopf und genoß für ein paar Sekunden den Luxus, an gar nichts zu denken. Selten genug fand er Zeit für sich selbst.

Ein leises Geräusch ließ ihn aufhorchen; ein Scharren oder Schleifen oben im Schlafzimmer. Er runzelte die Stirn, betrachtete für einen Moment die weißgetünchte Decke über sich und zuckte dann mit den Achseln. Wenn außer ihm noch eine weitere Person im Hause gewesen wäre, hätte ihm dies der Sicherheitsdienst längst mitgeteilt – das ganze Haus war in ein Netz von Videos und Mikrophonverbindungen eingesponnen, das direkt an die FBI-Zentrale angeschlossen war. Wahrscheinlich war eine von seinen drei Katzen oben im Schlafzimmer und spielte.

Cramer stand auf. Es wurde sowieso Zeit, nach oben zu gehen. Er war nicht eher aus dem Büro gekommen, um die Zeit zu vertrödeln.

Der Gedanke an den bevorstehenden Abend bereitete ihm Unbehagen. Wahrscheinlich würde es eine dieser öden, nicht enden wollenden Cocktailpartys werden, für die Bürgermeister Conelly berüchtigt war. Cramer verspürte nicht die geringste Lust, seine Zeit mit seichter Konversation und Händeschütteln zu vergeuden. Aber eine Einladung des Bürgermeisters konnte selbst er nicht so ohne weiteres ausschlagen. Außerdem waren noch einige weitere wichtige Männer eingeladen, mit denen er beruflich zu tun hatte, unter ihnen vor allem Croyd, der Leiter des größten privaten Sicherheitsdienstes, und Polizeipräsident Bender. Mit ihm mußte Cramer ohnehin sprechen. Vielleicht würde sich die Zeit doch noch einigermaßen nutzbringend verwenden lassen.

Er durchquerte das Wohnzimmer und stieg die Treppe

hinauf. Das Haus verfügte zwar über einen Aufzug, der ins erste Stockwerk hinaufführte, doch Cramer verzichtete meistens darauf, ihn zu benutzen. Er bekam sowieso viel zu wenig Bewegung.

Das Schlafzimmer war kühl und dunkel. Die Klimaanlage, die eine stets gleiche Temperatur und Luftfeuchtigkeit gewährleistete, surrte leise. Die Jalousien waren heruntergelassen und ließen nur einen schmalen, flirrenden Lichtstreifen in den Raum. Cramer tastete nach dem Lichtschalter, knipste die Deckenleuchte an und ging zum Kleiderschrank hinüber.

Auf seinem Bett saß ein Mann.

Cramer blieb wie angewurzelt stehen, musterte den Fremden verblüfft, fragte sich einen Moment lang, wie dieser Mann ins Haus gekommen sein konnte, und schätzte ihn automatisch auf seine potentielle Gefährlichkeit hin ab. Das Ergebnis gefiel ihm nicht besonders.

»Mister Cramer.« Der Fremde lächelte flüchtig. »Schön, daß Sie kommen. Wie ich sehe, sind Sie pünktlich.«

»Wer sind Sie?« fragte Cramer ruhig, ohne sich seine Verblüffung anmerken zu lassen. »Und was wollen Sie? Wie kommen Sie hier herein?«

Der Mann stand mit geschmeidigen Bewegungen auf. Er war groß, fast zwei Köpfe größer als der gewiß nicht kleinwüchsige Cramer, schlank und muskulös. Seine Bewegungen waren irgendwie leicht, fast elegant, und zeugten von einem durchtrainierten Körper. Cramer wich unwillkürlich einen Schritt zurück, als der Mann auf ihn zukam. »Viele Fragen auf einmal«, sagte der geheimnisvolle Eindringling. »Mein Name ist Frank Porter, aber der wird Ihnen sicher nichts sagen. Und ich bin hier, um Sie mitzunehmen.«

Jeremy Cramer merkte, wie seine Nervosität stieg. Er spürte, daß dieser Mann gefährlich war, auch wenn es keine direkte Gefahr war, die er sehen konnte. Er hatte keine Angst vor körperlich überlegenen Gegnern. Seine FBI-Schulung befähigte ihn, leicht mit fünf solcher Figuren fertig zu werden, obwohl er etwas aus der Übung war, was seine körperliche Fitneß anbelangte. Aber irgend etwas war an dem Mann, das Cramer ängstigte. Eine Art ... Aura, eine unsichtbare Ausstrahlung, die den hünenhaften Fremden zu umgeben schien.

»Sie nehmen niemanden mit«, sagte Cramer kalt. Seine Hand fuhr mit einer blitzschnellen Bewegung in die Tasche und kam mit einer .38er Special wieder zum Vorschein. Der Sicherungshebel schnappte klickend zurück. »Ich möchte jetzt wissen, wer Sie sind und wie Sie hier hereinkommen«, sagte er ruhig. »Und wer Sie beauftragt hat.«

Frank Porter lächelte. Seine Hand schoß plötzlich vor, so schnell, daß Cramer die Bewegung erst wahrnahm, als seine Waffe schon im hohen Bogen davonflog, aber so schnell ließ sich der FBI-Mann nicht überrumpeln. Er wich zurück, fing den vorschnellenden Arm Franks mit dem Ellbogen ab und wich zur Seite aus. Seine Reflexe funktionierten noch so gut wie früher, als er im aktiven Dienst gewesen war. Der Angreifer taumelte an Cramer vorbei und kämpfte, von der Wucht seines eigenen Schlages mitgerissen, um sein Gleichgewicht. Cramers Fuß kam hoch, beschrieb einen Bogen und landete mit vernichtender Wucht an der Brust seines Gegners.

Porter jedoch schien den Treffer gar nicht zu spüren. Er fuhr herum, stieß ein ärgerliches Knurren aus und griff nach Cramers Handgelenken. Der FBI-Direktor schrie auf, als sich die Hände des Fremden wie Schraubstöcke um seine Gelenke legten und sie erbarmungslos zusammendrückten. In einer instinktiven Abwehr riß er die Knie hoch. Genausogut hätte er versuchen können, eine Planierraupe mit bloßen Händen aufzuhalten. Ein scharfer Schmerz zuckte durch sein Bein. Er hatte das Gefühl, gegen eine Stahlplatte getreten zu haben.

»Es hat keinen Zweck, Cramer«, zischte Frank. »Geben Sie auf. Ich will Sie nicht verletzen.«

Cramer wimmerte schmerzerfüllt, als sich der mörderische Griff der Hände noch verstärkte. Er brach vor dem Riesen auf die Knie.

»Gut so«, sagte Frank. »Wir haben schon viel zuviel Zeit verloren.« Er drehte sich um und schleifte Cramer wie eine gewichtslose Spielzeugpuppe hinter sich her, aber er ging nicht zur Tür. Sein Ziel war der mannshohe, dreigeteilte Spiegel, der neben dem Bett an der Wand hing.

Jeremy Cramer begann zu schreien, als sein Blick in den Spiegel fiel. Er sah sich selbst, eine hilflose, gefesselte Gestalt, die mit unwiderstehlicher Gewalt über den Boden geschleift wurde. Sein Oberkörper ragte in unmöglichem Winkel in die Luft, die Hände schienen haltsuchend nach oben zu greifen. Er konnte die Druckstellen sehen, die Porters brutaler Griff auf seinen Handgelenken hinterließen, seine Fußabdrücke im Teppich.

Aber der Fremde selbst war unsichtbar.

Der Spiegel schien plötzlich auf ihn zuzurasen. Cramer hörte das helle Splittern von Glas und spürte einen heißen, brennenden Schmerz, der über bloße körperliche Qual hinausging und sich tief in seine Seele zu fressen schien. Er hatte noch Zeit, einen letzten, halberstickten Schrei auszustoßen, dann versank die Welt um ihn in einem Wirbel aus Schmerzen und Kälte.

»Das ist Polizeichef Bender«, raunte Mark Vivian zu, als ein dynamischer, sonnenbankgebräunter Mittvierziger auf sie zukam, kaum daß sie den Ballsaal in Bürgermeister Conellys luxuriöser Villa betreten hatten. Der Mann sah eher aus wie ein aufstrebender Manager, fand Vivian.

»Ich freue mich, daß Sie gekommen sind, Mister Taylor«, sagte Paul Bender. Er schüttelte Mark die Hand und wartete, bis der ihn mit Vivian bekannt gemacht hatte und sie ihm ebenfalls die Hand reichte. Seine Haut fühlte sich kühl und glatt an. »Wir waren schon in Sorge, daß sie wegen der bedauerlichen Zwischenfälle vom heutigen Tag nicht kommen würden«, sagte er und zauberte ein nur halbwegs gelungenes Lächeln auf sein Gesicht.

»Sie wissen davon?«

»Sicher. Ich erfahre alles, was in meiner Stadt vorgeht. Oder jedenfalls fast alles«, fügte er mit einem listigen Lächeln hinzu. »Solche Gaunereien sind leider an der Tagesordnung.«

»Es war keine Gaunerei«, erwiderte Vivian ernst. Nach kurzem Zögern entschloß sie sich, Bender die Wahrheit zu sagen. Vielleicht besaß er tatsächlich Möglichkeiten, ihr das gestohlene Amulett wiederzubeschaffen. Wenn sie wie geplant morgen oder übermorgen mit Mark abreiste, würde es ansonsten bedeuten, sich mit dem Verlust einfach abzufinden, und dafür war ihr das Amulett zu wichtig. Der materielle Wert mochte gering sein, aber darauf kam es in diesem Fall nicht an.

Bender schaute sie fragend an. »Sie glauben, es war wirklich ein Unfall?«

Vivian schüttelte den Kopf. »Nein, ein Trick, um nahe an mich heranzukommen und mich zu bestehlen«, erklärte sie. »Man hat mir eine Kette mit einem Medaillon gestohlen. Leider habe ich es erst später gemerkt, als Lieutenant Beramo schon wieder fort war. Das Schmuckstück ist zwar nicht besonders kostbar, aber es ist ... eine Art Andenken.«

Bender machte ein bedauerndes Gesicht. »Das tut mir leid. Ich werde mich darum kümmern. Eine Beschreibung der Täter haben wir ja bereits von Ihnen. Können Sie mir noch sagen, wie das Medaillon aussah?«

Vivian beschrieb es mit knappen Worten.

»Nun, das ist ein etwas ausgefallenes Schmuckstück, das zu finden sein dürfte. Ich werde einige meiner besten Leute auf den Fall ansetzen. Sie werden Ihr Schmuckstück zurückbekommen, das verspreche ich Ihnen.«

Vivian musterte ihn überrascht. »So viel Aufwand wegen einer gestohlenen Kette?«

Bender zuckte mit den Achseln. »New York ist eine Weltstadt«, sagte er trocken. »Wir können es nicht zulassen, daß unsere Gäste auf offener Straße bestohlen werden.« Erst nach ein paar Sekunden merkte Vivian, daß es ein sarkastischer Satz war. New York und Straßendiebstähle gehörten zusammen wie der Klingelbeutel und die Kirche. »Aber machen Sie sich jetzt keine Sorgen mehr um Ihr Medaillon. Genießen Sie das Fest.« Er winkte einen der zahllosen Kellner zu sich. »Bringen Sie unseren Gästen etwas zu trinken.«

Vivian begann sich zunehmend unbehaglicher zu fühlen. Sie hatte diese großen, von künstlicher Fröhlichkeit bestimmten Cocktailpartys niemals gemocht, und der Verlust ihres Amuletts stimmte sie nicht gerade fröhlicher. Sie war sich noch nicht ganz sicher, was der Raub zu bedeuten hatte. Alles deutete auf einen ganz normalen Diebstahl hin, aber jeder auch nur halbwegs geschickte Gauner hätte auf Anhieb erkennen müssen, daß das Schmuckstück nicht einmal annähernd so viel einbringen würde wie etwa das goldene, mit Brillanten besetzte Armband, das sie am Nachmittag ebenfalls getragen hatte. Trotzdem hatten die beiden Diebe sich nur mit der relativ wertlosen Kette begnügt. Dazu kamen die sonderbaren Begleitumstände, die Tatsache, daß sie den Mann im Spiegel nicht gesehen hatte, sowie die übrigen Ereignisse der letzten Zeit; die allnächtliche Wiederkehr des

Alptraums, das Orakel der Karten, die Séance. Zu diesem Zeitpunkt war sie angespannt, übermüdet und von Angst erfüllt gewesen, so daß es möglich war, daß ihr Unterbewußtsein mit den Belastungen nicht mehr fertig geworden war.

Vivian glaubte jedoch nicht daran. Sie hatte ihre okkulte Begabung akzeptiert und sich seit vielen Jahren schon daran gewöhnt, dennoch war sie ihr zum größten Teil immer fremd geblieben – und auch ein wenig furchteinflößend. Aber daß ihre Fähigkeiten, die im Grunde nur ein Talent darstellten, wie andere Leute es zum Malen oder Schreiben hatten, eine selbständige Persönlichkeit entwickeln und gegen sie rebellieren könnten, war absurd. Abgesehen von dem Vorfall bei der Séance hatte sie noch nie irgendwelche Anzeichen von Bewußtseinsspaltung verspürt.

Dennoch – diese Häufung von sonderbaren Ereignissen in der letzten Zeit konnte kaum noch ein Zufall sein. Irgend etwas Unheimliches ging in dieser Stadt vor, und obwohl sie noch nicht einmal in Ansätzen wußte, um was es sich handelte, war sie irgendwie darin verwickelt.

Sie schmiegte sich dichter an Mark und versuchte, die Menschenmenge zu überblicken; ein Unternehmen, das fast aussichtslos erschien. Grob geschätzt befanden sich mindestens zweihundertfünfzig bis dreihundert Personen in dem weiten, in barockem Stil eingerichteten Ballsaal. Bürgermeister Conelly schien alles eingeladen zu haben, was in der Stadt Rang und Namen hatte. Soweit Vivian sehen konnte, war sie unter den Gästen mit Abstand die Jüngste. Die meisten anwesenden Männer und Frauen waren mindestens doppelt so alt wie sie, und zumindest die Frauen hatten sich nach Kräften bemüht, ihr Alter unter Tonnen von Make-up zu verbergen. Mit der hier aufgetragenen Schminke allein hätte man mühelos eine Parfümerie eröffnen können – so wie man problemlos die Auslagen mehrerer Juweliere mit dem hier zur Schau gestellten Schmuck füllen konnte.

Obwohl es noch relativ früh war, hatten sich bereits überall die auf Partys berüchtigten Gruppen und Grüppchen gebildet; kleine, meist aus zwei bis sechs Personen bestehende Pulks von Leuten, die sich an ihren Drinks festklammerten und miteinander redeten. Auf einer Empore im Hintergrund des Ballsaales kämpfte eine Big Band vergeblich gegen den Lärm an, den eine solche Menschenmenge verursachte. Livrierte Kellner und Dienstboten flitzten wie ein Schwarm kleiner geschäftiger Fische durch die Menschenmenge, Tabletts mit Gläsern und kleinen Appetithappen über dem Kopf oder vor sich hin balancierend. Die Südseite des riesigen Saales wurde von einer scheinbar endlosen Tafel beherrscht, an der Köche mit hohen, weißen Mützen damit beschäftigt waren, dem kalten Buffet den letzten Schliff zu geben.

»Für eine Stadt, die seit Jahren am Rande des Ruins dahinstolpert, ein ziemlich großer Aufwand«, murmelte Vivian.

Bender drehte sich um und grinste. Offenbar hatte er die geflüsterten Worte trotz des Lärms gehört. »Ich kann Sie beruhigen, Missis Taylor«, sagte er. »Dies hier geht nicht auf Kosten des Steuerzahlers. Bürgermeister Conelly zahlt das Fest aus eigener Tasche. Immerhin feiert er heute sein zehntes Dienstjubiläum.«

Der Kellner kam mit den bestellten Getränken und rettete Vivian davor, sich eine schlagfertige Entschuldigung einfallen zu lassen.

»Kommen Sie«, sagte Bender. »Ich stelle Sie dem Bürgermeister vor.« Er drehte sich um und bahnte sich und seinen Begleitern eine Gasse durch die Menschenmenge.

»Hast du eine Ahnung, wie lange die Party dauert?« flüsterte Vivian.

Mark lächelte. »Sie hat ja noch nicht einmal angefangen«, sagte er. »Schon keine Lust mehr?«

»Die hatte ich schon nicht, bevor wir gekommen sind.«

»Wir brauchen ja nicht die ganze Nacht zu bleiben. Aber zwei, drei Stunden müssen wir schon aushalten, das wirst du wohl schaffen. Sonst bist du doch auch gern auf Parties.«

»Schon, aber im Moment ...« Vivian sprach nicht weiter. Das seltsame Unbehagen, das von ihr Besitz ergriffen hatte, schien sich mit jeder Minute zu verstärken. Vielleicht, versuchte sie sich einzureden, lag es wirklich nur am Verlust ihres Amuletts. Sie kam sich irgendwie nackt und verwundbar vor. Aber sie wußte, daß sie sich nur etwas vormachte, wenn sie alles darauf schob. Das Unbehagen war ein Warnsignal, das bei ihr weit über normale Intuition hinausreichte. Nachdenklich betrachtete sie Benders Rücken. Die seltsame Kühle seiner Haut fiel ihr wieder ein – so ähnlich hatte sich die Hand des Diebes angefühlt. Kalt, glatt und irgendwie künstlich.

Vivian schüttelte ärgerlich den Kopf. Sie fing schon an, Gespenster zu sehen, wenn sie jeden verdächtigte, der eine kühle Hand hatte.

»Mister Taylor!« ertönte ein Ruf nicht weit von ihnen entfernt, bevor sie sich weitere Gedanken darüber machen konnte. Bürgermeister Howard Conelly, den sie bereits von Zeitungsfotos her kannte, drückte einem der geschäftig herumflitzenden Dienstboten sein Glas in die Hand und kam mit langen Schritten auf Mark und Vivian zu. »Wie schön, daß Sie gekommen sind.« Er grüßte Bender mit einem knappen Kopfnicken und schüttelte Mark die Hand, dann begrüßte er auch Vivian. »Und Sie sind sicher Missis Taylor?«

Vivian nickte. Gleich darauf trat ein distinguiert aussehender Mann mit scharf geschnittenem Gesicht, einem energischen, kantigen Kinn und streng gescheiteltem grauen Haar zu ihnen, den Mark ihr als Jonathan Masterton vorstellte. Erneut wurden Hände geschüttelt. Masterton entsprach ziemlich genau der Beschreibung, die Mark ihr von ihm gegeben hatte. Nachdem sie ihn nun persönlich kannte, konnte sich Vivian gut vorstellen, daß Masterton ein äußerst zäher Verhandlungspartner war.

»Was machen Ihre Verhandlungen?« erkundigte sich Conelly neugierig.

»Es läuft alles ganz hervorragend«, entgegnete Masterton. »Mark und ich sind uns bereits in einer Vielzahl von Punkten einig geworden. Wir hoffen, daß wir die Verträge morgen unterzeichnen können.«

»Es würde mich sehr freuen, wenn alles gutginge und Sie in Zukunft verstärkt auf dem amerikanischen Markt tätig würden, Mister Taylor«, kommentierte Conelly. »Diese Stadt braucht dringend weitere Steuergelder. Vielleicht sollte ich das als Bürgermeister nicht so offen sagen, aber es ist ja ohnehin kein Geheimnis.« Er lächelte, hakte sich jovial bei Vivian unter und zog sie fast gewaltsam mit sich. »Kommen Sie, überlassen wir die beiden ihren Geschäften. Sie werden schon nicht verlorengehen. Im Zweifelsfall finden wir sie bestimmt am Bufett wieder. Gefällt Ihnen unsere kleine Party?«

»Sicher«, antwortete Vivian ohne große Überzeugung.

»Also nicht.«

Vivian zuckte mit den Achseln. »Es ist ...«

»Etwas ungewohnt, ich weiß«, sagte Conelly und nickte. »Bei Ihnen in England geht es sicher gemütlicher zu. Aber Sie werden sehen, auch unsere hektische Lebensweise hat ihre Vorzüge.« Er streichelte Vivian mit einer väterlichen Geste die Hand, lächelte gutmütig und angelte zwei Gläser von einem Tablett. Eines gab er Vivian. »Trinken Sie, Kind«, sagte er. »Trinken Sie. Ich habe nur das Beste vom Besten kommen lassen. Alles nur Ihnen zu Ehren.«

Er sprach so schnell, daß Vivian Mühe hatte, seinen Worten zu folgen, und seine Bewegungen waren derart nervös, daß Vivian sich unwillkürlich an einen auf und ab hüpfenden Gummiball erinnert fühlte. Conelly war ein Mensch, für den man auf Anhieb Sympathie empfinden mußte: klein, ein wenig fett und mit einem gutmütigen, sanften Gesicht – der Typ des gütigen alten Mannes, den man zu Weihnachten in ein rotes Kostüm steckte und ihn die Kinder bescheren ließ. Vivian fragte sich unwillkürlich, wie es jemand wie Conelly schaffen konnte, zum Bürgermeister einer Stadt der Größe New Yorks zu werden.

»Dafür, daß Sie mich noch nicht einmal gekannt haben, ein beachtlicher Aufwand.«

»Was heißt nicht gekannt? Glauben Sie, ich würde keine Zeitungen lesen?«

»Und trotzdem wäre fast alles umsonst gewesen. Wenn ich ehrlich sein soll, habe ich eine Weile mit mir gerungen. Ich wollte eigentlich gar nicht kommen.«

Conelly nickte verständnisvoll. »Mich öden diese Partys im Grunde auch an«, sagte er. »Aber von Zeit zu Zeit muß es sein.« Er nippte an seinem Glas, ließ seine kleinen, durchdringenden Augen blitzartig über die versammelte Menge gleiten und nahm Vivian abermals am Arm. »Kommen Sie, meine Liebe. Ich stelle Sie den anderen vor. Mister Bender kennen Sie ja bereits?«

»Flüchtig.«

Conelly scheuchte ein paar andere Partygäste beiseite und führte Vivian quer durch den Raum zu einer Nische. Musik und Stimmengewirr waren hier nicht ganz so laut. Conelly deutete auf eine Gruppe etwa gleichaltriger, in elegante Smokings gekleideter Männer. »Mister Croyd, Mister Bender, Mister Sorens, Mister Cramer.« Conelly grinste listig. »Sozusagen das Gehirn der Stadt. Ihnen zu Diensten, Missis Taylor.«

Vivian musterte die vier Männer mit gemischten Gefühlen. Sie kannte die Namen bereits von Mark. Conellys harmlos klingende Worte waren kaum übertrieben. In den Händen dieser vier Männer – fünf, Conelly mitgerechnet – lag praktisch die gesamte Macht der Millionenstadt. Bender konnte im Notfall praktisch allein über die fündunddreißigtausend Polizeibeamten der Stadt gebieten. Das gleiche galt für Cramer. Seine FBI-Truppe war wesentlich kleiner, aber deshalb nicht weniger schlagkräftig, zumal er jederzeit Verstärkung anfordern konnte. Croyd war alleiniger Geschäftsführer eines privaten Sicherheitsdienstes, über dessen wirkliche Größe nur er allein Bescheid wußte, aber wenn auch nur die Hälfte der Gerüchte zutrafen, die Vivian über ihn gehört hatte, mußte er über eine regelrecht Armee verfügen.

Und schließlich Sorensen – ein großer, schlanker Mann mit grauen Schläfen und durchdringenden Augen, Leiter der Gesundheitsbehörde. Wenn Sorensen nicht wollte, würde sich in der gesamten Stadt kein Rad mehr drehen. Vivian konnte die Aura der Macht, die die fünf Männer einhüllte, fast körperlich spüren. Der Eindruck war nur vage, nicht mehr als ein flüchtiges Gefühl. Irgend etwas ... Vivian versuchte, die Empfindung in Worte zu kleiden, aber es gelang ihr nicht. Diesen Männern schien irgend etwas gemein zu sein, ein unsichtbares Band, das sie verband, eine Gemeinsamkeit, die man nicht sehen, aber desto deutlicher spüren konnte. Wieder fiel ihr die seltsame Empfindung ein, die sie bei Benders Berührung gehabt hatte. Seine Haut hatte sich kühl und glatt und irgendwie hart angefühlt – und irgendwie sah Bender auch so aus. Sie hatte plötzlich das Gefühl, gar keinem lebenden Menschen, sondern einer Maschine gegenüberzustehen.

Vivian spürte einen fast unüberwindlichen Widerwillen in sich aufsteigen. Die Musik in ihren Ohren schien plötzlich schriller zu klingen. Die Bewegungen der vier Männer wirkten plötzlich irgendwie hölzern und gezwungen, und in ihren Stimmen, die bruchstückhaft zu ihr herüberdrangen, schien ein drohender Unterton mitzuschwingen. Vivian merkte kaum, wie Conelly sie ansprach. Erst, als er sie sanft am Arm berührte und sie dem besorgten Blick seiner Augen begegnete, löste sich der Bann, der von ihr Besitz ergriffen hatte.

»Was ist mit Ihnen, meine Liebe?« fragte Conelly. »Fühlen Sie sich nicht wohl?«

Vivian schüttelte hastig den Kopf. »Es ist ... nichts, Mister Conelly. Wirklich.«

Aber Conelly ließ sich nicht beirren. »Sie fühlen sich nicht wohl, nicht?« fragte er verständnisvoll. »Der lange Flug, dann der Klimawechsel ...« Er lockerte demonstrativ seinen Krawattenknoten. »Es ist verdammt heiß hier bei uns. Ich vergesse das manchmal, aber für jemanden, der das milde englische Wetter gewohnt ist, muß die Umstellung nicht so leicht zu verkraften sein.«

»Wirklich, Mister Conelly, es ist ... nichts weiter«, wehrte Vivian ab. »Wenn mir vielleicht jemand den Weg zum Bad zeigen könnte? Ich werde mich ein wenig frisch machen – danach geht es mir sicher besser.«

Conelly nickte, und Vivian registrierte erfreut, daß er ihre Erklärung offenbar akzeptierte. »Meine Frau wird Ihnen den Weg zeigen«, sagte er. Er drehte sich um, stellte sich auf die Zehenspitzen und schrie dann, ohne sich um Etikette oder die Feinheiten gesellschaftlichen Zusammenseins zu scheren: »Susan!«

Eine Reihe mißbilligender Blicke trafen Conelly, aber das schien ihn nicht zu stören. Cramer lächelte kalt. Offensichtlich war man ein derart exzentrisches Benehmen von Conelly gewohnt.

»Mister Conelly«, sagte Vivian, »es ist wirklich ...«

Conelly brachte sie mit einer energischen Geste zum Schweigen und rief ein zweites Mal nach seiner Frau. Seine Bemühungen wurden nach wenigen Augenblicken belohnt. Susan Conelly war eine kleine, stämmige Frau, die in dem teuren Ballkleid ebenso deplaziert wirkte wie ihr Mann im Smoking. Sie kam mit kleinen, schnellen Schritten auf ihren Mann zu. Auf ihrem Gesicht stand eine Mischung zwischen Mißbilligung und Ergebenheit. Wahrscheinlich, dachte Vivian, hatte sie schon vor langer Zeit aufgehört, sich über das Benehmen ihres Mannes zu wundern.

»Sei so lieb und kümmere dich um Missis Taylor«, bat Conelly. »Sie möchte sich ein wenig frisch machen.«

»Gern. Kommen Sie.«

Vivian atmete innerlich auf, als Susan Conelly ihren Arm nahm und sie die Nische verließen. Ihr war, als würde ein dumpfer Druck von ihrer Seele genommen, nachdem sie aus der unmittelbaren Nähe der vier Männer verschwunden war.

»Die Reise muß sehr anstrengend gewesen sein«, sagte Susan redselig. Sie führte Vivian in einem komplizierten Zickzackkurs zwischen den übrigen Partygästen hindurch und steuerte auf die rückwärtige Wand des Ballsaales zu. »Mein Mann hat schon den ganzen Tag von Ihnen und Ihrem Mann geredet, Vivian«, sagte sie. »Er schien ganz begeistert von Ihnen zu sein.«

Vivian lächelte verlegen. »Wir kennen uns doch gar nicht.«

»Aber er hat von Ihnen gehört.« Sie blieb stehen und sah sich um. »Ist Ihr Mann nicht mitgekommen?«

Vivian nickte. »Doch. Aber ich fürchte, wir haben uns aus den Augen verloren.« Sie entdeckte Mark und Masterton bei einer Gruppe am anderen Ende des Saales und unterdrückte im letzten Moment den Impuls, zu Mark zu eilen und ihm ihre Entdeckung mitzuteilen.

Zuerst mußte sie Missis Conelly auf diplomatische Weise loswerden. Auch im liberalen Amerika gehörte es sicherlich nicht gerade zum guten Ton, festzustellen, daß mit vier der wichtigsten Gäste auf einem offiziellen Empfang irgend etwas nicht zu stimmen schien.

Sie verließen den Saal und gingen durch einen langen, von kostbaren Wandleuchtern erhellten Korridor. Vivians Blicke tasteten über die kostbaren Seidentapeten und blieben an einem kaum sichtbaren rechteckigen Fleck hängen.

Susan Conelly lächelte entschuldigend, als sie den fragenden Ausdruck in Vivians Gesicht bemerkte. »Es sieht nicht sehr hübsch aus, ich weiß«, sagte sie bedauernd. »Ist es bei Ihnen drüben in England auch so schlimm mit den Handwerkern?«

Vivian sah ihre Gastgeberin fragend an.

»Schrecklich, meine Liebe«, fuhr Susan kopfschüttelnd fort. »Ob Sie es glauben oder nicht – Sie werden im ganzen Haus keinen Spiegel finden. Vorgestern hat Howard die Handwerker beauftragt, sie zu erneuern, weil sie vereinzelt anliefen oder bereits blinde Flecken hatten. Man hat uns hoch und heilig versprochen, daß wir die Spiegel bis heute nachmittag wiederbekämen, aber dann hat man uns hängenlassen.« Sie blieb stehen und deutete auf eine Tür. »Wir sind da. Dort ist das Gästebad.«

Vivian nickte und betrat den Raum. Helles, blendfreies Licht flammte bei ihrem Eintreten automatisch auf und tauchte den Raum in schattenlose Helligkeit. Sie trat an eins der beiden schweren, aus weißem Marmor gearbeiteten Handwaschbecken an der Wand, drehte an den vergoldeten Armaturen und ließ sich etwas kaltes Wasser über die Hände laufen.

Sie bedauerte, daß es keine Spiegel gab, sie hätte gerne noch ihre Frisur in Ordnung gebracht. Auch über den

Waschbecken zeichneten noch dunkle Konturen die Stelle nach, an der sie ursprünglich gehangen hatten.

Spiegel ...

Wieder mußte sie daran denken, daß sie den Mann, den sie vor dem Hotel angefahren hatte, nicht im Rückspiegel ihres Wagens gesehen hatte. Dazu dann die sonderbare Art, wie sich die Hände des Verletzten und des Polizeichefs angefühlt hatten. Beide so kühl und glatt, fast wie Glas. Und nun gab es in diesem ganzen Haus keine Spiegel.

Es war eine verrückt geknüpfte Assoziatonskette, die einer logischen Betrachtung kaum standhielt, und dennoch war Vivian plötzlich davon überzeugt, daß alle diese Faktoren miteinander in Verbindung standen. Aber sie wußte nur, daß es allem Anschein nach irgend etwas mit Spiegeln zu tun hatte.

Sie mußte unbedingt mit Mark darüber sprechen. Er war der einzige, er ihr glauben würde. Abrupt drehte Vivian sich um und verließ das Bad wieder.

»Ich möchte wissen, wo Vivian steckt«, sagte Mark halblaut.

Jonathan Masterton machte eine unbestimmte Kopfbewegung nach rechts. »Ich glaube, Conelly hat sie abgeschleppt.« Er grinste. »Sie sollten sich vorsehen, Mark. Vivian ist eine sehr schöne Frau, und Conelly ist als Möchtegern-Casanova berüchtigt. Ich weiß, warum ich meine Frau nicht mitgebracht habe.«

Mark lächelte. »Ich glaube kaum, daß ich mir in dieser Hinsicht bei Vivian Sorgen machen muß.«

Masterton erwiderte das Lächeln. »Wenn ich ehrlich sein soll, hatte Amy auch einfach keine Lust, hierherzukommen.« Er leerte sein Glas und blickte verlangend zum kalten Büfett hinüber. »Der Abend scheint ja wenigstens eine gute Seite zu haben.«

Mark nickte. Er hatte bis jetzt zwei oder drei Whisky getrunken und konnte ebenfalls einen Happen vertragen. Es war immer dasselbe auf diesen Partys – Dutzende von Leuten drängten einem Drinks auf und waren tödlich beleidigt, wenn man ablehnte. Das Ergebnis war dann meistens, daß man viel zuviel trank und am nächsten Morgen mit einem Kater aufwachte. »Gut, kommen Sie.« Er versetzte Masterton einen freundschaftlichen Rippenstoß und schlenderte auf die Tafel zu. Das Küchenpersonal schien mit den Vorbereitungen noch nicht ganz fertig zu sein, was aber eine ganze Anzahl Gäste nicht daran hinderte, schon zuzugreifen.

»Wenigstens sind wir nicht die ersten«, sagte Masterton grinsend. Mark konnte sich kaum vorstellen, daß es sich um den gleichen Menschen wie den knallharten Geschäftsmann handelte, mit dem er fast den ganzen Tag über verhandelt hatte. Es schien, als wäre Masterton privat in eine völlig neue Haut geschlüpft, erwies sich als locker und umgänglich. Mark hätte nicht gedacht, daß er jemals für jemanden wie ihn Sympathie empfinden könnte, aber obwohl sie nur ein paar Minuten miteinander geplaudert hatten, begannen sie bereits, sich anzufreunden. Masterton angelte sich einen Teller vom Stapel, musterte die aufgefahrenen Spezialitäten mit Kennerblick und pfiff anerkennend durch die Zähne. »Conelly scheint ein Gourmet zu sein«, sagte er leise. »Wenn er das wirklich alles aus eigener Tasche bezahlt, muß er entweder ein fürstliches Gehalt beziehen oder eine Menge krummer Geschäfte nebenbei betreiben.«

»Oder einen gewaltigen Kredit haben«, versetzte Mark.

Masterton grinste und lud sich seinen Teller voll. »Greifen Sie zu, Mark«, sagte er, »bevor die besten Sachen weg sind.« Er nahm eine Gabel voll Kaviar und verzog anerkennend das Gesicht. »Köstlich.«

Mark griff ebenfalls nach einem Teller. Das Licht der Kristallüster brach sich auf dem polierten Porzellan und schuf ein verwirrendes Muster aus Gold und Weiß. Mark spielte einen Augenblick mit dem Teller herum und musterte unentschlossen das Büfett. In dem weißen Porzellan spiegelten sich die Gestalten der hinter ihm stehenden Partygäste.

Irgend etwas stimmte mit dem Bild nicht.

Mark runzelte die Stirn, drehte sich um und musterte die hinter ihm stehende Gruppe unauffällig. Auf den ersten Blick war nichts Ungewöhnliches festzustellen – es war eine der üblichen Partygruppen: Vier Männer im eleganten Smoking, die von der gleichen Anzahl Frauen flankiert wurden und sich unterhielten. Erst als Mark sich wieder umdrehte und den Teller ein zweites Mal als Spiegel benutzte, wurde ihm der Unterschied klar.

Zwei der vier Männer besaßen kein Spiegelbild.

Jonathan Masterton ließ seine Gabel sinken und sah Mark mit plötzlicher Besorgnis an. Zwischen seinen Brauen erschien eine steile Falte. »Was haben Sie, Mark?« fragte er mit vollem Mund. »Sie sehen plötzlich aus, als ...«

Mark brachte ihn mit einer hastigen Bewegung zum Schweigen. Sein Blick hing wie gebannt an dem spiegelnden Porzellan in seinen Händen. Die vier Frauen in ihren langen, eleganten Abendkleidern waren deutlich darin zu erkennen, ebenso zwei der vier Männer. Aber die Plätze der beiden anderen waren leer. Er versuchte, sich über dem Lärm der Party auf die Stimmen der hinter ihm stehenden Leute zu konzentrieren. Er hörte die Stimme einer Frau, sah, wie ihr verkleinertes Spiegelbild vor ihm den Mund bewegte und – zu einer Stelle in der leeren Luft sprach.

Aber das ist unmöglich! dachte er entsetzt. Er hatte schon von allen möglichen Sinnestäuschungen und Halluzinationen gehört, aber daß ein Mensch kein Spiegelbild besaß –

Er bemerkte, wie Masterton besorgt um den Tisch herumkam und neben ihm stehenblieb. »Was haben Sie, Mark?« fragte er noch einmal, aber recht leise, um kein Aufsehen zu erregen. »Sie sehen aus, als hätten Sie ein Gespenst gesehen.«

»Genauso kommt es mir auch vor«, gab Mark fassungslos zurück. »Sehen Sie die Gruppe hinter uns?« fragte er, ohne sich umzudrehen.

Masterton wandte automatisch den Kopf und nickte. »Selbstverständlich. Warum?«

»Wie viele sind es?« flüsterte Mark.

»Wie viele … ich verstehe nicht, was Sie meinen.«

»Wie viele?« beharrte Mark.

»Acht«, antwortete Masterton automatisch. »Acht Personen – vier Männer und vier Frauen. Warum?«

Mark reichte ihm wortlos den Teller und deutete hinein. Masterton betrachtete das Spiegelbild einen Herzschlag lang kopfschüttelnd. Dann zuckte er plötzlich zusammen, erstarrte und fuhr mit entsetzt aufgerissenen Augen herum. »Aber …«

»Still!« zischte Mark. Er sah, wie einer der Männer aufblickte und Masterton und ihn abschätzend musterte.

Masterton drehte sich schwerfällig herum. Auf seinem Gesicht stand ein hilfloser Ausdruck. »Ich … verstehe überhaupt nichts mehr«, sagte er leise. Er war blaß geworden.

Plötzlich fiel Mark Vivians seltsames Benehmen ein, der kaum unterdrückte Widerwillen, den er an ihr bemerkt hatte, als sie den Ball betraten. Durch ihre paranormalen Sinne war sie sensibler als normale Menschen, was außergewöhnliche Geschehnisse betraf. Sie mußte gespürt haben, daß hier irgend etwas nicht mit rechten Dingen zuging. Er blickte sich suchend um. »Wo ist Vivian? Ich muß mit ihr sprechen.«

Masterton zuckte mit den Achseln. »Ich weiß nicht. Da hinten steht Conelly. Soll ich ihn fragen?«

Mark zögerte kurz, dann schüttelte er den Kopf. »Wir dürfen die beiden nicht aus den Augen lassen«, murmelte er. »Irgend etwas stimmt hier nicht. Und ich möchte herausfinden, was es ist.« Plötzlich spürte er den Blick eines der beiden Unheimlichen wie eine körperliche Berührung auf sich ruhen. Er kämpfte gegen den Impuls an, sich umzudrehen und den Blick zu erwidern. Aus dem Augenwinkel bemerkte er, wie der Mann sich von seiner Begleiterin löste und mit zwei schnellen Schritten zu einem hünenhaften jungen Mann hinüberging. Die beiden unterhielten sich leise, ohne daß Mark etwas verstehen konnte. Aber der überraschte Ausdruck des jüngeren und der schnelle, abschätzende Blick, mit dem er ihn und Masterton bedachte, sagte Mark genug. »Sie haben es gemerkt.«

Die beiden schienen sich nicht einmal mehr die Mühe zu geben, ihr auffälliges Benehmen zu verbergen. Sie tauschten noch ein paar Worte aus, schenkten ihm und Masterton einen abfälligen, beinahe hämischen Blick und gingen dann auseinander, um im Trubel der Party zu verschwinden.

»Schnell«, sagte Mark. »Verfolgen Sie den Jüngeren. Ich übernehme den anderen.« Ohne sich weiter um Jonathan Masterton zu kümmern, drängte er sich an den Partygästen vorbei.

7

Direkt nachdem sein Besucher gegangen war, traf Ulthar erste Vorkehrungen. Es war zu früh, noch einmal Kontakt mit Melissa aufzunehmen. Er hatte einen ersten Anstoß gegeben, mehr zu tun wäre für den Moment zu gefährlich. Zudem erforderte die Beschwörung viel Kraft, und die brauchte er gegenwärtig für andere Aktivitäten.

Conelly versuchte, ihn auf die hinterhältigste Art zu betrügen. Er warf ihm einen kleinen Köder hin, um ihn damit abzulenken, während es sein wahres Ziel war, Melissa zu töten. Aber Ulthar war entschlossen, den Spieß umzudrehen. Zu lange schon war er passiv geblieben, um so geschickter mußte er jetzt taktieren. Es gab vieles nachzuholen, und ihm würde nicht viel Zeit bleiben, um Conelly zu täuschen.

Wenn es ihm gelang, Melissa zu befreien und sich erneut mit ihr zu verbünden, wären sie gemeinsam so mächtig, daß Conelly dies nicht einfach hinnehmen würde. Er würde versuchen, sie beide zu vernichten, aber er hatte bereits jetzt einen entscheidenden Fehler begangen. Der Pakt war eine Farce, aber durch ihn würde Ulthar sowohl den Köder als auch die Beute schlucken können, wenn er es geschickt genug anstellte – und Conelly noch dazu. Der Monstermacher würde sich wundern, wenn er erfuhr, wie mächtig die Spiegel in Wahrheit bereits waren, wie unbedeutend seine Kreaturen sich gegen die in den Spiegeln wartende Armee ausnahmen.

Die Sinne der meisten Menschen waren verkümmert, so daß sie nur einen winzigen Teil der Welt wahrnahmen und diesen für das Ganze hielten, so wie ein Blinder vielleicht durch Ertasten Form und Oberfläche eines Gegenstandes erkennen konnte, aber nicht einmal ahnte, daß es auch so etwas wie Farben und Muster gab. Aber seit Anbeginn der Zivilisation hatte es immer wieder auch Menschen gegeben, deren Bewußtsein schärfer, umfassender war und das es ihnen ermöglichte, auf unterschiedliche Art in die Bereiche jenseits der normalen Wahrnehmungsfähigkeit einzudringen; Bereiche, die so phantastisch und bizarr waren, so voller Wunder, aber auch fremdartiger Gefahren, daß sie schon das Vorstellungsvermögen der meisten Menschen überstiegen.

Melissa hatte sich weit in diese Bereiche vorgewagt, vielleicht zu weit. Ulthar hatte die Geschichten über ihren Tod nie geglaubt. Zunächst war es angeblich nur ein Unfall gewesen, dann hatten Conellys Leute Spuren gefunden, die darauf hindeuteten, daß eine Gruppe fanatischer Hexenjäger, die sich als Nachfolger der spanischen Inquisition betrachteten, sie ermordet hatten. Die Wahrheit jedoch würde ihm nur Melissa selbst erzählen können.

Fast zwei Stunden verharrte Ulthar reglos. Sein Gesicht war unbewegt, eine steinerne Maske, auf der keinerlei Gefühlsregung abzulesen war, aber in seinem Inneren brodelte es. Der Moment, auf den er jahrzehntelang gewartet hatte, war gekommen, doch nun, da es endlich soweit war, verspürte Ulthar nicht nur Aufregung, sondern auch Angst. Zuviel hing von dem ab, was in den nächsten Stunden passieren würde, und unbarmherzig spürte er auch die fortschreitende, durch sein hohes Alter bedingte Schwäche seines Körpers. Die Beherrscher der Spiegel hatten ihm eine ungeheure Macht verliehen, aber wie jedem anderen Menschen waren auch ihm in dieser Hinsicht Grenzen gesetzt.

Noch.

Bald jedoch würde er auch dieses Problem lösen. Ulthar versuchte, seine Erregung zu unterdrücken. Er mußte einen klaren Kopf behalten. Seine Vorbereitungen waren schon zu weit gediehen, als daß er jetzt noch einen Fehler begehen durfte. Bei einem Gegner wie Conelly konnte jede noch so kleine Nachlässigkeit tödlich sein. Sobald der Monstermacher merkte, daß er nicht mehr länger die Regeln des Spiels bestimmte, würde er mit aller Macht zuschlagen.

Eine Tür wurde geöffnet, und ein junger Mann in einem billigen Anzug trat ein. »Nun?« erkundigte sich Ulthar.

»Es hat alles wie vorgesehen geklappt«, antwortete der Mann. Er griff in die Tasche, zog eine Kette mit einem Anhänger heraus. Ulthar betrachtete das Amulett nachdenklich. Auch er spürte die darin schlummernden Kräfte. Sie waren nicht besonders stark, der bläulich glänzende Stein wirkte eher wie ein Prisma, das paranormale Energien bündelte und dadurch verstärkte. Er selbst konnte nicht viel damit anfangen, seine Spiegel, die er in ähnlicher Weise nutzen konnte, waren ungleich mächtiger, aber der Verlust des Amuletts würde Vivian Taylor schwächen. Er steckt die Kette in die Tasche und verließ das Zimmer, ging durch einen niedrigen, mit dunklem Samt ausgekleideten Raum und betrat schließlich sein Allerheiligstes: einen weiten Saal, dessen Dimensionen im krassen Gegensatz zu den äußeren Abmessungen des Gebäudes standen. Hunderte von großen rechteckigen und in weiße Leinentücher eingeschlagene Spiegel standen in scheinbarem Durcheinander auf dem schimmernden Boden, bildeten ein verwirrendes Labyrinth von Gängen und Kreuzungen, Sackgassen und Abzweigungen und verliehen dem Raum eine eigene, irgendwie bedrückende Geometrie.

Ulthar schlurfte zielsicher durch die schmalen Gänge. Jeder Fremde hätte sich hier hoffnungslos verirrt, aber der alte Magier hätte den Weg sogar mit geschlossenen Augen gefunden.

Am Ende eines langen, schmalen Ganges, dessen Wände aus verhangenen Spiegeln bestanden und nach innen geneigt waren, blieb er stehen. Er zögerte einen winzigen Augenblick, ehe er nach dem Leinentuch griff und es mit einem entschlossenen Ruck herunterzog. Das Spiegelbild, das ihm entgegenstarrte, gehörte nicht ihm. Der Spiegel zeigte ein getreues Abbild des Ganges mit seinen weißen, an eine Leichenhalle erinnernden Wände und des klinisch sauberen Fußbodens. Und der Mann darin war nicht Ulthar.

Ein triumphierendes Lächeln huschte über Ulthars Gesicht, als er die schlanke, hochgewachsene Gestalt musterte. Der Mann mochte etwa fünfzig Jahre alt sein; vielleicht ein wenig älter. Sein Gesicht war fein geschnitten, und in den Augen lag ein intelligenter, überlegener Ausdruck.

»Cramer ...« murmelte Ulthar triumphierend. »Jeremy Cramer ...«

Ein unmerkliches Zittern schien über das Spiegelbild zu laufen. Das Gesicht bewegte sich, zeigte plötzlich einen Ausdruck tiefster, verzweifelter Qual, und in die Augen trat ein bittender Ausdruck.

»Du erinnerst dich nicht an mich, wie?« flüsterte Ulthar.

Das Cramer-Spiegelbild bewegte die Lippen.

»Gib dir keine Mühe«, kicherte Ulthar. »Du bist gefangen. Erinnerst du dich wirklich nicht an mich? Es ist lange her, Jeremy. Du warst damals noch jung, ein unbedeutender kleiner FBI-Agent, der gerade erst von der Akademie kam. Damals war ich noch bereit, der Welt meine Spiegel zu schenken, aber ihr wolltet sie ja nicht. Ihr habt mich gejagt, und euch habe ich den Verlust meines Arms zu verdanken. Du erinnerst dich nicht einmal mehr daran, nicht? Aber ich habe euch nicht vergessen. Weder dich noch all die anderen Narren, die mich gedemütigt und über mich gelacht haben.« Sein Gesicht verzerrte sich vor Haß. Als er weitersprach, zitterte seine Stimme vor Erregung. »Nun ist der Tag meiner Rache da, Jeremy. Du bist der erste, der sie zu spüren bekommt, aber du wirst nicht allein bleiben, verlaß dich darauf.«

Er machte eine knappe Geste, und ein Mann betrat den Raum durch die gleiche Tür, durch die Ulthar zuvor gekommen war. Der Mann war Jeremy Cramer. Er trat neben Ulthar vor den Spiegel und betrachtete mit gefühlloser Miene sein Spiegelbild, das ihn seinerseits mit vor Entsetzen weit aufgerissenen Augen musterte. Nach wenigen Sekunden verließ Jeremy Cramer das Zimmer wieder.

»Wie du siehst, entsteht der Welt durch deine Gefangenschaft hier keinerlei Verlust«, wandte sich Ulthar wieder an das Spiegelbild. »Man wird dich nicht einmal vermissen, aber von nun an wird das FBI in New York nur noch tun, was ich will.«

Er kicherte erneut, warf das Tuch mit gekonntem Schwung wieder über den Spiegel und ging zu einer schmalen, metallverkleideten Tür an der Rückwand des Raumes hinüber. Auch dahinter erstreckte sich ein langer, niedriger Gang, der ganz mit Spiegeln ausgekleidet war, voller sinnverwirrender Kreuzungen und Irrwege. Ulthar ging ihn entlang, bis er schließlich einen weiteren niedrigen Raum erreichte, der von flackernden Kerzen nur spärlich erleuchtet wurde. Im Zentrum des Raumes stand ein riesiger, in kostbare Schnitzereien gerahmter Spiegel. Ulthar trat darauf zu, murmelte ein paar halblaute Worte und fuhr mit den Fingerspitzen darüber. Graue Nebelschwaden schienen für einen Moment über die riesige Kristallfläche zu wallen, dann klärte sich das Bild, und Conelly hatte das Gefühl, durch ein übergroßes

Fenster auf den Ballsaal zu starren, in dem Conellys Jubiläumsfeier gerade dem Höhepunkt zustrebte.

Die Falle war bereits zugeschnappt, und wie Conelly versprochen hatte, waren wirklich alle da, die in dieser Stadt Rang und Namen hatten. Keiner von ihnen würde entkommen, und sie würden allein ihm gehorchen, nicht Conelly. Der Monstermacher selbst spielte sie ihm in die Hand.

Zunächst aber ging es um Wichtigeres. Vivian Taylor mußte in Sicherheit gebracht werden, bevor Conelly sie in die Hände bekommen konnte. Ulthar berührte den Spiegel erneut, und die Szene wechselte. Ein hoher, von Schatten und jahrzehntealtem Staub erfüllter Raum. Auf dem Boden standen Kisten, Kartons und ausrangierte Möbelstücke herum, und im Hintergrund nahm Ulthar eine vage Bewegung wahr.

»Fangt an!« flüsterte er.

Mark hatte alle Mühe, dem Mann unauffällig zu folgen. Ein- oder zweimal verlor er ihn in dem Menschengewühl der Party, aber er hatte sich das schmale Gesicht mit den stechenden Augen gut genug eingeprägt, um es wiederzuerkennen. Er fand ihn schließlich bei einer Gruppe etwas abseits stehender Männer – Bender, Conelly, FBI-Direktor Cramer und noch fünf oder sechs weitere wichtige Persönlichkeiten der Stadt, deren Namen ihm nicht auf Anhieb einfielen. Der Mann redete mit schnellen, hastigen Worten auf Conelly ein und unterstrich seine Ausführungen mit kleinen, nervösen Handbewegungen. Conelly hörte offenbar interessiert zu. Mark konnte die Worte nicht verstehen, aber nach dem Gesichtsausdruck des Bürgermeisters zu schließen, mußte es sich um eine ernste Angelegenheit handeln, und Mark konnte sich auch denken, was.

Er wich mit einer hastigen Bewegung in eine Wandnische zurück, als Conelly den Kopf hob und mit angespanntem Gesichtsausdruck über die Menge blickte. Mark war sich darüber im klaren, daß er einen ziemlich albernen Anblick bieten mußte, wie er so in der Nische stand, den Rücken eng gegen die Wand gepreßt, und mit einem Auge um die Ecke blinzelnd. Drei oder vier der umstehenden Partygäste drehten bereits die Köpfe und warfen ihm teils belustigte, teils fragende Blicke zu.

Mark grinste dümmlich, trat vor und drehte der Gruppe den Rücken zu. Seine Hand fuhr in die Tasche und kam mit einem kleinen, ledernen Frisieretui wieder zum Vorschein. Der Spiegel darin war zwar winzig, aber er würde zur Not ausreichen, um Conelly und seine Gesprächspartner – oder wenigstens Cramer – einigermaßen unauffällig zu betrachten.

Mark unterdrückte im letzten Moment einen erschrokkenen Aufschrei, als sein Blick in den Spiegel fiel.

Die Nische hinter ihm war fast leer. Weder Cramer noch Bender, noch einer der anderen Männer war in dem winzigen Spiegel zu sehen. Conelly schien ganz allein in der Nische zu stehen. Mark fuhr wie von der Tarantel gestochen herum und starrte mit ungläubigem Entsetzen auf die acht Männer. Für einen kurzen, grauenhaften Moment traf sich sein Blick mit dem Conellys. Der Bürgermeister lächelte dünn, aber es war eine Geste ohne jede Bedeutung, ein leeres, schon fast hämisches Verziehen der Lippen. Sein Gesicht wirkte plötzlich hart und grausam, und in den kleinen, dunklen Augen schien etwas unendlich Böses, Lauerndes zu liegen. Mark hatte Mühe, sich dem hypnotischen Einfluß dieser Augen zu entziehen.

Conelly nickte ihm mit scheinbarer Freundlichkeit zu, aber es schien Mark, als wolle ihm der dickleibige Bürgermeister auf diese wortlose, direkte Art mitteilen: Wir haben dich schon, Freund. Streng dich ruhig an. Es hat sowieso keinen Sinn. Gleich darauf drehte Conelly den Kopf zur Seite, sagte irgend etwas zu Cramer und ging mit schnellen Schritten davon.

Mark folgte ihm. Er spürte die Blicke der anderen in seinem Rücken. Er kam sich plötzlich vor wie ein kleines Kind, das mit geschlossenen Augen in einer Ecke sitzt und glaubt, daß es nicht zu sehen sei, weil es selbst nichts sehen kann.

Conelly durchquerte den Raum mit weit ausgreifenden Schritten, sah sich um und verschwand dann hinter einer Marmorsäule. Mark folgte ihm. Keiner der anderen Gäste schien von seinem seltsamen Benehmen Notiz zu nehmen.

Hinter der Säule befand sich eine schmale, kaum sichtbare Tapetentür. Mark zögerte eine halbe Sekunde, ehe er mit einer entschlossenen Bewegung nach dem Griff langte und hindurchschlüpfte.

Muffige, abgestanden riechende Luft schlug ihm entgegen, als er den schmalen Gang betrat. Eine nackte Glühbirne, die an einem einfachen Draht von der Decke baumelte, erfüllte den langen Korridor mit düstertem Zwielicht. Mark zog die Tür hinter sich wieder ins Schloß und lauschte. Irgendwo vor ihm waren Schritte zu hören, das Trampeln von harten Schuhsohlen auf knarrendem Holz.

Nach all der glitzernden Pracht und dem zur Schau gestellten Luxus der Party kam Mark der schmale Gang doppelt schäbig vor. Die Wände bestanden aus nackten, unverputzten Steinen, zwischen denen der Mörtel hervorbröckelte. Auf dem Fußboden lag eine dicke Staubschicht, in der sich Conellys Spuren überdeutlich abzeichneten. Die trübe Glühbirne erfüllte den Gang mit einem seltsamen unwirklichen Licht, in dem die Schatten zu unheilvollem Leben zu erwachen schienen. Mark kam sich plötzlich vor, als wäre er in einer gigantischen Rattenfalle gefangen. Mit klopfendem Herzen setzte er sich in Bewegung und folgte den Fußspuren des Bürgermeisters.

Der Gang gabelte sich nach etwa dreißig Metern. Mark schlich vorsichtig weiter. Der Gang verengte sich, wurde schließlich so schmal, daß Mark mit den Schultern an der Wand entlangstreifte, und endete dann abrupt vor einer steilen, ausgetretenen Holztreppe, die in die Höhe führte.

Irgend etwas warnte Mark hinaufzugehen. Plötzlich sah er wieder Conellys kalte, stechende Augen vor sich, den mühsam unterdrückten Triumph darin. Wahrscheinlich tat er genau das, was Conelly und die anderen von ihm erwarteten, dennoch konnte er nicht anders.

Er streckte die Hand nach dem morschen Treppengeländer aus, setzte vorsichtig den Fuß auf die unterste Stufe und zog sich hinauf. Das Holz knarrte so laut unter seinem Gewicht, daß er glaubte, das Geräusch müsse im ganzen Haus gehört werden.

Vorsichtig, Stufe um Stufe, schlich er höher. Conellys Schritte waren jetzt nicht mehr zu hören, aber dafür glaubte er, aus den über ihm liegenden Räumen dumpfes Stimmengemurmel wahrzunehmen. Ein niedriger Türrahmen tauchte vor ihm auf. Mark zog den Kopf ein, stieß sich das Schienbein an einem unsichtbaren Hindernis und unterdrückte mühsam einen Schmerzenslaut. Er hätte viel für eine Taschenlampe oder wenigstens ein Streichholz gegeben. Aber er war schließlich zu einer Party gegangen, nicht zu einer Abenteuersafari.

Die Treppe machte einen scharfen Knick, führte weitere zwanzig oder fünfundzwanzig Stufen steil empor und endete dann abrupt vor einer niedrigen Brettertür. Er mußte sich jetzt unmittelbar unter dem Dachgeschoß des Hauses befinden.

Mark preßte das Ohr gegen die Tür und lauschte. Er hörte dumpfe Schritte, Stimmen und eine Reihe weiterer unidentifizierbarer Geräusche. Sein Verdacht wurde zur Gewißheit. Irgend etwas war mit Conellys sogenannter Party faul. Er tastete im Dunkeln nach dem Türgriff, fand ihn und ging vorsichtig in die Knie, um durch das Schlüsselloch zu spähen.

Er hatte richtig vermutet. Hinter der Tür befand sich der Dachboden – ein weiter, von freistehenden Balken und ausrangierten Möbeln beherrschter Raum, der von einem Dutzend brennender Taschenlampen in fleckige Helligkeit getaucht wurde. Conelly stand mit dem Rükken zu ihm vor einer Gruppe von vielleicht zwanzig sonderbar aussehenden Männern. Ihre Kleidung bestand aus einem scheinbar sinnlos zusammengewürfelten Haufen von Straßenanzügen, Overalls, Uniformen, Sommer- und Wintermänteln, die fast ausnahmslos veraltet und aus der Mode gekommen waren. Einer von ihnen kam dicht genug an Marks Position vorbei, daß er ihn in allen Einzelheiten begutachten konnte. Der Mann trug nicht nur einen Haarschnitt, der den ›Pilzköpfen‹ der Beatles exakt glich, er wirkte ganz so, als hätte er sich um drei Jahrzehnte in der Zeit geirrt.

Hinter den Männern war ein hoher, rechteckiger Umriß zu erkennen, der Mark entfernt an einen überdimensionalen Bilderrahmen erinnerte.

»Ihr wißt Bescheid«, sagte Conelly gerade. »Niemand tut etwas ohne meinen ausdrücklichen Befehl. Geht jetzt auf eure Plätze und wartet.« Er machte eine befehlende Geste, und die Männer setzten sich gehorsam in Bewegung.

Mark wartete mit angehaltenem Atem, bis das dumpfe Poltern der Schritte verklungen war. Irgendwo wurde knarrend eine Tür geschlossen.

Conelly war jetzt allein auf dem Dachboden. Mark

spannte sich unwillkürlich. Wenn er überhaupt eine Chance hatte, den Bürgermeister allein zu fassen zu kriegen, dann jetzt. Aber er kam nicht mehr dazu, die Tür aufzureißen und Connelly zur Rede zu stellen. Der Bürgermeister, ging mit schnellen, energischen Schritten auf den riesigen Rahmen zu und – verschwand.

Mark sprang auf, rammte die Tür mit der Schulter auf und war mit einem Satz auf dem Dachboden. Trockene, zum Husten reizende Staubwolken wallten unter seinen Füßen auf, und der Lärm, mit dem die zerborstenen Türrahmen auf den Boden polterten, schien überlaut in seinen Ohren zu gellen.

Er war allein.

Für die Dauer eines Atemzuges blieb er bewegungslos stehen und lauschte. Aber das einzige Geräusch, das er hörte, war das leise Echo der Musik, die von der Party heraufwehte. Mark machte ein paar zögernde Schritte, blieb abermals stehen und sah sich nach irgend etwas um, das er im Notfall als Waffe benutzen konnte. Er spürte die Gegenwart des Fremden, Bösen überdeutlich. Er hatte das Gefühl, von tausend unsichtbaren Augen beobachtet zu werden. Die lastenden Schatten in Ecken und Winkel schienen zu drohendem, lauerndem Leben erwacht zu sein; unsichtbare Spinnenbeine, die ihr Opfer langsam und geduldig in ein Netz der Dunkelheit und Horror einwoben.

Unsinn, sagte er sich. Was er sah – und vor allem, was er vorher gesehen hatte – war zwar unheimlich, aber er durfte sich nicht selbst verrückt machen. Es würde für alles eine Erklärung geben, mochte sie auch noch so unglaublich sein. Dank Vivian hatte er längst gelernt, Dinge als Realität zu akzeptieren, die andere in das Reich der Fabeln verbannen würden. Mark wünschte sich, Vivian wäre hier. Sie würde ihm am ehesten eine Erklärung geben können.

Er versuchte, das Klopfen seines Herzens zu ignorieren, und ging langsam auf den Bilderrahmen zu, als er plötzlich eine huschende, undeutliche Bewegung wahrnahm, einen monströsen, umrißlosen Schatten.

Mark erstarrte.

Irgend etwas lauerte in der Dunkelheit vor ihm. Vorsichtig, jederzeit auf einen Angriff gefaßt, ging er in die Hocke und hob ein zerbrochenes Stuhlbein vom Boden auf. Geduckt setzte er einen Fuß vor und machte einen Schritt nach vorne.

Wieder glaubte er, eine Bewegung wahrzunehmen, und wieder war er sich nicht sicher, ob ihm seine überreizten Nerven nicht nur einen Streich vorspielten. Er machte einen weiteren Schritt, hob die Rechte mit dem Stuhlbein und sprang mit einem entschlossenen Satz vor. Er sah eine Gestalt vor sich, duckte sich instinktiv und schlug mit dem Stuhlbein zu, um gleich darauf krachend auf dem Fußboden zu landen, als sein Schlag ins Leere ging. Geschlagene zehn Sekunden lag er bewegungslos da, starrte sein Gegenüber an und kam sich unbeschreiblich dumm vor. Dann richtete er sich benommen auf und hustete.

Der rechteckige Umriß, in dem Conelly verschwunden war, war kein Bilderrahmen, sondern ein überdimensionaler Spiegel. Und der riesige Schatten, der ihn vermeintlich angegriffen hatte, war nichts anderes als sein eigenes Spiegelbild gewesen.

»Mark Taylor«, flüsterte er, »du bist ein Idiot.« Er stand auf, klopfte sich den Staub aus den Kleidern und betrachtete sein Spiegelbild mit neu erwachendem Mißtrauen. Conelly war in dem Spiegel verschwunden, das hatte er mit eigenen Augen gesehen. Er trat vorsichtig an den riesigen Spiegel heran, tastete mit bebenden Fingern über den Rahmen und berührte schließlich das Glas.

Seine Finger versanken in dem schimmernden Glas.

Mark schrie auf, zog die Hand blitzschnell zurück und starrte fassungslos auf seine Fingerspitzen. Sie fühlten sich kalt und taub an.

Hinter ihm ertönte plötzlich ein dumpfes Poltern. Mark fuhr herum. Der gelbe, zitternde Lichtkreis einer Taschenlampe stach aus dem Treppenaufgang, durch den er selbst den Dachboden betreten hatte, glitt über das zerbrochene Holz der Türfüllung und wanderte schließlich über die spinnwebenverhangenen Dachziegel. Aufgeregte Stimmen wurden laut, dann hörte er das dumpfe Trampeln schwerer Schritte, die die ausgetretenen Stufen hinaufrannten.

Mark fluchte lautlos und sah sich nach einem Versteck um, obwohl er wußte, daß es sinnlos sein würde sich zu verbergen. Ganz abgesehen davon, daß seine Verfolger den Speicher Stück für Stück auseinandernehmen würden, um ihn zu finden, würden ihn seine Fußspuren genauso verraten, wie Conellys Abdrücke ihn selbst hierhergeführt hatten. Aber wenigstens würde er mit etwas Glück ein paar Sekunden Zeit gewinnen und seine Gegner überraschen können.

Mit einem weiten Satz erreichte Mark eine der großen Kisten und duckte sich dahinter. Er hörte Geräusche: Leise Schritte, aber auch noch etwas anderes, einen sonderbaren kratzenden Laut, als würden scharfe Krallen über irgend etwas scharren. Mark packte das Stuhlbein fester, richtete sich ein klein wenig auf und bereitete sich darauf vor, vorzuspringen, doch dazu kam es nicht mehr.

Als er den Kopf hob, blickte er direkt in ein Paar glühender, weit aufgerissener Augen, dann schien unmittelbar vor ihm ein ungeheuer schwarzer Umriß aus dem Boden zu wachsen; ein gigantischer, verzerrter Schatten, der sich mit gierig emporgerissenen Klauen auf ihn stürzte.

Mark schrie auf und warf sich instinktiv zur Seite. Er

hörte, wie die Klauen dicht neben ihm das Holz der Kiste trafen, sich hineinbohrten und es zerfetzten. Mark rollte über den Boden, prallte gegen irgend etwas und stemmte sich in die Höhe. Mühsam kam er auf die Beine. Im Halbdunkel des Dachbodens erkannte er weitere Gestalten, die ihm den Weg zur Tür versperrten und sich ihm in einem Halbkreis näherten. Es war zu dunkel, als daß er sie genauer erkennen konnte, und er war fast froh darüber. Schon die vagen Umrisse verrieten ihm, daß es sich nicht um Menschen handelte.

Er wich zurück, bis er mit dem Rücken an den Rahmen des Spiegels stieß. Die Kreaturen näherten sich ihm langsam, wußten ihn in der sicheren Falle.

Aber vielleicht gab es doch noch einen Ausweg. Obwohl er eine panische Angst vor dem verspürte, was ihn erwarten mochte, atmete Mark tief durch, schloß die Augen und sprang dann mit einem entschlossenen Satz direkt in den Spiegel hinein.

8

Vivians Herz begann wild zu schlagen, als sie durch den schmalen Gang zum Ballsaal zurückging. Der leere, helle Fleck an der Wand, an der der Spiegel gehangen hatte, schien sie höhnisch anzugrinsen. Sie wußte jetzt, daß sie sich nicht getäuscht hatte. Ihre Nervosität war nicht unbegründet gewesen, und das Gefühl der Bedrohung, das wie ein übler Pesthauch über dem Ball zu schweben schien, entsprang ganz und gar nicht ihrer Einbildung.

Sie blieb am Eingang des Ballsaales stehen und hielt über das Meer wogender Köpfe nach Mark Ausschau, doch sie konnte ihn nirgends entdecken. Bei der Anzahl der hier versammelten Menschen würde es fast an ein Wunder grenzen, einen einzelnen Mann auf Anhieb herauszufinden.

Jemand berührte sie zaghaft an der Schulter. »Äh ... Verzeihung ...«

Vivian fuhr unnötig heftig herum. »Ja?«

»Sie ... Sie sind Missis Taylor?« fragte der Mann. Er war groß, beinahe ein Riese und höchstens zwanzig Jahre alt. Seine Schultern schienen sein Jackett sprengen zu wollen, und seine Hände, die ungeschickt den zerbrechlichen Stiel eines Sektglases umklammerten, schienen eher dazu geneigt, einen Schmiedehammer zu schwingen.

»Ich bin Missis Taylor«, antwortete Vivian. »Warum?«

Der Junge lächelte ungeschickt. »Sie ... Sie werden mich nicht kennen«, sagte er unbeholfen. »Aber ich muß Sie sprechen. Sofort.«

»Warum?«

»Sehen Sie, das ist ...« Er brach ab und suchte sichtlich nach Worten. »Ich habe Sie beobachtet«, stieß er schließlich hervor. »Vorhin, als Sie mit Bender und den anderen sprachen. Und ... Sie haben es gemerkt, nicht?«

»Was gemerkt?« fragte Vivian. Irgend etwas an dem Jungen störte sie, etwas, das sie auf beunruhigende Art an Bender und Cramer und die anderen erinnerte. Sie wich unwillkürlich einen Schritt zurück.

»Die Spiegel«, sagte er. »Ich weiß, was es damit auf sich hat. Aber ... sehen Sie, niemand würde mir glauben. Und da habe ich gedacht, Sie ...« Er stockte, spielte nervös mit seinem Glas und warf Vivian einen fast flehenden Blick zu. »Vielleicht gehen wir irgendwohin, wo wir in Ruhe sprechen können«, sagte er dann. »Ich ... ich traue hier niemandem.«

Vivian zögerte noch. Sie wünschte sich, Mark wäre

hier, aber sie konnte ihn auch jetzt nirgends entdecken. »Gut«, sagte sie schließlich. »Gehen wir.«

Der Junge nickte erleichtert, stellte sein Glas auf den Tisch und machte eine einladende Bewegung. »Dort drüben ist ein kleiner Salon«, sagte er. »Dort können wir reden.«

Sie folgte ihm in einen kleinen, im altenglischen Stil eingerichteten Raum, der dazu dienen mochte, Partygäste Gelegenheit zur Ruhe oder zu einem privaten Flirt zu geben. Im Augenblick war er leer, aber eine Anzahl benutzter Gläser und der Geruch von kaltem Zigarettenrauch in der Luft verrieten, daß er vor wenigen Augenblicken benutzt worden war.

»Also«, sagte Vivian, nachdem sie den Raum betreten hatte, »was gibt es so Geheimnisvolles?« Sie drehte sich um und sah gerade noch, wie der Mann die Tür hinter sich ins Schloß zog und den Schlüssel herumdrehte. »Was ...«

»Sie interessieren sich für das Geheimnis der Spiegel, nicht wahr, Missis Taylor?« sagte der Fremde. Seine Stimme klang plötzlich ganz anders als noch vor wenigen Sekunden. Überhaupt schien er sich vollkommen verändert zu haben. Das war nicht mehr der große Junge, der sie mit vor Aufregung zitternder Stimme hierhergebeten hatte. Vivian spürte plötzlich die Gefahr, die von dem Fremden ausging. Eine Aura der Gewalt schien ihn zu umgeben. Es war das gleiche Gefühl, das sie schon bei der Begegnung mit dem Polizeipräsidenten gehabt hatte. »Sie sollen es erfahren.«

»Öffnen Sie sofort die Tür!« befahl Vivian.

Ein häßliches Lächeln spielte um die Lippen des Riesen. Er trat zurück, lehnte sich mit den Schultern gegen die Tür und verschränkte die Arme. »Nicht, bevor ich Ihnen mein kleines Geheimnis gezeigt habe«, sagte er. »Sie haben sich schon gedacht, daß es mit dem Verschwinden der Spiegel etwas Besonderes auf sich hat, nicht wahr? Sie sind eine intelligente junge Frau mit außergewöhnlichen Fähigkeiten, Missis Taylor.« Er stieß sich vom Türrahmen ab und blieb zwei Schritte vor Vivian stehen. »Schauen Sie!« Seine ausgestreckte Rechte deutete auf irgend etwas an der Wand hinter ihr.

Vivian überlegte kurz, ob es sich um einen Trick handelte, begriff dann aber, daß sie ohnehin schon in der Falle saß und drehte sich um. Ein breiter, aus wuchtigem Naturstein erbauter Kamin beherrschte beinahe die gesamte Rückwand des Salons. Darüber hing ein großer, rechteckiger und von einem weißen Laken verhüllter Gegenstand an der Wand.

»Nehmen Sie das Tuch herunter«, befahl der Fremde.

Vivian ging automatisch zum Kamin hinüber. Sie spürte instinktiv, daß ihr von dort Gefahr drohte, aber ihre Hände schienen ihrem Willen nicht mehr zu gehorchen. Sie griff hinauf, packte das weiße Leinen mit beiden Händen und zog es mit einem energischen Ruck herunter.

An der Wand hing ein riesiger Spiegel.

Vivian schrie unwillkürlich auf, als sie hineinsah. Der Spiegel zeigte ein getreues Abbild des Raumes hinter ihr. Mit ihrer eigenen Gestalt.

»Verstehen Sie jetzt, warum es in diesem Haus keine Spiegel gibt?« fragte der Fremde leise. Vivian spürte den warmen Atem des Mannes an ihrem Ohr, hörte das Rascheln seiner Kleidung ... *aber der Mann selbst war im Spiegel nicht zu sehen!*

Für eine endlose, quälende Sekunde stand sie wie gelähmt da und versuchte, das Unglaubliche zu verstehen. Dann fuhr sie mit einem spitzen Aufschrei herum, tauchte unter den zupackenden Händen des Hünen hindurch und hetzte zur Tür. Mit fliegenden Fingern drehte sie den Schlüssel herum und griff nach der Klinke, obwohl sie wußte, daß sie es nicht schaffen würde.

Der Mann war mit einem einzigen, schnellen Schritt bei ihr, packte sie an der Schulter und schleuderte sie in den Raum zurück. »Ich habe Sie nicht nur hierhergebeten, um Ihnen den Spiegel zu zeigen«, sagte er spöttisch. »Ich fürchte, Sie werden mich begleiten müssen.«

Vivians Herz begann wild zu schlagen. Sie spürte, daß es hier um viel mehr als ein gewöhnliches Verbrechen ging. Irgend etwas an ihrem Gegner irritierte sie, jagte ihr größere Furcht ein als die Gefahr, in der sie sich befand. Der junge Hüne war kein Entführer, der es auf ein Lösegeld abgesehen hatte, auch kein Terrorist, dessen war sie sich völlig sicher. Sie wich unwillkürlich zurück, als er auf sie zutrat. Er sah aus wie ein Mensch, bewegte sich und sprach wie einer – aber etwas an ihm war ... *falsch*.

Vivian kam nicht dazu, den Gedanken zu Ende zu spinnen. Der Mann sprang mit einem wütenden Knurren auf sie zu und versuchte sie zu Boden zu reißen. Sie taumelte unter dem Anprall des schweren Körpers zurück, wich seinem Fausthieb instinktiv aus und ließ den Angreifer über ihr vorgestrecktes Bein stolpern. Der Riese krachte schwer zu Boden. Vivian spürte instinktiv, daß sie dem Mann keine Chance geben durfte, wenn sie dieses Zimmer lebend verlassen wollte. Sie sprang zurück, atmete hörbar ein und ließ ihren Ellbogen mit vernichtender Wucht in den Nacken des Mannes krachen. Der Hüne stöhnte dumpf und brach ein zweites Mal zusammen. Es gab einen seltsamen, metallischen Ton, als sein Körper auf die Marmorfliesen krachte.

Von Kindheit an hatte Vivian viel Sport getrieben, und seit der Hochzeit mit Mark hatte sie auch begonnen, Kampfsport zu erlernen. Sie war nicht gerade das weibliche Gegenstück zu Chuck Norris geworden, aber sie beherrschte eine Reihe von Tricks, mit denen sie selbst

Gegner, die ihr an Körpergewicht weit überlegen waren, außer Gefecht setzen konnte.

Aber diesmal blieb die erhoffte Wirkung aus.

Ungläubig sah Vivian, wie ihr Gegner ein drittes Mal auf die Füße kam und sich auf sie zu bewegte. Jeder normale Mensch wäre nach einem solchen Schlag für Stunden bewußtlos gewesen, aber dem Fremden schien die Attacke nicht sonderlich viel auszumachen.

»Sie sollten einsehen, daß Sie verloren haben, Missis Taylor«, sagte er leise. »Es ist vollkommen sinnlos, weiteren Widerstand zu leisten. Ihnen wird nichts geschehen.«

Vivian sprang mit einem wütenden Schrei auf ihn los, fegte seine zupackende Hand beiseite und schmetterte ihm die Handkante gegen die Halsschlagader. Ein dumpfer, betäubender Schmerz zuckte durch ihren Atem. Sie spürte, wie die Kraft, die sie in den Schlag legte, von ihrem Gegner abglitt. Der Mann lachte, griff mit einer blitzschnellen Bewegung nach ihrem Arm und schleuderte sie grob zu Boden.

Vivian rollte sich blitzschnell zur Seite. Neben ihr krachte der schwere Körper des Angreifers auf den Marmorfußboden. Eine Hand tastete nach ihr, versuchte sie zu packen und fetzte ein Stück Stoff aus ihrem Kleid. Schweratmend kam sie hoch und versuchte, die Tür zu erreichen, aber ihr Gegner reagierte mit übermenschlicher Schnelligkeit. Er sprang auf, hetzte hinter ihr her und warf sich mit seinem ganzen Körpergewicht auf sie.

Vivian wurde unter dem Angreifer regelrecht begraben. Instinktiv versuchte sie, dem Angreifer noch im Fallen das Knie in den Leib zu rammen, aber das einzige Ergebnis war ein dumpfer, lähmender Schmerz, der durch das Bein bis in die Hüfte hinaufschoß, und sie aufschreien ließ. Vivian hatte das Gefühl, unter einer niederstürzenden Marmorstatue begraben zu werden.

Der Unheimliche schien gegen Schmerzen völlig immun zu sein. Sein haßverzerrtes Gesicht schwebte nur wenige Zentimeter über ihr. »Geben Sie endlich auf, Missis Taylor«, keuchte er. »Ich möchte Sie nicht verletzen.«

Vivian glaubte ihm kein Wort, sondern wehrte sich mit dem Mut der Verzweiflung. Sie bäumte sich auf, trat um sich und versuchte, den auf ihr hockenden Gegner abzuschütteln, aber ihre Bemühungen blieben erfolglos. Sie spürte, wie ihre Kräfte allmählich nachließen. Der Mann preßte sie mit übermenschlicher Kraft gegen den Boden. Seine riesigen Hände hatten sich wie Schraubstöcke um ihre Handgelenke geschlossen.

Ein dumpfer Schlag erschütterte die Tür.

Der Kopf des Angreifers ruckte herum. Für einen Sekundenbruchteil war er abgelenkt, und Vivian nutzte die Gelengenheit sofort aus. Sie zog blitzschnell die Knie an, rammte sie dem Mann gegen die Brust und schleuderte ihn mit letzter Kraft von sich.

Wieder wurde gegen die Tür geschlagen, und Vivian hörte Mastertons Stimme dumpf durch das Holz dringen. »Missis Taylor? Sind Sie dort drinnen?« Masterton unterstützte seine Worte mit ein paar kräftigen Hieben, die die Türfüllung erzittern ließen.

»Helfen Sie mir!« rief Vivian. Sie rappelte sich mühsam hoch, wich rückwärts gehend vor dem unheimlichen Angreifer zurück und sah sich verzweifelt nach einer Fluchtmöglichkeit um, doch es gab keine. Der Raum besaß zwar zwei schmale, hohe Fenster, aber ganz davon abgesehen, daß ihr Gegner ihr sicher nicht die Zeit lassen würde, sie zu öffnen, befand sich das Zimmer im zweiten Stock. Sie stieß gegen ein Hindernis, tastete blind hinter sich und spürte Glas und Chrom unter ihren Fingern. Mit einer blitzschnellen, ansatzlosen Bewegung fuhr sie herum, riß den Teewagen hoch und schleuderte ihn mit aller Kraft auf den Angreifer. Der Mann riß schützend die

Arme vors Gesicht und wich zur Seite aus, aber seine Reaktion kam um den Bruchteil einer Sekunde zu spät. Vivians improvisiertes Wurfgeschoß riß ihn von den Beinen und ließ ihn in einem Hagel von zersplitterndem Glas niederstürzen.

Der Lärm schien auch draußen gehört worden zu sein. Die Tür erbebte plötzlich unter dem wuchtigen Anprall eines schweren Körpers. Holz splitterte, dann flog die gesamte Tür nach innen und krachte gegen die Wand, als Jonathan Masterton sich ein zweites Mal dagegenwarf. Er stolperte, von der Wucht seines eigenen Stoßes mitgerissen, ein paar Schritte weit ins Zimmer hinein und warf sich mit einem wütenden Knurren auf den Angreifer.

Der Mann wandte sich mit haßverzerrtem Gesicht seinem neuen Gegner zu, streckte die Arme aus und fand sich im nächsten Augenblick auf dem Rücken liegend wieder, als Masterton sich abduckte und ihm die Beine wegtrat.

»Passen Sie auf!« schrie Vivian. »Er ist gefährlich!«

Masterton schien ihre Worte gar nicht zu hören. Er wartete, bis der Fremde keuchend wieder hochgekommen war, griff dann mit überraschender Schnelligkeit nach dessen Rockaufschlägen und setzte zu einem perfekten Schulterwurf an. Der Riese wurde wie ein gewichtsloses Spielzeug durch die Luft gewirbelt und landete keuchend auf einem Sofa, das unter dem Aufprall zusammenbrach.

Masterton schnaubte verächtlich, reckte kampflustig das Kinn vor und kam auf Vivian zu. »Was wollte der Kerl von Ihnen?« fragte er.

Vivians Warnung kam zu spät. Sie hatte die Bewegung aus dem Augenwinkel heraus wahrgenommen – ein huschendes, nebelhaftes Fließen und Gleiten auf der polierten Oberfläche des Spiegels –, aber es ging viel zu schnell, als daß sie oder Masterton noch Zeit zur Flucht oder Gegenwehr hatten.

Für einen Moment wurde das Glas milchig, dann traten zwei, drei weitere Gestalten direkt aus dem Spiegel heraus; große, hochgewachsene Männer in altmodischen Straßenanzügen und mit Schmalzlocken, die so aussahen, als wären sie aus einem Spielfilm der späten fünfziger Jahre entsprungen.

Zwei der Männer stürzten sich mit wütenden Schreien auf Masterton und rangen ihn nieder, während der dritte auf Vivian zustürmte. Auch der Hüne war wieder auf den Beinen und wandte sich zu ihr.

Vivian wehrte sich verzweifelt, doch sie spürte, wie ihre Kraft beinahe mit jeder Sekunde nachließ. Ihr Atem ging hektisch und stoßweise, und in ihrem Mund war ein bitterer Geschmack. Aus den Augenwinkeln sah sie, wie Masterton einen seiner Gegner mit einer geschickten Drehung zu Fall brachte und den anderen kurzerhand über den Haufen rannte. Der Manager hielt sich in dem ungleichen Kampf besser, als Vivian dies angesichts seines Alters für möglich gehalten hätte. Trotzdem war es nur noch eine Frage von Augenblicken, bis ihn die beiden Angreifer überwältigt haben würden. Mastertons Judogriffe, mit denen er die übermenschliche Kraft der Angreifer gegen diese selbst richtete, schleuderten sie immer wieder zu Boden, doch die unheimlichen Fremden schienen unverletzbar zu sein. Aus eigener Kraft würde sich Masterton nicht mehr lange halten können.

Aber Vivian hatte keine Zeit, ihm zu Hilfe zu eilen. Die beiden Männer drängten sie unbarmherzig in die Ecke, versuchten immer wieder, sie zu fassen und schienen ihre wütende Gegenwehr gar nicht zur Kenntnis zu nehmen. Das einzige, was sie noch daran hinderte, sie einfach mit bloßer Gewalt niederzuringen, war ihr offenkundiges Bemühen, sie nicht zu verletzen. Wer immer hinter dieser heimtückischen Falle steckte – er schien es darauf abgesehen zu haben, sie nicht nur lebend, sondern nach Möglickeit sogar unversehrt in die Hände zu bekommen.

Sie tauchte unter den ausgestreckten Armen des Angreifers hindurch und rammte ihm den Ellbogen in die Rippen. Aber genausogut hätte sie versuchen können, eine der Marmorsäulen draußen in der Halle auf diese Weise zu fällen. Sie taumelte, prallte gegen die Wand und stieß den Fremden unter Aufbietung aller Kraft von sich. Seine niedersausende, zu einer Kralle verkrümmten Hand verfehlte sie nur um Millimeter.

Vivians Blick glitt hilfesuchend durch den Raum, streifte den Spiegel und erhaschte eine kurze, aber witzige Szene: Sie sah Jonathan Masterton, der einen unsichtbaren Gegner über die Schulter schleuderte und gleich darauf mit schmerzverzerrtem Gesicht in die Knie brach.

»Gib endlich auf!« zischte einer der Männer. Vivian sah, wie sich seine Brust in hektischen Stößen hob und senkte. Feiner, glitzernder Schweiß perlte auf seiner Stirn. Er ging unmerklich in die Knie, breitete die Arme aus und kam einen Schritt näher. Sein Atem ging keuchend. Die unheimlichen Gestalten mochten unverwundbar sein, aber sie kannten wenigstens Erschöpfung.

Vivian sprang. Ihr Fuß kam in einem perfekten Halbkreis hoch und traf den Gegner auf der Brust. Der Mann schrie auf, taumelte zurück und prallte gegen einen seiner Begleiter. Ein hoher, singender Ton zerriß die Luft, als die beiden Körper mit ungeheurer Wucht zusammenstießen.

Sofort reagierte Vivian. Sie hechtete vor, rammte einem dritten Angreifer, der inzwischen von Jonathan Masterton abgelassen hatte, die Schulter in den Magen und versuchte, die Tür zu erreichen.

Sie schaffte es nicht.

Irgend etwas krachte hart und schmerzhaft gegen sie. Vivian wurde von den Füßen gerissen, rollte sich instinktiv ab und blieb schweratmend liegen. Als sich die blutigen Schleier vor ihren Augen lichteten, sah sie die Gestalten der drei Männer groß und drohend über sich aufragen. Die drei griffen jedoch kein weiteres Mal mehr an; sie schienen zu spüren, daß von ihr jetzt keine Gefahr mehr ausging. Einer von ihnen eilte zur Tür, schloß sie und lehnte sich grinsend dagegen, während die beiden anderen Vivian beim Aufstehen halfen und sie vor sich hertrieben. Ihre Gesichter waren so unbeweglich, als wären sie Statuen.

Vivian wich Schritt für Schritt zurück, bis sie mit dem Rücken gegen die Wand stieß. Sie fühlte sich ausgebrannt, zu Tode erschöpft und unendlich müde.

Kämpfe! flüsterte eine Stimme in ihr. *Wehr dich! Du bist verloren, wenn sie dich in die Hände bekommen!*

Vivian kämpfte gegen die Wellen der Müdigkeit an. Sie stöhnte, stieß sich mit letzter Kraft von der Wand ab und versuchte, an den Männern vorbeizulaufen.

Ihre Gegner ließen ihr nicht einmal die Spur einer Chance. Vivian fühlte sich plötzlich von übermenschlich starken Händen gepackt und zurückgerissen. Ein harter Stoß trieb ihr die Luft aus den Lungen, dann wurden ihr die Arme schmerzhaft auf den Rücken gedreht. Wimmernd brach sie in die Knie, während die beiden Männer sie auf den Spiegel zuschleiften.

Zuerst hatte er das Empfinden von unglaublicher Kälte, verbunden mit einem übelkeiterregenden Gefühl des Fallens. Es war, als würde sein Körper warnungslos in eiskaltes Wasser getaucht, in der nächsten Sekunde in Flammen gehüllt und dann in ein weites, eisiges Nichts hinausgeschleudert. Aber keiner dieser Eindrücke dauerte lange genug, um den Schmerz wirklich an sein Bewußtsein dringen lassen. Für einen kurzen, grauenhaften Moment schien er in jenem schwarzen Nichts zwischen den Dimensionen gefangen zu sein, dann hüllte ihn plötzlich gleißende Helligkeit ein, und er stürzte aus einer Höhe von kaum einem halben Meter auf einen stahlharten Boden nieder.

Dennoch raubte der Aufprall ihm fast das Bewußtsein. Ein scharfer, stechender Schmerz zuckte durch seine Handgelenke, als er versuchte, den Sturz aufzufangen, und seine Stirn prallte unsanft auf den glasharten Fußboden.

Mark benötigte ein paar Sekunden, um wieder einigermaßen zu sich zu kommen und sich zu orientieren. Er blinzelte, richtete sich mühsam auf Hände und Knie auf und sah sich neugierig um. Er lag im Zentrum eines runden, ganz mit Spiegeln ausgeschlagenen Raumes von unbestimmbarer Größe. Weißes, fast schmerzhaft intensives Licht stach in seine Augen. Der Raum schien nicht besonders groß zu sein, aber die sinnverwirrenden, tausendfach gebrochenen Spiegelbilder, die Spiegelungen von Spiegelungen, Lichtblitze und irisierenden Farbflecken an den Wänden machten es unmöglich, seine wirklichen Dimensionen abzuschätzen. Er hatte das Gefühl, im Mittelpunkt eines ungeheuren Kristalls zu schweben. Sein Gleichgewichtssinn und die Nervenenden in seinen Fingern verrieten ihm, das unter ihm solider, harter Boden war, aber die Spiegel waren so geschickt geschliffen, daß ihm seine Augen die Illusion vorgaukelten, über einem metertiefen Abgrund zu schweben.

Mark richtete sich vorsichtig auf und sah sich um. Der Raum schien keinen sichtbaren Ausgang zu besitzen; wohin Mark auch blickte, überall starrte ihm sein eigenes, schreckensbleiches Spiegelbild entgegen.

Er drehte sich einmal um seine Achse, zuckte mit den

Schultern und ging mit tastend vorgestreckten Händen auf die gegenüberliegende Wand zu. Der Raum schien sich mit ihm zu bewegen, sich auf unglaubliche, vollkommen unlogische Weise zu verzerren und zu verwerfen, aber Mark achtete nicht darauf. Alles, was er sah, war Illusion, ein Werk dieser verteufelt geschickt angeordneten Spiegel, die wahrscheinlich nur dem einzigen Zweck dienten, einen Fremden zu verwirren, der in diese Falle geriet.

So leicht aber gab Mark nicht auf. Von den Wesen, vor denen er geflohen war, war nichts zu entdecken, aber der Besitzer dieses Spiegellabyrinths wußte vermutlich schon von seiner Anwesenheit ober würde sie bald bemerken. Mark dachte gar nicht daran, tatenlos abzuwarten, bis man ihn fand. Wenn er sich nicht mehr auf seine Augen verlassen konnte, mußten eben seine anderen Sinne ausreichen.

Seine Finger stießen gegen ein glattes, hartes Hindernis, lange, bevor sie mit den ausgestreckten Fingerspitzen seines Spiegelbildes zusammentrafen. Er preßte beide Hände gegen das unsichtbare Hindernis und begann dann, sich Schritt für Schritt an der Wand entlangzutasten. Eine mühsame Art, vorwärts zu kommen, aber seine Anstrengungen wurden belohnt, als er den Raum etwa zur Hälfte umkreist hatte, und seine Finger plötzlich ins Leere stießen.

Mark glitt geduckt durch den plötzlich aufklaffenden Durchgang. Nach der geradezu schmerzhaften Helligkeit des Spiegelraumes sah er im ersten Moment nur Schwärze, und er stieß sich schmerzhaft den Kopf. Seine Augen benötigten fast eine Minute, um sich an die Dunkelheit in dem angrenzenden Zimmer umzustellen, bevor er überhaupt etwas erkennen konnte.

Der Raum war so niedrig, daß Mark nur geduckt stehen konnte, ohne mit dem Kopf die Decke zu berühren.

Durch ein schmales, schießschartenähnliches Fenster an der Rückwand fiel silbernes Mondlicht herein; die einzige Beleuchtung der vielleicht zehn Quadratmeter großen Kammer. An der rechten Wand stand ein niedriges, unbequem aussehendes Feldbett, darüber ein Regal mit wenigen, zerlesenen Büchern und einem tönernen Trinkbecher. Ein niedriger, dreibeiniger Tisch und ein lehnenloser Hocker stellten die gesamte übrige Einrichtung dar. Mark nahm all diese Eindrücke mit einem einzigen Blick auf. Es hielt sich niemand in dem Raum auf, aber durch die dünnen Bretterwände hörte er dumpfes Stimmengemurmel, das die Anwesenheit mehrerer Personen verriet.

Mark schlich geduckt zur Rückwand und spähte vorsichtig durch das Fenster ins Freie. Der Mond hing halbrund am Himmel und verwandelte die Landschaft in ein bizarres Muster aus grauen und schwarzen Flächen. Mark hatte den Eindruck, auf die Filmkulisse einer Geisterstadt zu sehen. Alte, baufällige Bretterbuden wechselten mit rostigen Wellblechgebäuden ab, und über der schwarzen, unregelmäßigen Skyline des Ortes erhob sich etwas, das ihn an die Reste eines halb verfallenen Riesenrades erinnerte. Es mußte ein Vergnügungspark oder so etwas sein. Mark versuchte sich zu erinnern, wo er eine solche Szenerie schon einmal gesehen hatte, gab dann aber schulterzuckend auf und schlich zur gegenüberliegenden Tür.

Die Stimmen waren mittlerweile verklungen, und das einzige Geräusch, das er hörte, war sein eigener, keuchender Atem. So leise wie möglich drückte er die Klinke herunter und spähte in den angrenzenden Raum. Es handelte sich um einen langen, niedrigen Gang, von dem zahllose Türen zu beiden Seiten hin abzweigten. Unendlich vorsichtig und ängstlich darum bemüht, auch nicht das leiseste Geräusch zu verursachen, öffnete Mark die

Tür weiter und trat auf den Korridor hinaus. Sein Herz begann vor Aufregung wild zu schlagen. Offenbar hatte bisher noch niemand etwas von seinem Eindringen bemerkt.

Er ging zögernd über den Flur, starrte die glatten, gleichförmigen Türen an und versuchte sich über sein weiteres Vorgehen klar zu werden. Es nutzte niemandem etwas, wenn er hier herumstand und darauf wartete, entdeckt zu werden. Hinter einigen der Türen klangen Stimmen oder andere Geräusche auf, aber bei der seltsamen Akustik dieses Gebäudes ließ sich beim besten Willen nicht sagen, hinter welchen.

Mark wählte irgendeine Tür aus und trat hindurch. Dahinter lag ein weiterer schmaler Gang. Seine Konturen schienen in der Entfernung zusammenzufließen und bis in die Unendlichkeit zu reichen, und an den Wänden hingen Hunderte von lebensgroßen, in kostbare Goldrahmen gefaßte Bilder.

Mark stutzte. Irgend etwas an diesen Bildern irritierte ihn. Er schob die Tür hinter sich ins Schloß und trat neugierig an einen der Rahmen heran. Erst jetzt bemerkte er, daß es sich nicht um ein gemaltes Bild handelte, sondern um eine Glasscheibe, hinter der ein weiterer Gang zu sehen war. Eine untersetzte, kräftige Männergestalt war innerhalb des Rahmens zu sehen. Sie schien direkt auf das Glas gemalt zu sein; es war die exakteste Abbildung eines Menschen, die Mark jemals gesehen hatte. Sie trug die gleiche anachronistische Kleidung wie die Männer, die er auf dem Dachboden von Conellys Haus beobachtet hatte. Er trat noch einen Schritt näher und musterte die Gestalten aus zusammengekniffenen Augen. Der Künstler hatte jede noch so feine Struktur des Anzugstoffes, jedes Staubkörnchen und jede winzige Pore, buchstäblich jedes Haar auf das Glas gebannt. Die Gestalt wirkte so unglaublich lebensecht, als würde sie auf der anderen

Seite der Scheibe stehen, aber während sich die Perspektiven des Ganges verschoben, sobald Mark den Kopf ein wenig bewegte, blieb das zweidimensionale Abbild des Mannes starr auf der Scheibe. Es konnte sich unmöglich um ein gemaltes Bild handeln, eher schon um ein Photo, das irgendwie auf das Glas projiziert worden war.

Mark richtete seine Aufmerksamkeit auf den Gang hinter der Gestalt und die Bilder dort, soweit sie zu erkennen waren. Ein paarmal schaute er sich um, betrachtete die Bilder hinter sich und stieß ein ersticktes Keuchen aus, als er die Wahrheit begriff. Sowohl in dem Gang, in dem er stand, wie auch in dem Ausschnitt des parallelen Ganges hingen exakt die gleichen Bilder, nur, daß die Perspektive seitenverkehrt war. Mark trat an eines der Bilder auf der gegenüberliegenden Seite, in dem eine ältere, ebenfalls völlig unmodisch gekleidete Frau abgebildet war. Auch hinter ihr war seitenverkehrt eine exakte Abbildung des gleichen Ganges zu sehen, hinter den darin hängenden Bildern ein weiterer und noch einer.

Mark zog einen Kugelschreiber aus der Innentasche seiner Jacke und begann, auf der Scheibe zu malen, immer noch in der Hoffnung, daß er sich getäuscht hatte. Der Kugelschreiber schrieb nur schlecht auf dem glatten Glas, so daß es eine Weile dauerte, bis er einen einigermaßen deutlichen blauen Balken hinbekommen hatte. Zögernd drehte sich Mark um, trat wieder auf das andere Bild zu und betrachtete die Abbildung des hinter ihm hängenden Bildes darin. Es zeigte ebenfalls den blauen Balken, der sichere Beweis, daß es sich um ein und denselben Gang handelte.

Was er vor sich sah, war keine durchsichtige Glasscheibe mit einem dahinter liegenden Gang, sondern ein Spiegel, aber ein Spiegel, in dem zwar der Hintergrund zu sehen war, in dem er selbst jedoch unsichtbar blieb. Dafür sah er das Bild des fremden Mannes!

Marks Gedanken sträubten sich gegen die Erkenntnis, obwohl es nur eine Erklärung gab.

Die Männer und Frauen, die ihn aus den unzähligen goldenen Rahmen anzustarren schienen, waren weder gemalt noch fotografiert, sondern *eingefangene Spiegelbilder wirklicher Menschen!*

Plötzlich bekam alles einen Sinn. Die Männer ohne Spiegelbilder, die er auf dem Eingang gesehen hatte – ihre Spiegelbilder waren *hier*! Gefangen in unzähligen Spiegeln, die in schier endloser Folge an den Wänden aufgereiht waren, auch wenn es allen Naturgesetzen Hohn sprach. Und dennoch konnte es nicht anders sein.

Fast ohne sich dessen bewußt zu sein, begann Mark zu rennen, den Blick auf die leblosen, eingefrorenen Spiegelbilder gerichtet. Er wußte nicht, wie lange er so durch den Gang lief, wie viele Spiegelbilder an ihm vorbeizogen, aber es waren viele, entsetzlich viele. Hunderte.

Nach einer Weile fiel ihm eine Veränderung auf: Die Spiegelbilder waren nicht alle gleich. Die meisten waren so scharf und gestochen wie präzise Farbfotografien, aber bei einigen war eine deutliche Veränderung zu bemerken. So wie Fotos im Laufe der Zeit verblaßten, wirkten auch die Konturen der Spiegelbilder seltsam zerfasert, verschwommen, die Farben blaß und ausgebleicht, als befänden sie sich in einem fortgeschrittenen Stadium des Verfalls.

Dann traf er auf den ersten leeren Spiegel. Die Oberfläche des Glases wirkte stumpf und glanzlos, beinahe blind – unglaublich *alt*. Mark berührte den Spiegel zögernd mit den Fingern. Das Glas fühle sich spröde und rissig an; eine dünne, weiße Staubschicht blieb an seinen Fingerspitzen hängen, und dort, wo er den Spiegel berührt hatte, bildeten sich für Sekunden winzige Wellenkreise, als bestünde er nicht aus Glas, sondern aus gefrorenem Quecksilber, das durch seine Körperwärme aufgetaut worden war.

»Seien Sie herzlich willkommen, Mister Taylor«, ertönte eine Stimme hinter ihm.

Mark wirbelte herum. Kaum zwanzig Meter hinter ihm stand ein alter, einarmiger Mann. Er wirkte irgendwie klein und verloren in dem Spiegelgang, aber in seinen grauen Augen lag ein ungeheuer starkes Selbstvertrauen, ein unerschütterliches Bewußtsein von Stärke und Macht.

»Ich gratuliere Ihnen«, sagte der Alte. Seine Stimme klang belustigt. »Bisher hat es noch niemand geschafft, gegen meinen Willen so tief in mein Reich vorzudringen.«

»Wer ... wer sind Sie?« stieß Mark hervor. Er spürte, daß von diesem so harmlos aussehenden alten Mann eine ungeheure Gefahr ausging.

»Mein Name ist Ulthar«, erklärte der Einarmige. »Aber der wird Ihnen sicher nichts bedeuten. Vielleicht hilft es Ihnen weiter, zu erfahren, daß diese Spiegel, für die Sie sich so interessieren, mein Werk sind.« Er lächelte dünn, trat beiseite und machte eine einladende Handbewegung. »Folgen Sie mir, Mister Taylor. Es redet sich hier nicht so gut.«

Mark rührte sich nicht von der Stelle. »Diese Spiegel«, sagte er vorsichtig. »Was ... was bedeutet das alles?«

Ulthar hob die Schulter, eine Geste, die bei seiner einarmigen Erscheinung irgendwie lächerlich wirkte, aber Mark war ganz und gar nicht zum Lachen zumute. »Sie wissen es doch längst, Mister Taylor«, erklärte Ulthar nach kurzem Zögern. »Und jetzt«, seine Stimme wurde laut und befehlend, »folgen Sie mir!«

Mark warf sich mit einem wütenden Aufschrei nach vorne, doch Ulthar reagierte mit ungeheurer Schnelligkeit. Seine Hand fuhr mit einer kaum sichtbaren Bewegung in die Tasche und zog einen Revolver hervor.

»Ich dachte mir, daß Sie Schwierigkeiten machen«, erklärte er ruhig, als Mark mitten in der Bewegung erstarrte. »Vielleicht überzeugt Sie das.«

Mark starrte wie hypnotisiert auf die Waffe, die genau auf seine Brust gerichtet war.

Ulthar lächelte kalt. Er trat beiseite, um Mark vorbeizulassen, und folgte ihm in einigen Schritten Abstand. »Ich weiß, was Sie jetzt denken«, sagte er, als sie durch den Korridor zurückgingen. »Aber versuchen Sie es lieber nicht. Ich bin zwar ein alter Mann, den Sie vielleicht trotz des Revolvers überwältigen können, aber das würde Ihnen nicht viel nützen. Sie kämen niemals hier heraus, glauben Sie mir.«

Mark glaubte ihm. Was er bislang in diesem unheimlichen Spiegelkabinett gesehen hatte, hatte ihn zutiefst verstört. Hier hatte er es mit etwas zu tun, dem er nichts entgegenzusetzen hatte, das er nicht einmal in Ansätzen verstand. Widerstandlos schloß er sich Ulthar an, der sich nicht einmal umdrehte, um sich zu überzeugen, ob er ihm folgte.

Sie gingen ein Stück den Gang entlang, dann traten sie durch eine der Türen in einen Raum. Ein gigantischer ovaler Spiegel nahm fast die gesamte Breite der hinteren Wand ein.

Im ersten Moment hatte Mark den Eindruck, durch ein riesiges Fenster in einen Raum zu sehen, der von treibenden Nebeln und Schatten erfüllt zu sein schien.

Ulthar drehte sich halb herum und lächelte dünn. »Komm näher.«

Fast willenlos stolperte Mark auf Ulthar zu, blieb einen halben Schritt hinter ihm stehen und starrte mit klopfendem Herzen in den Spiegel. Ulthars Lippen formten eine Reihe krächzender, fremdartiger Laute. Die wesenlosen

Schatten auf der Oberfläche des Spiegels gerieten in Bewegung, ballten sich zusammen, formten schließlich die Umrisse von Menschen.

»Vivian!«

Hilflos muße Mark mit ansehen, wie Vivian von drei Männern angegriffen wurde. Auch Jonathan Masterton befand sich in dem Raum und setzte sich gegen einen Gegner zur Wehr, wurde jedoch von ihm niedergeschlagen. Vivian wehrte sich ebenfalls mit aller Kraft, aber ihr Widerstand wurde schwächer und schwächer, und schließlich wurde sie in die Ecke gedrängt. Mark konnte das furchterfüllte Flackern in ihren Augen selbst über die Entfernung hinweg wahrnehmen. Verzweifelt überlegte er, wie er ihr helfen konnte.

Auch Ulthar sah dem Geschehen gespannt zu. Wie gebannt hing sein Blick an dem Spiegel.

Mark erkannte seine Chance. Ulthar schien ihn völlig vergessen zu haben. Im gleichen Moment, in dem die Angreifer Vivian endgültig überwältigten, wirbelte er herum und stürzte sich auf den Einarmigen.

Ulthar stieß einen gellenden Schrei aus und versuchte, den Revolver herumzureißen, aber diesmal reagierte er zu langsam. Marks Faust traf sein Handgelenk; die Waffe fiel polternd zu Boden. Mark hechtete hinterher, bekam sie zu fassen und drückte ab, doch ihm blieb nicht genug Zeit, um richtig zu zielen. Die Kugel verfehlte Ulthar und traf dafür den Spiegel hinter ihm.

Mit einem explosionsartigen Knall zersprang das Kristallglas in Millionen Splitter, die wie winzige Geschosse durch den Raum rasten. Instinktiv riß Mark die Arme vors Gesicht, während Ulthar in irrer Wut aufkreischte. Er fuhr herum, war mit einem Satz bei Mark und schlug ihm die Waffe aus der Hand. »Du verdammter Narr!« schrie er.

Im gleichen Moment kamen zwei weitere Männer in

den Raum gestürzt. Mark fühle sich von kräftigen Händen hochgerissen und gegen die Wand geschleudert. Dumpfer Schmerz schoß durch seinen Körper; Schläge prasselten auf ihn ein. Vor seinen Augen wallten rote Nebel, und für einen Moment drohte er in Bewußtlosigkeit zu versinken. Er versuchte zu schreien, aber er bekam keinen Ton heraus. Seine Kehle wurde wie von einer unsichtbaren, riesigen Faust zugedrückt.

Aber Ulthars Wut verrauchte genauso schnell wieder, wie sie aufgeflammt war. »Hört auf!« befahl er scharf. »Wir brauchen ihn vielleicht noch.«

Mark rutschte haltlos an der Wand zu Boden. Die beiden Männer blieben neben ihm stehen, bereit, ihn notfalls sofort wieder zu packen.

Ulthar kam mit langsamen Schritten auf ihn zu. »Sie sind ein Dummkopf, Mister Taylor«, zischte er. »Bevor Sie das nächste Mal den Helden spielen, sollten Sie sich erst einmal über die Hintergründe informieren. Meine Leute sind gerade dabei, Ihrer Frau das Leben zu retten.«

»Ach ja?« höhnte Mark. Er wischte sich einen Blutfaden vom Kinn, der aus seiner aufgeplatzten Unterlippe rann und stemmte sich mühsam hoch. »Genauso sah es auch aus.«

Ulthar schüttelte verächtlich den Kopf. »Sie verstehen nichts, Mister Taylor. Sie ahnen ja nicht einmal, um was es hier geht. Bürgermeister Conelly ist klein ... nun, er besitzt gewisse Fähigkeiten, die über die normaler Menschen hinausgehen, ebenso wie Ihre Frau und ich. Er wird Ihre Frau töten, wenn er die Gelegenheit dazu bekommt.«

Mark schluckte. Er begann zu begreifen, daß er möglicherweise einen Fehler gemacht hatte. Die Hintergründe dessen, was hier passierte, waren mit Sicherheit komplizierter und vielschichtiger, als er momentan auch nur ahnen konnte. »Und Sie?« fragte Mark herausfordernd. »Sie spielen den edlen und selbstlosen Retter, wie?«

»Wenigstens für den Moment«, bestätigte Ulthar. »Aber wie Sie richtig vermuten, handele ich nicht ganz selbstlos. Ich habe, sagen wir ... eigene Pläne mit Ihrer Frau.«

»Pläne? Was für Pläne?«

»Es wäre zu kompliziert, das jetzt alles zu erklären, und sinnlos obendrein. Durch Ihr törichtes Verhalten haben Sie alles etwas komplizierter gemacht, aber zum Glück habe ich Vorsorge getroffen. Ich bin überzeugt, daß Ihre Frau sicher hierher kommen wird. Sie ist sehr wichtig für mich, das muß Ihnen reichen.«

»O nein, das reicht mir nicht«, entgegnete Mark aufgebracht. Er wollte auf Ulthar zutreten, doch die beiden Männer neben ihm packten ihn und hielten ihn zurück. »Vivian ist immerhin meine Frau. Ich habe wohl ein Recht zu erfahren, was Sie mit ihr vor...«

Ulthar brachte ihn mit einer knappen Geste zum Verstummen. »Wie lange kennen Sie Ihre Frau schon, Mister Taylor?« fragte er.

Die Frage kam für Mark völlig überraschend. »Knapp vier Jahre«, antwortete er automatisch.

»Sehen Sie.« Ulthar nickte zufrieden. »Sie kennen Vivian Taylor seit vier Jahren und sprechen von Rechten? Ich kenne sie bereits seit mehr als sechsundzwanzig Jahren.«

Mark lachte schrill. »Sie sind verrückt!« stieß er hervor. »So lange lebt Vivian noch gar nicht.«

»Eben«, bestätigte Ulthar lächelnd. »Sie kennen Ihre Frau nicht nur erst seit vier Jahren, sondern auch nicht besonders gut. Sie kennen nicht einmal ihr wahres Ich. Ihre Frau besitzt ein sehr, sehr seltenes Wissen: Sie kennt das Geheimnis des ewigen Lebens.«

»Sie sind ...« Der Griff der beiden Männer verstärkte

sich. Mark stöhnte schmerzerfüllt auf und brach in die Knie.

»Es war klar, daß Sie mir nicht glauben würden«, sagte Ulthar. »Deshalb hat es auch keinen Sinn, Ihnen mehr zu erzählen.« Er ging zu einer Tür an der Rückseite des Raumes, öffnete sie und machte eine befehlende Geste. »Wir haben genug geredet, jedenfalls für heute. Kommen Sie, ich möchte Ihnen etwas zeigen.«

Mark rappelte sich keuchend hoch. »Wenn ich Sie jemals ohne ihre Wachhunde in die Finger bekomme, drehe ich Ihnen den Hals um«, stieß er hervor.

Ulthar lächelte. »Das werden Sie, Mister Taylor, ganz bestimmt sogar. Aber ich garantiere Ihnen, daß Sie dann ganz anders darüber denken werden.«

Ein wuchtiger Stoß in den Rücken trieb Mark vorwärts, ließ ihn durch die Tür taumeln. Der Gang dahinter glich dem, in dem er Ulthar das erste Mal gesehen hatte. Auch hier hingen Hunderte von Spiegeln an den Wänden, aber die meisten waren leer.

»Gehen Sie weiter, Mister Taylor«, forderte Ulthar ihn auf. »Sie waren doch so begierig darauf, das Geheimnis meiner Spiegel zu lüften. Nun werden Sie es erfahren, sogar am eigenen Leib.« Seine Stimme ging in ein häßliches Lachen über, dann trat er in den Raum zurück und schloß die Tür hinter sich.

Die Beleuchtung des Ganges flackerte und ging dann ganz aus, aber trotzdem wurde es nicht dunkel. Einer der großen Spiegel begann plötzlich in geheimnisvollem Licht zu leuchten. Ein helles, elektrisches Knistern erfüllte mit einemmal die Luft.

Marks Blick wurde von dem Spiegel wie magisch angezogen. Mit aller Willenskraft bemühte er sich wegzusehen, doch es gelang ihm nicht. Er spürte, wie sein Widerstand rasch schwächer wurde. Langsam, mit roboterhaften, steifen Bewegungen, ging er auf den Spiegel zu. Er sah sich selbst, sein schreckensbleiches Gesicht, seine angstvoll aufgerissenen Augen, aber er kam nicht gegen die suggestive Wirkung des Spiegels an.

Dann hob das Spiegelbild plötzlich die Hand, winkte ihm auffordernd zu ...

Mark stöhnte. Auf dem Gesicht seines Spiegelbildes erschien ein kaltes, zynisches Lächeln. Er kämpfte verzweifelt gegen den fürchterlichen Sog an, der ihn auf den Spiegel zutrieb. Seine Finger prallten gegen die harte, kühle Oberfläche, aber nur für eine Sekunde, dann drangen sie so mühelos ein wie in Wasser. Gleichzeitig fuhr ein furchtbarer Schmerz durch seinen Körper, als ob sein Innerstes nach außen gekehrt würde. Er versuchte sich zu bewegen, doch es gelang ihm nicht. Die Welt um ihn herum war flach, eng und begrenzt; nur noch die Dimensionen Höhe und Breite existierten für ihn. Er sah, wie sich ein Mann auf der anderen Seite des Spiegels aufrichtete und langsam den Gang hinunterschritt.

Nach einigen Schritten drehte er sich noch einmal um. Mark konnte nicht einmal schreien, als er das Gesicht des Mannes sah, sein eigenes Gesicht, in dessen Augen ein grausamer, harter Ausdruck lag.

9

Für einen winzigen Moment kam es Vivian vor, als wäre die Zeit selbst erstarrt. Die Gestalten ihrer unheimlichen Gegner schienen mitten in der Bewegung einzufrieren. Ein lauter, quälend hoher Ton lag plötzlich in der Luft; ein zermürbendes Kreischen und Singen, als würde irgendwo ein gigantisches Weinglas angeschlagen. Sämtliche Gläser und Flaschen im Raum begannen zu klirren.

Vivian konnte sich aus dem brutalen Griff des Angreifers lösen. Sie fiel zu Boden und prallte schmerzhaft auf den harten Marmor.

Dann, scheinbar ohne jeden Grund und von einem Moment zum anderen, explodierte der Spiegel. Es gab einen kurzen, grellen Lichtblitz, gefolgt von einem Schwall heißer Luft, der den Raum mit einem Hagel winziger scharfkantiger Spiegelstückchen überschüttete, aber das nahm Vivian kaum wahr. Entsetzt beobachtete sie, wie sich die unheimlichen Gestalten wie unter einem ungeheuren Schock aufbäumten, um gleich darauf wieder zu erstarren. Ihre Körper begannen milchig und kristallen zu werden, und in Ansätzen sogar transparent, so daß Vivian meinte, verzerrt den Hintergrund des Raumes durch sie hindurchschimmern zu sehen. Sie hatten den Eindruck lebensgroße Glasskulpturen zu sehen.

Dann zerbrachen sie.

Mit ohrenbetäubendem Knall zerbarsten sie in unzählige Bruchstücke. Der Anblick war so grauenhaft, daß Vivian nur daliegen und das Schauspiel wie gelähmt beobachten konnte.

Dann, von einer Sekunde zur anderen, kehrte eine fast unnatürliche Ruhe ein.

Vivian richtete sich mühsam auf die Ellenbogen auf und drehte den Kopf. Der Raum war so gründlich verwüstet, als wären hier ganze Armeen aufeinandergeprallt. Der große, leere Rahmen über dem Kamin schien sie höhnisch anzugrinsen. Überall lagen Glasscherben; zerbrochene Fragmente des großen Spiegels, zertrümmerte Gläser und Flaschen und die kleinen, an zerborstenes Sicherheitsglas erinnernden Glasstückchen, in die sich die Körper der Angreifer verwandelt hatten.

Sie stand auf, watete durch ein Meer von Trümmern und Glas zu Masterton hinüber und drehte ihn auf den Rücken. Der Manager war bewußtlos, schien aber bis auf eine mächtige Beule am Hinterkopf und ein paar oberflächliche Kratzer unverletzt zu sein. Sie zog ihre Jacke aus, bettete seinen Kopf behutsam darauf und stand auf. Unter ihren Schuhen knirschte Glas, als sie zur Tür ging. Sie brauchte einen Arzt für Masterton.

Ungeheurer Lärm schlug ihr entgegen, kaum daß sie auf den Korridor hinausgetreten war: das Klirren von Glas, die entsetzten Schreie von Männern und Frauen, Schmerzenslaute. Als sie die Tür zum Ballsaal erreichte, prallte sie entsetzt zurück.

Sämtliche Ausgänge des Saales waren von Gruppen großer, muskulöser Männer versperrt, die jeden Versuch, den Raum zu verlassen, verhinderten. An den Wänden hatten sich ein Dutzend schmaler Tapetentüren geöffnet, durch die Scharen von Angreifern in den Raum strömten, sich über die Gäste warfen und sie mit übermenschlicher Kraft niederrangen. Viele der Angreifer waren verkleidet, trugen Kostüme aus grünlicher Schuppenhaut, die sie ein wenig wie stämmige, aufrecht gehende Echsen aussehen ließen. Auf dem Kopf trugen sie an Krokodilschädel erinnernde Gummimasken, doch obwohl die bizarren Kostüme sie behindern mußten, kämpften sie mit der gleichen Geschmeidigkeit und ungeheuren Kraft wie die übrigen Angreifer. Auch wenn es sich nur um Kostüme handelte, schauderte Vivian. Die Gestalten sahen täuschend echt aus, fremdartige, furchteinflößende Bestien, die geradewegs einem Horrorfilm entsprungen sein könnten. Dennoch kamen sie Vivian seltsam vertraut vor, ohne daß sie sich in ihrer Panik bewußt wurde, woher dieses Gefühl stammte.

Vivian sah, daß ein paar beherzte Männer und Frauen einen Kreis gebildet hatten und versuchten, sich die Angreifer vom Leibe zu halten. Sie hatten sich mit Tisch- und Stuhlbeinen bewaffnet, aber gegen die scheinbar unverwundbaren Gestalten schien jeder Widerstand sinnlos zu sein. Immer wieder preschten zwei oder drei der Unheimlichen vor, rissen ein wehrloses Opfer aus dem Kreis heraus und schleiften es davon.

Vivian entdeckte Conelly, Cramer und Bender bei einer Gruppe von etwa zehn Männern, die im Hintergrund des Saales standen und dem Kampf offenbar unbeteiligt zusahen.

Irgend etwas krachte dicht neben ihr gegen die Wand und zerbarst. Vivian bemerkte es kaum. Das gräßliche Schauspiel hatte sie ganz in ihren Bann geschlagen. Der ganze Empfang war eine riesige Falle gewesen. Conelly, oder wer immer sonst hinter dem Ganzen stand, hatte mit einem einzigen Schlag praktisch die gesamte Führungsspitze der Stadt in seine Gewalt gebracht.

Conelly fuhr plötzlich herum. Seine Augen verengten sich, als er Vivian erkannte. Sie sah, daß er irgend etwas rief und hektisch mit den Armen fuchtelte. Vier, fünf der Angreifer in den Echsenkostümen ließen plötzlich von ihren Opfern ab und bewegten sich auf sie zu.

Vivian fuhr herum und sah sich gehetzt nach einer Fluchtmöglichkeit um. Die breite, offene Freitreppe, die ins Untergeschoß führte, wurde von einer Doppelreihe finster dreinblickender Gestalten gesperrt, so daß Vivian nichts anderes übrig blieb, als den Flur in der gleichen Richtung entlangzurennen, aus der sie gerade gekommen war.

Aus einer Tür ein Stück vor ihr kamen weitere der maskierten Gestalten und versperrten ihr den Weg auch in dieser Richtung. Blindlings riß Vivian eine der von dem Gang abzweigenden Türen auf und stürmte in den Raum dahinter. Es handelte sich um eine Bibliothek, ähnlich der, in der sie bei den Mastertons die Séance abgehalten hatte. Einen weiteren Ausgang gab es nicht, nur eine Glastür, die auf einen kleinen Balkon hinausführte.

Vivian versuchte, die Tür hinter sich wieder zu schließen, doch einer der Angreifer warf sich mit seinem ganzen Gewicht dagegen. Vivian wurde zurückgeschleudert und wäre beinahe gestürzt. Im letzten Moment konnte sie sich an einem Regal abstützen. Sie wich noch weiter zurück, als die Maskierten in den Raum eindrangen. Sie wußte nicht, was die alberne Kostümierung bedeuten sollte, aber nachdem sie die Gestalten nun aus der Nähe sah, war sie sich nicht einmal sicher, ob es sich wirklich nur um Kostüme handelte. Zumindest waren die Masken ungeheuer realistisch.

Aber das war jetzt nebensächlich. Die vordersten Gestalten hatten Vivian fast erreicht. Sie fuhr herum und rannte mit schnellen Schritten auf das Fenster zu. Hinter ihr klang wütendes Geschrei auf, als ihre Verfolger erkannten, was sie vorhatte. Vivian riß die Vorhänge beiseite und warf sich in panischer Angst gegen die Glastür. Der dünne Holzrahmen gab knirschend nach; Glas splitterte und fiel klirrend nach draußen, während Vivian auf den schmalen Balkon hinausstolperte. Zwei der Angreifer waren jetzt dicht hinter ihr. Sie prallte gegen das schmale Ziergitter, sah aus den Augenwinkeln eine huschende Bewegung und duckte sich instinktiv. Der Mann prallte gegen sie, verlor das Gleichgewicht und schien einen Moment lang mit wild rudernden Armen in der Luft zu hängen, ehe ihn sein eigener Schwung über das Balkongitter riß. Er verschwand lautlos in der Tiefe.

Auch Vivian warf kurz einen Blick nach unten und wandte den Blick schaudernd wieder ab, als sie spürte, wie sich sofort alles vor ihren Augen zu drehen begann.

Sic hatte sich durch ihren Fluchtweg selbst in die Enge manövriert. Der zweite Angreifer war unter der Tür stehengeblieben und musterte sie drohend; hinter ihm drängten sich drei, vier weitere Männer.

Sie hatte nur noch eine Wahl, auch wenn sich alles in ihr sträubte. Neben dem Balkon verlief ein schmaler

Sims, der rings um das gesamte Gebäude zu führen schien. Vivian schwang die Beine über das Balkongitter und tastete nach Halt. Eng gegen die Wand gepreßt, ließ sie mit klopfendem Herzen das Balkongitter los und schob sich hastig weiter. Dabei bemühte sie sich, nicht in die Tiefe zu sehen. Eisiger Wind schlug nach ihr, fuhr schmerzhaft durch ihr dünnes Ballkleid und schien ihre Glieder zu lähmen.

»Das ist vollkommen sinnlos, Missis Taylor«, sagte eine Stimme. Vivian drehte sich vorsichtig zu dem Sprecher um. Es handelte sich um Conelly. »Wirklich«, fuhr er fort. »Es ist sinnlos. Der Sims führt lediglich von einem Balkon zum nächsten. Es wäre besser, wenn Sie aufgeben würden.« Er lehnte fast gemütlich am Balkongitter und streckte auffordernd die Hand aus. Seine Fingerspitzen waren nur wenige Zentimeter von Vivians Schultern entfernt. »Kommen Sie zurück. Es ist sinnlos.«

Vivian spürte, wie ihre Kraft nachließ. Der Kampf hatte sie fast vollkommen erschöpft, und die Angst und die eisige Kälte schienen ihre Muskeln zu lähmen. Sie sah vorsichtig in die Tiefe. Der Boden befand sich vielleicht zehn Meter unter ihr – gepflegter, kurzgeschnittener Rasen, in dem Blumenbeete ein lustiges Muster zu bilden schienen. Ihr schwindelte, und sofort schloß sie wieder die Augen. Ihr Puls raste.

»Versuchen Sie es lieber nicht«, warnte Conelly. »Es sind fast zehn Meter. Selbst wenn Sie den Sturz überleben, würden meine Leute Sie unten erwarten. Sie würden sich nur unnötig Schmerzen bereiten.« Er winkte ungeduldig. »Also kommen Sie endlich.«

Vivian dachte nicht daran, sondern wich unwillkürlich noch weiter zurück. Sie überlegte krampfhaft, was sie tun könnte. Sie hatte etwa die Hälfte der Strecke zum nächsten Balkon zurückgelegt, aber bis sie ihn erreicht hätte, würden Conellys Leute längst dort sein. Dennoch mußte sie es versuchen.

Vorsichtig tastete sie sich weiter. Der Sims unter ihren Füßen war schmal und glitschig, und ihre hochhackigen Schuhe waren denkbar ungeeignet für Kletterpartien, doch sie konnte sich unmöglich bücken, um sie auszuziehen. Ihre Finger krallten sich in winzigen Vorsprüngen und Rissen im Mauerwerk fest, während sie sich weitertastete. Ihr Blick glitt verzweifelt über die glatte Fassade. Eine der alten, knorrigen Eichen, mit denen der Park um die Villa bepflanzt war, schien ihr verlockend nahe zu sein. Seine Äste reichten bis auf wenige Meter an das Haus heran. Aber Vivian erkannte auch, daß sie viel zu dünn waren, um ihr Gewicht zu tragen, und wenngleich zwei oder drei Meter keine große Distanz darstellten, waren sie für einen Sprung aus dem Stand heraus zuviel.

Conelly runzelte unwillig die Stirn und sagte etwas zu seinen Begleitern, die hinter ihm standen. »Also schön, Sie haben es nicht anders gewollt«, rief er. »Letztlich ist es egal, wie Sie sterben. Ich hatte gehofft, vor Ihrem Tod noch etwas über Ihre Fähigkeiten zu erfahren, aber wahrscheinlich hätte ich es ohnehin nicht geschafft, Sie wieder in Melissa zu verwandeln. Vielleicht ist es am besten, wenn wir es gleich hier zu Ende bringen, statt noch ein Risiko einzugehen.«

Vivian beachtete ihn nicht. Zentimeter um Zentimeter schob sie sich weiter voran und blieb erst stehen, als auch auf dem Balkon vor ihr zwei der maskierten Gestalten auftauchten. Sie machten keinerlei Anstalten, sie zu erreichen, sondern blieben ruhig stehen und warteten auf sie.

Vivian wußte, daß sie sich nicht mehr lange würde halten können. Bislang hatte die Furcht vor Conelly und seinen unheimlichen Begleitern alle ihre anderen Gefühle überdeckt, aber je länger sie auf dem schmalen Sims stand und den Wind spürte, der wie mit unsichtbaren Händen an ihr zerrte, desto mehr machte ihr die Höhenangst zu schaffen. Sie brauchte gar nicht erst in die Tiefe zu sehen, das bloße Wissen um den Abgrund direkt vor ihren Füßen reichte bereits aus, alles in ihr erstarren zu lassen. Übelkeit stieg in an- und abschwellenden Wellen in ihr auf, und das Schwindelgefühl wurde immer stärker.

Gehetzt warf Vivian einen Blick zu dem Baum hinüber. Sie hatte das Gefühl, die Äste würden ihr höhnisch zuwinken. Möglicherweise würde es ihr doch gelingen, sie zu erreichen, und wenn die Zweige auch nicht kräftig genug waren, ihr Gewicht zu tragen, würden sie doch ihren Sturz ein wenig abfedern. Höchstwahrscheinlich machte sie sich selbst nur etwas vor, aber vielleicht hatte sie doch noch eine kleine Chance.

Vivian war fast entschlossen, den Sprung zu wagen, als auf dem Balkon vor ihr plötzlich Tumult entstand. Einige Männer, unter ihnen Jeremy Cramer, waren dort erschienen und lieferten sich mit den Maskierten ein Handgemenge. Es dauerte nur wenige Sekunden, bis die Gestalten in den Echsenkostümen über die Brüstung in die Tiefe stürzten. Conelly brüllte zornig auf.

»Kommen Sie, Missis Taylor!« rief Cramer ihr zu und streckte ihr die Hand entgegen. »Schnell!«

Vivian zögerte kurz. Sie begriff nicht, was diese neue Wendung der Geschehnisse zu bedeuten hatte, aber in ihrer Situation konnte sie nicht besonders wählerisch sein. Vielleicht war alles nur ein weiterer Trick, dieses Risiko mußte sie eingehen. So schnell sie konnte, schob sie sich auf dem Sims weiter.

Zu schnell.

Ein lockerer Stein auf dem Sims brachte sie ins Straucheln. Verzweifelt versuchte sie, sich irgendwo festzuhalten, doch die Wand vor ihr war zu glatt. Wild mit den

Armen rudernd verlor sie vollends das Gleichgewicht und kippte nach hinten.

Das letzte, was sie spürte, waren kräftige Finger, die sich wie ein Schraubstock um ihr Handgelenk schlossen und sie vorwärts rissen, dann tauchte plötzlich direkt vor ihr die Brüstung des Balkons auf, und direkt darauf löschte ein wuchtiger Schlag auf den Kopf ihr Bewußtsein aus.

Vivians Ohnmacht dauerte nicht besonders lange, doch als sie erwachte, befand sie sich nicht mehr in Conellys Haus, sondern im Fond einer großen Limousine. Zwei hünenhafte, breitschultrige Männer in eleganten Straßenanzügen saßen wie steinerne Statuen rechts und links neben ihr. Auch ihre Gesichter schienen aus Stein gemeißelt zu sein. Sie reagierten in keiner Form auf Vivians Aufwachen, verzogen nicht einmal eine Miene.

Der Wagen wurde von einem uniformierten Chauffeur gefahren. Neben ihm saß Cramer auf dem Beifahrersitz. Er hatte die Arme vor der Brust verschränkt und starrte aus halb zusammengekniffenen Augen auf den vorüberfließenden nächtlichen Verkehr.

»Was ... haben Sie mit mir vor?« fragte Vivian. In ihrem Mund war ein bitterer Geschmack, und das Sprechen fiel ihr schwer. Eine ganze Kompanie boshafter Zwerge hatte offenbar ihren Kopf mit einem Bergwerk verwechselt und schien voller sadistischer Freude darin herumzuhämmern. Vorsichtig tastete Vivian über ihr Gesicht. Sie spürte eine dicke Beule, bei deren Berührung sofort eine neue Schmerzwelle durch ihren Körper fuhr. »Wo bringen Sie mich hin?«

Niemand antwortete ihr. Noch ein paarmal versuchte Vivian, ein Gespräch mit Cramer oder einem ihrer Bewacher zu beginnen, aber auch weiterhin bekam sie keine

Antwort. Von Zeit zu Zeit warf Cramer ihr einen nachdenklichen Blick zu, doch er schwieg ebenfalls beharrlich auf ihre Fragen. Nach einer Weile gab Vivian auf und lehnte sich resignierend in die Polster zurück.

Der Wagen hatte die belegte City verlassen und fuhr jetzt auf einer Seitenstraße am Meer entlang. Dann und wann huschte der Umriß eines jener großen, auf hölzernen Plattformen erbauten Strandhäuser vorbei, wie sie für diesen Teil der amerikanischen Ostküste typisch waren, aber die Anzeichen von Leben schienen mit jeder Meile, die sie zurücklegten, geringer zu werden, dabei befanden sie sich noch innerhalb der Stadtgrenze New Yorks. Aber die Riesenstadt war auch mit kaum einer anderen Metropole der Welt zu vergleichen. New York war groß, unglaublich groß sogar. Das, was man sich normalerweise unter dem Begriff New York vorstellte, die Halbinsel Manhattan mit ihren himmelstürmenden Wolkenkratzern, stellte in Wirklichkeit nur einen kleinen Teil der Stadt dar. Cramers Ziel mußte irgendwo im Süden der Stadt liegen, in einem der allmählich absterbenden Viertel um den Yachthafen herum, die ihre Blütezeit schon vor dem Zweiten Weltkrieg überschritten hatten. Vivian konzentrierte sich auf ihre Umgebung. Zwar kannte sie sich nicht besonders gut aus in New York, und sie wußte auch nicht, wohin Cramer mit ihr wollte, aber je länger sie ihre Route verfolgte, desto sicherer wurde sie, daß er eine Menge Umwege fahren ließ, statt sein Ziel direkt anzusteuern.

Schließlich verließen sie die Straße und rumpelten eine Weile über einen kaum befestigten, mit Schlaglöchern übersäten Sandweg.

Einige Männer tauchten vor ihnen auf der Straße auf. Cramer machte ihnen ein kurzes Zeichen, worauf die Männer den Weg freigaben. Angestrengt starrte Vivian durch die Scheiben nach draußen. Ein Kassenhäuschen huschte an ihnen vorbei, dann tauchten sie in ein Labyrinth dunkler, drohender Umrisse ein. Erst jetzt erkannte Vivian, wo sie sich befanden: Auf Coney Island. Vor einigen Jahrzehnten hatte dieser riesige Jahrmarkt Millionen Besucher aus aller Welt angelockt. Der Vergnügungspark war schon vor langer Zeit aufgegeben worden, aber er existierte immer noch. Eine moderne Geisterstadt, in der sich fast nur noch Ungeziefer und gelegentlich auch zwielichtiges Gesindel herumtrieben. Eine Zeitlang hatten heruntergekommene, ältere Prostituierte versucht, die Gegend um den ehemaligen Freizeitpark mit Beschlag zu belegen, aber auch sie waren inzwischen wieder verschwunden.

Die aufgeblendeten Scheinwerfer des Wagens rissen blitzartige, huschende Bruchstücke aus der Dunkelheit: Ein grellfarbiges Plakat, zerrissen und fleckig vom Alter; die durchlöcherten Planen eines Bierzeltes, die lose im Wind hin- und herschwangen, vernagelte Bretter und Türen, heruntergelassene Gitter, hinter denen vierzig Jahre alte Teddybären darauf warteten, aus ihrem staubigen Grab befreit zu werden. Das Geräusch des Wagens schien zwischen den vielen kleinen Buden tausendfach gebrochen und verzerrt zu werden.

Die Fahrt endete vor einer niedrigen Wellblechhütte. Bevor der Fahrer den Motor abstellte und die Scheinwerfer erloschen, konnte Vivian einen flüchtigen Eindruck des Gebäudes auffangen; ein rechteckiger, nicht allzu großer Bau, lieblos aus Blechteilen zusammengefügt und mit regenbogenfarbigem, abblätterndem Lack verunziert.

Ihre Bewacher stiegen aus und bedeuteten ihr schweigend, zu dem Gebäude hinüberzugehen. Vivian gehorchte zögernd.

»Treten Sie ruhig ein, meine Liebe«, sagte eine Stimme.

Vivian zuckte zusammen. In der fleckigen Blechwand

hatte sich eine Tür geöffnet. Ein alter, schmalbrüstiger Mann trat ihr entgegen.

»Es freut mich, daß Sie doch noch gekommen sind, Missis Taylor«, sagte der Alte.

»Wer ... sind Sie?«

»Mein Name ist Ulthar«, antwortete ihr Gegenüber. »Sie werden ihn sicher nicht kennen – noch nicht. Aber kommen Sie doch herein. Es ist kalt draußen.« Cramer untermalte die Aufforderung des Alten mit einem kräftigen Stoß in Vivians Rücken, der sie haltlos vorwärts taumeln ließ, was ihm einen finsteren Blick Ulthars einhandelte. »Nicht doch, Cramer. Vergessen Sie nicht, daß die Dame unser Gast ist.«

Vergeblich suchte Vivian nach einer Spur von Spott in seiner Stimme. Ulthar schien seine Worte zu meinen, wie er sie gesagt hatte. Das änderte jedoch nichts daran, daß er ihr unheimlich war.

Die Tür fiel mit einem seltsamen, dumpfen Laut hinter ihr ins Schloß. Vivian hatte plötzlich das Gefühl, in einer riesigen Gruft gefangen zu sein. Sie sah sich ängstlich um. Der Raum war bis auf einen riesigen Kunststofftisch und einen dreibeinigen Hocker vollkommen leer. Cramer und die anderen Männer waren draußen geblieben; sie war allein mit Ulthar.

»Also«, sagte sie mit mühsam beherrschter Stimme. »Was wollen Sie?«

Ulthar musterte sie einige Sekunden lang, dann sagte er mit ernster Stimme: »Sie!«

»Mich?« Vivian lächelte, lehnte sich gegen die Türkante und maß Ulthar mit einem spöttischen Blick. Zumindest versuchte sie spöttisch zu blicken, aber sie fürchtete, daß ihre Angst diesen Versuch kläglich scheitern ließ. »Ziemlich viel Aufhebens, nur um mich zu fangen, nicht?« fragte sie.

»Um Sie zu retten«, verbesserte Ulthar, ohne eine

Miene zu verziehen. »Sie wären jetzt bereits tot, wenn meine Leute nicht eingegriffen hätten. Conelly will unter allen Umständen Ihren Tod.«

»Aber ... warum? Ich verstehe das alles nicht. Warum gerade ich? Was wollen Sie von mir, und warum will Conelly, daß ich sterbe? Was waren das für Leute auf der Party? Sie waren im Spiegel nicht zu sehen, und sie sind plötzlich wie Glas ...«

»Das sind eine Menge Fragen auf einmal«, unterbrach Ulthar sie. »Und ich fürchte, keine davon ist einfach zu beantworten. Sehen Sie – ich habe mit Conelly ein Abkommen getroffen. Er hat mir fast die gesamte Führungsspitze der Stadt in die Hände gespielt. Als Gegenleistung verlangte er Ihren Tod.«

»Ein ziemlich guter Handel für Sie«, erwiderte Vivian sarkastisch, doch hinter dem Zynismus versuchte sie nur ihre immer größer werdende Angst und Hilflosigkeit zu verbergen. »Trotzdem haben Sie ihn hintergangen. Was ist ausgerechnet an mir so Besonderes?«

»Das wissen Sie doch selbst, Missis Taylor. Sie besitzen außergewöhnliche Fähigkeiten.«

»Nur weil ich ein gutes Medium bin? Ich kann ein wenig wahrsagen und die Karten legen, aber ...«

»Sie können mehr als das, Missis Taylor«, fiel ihr Ulthar wiederum ins Wort. »Auch wenn Sie es vermutlich selbst noch nicht wissen – oder nicht mehr. Ich brauche Ihnen wohl nicht zu erzählen, daß Ihre medialen Fähigkeiten weit über die anderer Menschen hinausgehen, selbst über die der meisten sogenannten Medien. Einige wenige Menschen auf der Welt entwickeln diese Kräfte. Aus Gründen, die ich selbst nicht kenne, sind bei Ihnen bestimmte Teile des Gehirns aktiv, die gewöhnlich brachliegen. Sie sind so ein Mensch, ich ebenfalls und Conelly auch. In früheren Zeiten hat man Menschen wie uns als Hexen oder Magier gejagt und zu töten versucht. In der heutigen Zeit glaubt man nicht mehr daran, daß es übersinnliche Kräfte gibt, und die meisten von uns haben keinerlei Interesse daran, das zu ändern.«

»Im Gegensatz zu mir, meinen Sie wohl? Ist das der Grund, warum Sie mich töten wollen? Geht es Ihnen nur darum, zu verhindern, daß durch mich die Existenz übernatürlicher Kräfte bewiesen wird?«

Ulthar schüttelte den Kopf. »Aber nicht doch, meine Liebe. Außerdem hat nur Conelly vor, Sie zu töten. Ich will Ihnen ganz im Gegenteil helfen, Ihr wahres Ich wiederzuentdecken. Aber am besten werde ich Ihnen alles der Reihe nach erzählen. Es wird alles erleichtern, wenn Sie die ganze Geschichte kennen. Vielleicht werden Sie sich an einiges sogar von allein erinnern.«

»Ich habe kein Interesse an Ihren verrückten Geschichten«, sagte Vivian scharf und trat einen Schritt auf ihn zu. »Was Sie hier tun ist Freiheitsberaubung. Ich werde die Polizei benachrichtigen, wenn Sie mich nicht auf der Stelle gehen lassen!«

Ulthar lächelte amüsiert. »Nur zu. Glücklicherweise befindet sich Polizeichef Bender gerade hier in meinem Kabinett. Soll ich ihn rufen? Oder wäre es Ihnen lieber, direkt mit FBI-Direktor Cramer zu sprechen?«

Niedergeschlagen senkte Vivian den Kopf. Sie sah ein, daß Sie auf Hilfe von offizieller Seite nicht bauen durfte. Irgendwie hatte es Ulthar geschafft, sämtliche einflußreichen Leute New Yorks so zu beeinflussen, daß sie nur noch ihm gehorchten. Sie war auf sich allein gestellt. »Was ist mit Mark geschehen?« fragte sie. »Ich verspreche Ihnen, daß ich mir alles anhören werde, was Sie zu sagen haben, wenn ich vorher mit Mark sprechen kann und weiß, daß ihm nichts passiert ist.«

»Er lebt, und es geht ihm gut«, versicherte Ulthar. »Er befindet sich ebenfalls hier. Sie werden später mit ihm sprechen können.«

»Ich will ihn sehen«, beharrte Vivian. »Jetzt sofort.«

»Ich sagte später«, erwiderte Ulthar in einem Tonfall, der deutlich machte, daß er keinen weiteren Widerspruch mehr duldete. »Ich werde Ihnen zunächst etwas über mich erzählen.« Sein Gesicht verzerrte sich plötzlich vor Haß, und als er weitersprach, zitterte seine Stimme. »Ich war nicht immer so wie jetzt, Missis Taylor«, sagte er. »Ich weiß, daß ich häßlich bin. Alt, häßlich – ein Krüppel, über den die Leute lachen und mit dem sie höchstens Mitleid haben. Früher, als ich jung war, war ich ein angesehener Mann. Die Menschen schätzten und ehrten mich, und ich tat alles, was in meiner Macht stand, um diese Welt besser zu machen. Ja, Missis Taylor, besser. Ich wollte sie zu dem machen, was sich die Menschen gewünscht haben. Zu einem Paradies, in dem es jedem gutging, in dem Friede und Glück herrschte. Das waren keine leeren Hirngespinste; ich hatte die Macht dazu. Meine Spiegel gaben sie mir.«

»Ihre Spiegel?«

Ulthar nickte. »Ja. Spiegel! Nicht nur das, was die meisten Menschen darin sehen. Wenn man ihre Sprache versteht, ihr Geheimnis kennt, vermögen sie beinahe alles. Die Menschen haben schon seit jeher gewußt, daß es ein Geheimnis um jeden Spiegel gibt. Die Legende von den verzauberten Ländern hinter den Spiegeln, von der Macht, die einem verliehen wird, wenn man ein Abbild des anderen hat, sind nicht so frei aus der Luft gegriffen, wie die meisten glauben. Ein Spiegel zeigt nicht nur das äußere Abbild eines Menschen, Missis Taylor. Er zeigt den ganzen Menschen. Ich habe damals das Geheimnis der Spiegel erkannt, und ich habe entdeckt, daß man alle Schlechtigkeit, alles Böse und Verwerfliche aus dieser Welt vertreiben kann. Ich habe den Menschen …«

»Ihre Spiegelbilder gestohlen«, sagte Vivian entsetzt.

Ulthar nickte. »Ihre *negativen* Spiegelbilder«, sagte er

betont. »In jedem Menschen lebt ein schlechter Teil, ebenso wie ein guter. Man braucht nur das Schlechte zu entfernen, um diese Welt in ein Paradies zu verwandeln.«

»In eine Welt voller Roboter, meinen Sie«, stieß Vivian hervor. Mit einemmal wurde ihr vieles klar. Die Männer, die wie Glas zerbrochen waren und kein Spiegelbild geworfen hatten – sie waren selbst nur Abbilder gewesen, die durch einen unheilvollen Zauber zu eigenem Scheinleben erwacht waren; seelenlose Geschöpfe, die Ulthars Befehlen blind gehorchten. »Ich habe Ihre Kreaturen gesehen, Ulthar. Sollen das die Bewohner Ihres Paradieses sein? Sie sind nichts weiter als willenlose Befehlsempfänger, Wesen ohne Willen und ohne Seele.«

»Aber sie sind glücklich«, sagte Ulthar ernsthaft. »Und die Spiegelbilder von heute sind nicht die von damals. Damals fing ich die bösen Seiten der Menschen ein. Die, die mein Kabinett verließen, waren Heilige, Engel, die keiner Fliege etwas zuleide tun konnten.« Plötzlich schrie er. »Aber die Menschen haben mir nicht geglaubt. Sie haben mich ausgelacht, mich einen Verrückten genannt, schließlich einen Verbrecher. Sie haben alles zerstört, haben mein Lebenswerk vernichtet und mich ins Gefängnis geworfen. Mich! Ulthar, der den Garten Eden Wahrheit hätte werden lassen!«

Vivian schauderte. Sie erkannte plötzlich, wen sie wirklich vor sich hatte: einen verrückten, alten Mann, der mehr als gefährlich war.

»Bei dem Prozeß wurde ich freigesprochen«, sprach Ulthar mit haßverzerrtem Gesicht weiter. »Niemand glaubte, daß wirklich meine Spiegel für die Veränderungen verantwortlich waren. Man glaubte eher an eine Art von Hypnose. Dadurch war es nicht schwer, die Geschworenen in meine Gewalt zu bringen. Aber der Freispruch änderte nichts an der erlittenen Schmach. Damals habe ich geschworen, mich zu rächen. Die Menschen wollten die guten Seiten meiner Entdeckung nicht, also sollten sie die andere Seite kennenlernen. Sie haben meine Spiegel zerstört, aber ich habe mein Kabinett wieder aufgebaut. Ich kann jedem meinen Willen aufzwingen, jedem, und damit werde ich nun in großem Maßstab beginnen. Ich werde diese verdammte Stadt und ihre verdammten Menschen unter meinen Befehl zwingen. Sie sollen tausendfach für alles bezahlen, was sie mir angetan haben. Millionenfach.«

»Sie ... Sie sind ja wahnsinnig«, flüsterte Vivian.

Ulthar erbleichte. Seine Lippen zitterten, und in seinen Augen trat ein heimtückisches, gefährliches Funkeln. »Wahnsinnig«, wisperte er. »Ja. Sie haben mich einen Wahnsinnigen genannt, damals. Einen gefährlichen Irren. Vielleicht stimmt es sogar. Vielleicht bin ich verrückt gewesen, weil ich geglaubt habe, den Menschen etwas Gutes antun zu können. Aber ich habe erkannt, daß das falsch war und seither nur noch für meinen eigenen Vorteil gearbeitet. Damals lernte ich jemanden kennen. Eine wunderschöne Frau, die ebenfalls übernatürliche Fähigkeiten besaß, eine Hexe. Melissa.«

»Melissa«, echote Vivian. Ein vager Verdacht, worauf Ulthar hinauswollte, keimte in ihr auf, aber der Gedanke war absurd. Andererseits war diesem Wahnsinnigen alles zuzutrauen.

»Wie ich sehe, ist Ihnen der Name nicht ganz unbekannt«, fuhr Ulthar fort. »Spätestens seit der Séance bei den Mastertons dürften Sie ihn kennen.«

»Sie wissen davon?«

»Ich habe Sie seit heute mittag beobachtet, nachdem ich Sie endlich gefunden hatte.« Ulthar lächelte, doch es sah schmerzlich aus. »Aber dazu komme ich später. Melissa und ich – wir verliebten uns damals ineinander. Und wir verbündeten uns. Gemeinsam wären wir unschlagbar gewesen, nichts hätte uns aufhalten können. Aber Melissa – sie ... sie starb unter niemals ganz geklärten Umständen. Sie wurde ermordet. Sie stürzte aus dem zwanzigsten Stock eines Hochhauses.«

Vivian wurde blaß. Sie hatte geglaubt, daß nichts von dem, was Ulthar ihr erzählte, sie noch schockieren könnte, nach dem was sie auf der Party erlebt und über die Opfer der Spiegel erfahren hatte, aber nun mußte sie erkennen, daß es zu jedem Schrecken noch eine Steigerung gab. Es mußte sich um einen Trick handeln. Irgendwie mußte Ulthar von ihrem Alptraum erfahren haben und nutzte dieses Wissen jetzt aus, um auch den letzten Rest ihres Widerstandes zu brechen und sie sich gefügig zu machen. Es war nur ein weiterer schmutziger Trick.

Aber irgend etwas tief in ihr sagte ihr, daß es nicht so war.

»Sie ... Sie sagten, Melissa hätte ungeheure Kräfte besessen«, hakte sie stockend nach. Ihre augenblickliche Situation war für Vivian unwichtig geworden, auch was mit ihr geschehen würde. Sie mußte Klarheit bekommen, dieses Geheimnis endlich entschleiern, das sie schon ihr ganzes Leben lang begleitete. »Wenn sie so mächtig war, wie konnte sie dann ermordet werden?«

Ulthar schwieg. Er hatte die Augen geschlossen und schien so in seine Erinnerungen versunken zu sein, daß sie schon glaubte, er hätte ihre Anwesenheit vergessen. Als sie ihre Frage gerade wiederholen wollte, hob er den Kopf. »Sie war mächtig«, sagte er schleppend. »Sie hatte viel Zeit, ihre Kräfte zu erproben und auszubauen. Melissa kannte das Geheimnis des ewigen Lebens.«

»Aber ...«

Ulthar schnitt ihr mit einer barschen Handbewegung das Wort ab. »Sie war nicht unsterblich im herkömmlichen Sinne. Sie alterte sogar rund fünfmal so schnell wie ein normaler Mensch. Aber sie beherrschte die Seelenwanderung. Durch eine komplizierte Beschwörung konnte sie unter bestimmten Umständen ihren Geist in den Körper einer anderen versetzen, die sie zuvor tötete, um keinerlei Probleme mit deren Bewußtsein zu bekommen. Nicht einmal ich weiß, wie alt Melissa wirklich ist.«

»Das ist ... Blödsinn!« stieß Vivian hervor. »Sie phantasieren sich etwas zusammen!«

»O nein, Missis Taylor.« Ulthar schüttelte den Kopf. »Was ich sage, ist wahr. Melissa hatte gerade mit der Beschwörung begonnen, als sie ermordet wurde, deshalb besaß sie nicht mehr genug Kraft, um sich zu wehren, und sie konnte auch den Körpertausch nicht mehr durchführen. Aber sie war mit der Beschwörung bereits so weit gekommen, daß sie nicht starb, als sie von dem Balkon stürzte. Im Augenblick ihres Todes wurde ihr Geist in den Körper eines Babys geschleudert, das genau in diesem Augenblick geboren wurde. Das ist jetzt ein Vierteljahrhundert her. Während dieser ganzen Zeit habe ich nicht aufgehört, nach Melissa zu suchen, habe alle Kraft darauf verwendet. Und heute endlich habe ich die Frau gefunden, zu der das Baby von damals inzwischen herangewachsen ist. *Sie* sind diese Frau!«

»Sie ... Sie lügen«, stammelte Vivian, obwohl sie tief in ihrem Inneren wußte, daß Ulthar die Wahrheit sagte. Der Alptraum, die Höhenangst, ihre übersinnlichen Fähigkeiten, die fremde Macht in ihr selbst, die während der Séance die Macht über sie übernommen hatte – alles paßte plötzlich zusammen.

Dennoch weigerte sie sich, die Wahrheit anzuerkennen.

»Ich weiß, wer ich bin!« stieß sie hervor. »Ich bin nicht Melissa. Ich bin Vivian Taylor! Ich weiß, wer ich bin!«

»Sicher sind Sie Vivian Taylor«, stimmte Ulthar zu. »Der Körpertausch fand unter völlig anderen Vorzeichen als all die anderen Male zuvor statt. Er wurde nicht gezielt herbeigeführt. Melissas Bewußtsein verschmolz mit dem

Ihren. Sie wurden eins, und da sie ein Fremdkörper war, setzte sich Ihr eigenes Bewußtsein, Ihr Charakter durch. Melissa verlor ihre Erinnerungen und sank in eine Art Dämmerschlaf. Aber sie war immer ein Teil von Ihnen, so wie auch in einem normalen Menschen Gut und Böse ständig um die Oberhand ringen. Ich allein habe mit meinen Spiegeln die Macht, Melissas Bewußtsein aufzuwekken und von Ihrem zu trennen, und anders als die anderen Spiegelbilder, die Sie gesehen haben, wird sie nicht nur ein Sklave ohne Individualität sein, sondern ein eigenständiger Mensch mit einem vollständigen Bewußtsein.«

»Sie ... lügen«, preßte Vivian noch einmal hervor. Ihre Stimme war nicht mehr als ein leises Wimmern.

»Es ist völlig unerheblich, ob Sie sich gegen die Wahrheit sträuben.« Die anfängliche Überheblickeit klang nun wieder in Ulthars Stimme mit. »Leider gibt es nur eine Möglichkeit, Melissa die Freiheit wiederzugeben. Sie können sich sicher denken, welche.«

»Ich werde niemals ...«

»Ein ganz ähnliches Gespräch habe ich erst vor wenigen Minuten mit jemandem geführt«, fiel Ulthar ihr erneut ins Wort. »Wollen Sie wissen, mit wem?« Er bewegte die Hand. Die Tür hinter seinem Rücken öffnete sich wie von Geisterhänden bewegt. Dahinter lag ein langer, strahlender hell erleuchteter Korridor. »Sie wollten doch Ihren Mann sehen.«

Vivian schrie auf. »Mark!« Ohne Ulthar weiter zu beachten, stürzte sie vor und rannte auf Mark zu. Erst einen Sekundenbruchteil zu spät bemerkte sie die Falle. Plötzlich erfüllte dröhnendes Gelächter den Gang, und die Tür wurde krachend hinter ihr zugeschlagen. Marks Gestalt löste sich auf und gab den Blick auf einen riesigen, ovalen Spiegel frei.

Vivian warf sich gedankenschnell herum. Ihr Blick

hatte das schimmernde Kristallglas nur für den Bruchteil einer Sekunde gestreift. Trotzdem spürte sie die ungeheure hypnotische Ausstrahlung, die davon ausging. Sie stöhnte. Eine eisige Hand schien sich in ihr Gehirn gekrallt zu haben, ein quälendes, drängendes Zerren und Schieben, das sie zwang, den Kopf zu drehen und den magischen Spiegel anzusehen. Langsam, Zentimeter für Zentimeter, wanderte ihr Blick über den Fußboden auf den Spiegel zu.

Sie wehrte sich, aber die Kräfte des Spiegels waren stärker als sie. Vivian drehte sich um und ging mit steifen, mechanischen Schritten auf den Spiegel zu. Ein fremdes, bösartiges Ebenbild starrte ihr daraus entgegen. Sie schrie auf, schlug die Hände vors Gesicht und versuchte zurückzuweichen, aber die ungeheuren Kräfte, die sie gefangenhielten, ließen ihren Widerstand auch diesmal zerbrechen. Langsam, aber unaufhaltsam wurde sie auf den Spiegel zugezogen.

Vivian wußte, daß sie verloren war, sobald sie ihn berührte. Unter Aufbietung aller Kraft blieb sie stehen und zwang sich, dem Blick ihres negativen Spiegelbildes standzuhalten.

Irgend etwas geschah …

Die Luft in ihrer Umgebung schien zu knistern. Ein greller, blauweißer Blitz zuckte aus der Decke, leckte nach ihren Kleidern und dem goldgefaßten Rahmen des Spiegels. Sie sah, wie sich das Glas wellte, schwarz wie brennendes Pergament wurde und Risse bekam. Ein wütender Schrei zerriß die Luft. Das Abbild im Spiegel bäumte sich auf.

Vivian verdoppelte ihre Anstrengung, schleuderte dem Spiegel alles an Haß und Gegenwehr entgegen, was sie aufbringen konnte. Sie sah, wie ihre Doppelgängerin zurücktaumelte. Ihre Konturen wurden unwirklich, verschwommen. Die unsichtbaren Fesseln zerrissen. Vivian wirbelte blitzschnell herum und stürzte zum Ausgang.

Er war nicht mehr da.

An der Stelle, an der die Tür gewesen war, befand sich ein weiterer schimmernder, rechteckiger Spiegel. Das Gesicht ihrer Doppelgängerin schien sie höhnisch daraus anzugrinsen.

Vivian prallte zurück und schlug die Hände vor die Augen. Sie mußte hier heraus, bevor die höllischen Spiegel sie vollends in ihren Bann schlugen oder sie den Verstand verlor. Erneut fuhr sie herum, hetzte wie von Furien gejagt los und stürzte blindlings um die Biegung des Ganges. Auch hier hingen Spiegel; kleine, viereckige, runde – Spiegel in allen denkbaren Größen und Formen. Dunkle, drohende Schatten schienen unter ihren Oberflächen zu brodeln. Vivian taumelte weiter, prallte gegen ein unsichtbares Hindernis und fing den Sturz ungeschickt mit den Händen auf.

Die Spiegel an den Wänden veränderten sich auf grauenhafte Weise. Vivian hatte plötzlich den Eindruck, von einer Armee schrecklicher Alptraumgestalten umgeben zu sein. Es waren immer noch ihre eigenen Spiegelbilder, doch waren sie auf so gräßliche, groteske Weise verformt, daß sie kaum noch zu erkennen waren.

Vivian schrie.

Das Geräusch hallte zwischen den engen, schimmernden Wänden wider, wurde zurückgeworfen, verzerrt und verstärkt und rollte wie apokalyptischer Donner durch den Gang; ein ungeheures, auf- und abschwellendes Dröhnen, als drehe irgendwo ein wahnsinniger Toningenieur an einem auf höchste Lautstärke geschalteten Mischpult. Vivian wälzte sich herum, versuchte aufzustehen und sank mit einem kraftlosen Keuchen zurück. Der Boden unter ihr schien sich zu bewegen und wie ein großes, metallisch schimmerndes Tier unter ihr davonzukriechen. Die Geometrie des Raumes wirkte mit einemmal irgendwie verzerrt, fremd und furchteinflößend. Direkt vor ihr klaffte plötzlich ein hoher, dreieckiger Spalt in der Wand. Vivian erhob sich mühsam auf Händen und Knien und kroch darauf zu. Der Boden bäumte sich unter ihr auf wie ein Boot auf sturmgepeitschter See, kippte plötzlich in seltsam bizarren Winkeln ab und ließ sie meterweit zurückrutschen.

Dennoch kämpfte sie verbissen weiter. Ihre Hände rutschten immer wieder auf dem fugenlosen, glatten Material des Bodens weg, aber sie kam dem Ausgang Zentimeter um Zentimeter näher. Dann schien der ganze Raum umzukippen, sich einmal um seine Achse zu drehen und in einem unmöglichen Winkel zur Ruhe zu kommen. Vivian fand sich plötzlich in der Ecke zwischen Fußboden und Wand wieder. Vor ihren Augen tanzten bunte Kreise. Schmerzen krochen wie flüssige Lava durch ihren Körper, und die Erschöpfung nagte wie ein Heer großer, unsichtbarer Ratten an ihren Kräften.

Allmählich begann Panik in ihr aufzusteigen. Sie fühlte sich schwach, hilflos und ausgeliefert, eine willenlose Marionette, mit der Ulthar nach Belieben spielen konnte. Sie stemmte sich hoch, tastete sich an den seltsam schrägstehenden Wänden weiter und kroch mit zusammengebissenen Zähnen auf den Ausgang zu. Der Weg schien endlos zu sein. Als sie den Ausgang endlich erreicht hatte, hatte sie das Gefühl, stundenlang durch diesen überdimensionalen, stählernen Sarg gekrochen zu sein.

Vor ihr lag ein weiterer, schmaler Gang. Auch hier waren Wände, Decken und selbst der Fußboden mit unzähligen Spiegeln verkleidet. In unregelmäßigen Abständen zweigten Türen von dem Gang ab; halbgeschlossene Schiebetüren, runde, an Rattenlöcher erinnernde Stollen oder einfach gezackte Öffnungen, die wie mit roher Gewalt in die schimmernden Wände gebrochen zu sein schienen. Vivian taumelte vorwärts, öffnete wahllos eine Tür und stolperte hindurch. Auch hier waren Spiegel: blinkende, schimmernde, spiegelnde Flächen in allen nur denkbaren Größen und Formen, tausendfacher Irrsinn, aus dem ihr eigenes, angstverzerrtes Gesicht sie anstarrte.

Sie hämmerte in blinder Verzweiflung gegen die Wand, schlug sich die Knöchel blutig und taumelte weiter. Die Gänge schienen endlos zu sein. Immer wieder taten sich neue Abzweigungen auf, prallte sie gegen unsichtbare Hindernisse oder spiegelnde Flächen, die aus dem Nichts zu materialisieren schienen.

Illusion, hämmerten Vivians Gedanken. Es war nichts als Illusion, die den Zweck hatte, ihren Verstand zu verwirren und ihre Widerstandskraft zu brechen. Aber das Wissen half ihr nichts. Sie war schon zu sehr geschwächt, um noch gegen den Wahnsinn anzukämpfen, der in diesen blinkenden, polierten Wänden lauerte.

Wieder schlug sie gegen einen der Spiegel, doch diesmal setzte er ihr keinen Widerstand entgegen. Vivians Fäuste glitten ins Leere. Sie war zu überrascht, um sofort zu reagieren. Von ihrem eigenen Schwung wurde sie vorwärtsgerissen, verlor das Gleichgewicht und stürzte vorwärts. Mit knapper Not konnte sie ihren Sturz mit den Händen abfangen und schaute sich um. Sie befand sich in einem kleinen, runden Raum, dessen Wände und Decke in mildem Licht strahlten.

Direkt vor ihr hing ein riesiger, vom Boden bis zur Decke reichender Spiegel.

Vivian sah sich selbst darin, wie sie in der Mitte des Raumes auf dem Boden lag. Sie plagte sich auf, verharrte dann und schaute sich noch einmal um.

Nicht so ihr Spiegelbild.

Vivian wußte, daß Ulthar ihr die Wahrheit gesagt hatte, und doch war es ein Schock für sie, mitanzusehen, wie ihr eigenes Spiegelbild sich selbsttätig bewegte. Es richtete sich vollends auf, stemmte die Fäuste in die Hüften und starrte spöttisch auf sie herunter.

Die Frau glich Vivian so exakt, wie ein Spiegelbild dem Original nur gleichen konnte. Ihr Gesicht, die Figur, die dunklen, losen herabfallenden Haare – wie oft schon hatte sie dieses Bild im Spiegel betrachtet? Der einzige äußerlich sichtbare Unterschied war der Blick ihrer Doppelgängerin, das triumphierende Funkeln in ihren Augen.

Und doch war die Frau eine Fremde.

Vivian spürte es. Ein ähliches Gefühl hatte sie empfunden, als sie gegen die Spiegelgeschöpfe auf Conellys Party gekämpft hatte, und doch war es anders. Bei den übrigen Spiegelwesen hatte sie die Bösartigkeit gespürt, die Ulthar aus den Originalen herausgefiltert hatte, aber auch die seelenlose Unvollkommenheit der Geschöpfe. Die Frau hier im Spiegel war nicht einfach nur ein negatives Abbild der echten Vivian Taylor, sondern eine vollkommen eigenständige Person.

Melissa.

Kalt lächelte sie auf Vivian herunter, hob dann die Hand und winkte ihr auffordernd zu. Vivian kam gegen den fremden Einfluß nicht an. Sie stand auf und ging mit steifen, ungelenken Schritten auf den Spiegel zu. Hinter ihrer Stirn tobte ein Chaos. Was bislang in diesem Labyrinth geschehen war, hatte nur dem Zweck gedient, sie zu schwächen. Sie war blindlings in Ulthars Falle getappt, hatte ihre Kraft vergeudet und sich verausgabt. Jetzt war sie bereits zu schwach, um sich noch wirkungsvoll zu wehren.

Ihre Finger berührten das Glas. Es fühlte sich warm und anschmiegsam an, fast wie ein lebendiges, atmendes Wesen. Vivian spürte, wie etwas nach ihr griff, mit unsichtbaren Fingern nach ihrem Geist tastete, während sie in den Spiegel hineingezogen wurde, und ihr Ebenbild sich anschickte, ihren Platz einzunehmen. Für einen winzigen Sekundenbruchteil wurden sie eins, vereinigten sich ihre Körper und wurden zu einem flammenden, gleißenden Ball gegensätzlicher Energie, und diesen Augenblick nutzte Vivian aus. Sie war um einen Winzigkeit schneller als ihr Ebenbild, griff auf ihre gemeinsame paranormale Kraft zu und schlug mit aller geistiger Macht zu.

Sie hörte Melissas gellenden Schrei direkt in ihrem Geist, und im gleichen Moment schien eine sengende, sonnenhelle Lohe ihren Verstand zu verbrennen. Sie taumelte zurück, schlug in irrsinniger Qual die Hände gegen die Schläfen und fiel zu Boden. Sekunden, bevor sie das Bewußtsein verlor, sah sie noch, wie ihr Spiegelbild von einem unsichtbaren Wirbel erfaßt und in sein gläsernes Gefängnis zurückgerissen wurde.

Dann versank die Welt um sie herum in gnädiger Dunkelheit.

Brandgeruch hing noch in der Luft, als sie erwachte, und verriet Vivian, daß sie nicht lange bewußtlos gewesen sein konnte. Sie blinzelte, öffnete die Augen und sah sich verwirrt um. Der Raum hatte sich völlig verändert. Die ehemals makellosen Wände waren fleckig und geschwärzt; in der Decke gähnte ein fast metergroßes Loch, durch das bleiches Morgenlicht hereinsickerte. Ihr Blick wanderte weiter und tastete fast ängstlich nach dem Spiegel.

Er war zerbrochen.

Der dünne, kostbare Rahmen war wie von einer ungeheuren Gewalt zerfetzt worden, und die Trümmer des Glases waren über den ganzen Raum verteilt, als wäre er von einer fürchterlichen Explosion zerrissen worden.

Von ihrer Doppelgängerin war keine Spur mehr zu entdecken.

Vivian stand mit schleppenden Bewegungen auf. Sie fühlte sich immer noch müde und ausgelaugt. Blut aus unzähligen winzigen Schnittwunden lief über ihr Gesicht und ihre Hände, und in ihrem Kopf saß ein dumpfer Schmerz, der jeden Schritt zur Qual werden ließ.

Aber sie wußte jetzt, daß Ulthar nicht unbesiegbar war. Selbst den Fähigkeiten seiner magischen Spiegel waren Grenzen gesetzt, und das bedeutete, daß sie noch eine Chance hatte. Sie durfte nicht aufgeben.

Vivian sah sich vergeblich nach einem Ausgang um und schaute stirnrunzelnd zu dem Loch in der Decke hinauf. Der Raum war niedrig – ihre ausgestreckten Fingerspitzen berührten fast die gezackten Ränder des Loches. Sie ging in die Knie, federte zwei-, dreimal und stieß sich dann mit aller Kraft ab.

Die Sonne stand als grelleuchtender Punkt am Horizont und überzog den Himmel mit einem flammenden Feuerwerk aus Rot und Gold, als sie ins Freie kletterte und auf den Boden hinuntersprang. Nachdem sie ein paar Schritte gelaufen war, blieb sie stehen und schaute sich noch ein letztes Mal kurz nach dem Gebäude um.

Es wirkte schäbig; ein heruntergekommener Schuppen, an dem der Zahn der Zeit bereits ebenso genagt hatte wie an den umliegenden Häusern und Buden.

Aber die Gefahr war noch längst nicht vorbei. Eine Tür in der Seitenwand des Gebäudes wurde geöffnet. Ein junger Mann trat heraus, eine von Ulthars Spiegelkreaturen, blinzelte gegen das grelle Sonnenlicht und schaute sich suchend um, bevor er vollends ins Freie trat. Weitere folgten ihm.

Vivian begann zu rennen, tauchte in eine schmale Gasse ein und hetzte sie entlang. Sie entdeckte eine

Lücke in einem morschen Bretterzaun und zwängte sich durch eine Lücke in den halbvermoderten Brettern. Vor ihr erstreckte sich ein Hof. Noch bevor sie ihn ganz überwunden hatte, tauchte einer ihrer Verfolger bereits im Zaun auf. Blindlings rannte sie in eine weitere Gasse, wechselte mehrmals die Richtung, bis sie schließlich die halbgeöffnete Tür eines Schuppens erreichte und ohne zu zögern in das Gebäude hineinstürmte.

Die Schritte waren jetzt ganz nah; das Knirschen von Kies unter harten Schuhsohlen, das Rascheln von Kleidung, dazwischen die hektischen, stoßweisen Atemzüge ihres Verfolgers.

Vivian schmiegte sich eng an die dünne Bretterwand. Der Kistenstapel neben ihr warf einen scharf abgegrenzten Schlagschatten, aber sie wußte, daß er nicht ausreichen würde, sie zu verbergen. Ihre Hände zitterten unmerklich, und ihr Herz hämmerte so laut, daß sie für einen Moment befürchtete, der Mann draußen müsse es hören. Ihr Blick saugte sich für einen Moment wie hypnotisiert am hellen Rechteck der Türöffnung fest, dann sah sie sich verzweifelt nach einer Fluchtmöglichkeit oder wenigstens einem besseren Versteck um. Der Raum war winzig; vielleicht zwei mal drei Meter groß und mit ausrangiertem Mobiliar, Kisten und Kartons vollgestopft. Eine fingerdicke Staubschicht hatte sich wie eine graue, flockige Decke über den Boden und die Ansammlung ausrangierter und vergessener Gegenstände ausgebreitet. Die Luft schmeckte bitter – nach Moder, Verfall und Vergessen. Mühsam mußte Vivian einen Hustenreiz unterdrücken.

Sie war eine verdammte Närrin gewesen, sich im Ernst einzubilden, entkommen zu können. Wahrscheinlich hatte Ulthar selbst sogar ihre Flucht geplant. Gegen seinen Willen hätte sie das Spiegelkabinett erst gar nicht verlassen können. Es hätte ihr spätestens in dem Moment klar sein müssen, als seine Häscher genau im richtigen Moment aufgetaucht waren, dachte sie bitter. Nicht so früh, daß eine Flucht aussichtslos erschien, aber früh genug, um ihr keine Chance zu lassen, wirklich davonzukommen. Der wahnsinnige Magier trieb nur ein böses Spiel mit ihr. Vermutlich amüsierte er sich köstlich über ihre Bemühungen. Aber die Erkenntnis kam zu spät, und noch war sie nicht bereit, einfach aufzugeben.

Vor ihrem geistigen Auge stand immer noch das Bild des scheinbar endlosen Labyrinths, in dem Hunderte, vielleicht Tausende der Kreaturen auf die Befehle ihres Herrn warteten. Jedes dieser Wesen war einmal ein Mensch gewesen, doch ein Blick in Ulthars magische Spiegel hatte sie zu dem werden lassen, was sie jetzt waren: Ungeheuer. Negative Duplikate ihrer früheren Persönlichkeiten. Spiegelbilder, in denen jede positive Eigenschaft, jedes bißchen Menschlichkeit und Liebe ins Gegenteil verkehrt worden waren und die Ulthar sklavisch ergeben dienten.

So wie Mark.

Vivian spürte einen dumpfen, quälenden Schmerz, als sie an ihn zurückdachte. Ihr war es gelungen, Melissas Erweckung zu verhindern und Ulthar wenigstens für den Augenblick zu entkommen, aber Mark ... Sie hatte ihn seit der verhängnisvollen Party bei Bürgermeister Conelly nicht mehr gesehen, aber sie zweifelte nicht daran, daß Ulthar auch ihn in seine Gewalt gebracht hatte. Wahrscheinlich existierten in diesem Augenblick bereits zwei Marks: einen, der in der zweidimensionalen Hölle eines Spiegels gefangen war, und den zweiten, negativen, der seine Stelle in der realen Welt eingenommen hatte.

Wenn es überhaupt eine Hoffnung für ihn gab, dann nur durch sie. Schon seinetwegen durfte sie nicht aufgeben.

Die Schritte verstummten, als der Mann vor dem Schuppen stehenblieb.

Vivians Herz machte einen spürbaren Satz. Der Raum hatte keinen zweiten Ausgang. Wenn die Kreatur auf den Gedanken kam, auch nur einen flüchtigen Blick durch die Tür zu werfen, war sie verloren. Sie hatte sich selbst in eine perfekte Falle hineinmanövriert. Lautlos richtete sie sich auf und versuchte, durch die Ritzen in der papierdünnen Bretterwand einen Blick nach draußen zu werfen.

Es war früher Morgen, aber hier auf Coney Island war das Leben noch nicht erwacht. Es würde nie mehr erwachen. Der Vergnügungspark war vor vierzig Jahren in einen Dornröschenschlaf versunken, aus dem ihn kein verzauberter Prinz wieder wachküssen würde. Alles, was hier noch lebte, waren Ratten, Ungeziefer und ein paar streunende Hunde und Katzen – und Ulthars Kreaturen. Auf Hilfe durfte sie nicht hoffen.

Vivian atmete innerlich auf, als der Verfolger sich umdrehte und mit langsamen Schritten davonging. Bei einer offenen Konfrontation hätte sie keine Chance gehabt.

Sie drehte sich um, schlich zur Tür und spähte vorsichtig hinaus. Keiner der Verfolger war in Sicht. Mit etwas Glück konnte sie diese Mausefalle verlassen und irgendwo im Labyrinth des verlassenen Vergnügungsparks untertauchen. Sie atmete tief ein und spurtete los. Das Geräusch ihrer Schritte schien überlaut zwischen den leerstehenden Gebäuden widerzuhallen, und für einen Moment hatte sie das Gefühl, von einer Million unsichtbarer Augenpaare angestarrt zu werden. Aber sie erreichte die Gasse unbehelligt. Für eine halbe Sekunde blieb sie schweratmend stehen, sah sich gehetzt um und rüttelte prüfend an einer fleckigen Feuerschutztür. Sie war verschlossen, aber das rostzerfressene Schloß zerbrach unter ihren Händen. Sie öffnete die Tür und schlüpfte in das Gebäude.

Das Innere war überraschend kühl und hell. Das Dach existierte praktisch nicht mehr. Die Stützbalken waren eingebrochen und unter der Last der Dachschindeln wahrscheinlich schon vor Jahrzehnten zusammengefallen. Sie schloß die Tür hinter sich und ging mit schnellen Schritten durch den Raum. Es gab einen zweiten Ausgang auf der gegenüberliegenden Seite und eine weitere, verzogene Tür, die in einen stockfinsteren Raum führte. Eine Ratte schoß mit einem schrillen Schrei über Vivians Füße und verschwand in dem Trümmerhaufen, als sie die Tür öffnete.

Vivian schlug die Hand vor den Mund und unterdrückte im letzten Augenblick einen erschrockenen Aufschrei. Sie mußte vorsichtig sein. Sie wußte nicht, ob die Spiegelwesen über schärfere Sinne als ein normaler Mensch verfügten, aber in jedem Fall mußte auf dem fast totenstillen Gelände jeder Laut deutlich zu hören sein.

Sie ging zur Tür auf der gegenüberliegenden Seite und spähte auf den Hof hinaus. Hinter dem Gebäude lag ein runder, vielleicht zehn Meter durchmessender Platz, der von den Resten einer ehemals rot-weiß gestrichenen Barriere eingerahmt wurde. Vielleicht waren hier früher einmal Kinder für ein paar Cents im Kreis herumgeritten, oder Elefanten und Bären hatten ihre Kunststücke vorgeführt. Jetzt war es nichts als eine runde, schlammige Fläche, auf der es absolut keine Deckung gab.

Sie trat in das Gebäude zurück, sah sich suchend um und stieg schließlich mit entschlossenen Bewegungen auf den Trümmerberg, der von den Resten der zusammengestürzten Dachkonstruktion und der Einrichtung gebildet wurde. Der ausgezackte Rand des Loches war nur wenige Zentimeter von ihren Fingerspitzen entfernt, als sie die Arme ausstreckte. Sie federte hoch, bekam ein

Stück rostiges Blech zu fassen und zog sich vorsichtig auf das sanft geneigte Dach hinauf. Irgend etwas schnitt heiß und schmerzhaft in ihre Handfläche, aber sie ignorierte den Schmerz. Gespannt spähte sie in die Runde. Von hier aus hatte sie einen besseren Überblick als vom Boden. Dieser Teil Coney Islands glich auf bedrückende Weise jenen Bildern von ausgebombten Städten, die man manchmal in alten Magazinen oder Filmen sieht. Es war, als läge ein dunkler, drohender Schatten über der Halbinsel. Vivian schüttelte sich. Selbst im hellen Tageslicht war es ein unheimlicher Anblick.

Vivian biß sich nachdenklich auf die Lippen. Sie saß in der Falle. Zwei von Ulthars Spiegelkreaturen bewegten sich rechts von ihr zwischen den Gebäuden, der Rest war nicht zu sehen. Wahrscheinlich, überlegte Vivian, hatten sie sich in mehrere Gruppen aufgeteilt; eine, die das Gelände durchkämmte, und ein oder zwei andere, die alle möglichen Fluchtwege besetzt hielten. Ulthar hatte genügend Leute, um sämtliche Verbindungen der Halbinsel zum Festland überwachen zu lassen, und sie zweifelte keinen Augenblick daran, daß eine oder mehrere von seinen Kreaturen sie dort erwarten würden, wenn sie wirklich so dumm wäre, Coney Island auf diesem Weg verlassen zu wollen.

Ein schriller, krächzender Schrei ließ Vivian zusammenzucken. Sie legte den Kopf in den Nacken, blinzelte und suchte mit zusammengekniffenen Augen den Himmel ab. Vor wenigen Augenblicken war ein Möwenschwarm kreischend und zeternd über die Halbinsel hinweggezogen, aber jetzt war der Himmel über dem verlassenen Areal leer bis auf einen winzigen schwarzen Punkt, der mit trägen Flügelschlägen über dem Meer kreiste.

Vivians Blick löste sich von dem winzigen Fleck und tastete auf die blaue, spiegelnde Fläche des Ozeans hinaus. Bis zum Festland hinüber war es nicht besonders weit – für eine geübte Schwimmerin eine Kleinigkeit. Wenn es ihr gelang, unbemerkt zum Ufer und ins Wasser hinein zu gelangen, dann hatte sie eine gute Chance.

Sie sah sich blitzschnell nach rechts und links um und huschte los, wobei sie geschickt jede Deckung ausnutzte und freie Flächen nach Möglichkeit mied. Ihre einzige Chance bestand darin, unentdeckt zu bleiben. Ein Wettrennen mit den Spiegelwesen würde sie verlieren.

Erneut zerschnitt der gellende Schrei die Luft. Vivian warf im Laufen den Kopf in den Nacken und sah empor. Der dunkle Punkt hatte seine Kreise unterbrochen und schien für einen Augenblick reglos in der Luft zu hängen. Irgend etwas an seinem Aussehen irritierte sie. Er war noch zu weit entfernt, um Einzelheiten erkennen zu können, aber seine Konturen wirkten falsch; verzerrt, so, als hätte jemand mit ein paar lieblosen Strichen die aberwitzige Karikatur eines Vogels gezeichnet und ihr Leben eingehaucht.

Im Schutz eines windschiefen Gebäudes blieb sie einen Augenblick stehen und rang keuchend nach Atem. Ihr Herz hämmerte qualvoll. Die Anstrengungen der letzten Nacht forderten ihren Tribut. Vivian war durchaus sportlich, aber der irrsinnige Kampf in Ulthars Kabinett hatte ihre Kraftreserven vollkommen aufgebraucht. Allmählich kamen ihr Zweifel, ob sie die Strecke bis zum Ufer wirklich schaffen würde.

Zum dritten Mal durchschnitt der spitze, kehlige Schrei die Luft. Vivian schaute hoch und konnte nur mit Mühe einen Schrei unterdrücken, als sie sah, was da über ihr kreiste.

Das Wesen war schwer zu beschreiben. Sein Körper glich dem einer Fledermaus – ein langer, dunkler, mit drahtigem Fell besetzter Leib, der irgendwie plump, wie falsch zusammengesetzt wirkte. Die Flügel waren ledrig, grob strukturierte Schwingen aus einem zähen, dunkelbraunem Material, das sich über einem nahezu lächerlich dünnen Knochengerüst spannte. Sie schätzte die Spannweite der Flügel auf mindestens sechs Meter. Das schrecklichste aber war der Kopf. Kleine, boshafte Augen musterten Vivian über einem schrecklichen Krokodilsschnabel, in dem eine Doppelreihe mörderischer Reißzähne funkelte. Der kleine, runde Schädel endete in einem messerscharfen, axtähnlichen Fortsatz, der der alptraumhaften Erscheinung etwas Urzeitliches verlieh.

Entsetzt starrte Vivian die Kreatur an. Nach allem, was sie in den vergangenen Stunden erlebt hatte, hatte sie nicht geglaubt, daß irgend etwas sie noch schockieren könnte, doch das war ein Irrtum gewesen. Sie hatte ein solches Wesen noch nie zuvor gesehen, doch sie war sich sicher, daß es keinen natürlichen Ursprung hatte, sondern eine magische Schöpfung war, und das bedeutete, daß nur Ulthar es heraufbeschworen haben konnte. Anscheinend beschränkte sich die Macht des Magiers nicht nur auf seine Spiegel und die Fähigkeit, durch diese perfekte Ebenbilder von Menschen zu erschaffen, sondern seine Kräfte waren weit größer, als sie bislang angenommen hatte.

Wie, um alles in der Welt, konnte sie unter diesen Umständen noch hoffen, ihn zu besiegen?

Rückwärts gehend wich Vivian in den Schatten eines Gebäudes zurück, jederzeit darauf gefaßt, das Ungeheuer herunterstoßen und angreifen zu sehen. Aber es schien nichts dergleichen vorzuhaben, sondern begnügte sich damit, seine Kreise über Vivian zu ziehen und lautstark und mißtönend zu kreischen, um ihren übrigen Verfolgern auf diese Art zu verraten, wo sie sich versteckte.

Nur Sekunden später erschien einer der Männer am unteren Ende der Gasse. Ein häßliches, zufriedenes

Grinsen huschte über sein Gesicht, als er Vivian sah. Dann setzte er sich in Bewegung und rannte mit weitausgreifenden Schritten auf sein vermeintlich wehrloses Opfer zu.

Vivian wich einen halben Schritt zurück, als das Spiegelwesen heranstürmte. Aus den Augenwinkeln hatte sie bemerkt, daß die Tür des Gebäudes rechts neben ihr lose in den Angeln hing. Sie wartete mit erstaunlicher Kaltblütigkeit, bis der Mann auf wenige Schritte herangekommen war, ehe sie blitzschnell zur Wand zurückwich und gleichzeitig die Tür mit aller Kraft aufstieß.

Ihr Verfolger bemerkte die Gefahr eine halbe Sekunde zu spät. Er versuchte noch auszuweichen und die Arme schützend vors Gesicht zu reißen, aber die aufschwingende Metalltür schnitt ihm in einem sauberen Halbkreis den Weg ab. Das rostige Metall dröhnte unter dem Aufprall des schweren Körpers. Der Mann taumelte zurück, verdrehte die Augen und brach mit seltsam verrenkten Gliedern zusammen.

Vivian vergeudete keine Sekunde damit, sich über ihren Sieg zu freuen. Aus unangenehmer Erfahrung wußte sie, daß sie die lebenden Spiegelbilder auf diese Weise vielleicht aufhalten, aber nicht besiegen konnte. Sie fuhr herum und rannte in die Richtung, aus der der Mann gekommen war. Hinter ihr zerschnitten die wütenden Schreie der Flugbestie die Luft.

Sie überquerte einen weiten, leeren Platz, wandte sich nach rechts und stürzte ziellos in eine Gasse. Ihr Herz hämmerte laut und schmerzhaft; sie hatte Seitenstiche und bekam kaum noch Luft, und in ihrem Kopf machte sich allmählich ein dumpfer Schmerz bemerkbar, der einen qualvollen Gegentakt zum Rhythmus ihrer Schritte zu schlagen schien. Lange würde sie diese sinnlose Flucht nicht mehr durchhalten. Sie mußte zum Strand hinaus, irgendwie.

Eine knapp mannshohe Mauer tauchte vor ihr auf. Vivian packte die Mauerkrone, schwang sich hinauf und sprang auf der anderen Seite wieder zu Boden. Unter dem überhängenden Dach einer Verkaufsbude blieb sie schweratmend stehen.

Auf der anderen Seite des Zauns wurden wütende Stimmen laut, dann das Trappeln zahlreicher Füße, untermalt von den krächzenden Schreien des fliegenden Ungeheuers. Es schien sie ebenfalls aus dem Blickfeld verloren zu haben, doch Vivian wußte, daß ihr Versteck nur eine höchst zweifelhafte Sicherheit bot. Die fliegende Bestie brauchte nur eine Runde über der Insel zu drehen, um sie wieder aufzustöbern. Es war sinnlos, weiter zu fliehen. Sie mußte sich ein Versteck suchen, in dem sie sich bis zum Einbruch der Nacht verbergen konnte. In der Dunkelheit hatte sie vielleicht eine Chance, den Häschern zu entkommen.

Vor ihr strebte die zerfressene Flanke eines mächtigen Betonsockels in die Höhe. Sie legte den Kopf in den Nakken, blinzelte gegen das grelle Sonnenlicht und musterte zweifelnd das rostige Eisenskelett, das vor ihr in den Himmel ragte. Das Riesenrad. Sie mußte sich unmittelbar im Zentrum des Parks befinden. Ihre Flucht hatte sie fast zu Ulthars Kabinett zurückgeführt.

Mit einer entschlossenen Bewegung stieß sie sich vom Zaun ab und lief an der Mauerkante entlang, bis sie eine altersschwache Eisenleiter erreichte. Ohne zu zögern, griff sie nach den Sprossen und schwang sich empor. Die Leiter ächzte vernehmlich unter ihrem Gewicht, aber sie hielt.

Vivian stürmte weiter, ohne sich umzusehen. Eine der Gondeln war heruntergestürzt und lag als Trümmerhaufen direkt vor ihr. Einen Moment lang spielte sie mit dem Gedanken, sich darin zu verbergen, verwarf ihn aber sofort wieder. Ulthars Spiegelgeschöpfe würden jeden

Quadratmeter des Platzes absuchen, wenn sie sie nicht fanden.

Sie lief um den Trümmerhaufen herum, tauchte unter der Absperrkette hindurch und griff nach einem Stahlträger. Das stählerne Rund des Riesenrades ragte scheinbar endlos über ihr empor. Schon als sie nur hinaufschaute, wurde ihr bereits schwindelig, und unter normalen Umständen hätte ihre Höhenangst sie einen weiten Bogen um das Gebilde schlagen lassen. Bereits bei dem bloßen Gedanken, sich in einer der Gondeln zu einer Runde in die Höhe tragen zu lassen, wie manche Menschen es auf Rummelplätzen taten und dabei offenbar auch noch Vergnügen empfanden, rebellierte ihr Magen. Aber schließlich hatte sie nichts dergleichen vor, sondern suchte nur nach einem Platz, wo sie sich für ein paar Stunden vor ihren Verfolgern verbergen konnte.

Vorsichtig begann sie der Rundung des Riesenrades zu folgen, wobei sie sich bemühte, nicht nach unten zu schauen. Das Eisen war rostig und alt; ihre Füße fanden ausreichenden Halt. Die nächste Gondel hing etwa zwei Meter über dem Boden; ein runder, mit abblätterndem Lack bedeckter Metalltrog, der von einer Art eisernem Baldachin überdeckt wurde und so auch nach oben Sichtschutz bot.

Ein perfektes Versteck. Natürlich bestand die Gefahr, daß Ulthars Leute auch hier nach ihr suchen würden, aber dieses Risiko mußte sie eingehen. Sie stieg mit klopfendem Herzen höher. Wenn einer der Männer auch nur einen zufälligen Blick nach oben warf, war sie verloren.

Aber sie hatte Glück. Unbehelligt erreichte sie die Gondel, zog sich mit einem entschlossenen Ruck über die Brüstung und ließ sich schweratmend ins Innere fallen. Es gab ein paar alte, fleckige Holzbänke, die der Zahn der Zeit noch nicht bis zur Gänze zernagt hatte, und auf dem Boden lag eine zusammengeknüllte, fleckige Zeltplane.

Vivian kroch seufzend unter eine Bank, zog sicherheitshalber noch die Zeltplane über sich und schloß für einen Moment die Augen. Müdigkeit und Erschöpfung schlugen wie eine warme, verlockende Welle über ihr zusammen. Plötzlich spürte sie, wie erschöpft sie war. Ihre Glieder begannen zu zittern.

Einige Minuten lang genoß sie es, nur dazuliegen, sich zu entspannen und zu spüren, wie ihre Kräfte langsam zurückkehrten. Dann lief plötzlich ein sanftes, kaum merkliches Beben durch die Gondel, gefolgt von einem hohen, kreischenden Ton, als würde irgendwo eine uralte, längst verrostete Maschine in Gang gesetzt.

Vivian schrak auf, schleuderte die Zeltplane beiseite und lugte vorsichtig über den Rand der Gondel.

Ein eisiger Windstoß traf die Gondel, drehte sie langsam um ihre Achse und ließ sie urplötzlich zurückschnappen. Das metallische Kreischen wiederholte sich. Der Boden sackte wie in Zeitlupe unter ihr weg. Die Gebäude, das Meer und der Horizont befanden sich in schaukelnder Bewegung.

Langsam, ganz langsam nur, begriff Vivian, was geschehen war.

Das Riesenrad hatte sich in Bewegung gesetzt.

10

In der Eingangshalle brannte Licht, als Jeremy Cramer nach Hause kam. Er parkte den Wagen vor dem Haus, ohne sich wie üblich die Mühe zu machen, ihn in die Garage zu fahren, stieg aus und warf die Tür achtlos hinter sich ins Schloß, ganz gegen seine sonstigen Gewohnheiten, immer pedantisch abzuschließen.

Als er quer über den gepflegten Rasen auf die Haustür zuging, bewegte sich ein Schatten hinter der Gardine. Cramer zögerte unmerklich im Schritt und runzelte die Stirn. Es entsprach eigentlich nicht Mary-Lous Gewohnheiten, auf ihn zu warten. Er kam oft spät nach Hause, und seine Frau hatte sich schon lange damit abgefunden, ihn manchmal wochenlang nur zum Frühstück zu Gesicht zu bekommen. Und oft genug nicht einmal das.

Mary-Lou öffnete ihm die Tür, als er nach dem Schlüssel suchte. Sie sah müde und übernächtigt aus. Unter ihren Augen lagen tiefe, dunkle Ringe, ihr dunkelblondes Haar wirkte strähnig, und ihre Haut hatte einen ungesunden grauen Schimmer. Die Falten, die sich in den letzten Jahren immer deutlicher in ihrem Gesicht bemerkbar machten und sich auch mit Make-up nicht mehr völlig verdecken ließen, schienen sich nicht nur vertieft, sondern auch verdoppelt zu haben.

»Du bist noch auf?« fragte er. Seine Stimme wirkte kalt und emotionslos, aber wenn Mary-Lou es bemerkte, dann verbarg sie es geschickt.

»Ich ... habe auf dich gewartet«, sagte sie schleppend.

Cramer warf seinen Hut mit gekonntem Schwung auf die Garderobe, schob die Tür hinter sich ins Schloß und ging mit schnellen Schritten an Mary-Lou vorbei. »Warum?« fragte er, ohne sie anzusehen.

Mary-Lou starrte ihm einige Sekunden lang fassungslos nach, als er in die Küche ging, dann folgte sie ihm langsam. Sie wußte seit langem, daß ihre Ehe im Grunde zerrüttet war, aber noch nie war es ihr so deutlich geworden wie in diesen Minuten. Jeremy war mit seinem Beruf verheiratet, mehr als mit ihr. Damit hatte sie sich abgefunden, und obwohl sie ihn meist nicht länger als ein paar Minuten am Tag sah, hatte sie dennoch nie aufgehört, ihn zu lieben. Was sie Vivian Taylor darüber gesagt hatte, war die reine Wahrheit gewesen. Wenigstens diese wenigen

Minuten waren Jeremy und ihr immer noch geblieben, doch nicht einmal mehr daran schien ihm nun noch etwas zu liegen. Es hätte ihr nichts ausgemacht, wenn er wütend gewesen wäre, wenn er sie angebrüllt hätte, weil er beruflich in irgendwelchen Schwierigkeiten steckte und sich auf diese Art abreagieren wollte, aber alles, was ihr entgegenschlug, war Gleichgültigkeit.

Zum ersten Mal kam Mary-Lou Cramer der Gedanke, daß es eine andere Frau geben könnte, doch sie verwarf ihn sofort wieder. Jeremy war nicht der Mann für Seitensprünge, alles, was ihn interessierte, war seine Arbeit. Und doch ...

»Ich habe ein paarmal versucht, dich bei Conelly anzurufen«, sagte sie. Sie versuchte, möglichst gleichgültig zu klingen, konnte aber nicht verhindern, daß in ihrer Stimme leichter Vorwurf mitklang. »Es ist niemand ans Telefon gegangen.«

Jeremy öffnete die Kühlschranktür und griff nach einer Milchflasche. »Wahrscheinlich hat niemand das Läuten gehört«, sagte er achselzuckend. »Du weißt ja, wie das auf solchen Partys ist. Hunderte von Leuten, ein Heidenlärm – die haben was Besseres zu tun, als ans Telefon zu gehen.« Er riß den Verschluß von der Flasche, warf ihn achtlos zu Boden und trank mit gierigen, tiefen Zügen. »Warum wolltest du mich überhaupt anrufen?« fragte er, ohne sich umzudrehen.

Er hörte, wie Mary-Lou einen Stuhl zurückschob und sich setzte. »Es ist ... eigentlich nichts ...« Ihre Stimme klang müde, unsicher. Sie wollte nicht von dem erzählen, was im Haus der Mastertons geschehen war. »Was ist mit dem Spiegel geschehen?«

»Welchen Spiegel meinst du?«

»Den Spiegel im Schlafzimmer. Er ist zerbrochen.« Sie lachte nervös. »Ich war ziemlich erschrocken, als ich es bemerkte. Im ersten Moment dachte ich, jemand hätte eingebrochen. Aber das ist ja wohl nicht möglich.«

»Nein, das ist nicht möglich.« Cramer drehte sich um, nahm einen weiteren Schluck aus der Milchflasche und lehnte sich gegen die Kühlschranktür. »Du siehst müde aus«, sagte er. »Geh schlafen. Bist du die ganze Nacht wach geblieben?« Seine Stimme hörte sich nicht so an, als ob es ihn wirklich interessieren würde.

»Nein. Ich ... ich habe im Wohnzimmer geschlafen. Im Sessel.«

»Wegen eines zerbrochenen Spiegels?« fragte Cramer.

»Ich war beunruhigt, und als ich dich dann nicht erreichen konnte ...« Sie brach ab, rang verlegen mit den Händen und sah ihren Mann fragend an. »Was ist passiert? Das Zimmer sieht aus, als ob ein Kampf stattgefunden hätte.«

Jeremy zuckte erneut mit den Achseln, eine Geste, die sie früher nur selten bei ihm bemerkt hatte. »Ich bin gestolpert und mit dem Ellbogen gegen die Frisierkommode gefallen«, sagte er. »Reicht dir das als Erklärung?«

Mary-Lou antwortete nicht. Ihr Blick tastete unsicher über das Gesicht ihres Mannes, dann über seine Hände und blieb schließlich an dem achtlos weggeworfenen Milchverschluß hängen. Irgend etwas an Jeremy störte sie. Es war nicht nur seine Gleichgültigkeit, wie sie sich einen Moment lang einzureden versuchte. Er wirkte ... fremd. Sie versuchte, in seine Augen zu schauen, und mußte feststellen, daß sie es nicht konnte.

Jeremys Blick war der eines Fremden. Sie hatte es gleich gespürt, schon in der ersten Sekunde, als er zur Tür hereingekommen war. Ihr Mann hatte sich verändert. Nicht äußerlich jedenfalls. Aber sie *spürte* einfach, daß mit Jeremy eine Veränderung vor sich gegangen war.

»Du solltest wirklich ins Bett gehen«, sagte er. »Es reicht, wenn ich mir die Nächte um die Ohren schlagen muß, geh nach oben.« Der Ton, in dem er die Worte aussprach, machte ihren freundlichen Inhalt zunichte. Es war kein gutgemeinter Rat, sondern ein Befehl.

Mary-Lou stand zögernd auf. »Ich ...« Sie verstummte, als sie der Blick seiner grauen Augen traf. Sie waren kalt wie Glasmurmeln. In ihrer Kehle schien plötzlich ein harter, bitterer Kloß zu sitzen.

Und plötzlich hatte sie Angst vor ihrem eigenen Mann.

Sie drehte sich gehorsam um, schlurfte zur Tür und ging mit schleppenden Schritten die Treppe hinauf. Die Spiegelscherben auf dem Fußboden schienen sie höhnisch anzugrinsen, als sie das Schlafzimmer betrat.

Später, als sie im Bett lag und im Dunkeln die Decke anstarrte, hörte sie Jeremy irgendwo im Haus rumoren. Das Geräusch schien aus dem Bad zu kommen.

Es war das Klirren von Glas.

Nach einigen Minuten kehrte wieder Ruhe ein, aber Mary-Lou fand in dieser Nacht keinen Schlaf mehr. Eine Zeitlang wälzte sie sich unruhig im Bett und versuchte, eine Erklärung für die seltsame Unruhe zu finden, die von ihr Besitz ergriffen hatte. Der Gedanke war verrückt – aber während sie die geschlossene Schlafzimmertür anstarrte und darauf wartete, daß Jeremy erschien, vertiefte sich in ihr immer mehr die Überzeugung, daß dieser Mann ein Fremder war.

Sie fühlte es. Sie spürte es mit dem untrüglichen Gespür einer Frau, die seit fünfundzwanzig Jahren mit dem gleichen Mann zusammenlebte, die jede seiner Reaktionen, seine Art zu reden, sich zu bewegen, kannte. Vor ihrem inneren Auge erschien wieder die kleine, banale Szene, wie Jeremy die Milchflasche aufriß und den Verschluß achtlos zu Boden fallen ließ. Jeremy war ein Pedant, den jede Kleinigkeit störte, die sich nicht exakt am richtigen Platz befand. Irgend etwas einfach in der Gegend herumzuwerfen war ein Verhalten, das absolut nicht zu ihm paßte. Aber das war nur eine Kleinigkeit, viel schlimmer war sein Verhalten ihr gegenüber, denn es entsprach ganz und gar nicht seiner Art, so grob mit ihr zu sprechen. Es war nicht einmal so sehr das, was er gesagt hatte, sondern der Tonfall, der sie getroffen hatte.

Sie seufzte, schwang die Beine aus dem Bett und tastete im Dunkeln nach den Zigaretten auf dem Nachttisch. Sie hörte Jeremy im Erdgeschoß rumoren; Türen klappten, ein Möbelstück wurde lautstark gerückt, dann hörte sie seine Stimme, als er im Wohnzimmer mit irgend jemandem telefonierte. Mary Lou steckte eine Zigarette zwischen die Lippen, ließ das Feuerzeug aufschnappen und zog den Rauch fast gierig ein. Jeremy mochte es nicht, wenn sie hier im Schlafzimmer rauchte. Aber sie brauchte einfach etwas, mit dem sich ihre Hände beschäftigen konnten.

Unten klappte eine Tür. Mary-Lou stand auf, ging zum Fenster und schob die Jalousien auseinander. Ihr Mann ging mit schnellen Schritten über den Rasen, öffnete die Wagentür und ließ sich hinter das Steuer fallen. Augenblicke später war er abgefahren.

Sie zögerte noch, das Schlafzimmer zu verlassen. Erst, als der Wagen um die Ecke gebogen und außer Sichtweite war, drehte sie sich um, ging zur Tür und ins Erdgeschoß hinunter. Das Haus war seltsam still. Die Kinder waren im Ferienlager, und auch von den beiden Katzen, die normalerweise mit dem ersten Sonnenstrahl erwachten, fehlte jede Spur. Sie ging unschlüssig ins Wohnzimmer hinüber, sah sich prüfend um, ohne zu wissen, wonach sie eigentlich suchte, und schlenderte schließlich in die Diele.

Ihr Blick fiel auf einen rechteckigen, hellen Fleck über der Garderobe, wo gestern abend noch der Spiegel gehangen hatte. Jetzt war er fort. Jeremy mußte ihn entfernt haben.

Mary-Lou starrte den Fleck verblüfft an und versuchte, eine Erklärung zu finden. Die Geräusche, die sie beim Hinaufgehen gehört hatte, fielen ihr wieder ein. Sie drehte sich um, eilte ins Wohnzimmer zurück, dann ins Bad, in die Gästetoilette ...

Fünf Minuten später hatte sie das Haus vom Keller bis zum Dachboden durchsucht. Ihr Verdacht hatte sich bestätigt, aber das Rätsel war dadurch eher größer geworden.

Jeremy hatte sämtliche Spiegel aus dem Haus entfernt.

Nackte Panik wallte in Vivian empor. Ihre Hände verkrampften sich um den schartigen Rand der Gondel, und sie begann zu schreien, während der Boden langsam unter ihr wegsackte und die Menschen und Gebäude auf Spielzeuggröße zusammenschrumpften. Der Wind schien mit einemmal wesentlich kälter geworden zu sein, und sein Heulen steigerte sich in ihren Ohren zu einem höhnischen Lachen.

Das Riesenrad kam mit fürchterlichem Knirschen zum Stehen, als irgendwo in dem altersschwachen Getriebe ein Zahnrad endgültig seinen Geist aufgab und blokkierte. Ein harter Ruck fuhr durch die Stahlkonstruktion, schleuderte Vivian zu Boden und ließ das gewaltige Gebilde wie ein waidwundes Tier erzittern. Die Gondel schaukelte wild, als Vivian wieder hochkam. Der Horizont führte einen irren Tanz um das kreisende Gefährt auf, und irgendwo in dem gewaltigen Rund des Riesenrades löste sich durch die Erschütterung ein Teil und stürzte polternd und krachend in die Tiefe. Vivian hatte Mühe, auf den Beinen zu bleiben.

Schwindel überschwemmte ihren Geist wie eine gewaltige Woge. Sie hatte das Gefühl zu fallen und glaubte, sich übergeben zu müssen. Alles in ihr verkrampfte sich, und sie konnte nicht einmal mehr schreien, als sie auf die wild schaukelnde Spielzeuglandschaft tief unter sich herabsah. Ameisengroße Gestalten liefen mit kleinen, hektischen Schritten über das Betonfundament des Rades, deuteten wild gestikulierend nach oben und riefen sich unverständliche Worte zu.

Einer der Männer baute sich unmittelbar unter der Gondel auf, formte mit den Händen einen Trichter und legte den Kopf in den Nacken. »Geben Sie auf, Missis Taylor!«

Vivian hatte Mühe, die Worte und das Heulen des Windes zu verstehen. Die Gondel hing etwa zwanzig Meter über dem Boden, und sie konnte fast das gesamte Gelände überblicken. Zwischen den verfallenen Gebäuden bewegten sich weitere Gestalten. Zehn, vielleicht fünfzehn von Ulthars Sklaven, die auf das Riesenrad zuströmten. Rasch wandte sie den Blick wieder ab und schloß die Augen, doch das Bild ließ sich nicht verdrängen, und bei jedem Windstoß, der das Rad traf, spürte sie die Konstruktion beben. Obwohl ein kleiner Teil ihres Verstandes ihr einflüsterte, daß es unmöglich war, glaubte sie mit unumstößlicher Sicherheit zu fühlen, wie das gesamte Gebilde sich mehr und mehr neigte und umzustürzen begann.

»Geben Sie auf, Missis Taylor!« wiederholte der Mann. »Wir holen Sie jetzt herunter! Es hat keinen Sinn, sich zu wehren! Sie sind umstellt!

Seine Worte rissen sie aus ihrer Erstarrung und machten ihr wieder die wirkliche Gefahr bewußt, in der sie schwebte. Aus irgendeinem Grund schienen die Spiegelwesen immer noch daran interessiert zu sein, sie unverletzt in ihre Gewalt zu bringen, aber das Schicksal, das ihr in Ulthars Kabinett drohte, erschien ihr schlimmer noch als der Tod. Sie würde auf ewig in einem der Spiegel gefangen sein, während Melissa ihre Stelle einnehmen würde. Vivian biß sich so fest auf die Lippen, daß sie zu bluten begannen. Der Schmerz half ihr, die Fesseln der Panik wenigstens für einen Moment abzuschütteln. Sie trat vom Rand der Gondel zurück und sah sich verzweifelt nach irgend etwas um, das sie als Waffe verwenden konnte. Aber auf dem Boden lag nichts außer jahrzehntealtem Schmutz und den Resten der zusammengeknüllten Zeltplane.

Wieder fuhr ein Ruck durch das Riesenrad. Der Motor heulte tief unter ihr gequält auf, und die Konstruktion setzte sich widerwillig in Bewegung.

Vivian strauchelte, hielt sich an der Mittelachse der Gondel fest und kämpfte mühsam um ihre Selbstbeherrschung. Sie machte sich keine Illusionen über das, was ihr bevorstand. Ulthars Männer mußten praktisch jede Sekunde gewußt haben, wo sie war. Aber sie hatten seelenruhig abgewartet, bis sie sich selbst in eine Lage manövriert hatte, aus der es absolut kein Entkommen mehr gab. Sie brauchten nur in aller Ruhe abzuwarten, bis das Riesenrad seine Drehung vollendet hatte, um sie in Empfang zu nehmen.

Vivian kauerte sich auf den Boden. Immer noch konnte sie das Beben und Schwanken des riesigen Gebildes überdeutlich spüren, aber wenigstens hatte sie den schrecklichen Anblick der Tiefe nun nicht mehr vor Augen. Mit aller Macht versuchte sie, an etwas anderes zu denken, sich abzulenken, doch es gelang ihr nicht. Höhenangst war eine Phobie, eine abgrundtiefe, ureigene Furcht, die nichts mit normaler Angst zu tun hatte, sondern tief in ihrem Inneren verborgen lag und sich jeder bewußten Kontrolle durch ihren Verstand entzog. Mit jeder Sekunde durchlitt sie Höllenqualen, sah sich mit ihrem schlimmsten nur vorstellbaren Alptraum konfrontiert, der hier Realität wurde, vermutlich, ohne daß Ulthars Spiegelgeschöpfe überhaupt wußten, was mit ihr geschah.

Das Riesenrad hatte jetzt eine halbe Umdrehung vollendet. Vivians Gondel schwebte im Zenit des stählernen Kreises und schickte sich langsam, aber mit tödlicher Unerbittlichkeit an, auf der anderen Seite abzusteigen.

Wieder ging ein harter Ruck durch das Rad und brachte es zum Stehen. Diesmal bebte die ganze Konstruktion so stark, daß Vivian für einen Moment völlig sicher war, das Gebilde würde auseinanderbrechen. Sie war schweißüberströmt und zitterte am ganzen Körper, aber noch war das Maß ihres Schreckens nicht ausgeschöpft.

Mit einem hellen, durchdringenden Geräusch sprang einer der drei Haltebolzen, die die Gondel an der Achse hielten, heraus und sauste wie ein improvisiertes Schrappnellgeschoß an ihr vorbei. Die Gondel knirschte, schien einen Moment wie ein lebendiges Wesen zu stöhnen und legte sich merklich auf die Seite. Vor Vivians entsetzt aufgerissenen Augen löste sich der zweite Bolzen aus seiner Halterung, polterte zu Boden und verschwand durch einen Riß im Boden in der Tiefe.

Die Todesangst half ihr, die Lähmung abzuschütteln. Sie schrie auf, griff nach oben und hielt sich an einer Querverstrebung fest. Das Riesenrad glitt erneut ein Stück tiefer und blieb wieder stehen.

Die Erschütterung ließ auch den letzten Bolzen brechen.

Für einen kurzen, schrecklichen Moment hatte Vivian das Gefühl, haltlos in die Tiefe zu stürzen. Der Boden sackte unter ihren Füßen weg, als sich die Gondel losriß und abstürzte.

Unter ihr klang ein vielstimmiger Schrei auf. Ein Dutzend winziger Gestalten stürmte in wilder Panik auseinander, als die Gondel wie eine überdimensionale Bombe auf sie hinunterstürzte und auf dem Boden zerbarst.

Vivian klammerte sich verzweifelt an dem Träger fest

und zwang sich, nicht nach unten zu schauen. Ihre Finger fanden auf dem glatten Metall kaum Halt. Sie spürte, wie sie Zentimeter für Zentimeter abzurutschen begann, schlug wild mit den Beinen um sich und versuchte verzweifelt, sich festzuklammern. Ihre Fingernägel brachen ab. Ihre Hände waren blutig und zerschunden, und der Druck auf die Handgelenke wurde unerträglich.

Ein wütendes, schrilles Kreischen klang neben ihr auf. Sie drehte mühsam den Kopf und erblickte das fliegende Ungeheuer, das ihre Verfolger auf ihre Spur gehetzt hatte. Erst jetzt war zu erkennen, wie riesig es war. Es hing zwei, drei Meter neben ihr, schien sie aus boshaften Augen zu mustern und balancierte mit vorsichtigen Flügelschlägen auf der Stelle. Sein Raubtierschnabel schien sich zu einem höhnischen Grinsen verzogen zu haben.

Vivian rutschte ein weiteres Stück ab, schrie auf und prallte mit dem Schädel gegen einen Eisenträger. Der Schmerz raubte ihr fast das Bewußtsein. Sie spürte, wie sich ihr Griff lockerte, und warf instinktiv einen Blick nach unten. Alles begann sich um sie herum zu drehen, und sie schloß blitzschnell die Augen, aber vorher sah sie noch die beiden Spiegelgestalten, die im Gewirr der Stahlträger und Querverstrebungen zu ihr hochzuklettern begannen.

Die Sekunden schienen sich endlos zu dehnen. Ohne die Augen zu öffnen, klammerte sich Vivian mit der Kraft der Verzweiflung weiterhin fest, ignorierte den Schmerz in ihren Fingern und Armen, bis sie schließlich glaubte, gar nicht mehr loslassen zu können.

Eine Ewigkeit schien zu vergehen, bis sie endlich Hände spürte, die nach ihr griffen und ihre Finger von dem Stahlträger lösten. Einen Moment lang glaubte sie, wie ein Stein zu fallen, aber die Hände hielten sie eisern fest. Erst jetzt wagte sie die Augen wieder zu öffnen. Sie befand sich im Griff der beiden Spiegelgeschöpfe, die sie mit je einer Hand unter den Achseln gepackt hielten, und mit der anderen vorsichtig von Verstrebung zu Verstrebung tiefer kletterten. Das letzte Stück sprangen sie.

Der weiche Sand dämpfte den Aufprall ein wenig, aber er war immer noch so hart, Vivian fast das Bewußtsein zu rauben. Sie konnte vor Schmerz und Erschöpfung kaum noch denken. Mühsam hob sie den Kopf, blinzelte die Tränen weg und sah mit schmerzverzerrtem Gesicht zu den mehr als ein Dutzend Spiegelgestalten auf, die im Kreis um sie herumstanden. Einer der Männer trat vor, riß sie brutal vom Boden hoch und hielt sie am Arm fest, als sie wieder zusammenzubrechen drohte. Instinktiv versuchte sie mit dem Rest ihrer noch verbliebenen Kraft sich zu wehren, doch ein harter Schlag traf ihr Gesicht, ließ ihre Lippe aufplatzen und sie erneut zu Boden stürzen. Die Welt um sie herum verschwand hinter einem blutigen Nebel. Sie wartete darauf, daß man sie wieder packte und hochriß, um sie fortzuschaffen, doch nichts dergleichen geschah. Statt dessen drangen mit einemmal Kampfgeräusche durch den Schleier aus Schmerz und Erschöpfung, der sich um ihr Bewußtsein gelegt hatte, an ihr Ohr: wütendes Knurren, das dumpfe Geräusch von Schlägen, Schmerzensgeheul. Sie hob unter Aufbietung aller Kräfte den Kopf.

Vor ihren Augen spielte sich eine schier unglaubliche Szene ab. Mehr als zwanzig weitere Gestalten waren plötzlich auf dem Platz vor dem Riesenrad erschienen und hatten sich auf Ulthars Spiegelgeschöpfe gestürzt. Erst nachdem Vivian ein paarmal geblinzelt hatte, um den Tränenschleier vor ihren Augen zu vertreiben, erkannte Vivian, daß es sich nicht um Menschen handelte, sondern um stämmige, reptilienhafte Kreaturen mit krokodilartigen Schädeln, scharfen Klauen und einer Haut aus grünlichen Hornschuppen. Auf Conellys Party hatte sie noch geglaubt, es wären Menschen in Kostümen, aber jetzt, als sie sah, wie sich die Kreaturen auf die Spiegelgeschöpfe stürzten, erkannte sie, daß sie sich getäuscht hatte.

Binnen zwei, drei Sekunden waren die beiden unterschiedlichen Gruppen in einen wilden, erbarmungslosen Kampf verstrickt. Vivian sah, wie sich zwei der grüngeschuppten Gestalten auf einen Mann stürzten, mit all ihrer unmenschlichen Kraft auf ihn einschlugen und ihre Raubtierzähne in seinen Körper zu graben versuchten. Das Spiegelgeschöpf lachte schrill, schleuderte eine der Kreaturen mit einer spielerischen Bewegung zur Seite und schlug der anderen die geballte Faust gegen den Schädel. Der Getroffene brüllte auf, preßte die Hände an den Kopf und taumelte zurück. Schwarzes Blut sickerte zwischen seinen Fingern hervor.

Conelly mußte erkannt haben, daß Ulthar ihn zu hintergehen versuchte, und allem Anschein nach hatte er die echsenhaften Bestien geschickt, damit sie Vivian töteten, bevor Ulthar eine weitere Gelegenheit erhielt, Melissa zu befreien. Jetzt, mit einemmal wurde ihr auch bewußt, wieso ihr die Kreaturen schon auf der Party so bekannt vorgekommen waren: Es handelte sich um die gleichen Bestien wie in ihrem Alptraum, aber wenn es in Wahrheit kein Traum war, sondern die Erinnerungen Melissas, dann bedeutete das, daß schon damals Conelly für deren Tod verantwortlich gewesen war, und daß er alles in seiner Macht Stehende tun würde, um sie zu töten und die Wahrheit vor Ulthar zu verbergen.

Vivian begriff, daß sie fliehen mußte, ohne eine Sekunde zu zögern, und sie erkannte die Chance, die sich ihr unverhofft noch einmal bot. Mühsam kroch sie ein paar Meter weit durch den Sand, richtete sich schwankend auf und taumelte blindlings weiter. Ohne eigene Schuld war sie in die Auseinandersetzung zwischen zwei ungeheuren Mächten geraten, in der sie wie ein Staubkorn zerrieben werden würde, wenn es ihr nicht gelang, zu entkommen.

Eine der Kreaturen tauchte auf einmal direkt vor ihr auf. Vivian sah die Hand der Bestie herabsausen und wandte im letzten Augenblick den Kopf zur Seite. Die dolchartigen Krallen zischten Millimeter vor ihrem Gesicht durch die Luft, schlitzten ihre Bluse auf und hinterließen blutige Striemen auf ihrer Haut. Die Wucht des Schlages schleuderte Vivian zu Boden, doch noch bevor sich die Bestie auf sie stürzen konnte, wurde das Ungeheuer von einem der Spiegelwesen gepackt und zurückgerissen.

Vivian richtete sich mühsam auf. Sie taumelte weiter, strauchelte und rappelte sich wieder hoch. Ein Blick über die Schulter zeigte ihr, daß Ulthars Geschöpfe trotz ihrer zahlenmäßigen Unterlegenheit den Kampf immer mehr für sich entschieden, obwohl die Echsenkreaturen mit unglaublicher Wut und dem Mut der Verzweiflung kämpften, immer wieder ihre schrecklichen Fänge und die messerscharfen Krallen einzusetzen versuchten. Aber Vivian hatte selbst erlebt, daß die Spiegelwesen so gut wie unbesiegbar waren, sich jede ihnen geschlagene Wunde sofort wieder schloß. Lange würde der Kampf nicht mehr dauern.

Sie lief weiter, so schnell sie konnte. Ihre Beine drohten immer wieder unter ihr wegzuknicken, aber Angst und Verzweiflung gaben ihr neue Kraft und ließen sie weitertaumeln.

Etwa fünfzig Meter vor ihr lag ein dunkler, langgestreckter Umriß auf dem Strand.

Ein Boot!

Der Anblick mobilisierte noch einmal ihre Kräfte. Sie rannte los, warf sich verzweifelt gegen den Rumpf und schob das Boot ins Wasser. Hinter ihr zerschnitt ein wütender Aufschrei die Luft, aber das registrierte sie kaum noch. Sie watete zwei, drei Meter weit ins Meer hinaus, bis das Boot genug Wasser unter dem Kiel hatte, zog sich mit letzter Kraft über den Bootsrand und schlug schmerzhaft auf den harten Planken auf. Ihre Finger tasteten müde nach dem Anlasser des Außenborders. Kaum war der Motor angesprungen, drehte sie das Boot, richtete den Bug auf den verschwommen sichtbaren Strand des Festlandes und ließ sich einfach vornüber fallen, hinein in die weichen, warmen Arme der Bewußtlosigkeit.

11

»Verräter!« tobte Conelly. Blanker Haß funkelte in seinen Augen, während er wuchtig die Tür aufstieß und in den gleichen Raum stürmte, in dem er schon am Mittag mit Ulthar gesprochen hatte. Der einarmige Magier erwartete ihn an einem Spiegel an der gegenüberliegenden Wand gelehnt. Er wirkte ruhig, fast gelassen, und um seine Mundwinkel spielte die Andeutung eines Lächelns. Es war gerade diese Ruhe, die Conelly mitten im Schritt verharren ließ. Er hatte erwartet, daß Ulthar sich in seinem Kabinett verbarrikadiert und jeden einzelnen seiner Spiegelsklaven zu seinem Schutz aufgeboten hatte, nachdem er es durch den Bruch des Abkommens offenbar auf eine gewaltsame Auseinandersetzung anlegte. Darauf wäre Conelly vorbereitet gewesen, aber er hatte nicht erwartet, ungehindert bis an den Eingang des Kabinetts zu gelangen, um dort von einem der Spiegelwesen in aller Freundlichkeit zum Eintreten aufgefordert zu werden. Vor allem aber überraschte ihn, daß

Ulthar ihm allein und schutzlos gegenübertreten würde. In seine Wut mischte sich aufkeimende Nervosität.

»Eine harte Anschuldigung«, sagte der Magier, ohne eine Miene zu verziehen. »Ich nehme an, du sprichst von dieser ...« Ulthar tat, als müßte er einen Moment nachdenken. »... dieser Vivian Taylor?«

»Natürlich.« Conelly schnaubte. »Wovon wohl sonst? Es war abgemacht, daß sie stirbt. Sie saß bereits in der sicheren Falle, aber deine Leute haben ihr zur Flucht verholfen.«

Ulthar machte mit seinem einen Arm eine gleichgültige Geste. »Ein Versehen«, erklärte er. »Meine Leute wußten nichts von unserem Abkommen. Sie haben diese Taylor für irgendeinen ganz normalen Gast gehalten.«

»Und wo ist sie jetzt?«

»Wie es aussieht, haben wir sie unterschätzt. Noch bevor ich mich mit ihr beschäftigen konnte, ist es ihr gelungen, zu fliehen.« Ulthars Stimme wurde vorwurfsvoll. »Du hättest mich warnen können, daß sie magische Kräfte besitzt, dann wäre das nicht passiert.«

»Zum Teufel mit dir!« stieß Conelly hervor. »Du glaubst doch nicht ernsthaft, daß ich dir das glaube? Ich habe meinen Teil des Abkommens erfüllt, und ich habe nur einen sehr geringen Preis dafür verlangt. Willst du dich selbst davor drücken?«

Ein flüchtiges, kaltes Lächeln huschte über Ulthars Gesicht. »Du solltest dich nicht so aufregen, Howard, das schadet deinem Blutdruck. Ich verstehe, daß du wütend bist, trotzdem solltest du dir besser überlegen, was du sagst. Vivian Taylor ist wirklich geflohen, aber es wird nicht lange dauern, bis meine Leute sie aufgespürt haben.« Er machte eine kurze Pause. »Es würde übrigens bestimmt schneller gehen, wenn du deinen Beobachter da draußen anweisen würdest, ihnen zu helfen. Aus der Luft wird sie schneller zu entdecken sein.«

Er strich mit der Hand über die Oberfläche des Spiegels hinter sich. Das Glas wurde für einen Augenblick milchig und zeigte dann gestochen scharf wie ein Fernseher die am Himmel kreisende Flugbestie.

Conelly zögerte. Schließlich nickte er, konzentrierte sich und sandte seinem Geschöpf einen kurzen gedanklichen Befehl. Die Flugbestie, die bislang hoch über der Halbinsel ihre Kreise gedreht hatte, änderte ihren Kurs, stieß herab und verharrte schließlich krächzend über einem der Gebäude.

»Na also.« Ulthar nickte zufrieden. »Meine Geschöpfe werden sie einfangen, und ich werde sie dir wie auf dem berühmten Silberteller servieren.«

Während der Spiegel ihnen Vivians Flucht bis zur Gondel des Riesenrades zeigte, wandte Conelly den Kopf und sah Ulthar nachdenklich an. War es möglich, daß der Magier wirklich noch nicht gemerkt hatte, wer Vivian Taylor in Wirklichkeit war? Sie war geflohen, insofern hatte er die Wahrheit gesagt. Möglicherweise hatte er Ulthar überschätzt, und der alte Magier hatte bei der fanatischen Suche nach Melissa soviel von seinem Verstand eingebüßt, daß er blind für die Realität geworden war, vielleicht war alles aber auch nur ein Ablenkungsmanöver. Er wurde aus Ulthar einfach nicht schlau; es gelang ihm nicht, den Magier zu durchschauen. Das, was er von Ulthar sah, war nur eine Maske. Der Alte besaß Macht, ungeheure Macht. Er hatte sie schon damals besessen, auch noch nach Melissas Tod, und nur deshalb hatte Conelly darauf verzichtet, ihn zu vernichten. Damals war Ulthar angeschlagen gewesen, aber ein Kampf hätte dennoch furchtbare Opfer gekostet. Der in seinem Schmerz halbverrückte Magier schien niemals wieder eine Gefahr darzustellen, solange man ihn nicht reizte, und Conelly hatte nicht geglaubt, daß Melissa wirklich eines Tages wieder auftauchen würde. Beides war ein Irrtum gewesen, wie er nun wußte. Er hatte sich selbst ein Vierteljahrhundert lang etwas vorgemacht und sich dabei auch noch eingeredet, daß es Ulthar wäre, der dies täte und nur einem Phantom nachjagen würde.

Mehr als nur einmal hatte er sich seit dem gestrigen Mittag insgeheim gefragt, ob es nicht ein weiterer Fehler gewesen war, den Pakt mit Ulthar zu schließen und zu versuchen, zunächst mehr über dessen gegenwärtige Macht herauszufinden, statt sofort mit aller Härte zuzuschlagen. Aber auch er war von Melissas plötzlichem Auftauchen überrascht worden. Er mußte Zeit gewinnen. Natürlich hatte er Ulthar während der vergangenen Jahre beobachten lassen, aber je mehr Zeit verstrich, und je länger der Magier nur noch wie ein Eremit vor sich hinvegetierte, ohne noch das geringste Anzeichen von Machtstreben zu zeigen, desto flüchtiger und oberflächlicher war die Überwachung geworden. Das Geheimnis der Spiegel war für Conelly unlösbar geblieben; statt dessen hatte er seine eigenen Fähigkeiten und damit seine Macht ausgebaut. Bereits die wenigen Kostproben jedoch, die Ulthar ihm in den letzten Stunden von der Macht der Spiegel geboten hatte, zeigten überdeutlich, daß auch er sich weiterentwickelt hatte, und das in weitaus stärkerem Maße, als Conelly befürchtet hatte. Entgegen seiner Erwartung, Ulthar mit dem Köder, ihm die einflußreichsten Männer der Stadt in die Hände zu spielen, stundenlang so sehr zu beschäftigen, daß der Magier zu nichts anderem mehr käme, hatte dieser sowohl den Köder wie auch die Beute scheinbar mühelos an sich gerissen.

»Was habe ich gesagt?« riß ihn Ulthars Stimme aus seinen Gedanken. »Meine Leute haben sie.«

Conelly schaute auf und sah in dem Spiegel, wie zwei von Ulthars Geschöpfen Vivian Taylor aus dem Gestänge des Riesenrades herunterholten. »Befiehl ihnen, sie zu töten!« verlangte er. »Sofort!«

Ulthar schüttelte den Kopf. »Ich habe versprochen, sie dir zu übergeben, Howard, und das werde ich tun. Was du dann mit ihr machst, ist deine Sache.« Er musterte Conelly abschätzend. »Warum eigentlich bist du so daran interessiert, daß sie stirbt?« fragte er wie beiläufig. »Sie besitzt beachtliche Kräfte und könnte uns überaus nützlich sein.«

Mehr und mehr hatte Conelly das Gefühl, zu einem Statisten in einem bösen Spiel des Magiers degradiert zu werden. Andererseits bestand immer noch die Möglichkeit, daß Ulthar tatsächlich nicht wußte, daß es sich bei Vivian Taylor um Melissa handelte. »Dafür ist sie zu gefährlich«, erwiderte er. »Vergiß nicht, daß sie auch dir entkommen ist. Sie könnte zu einer bedrohlichen Gegnerin werden, und gerade jetzt können wir keine unnötigen Schwierigkeiten gebrauchen. Deshalb ist es besser, wenn sie stirbt.«

Ulthar wirkte für einige Sekunden unschlüssig. Wenn er sich nur verstellte, war er ein brillanter Schauspieler. Schließlich nickte er. »Vielleicht ist es wirklich besser so.«

»Dann töte sie.«

»O nein.« Ulthar lächelte sardonisch. »Ich bin kein Mörder, habe noch nie jemanden umgebracht. Ich verwandle die Menschen nur. Wenn du willst, daß Vivian Taylor stirbt, mußt du sie schon selbst töten. Ich lasse sie hierherbringen, und damit betrachte ich dann auch meinen Teil des Paktes als erfüllt.«

Conelly überlegte blitzschnell. Falls Ulthar noch nichts über Melissa wußte, durfte sie auf keinen Fall hierhergebracht werden. Spätestens dann würde der Magier ihre wahre Identität erkennen. Conelly entschied sich, die Maske fallenzulassen und aufs Ganze zu gehen. Es wurde Zeit zum Handeln. Die Zeit arbeitete gegen ihn, nicht für ihn, wie er sich bislang eingebildet hatte. Er durfte nicht mehr länger warten.

»Wie du meinst«, sagte er lächelnd und sandte erneut einen gedanklichen Befehl aus. »Eigentlich wird es gar nicht nötig sein, Vivian Taylor erst umständlich hierher zu holen. Wichtig ist nur, daß sie stirbt, und wenn du nicht in der Lage bist, dafür zu sorgen, dann tue ich es. Und zwar jetzt!«

Ulthars Augen weiteten sich entsetzt, als er begriff, was Conelly mit seinen Worten gemeint hatte. »Nicht!« schrie er. »Ruf sie zurück!«

Aber es war zu spät. Aus den Schatten eines der Gebäude rund um das Riesenrad quollen Dutzende von schuppigen, muskulösen Gestalten und stürzten sich auf Vivian Taylor.

»Du Narr«, sagte Ulthar kalt. »Glaubst du ernsthaft, auf diese Art irgend etwas zu erreichen?«

Conelly stieß einen wütenden Fluch aus, als er in dem Spiegel beobachtete, wie sich die Spiegelwesen seinen Kreaturen entgegenstellten. Für zwei, drei Sekunden hing sein Blick wie hypnotisiert an dem chaotischen Bild. Seine Lippen bebten, und über sein Gesicht zuckte eine Vielzahl von Empfindungen: Überraschung, Unglauben, Zorn, schließlich Haß, als er sah, wie seine Schergen von Ulthars Männern niedergerungen wurden.

»Verrat!« brüllte er. Er fuhr mit einer schlangengleichen Bewegung herum und stürzte auf Ulthar zu. Sein Arm zuckte vor. Der Schlag schleuderte den Magier quer durch den Raum. »Verrat!« brüllte Conelly noch einmal. Seine Stimme überschlug sich vor hysterischem Zorn. »Jetzt bist du zu weit gegangen. Diesmal wirst du dich nicht mehr herausreden können.«

»So? Wer sagt, daß ich das überhaupt vorhabe?« Ulthar rappelte sich wieder auf. Auch sein Blick flammte nun vor Haß. »Dieser ganze Pakt war ein einziger Verrat, und du hast ihn überhaupt nur geschlossen, um mich zu hintergehen. Glaubst du, ich wüßte nicht längst, wer Vivian

Taylor in Wahrheit ist? Ich wußte es schon, als du gestern herkamst, auch wenn du es wohl nicht für nötig gehalten hast, dieses kleine Detail zu erwähnen.«

Conelly machte einen Schritt auf Ulthar zu, doch im gleichen Moment wurde die Tür geöffnet. Fünf der Spiegelwesen drängten sich in den Raum und bauten sich in einer Reihe zwischen ihm und dem Magier auf. Conelly ballte die Fäuste. Vermutlich hätte er Ulthars Geschöpfe vernichten können, aber vor der Tür wartete noch einmal mindestens die gleiche Zahl, und er konnte nicht gegen sie alle kämpfen.

»Es ist wohl besser, wenn du jetzt gehst«, sagte Ulthar ruhig. »Ich könnte dich töten, aber ich will keinen Krieg mit dir. Ich rate dir jedoch, mir niemals wieder in die Quere zu kommen. Misch dich nicht mehr in meine Angelegenheiten, dann können wir friedlich miteinander auskommen.«

Einige Sekunden lang starrten sie sich schweigend an. Beide wußten, daß dieser Waffenstillstand nicht lange halten würde, dafür kannten sie sich zu gut, aber sie wußten auch beide, daß dies nicht der richtige Augenblick für einen Entscheidungskampf war. Conelly begriff, daß er den einarmigen Magier unterschätzt hatte. Er brauchte Zeit, um gründlichere Vorbereitungen für eine Auseinandersetzung zu treffen. Die Leichtigkeit, mit der die Spiegelwesen seine Geschöpfe vernichtet hatten, war ein Schock für ihn gewesen – und eine heilsame Lehre.

Ulthar seinerseits ahnte, daß es ein Fehler war, Conelly so einfach ziehen zu lassen. Die Gelegenheit war günstig, den Monstermacher zu töten, aber ein Kampf würde auch unter seinen Spiegelgeschöpfen verheerende Verluste kosten. Verluste, die er sich gegenwärtig nicht erlauben konnte. Es würde andere günstige Gelegenheiten geben, mit Conelly abzurechnen. Im Moment war nur Melissa wichtig. Er mußte Vivian Taylor in sein

Kabinett zurückholen, statt seine Kräfte in einem Krieg gegen Conelly zu verzetteln.

»Geh!« sagte er noch einmal.

»Also gut«, zischte Conelly. »Für den Moment hast du gewonnen.« Er trat an den Spiegel und starrte wütend auf die Szene darin. Vivian Taylor hatte ein Boot bestiegen und damit bereits fast das Ufer des Festlandes erreicht. »Aber deine Heimtücke wird dir nichts nützen. Schau dir an, wie Melissa stirbt.«

Erneut sandte er einen gedanklichen Befehl aus. Dann fuhr er herum und stürmte an den Spiegelwesen vorbei aus dem Raum, während das fliegende Ungeheuer, das bislang nahezu reglos über der Halbinsel geschwebt hatte, den Kopf in den Nacken warf, einen schrillen Schrei ausstieß und pfeilschnell hinter dem Boot herjagte.

12

Sheldon Porter schob den Feldstecher sorgsam in das Lederfutteral an seinem Gürtel zurück, runzelte die Stirn und ging schließlich mit fast widerwilligen Bewegungen den Hang hinunter.

»Na, irgend etwas entdeckt?« fragte Mickey.

Sheldon zögerte ein paar Sekunden, ehe er den Kopf schüttelte. »Nein«, murmelte er, griff in die Satteltasche seiner Honda und zündete sich umständlich eine Zigarette an. »Das heißt ... doch. Ich meine, da wäre jemand gewesen. Aber es war nicht Frank.«

Mickey zuckte mit den Achseln, reckte sich und gähnte ungeniert. »Wenn du mich fragst«, sagte er, »vergeuden wir hier unsere Zeit. Wir sollten machen, daß wir wegkommen. Wahrscheinlich hat sich Frank mit der Braut irgendwohin abgesetzt, um ein paar Tage ungestört zu sein. Er würde sich totlachen, wenn er uns hier sehen würde.«

Sheldon nickte abwesend. Er hatte nur mit halbem Ohr hingehört, aber er war froh, daß Mickey nicht weiter nachfragte. Er war sich sicher, daß er jemanden gesehen hatte, als er auf dem Hügelkamm lag und durch das Okular des Feldstechers nach Coney Island hinüberstarrte, aber irgend etwas war – *seltsam* gewesen. Er wußte nicht, was ihn an der Gestalt gestört hatte, dafür war die Zeit zu kurz gewesen, bis sie wieder zwischen den Gebäuden verschwunden war, doch seine Neugier war geweckt.

Mickey grinste, schwang sich mit einer geschmeidigen Bewegung in den Sattel seiner Kawasaki, die neben Sheldons Honda abgestellt war und mit ihrem bulligen Sechs-Zylinder-Motor wie ein Überbleibsel aus grauer Vorzeit wirkte, tippte auf den Anlasser und kickte den Seitenständer weg. »Laß uns abhauen!« schrie er über den Lärm der leerlaufenden Maschine hinweg. »Ist nicht so gut, so lange hier herumzustehen. Womöglich kommen noch die Bullen vorbei und stellen einen Haufen dummer Fragen.«

Sheldon zuckte in gespieltem Gleichmut mit den Achseln. »Ist nicht verboten, am Strand zu stehen, oder?« fragte er.

Mickey starrte ihn einen Moment lang nachdenklich an. »Von mir aus bleib noch hier«, sagte er schließlich. »Ich habe jedenfalls zu tun. Sehen wir uns heute nachmittag?«

Sheldon nickte. »Bei Steve«, sagte er.

Mickey grinste zum Abschied, legte den Gang ein und fuhr los. Die Maschine wälzte sich wie ein Mammut über Gras und Büsche, riß einen tiefen, feuchtglänzenden Streifen in das wildwuchernde Gras der Böschung und sprang mit einem Satz auf den Asphalt der Straße hinaus.

Sheldon starrte ihr nach, bis das infernalische Dröhnen des Motors in der Ferne verklungen war. Dann schnippte er seine erst halb aufgerauchte Zigarette im hohen Bogen von sich, fuhr auf dem Absatz herum und eilte die gegenüberliegende Böschung hinauf. Als er oben angekommen war, fiel sein Blick auf die endlose blaue Fläche des Atlantiks. Zur Linken erstreckte sich das bunte Durcheinander des Yachthafens, der zu dieser frühen Morgenstunde noch nicht so recht erwacht zu sein schien. Ein altersschwacher Schlepper dümpelte mit leise tuckerndem Motor aufs offene Meer hinaus; das einzige Anzeichen von Leben. Aber der Yachthafen interessierte Sheldon nicht, zumindest im Augenblick. Er ging in die Knie, löste den Feldstecher ein weiteres Mal von seinem Gürtel und setzte ihn an. In dem vergrößernden Doppelkreis der Optik erschien der langgezogene Umriß von Coney Island, das wie eine ausgestreckte, fingerlose Hand ins offene Meer hinauszugreifen schien.

Einige Minuten lang beobachtete Sheldon die Buden und Schuppen des stillgelegten Vergnügungsparks, ohne die Gestalt noch einmal zu entdecken, die er gesehen zu haben glaubte.

Er nahm das Fernglas herunter, als er plötzlich bemerkte, wie sich das Riesenrad, dessen obere Hälfte über den Gebäuden aufragte, zu bewegen begann. Sheldon blinzelte, wischte sich den Schweiß aus den Augen und setzte den Feldstecher wieder an.

Er hatte sich nicht getäuscht. Das alte, seit Jahren außer Betrieb befindliche Riesenrad begann sich zu drehen, langsam, fast widerwillig, als sträubte es sich gegen die Bewegung. Er meinte sogar, das protestierende Kreischen der eingerosteten Gelenke bis zum Festland hören zu können, obwohl er genau wußte, daß es nur Einbildung sein konnte.

Ein dunkler Punkt, der dicht über dem Rand kreiste, erregte seine Aufmerksamkeit. Verwirrt runzelte Sheldon die Stirn, richtete den Feldstecher höher und drehte ein wenig an der Schärfeneinstellung. Die Entfernung war zu groß, als daß er die Kreatur genau erkennen könnte, aber es handelte sich nicht um einen Vogel, wie er zuerst gedacht hatte, sondern um etwas anderes. Sheldon zuckte erschrocken zusammen, und beinahe wäre ihm das Fernglas aus der Hand gefallen.

Er zwang sich zur Ruhe. Wieder blinzelte er ein paarmal und setzte das Glas ab. Als er es wieder ansetzte, schwebte die Kreatur immer noch über dem Riesenrad, das mittlerweile wieder zum Stillstand gekommen war. Was er sah, war kein Trugbild, das ihm seine überreizten Nerven vorgaukelten. Noch vor ein paar Sekunden hatte er es bedauert, kein stärkeres Glas mitgenommen zu haben, aber jetzt war er plötzlich froh, die unheimliche Erscheinung nicht in allen Einzelheiten erkennen zu können. Das wenige, was er sah, reichte vollkommen aus, um ihm einen kalten Schauer über den Rücken zu jagen.

Sheldon versuchte erst gar nicht, eine Erklärung zu finden. Er war noch nie sonderlich phantasiebegabt gewesen, und der geradezu stoische Gleichmut, den er vielen Geschehnissen gegenüber an den Tag legte und alles verdrängte, was nicht in sein Konzept paßte, hatte Frank, Mickey und die anderen ein paarmal fast zur Raserei getrieben.

Eine Bewegung am westlichen Rand der Halbinsel lenkte Sheldons Aufmerksamkeit auf sich. Er sah eine junge, schwarzhaarige Frau zwischen den Hütten hervorgetaumelt kommen. Sie schaute sich angsterfüllt um und eilte dann auf ein Boot zu, das ein Stück von ihr entfernt am Strand lag. Sie schien am Ende ihrer Kräfte zu sein. Nur mit äußerster Mühe schaffte sie es, das Boot ins Wasser zu schieben und hineinzuklettern.,

Weitere Gestalten tauchten zwischen den Hütten auf, die meisten von ihnen Männer, doch sie kamen zu spät. Ihre Gesichter und Gesten verrieten deutlich ihre Wut darüber, daß ihnen die Frau entkommen war.

Sheldon hatte genug gesehen. Er sprang auf, fuhr herum und lief mit Riesenschritten auf seine Maschine zu. Mit einem einzigen, gekonnten Satz war er im Sattel, riß die Honda mit dem verbleibenden Schwung vom Ständer herunter und warf den Gang ein. Der Motor der Honda brüllte auf, das Vorderrad stieg einige Handbreit in die Luft, kippte federnd zurück und riß die Maschine vorwärts. Sheldon bot sein ganzes fahrerisches Können auf, um die für dieses Gelände denkbar ungünstige Straßenmaschine über den welligen, mit Schlaglöchern und heimtückischen Fallgruben durchsetzten Boden zu katapultieren. Die Uferböschung verbarg das Meer vor seinen Blicken, aber er hatte sich die Stelle eingeprägt, an der das Boot an Land kommen mußte.

Er wich einer Gruppe verkrüppelter Bäume aus, walzte durch niedriges Buschwerk und Sträucher und schoß schließlich die steile, rutschige Flanke der Düne hinauf. Das Hinterrad der Honda drehte auf dem feuchten Gras protestierend durch. Sheldon spürte, wie er Geschwindigkeit verlor, und spielte vorsichtig mit Gas und Kupplung, um das Motorrad auf Kurs zu halten. Dann war er oben, tippte vorsichtig auf die Bremse und schoß mit aufheulendem Motor den gegenüberliegenden Hang hinunter. Er hatte richtig geschätzt – das Boot befand sich keine zwanzig Meter westlich von ihm und rutschte mit jeder Welle ein Stück weiter den Strand hinauf. Von der Frau war nichts zu entdecken.

Sheldon hätte um ein Haar den Lenker verrissen, als er das fliegende Ungeheuer zum ersten Mal aus der Nähe sah, das ein Stück über dem Boot in der Luft schwebte und wütend über den Strand schrie. Wenn er Zeit zum Überlegen gehabt hätte, hätte er wahrscheinlich die Maschine herumgerissen und die Flucht ergriffen, aber das Monster ließ ihm diese Zeit nicht. Es entdeckte ihn im gleichen Augenblick, als Sheldon es sah, und der kleine, häßliche Kopf ruckte herum. Die riesigen, ledrigen Schwingen pflügten scheinbar schwerfällig durch die Luft, und aus der Kehle des Wesens drang ein weiterer krächzender Schrei. Mit einer ungeheuer kraftvollen Bewegung warf sich die Kreatur herum und stürzte sich auf das neue Opfer. Ihre messerscharfen Krallen funkelten wie Dolche in der Sonne.

Sheldon reagierte rein instinktiv. Er zog den Kopf zwischen die Schultern, duckte sich tief über den Lenker und gab im gleichen Augenblick Gas, als die Bestie auf ihn herunterstieß. Die riesigen Flügel rauschten wenige Zentimeter über ihm durch die Luft; die dolchartigen Krallen kratzten mit häßlichem Geräusch über seinen Helm und glitten daran ab.

Sheldon riß die Maschine herum, bremste abrupt ab und griff mit der Linken unter seine Jacke. Als er sie wieder hervorzog, hielt er eine zusammengerollte, vielgliedrige Stahlkette in der Hand. Er wartete bis zum letztmöglichen Augenblick, bis die Kreatur ihn fast erreicht hatte, dann erst ließ er sich aus dem Sattel fallen. Die Kette zischte durch die Luft, zerfetzte die rechte Schwinge des Monstrums und ließ die Knochen wie dünne Schilfrohre zerbrechen. Ein mörderischer Ruck fuhr durch Sheldons Handgelenk, als sich das Ende der Kette um den Stumpf der Schwinge wickelte. Er wurde hochgerissen, und für einen Moment schien es fast so, als würde sich die Kreatur trotz der Verletzung und des zusätzlichen Gewichts noch einmal in die Luft erheben, aber dieses letzte Aufbäumen dauerte nur wenige Sekunden.

Mit aller Kraft riß Sheldon an der Kette. Das Ungeheuer bäumte sich in der Luft auf, warf den Kopf in den Nacken und trudelte hilflos zu Boden. Seine schrecklichen Klauen schlugen in sinnloser Wut in den Sand. Sheldon ließ der Bestie keine Chance. Mit einem wütenden Ruck befreite er seine Kette, sprang außer Reichweite der umherpeitschenden Flügel und hieb nach ihrem Kopf. Zwei-, dreimal schlug er mit aller Kraft zu, dann lag die alptraumhafte Kreatur reglos vor ihm. Schwarzes, schleimig glänzendes Blut tropfte aus dem zertrümmerten Schädel und versickerte im Sand, doch gleich darauf ging eine erschreckende Veränderung mit der toten Kreatur vor. Ihre Konturen begannen zu flimmern, wurden unscharf, als befände sie sich unter einer von sanften Wellen bewegten Wasseroberfläche.

Dann begann sie sich aufzulösen.

Vor Sheldons fassungslos aufgerissenen Augen verlor sie an Festigkeit, wurde durchscheinend wie eine schwache Holographie. Nach wenigen Sekunden war der gewaltige Leichnam der Bestie vollends verschwunden, einschließlich der Blutspuren. Nur eine Mulde im Sand zeichnete noch den Umriß ihres Körpers nach und bewies Sheldon, daß er nicht nur geträumt hatte.

Ungläubig und von beinahe noch größerem Schrecken als zuvor beim Anblick der Bestie erfüllt, wich er ein paar Schritte zurück. Das Blut rauschte in seinen Ohren, und bei jeder Bewegung zuckte ein lähmender Schmerz durch sein Handgelenk. Keuchend ließ er die Kette fallen und massierte seinen schmerzenden Unterarm, während er versuchte, etwas Ruhe in seine aufgewühlten Gedanken zu bringen.

Ein leises, kaum hörbares Stöhnen ließ ihn herumfahren. Eine Hand tastete mit unsicheren Bewegungen über den Rand des Bootes, das noch immer mit sinnlos laufendem Motor versuchte, den Strand zu erklimmen.

Sheldon lief los.

In dem Boot lag der zusammengekrümmte Körper einer etwa fünfundzwanzigjährigen Frau. Sheldon erkannte, daß sie normalerweise sehr schön sein mußte, aber im Augenblick bot sie einen eher bemitleidenswerten Anblick. Ihre Kleider waren verdreckt und zerrissen.

Zahllose Kratz- und Schnittwunden bedeckten ihre Haut, und ihr schwarzes, schulterlanges Haar war verklebt von Blut und feuchtem Sand. Sie atmete keuchend und versuchte kraftlos, sich über den Bootsrand zu ziehen. Sheldon ergriff ihre Handgelenke und hob sie behutsam so weit aus dem Boot, daß er unter ihre Achseln greifen konnte. Sie war überraschend leicht. Sie stöhnte unter seiner Berührung und machte einen schwachen Versuch, seine Hände abzustreifen. Sheldon ignorierte es.

Er hatte längst aufgehört, eine Erklärung für die phantastischen Vorgänge finden zu wollen, die er beobachtet hatte. Sein Blick irrte unsicher über das Meer nach Coney Island hinaus. Ohne sein Fernglas konnte er die Gestalten am gegenüberliegenden Ufer nur als winzige schwarze Punkte ausmachen, aber er war sicher, daß sie den Kampf mit dem Vogel beobachtet hatten. Wahrscheinlich würden sich jetzt schon einige von ihnen auf dem Weg hierher befinden.

Er schleifte den Körper der halb bewußtlosen Frau auf den Strand, legte sie behutsam auf den Rücken und beugte sich über sie. Ihr Gesicht zuckte vor Schmerz, als er ihre Wange berührte. Wahrscheinlich hatte sie Fieber. »Können Sie mich verstehen?« fragte er leise.

Sie stöhnte, warf den Kopf hin und her und öffnete die Augen. Ihr Blick flackerte unstet. Sie versuchte zu nikken, aber die Bewegung war mehr zu ahnen als wirklich zu erkennen.

»Wir müssen hier weg«, sagte Sheldon eindringlich. »Verstehen Sie mich? Wir müssen weg. Die Leute, die hinter Ihnen her sind, werden jeden Augenblick hier auftauchen.« Er zögerte. »Glauben Sie, daß Sie auf einem Motorrad mitfahren können?« fragte er.

Die junge Frau nickte erneut, aber Sheldon bezweifelte, daß sie seine Worte überhaupt verstanden hatte.

Wahrscheinlich war dieses Nicken nur ein reiner Reflex auf den Klang seiner Stimme.

Er stand auf, ging zu seiner Maschine hinüber und richtete sie keuchend auf. Dann kehrte er zu der Frau zurück, hob sie vorsichtig hoch und setzte sie behutsam auf die Honda. Sie fiel kraftlos vornüber und wäre erneut zu Boden gestürzt, wenn Sheldon sie nicht an den Schultern festgehalten hätte. Er schwang sich vor ihr in den Sattel, bettete ungelenk ihren Kopf auf seiner Schulter und löste mit hastigen Bewegungen seinen Gürtel. Es war ein schweres Stück Arbeit, bei dem die Frau mehr als einmal aus dem Sattel zu rutschen und zu Boden zu fallen drohte, aber schließlich hatte er sie provisorisch mit dem Gürtel an sich gebunden. Er startete den Motor, fuhr vorsichtig durch den lockeren Sand und gab Gas, als das erste Gras unter den Reifen der Maschine auftauchte.

13

Vivians Erwachen geschah langsam und qualvoll, ganz anders als sonst, wenn sie aus einem tiefen Schlaf aufwachte. Ihr Körper schien in Flammen gebadet zu sein, und irgend etwas Dunkles, Schleimiges hielt ihren Geist wie mit klebrigen Spinnenfäden umfangen und versuchte immer wieder, sie in den schwarzen Sumpf der Bewußtlosigkeit zurückzuziehen. Sie stöhnte, versuchte sich zu bewegen und die Augen zu öffnen, aber es ging nicht.

Durch das dumpfe Rauschen ihres eigenen Blutes drangen Geräusche an ihr Ohr. Schritte, das Rascheln von Kleidung und Worte, deren Sinn sie nicht begriff. Jemand berührte sie sanft, aber kraftvoll am Arm, richtete sie auf und setzte irgend etwas Kühles, Hartes an ihre Lippen. Automatisch öffnete sie den Mund und schluckte. Die Flüssigkeit schmeckte bitter und scharf; sie brannte in ihrer Kehle. Vivian hustete, machte eine schwache Abwehrbewegung, und diesmal gelang es ihr, die Augen zu öffnen.

Ein grinsendes, stoppelbärtiges Gesicht hing über ihr. »Ich wußte doch, daß ein kräftiger Schluck Sie wieder auf die Beine bringt.« Er nickte auffordernd und wartete, bis sie wieder trank. Der Whisky brannte wie Feuer in ihrer Kehle, aber gleichzeitig machte sich ein warmes, wohltuendes Gefühl in ihrem Magen breit. Das Schwindelgefühl hinter ihrer Stirn verging allmählich.

»Wer ... wer sind Sie?« fragte sie stockend. »Und wo bin ich hier?«

»Mein Name ist Sheldon Torter«, antwortete der Mann. »Ich habe Sie am Strand aufgelesen – erinnern Sie sich nicht?«

Vivian überlegte, aber hinter ihrer Stirn war nichts als Chaos. Schließlich schüttelte sie widerwillig den Kopf. »Um ehrlich zu sein, nicht«, erklärte sie mit schwachem Lächeln. »Was ist passiert?«

»Ich hatte gehofft, daß Sie mir das erklären könnten«, sagte Sheldon seufzend. Er stellte das Whiskyglas auf den Tisch, setzte sich neben Vivian auf den Bettrand und legte in einer kameradschaftlichen Geste den Arm um ihre Schulter. »Sie haben ziemlich viel geredet, während Sie hier lagen«, sagte er. »Wer ist Ulthar?«

Vivian schrak zusammen. »Ich habe von ihm gesprochen?«

»Und noch von einigem mehr«, bestätigte Sheldon. »Sie haben eine ganze Menge gesagt, allerdings muß ich zugeben, daß ich kaum ein Wort verstanden habe.« Er lächelte schwach. »Und ich hätte nichts von allem geglaubt, wenn ich Sie nicht beobachtet hätte.« Seine

Stimme zitterte unmerklich, als er fortfuhr: »Dieses Wesen, das Sie gejagt hat ... was war das für ein Ungeheuer?«

Vivian ließ sich Zeit mit der Antwort. Sie spürte, daß Sheldon es ehrlich meinte, immerhin hatte er ihr das Leben gerettet, aber sie zögerte, ihn noch tiefer in die Geschichte hineinzuziehen. Sie streifte seinen Arm ab, stand behutsam auf und ging mit kleinen, vorsichtigen Schritten durch den Raum. Es klappte besser, als sie erwartet hatte.

Sie blickte an sich herunter. Der schwarze Hosenanzug, den sie getragen hatte, war verschwunden und durch schmuddelige Jeans und ein um mehrere Nummern zu großes Herrenhemd ersetzt worden. Ihre Handgelenke waren mit mehr gutem Willen als medizinischem Wissen verbunden worden; auf die Schnittwunden an ihren Handflächen hatte jemand ein ganzes Sammelsurium von Plastern geklebt. »Haben Sie mich ... verarztet?«

Sheldon nickte. »Ja. Ich fürchte, ich mache mich nicht sehr gut als Krankenpfleger, aber ich wollte keinen Arzt rufen. Er hätte zu viele Fragen gestellt.«

Vivian lächelte. Sheldon wurde ihr mit jeder Sekunde sympathischer, dabei sah der junge Mann nicht gerade vertrauenerweckend aus. Er war groß, ein Hüne, hinter dem sich selbst Mark spielend hätte verstecken können. Seine Hände erinnerten Vivian an Schaufeln, und die muskulösen Oberarme schienen beständig darum bemüht zu sein, das dünne, karierte Baumwollhemd zu sprengen. Seine Beine steckten in hautengen, zerschlissenen Lederhosen und schwarzen Motorradstiefeln. Sein Haar war schulterlang, verfilzt und wahrscheinlich seit dem letzten Unabhängigkeitskrieg nicht mehr gewaschen worden. Aber Vivian spürte, daß hinter diesem ungepflegten Äußeren ein guter Kerl steckte.

»Ich möchte Sie nicht in die Geschichte hineinziehen, Sheldon«, sagte sie schließlich. »Es könnte gefährlich werden.«

Sheldon machte eine gleichgültige Handbewegung und zündete sich eine Zigarette an. »Ich stecke schon tief genug drin«, sagte er zwischen zwei Zügen. Sein Gesicht verschwand hinter einer blauen Qualmwolke. »Also – was war das für ein fliegendes Monstrum?«

»Eine Art ... Beobachter«, sagte Vivian zögernd. »Wahrscheinlich hat er auch gesehen, daß Sie mich hergebracht haben. Wir müssen ...«

Sheldon schüttelte den Kopf. »Glaube ich kaum«, sagte er ruhig. »Weil das Biest nämlich nicht mehr lebt. Ich mußte es erschlagen, als es mich angriff. Und ich fürchte, irgend jemand wird darüber nicht besonders glücklich sein. Das heißt, daß ich schon mittendrin stecke, und ich möchte wenigstens wissen, mit wem ich es zu tun habe.« Er grinste flüchtig. »Also sagen Sie mir schon, was das für Leute sind, die hinter Ihnen her sind, und was es mit dieser ... dieser Kreatur auf sich hat. Ich glaube, Sie sind es mir schuldig, mich einzuweihen.«

Vivian sah Sheldon zweifelnd an, dann senkte sie den Kopf. Es widerstrebte ihr auch jetzt noch, ihn tiefer als unbedingt nötig in die Auseinandersetzung mit Ulthar zu verstricken, aber wenn es sich so verhielt, wie er sagte, hatte sie wohl keine andere Wahl. Sie seufzte, zog sich einen Stuhl heran und setzte sich. Dann begann sie mit ruhiger, leiser Stimme zu erzählen. Sie berichtete alles – angefangen damit, wer sie war und welchen Beruf sie aufgrund der seltsamen Fähigkeiten, die sie manchmal in sich spürte, bis vor kurzem ausgeübt hatte, bis hin zu Conellys Party, auf der sie und die Spitze der New Yorker Gesellschaft Ulthar in die Falle gegangen waren. Lediglich davon, daß angeblich der Geist einer toten Hexe in ihr schlummern sollte, sagte sie nichts.

Als sie von dem Spiegelkabinett und den monströsen Geschöpfen erzählte, die Ulthars Sklaven angegriffen hatten, runzelte Sheldon zweifelnd die Stirn, schwieg aber und hörte weiterhin geduldig zu.

Erst als sie nach mehr als zwanzig Minuten geendet hatte, ergriff er wieder das Wort. »Die Geschichte hört sich ziemlich phantastisch an«, sagte er. »Aber ich muß Ihnen wohl glauben. Schließlich habe ich einen kleinen Teil davon selbst miterlebt. Auch«, fügte er kopfschüttelnd hinzu«, wenn ich es immer noch nicht begreife.«

»Mir geht es ja selbst kaum anders«, murmelte Vivian. »Vor allem soweit es diese ... *Ungeheuer* betrifft. Sie haben gegen Ulthars Spiegelgeschöpfe gekämpft, aber das bedeutet noch nicht, daß sie auf ...« Sie zuckte mit den Schultern. »Ich meine, ich habe keine Ahnung, welche Ziele sie verfolgen und wer hinter ihnen steckt. Ich vermute, daß sie zu Conelly gehören, aber inzwischen weiß ich selbst nicht mehr, was ich glauben soll. Hören Sie, Sheldon, Sie sollten sich nicht weiter in diese Sache einmischen. Ich bin Ihnen wirklich dankbar – aber die Mächte, mit denen wir es hier zu tun haben, sind gefährlicher, als wir uns vielleicht überhaupt nur vorstellen können. Das beste wäre, wenn ich jetzt gehe, und Sie die ganze Geschichte so schnell wie möglich vergessen.«

Sheldon lachte hart. »Sie sind gut, Vivian. Wenn das, was Sie mir erzählt haben, stimmt, dann stecke ich bereits viel zu tief in der Geschichte, um noch so tun zu können, als wüßte ich nichts davon. Und nicht nur ich. Sie sagten, die Leute auf dieser Party wären alle in Ulthars Falle gegangen?«

»Zumindest die meisten, fürchte ich, und vor allem die wichtigsten.«

»Dann beherrschte Ulthar schon jetzt praktisch die Stadt«, sagte Sheldon hart. »Ich weiß zwar nicht, was er vorhat, aber er wird es kaum dabei bewenden lassen, ein paar Kopien von wichtigen Politikern und Wirtschaftsbossen anzufertigen. Er wird weitermachen, und Sie glauben doch nicht, ich würde mich hier hinsetzen, die Hände in den Schoß legen und in aller Ruhe abwarten, während ein Wahnsinniger mit solchen schrecklichen Fähigkeiten die Herrschaft über die Stadt übernimmt?« fragte Sheldon. Er beugte sich vor, senkte die Stimme und sah sie ernst an. »Nach dem, was Sie mir erzählt haben, Vivian, schweben wir alle in größter Gefahr. Und ich gehöre nicht zu den Menschen, die vor einer Gefahr davonlaufen.«

Vivian schüttelte den Kopf. »Hier geht es nicht darum, den Helden zu spielen, Sheldon. Ulthar und seine Spiegelwesen sind bereits schlimm genug, aber dazu kommt noch, daß er durch sie nun auch die Schaltstellen von Polizei und Geheimdienst beherrscht. Wir werden es mit der gesamten Polizei zu tun bekommen. Und dann ist da noch Conelly. Ich habe keine Ahnung, wie er sich verhalten wird.«

Sheldon lachte abfällig. »Ich bin es gewohnt, Ärger mit den Cops zu haben«, sagte er und stand auf. »Vermutlich mehr als Sie. Wenn Sie sich wieder einigermaßen wohl fühlen, gehen wir.«

»Wohin?« erkundigte sich Vivian.

»Die Jungs zusammenrufen. Meine Bande, Gang, Gruppe ... was Ihnen lieber ist«, erklärte er.

Vivian schüttelte erneut den Kopf. »Sheldon, Sie mißverstehen die Lage völlig. Begreifen Sie doch endlich, daß das hier kein Spiel ist. Ulthar will mich töten, und er wird jeden aus dem Weg räumen, der ihn daran zu hindern versucht.«

»Ich weiß«, sagte Sheldon ungerührt. »Aber sehen Sie, Vivian – Sie haben mir gesagt, was Sie wissen, und nun ist es wohl an mir, Ihnen etwas zu erzählen. Ich war nicht nur rein zufällig draußen am Strand, als Sie mit Ihrem

Boot auftauchten. Ich war schon die halbe Nacht dort draußen und habe die Insel beobachtet, und wenn ich Sie nicht getroffen hätte, wäre ich heute wahrscheinlich rübergefahren.«

»Weshalb?« fragte Vivian.

Sheldon lächelte traurig. »Wegen Frank«, erklärte er. »Mein Bruder. Er ist vorgestern nacht mit seiner Freundin nach Coney Island hinausgerudert, aber bislang nicht wiedergekommen. Ich glaube, ich weiß jetzt, was ihm zugestoßen ist.« Sein Gesicht zuckte. Er drehte sich brüsk um, nahm zwei Motorradhelme von einer Ablage und warf Vivian einen zu. »Setzen Sie ihn auf«, sagte er, während sie über die knarrende Holztreppe in den Hinterhof hinuntergingen, in dem seine Honda stand. »In der Packtasche ist eine Jacke. Niemand wird Sie erkennen.«

Vivian sträubte sich nicht länger. Sie setzte den Helm auf, zog eine zerschlissene Lederjacke aus der Tasche und zog sie an. Sheldon schwang sich in den Sattel, betätigte den Anlasser und wartete, bis Vivian hinter ihm Platz genommen hatte. Dann fuhr er los.

Vivian versuchte, sich zu orientieren, aber der Stadtteil, durch den sie fuhren, war ihr völlig fremd. Die Häuser hier erinnerten sie nicht an das, was sie von New York im Gedächtnis hatte. Es waren zweistöckige, alte Wohnblocks mit hohen Fenstern und breiten Eingängen. Früher einmal mußte dieses Viertel eines der besseren Wohngegenden der Stadt gewesen sein, aber diese Zeiten waren längst vorbei. Halbverrostete Autowracks, überquellende Mülleimer und Scharen von schmutzigen, zerlumpten Kindern bestimmten das Straßenbild. Die wenigen Erwachsenen, die die Straßen bevölkerten, waren meist ärmlich gekleidet, und ihre Bewegungen wirkten irgendwie ängstlich und verstört, als schämten sie sich ihrer Armut und gingen nur höchst widerwillig aus ihren Behausungen.

Sheldon jagte die Honda unter Mißachtung sämtlicher Verkehrsregeln über die kaum belebten Straßen, fegte in halsbrecherischem Tempo um die Kurven und hielt schließlich vor einem heruntergekommenen Gebäude, vor dem schon eine ganze Anzahl schwerer Maschinen geparkt standen. Die abblätternde Schrift auf der fleckigen Glasscheibe verriet Vivian, daß es sich um eine Nachtbar handelte. Oder vielmehr einmal gehandelt hatte. Sie bezweifelte, daß es in dieser Gegend heute noch Menschen gab, die das Geld hatten, sich in einem Night-Club zu amüsieren. Jetzt schien das Lokal den jungen Leuten hier als Treffpunkt zu dienen.

Sheldon bremste unnötig hart, zog den Zündschlüssel ab und half Vivian aus dem Sattel. Dann bockte er die Maschine auf, legte seinen Helm nachlässig auf den Sattel und machte eine einladende Geste zum Lokal hin. »Kommen Sie, Vivian.«

Vivian zögerte.

»Sie brauchen keine Angst zu haben«, sagte er grinsend. »Niemand wird Ihnen etwas tun. Sie dürfen nicht alles glauben, was in den Zeitungen steht.«

Vivian schüttelte den Kopf. »Darum geht es nicht«, erklärte sie. »Ich ...«

»Ich weiß, Sie möchten mich nicht hineinziehen«, sagte Sheldon und nickte geduldig. »Das haben Sie oft genug gesagt. Vergessen Sie den Krampf endlich. Ich bin schon längst drin, und ich möchte verdammt gerne einmal mit den Leuten reden, die für Franks Verschwinden verantwortlich sind. Die Jungs übrigens auch. Er war einer von uns, und niemand greift einen von uns an, ohne die Rechnung dafür präsentiert zu bekommen.«

Vivian konnte die Veränderung, die mit Sheldon vor sich gegangen war, deutlich erkennen. Er war nicht mehr der große, hilfsbereite Junge, der sie am Strand aufgelesen und in sein Zimmer gebracht hatte. Während sie das Lokal betraten und durch den schummrigen Innenraum auf die Bar zugingen, betrachtete sie unauffällig die anderen Mitglieder der Gruppe. Es waren sieben oder acht junge Männer, alle in der gleichen Kluft, eine Kombination aus schwarzem Leder und verwaschenem Jeans-Stoff, und alle langhaarig und bärtig. Es fiel Vivian schwer, einen Unterschied zwischen Sheldon und den anderen zu erkennen. Die Motorradkluft war fast wie eine Uniform, und durch die Haartracht und die wuchernden Bärte wirkten sie wie Brüder, Mitglieder einer einzigen, großen Familie.

Sheldon führte sie an die Theke, bestellte mit zwei erhobenen Fingern etwas zu trinken für sich und Vivian und sah sich neugierig um. »Ist Mickey nicht hier?«

Einer der Männer antwortete mit einem knappen Kopfschütteln. »Nein. Habe ihn schon seit heute morgen nicht mehr gesehen.«

»Wir wollten uns hier treffen.«

»Wer ist das?« fragte eine andere, tiefere Stimme. Vivian drehte sich um und sah in ein Paar neugieriger, gutmütiger Augen. »Deine neue Freundin?«

Sheldon grinste, stützte sich mit den Ellbogen auf die Bar auf und schüttelte bedächtig den Kopf. »Leider nicht. Wir haben uns ... zufällig kennengelernt.« Er grinste noch breiter.

»Sue wird sich freuen.«

Sheldon verzog abfällig das Gesicht. »Sie wird gar nichts sagen, wenn sie erfährt, was Vivian zu berichten hat.«

Vivian schrak bei seinen Worten unwillkürlich zusammen. Bis jetzt war ihr noch nicht richtig klargeworden, was er eigentlich vorhatte. Erst jetzt begriff sie und schaute Sheldon zronig an, ohne daß er sich davon irritieren ließ.

»Sie kann uns nämlich sagen«, fuhr er nach einer genau kalkulierten Pause fort, »was mit Frank passiert ist.«

14

Gefolgt von einer Gestalt, deren Gesicht unter der hochgeschlossenen Kapuze eines Umhanges nicht zu sehen war, betrat Mark Taylor die schattige, nur von einigen matt leuchtenden Wandlampen und einer trüben Leselampe an der Rezeption erleuchtete Eingangshalle des SHERIDAN-Hotels und eilte auf den Nachtportier zu. Der Mann sah erschrocken auf. Sein Gesicht zeigte einen verwirrten Ausdruck; er schien geschlafen zu haben. »Guten Morgen, Mister Taylor«, sagte er.

Mark blieb vor ihm stehen und schaute ihn herablassend an. »Ist meine Frau bereits hier?« erkundigte er sich.

Der Portier schüttelte den Kopf. »Nein, bis jetzt nicht.«

»Sind Sie ganz sicher?«

»Ich habe bereits den ganzen Abend Dienst. Es wäre mir bestimmt aufgefallen, wenn Ihre Frau hereingekommen wäre. Außerdem hängen die Schlüssel noch hier.«

»Dann geben Sie sie mir!«

Der Portier beeilte sich, die Schlüssel abzunehmen und Taylor zu geben. Seine Finger zitterten unmerklich, als er sie über den Thresen schob. Er hatte Mark Taylor als freundlichen, umgänglichen Menschen kennengelernt, der stets zu einem Schmerz aufgelegt war. Um so mehr bestürzte ihn dessen barscher, abweisender Befehlston. »Kann ich … sonst noch etwas für Sie tun?« fragte er.

Taylor nickte. »Ja. Sollte meine Frau hier auftauchen, sagen Sie ihr nicht, daß ich da bin. Ich möchte sie überraschen. Geben Sie ihr einfach den Zweitschlüssel.« Er schob eine zusammengefaltete Hundert-Dollar-Note über den Tisch und sah den Portier durchdringend an. »Ich hoffe, wir verstehen uns.«

Der Portier griff zögernd nach dem Geld, drehte den Schein einen Augenblick in den Fingern und ließ ihn schließlich in der Rocktasche verschwinden. »Ich glaube schon, Sir.«

Taylor lächelte unfreundlich, drehte sich dann abrupt um und ging mit schnellen Schritten auf den Lift zu. Seine Begleiterin folgte ihm. Da sie einen Rock und hochhackige Pumps trug, konnte es sich nicht nur um eine Frau handeln, auch wenn ihr Gesicht unter dem Umhang verborgen war.

William Crown arbeitete bereits seit mehr als zwanzig Jahren im SHERIDAN. Er hatte gelernt, sich auf die verschiedensten Gäste einzustellen, ihre besonderen Eigenheiten zu akzeptieren und sich nach Möglichkeit niemals anmerken zu lassen, was er dachte. Jetzt aber verzog er mißbilligend das Gesicht, als die Aufzugtüren hinter Taylor und ihr zugeglitten waren. Sicher, Amerika war ein liberales Land, und es war ganz gewiß nicht seine Aufgabe, den Sittenwächter zu spielen, aber so, wie er von Mark Taylor bislang eine sehr positive Meinung gehabt hatte, hatte er auch Missis Taylor als eine sympathische junge Frau kennengelernt, und der Gedanke, daß er sie wegen ein paar Dollar und eines dahergelaufenen Flittchens belügen sollte, war ihm zuwider.

Er fragte sich, was das alles zu bedeuten hatte. Es war möglich, daß er sich ein völlig falsches Bild machte, daß es sich bei der Unbekannten um eine Freundin Vivian Taylors handelte. In diesem Fall wäre die Behauptung, es solle eine Überraschung werden, keine Ausrede, aber irgendwie glaubte William Crown nicht daran. Das Verhalten Mark Taylors, seine arrogante Kaltschnäuzigkeit, sprachen dagegen. Der Mann führte irgend etwas im Schilde, und seinem Verhalten nach war es sicher nichts Gutes. Aber wenn er sich mit einem Flittchen amüsieren wollte, würde er dies sicherlich in einem anderen Hotel tun, und er hätte nicht darum gebeten, seine Anwesenheit zu verschweigen, sondern eher verlangt, daß man ihn beim Eintreffen seiner Frau telefonisch warnte, es sei denn, er wollte ganz bewußt, daß sie ihn mit einer anderen im Bett überraschte, um sie zu demütigen, sie vielleicht sogar zu einer Scheidung zu drängen. Bislang hätte er diese Möglichkeit bei Mister Taylor nicht einmal in Erwägung gezogen, aber nach dessen Auftritt vorhin traute er ihm buchstäblich alles zu.

William Crown seufzte. Er streifte den Ärmel zurück und sah auf die Uhr. Es war fast sieben Uhr morgens. Seine Schicht war in knapp zwei Stunden zu Ende. Mit etwas Glück kam er erst gar nicht mehr in die Verlegenheit, Vivian Taylor zu treffen. Mochte sich sein Nachfolger mit dem Problem herumschlagen. Michael war jünger und in vielerlei Hinsicht abgebrühter, für ihn war die Arbeit hier nur ein Job, den er nicht sonderlich persönlich nahm. Ihm würde es nichts ausmachen, Vivian Taylor etwas vorzulügen.

Er vertiefte sich wieder in seine Zeitung, während einige Stockwerke über ihm Mark Taylor die Tür zu seiner Suite öffnete, seiner Begleiterin den Vortritt ließ und ihr folgte. Erst als er die Tür hinter sich wieder geschlossen hatte, streifte sie den Umhang ab.

Das Gesicht, das darunter zum Vorschein kam, gehörte Vivian Taylor.

»Ich begreife nicht, worauf wir noch warten«, knurrte Pecos, einer von Sheldons Freunden, als Vivian ihren Bericht beendet hatte. Anfangs hatte sie erwogen, einfach den Mund zu halten und sich zu weigern, etwas über Ulthar, das Spiegelkabinett und Frank Porters vermutliches Schicksal zu erzählen, diesen Entschluß aber schnell wieder verworfen. Sheldon kannte die ganze Geschichte, und wenn sie sich weigerte, hätte er sie erzählt und dabei wahrscheinlich alles etwas verharmlost oder geringfügig in eine Richtung verändert, die ihm besser gefiel. Es *war* ein Fehler gewesen, sich ihm anzuvertrauen, das wußte Vivian jetzt, aber nachdem sie nun einmal so weit gegangen war, stellte es das kleinere von zwei Übeln dar, wenn sie selbst die Geschichte noch einmal wiederholte und dabei besonderen Wert auf Ulthars Gefährlichkeit legte. Wie wenig es allerdings nutzte, bewies ihr Pecos' Reaktion. Der junge Mann rutschte von seinem Barhocker herunter und funkelte Sheldon auffordernd an. »Fahren wir hinaus und nehmen diesen Laden auseinander«, verlangte er.

Sheldon verzog abfällig das Gesicht. »Du bist ein Idiot, Pecos«, sagte er ruhig. »Vivian hat doch gerade versucht, dir zu erklären, daß wir uns einen Plan ausdenken müssen, wie wir Frank dort herausholen. Denken, Pecos, verstehst du?« Er tippte sich mit dem Zeigefinger an die Stirn. »Was glaubst du, wie schnell uns diese Spiegeltypen entdecken, wenn wir einfach mit unseren Motorrädern nach Coney Island hinausfahren?«

Pecos schürzte trotzig die Lippen. »Weißt du was Besseres?«

»Im Moment nicht«, gab Sheldon zu. »Aber uns wird schon was einfallen. Deshalb bin ich schließlich hergekommen, statt allein sofort was zu unternehmen.«

Einer der anderen schob sich in den Vordergrund. »Sag mal, Sheldon«, begann er zögernd, »ich will deine Worte ja nicht anzweifeln, aber ...« Er sah Vivian mißtrauisch an und wiegte den Kopf. »Bist du sicher, daß die Kleine dich nicht verläßt? Ich meine, Spiegelbilder, die herumlaufen und sich bewegen – das ist doch ziemlich phantastisch, oder? Vielleicht hat sie einfach einen kleinen Dachschaden.«

Für zehn, fünfzehn Sekunden starrte Sheldon den Mann nur schweigend an. »Ich wünschte, es wäre so«, murmelte er dann. »Was glaubst du, wie oft ich mir diese Frage in den letzten Stunden schon gestellt habe? Aber ich habe dieses ... dieses Vogelmonster selbst gesehen, und ich habe dagegen gekämpft. Und ich habe auch die Spiegelwesen gesehen, wenn auch zum Glück nur von weitem. Sie sahen zwar wie normale Menschen aus, aber nach der Begegnung mit diesem fliegenden Ungeheuer glaube ich ihr jedes Wort.« Er deutete auf Vivian. »Und was dich betrifft, Jack ... Wenn du Schiß hast, dann sag es. Ich kann es dir nicht mal übelnehmen, aber wir kommen auch gut ohne dich zurecht.«

Jack erbleichte sichtlich. »So war das nicht gemeint, Sheldon. Es ist nur ...«

»Sie glauben mir nicht«, sagte Vivian ruhig.

Jack nickte. »Wenn ich ehrlich sein soll – nein.«

»Das ist kein Wunder. Die Geschichte hört sich ziemlich phantastisch an, das weiß ich. Wahrscheinlich würde ich an Ihrer Stelle selbst nicht anders reagieren. Wenn mir vor ein paar Tagen jemand etwas von gestaltgewordenen Spiegelbildern, fliegenden Ungeheuern und anderen Schauergestalten erzählt hätte, hätte ich ihn bestimmt auch ausgelacht. Aber was ich erzählt habe, ist wahr.« Vivian seufzte. »Wenn Sheldon nicht eingegriffen hätte, wäre ich jetzt wahrscheinlich tot.«

»Sheldon Porter als Lebensretter«, kicherte jemand. »Wie edel.«

Sheldon überging die Bemerkung. »Es geht gar nicht darum, ob wir ihr glauben oder nicht«, sagte er nach einer Weile. »Wir wissen, daß Frank dort hinausgefahren und seitdem nicht wieder aufgetaucht ist. Wir sollten wenigstens nachsehen, ob es dieses Kabinett wirklich gibt. Wenn es stimmt ...« Er zuckte mit den Achseln. »Vielleicht knöpfen wir uns diesen Ulthar mal vor.«

Vivian sah ihn zornig an. »Verdammt, Sheldon, ich hätte gedacht, daß Sie vernünftig sein würden, aber das war wohl ein Irrtum. Sie unterschätzen die Gefahr noch immer. Gegen Ulthars Magie sind Sie und Ihre Freunde hier ein Nichts, begreifen Sie das doch endlich. Sie können nicht einfach hingehen und sich ihn vorknöpfen, wie Sie es ausdrücken.«

»Und ob ich das kann«, sagte Sheldon grimmig. »Seien Sie mir nicht böse, Vivian – aber bei uns herrschen andere Gesetze als in der Gesellschaftsschicht, aus der Sie kommen. Wir haben unseren eigenen Ehrenkodex. Niemand vergreift sich an einem von uns, ohne es mit allen zu tun zu bekommen. Und wir lassen uns durch ein bißchen Hokuspokus nicht einschüchtern.«

Vivian rang hilflos mit den Händen und starrte Sheldon an. Sie hätte ihn niemals einweihen dürfen. Die Welt, aus der er und seine Freunde stammten, unterschied sich grundlegend von ihrer, und das nicht erst seit ihrer Hochzeit mit Mark. Sheldons Welt mochte auf ihre Weise härter und brutaler sein, aber gleichzeitig einfacher. Gewalt wurde mit Gewalt beantwortet, und je größer eine Bedrohung war, desto größer das Maß an Gewalt, das man ihr entgegensetzen mußte.

»Selbst wenn Sie Recht hätten, Sheldon«, sagte sie leise, »selbst wenn es so einfach wäre und wir einfach hinausgehen und gegen Ulthar kämpfen könnten ... er hat einfach zu viele Männer. Ihr seid acht oder neun, aber Ulthar hat Dutzende von Gefolgsleuten, vielleicht sogar Hunderte.« Von den Echsenwesen sprach sie lieber nicht.

So ganz hatte sie das Auftauchen der unheimlichen Kreaturen noch immer nicht begriffen. Es war alles viel zu schnell gegangen, es war viel zuviel in viel zu kurzer Zeit passiert, als daß sie die Ruhe gehabt hätte, über die Hintergründe aller Geschehnisse nachzudenken. Eigentlich war sie seit Stunden fast nur noch damit beschäftigt gewesen, ihr Leben zu retten. Fest stand immerhin, daß es neben den Spiegelgeschöpfen noch eine zweite, kaum weniger gefährliche Gruppe gab, die sich zwar mit Ulthar bekriegte, deshalb aber noch lange nicht auf ihrer Seite stand. Nur zu deutlich erinnerte sie sich noch, wie eine der Echsenkreaturen sie zu töten versucht hatte. Es war möglich, daß tatsächlich Bürgermeister Conelly dahintersteckte, wie Ulthar behauptet hatte, aber es konnte sich ebensogut um eine Lüge des Magiers handeln, mit der er ein weit größeres Geheimnis zu verschleiern versuchte. Vielleicht verfolgten die Echsenmonster ein ganz anderes Ziel.

Dennoch erschien Ulthar ihr im Moment als der gefährlichere Gegner. Die monsterhaften Kreaturen hatten voller Haß gekämpft, gelenkt von einem geradezu animalischen Trieb, während Ulthar ... Sie dachte an die spiegelnde, silbernen Gänge des Kabinetts zurück, und wieder stieg dieses seltsame, beklemmende Gefühl in ihr auf. Das Ganze erweckte den Eindruck einer geradezu klinischen Bösartigkeit. Ulthars Reich war sauber, blank, blitzend ... gefühllos. Seine Kreaturen glichen Robotern, die stumm ihre Befehle ausführten, ohne Gewissen, ohne Gefühle ... Vielleicht, überlegte sie, war dies die Endstufe des Bösen. Ein Wesen, das für seine Opfer nicht einmal mehr Haß empfand, sondern nur noch Gleichgültigkeit. Selbst die Zeitungsschmierer, die ihr für eine Weile das Leben zur Hölle gemacht hatten und die sie deshalb mehr als einmal als dämonische Blutsauger oder Teufelsdiener bezeichnet hatte, besaßen im Vergleich zu Ulthar wenigstens noch Ansätze von Menschlichkeit.

»Und wie«, drang Jacks Stimme in ihr Bewußtsein, »sollen wir dann vorgehen?«

Sie schrak auf, sah einen Moment lang verwirrt von Sheldon zu Jack und dann wieder zu Sheldon zurück. »Ich weiß es auch nicht«, gestand sie. »Wir müssen irgendwie versuchen, Ulthar aus seinem Bau zu locken.«

»Oder hineinzukommen«, sagte Jack. Er lächelte, als er

Vivians überraschten Blick bemerkte. »Im Ernst – es muß doch irgendeine Möglichkeit geben, unbemerkt in dieses komische Kabinett hineinzukommen.« Er grinste, entblößte dabei eine Zahnlücke und nippte an seinem Bier. »Wenn dieser Ulthar so scharf darauf ist, Sie in die Hände zu bekommen …«

»Er hat seine Leute, die das für ihn erledigen«, unterbrach ihn Sheldon. Auf seinem Gesicht erschien ein nachdenklicher Ausdruck. »Aber du bringst mich da auf eine Idee …« Er drehte sich halb herum und sah Vivian nachdenklich an. »Ihr Mann«, begann er, »er wurde auch geschnappt, nicht wahr?«

Vivian spürte einen schmerzhaften Stich in ihrer Brust, als Marks Name fiel. Sie hatte bisher fast krampfhaft vermieden, an ihn zu denken. Sie nickte widerwillig.

»Wenn ich er wäre«, fuhr Sheldon nachdenklich fort, »würde ich in mein Zimmer zurückgehen und in aller Ruhe abwarten, bis Sie auftaucht.«

»Glauben Sie wirklich, ich wäre so dumm, dorthin zu gehen?« fragte Vivian.

Sheldon nickte ernsthaft. »Aber sicher. Sie verkennen Ihre Lage, Missis Taylor. Selbst wenn Sie aus eigener Kraft hätten entkommen können – wo wären Sie hingegangen? Ohne Geld, ohne Papiere, ohne Freunde? Sie müssen wenigstens Ihren Paß haben. Ohne den kommen sie nämlich nicht einmal aus der Stadt.«

Vivian mußte Sheldon widerwillig recht geben. Das Problem mochte banal erscheinen, aber es existierte. Die Stadt würde sie sicherlich auch ohne Papiere verlassen können, aber ganz sicher nicht das Land. Und sie würde ohne Geld auch nicht allzu weit kommen; für jemanden, der sich wie sie daran gewöhnt hatte, sich niemals Sorgen um Geld oder Unterkunft machen zu müssen, ein fast bizarrer Gedanke. Aber leider hatte Sheldon nur zu recht. Sie hatte nicht einmal eine einzige ihrer Kreditkarten bei sich.

»Und was«, fragte sie zögernd, »schlagen Sie vor?«

Sheldon grinste gehässig. »Nun, wenn ich Ihr Mann wäre, dann würde ich im Hotel eine hübsche kleine Falle für Sie vorbereiten.«

»Das ist anzunehmen.«

»Dann sollten wir ihn nicht unnötig warten lassen«, sagte Sheldon und grinste noch breiter.

Der Portier sah überrascht auf, als die Gruppe das Foyer betrat. Für einen Moment spielte ein mißbilligender Zug um seine Mundwinkel, ehe sein Gesicht wieder zu einer Maske berufsmäßiger Freundlichkeit erstarrte. Als eines der teuersten und vornehmsten Hotels New Yorks genoß das SHERIDAN nicht umsonst einen gewissen Ruf, so daß eine Rockerbande nicht unbedingt zum gewohnten Bild des Hotels gehörte, und die Aufmachung der vier jungen Männer, die durch die Glastüren traten, ließen den Portier nicht an ihrer Zugehörigkeit zu einer Straßengang zweifeln: enge, glänzende Lederhosen über schweren Stiefeln, nietenbeschlagene Jeans, Lederjacken und abgewetzte Stulpenhandschuhe. Die geschwärzten Visiere der Motorradhelme gaben den Gestalten etwas Bedrohliches, Abenteuerliches.

»Womit kann ich Ihnen dienen?« fragte der Portier mit der üblichen professionellen Höflichkeit, als die Gruppe vor ihm anhielt. Einige vorübergehende Gäste warfen den vier mißbilligende oder ängstliche Blicke zu und beeilten sich, weiterzukommen.

»Wir wollen zu Mister Taylor«, sagte einer der vier. Er griff mit einer geschmeidigen Bewegung nach oben, nahm den Helm ab und legte ihn auf die Theke. »Ist er da?«

Der Portier drehte sich zögernd herum, sah zum Schlüsselbord herauf und schüttelte den Kopf. William Crown hatte ihm beim Schichtwechsel vor rund drei Stunden Taylors Wunsch, seine Anwesenheit verleugnen zu lassen, mitgeteilt.

»Der Zimmerschlüssel ist hier«, sagte er, ohne zu erwähnen, daß es sich nur um einen von zweien handelte. »Mister Taylor scheint nicht im Haus zu sein.«

»Das macht auch nichts«, sagte einer der drei anderen Ankömmlinge, setzte ebenfalls den Helm ab und schüttelte das Haar auseinander. Erst jetzt war zu erkennen, daß es sich um eine Frau handelte.

Der Portier schluckte. »Missis Taylor!«

Vivian lächelte breit. »In Lebensgröße. Haben Sie mich nicht erkannt?«

»Nein, ich ...«

Vivian unterbrach ihn mit einer ungeduldigen Handbewegung. »Hat Mister Taylor gesagt, wann er wiederkommt?«

»Nein. Ich bin erst seit drei Stunden hier. Er muß sehr früh weggegangen sein.« Er drehte sich um und machte Anstalten, nach dem Schlüssel zu greifen, aber Vivian hielt ihn mit einer raschen Bewegung zurück.

»Das wird nicht nötig sein. Ich brauche nur eine Kleinigkeit aus dem Zimmer. Vielleicht kann einer der Pagen hinaufgehen?«

»Selbstverständlich. Worum handelt es sich?«

»Ich brauche den blauen Koffer aus dem Schlafzimmer«, sagte sie. »Er müßte direkt neben dem Bett stehen. Könnten Sie ihn für mich holen lassen?«

Der Portier nickte, drückte auf einen verborgenen Klingelknopf und drehte sich erwartungsvoll um. In der holzgetäfelten Wand hinter seinem Rücken öffnete sich eine schmale Tür, und ein kleinwüchsiger uniformierter Page erschien. Vivian konnte nicht verstehen, was der Portier zu ihm sagte, aber er nickte beflissen und entfernte sich in Richtung Aufzug.

»Wir warten hier«, sagt Vivian. Sie griff nach ihrem Helm, klemmte ihn unter den Arm und wich mit zufällig erscheinenden Bewegungen ein paar Schritte in Richtung Ausgang zurück. Ihre drei Begleiter folgten ihr.

»Glauben Sie, es hat geklappt?« fragte Sheldon, als sie außer Hörweite des Portiers waren.

Vivian biß sich auf die Unterlippe. »Ich hoffe es«, sagte sie. »Wenn nicht ...« Sie brach ab und starrte an Sheldon vorbei nach draußen. »Er muß einfach da sein«, fuhr sie nach einer Weile fort. »Sie können sich ausrechnen, daß ich früher oder später hier auftauche. Ich hoffe nur, Mark fällt auf den Trick herein.« Sie sah zweifelnd zum Aufzug und verfluchte ihre Nervosität. Allmählich kamen ihr Zweifel, ob Sheldons Plan wirklich so gut war, wie sie im ersten Augenblick angenommen hatten. Die ganze Geschichte war mehr als gewagt. Aber vielleicht hatten sie gerade deshalb Aussicht auf Erfolg. Ulthar würde mit allem rechnen – aber kaum damit, daß Vivian zum Angriff überging.

Auf der Straße fuhr eine Kolonne schwerer Motorräder vorbei. Das dumpfe Grollen der Motoren wurde von den dicken Glasscheiben der Türen fast vollkommen verschluckt, aber Vivian und Sheldon hörten es trotzdem. Sheldon trat vor die Glasscheibe und bewegte wie zufällig die Hand. Keinem Außenstehenden wäre die Geste aufgefallen. Auch im Verhalten der Motorradfahrer schien sich nichts zu ändern. Aber Vivian wußte, daß Pecos das Zeichen gesehen hatte. Die Gruppe mochte nach außen wie ein bunt zusammengewürfelter Haufen wilder Gestalten erscheinen, aber Vivian hatte schnell erkannt, daß es sich in Wirklichkeit um eine straff geführte Gruppe handelte, die mehr Disziplin aufbringen konnte, als man ihr zutraute. Zwei der Maschinen würden jetzt ausscheren und sich dem Hotel von der entgegengesetzten Seite nähern.

»Ich hoffe, es war nicht zu früh«, murmelte sie.

Sheldon lächelte ermutigend. »Kaum. Außerdem – Pecos kann schon auf sich aufpassen. Er ist ein Meister im Improvisieren.«

»Der Aufzug kommt«, flüsterte Jack.

Vivian drehte sich mit erzwungenen ruhigen Bewegungen herum. Das weiße Licht über der Aufzugstür war aufgeleuchtet. Ein heller Glockenton erklang, dann gingen die Türen mit quälender Langsamkeit auseinander. Aus der Kabine trat Mark Taylor. Für einen kurzen Augenblick fühlte Vivian einen heißen, brennenden Schmerz, als sie die schlanke Gestalt betrachtete, die so ganz wie Mark aussah und doch grundverschieden von ihm war.

Er sah sich rasch nach rechts und links um und ging dann zum Portier hinüber. Vivian sah, wie er ein paar Worte mit dem Mann wechselte, der dann mit der Hand in ihre Richtung deutete. Marks Kopf ruckte herum. Für einen Herzschlag stand auf seinem Gesicht maßlose Verblüffung. Dann lächelte er, bedankte sich mit einem flüchtigen Kopfnicken beim Portier und kam mit ausgebreiteten Armen auf Vivian zu. »Vivian!« rief er. Seine Stimme klang warm und herzlich wie immer, und in seinem Blick schien echte Freude zu liegen. »Ich hatte mir schon Sorgen um dich gemacht. Wo warst du die ganze Zeit?«

Er erreichte Vivian, umarmte sie flüchtig und trat einen Schritt zurück. »Entschuldige bitte – dieser Idiot von Portier hat nicht einmal gemerkt, daß ich schon längst zurückgekommen war. Willst du mir nicht deine Freunde vorstellen?« Er sah Jack, Sheldon und Steven durchdringend an und lächelte dann erneut. »Es sind doch deine Freunde, oder?«

Vivian nickte zögernd. Alles in ihr schien verkrampft,

drängte danach, sich an Marks Hals zu werfen und diesen ganzen, gräßlichen Alptraum zu vergessen. Dieser Mann war nicht Mark, dachte sie immer wieder. Er ist nicht Mark. Er ist nicht der Mark, den ich kenne.

»Gehen wir doch hinauf«, sagte Mark mit einer einladenden Geste. Vivian schüttelte ruckhaft den Kopf und wich unwillkürlich einen Schritt von dieser vertraut-unheimlichen Erscheinung zurück. Marks Brauen schienen sich mißbilligend zusammenzuziehen. Aber er hatte sich augenblicklich wieder in der Gewalt. »Du bist sauer wegen gestern abend«, erklärte er. »Ich verstehe dich. Aber diese Party war einfach zu langweilig, deswegen bin ich eher gegangen.«

Für einen Moment war Vivian versucht, ihm zu glauben. Sie hatte Mark nur zu Beginn des Empfangs gesehen, und wenn er früher gegangen sein sollte ... Aber das war natürlich Unsinn. Mark hätte nicht so einfach von der Feier veschwinden können, selbst wenn sie ihm noch so langweilig erschienen sein mochte. Schließlich war er nicht nur hingegangen, um sich zu amüsieren, sondern um Kontakte zu knüpfen, wichtige geschäftliche Kontakte, auf die er nicht aus einer Laune heraus verzichtet hätte. Er war es von Jugend an gewöhnt, an noch wesentlich förmlichereren und langweiligeren Empfängen teilzunehmen. Vor allem aber wäre er niemals ohne sie gegangen, oder ohne ihr wenigstens Bescheid zu sagen.

Sie sah in Marks Gesicht und entdeckte in seinen Augen eine Kälte, die das sanftmütige Lächeln, mit dem er sie um Verzeihung zu bitten schien, Lügen strafte.

»Ich möchte dir etwas zeigen«, sagte sie stockend. Sie spürte, wie Sheldon neben ihr aufatmete, und merkte plötzlich, wie lange sie wie versteinert dagestanden und Mark angestarrt hatte.

»Was?«

»Draußen. Es ist im Wagen.«

Mark zögerte, zuckte schließlich mit den Achseln und nickte. »Gut. Gehen wir.«

Sie verließen das Hotel. Mark schien nicht zu bemerken, daß sich Sheldon und Jack unauffällig neben ihn schoben, während der hünenhafte Steven wie zufällig direkt hinter ihm ging.

»Der Wagen steht dort vorne«, sagte Vivian. Sie deutete auf einen klapprigen, viertürigen Ford, der so aussah, als würde er nur noch vom Rost zusammengehalten. Sheldon hatte sich den Wagen von seiner Mutter ausgeborgt. Er hatte es jedenfalls behauptet. Aber Vivian befürchtete, daß die alte Dame – falls es sie überhaupt gab – nichts von dieser Leihgabe wußte.

»Was soll die Geheimnistuerei eigentlich?« fragte Mark plötzlich. Er blieb stehen, runzelte die Stirn und sah Vivian mißbilligend an. »Du bist doch normalerweise nicht so exzentrisch?«

Vivian antwortete nicht, sondern ging mit eiligen Schritten weiter. Mark folgte ihr notgedrungen, flankiert von den beiden Führern der Motorradgang. Sie öffnete die hintere Tür des Fords, machte eine einladende Geste und wartete, bis Mark sich neugierig in das Innere des Wagens beugte. Ihr Blick tastete fast ängstlich zum Innenspiegel. Obwohl sie den Anblick erwartet hatte, war es ein Schock. Sie sah sich selbst, ihre angstvoll geweiteten Augen. Sie sah Sheldon, der dicht neben der Tür stand und Mark den Rückweg verwehrte. Sie sah Jacks zum Schlag erhobene Hand ... aber Mark Taylor war im Spiegel nicht sichtbar! Vivian stöhnte unwillkürlich auf und sog scharf die Luft ein. Mark ruckte in einer schlangenartigen Bewegung herum. Auf seinem Gesicht spiegelte sich zuerst Überraschung, dann Zorn und eine Spur von Angst, als er begriff, daß er in eine Falle gegangen war.

Aber seine Reaktion kam zu spät. Jacks Faust sauste

mit der Wucht eines Vorschlaghammers auf seinen Nakken herab. Mark stieß einen unterdrückten Fluch aus, ruderte in der Enge des Wagens hilflos mit den Armen und kippte vornüber.

Vivian stöhnte erneut auf. Obwohl sie wußte, daß dieser Mann nichts mit dem Mark Taylor, den sie kannte, gemein hatte, hatte sie das Gefühl, daß der Schlag nicht ihn, sondern sie getroffen hatte. Sie drehte sich um und wandte den Blick von der Szene ab.

Der Schlag hatte das Spiegelwesen, das Marks Taylors Stelle eingenommen hatte, nicht sonderlich beeindruckt, aber allein die Wucht des Hiebes ließ ihn vornüber auf den Sitz fallen. Die drei gaben ihm nicht die geringste Chance. Er fühlte, wie kräftige, sehnige Hände nach seinen Armen griffen und sie auf den Rücken bogen, und versuchte mit der ganzen unmenschlichen Kraft, die er aufbringen konnte, sich zu befreien. Aber auch seinen Kräften waren Grenzen gesetzt. Gegen die drei starken, kampferprobten Männer kam er nicht an. Je mehr er sich aufbäumte, um sich aus der Umklammerung zu befreien, desto gnadenloser schien der Griff Jacks und Sheldons zu werden.

»Die Handschellen, schnell!« zischte Sheldon.

In Stevens Fäusten erschien ein Paar schimmernder Handschellen. Unter Marks protestierendem Gebrüll ließ er die stählerne Acht um dessen Handgelenk schnappen, beförderte ihn mit einem unsanften Stoß ganz in den Wagen hinein und warf sich auf den Sitz neben ihm. Jack eilte um den Wagen herum und postierte sich auf der anderen Seite des wild um sich schlagenden Gefangenen, während Sheldon sich hinter das Steuer klemmte und den Motor anließ. Vivian setzte sich neben ihn auf den Beifahrersitz. Sie vermied es krampfhaft, Mark anzusehen.

Der Wagen rollte langsam los und fädelte sich in den

fließenden Verkehr ein. Die Kampfgeräusche auf dem Rücksitz verstummten allmählich. Mark schien eingesehen zu haben, daß er gegen seine beiden Bewacher keine Chance hatte. Und auch seine übermenschlichen Kräfte schienen nicht imstande zu sein, die Handschellen zu sprengen. »Vivian!« keuchte er. »Was zum Teufel soll das bedeuten? Bist du total übergeschnappt?«

Vivian schluckte krampfhaft und setzte zu einer Antwort an, aber ihre Stimme versagte ihr den Dienst. *Es ist nicht Mark!* hämmerte sie sich immer wieder ein.

»Vivian – bitte ... erklär mir doch wenigstens, was das Ganze soll!« schrie Mark. Die Verzweiflung in seiner Stimme hörte sich vollkommen echt an.

Vivian drehte sich schweratmend auf dem Beifahrersitz herum und zwang sich, Mark ins Gesicht zu sehen. Seine Augen waren unnatürlich geweitet, und in seinem Blick flackerte Panik. »Gib auf«, sagte sie leise. Die Worte erforderten ihre ganze Kraft. »Hör auf mit dem Theater, Mark. Ich wußte von Anfang an ...« Ihre Stimme versagte abermals, und die Worte gingen in einem trockenen Schluchzen unter. »Mark, ich ...«

Die Verzweiflung verschwand schlagartig aus Marks Gesicht. »Ich hätte mir denken können, daß du nicht drauf reinfällst«, sagte er kalt. Der Klang seiner Stimme ließ Vivian erschaudern. Er lehnte sich zurück, setzte sich, so weit dies die Handschellen und der unbarmherzige Griff seiner beiden Bewacher zuließ; bequem hin und starrte scheinbar teilnahmslos aus dem Fenster. »Und was versprichst du dir von diesem Spielchen?« fragte er.

Vivian starrte ihn durch einen Schleier von Tränen an. »Mark ...«

»Mark, Mark, Mark ...« äffte er ihren Tonfall nach. »Hör auf zu flennen, dumme Kuh.« Er lachte grausam und bedachte Vivian mit einem Blick, der ihr wie ein glühendes Messer in die Brust zu stechen schien. »Freu dich ruhig über deinen Sieg«, fügte er dann grinsend hinzu. »Freut euch ruhig – du und deine drei Freunde. Wenn es euch Spaß macht, spielt ruhig noch ein bißchen Räuber und Gendarm. Du bist dir darüber im klaren, daß ihr keine Chance habt?«

»Halt die Schnauze«, grollte Jack. »Sonst stopf ich sie dir.«

Mark lächelte sanft, fuhr dann mit einer blitzschnellen Bewegung herum und rammte ihm den Ellbogen in den Magen. Jack ächzte, fiel vorn über und rang würgend nach Luft.

»Hört auf!« Vivians scharfer Befehl ließ Mark erstarren. Er lehnte sich zurück, grinste flüchtig und starrte aus dem Fenster. Jack richtete sich stöhnend auf und massierte sich den Magen. Er wirkte blaß. »Wo bringen wir ihn eigentlich hin?« fragte Vivian. Ihre Stimme schwankte immer noch. Aber irgendwie war sie froh, diesen kurzen Ausbruch miterlebt zu haben. Der heimtückische Angriff hatte ihr endgültig bewiesen, daß dieses Wesen nichts, aber auch gar nichts mit Mark gemeinsam hatte.

»Es gibt eine alte Fabrik im Westen«, sagte Sheldon, ohne den Blick von der Straße zu wenden. Das Ding ist massiver als das Staatsgefängnis. Wir werden ihn dort eine Weile festhalten können. Pecos kommt auch dorthin.«

»Wenn alles gutgeht«, sagte Vivian. Sheldon grinste. »Wird schon. Bisher hat alles geklappt, warum sollte es nicht weiter so gut gehen?«

»Alles geklappt?« ächzte Jack. »Deine Art von Humor ist goldig, Sheldon. Vielleicht hätte ich mich besser nach vorne setzen sollen.«

Sheldon grinste schief, sah in den Rückspiegel und bog auf die Stadtautobahn ein. Der Wagen beschleunigte.

»Heb dir deine Wut für den Augenblick auf, in dem du diesem Ulthar gegenüberstehst«, riet er. »Das heißt, wenn noch etwas von ihm übrig ist, nachdem ich mit ihm abgerechnet habe.«

Vivian schüttelte den Kopf, aber sie sagte nichts, sondern starrte stumm aus dem Fenster.

15

Zahlreiche Menschen hatten die unterirdischen Gewölbe tief unter der Villa Howard Conellys bereits betreten, aber nur die wenigsten hatte sie wieder verlassen. Zumindest nicht als Menschen ...

Der Raum war so hoch, daß sich das rötliche Flackern der Fackeln in der Höhe verlor. Die Wände bestanden aus roh bearbeitetem Fels, und die Decke wurde von Säulen aus zyklopischen, aufeinandergefügten Felsblöcken getragen, die mit barbarischen Fresken und Verzierungen geschmückt waren. An der Rückwand des rechteckigen Raumes erhob sich ein mächtiger, aus natürlich gewachsenem Fels heraus gearbeiteter Thron, der allein durch seine Dimensionen jeden Betrachter beeindruckt hätte.

Irgendwo tropfte Wasser; ein regelmäßiges, monotones Geräusch, das das leise Prasseln der Flammen untermalte und zu den niedrigen Temperaturen paßte, die in Conellys geheimem Reich herrschten.

Conelly saß reglos wie eine steinerne Statue auf dem Thron und starrte mit blicklosen Augen vor sich hin. Seine Gedanken drehten sich im Kreis.

Er hatte einen Fehler gemacht, indem er erst versucht hatte, Ulthar durch den Pakt hinzuhalten und zu überlisten, statt sofort mit aller Macht zuzuschlagen und ihn zu vernichten. Besser noch wäre es gewesen, den Magier schon damals zu vernichten, unmittelbar nach Melissas Tod. Noch heute begriff Conelly nicht, warum er sich diese wohl einmalige Gelegenheit hatte entgehen lassen, wie er sich so in seinem Widersacher hatte täuschen können. Damals hätte er wahrscheinlich leichtes Spiel gehabt: Ulthar war nicht nur schwach gewesen, sondern vor allem verzweifelt. Mittlerweile hatte sich das geändert, und vor allem hatte Ulthar die seither verstrichene Zeit genutzt, seine Spiegel weiter zu ergründen und seine Kräfte in aller Heimlichkeit in einem Maße zu steigern, die Conelly niemals für möglich gehalten hätte. Am schlimmsten aber war der Gedanke, daß er selbst durch den Pakt dazu beigetragen hatte, Ulthars Macht noch zu vergrößern.

In hilfloser Wut ballte er die Fäuste, als er daran dachte, mit welcher Leichtigkeit die Spiegelwesen seine Geschöpfe getötet hatten. Ulthar hatte ihn nicht nur gedemütigt, sondern auch verhöhnt.

Conelly stieß einen Fluch aus, sprang hoch und begann wütend im Raum auf und ab zu gehen. Die kostbaren Marmorfliesen des Fußbodens erzitterten unter seinem Schritt. Was war los mit ihm, daß ihm in letzter Zeit immer mehr Fehler unterliefen? Wie es aussah, wurde er allmählich alt. Die Niederlage in Ulthars Kabinett war unnötig gewesen. Statt mit einigen wenigen seiner Geschöpfe nach Coney Island zu gehen, hätte er mit aller Kraft angreifen sollen.

Aber vielleicht konnte er auch aus der Niederlage noch einen Vorteil ziehen. Immerhin wußte er jetzt, daß er Ulthar unterschätzt hatte. Noch einmal würde ihm dieser Fehler nicht unterlaufen. Hätte er unter diesen falschen Voraussetzungen einen Großangriff gestartet, wären die Folgen erst recht verheerend gewesen. In einer offenen

Auseinandersetzung würde er dem Magier unterlegen sein, daran gab es nun kaum noch einen Zweifel. Ulthar beherrschte nicht nur seine Spiegelwesen; durch Cramer und Bender konnte er notfalls sämtliche Polizeieinheiten zu seinem Schutz aufbieten.

Conelly blieb stehen, starrte zu Boden und bewegte lautlos die Lippen. Er mußte anders vorgehen, um Erfolg zu haben und Ulthar auszuschalten, unauffälliger. Ihm blieb nicht viel Zeit. Sobald der Magier Vivian Taylor erst einmal gefunden und Melissa erst zu neuem Leben erweckt hatte, würde er von ihr erfahren, wer damals für ihren Tod verantwortlich gewesen war. Dann würde sich Ulthar rächen, und mit Melissa an seiner Seite dürfte es fast unmöglich werden, ihn noch zu besiegen.

Abrupt drehte sich Conelly um, ging zu seinem Thron zurück und klatschte in die Hände. »Quaraan!«

Die Szenerie änderte sich schlagartig. Die großen, schmiedeeisernen Tore, die fast die ganze Südfront der Halle einnahmen, schwangen mit rostigem Quietschen auf. Ein kleines, geschupptes Wesen, halb Mensch, halb Eidechse, erschien mit wieselnden Bewegungen vor dem Thron und senkte unterwürfig den Kopf. Die mächtigen, messerscharf auslaufenden Reißzähne des kaum metergroßen Wesens schienen kräftig genug, einen jungen Baum mit einem einzigen Biß zu teilen.

Genau so hatte Conelly ihn erschaffen wollen. Quaraan stellte in gewisser Hinsicht etwas wie sein Meisterwerk dar, eine deutliche Weiterentwicklung seiner bisherigen Geschöpfe. Bevor Conelly ihn getroffen, in seine magischen Tröge gesteckt und nach seinen Vorstellungen verwandelt hatte, war er ein unauffälliger, kleiner Angestellter gewesen, mit einer nur schwachen paranormalen Begabung, die ihm nicht einmal bewußt gewesen war. Nach dem Verlassen der Tröge jedoch war er ein perfekter Killer geworden, ein Spürhund mit ungeheurer Kraft, der eine einmal aufgenommene Spur niemals verlor, bis er sein Opfer gefunden und getötet hatte.

Und er verfügte über eine ganz besondere Fähigkeit, die erst nach der Umwandlung offen zum Durchbruch gekommen war …

»Du hast mich gerufen, Herr?«

»Wir müssen handeln«, sagte Conelly. Seine Stimme zeigte keine Spur der Gefühlswallung, die in seinem Inneren tobte. »Ich werde noch einmal zu Ulthar gehen«, erklärte er. »Die Fehler, die begangen wurden, lassen sich nicht wieder rückgängig machen, aber noch ist nicht alles verloren. Ulthar ist schon jetzt mächtiger als ich, aber er weiß nichts von dir. Um die Macht seiner Spiegel einzusetzen ist er auf optische Wahrnehmungen angewiesen, deshalb bist du genau der richtige für diesen Auftrag. Bevor er Melissa erwecken und noch mächtiger werden kann, werden wir ihn vernichten. Du wirst ihn dir schnappen, mein kleiner schuppiger Freund.« Er sprang von seinem Thron herab, tätschelte dem Echsenwesen den Kopf und blieb hochaufgerichtet stehen.

Die hornigen Lippen des Geschöpfes verzogen sich zur boshaften Karikatur eines Grinsens. »Wir werden ihn vernichten«, krächzte Quaraan.

»Mitsamt dieser Hexe.« Conelly fuhr herum und ging mit entschlossenen Schritten auf den Ausgang zu. Das Echsenwesen folgte ihm mit kleinen, watschelnden Bewegungen. Sein Schwanz schleifte über den Boden.

Hätte Conelly sich in diesem Moment umgedreht, hätte er vielleicht eine schattenhafte Gestalt in einem Winkel der riesigen Halle wahrgenommen.

Vielleicht.

Vivian hatte Pecos den Weg genau beschrieben. Er parkte die Maschine zwischen überquellenden Müllcontainern und Pappkartons, die abholbereit am Straßenrand standen, sah sich sichernd nach allen Seiten um und huschte dann auf das Hotel zu. Die Rückseite des sechsstöckigen Gebäudes bot einen wesentlich erbaulicheren Anblick als die Front. Die Fenster waren hier meist klein und blind, der Putz fleckig und abgeblättert. Unrat und Papierfetzen bedeckten den kopfsteingepflasterten Hof, und aus einem offenstehenden Fenster im Erdgeschoß drang das helle Klappern von Geschirr und Besteck.

Pecos huschte zur Mauer hinüber, atmete tief ein und überprüfte nacheinander die Fenster, bis er eins fand, das nur angelehnt war. Prüfend rüttelte er an dem schmiedeeisernen Gitter, das davor angebracht war. Es sah nicht übermäßig stabil aus. Das Eisen knirschte, als er mit aller Kraft daran zog, bog sich ächzend nach außen und brach ab. Pecos grinste triumphierend, ging in die Hocke und lugte vorsichtig durch die schmutzverkrustete Scheibe nach drinnen. Er sah einen kleinen, rechteckigen Raum, in dem sich leere Kartons und große, graue Mülltonnen mit Haushaltsabfällen stapelten. Behutsam drückte er das Fenster nach innen und quetschte sich durch die schmale Öffnung.

Hinter sich schob er das Fenster wieder zu, schlich zur Tür und preßte das Ohr gegen das kalte Metall. Das Klirren von Glas und Geschirr, das er schon draußen auf dem Hof wahrgenommen hatte, schien hier lauter zu sein. Dies war nicht das erste Gebäude, in das Pecos durch die Hintertür eindrang, und er wußte, daß zuviel Zögern manchmal schädlich sein konnte. Vorsichtig öffnete er die Tür, sah sich sichernd um und trat dann auf den Gang hinaus. Das leise Knirschen seines Lederanzuges war das einzige Geräusch. Trotz der eisenbeschlagenen Motorradstiefel bewegte sich Pecos mit der Lautlosigkeit einer Katze.

Eine Tür auf der rechten Seite stand offen. Er blieb stehen und sah durch den Spalt. Große Aluminiumkessel und eine Anrichte beherrschten den Raum. Aus einem Kofferradio in der Ecke ertönte gedämpfte Musik, und der Geruch von gekochtem Schweinefleisch hing wie eine erstickende Wolke in der Luft. Offenbar handelte es sich um eine Personalküche.

Pecos zögerte nicht länger. Er betrat den Raum, drückte die Tür hinter sich zu und öffnete mit den zielsicheren Bewegungen eines routinierten Einbrechers die Schubladen. Drei Minuten später trat er wieder auf den Gang hinaus. In den Händen balancierte er ein Tablett mit Suppenschalen und Besteck, und sein schwarzer Motorradanzug war unter einem fleckigen Kittel und groben, grau-weiß-karierten Fleischerhosen verborgen. Er ging zum Aufzug hinüber, drückte den Rufknopf und wartete. Ein Zimmermädchen rauschte an ihm vorbei, ohne ihm mehr als ein flüchtiges Nicken zu widmen. Pecos erwiderte die Geste und unterdrückte ein triumphierendes Grinsen. Die Kleine würde sich sicher nicht an sein Gesicht erinnern. Ein Hotel wie das SHERIDAN war groß genug, daß nicht jeder jeden kennen konnte.

Der Aufzug kam, und Pecos betrat die Kabine. Der gefährlichste Teil des Unternehmens war geschafft. Wenn Sheldon sich an den Zeitplan hielt, mußte dieser Taylor jetzt bereits wohl verschnürt in seinem Wagen liegen.

Die Kabine glitt die Etagen empor und hielt im dritten Stockwerk an. Pecos stieg aus, balancierte das Tablett geschickt mit einer Hand vor sich her und ging zielsicher auf die Zimmertür zu, die Vivian ihm genannt hatte. Er klopfte vorsichtshalber an. Natürlich antwortete niemand. Taylor war also auf den Trick hereingefallen und in die Halle geeilt, um Vivian in Empfang zu nehmen.

Er drückte behutsam die Klinke herunter, öffnete die Tür und huschte in den Raum. Die Suite war größer, als er erwartet hatte. Er schob die Tür hinter sich zu, stellte das Tablett auf den Tisch und sah sich neugierig um. Das Zimmer verriet die Anwesenheit eines Menschen; eine halb geleerte Kaffeetasse stand auf dem Tisch, daneben ein überquellender Aschenbecher neben einer zerlesenen Zeitung. Die Möblierung war teuer und verriet die Hand eines geschickten Innenarchitekten, und die Seidentapeten an den Wänden hatten wahrscheinlich mehr gekostet, als Pecos in einem Monat verdiente. Er spürte eine dumpfe Wut beim Anblick all dieser Kostbarkeiten in sich aufsteigen. Er trat ans Fenster, befühlte mit einer Mischung aus Neugier und Neid den teuren Stoff der Übergardinen und warf aus purem Zerstörungswillen eine Vase um. Das Klirren des zerbrochenen Porzellans schien wie eine Explosion durch den Raum zu hallen und ernüchterte ihn wieder. Er war schließlich nicht hier, um über die Ungerechtigkeit der Welt zu sinnieren.

Mit entschlossenen Schritten ging er in den angrenzenden Schlafraum hinüber. Auf Anhieb entdeckte er auf dem Bett die Handtasche, die Vivian ihm beschrieben hatte. Er war froh, sie so schnell zu finden. Die Suite bot zwar nicht allzu viele Verstecke, aber er verspürte trotzdem keine Lust, die Zimmer jetzt noch gründlich zu durchsuchen. Er ergriff die Tasche, als ihn ein leises, kaum merkliches Geräusch auffahren ließ. In einer reflexhaften Bewegung fuhr er herum, griff unter die Jacke und zog sein Klappmesser hervor.

Das Geräusch schien aus dem Bad gekommen zu sein. Pecos duckte sich, ging mit raschen, lautlosen Schritten durch den Raum und schob die Badezimmertür auf. Die Deckenlampe brannte. Der Geruch eines teuren, unaufdringlichen Parfüms hing in der Luft, und aus dem Wasserkasten lief ein dünner Strahl in das safranfarbene Bekken. Pecos konnte von seinem Standort aus den Raum nicht ganz überblicken, aber der überbreite Spiegel über dem Handwaschbecken zeigte ihm die toten Winkel jenseits der Tür, und das Innere der Duschkabine. Der Raum war leer.

Und dennoch spürte er die Anwesenheit eines Menschen.

Pecos versuchte, das klamme Gefühl, das sich plötzlich in seinem Inneren ausbreitete, zu ignorieren. Er atmete tief ein, stieß die Tür mit einem entschlossenen Ruck weit auf und trat in das geräumige Badezimmer.

Ein leises, amüsiertes Lachen hinter seinem Rücken ließ ihn herumfahren. »Gehen Sie immer in fremde Badezimmer, ohne anzuklopfen?« fragte Vivian Taylor.

Pecos wich mit einem erschrockenen Aufschrei zurück, prallte gegen die gekachelte Wand und ließ das Messer fallen. Sein Blick irrte gehetzt zwischen der schlanken Frauengestalt und dem Spiegel hin und her.

Das Zimmer, er selbst, die halb offenstehende Tür ... Er konnte alles fast überdeutlich erkennen – aber Vivian Taylor war in dem spiegelnden Glas nicht zu sehen.

»Und alles nur wegen einer Handtasche mit ein paar Papieren, auf die es mittlerweile überhaupt nicht mehr ankommt«, sagte Vivian leise. »Soll Vivian Taylor sie ruhig bekommen. Später. Wenn ich mit Ihnen fertig bin.« Sie trat beiseite, machte eine einladende Geste. »Kommen Sie.«

Irgend etwas Großes, Dunkles schien Pecos' Bewußtsein davonzuspülen.

Der Balken vor der Tür zu einem kleinen Nebenraum der alten Fabrikhalle rastete mit metallischem Quietschen in die Halterung ein. Sheldon Porter grinste, klopfte sich den Staub aus der Jacke und wischte sich die Hände an der Hose ab. »Da kommt noch nicht mal ein Elefant heraus«, sagte er überzeugt. Um seine Worte zu untermalen, trat er mit der eisenbeschlagenen Spitze seines Motorradstiefels vor die Tür. Es gab einen dumpfen, hallenden Ton. Ein wenig Kalk rieselte von der Wand herunter; irgendwo löste sich durch die Erschütterung ein Steinchen und fiel zu Boden.

Vivian starrte die geschlossene Eisentür aus brennenden Augen an. Marks Schreie waren zu einem kaum hörbaren Flüstern herabgesunken, nachdem die Tür geschlossen war, aber sie glaubte, sie immer noch in ihren Ohren gellen zu hören. Er hate sich verzweifelt gewehrt, als Sheldon und die anderen damit begonnen hatten, ihm die Kleider auszuziehen, aber gegen die vereinten Kräfte von acht Männern war nicht einmal er angekommen.

»Er ist sicher«, sagte Sheldon, der Vivians Gedanken zu erraten schien. »Ihm kann dort drinnen nichts passieren. Und er kann auch nicht heraus.«

Vivian nickte unmerklich und drehte sich um. Sie ertrug es einfach nicht mehr, die Tür anzustarren.

»Möchte wissen, wo Pecos so lange bleibt«, maulte einer der Männer – John, wenn sie seinen Namen richtig behalten hatte.

»Vielleicht hat er im Hotel ein Zimmermädchen aufgerissen«, feixte Jack, dann wurde er schlagartig ernst. »Oder es ist irgend etwas schiefgegangen.«

»Red kein Blech«, sagte Sheldon streng. »Pecos kann auf sich aufpassen.« Er bückte sich, hob die Anzugjacke vom Boden auf und zwängte sich ächzend hinein. Vivian musterte ihn mit verhaltenem Lächeln. Irgendwie wirkte er in Marks Anzug, der ihm um mehrere Nummern zu klein war, lächerlich.

»Als Dressman würdest du verhungern«, spottete Jack.

Sheldon bedachte ihn mit einem bösen Blick und überprüfte nacheinander die Taschen des Anzugs. »Das gebe ich wohl besser Ihnen«, sagte er und reichte Vivian Marks Brieftasche und Portemonnaie. »Bei dem vielen Geld käme ich nur in Versuchung, und mit den Ausweisen könnte ich höchstens einen Blinden täuschen. He, was ist das denn?« Er zog eine Kette mit einem Anhänger aus der Außentasche des Jacketts. »Da Ihr Mann solchen Schmuck wohl kaum trägt, war es vermutlich als Überraschung für Sie geplant.«

»Mein Amulett!« Vivian griff hastig danach. Kaum hielt sie es in der Hand, spürte sie wieder das vertraute, beruhigende Pulsieren des Medaillons. Sie hängte es sich um den Hals. Also hatte es sich wirklich nicht um einen normalen Straßenraub gehandelt, sondern Ulthar hatte es ihr entwenden lassen und es Marks Spiegelbild gegeben.

»Was ist das?« erkundigte sich Sheldon neugierig.

»Ein Andenken«, erklärte Vivian ausweichend. Wenn sie erzählte, daß es ihr half, ihre paranormalen Fähigkeiten gezielter einzusetzen, würde das den ohnehin schon viel zu großen Übermut ihrer Begleiter nur noch mehr anstacheln. »So etwas wie ein Glücksbringer.«

Sheldon zuckte mit den Schultern, band sich ungeschickt die Krawatte um und verzog das Gesicht. »Muß dieser Mummenschanz wirklich sein?«

»Wir müssen irgendwie an Ulthar herankommen«, sagte Vivian. »Sie sehen Mark zwar nicht sonderlich ähnlich, aber ich hoffe, Ulthar läßt sich täuschen. Wahrscheinlich wird er nicht zu genau hinsehen, wenn er glaubt, Mark brächte mich als Gefangene zurück.

Schließlich rechnete er ja damit, nach der Falle, die er mir im Hotel gestellt hat.«

»Ich hoffe es.« Sheldons Lächeln verschwand übergangslos. »Ich brenne darauf, mich mit diesem Herren zu unterhalten. Wenn er mir keine sehr gute Erklärung dafür geben kann, was mit Frank passiert ist ...«

»Wenn Sie dazu kommen, ihn zu fragen«, sagte Vivian düster. »Ich habe bislang noch keine Ahnung, was wir gegen Ulthar unternehmen sollen, selbst wenn wir an ihn herankommen.«

»Im Zweifelsfalle«, sagte Jack lakonisch, »hauen wir ihm einfach so lange in die Fresse, bis er aufgibt.«

Vivian starrte den Rocker an, schwieg aber auch jetzt. Diese zu groß geratenen Kinder würden nie begreifen, daß man gegen jemanden wie Ulthar nicht wie gegen irgendeinen normalen Menschen kämpfen konnte – sofern man es überhaupt konnte. Es war Wahnsinn, sie auf ihn zu hetzen, fast schon glatter Mord. Aber sie wußte auch, daß Sheldon und seine Leute auf jeden Fall hinausfahren würden, um sich für Franks Schicksal zu rächen, und trotz aller Gewissensbisse war sie auch froh über die Unterstützung. Allein hatte sie gegen Ulthars Meute nicht die leiseste Chance.

Irgendwie erschien ihr die Vorstellung absurd. Sie stand hier, inmitten einer Gruppe jugendlicher Motorradfahrer, die nicht einmal wirkliche Rocker waren, sondern höchstens eine Gang zu spielen versuchten, inmitten der modernsten Stadt der Welt, im Herzen des mächtigsten Kontinents der Erde, und bereitete sich auf einen Kampf mit Mächten vor, die ihre Wurzeln irgendwo im finsteren Mittelalter zu haben schienen – zumindest aber dort wesentlich besser hingepaßt hätten.

Das Geräusch eines sich nähernden Motorrads unterbrach ihre Gedanken. »Pecos kommt«, rief einer der an der Tür postierten Männer.

»Wurde auch Zeit«, knurrte Sheldon.

Sie setzten sich gemeinsam in Richtung Ausgang in Bewegung. Der Boden war mit Schutt und heruntergestürzten Balken und Trümmern übersät. Jeder ihrer Schritte wirbelte Staubwolken auf, und angesichts der riesigen Dimensionen der Halle fühlte sich Vivian plötzlich noch kleiner und hilfloser als zuvor. Sie war froh, das Fabrikgebäude verlassen zu können.

Pecos stieg schnaufend von seiner Maschine, als sie auf den Hof hinaustraten. In der rechten Hand schwenkte er triumphierend die Handtasche.

»Du hast dir ja mächtig Zeit gelassen«, schnappte Sheldon. »Wir dachten schon, du hättest dich irgendwo zu einem gemütlichen Mittagsschläfchen niedergelassen.«

»Ich hab das Ding doch gebracht, oder?« gab Pecos gereizt zurück. Er warf Vivian die Tasche zu und setzte seinen Helm ab. »Steig doch das nächste Mal selbst ein, wenn du wieder mal was gestohlen haben willst.«

Vivian öffnete die Tasche und kontrollierte den Inhalt, ohne weiter auf das Wortgefecht zu achten, das sich zwischen Sheldon und Pecos entspannte. Es war alles vorhanden, vor allem ihre Papiere, und wenn sie diese auch zumindest im Moment nicht brauchte, so vermittelte es ihr doch ein beruhigendes Gefühl, sich ausweisen zu können und dank Marks Bargeld sowie seiner und ihrer Kreditkarten jederzeit in der Lage zu sein, etwas zu kaufen, sich irgendwo ein neues Hotelzimmer zu nehmen oder auch zu fliehen, wenn es gar nicht mehr anders ging.

Sie schob den Gedanken beiseite, schloß die Tasche wieder und sah Sheldon an. »Wir können fahren.«

Sheldon nickte. »Okay. Pecos – du bleibst hier und paßt auf unseren Gefangenen auf. Wenn wir bis Sonnenaufgang nicht wieder hier sind, laß ihn laufen. Jack, Steven – ihr fahrt mit mir und Vivian im Wagen. Die anderen kommen mit den Maschinen nach. Aber denkt daran – nicht zu dicht.« Nachdem er sich davon überzeugt hatte, daß alle seine Berichte verstanden hatten, ging er von Vivian, Jack und Steven gefolgt zum Wagen hinüber. Er klemmte sich hinter das Steuer, startete den Motor und fuhr mit quietschenden Reifen an.

Vivian beobachtete ihn unauffällig. Sie merkte, daß seine Mundwinkel zuckten, und er mit seinem Finger immer wieder kleine, unbewußte Bewegungen ausführte. Er war nervös, auch wenn er es auf keinen Fall zugegeben hätte.

Als sie den Fabrikhof verließen, drehte sich Vivian um und warf dem verlassenen Komplex einen letzten Blick zu. Die übrigen Mitglieder der Gruppe schwangen sich gerade auf ihre Maschinen, um dem Wagen zu folgen, aber Vivian sah die Männer kaum. Sie sah auch nicht die grauen, verfallenen Mauern der Fabrik. Vor ihren Augen stand immer noch das Bild Marks: An Händen und Füßen gefesselt, nackt bis auf Socken und Unterwäsche und eingesperrt in einem feuchten, kalten und finsteren Raum, aus dem er sich aus eigener Kraft nie würde befreien können. Sie wußte, daß dieser Mann nicht Mark war, aber er hatte sie mit seinen Augen gesehen, sie mit seiner Stimme angefleht …

»Sie denken immer noch an Ihren Mann, nicht wahr?« fragte Sheldon plötzlich.

Vivian sah verwirrt auf.

Sheldon nickte. »Ich kann sie verstehen. Ich … selbst habe die Veränderung gespürt. Dieser Mark Taylor, den wir da eingesperrt haben, ist kein Mensch mehr. Das Teuflischste an allem ist nur, daß er noch genauso aussieht. Aber diese … diese Wesen, die Ulthar erschafft, sind irgendwie *anders*.«

»Sie sind nur Kopien«, entgegnete Vivian leise. »Schlechte Kopien. Spiegelbilder.«

»Vielleicht«, murmelte Sheldon, »gibt es doch so etwas wie eine Seele.« Er lächelte unsicher. »Hört sich albern an, aus meinem Mund, nicht wahr?«

Vivian schüttelte den Kopf. »Das tut es nicht. Vielleicht haben Sie sogar recht, Sheldon. Vielleicht ist es das, woran man sie erkennen kann – sie haben keine Seele, wenn es so etwas wirklich gibt.«

Seine Stimme zitterte unmerklich. »Ob mit ... mit Frank das gleiche passiert ist?« fragte er stockend. »Ob wir anstelle von Frank auch nur so eine ... *Kreatur* finden, die wie er aussieht?«

Vivian antwortete nicht sofort.

»Sie glauben es«, sagte Sheldon, als Vivian eine Weile geschwiegen hatte. »Und ich glaube es auch. Ich .. fühle, daß Frank etwas zugestoßen ist.«

»Sie fühlen es?«

Sheldon lächelte unsicher, aber es war ein Lächeln, dem jede Spur von Freude oder Humor fehlte. »Es ist einfach nur ein Gefühl. Frank ist immerhin mein Bruder. Er und ich haben uns immer sehr nahe gestanden und ... es klingt vielleicht lächerlich, aber manchmal konnten wir gegenseitig spüren, wenn der andere in Schwierigkeiten steckte. Einfach so, verstehen Sie?«

Vivian nickte. »Aber selbst wenn Ihr Bruder in Ulthars Falle gegangen ist, bedeutet das noch nicht, daß wir auf sein Ebenbild treffen«, sagte sie. »Ich glaube nicht, daß Ulthar die Spiegelbilder aller seiner Gefangenen zum Leben erweckt, sonst müßte er bereits über eine riesige Armee verfügen, die sich kaum lange verstecken ließe. Er wird eine Auswahl der Personen treffen, die ihm für den Moment besonders nützlich erscheinen.«

Sheldon reagierte nicht auf ihre Worte, und Vivian begriff, daß er nicht weiter über dieses Thema reden wollte. Wahrscheinlich hatte er schon viel mehr gesagt, als er eigentlich wollte. Statt dessen konzentrierte er sich wieder auf den Verkehr, schaltete, gab Gas und überholte einen langsameren Wagen. Die Verkehrsdichte nahm allmählich ab. Vivian versuchte, sich zu orientieren, aber sie war diesen Weg erst einmal gefahren, noch dazu bei Dunkelheit. »Ist es noch weit?«

»Ein paar Meilen. Vielleicht zehn Minuten.« Sheldon fingerte nervös am Lenkrad herum und beschleunigte abermals. Der altersschwache Wagen wurde mit protestierend kreischendem Motor schneller.

16

Ganz im Gegensatz zu seinen sonstigen Gewohnheiten kam Jeremy an diesem Tag zum Mittagessen nach Hause. Er hupte zweimal kurz, als er den Wagen in die Garage fuhr, stieg dann aus und kam lächelnd ins Haus. Mary-Lou erwartete ihn im Wohnzimmer. Jeremy lächelte sanft, als er den Raum betrat.

»Du bist schon da?« fragte Mary-Lou.

Jeremy stellte seine Aktentasche in die Ecke, eilte auf seine Frau zu und umarmte sie herzlich. Mary-Lou erschauderte unwillkürlich. »Ich habe mir den Rest des Tages frei genommen«, erklärte er. Er trat zurück, hielt sie auf Armeslänge von sich und sah sie ernst an. »Ich glaube, ich habe mich ziemlich grob benommen, heute nacht«, sagte er leise. »Es tut mir leid, Liebling.« Als er den abweisenden Ausdruck in Mary-Lous Augen bemerkte, fügte er etwas lauter hinzu: »Vergiß es, bitte. Ich wollte dich nicht kränken, wirklich, aber ich hatte gestern einen ziemlich schweren Tag. Dazu noch der Empfang bei Conelly, der endlose Smalltalk mit allen möglichen Leuten – ich war gestreßt und habe mich wohl ziemlich gehen lassen. Sei mir nicht mehr böse, ja? Dafür machen wir uns heute einen gemütlichen Nachmittag.«

Für einen Moment wünschte sich Mary-Lou nichts sehnlicher, als ihm zu glauben, aber sie konnte es nicht. Jetzt nicht mehr.

»Kannst du tatsächlich ein paar freie Stunden mit deiner Arbeit vereinbaren?« erkundigte sie sich bitter. Die Worte taten ihr fast augenblicklich wieder leid, aber sie waren ihr einmal herausgerutscht und ließen sich nicht wieder rückgängig machen.

Ein flüchtiger Schatten schien über Jeremys Gesicht zu ziehen, und für einen winzigen Augenblick stand wieder der gleiche harte Glanz in seinen Augen wie am Morgen. Aber seine Stimme klang sanft, als er antwortete. »Die Nacht war lang genug, Schatz. Ich habe mir einen halben Tag Urlaub mehr als redlich verdient. Sind die Kinder noch in der Schule?«

Mary-Lou schaute ihn einen Moment lang fast traurig an. »Hast du schon vergessen, daß sie mit ihrer Klasse bis Ende der Woche ins Ferienlager gefahren sind?«

»Entschuldige, daran habe ich tatsächlich nicht mehr gedacht.« Jeremy wirkte für einen Moment irritiert. Er drehte sich um, ging zur Bar und schaltete im Vorübergehen die Stereoanlage ein. Leise Gitarrenmusik klang durch den Raum. »Möchtest du auch etwas trinken?« fragte er.

Vor Mary-Lous Augen erschien das Bild eines achtlos weggeworfenen Metallverschlusses. Sie schüttelte den Kopf. »Nein. Ich – ich habe noch in der Küche zu tun. Entschuldige mich bitte.«

Jeremy drehte sich langsam um. Er hatte sich einen Whisky eingeschenkt, und seine Finger umklammerten das Glas so fest, daß die Knöchel weiß hervortraten. »Ich habe mir nicht extra frei genommen, um dir beim Arbeiten zuzusehen«, sagte er.

»Es .... es dauert nicht lange«, beharrte Mary-Lou. »Ich muß nur nach dem Kuchen sehen. Er verbrennt sonst. Oder ißt du gerne angebrannten Sandkuchen?«

»Gut. Aber beeil dich, bitte. Ich habe mich auf den Nachmittag mit dir gefreut.«

Mary-Lou nickte, drehte sich herum und ging zur Tür. Sir Winston, der Burma-Kater, den Jeremy ihr vor drei Jahren zum Geburtstag geschenkt hatte, kam über das Fensterbrett geturnt, strich in typischer Katzenmanier um ihre Beine und bewegte sich schnurrend auf Jeremy zu. Doch noch während er sich näherte, ging eine seltsame Veränderung mit dem Tier vor sich. Es blieb stehen, legte die Ohren an und stellte den Schwanz kerzengerade auf. Mary-Lou hörte, wie das sanfte Schnurren Sir Winstons in ein dumpfes, drohendes Grollen überging. Wie eine Doppelreihe winziger Klappmesser erschienen die Krallen an seinen Samtpfoten.

Jeremy runzelte die Stirn, ging auf den Kater zu und bückte sich, um ihn wie gewohnt zu streicheln. Sir Winston fauchte, machte einen Buckel und schlug nach seiner Hand, ehe er auf der Stelle herumfuhr und mit einem Satz aus dem Fenster war.

Mary-Lou starrte ihm verwirrt nach.

»Was ist denn mit dem verdammten Vieh los?« brummte Jeremy. Er hatte den Zeigefinger in den Mund gesteckt und schien daran zu lutschen. Wahrscheinlich hatte Sir Winston ihn gekratzt.

Mary-Lou hob in einer hilflosen Geste die Schultern. »Ich habe keine Ahnung. Als er vorhin bei mir in der Küche war, schien er ganz normal. Vielleicht hatte er Streit mit Johnsons Schäferhund.«

»Oder es ist ein anderer Kater aufgetaucht«, sagte Cramer grinsend, ohne den Finger aus dem Mund zu nehmen.

Mary-Lou starrte ihren Mann schockiert an. Während

der vergangenen Stunden hatte sie sich beinahe unentwegt gefragt, ob sie sich nicht getäuscht, sich nur etwas eingebildet hatte. Die Begegnung mit dieser Vivian Taylor und die Erkenntnis, daß die Frau allem Anschein nach wirklich über paranormale Fähigkeiten zu verfügen schien, Vivians Ohnmacht bei der Séance, später dann die vergeblichen Versuche, Jeremy zu erreichen und sein sonderbares Verhalten nach seiner Rückkehr hatten Mary-Lou zutiefst verunsichert, aber je mehr Zeit verstrich, desto stärker waren ihre Zweifel geworden, ob sie sich nicht nur in etwas hineingesteigert hatte, und Jeremy lediglich überarbeitet gewesen war. Jetzt aber wußte sie, daß dies nicht der Fall war. Der weggeworfene Verschluß und seine abweisende Art hätten vielleicht wirklich noch bloß Zeichen von Streß und Erschöpfung gewesen sein können, doch schlüpfrige Witze dieses Niveaus widersprachen völlig Jeremys Charakter. In all den Jahren, die sie ihn schon kannte, hatte er niemals eine obszöne Bemerkung gemacht, fand es sogar außerordentlich widerlich, wenn in seiner Gegenwart von anderen oder im Fernsehen welche gemacht wurden.

Der Mann, der Mary-Lou gegenüberstand, sah zwar genau aus wie Jeremy, dennoch unterschied er sich völlig von dem Mann, den sie kannte und liebte. In seinem Innern hatte er eine schreckliche Verwandlung durchgemacht. Mary-Lou fuhr auf dem Absatz herum, stürmte aus dem Zimmer und rannte in die Küche.

Jeremy stürmte hinter ihr her. Unter seinen Schritten schien das Haus zu beben. »Mary-Lou!« Seine Stimme war scharf, schneidend, ein Befehl, dem sie sich einfach nicht widersetzen konnte. Sie blieb stehen, schloß die Augen und ballte hilflos die Fäuste. »Mary-Lou, was, zum Teufel, ist eigentlich mit dir los?« fragte Jeremy. Er riß sie grob an den Schultern herum und funkelte sie wütend an. »Verdammt noch mal, sag endlich etwas!«

Sie versuchte schwach, sich aus seinem Griff zu befreien, aber es war aussichtslos. Jeremys Hand war wie ein Schraubstock. Sie stöhnte vor Schmerz und plötzlicher Angst, schlug in einem blinden Reflex nach seinen Händen und taumelte zurück, als er abrupt losließ. Seine Haut hatte sich kalt und hart angefühlt.

»Mary-Lou!« Jeremy trat erneut auf sie zu, berührte sie, diesmal sanft, an der Schulter und legte seine Hand unter ihr Kinn, hob es an, so daß sie gezwungen war, ihn anzusehen. »Was ist denn heute bloß mit dir los?« fragte er leise.

»Nichts. Wirklich ... ich ... ich fühle mich nicht sehr wohl, das ist alles.«

Jeremy schien sich mit dieser Erklärung zufriedenzugeben, aber Mary-Lou hatte den Eindruck, als ob es ihn in Wirklichkeit überhaupt nicht interessierte, sondern auch nur Teil der Rolle war, die er spielte. »Soll ich einen Arzt rufen?« fragte er.

Mary-Lou schüttelte schwach den Kopf. »So schlimm ist es nicht.«

»Na dann ...« Er zuckte mit den Achseln. »Ich werde dir ein wenig in der Küche helfen.« Er bewegte die Hände, fuhr sich mit einer fahrigen Geste über die beginnende Stirnglatze und suchte in seiner Jackentasche nach Zigaretten. Als er die Hand wieder herauszog, sah Mary, daß sein Finger unversehrt war. Sir Winstons Krallen hatten nicht den leisesten Kratzer darauf hinterlassen. Und plötzlich fiel ihr wieder ein, wie seltsam sich seine Haut angefühlt hatte.

Kalt. Hart und unnachgiebig. Nicht wie menschliche Haut, sondern wie Metall – nein, wie Glas, verbesserte sie sich gleich darauf selbst.

»Du ... du brauchst mir nicht zu helfen«, sagte sie und versuchte zu lächeln, doch sie spürte, daß es zu einer Grimasse wurde. »Du weißt doch, viele Köche verderben den Brei.«

Sie wandte sich um, eilte fast fluchtartig in die Küche und registrierte erleichtert, daß Jeremy ihr nicht folgte. Sie zündete sich eine Zigarette an, nahm mit mechanischen Bewegungen die Kuchenzutaten aus dem Schrank und begann mit der Zubereitung, damit Jeremy keinen Verdacht schöpfte. Währenddessen überlegte sie, was sie tun sollte. Solange sie nicht wußte, was überhaupt mit Jeremy los war, konnte sie sich nicht einmal an seine Dienststelle wenden. Man würde sie nicht ernst nehmen, sondern im günstigsten Fall für überspannt halten, wenn sie behauptete, Jeremy hätte sich verändert. Was hatte sie schon vorzuweisen, außer daß er sich unfreundlich verhielt, den Verschluß einer Milchflasche wegwarf und eine obszöne Bemerkung gemacht hatte? Sie würde sich lächerlich machen.

Was hatte Vivian Taylor gesagt? Es wäre gut, daß die Kinder nicht zu Hause wären. Genau das empfand auch Mary-Lou in diesem Moment.

Das Telefon schrillte. Das Geräusch kam ihr überlaut vor, riß sie aus ihren Gedanken und ließ sie zusammenzucken, so daß sie fast die Zigarette fallengelassen hätte. Sie trat vom Herd zurück und wollte gewohnheitsgemäß ins Wohnzimmer eilen, ehe ihr bewußt wurde, daß Jeremy ja zu Hause war. Sie hörte, wie er aufstand, mit schweren Schritten zum Apparat ging und den Hörer abhob. Sie konnte nicht hören, was er sagte, aber seine Stimme klang erregt.

Mary-Lou drückte die Zigarette im Aschenbecher aus, schob die Küchentür einen Spalt breit auf und spähte vorsichtig ins Wohnzimmer. Jeremy stand mit dem Rücken zu ihr vor dem Tisch, hielt den Hörer gegen das Ohr gepreßt und schien aus dem Fenster zu starren. Seine freie Rechte bewegte sich aufgeregt, wie um seine Worte zu untermalen. »Komme gleich selbst rüber ...« verstand Mary-Lou. »Nein, unternehmt nichts. Wir beobachten nur ... ja, genau .. Ulthar wünscht nicht, daß wir eingreifen ...«

Mary-Lou ließ die Tür zugleiten und runzelte die Stirn. Jeremy hatte erregt geklungen, aber gleichzeitig unterwürfig und beinahe ängstlich. Seine Stimme hatte einen Klang gehabt, den sie noch nie zuvor gehört hatte. Einen Moment war Mary-Lou versucht, ins Wohnzimmer zu eilen und Jeremy zur Rede zu stellen. Aber sie wußte, daß sie damit alles nur verschlimmern würde. Das erstikkende Gefühl, einen Fremden im Haus zu haben, verstärkte sich noch. Sie versuchte, sich Jeremy vorzustellen, wie er jetzt wenige Meter hinter ihr stand und ins Telefon sprach. Sie konnte es nicht. Sein Gesicht schien sich ihrer Vorstellung immer wieder zu entziehen, sie sah nichts als eine leere weiße Fläche.

Schritte ließen sie auffahren, sie eilte zum Herd zurück und beugte sich in gespielter Konzentration über den Kuchenteig, als Jeremy die Tür öffnete. »Ich muß noch einmal fort«, sagte er. »Es tut mir leid, daß aus unserem gemütlichen Nachmittag nichts wird. Vielleicht ein anderes Mal.«

Sie antwortete nicht, aber Jeremy schien dies auch gar nicht von ihr erwartet zu haben. Er drehte sich um, verließ die Küche und stapfte mit schweren Schritten durch die Diele.

Mary-Lou wartete, bis sie das Geräusch der aufgleitenden Garagentür hörte. Dann streifte sie eilig ihre Schütze ab, stürzte aus der Küche und in die Garage, wo sie in ihren kleinen, roten Sportwagen stieg und Jeremy in geraumem Abstand in westlicher Richtung folgte. Sie mußte herausfinden, was mit ihm geschehen war, und vielleicht würde es ihr auf diese Art gelingen.

Er würde sich vermutlich halbtot lachen, wenn er wüßte, daß seine Frau dabei war, auf eigene Faust Privatdetektiv zu spielen, aber das war ihr gleichgültig. Sie folgte ihm ohne große Mühe quer durch die Stadt zu einer verlassenen Fabrik im Westen New Yorks. Dort stieg Jeremy aus, verschwand im Gebäude und kehrte wenige Augenblicke später in Begleitung zweier fremder Männer zurück. Einer von ihnen war wie ein Rocker gekleidet, der andere hatte sich Jeremys Trenchcoat um die Schultern gehängt. Darunter war er seltsamerweise bis auf Socken und Unterwäsche nackt. Nach einigen Sekunden erst erkannte Mary-Lou, daß es sich bei dem Mann um Mark Taylor handelte.

Ihre Verwirrung wuchs mit jeder verstreichenden Minute. Sie konnte sich keinen Reim auf das Geschehen machen.

Jeremy war schon lange nicht mehr im aktiven Dienst tätig. Als Chef des New Yorker FBI war er in erster Linie für die administrative Arbeit verantwortlich – er war sozusagen das Gehirn des Ganzen. Jeremy hatte sich schon oft darüber beklagt, daß er praktisch den ganzen Tag hinter seinem Schreibtisch sitzen und Papierberge wälzen mußte. Um so erstaunlicher war es, daß er jetzt offensichtlich auf eigene Faust handelte. Jeremy hatte ihr eine Menge Tricks verraten, mit denen man Verfolger – auch solche, die ihr Handwerk verstanden – erkennen konnte, und Mary-Lou hatte nach etwaigen Begleitern Jeremys Ausschau gehalten. Aber es gab keine. Was immer er vorhatte – offensichtlich waren nur er und die beiden Männer aus der Fabrik daran beteiligt.

Sie fuhren ein Stück die gleiche Strecke zurück, die sie gekommen waren, und fuhren dann weiter südwärts, um auf der Interstate 278 nach Westen abzubiegen, über Staten Island nach Brooklyn. Mary-Lou ließ ihren Wagen ein wenig zurückfallen. Es war ohnehin ein Wunder, daß Jeremy sie nicht längst erkannt hatte. Auch wenn sie ein paar Tricks von ihm gelernt hatte, war sie nur ein Amateur, er hingegen ein Profi. Außerdem kannte er ihren

Wagen, und schon daß machte eine unauffällige Verfolgung fast unmöglich.

Nach einer Weile bog Jeremy in eine schmale, kaum befestigte Seitenstraße, die geradewegs zum Strand hinunter führte.

Mary-Lou fuhr an der Abzweigung vorbei, wendete und folgte Jeremy in noch größerem Abstand. Schließlich hielt sie an, kramte eine Zigarette aus der Tasche und schaltete den Motor aus. Sie wußte, wohin diese Strecke führte – nach Coney Island, aber sie konnte sich beim besten Willen nicht vorstellen, was Jeremy dort zu suchen hatte. Einen Augenblick lang spielte sie mit dem Gedanken, einfach zurückzufahren und das Ganze zu vergessen. Sie benahm sich wahrscheinlich unglaublich albern. Aber sie war schon zu weit gegangen, um jetzt noch aufzuhören.

Sie rauchte ihre Zigarette zu Ende, startete den Motor und fuhr langsam weiter.

Die Gestalt bewegte sich wie ein lautloser Schatten durch den Gang; ein großer, dunkler Umriß von nicht genau zu erkennenden Konturen, dessen Schritte auf dem polierten Boden nicht das leiseste Geräusch zu verursachen schienen. Manchmal warfen die an den Wänden befestigten Spiegel sein Bild zurück, aber auch dieser Reflex wirkte irgendwie verzerrt, entstellt, so, als wären selbst die unbestechlichen Spiegel nicht in der Lage, das wahre Aussehen der Erscheinung zu erfassen.

Conelly blieb stehen und versuchte, das seltsame Gefühl, das von ihm Besitz ergriffen hatte, näher zu ergründen. Die endlosen labyrinthisch verzweigten Gänge und Räume, durch die er während der vergangenen Minuten gegangen war, beunruhigten ihn. Er spürte die ungeheure Macht, die diesen Spiegeln innewohnte, aber zum erstenmal fühlte er auch, wie fremdartig diese Macht war, völlig anders als seine eigene oder die anderer paranormal begabter Menschen, so fremd, daß unmöglich Ulthar allein sie geschaffen haben konnte. Zum erstenmal fragte sich Conelly, mit welchen Kräften sich der Magier möglicherweise eingelassen hatte.

Der Gedanke verstärkte seine Beunruhigung noch. Er trat dicht an einen der deckenhohen Spiegel heran, streckte die Hand aus und berührte ihn leicht mit den Fingerspitzen. Das Kristallglas fühlte sich unnatürlich kalt an, fast eisig, obwohl es im Inneren des Labyrinths eher warm war. Conelly starrte einen Moment lang sein eigenes Spiegelbild an, und ein seltsames, nie gekanntes Gefühl, das fast so etwas wie Angst zu sein schien, stieg in ihm empor. Er versuchte, mit seinen Para-Sinnen hinter den Spiegel zu schauen, das Geheimnis, das in der kalt glänzenden Glasplatte verborgen war, zu ergründen, aber er schaffte es nicht. Seine tastenden Gedankenfühler schienen auf ein unsichtbares Hindernis zu stoßen. Zorn wallte in Conelly auf. Er konzentrierte sich und versuchte noch einmal, die unbegreifliche Barriere zu durchbrechen, aber wieder war da diese Mauer, die seinen Vorstoß bremste und seine Kraft zurückwarf. Es war kein Widerstand, wie er ihn kannte, keine Mauer, die er greifen und zerbrechen konnte. Diese fremde, seltsame Kraft schien seine wütenden Vorstöße genauso mühelos zurückzuwerfen, wie der Spiegel einen Lichtstrahl reflektierte.

Wütend trat Conelly noch näher an den Spiegel heran und schlug mit der Faust dagegen. Es gab einen peitschenden, schmerzhaften Ton, der die Wände des Ganges zum Bersten zu bringen schien. Das Glas vibrierte unter der Wucht des Schlages, aber es zerbrach nicht. Conelly starrte den Spiegel noch einige Sekunden lang wütend an, dann drehte er sich abrupt um und stürmte den Gang hinunter. Das Bewußtsein, einen schrecklichen Fehler begangen zu haben, vertiefte sich. Er hatte geglaubt, Ulthar nun endlich richtig einschätzen zu können, aber der Magier hatte seine wirkliche Macht noch nicht einmal gezeigt.

»Halt dich bereit, Quaraan«, flüsterte Conelly. »Du weißt, was du zu tun hast.«

»Ja, Herr«, antwortete eine unhörbare Stimme in seinem Kopf. Ein flüchtiger, verschwommener Schatten entstand hinter ihm, um gleich darauf wieder zu verschwinden. Das war Quaraans besondere Fähigkeit, die ihn für Conelly unersetzlich machte: Er war in der Lage, sich jeder Umgebung so perfekt anzupassen, daß es einer Unsichtbarkeit gleichkam. Solange er sich so nah bei ihm aufhielt, wurde auch Conelly zum Teil darin einbezogen. Im Gegensatz zu Quaraan wurde er nicht auch vollständig unsichtbar, aber er war wesentlich schwerer zu erkennen, vor allem, wenn er sich in dunklen Ecken und Nischen verbarg. Auf diese Art waren sie unbemerkt bis nach Coney Island gekommen. Hier jedoch, im Inneren des Kabinetts, wo es keinerlei Möglichkeit gab, sich zu verstecken, nutzte ihm diese Fähigkeit nicht viel. Aber er hatte ja auch nicht vor, sich selbst unbemerkt an Ulthar heranzuschleichen. Wichtig war nur, daß der Magier Quaraan nicht zu früh entdeckte.

Er öffnete eine Tür und trat in den dahinterliegenden Raum. Hinter ihm schlug die Tür krachend zu, noch bevor auch Quaraan eintreten konnte.

Ulthar schien ihn erwartet zu haben, zumindest zeigte er keinerlei Spuren von Überraschung oder Erschrecken, als Conelly so plötzlich vor ihm auftauchte.

»Du bist also zurückgekommen«, sagte er ruhig. »Das war zu erwarten, aber ich hätte nicht erwartet, daß du dich allein noch einmal hierherwagst. Es sei denn, du bist gekommen, um mich um Frieden zu bitten und dich mir zu unterwerfen.«

Conelly lachte auf. »Du bist verrückt, alter Mann. Ich soll mich dir unterwerfen? Ich bin hier, um dich zu töten.«

Noch während er sprach, zog er ein Messer aus der Tasche und sprang vor. Doch statt den Magier zu fassen zu bekommen, prallte er gegen irgend etwas Hartes und wurde zurückgeschleudert.

Ulthars dröhnendes Gelächter erfüllte die Luft. Er ging durch den Raum, lehnte sich an den Tisch und musterte Conelly aus kalten, mitleidslosen Augen. »Hast du geglaubt, ich hätte mich nicht auf deinen Besuch vorbereitet, Conelly?« fragte er fast mitleidig. »Hast du wirklich angenommen, ich wäre so dumm, mich dir schutzlos auszuliefern, nachdem ich dich bis hierher kommen gelassen habe?«

Conelly brüllte in sinnloser Wut auf, sprang vor und prallte erneut klirrend gegen ein unsichtbares Hindernis.

»Spiegel!« keuchte er. »Du bist ebenfalls nur ein ...«

»Selbst du hast es nicht gemerkt«, fiel ihm Ulthar lächelnd ins Wort. »Du bist mir in den vergangenen Tagen nicht ein einziges Mal wirklich nahe gekommen, Monstermacher.«

»Du hast alles geplant«, keuchte Conelly. »Du hast von Anfang an vorgehabt, mich in deine Gewalt zu bringen.«

»Eine direkte Konfrontation mit dir hätte mich nur von wichtigeren Dingen abgehalten. Ich hatte gehofft, dich noch ein wenig länger täuschen zu können«, gestand Ulthar. Sein Blick wurde plötzlich hart. »Aber das macht jetzt nichts mehr, Conelly. Ich habe dich da, wo ich dich haben wollte. Du sitzt in der Falle.«

Plötzlich, von einer Sekunde auf die andere, wurde es dunkel. Conelly keuchte überrascht auf, warf sich herum und prallte gegen eine kühle, glatte Wand. Zwei, drei

Sekunden lang schlug er wütend gegen das unsichtbare Hindernis, bevor er einsah, daß er hier mit bloßer körperlicher Gewalt nicht weiterkam. Er trat zurück, stieß ein wütendes Knurren aus und richtete seine paranormale Kraft gegen die Barriere.

Das Ergebnis war – Chaos.

Ein greller, unerträglich heißer Blitz schien ihn einzuhüllen. Er schrie, brüllte vor nie gekanntem Schmerz und wälzte sich in Agonie auf dem Boden. Jede einzelne Nervenfaser, jede Zelle seines Körpers schien in Flammen zu stehen. Flüssige Lava kroch durch seine Adern, brachte sein Blut zum Kochen und schien seinen Körper sprengen zu wollen. Es war seine eigene Kraft, die auf ihn zurückgeworfen wurde und ihn zu vernichten drohte.

Nach einer Ewigkeit erst begann der Schmerz langsam zu verebben.

Conelly fand sich zusammengekrümmt am Boden liegend, gedemütigt wie nie zuvor. Er versuchte aufzustehen, aber der Schmerz kam wieder und zwang ihn erneut auf Hände und Knie herunter.

»Du siehst, Monstermacher, auch deinen Kräften sind Grenzen gesetzt«, vernahm er Ulthars scheinbar aus dem Nichts ertönende Stimme.

Conelly stöhnte. »Ich ... ich werde dich vernichten«, preßte er hervor. »Ich kriege dich, und dann werde ich dich töten!«

»Nichts wirst du, Conelly«, gab Ulthar ruhig zurück. »Deine Macht ist gebrochen. Du wirst nie wieder herrschen. Niemand kann meinen Spiegeln entkommen.« Er kicherte. »Das kannst du nun am eigenen Leib erfahren. Versuch ruhig, dich zu befreien. Ich habe Wichtigeres zu tun, als meine Zeit mit dir zu vergeuden. Es interessiert dich sicher, daß Vivian Taylor gerade gefangen zu mir gebracht wird.«

»Ulthar!« Conelly sprang, den aufflammenden

Schmerz ignorierend, auf die Füße und hämmerte wütend gegen die Wände. Aber der Magier meldete sich nicht mehr.

»Quaraan«, stöhnte Conelly. »Quaraan, hörst du mich?«

Langsam, ganz langsam nur begriff Conelly, daß er wirklich gefangen war.

17

Coney Island tauchte wie ein monströses Ungeheuer am Horizont auf. Selbst jetzt, am hellen Tag, schien die Insel finster und drohend.

»Okay«, murmelte Sheldon. »Runter jetzt.«

Vivian hörte, wie Jack und Steve sich hinter die Sitzlehne bückten, um nicht sofort entdeckt zu werden. Sie widerstand der Versuchung, sich umzudrehen.

Sheldon griff nervös nach seinem Hut, setzte ihn auf und zog ihn tief in die Stirn. Vivian musterte seine Verkleidung ein letztes Mal. Niemand, der Mark kannte, würde darauf hereinfallen. Sheldon glich Mark Taylor nur sehr oberflächlich. Er war ein gutes Stück größer und muskulöser, aber er hatte die gleiche Haarfarbe, trug eine spiegelnde Sonnenbrille und hatte sich von Jack den Bart abnehmen lassen, so es mit einer kleinen Nagelschere möglich gewesen war. Marks Anzug, die Sonnenbrille und der weit ins Gesicht gezogene Hut konnten Ulthar vielleicht für einige Augenblicke täuschen, und das war alles, was Vivian brauchte. Einen winzigen Augenblick. Nur eine einzige Chance, gegen den Magier vorgehen zu können. Wenn Waffen und physische Gewalt schon nichts nutzten, dann vielleicht ihre verborgenen Kräfte.

Schon einmal hatte sie sich auf diese Art gegen die Macht von Ulthars Spiegeln behaupten können, und nun besaß sie zusätzlich noch das Amulett.

Vivian war sich darüber im klaren, wie winzig ihre Chance dennoch war, Ulthar bezwingen zu können. Im Grunde war es ein Selbstmordunternehmen, sich gegen den Magier zu stellen, aber was blieb ihr schon anderes übrig? Wenn sie zu fliehen versuchte, würde Ulthar sie sicherlich nicht einfach ziehen lassen, nachdem sie nun einen Teil seines Geheimnisses kannte, sondern würde sie von seinen Dienern jagen lassen und sie über kurz oder lang auch aufspüren. Besser war es, selbst die Initiative zu ergreifen.

Vor allem aber konnte sie Mark nicht einfach im Stich lassen, sich damit abfinden, daß er bis zum Ende seines Lebens im Spiegelgefängnis des Magiers gefangen war und statt seiner diese künstliche Kreatur existierte. Bislang hatte sie ihre geistigen Kräfte noch nie mit denen eines anderen gemessen, aber wie es aussah, bildeten sie zum gegenwärtigen Zeitpunkt die einzige Hoffnung, gegen Ulthar bestehen zu können.

Kurz bevor sie den Vergnügungspark erreichten, entdeckten sie einige Männer, die auf der Straße standen und die Weiterfahrt blockierten. Sheldon murmelte einen Fluch und trat auf die Bremse. Einer der Männer näherte sich dem Wagen, sah neugierig durch die Windschutzscheibe und starrte Vivian einige endlos erscheinende Sekunden lang an. Dem vermeintlichen Mark Taylor schenkte er keinerlei Beachtung. Schließlich trat er zurück und bedeutete ihnen mit einem Wink, weiterzufahren. Auch die anderen Männer gaben den Weg frei. Vivian atmete hörbar auf, als sie an ihnen vorbei waren. »Ich glaube, es hat geklappt«, stieß sie hervor.

Sheldon nickte knapp. Ein Netz feiner, glitzernder Schweißperlen überzog seine Stirn.

Sie fuhren langsam über den mit Schlaglöchern und Abfall übersäten Weg. Außer den Männern, an denen sie gerade vorbeigefahren waren, waren keine weiteren Wächter zu entdecken, aber Vivian hatte das Gefühl, von tausend unsichtbaren Augen angestarrt zu werden. Überall in den Schatten und Winkeln zwischen den baufälligen Gebäuden schienen Bewegungen zu sein. Vivian ertappte sich bei dem irrsinnigen Gedanken, daß die gesamte Halbinsel zu dunklem Leben erwacht war – ein lauernder, schleimiger Moloch, der ungeduldig auf seine ahnungslosen Opfer wartete. Sie war beinahe froh, als sie ihr Ziel erreichten.

Sheldon lenkte den Wagen dicht an den flachen Wellblechbau heran, der den Eingang zu Ulthars Spiegelkabinett beherbergte, zog den Zündschlüssel ab und stieß die Tür auf. Dann eilte er um den Wagen herum, riß die Beifahrertür auf und zerrte Vivian grob aus dem Wagen.

Die Tür öffnete sich lautlos von innen, als sie sich dem Gebäude näherten, und schlug mit einem unnatürlich dumpfen, hallenden Geräusch hinter ihnen zu, kaum daß sie eingetreten waren. Für einen Augenblick umfing sie abgrundtiefe Schwärze, ehe irgendwo im Hintergrund des Raumes ein trübes, gelbes Licht aufglomm, das jedoch kaum ausreichte, mehr als vage Konturen wahrzunehmen. Vivian schauderte. Das Geräusch der zufallenden Tür hatte etwas Endgültiges gehabt. Sie hatte plötzlich das Gefühl, in einer überdimensionalen Gruft gefangen zu sein, und sie spürte, daß sie nicht allein waren. Außer ihr und Sheldon war noch etwas im Raum, dessen dunkle Präsenz die Luft wie ein übler Geruch zu durchdringen schien.

Vivian tastete verstohlen nach dem Amulett um ihren Hals. Es fühlte sich warm und irgendwie tröstlich an.

Eine Tür knarrte irgendwo, und sie hörte den Klang langsamer, unregelmäßiger Schritte, die sich näherten.

Am entgegengesetzten Ende des Raumes schwang eine Tür auf. Gleichzeitig verstummten die Schritte.

Sheldon setzte sich zögernd in Bewegung und stieß Vivian vor sich her. Sie stolperte, verlor das Gleichgewicht und wäre gestürzt, wenn Sheldon nicht blitzschnell nach ihrem Arm gegriffen und sie hochgerissen hätte. Er spielte seine Rolle fast ein wenig zu gut, fand Vivian. Sie gingen langsam auf die einladend offenstehende Tür zu. Der Gang dahinter schimmerte in kaltem, metallischem Licht, das die Konturen der Tür zu verwischen schien. Vivian hatte das Gefühl, daß sich das Gebäude sanft bewegte. Der rechteckige Umriß der Tür, die schimmernden Wände des Ganges dahinter – alles schien in gleitender, pulsierender Bewegung zu sein, fast, als atmete das Haus wie ein gigantisches, lebendes Wesen.

Sie taumelte vorwärts.

Sheldon stöhnte auf, als er hinter ihr in den spiegelnden Gang trat. Vivian konnte das Gefühl des jungen Mannes nur zu gut verstehen. Selbst in ihr wallte eine kaum zu beherrschende Panik auf, obwohl sie schon einmal hier gewesen war und wußte, was sie erwartete.

Ein leises, gehässiges Lächeln ließ sie herumfahren.

»Ich wußte, daß wir uns wiedersehen würden«, sagte Ulthar kichernd. »Mein Kompliment, Missis Taylor. Sie haben sich tapfer geschlagen.« Er trat vollends aus der Nische heraus, in der er gelauert hatte, schob die Tür ins Schloß und nickte Sheldon anerkennend zu. »Gut gemacht, Mark.«

Sheldon grunzte etwas Unverständliches, schob den Hut noch tiefer ins Gesicht und postierte sich so hinter Vivian, daß Ulthar von seinem Gesicht fast nichts mehr erkennen konnte. »Wirklich, Missis Taylor«, fuhr der Magier im Plauderton fort, »ich bewundere Ihren Mut. Und Ihren Einfallsreichtum. Sie könnten eine wertvolle

Verbündete für mich sein, wenn es nicht schon jemanden gäbe, dessen Existenz unendlich viel wichtiger für mich ist.«

»Sie ...« begann Vivian aufgebracht, brach aber sofort wieder ab. Sie durfte Ulthar nicht zu sehr reizen. Sie war noch nicht nahe genug bei ihm, und Ulthar würde ihr nur diese eine Chance geben – wenn überhaupt. Sie griff unter ihre Jacke, senkte mit gespielter Niedergeschlagenheit den Blick und trat einen Schritt auf Ulthar zu. Sheldon setzte ihr sofort nach, griff nach ihrem Oberarm und tat so, als würde er sie festhalten. Sie sträubte sich gegen seinen Griff, und während des kurzen Handgemenges stolperten sie zwei weitere Schritte auf den einarmigen Magier zu.

Ulthar verzog das Gesicht zu einem amüsierten Lächeln. »Sie hätten eine gute Schauspielerin abgegeben, Missis Taylor«, sagte er tonlos. »Und Sie auch, Mister Porter.«

Sheldon ächzte. Für eine Zehntelsekunde schien sich sein Körper zu versteifen, dann federte er mit einem wütenden Knurren an Vivian vorbei und warf sich auf den Magier.

Ulthar erwartete seinen Angriff vollkommen ruhig. Sheldon schrie wütend auf, schwang die Fäuste und warf sich nach vorne, doch er erreichte den Magier nicht. Sein Körper stieß mitten in der Luft gegen ein unsichtbares Hindernis. Ulthars Gestalt verzerrte sich, schien sich für einen kurzen Moment zu biegen wie eine Fotografie, die in der Mitte geknickt wird.

Ein Spiegelbild! zuckte es durch Vivians Bewußtsein. Sie hatte die ganze Zeit nur Ulthars Spiegelbild gesehen!

Sheldon fiel stöhnend zu Boden und blieb mit seltsam verrenkten Gliedern liegen. Unter seinem Kopf breitete sich langsam eine dunkle, feucht schimmernde Pfütze aus.

Vivian fuhr herum. Die Tür, durch die sie hereingekommen waren, war verschwunden.

»Es ist aus, Missis Taylor!« dröhnte Ulthars Stimme in ihrem Kopf. »Sie haben verloren, warum also sträuben Sie sich noch länger gegen das Unvermeidliche? Ich habe schon zu lange auf diesen Augenblick gewartet. Meine Spiegel erwarten Sie, damit Melissa leben kann.«

»Ich werde niemals ...«

»Ihre Meinung ist völlig unerheblich«, unterbrach Ulthar sie. »Ihnen wird gar keine andere Wahl bleiben, als mir zu gehorchen. Aber vorher möchte ich noch etwas von Ihnen haben, das Melissa vielleicht von Nutzen sein wird. Ich hatte es bereits einmal, aber Sie haben es Ihrem Mann wieder abgenommen. Geben Sie mir Ihr Amulett!«

»Mein ... Amulett?« Vivian hielt es unter ihrer Jacke fest umklammert. Bereits seit sie das Kabinett betreten hatte, konzentrierte sie all ihre paranormalen Sinne darauf, lud es wie eine Batterie auf.

»Her damit!« Auffordernd streckte Ulthar die Hand aus.

»Also gut. Du hast gewonnen«, sagt Vivian schleppend, zog die Hand so heftig unter der Jacke hervor, daß die Kette zerriß, dann schmetterte sie die Faust mit dem Amulett darin mit aller Kraft gegen das Spiegelbild des Magiers.

Ulthars überlegenes Lächeln verwandelte sich in eine Grimasse des Schreckens. Der Spiegel klirrte, verwandelte sich in ein abstraktes Muster aus unzähligen Rissen und Sprüngen und zerbarst. Ein gellender, schmerzerfüllter Schrei schnitt durch die Luft. Vivian taumelte zurück, preßte ihre Hände auf die Ohren und sah sich verzweifelt nach einem Fluchtweg um. Sie spürte, wie sich das Amulett in ihrer Hand erwärmte. Eine ungeheure, pulsierende Kraft schien plötzlich von dem harmlosen Stein auszugehen.

Der Raum verschwamm. Im ersten Sekundenbruchteil glaubte Vivian, daß irgend etwas mit ihrem Sehvermögen nicht in Ordnung war, aber ein schneller Blick auf Sheldons reglosen Körper überzeugte sie davon, daß es die Kammer war, die sich veränderte, und nicht sie. Die Wände schienen sich zu krümmen, verzerrten, verbogen sich wie lebende Wesen. Gleichzeitig schienen ihre Konturen an den Ecken zu zerfasern, an Substanz und Wirklichkeit zu verlieren und zu verblassen. Für einen kurzen Moment konnte Vivian den Raum sehen, wie er wirklich war: Ein flacher, aus unbearbeiteten Brettern zusammengefügter Schuppen, durch dessen Wände Sonnenlicht in fahlen Streifen hereinsickerte. Der Boden bestand aus unbearbeitetem Lehm, und in der Ecke hockte ein wimmernder, tatteriger Greis, der sie aus schreckgeweiteten Augen anstarrte. Vivian begriff, daß sie Ulthar so sah, wie er wirklich war. Und trotz der abgrundtiefen Abscheu, die sie vor ihm empfand, stieg fast so etwas wie Mitleid in ihr auf.

Dann stabilisierten sich die Wände wieder. Der Schuppen verschwand, und Vivian starrte erneut auf die blinkende Front der Spiegel. Mit einem wütenden Aufschrei hob sie die Faust und schlug noch einmal mit aller Kraft zu.

Die Wände wichen vor ihr zurück. Plötzlich gähnte direkt vor ihr ein bodenloser Abgrund. Sie warf sich zurück, kämpfte mit wildrudernden Armen um ihr Gleichgewicht und ließ das mittlerweile glühend heiß gewordene Amulett fallen, aber es nutzte nichts. Der Boden zuckte wie ein lebendes Wesen, bäumte sich auf und brachte sie vollends aus dem Gleichgewicht.

Vivians Schrei verhallte ungehört, als sie in die Tiefe stürzte.

Mary-Lou Cramer preßte sich zitternd in den zweifelhaften Schutz eines Hauseinganges. Sie hatte Angst, panische, lähmende Angst, wie sie sie nie zuvor kennengelernt hatte. Sie hätte niemals hierher kommen dürfen, das wußte sie nun, aber die Einsicht kam zu spät. Ohne es zu wollen, war sie in etwas hineingeraten, das weit über alles hinausging, was sie erwartet hatte. Was sie hier miterlebte, war kein Spiel, sondern blutiger Ernst.

Sie hatte ihren Wagen auf einem unbefestigten Seitenweg abgestellt, nachdem sie hinter einer Kurve die Männer gesehen hatte, die die Straße sperrten und Jeremy kontrollierten, bevor sie ihn passieren ließen. Von dort aus war Mary-Lou zu Fuß weitergegangen, querfeldein bis zu dem verlassenen Freizeitpark auf Coney Island. Jeremys Wagen war irgendwo in dem unübersichtlichen Durcheinander von Häusern und Ruinen verschwunden, aber das Gelände war nicht allzu groß – früher oder später würde sie ihn finden. Die einsame, irgendwie bedrohlich wirkende Umgebung hatte ihr Angst eingeflößt, aber sie war trotzdem weitergegangen.

Dann waren die Motorräder gekommen.

Selbst jetzt verspürte Mary-Lou noch ein flaues Gefühl im Magen, als sie daran dachte, wie knapp sie der Entdeckung entgangen war. Es war eine Gruppe von vier schweren Motorrädern, die auftauchten, kaum daß der Lärm der Motorräder Mary-Lou gewarnt hatte. Buchstäblich im letzten Augenblick hatte sie sich in den Hauseingang geworfen, um nicht gesehen zu werden. Und dann ...

Obwohl sie es mit eigenen Augen gesehen hatte, weigerte sich Mary-Lou, an das Erlebte zu glauben. Männer waren aufgetaucht. Zehn, fünfzehn, vielleicht zwanzig Gestalten, die plötzlich wie aus dem Boden gewachsen auf dem Platz erschienen waren und die Motorradfahrer angegriffen hatten. Der Kampf war ebenso bizarr wie gnadenlos gewesen. Die Motorradfahrer waren in eine Falle gelaufen, aus der es für sie kein Entkommen mehr gegeben hatte. Die Angreifer hatten sich den schweren Maschinen in den Weg geworfen, ungeachtet der Gefahr, die von den heranrasenden Kolossen ausging. Übermenschlich starke Arme hatten die Männer aus den Sätteln gezerrt, ihren verzweifelten Widerstand gebrochen und sie niedergerungen. Das Ganze hatte nicht einmal eine Minute gedauert.

Mary-Lou schloß die Augen, versuchte, sich zur Ruhe zu zwingen und wünschte sich weit, weit weg. Ihr Herz hämmerte zum Zerspringen, und ihre Knie zitterten so stark, daß sie Mühe hatte, auf den Beinen zu bleiben. Sie mußte weg, egal wie.

Mary-Lou raffte all ihren Mut zusammen und spähte vorsichtig über den Platz. Der Kampf war vorüber. Die Motorradfahrer lagen regungslos an Händen und Füßen gefesselt neben ihren zerstörten Maschinen. Die Männer, die sie überwältigt hatten, schienen zur Bewußtlosigkeit erstarrt, große, lebensechte Skulpturen, in denen nicht einmal eine Spur von Leben zu sein schien, und ihre jetzige Regungslosigkeit wirkte ebenso unheimlich wie die unvorstellbare Kraft, Schnelligkeit und Rücksichtslosigkeit sich selbst gegenüber, mit der sie zuvor gekämpft hatten. Sie hatten nicht wie Menschen gekämpft, sondern wie seelenlose Maschinen, wie Roboter.

Mary-Lou schob sich vorsichtig ins Freie. Keine der unheimlichen Gestalten blickte in ihre Richtung. Mit etwas Glück konnte sie den Platz verlassen und entkommen, doch gerade als sie es wagen wollte, hörte sie plötzlich Schritte. Sie sprang in ihre Deckung zurück, kauerte sich, so gut es ging, in den Schatten des Türrahmens zusammen und sah mit klopfendem Herzen über den Platz.

Auf der anderen Seite des Platzes erschien Jeremy und trat näher.

Mary-Lou unterdrückte einen Aufschrei, als sie ihn sah. Er hatte sich noch mehr verändert. Der Ausdruck in seinem Gesicht war ... Sie suchte nach einer passenden Bezeichnung, doch sie fand keine. Jeremy wirkte auf eine unmöglich zu beschreibende Art unmenschlich, grausam. Mary-Lou hatte das irrsinnige Gefühl, in das Gesicht eines Menschen zu blicken, der von einem bösen Geist beseelt war, in dessen Seele jede Spur seiner früheren Existenz ins Gegenteil verkehrt worden war. Er ging zu der schweigenden Gruppe im Zentrum des Platzes hinüber, sah die überwältigten Männer einen Augenblick triumphierend an und machte eine befehlende Geste. »Bringt sie ins Kabinett!« ordnete er an, so laut, daß auch Mary-Lou ihn hören konnte. »Die Maschinen könnt ihr irgendwo verstecken.«

Die unheimlichen Gestalten machten sich stumm an die Ausführung seiner Befehle. Arme von übermenschlicher Stärke rissen die Motorradfahrer auf die Füße und stießen sie grob vor sich her, dann hoben sie die zentnerschweren Motorräder hoch und trugen sie wie Spielzeuge davon. Nach wenigen Augenblicken lag der Platz einsam und verlassen da wie zuvor.

Sie stand auf, trat aus ihrem Versteck hervor und folgte Jeremy in sicherem Abstand. Sie war halb wahnsinnig vor Angst, aber sie war zugleich entschlossen, das Geheimnis, das ihren Mann umgab, zu klären. Dieser Mann dort vorne war nicht mehr Jeremy. Und sie würde herausfinden, was mit ihm geschehen war.

Die Gruppe bewegte sich auf das Zentrum von Coney Island zu. Mary-Lou wußte hinterher nicht, wie lange sie gelaufen war – es konnten nur wenige Minuten gewesen sein, aber ihr kam es so vor, als würde sie seit Stunden durch dieses Gruselkabinett irren. Überall schienen bedrohliche Schatten zu lauern, flüsternde, kichernde Stimmen, die sie aus der Dunkelheit in Ecken, Nischen und Hauseingängen heraus verspotteten, grotesk verzerrte Umrisse, die zusammengestürzten Reste der ehemaligen Gebäude, die sich in ihrer Einbildung in gierige Klauen verwandelten, die nach ihr zu greifen schienen.

Dennoch ging sie weiter. Jeremy war ein Teil ihres Lebens, und sie würde nie wieder Ruhe finden, ehe sie nicht wußte, was ihn so verändert hatte.

Die Gruppe verschwand schließlich im Inneren eines flachen, langgestreckten Gebäudes, über dessen Tür die Reste einer Neonschrift hingen. *Ulthars Spiegelkabinett*, las Mary-Lou. Sie spürte, daß sie der Aufklärung des Geheimnisses ganz nahe war. Es mußte irgend etwas mit Spiegeln zu tun haben. Mit dem zerbrochenen Spiegel im Schlafzimmer hatte alles angefangen, und die ganze Zeit schon suchte sie nach einer Erklärung dafür, warum Jeremy scheinbar ohne jeden ersichtlichen Grund sämtliche übrigen Spiegel aus dem Haus entfernt hatte.

Mary-Lou wartete, bis der letzte Mann der Gruppe im Inneren des Gebäudes verschwunden war, ehe sie sich langsam auf die Tür zubewegte.

In diesem Augenblick ging eine seltsame Veränderung mit dem Gebäude vor sich. Ein hoher, klagender Ton erfüllte die Luft. Die Umrisse des Hauses verschwanden, zerflossen für einen Augenblick, als wären sie hinter einem Schleier aus treibendem Wasser verschwunden. Ein unmerkliches Zittern lief durch den Boden, begleitet von einem seufzenden, schmerzerfüllten Laut, der aus keiner menschlichen Kehle stammte.

Mary-Lou rannte instinktiv los. Ohne zu überlegen, stürzte sie durch die Tür und in das Gebäude hinein. Ein kleiner, spartanisch eingerichteter Raum nahm sie auf. Sie blieb einen Augenblick lang stehen, sah sich mit klopfendem Herzen um und ging dann weiter. Unter einer

Tür an der rechten Seite schimmerte Licht hindurch. Sie ging vorsichtig hinüber, schob die Tür auf und spähte durch den entstandenen Spalt in den angrenzenden Raum hinüber. Der Anblick verschlug ihr den Atem. Die Größe der Kammer war nicht zu bestimmen; sie konnte zehn Meter, aber auch fünfzig oder hundert Meter durchmessen. Die Wände waren mit unzähligen, schimmernden Spiegeln bedeckt, Spiegeln, die in allen denkbaren Winkeln und Richtungen angeordnet waren, so daß Mary-Lous Blick keinen Halt fand und hilflos von einem zum anderen glitt.

Ein leises, schmerzerfülltes Stöhnen klang auf. Sie schob die Tür weiter auf und trat mit zitternden Knien ein. Eine Welle der Bewegung schien durch den Raum zu laufen, als die Spiegel ihr Bild aus unzähligen Richtungen und Perspektiven zurückwarfen. Das Stöhnen wiederholte sich. Mary-Lou fuhr herum und zuckte unwillkürlich zusammen, als sie die Gestalt am Boden liegen sah.

Der Mann war verletzt. Sein Gesicht lag in einer Lache halb geronnenen Blutes, und seine Hände bewegten sich krampfhaft. Mary-Lou vergaß ihre Angst und eilte zu ihm hinüber. Behutsam schob sie die Hand unter seinen Kopf und drehte ihn vorsichtig herum. Warmes, klebriges Blut sickerte zwischen seinen Haaren hervor, lief über ihren Arm und tropfte auf ihr Kleid. Der Mann stöhnte lauter, als sie ihn aufrichtete.

»Was ist passiert?« fragte Mary-Lou besorgt. Der Mann öffnete die Augen, versuchte etwas zu sagen und verzog schmerzhaft das Gesicht. »Verstehen Sie mich?« erkundigte sich Mary-Lou.

Der Unbekannte antwortete mit einem kaum merklichen Nicken. »Wir müssen ... weg«, stöhnte er. »Schnell ...«

Mary-Lou zögerte nicht länger. Sie stand auf, griff unter seine Schultern und zog ihn ächzend hoch. Er war schwerer, als sie erwartet hatte, aber es ging. Sie legte seinen Arm um ihre Schultern, drehte sich mühsam um und stolperte auf den Ausgang zu, der plötzlich viel weiter als vorher entfernt zu sein schien.

Ein helles Glitzern am Boden erregte ihre Aufmerksamkeit. Sie blieb stehen und sah genauer hin. Es handelte sich um eine zerrissene Damenhalskette, an der ein bläulich schimmernder Stein hing, der in einen silbernen, sternförmig gezackten Kranz eingefaßt war.

Der Mann schien den Stein ebenfalls zu bemerken. Er machte eine schwache Handbewegung in seine Richtung und murmelte etwas, das Mary-Lou nicht verstehen konnte. Aber es war eindeutig, daß er den Stein mitnehmen wollte. Sie nickte entschlossen und bückte sich. Irgendwie brachte sie das Kunststück fertig, das Medaillon vom Boden aufzuheben, ohne den Verletzten dabei loszulassen oder unter seiner Last ebenfalls zusammenzubrechen. Sie verstaute das Schmuckstück in der Hosentasche und taumelte weiter. Das Gewicht des Mannes auf ihren Schultern wurde immer unerträglicher. Sie keuchte, taumelte gegen die Wand und stolperte mühsam vorwärts.

Als sie endlich den Ausgang erreicht hatten, merkte sie, daß sie sich verirrt hatte. Vor ihr lag ein endloser, spiegelnder Gang.

Von irgendwoher ertönte leises Gelächter.

Der Schatten bewegte sich unruhig durch die endlosen Gänge des Kabinetts. Quaraan war verwirrt, hilflos, und er hatte Angst. Er war von seinem Herrn getrennt worden, bevor sein Herr ihm genauere Befehle erteilen konnte, und er spürte, daß ihm etwas zugestoßen war, aber seine Intelligenz reichte nicht aus, um die Natur der Gefahren zu erkennen.

Er war ein Wesen, das nur geschaffen worden war, um zu töten, wenn sein Herr es befahl, nicht um zu denken. Quaraan spürte seine Anwesenheit deutlich, aber da war irgend etwas, das ihn daran hinderte, zu ihm zu gelangen.

Seine Umgebung verwirrte ihn. Er witterte Gefahr, spürte, daß er von Feinden eingekreist war, und alles in ihm drängte danach, seiner Bestimmung zu folgen und zu kämpfen, doch es war keine Gefahr, wie er sie kannte. Es war kein körperlicher Gegner. Die Wände selbst schienen Gefahr zu atmen; der Boden strömte Gefahr aus wie einen durchdringenden Geruch, und von der hohen, spiegelnden Decke schien Gefahr in dünnen schleimigen Fäden herabzuhängen.

Quaraan ließ sich auf allen vieren nieder, senkte die Schnauze und begann wie ein Hund am Boden zu schnüffeln. Leise wimmernd machte sich das Killergeschöpf auf die Suche nach seinem Herren. Unruhig lief Quaraan durch die scheinbar endlosen Gänge des Labyrinths. Er hatte die Orientierung längst verloren, und seine anfängliche Zuversicht, Conelly wiederzufinden, war einer dumpfen, mit hilflosem Zorn gepaarten Niedergeschlagenheit gewichen.

Er richtete sich auf die Hinterpfoten auf, streckte die Nase in die Luft und schnüffelte. Ein neuer Geruch hatte sich in das sinnverwirrende Aroma des Labyrinths gemischt – Menschen!

Quaraan kratzte unruhig mit den Krallen über den stahlharten Fußboden, stieß ein ärgerliches Zischen aus und ließ seine gespaltene Zunge vorschnellen. Seine Erregung wuchs. Alles in ihm drängte danach, vorzustürzen und die Krallen in seine Beute zu schlagen, aber der Herr hatte ihm befohlen, unauffällig zu bleiben und auf den Befehl zum Angriff zu warten. Außerdem konnte er die Richtung aus der die Witterung kam, nicht feststellen. So, wie die spiegelnden Wände seine Augen narrten, schien das Labyrinth auch alle anderen Sinne zu verwirren. Er fauchte ärgerlich, ließ sich auf allen vieren nieder und lief mit überraschender Schnelligkeit los.

Dann spürte er urplötzlich die Erschütterung. Es war kein körperlicher Stoß, sondern vielmehr eine Art geistiges Beben, ein Schlag, der die gesamte Schöpfung zu erschüttern schien und ihn wimmernd in die Knie brechen ließ. Seine Umgebung verschwamm vor seinen Augen. Für einen kurzen Moment löste sich das Labyrinth auf, und Quaraan fand sich in einem niedrigen, zugigen Schuppen wieder, der vom Heulen des Windes und trockener, modriger Luft erfüllt war.

»Quaraan!«

Das Echsenwesen fuhr herum und sah sich aus kleinen boshaft funkelnden Augen um. Er hatte die Stimme seines Herrn vernommen, konnte ihn jedoch nirgendwo entdecken.

»Quaraan!« Wieder erklang die vertraute Stimme in seinem Kopf. Gleich darauf stand er wieder wie zuvor in einem von Spiegelwänden begrenzten Gang, doch diesmal hatte er erkannt, woher die Stimme kam.

Quaraan gab seine Tarnung auf, schlug mit den Krallen in die Luft und warf sich mit aller Kraft gegen einen Spiegel, doch es gelang ihm nicht, das Hindernis zu durchbrechen. Es sah aus, als würde sein eigenes Spiegelbild ihm entgegenspringen, ihn stoppen und zurückschleudern. Für einen Augenblick krümmte sich Quaraan vor Schmerzen auf dem Boden.

Es war nicht das Glas selbst, das ihn aufgehalten hatte, es hätte bei dem ungestümen Angriff zerbrechen müssen. Zusätzlich trennte ihn noch eine unbegreifliche, unsichtbare Barriere von seinem Herren, aber obwohl sein Vorstoß mißlungen war, hatte er gespürt, daß die unsichtbare Wand Risse bekommen hatte. Die gleiche

Kraft, die zuvor die Realität des Labyrinths erschüttert hatte, schien sich immer noch wie eine Welle auszubreiten und gegen die unsichtbare Barriere zu brausen.

Er richtete sich mühsam auf, konzentrierte sich und wagte einen weiteren Vorstoß. Gleichzeitig spürte er, wie Conelly sich auf der anderen Seite mit aller Gewalt gegen die unsichtbaren Fesseln stemmte.

Ein hoher, klagender Ton quälte Quaraans empfindliche Ohren. Dunkle, wesenlose Schatten trübten seinen Blick, und für Bruchteile von Sekunden verschwammen die Konturen des Labyrinths ein zweites Mal vor seinen Augen, aber im gleichen Moment zerbarst das Hindernis mitsamt dem Spiegel dahinter. Aus der Öffnung kam der Herr getaumelt.

Conelly schwankte. Sein Gesicht war verzerrt, und in seinen Augen flackerte ein schwacher Abglanz der Qualen, die er durchlitt. Er machte zwei, drei unsichtbare Schritte, brach in die Knie und blieb stöhnend liegen.

»Ulthar!« flüsterte er. Seine Stimme war ein heiseres Keuchen, gleichermaßen von Schmerz wie von Wut verzerrt.

Quaraan sprang mit einem freudigen Satz auf seinen Herrn los, schnüffelte wie ein Hund an seiner Schulter und leckte seine Hände. Conelly schleuderte ihn mit einem wütenden Schlag beiseite. In seinen Augen loderte Haß. »Töte ihn«, keuchte er heiser. »Vernichte Ulthar!«

Quaraan stieß ein erregtes Zischen aus. Töten! Die Zeit des Wartens war endgültig vorbei. Er würde töten. Mit einer fließenden Bewegung fuhr er herum und verschwand mit flinken Bewegungen in den Tiefen des Labyrinths.

Er hatte einen Auftrag zu erfüllen.

18

Sie wartete auf einen Aufprall, der niemals kam. Das Gefühl zu fallen verschwand so übergangslos, wie es gekommen war, und Vivian fand sich in einer engen, kaum anderthalb Meter hohen Kammer wieder. Von irgendwoher kam Licht; hartes, grelles, in den Augen schmerzendes Licht, und der Boden unter ihren Händen fühlte sich seltsam warm und weich an. Schwache, rhythmische Erschütterungen, die sie unwillkürlich an das Schlagen eines gigantischen Herzens erinnerten, liefen über Boden und Wände, dann veränderte sich der Raum. Warnungslos, von einem Augenblick auf den anderen, wichen die Wände zurück, wurden erst grau, dann silbern und verwandelten sich schließlich in große, leicht gebogene Spiegel. Gleichzeitig schien die Decke mit rascher Geschwindigkeit in die Höhe zu wachsen.

Vivian hatte immer mehr den Eindruck, sich nicht in einem Haus, sondern im Inneren eines riesigen, unbegreiflichen Organismus zu befinden. Sie stand auf, sah sich um und ging zögernd los. Die Kammer hatte sich in einen endlosen, sanft ansteigenden Gang verwandelt, von dem unzählige weitere Gänge und Tunnel abzweigten. Ihre Schritte erzeugten ein hallendes, metallisches Echo auf dem Boden. Von den Wänden starrten ihr Tausende von Spiegelbildern entgegen, aber es waren nicht ihre eigenen Spiegelbilder. Während Vivian den Gang entlang schritt, betrachtete sie die Abbilder der gefangenen Menschen, die Opfer von Ulthars unheimlichem Kabinett geworden waren. Männer, Frauen, Kinder, alte, junge – Ulthar schien in der Wahl seiner Opfer sehr großzügig gewesen zu sein. Ihr fiel auf, daß dieser Teil des Labyrinths schon sehr alt sein mußte. Die abgebildeten Menschen trugen Kleider, wie man sie vor dreißig oder vierzig Jahren getragen hatte. Vivian hatte den Eindruck, sich zwischen den Statisten eines Films zu bewegen, der irgendwann Ende der fünfziger Jahre spielte.

Und noch etwas fiel ihr auf: Die Bilder waren nicht alle gleich. Viele der Menschen wirkten irgendwie dünn, farblos, teilweise mit verschwommenen Konturen und kaum noch erkennbaren Gesichtern. Ähnlich einer Fotografie, die zu lange in der Sonne gelegen hatte, waren sie verblaßt, unwirklich geworden, so, als sickerten sie langsam, unendlich langsam durch den Spiegel hindurch in eine andere, fremde Welt. Vivian trat dicht an einen der Spiegel heran und fuhr prüfend mit den Fingerspitzen darüber. Das Glas fühlte sich porös an, brüchig, als wäre seine Oberfläche von Millionen unsichtbaren Rissen durchzogen.

Ein leises Schleifen ließ Vivian herumfahren. Sie runzelte die Stirn. Das Geräusch schien aus einem der angrenzenden Gänge zu dringen – ein helles, kratzendes Quietschen, als würde jemand mit einem Nagel über eine Glasscheibe fahren. Vorsichtig bewegte sie sich auf die Abzweigung zu, hinter der sie die Quelle des Geräusches vermutete.

Was Vivian sah, ließ sie erschrocken zusammenfahren. Das Wesen war kaum größer als einen Meter, und es schien eine Mischung aus einem zwergenwüchsigen Menschen und einer übergroßen Eidechse zu sein, aber ihm fehlte die grazile Feingliedrigkeit dieser kleinen Echsen. Und in seinen Augen funkelte eine böse, mordlustige Intelligenz. Der kräftige, gedrungene Rumpf ging in ein paar muskulöse Beine über, die in schrecklichen Raubtierkrallen endeten. Die Arme waren überlang und schienen ein zusätzliches Gelenk zu haben. Das Wesen besaß einen langen, schuppigen Schwanz, einen langgestreckten Schädel mit einem Krokodilgebiß und kleine, glühende Augen. Die Ähnlichkeit mit den Echsenwesen auf der Party und am Riesenrad war nur vage, aber unverkennbar. Es mußte sich ebenfalls um eine von Conellys Kreaturen handeln.

Obwohl es relativ klein war, spürte Vivian die Gefahr, die von dem Wesen ausging, überdeutlich. Es bewegte sich mit schnellen, eleganten Bewegungen durch den Gang, hielt an jeder Abzweigung an, um zu schnüffeln und den Kopf witternd in den Nacken zu legen, und huschte weiter.

Vivian folgte ihm, ohne zu zögern. Da Conelly und Ulthar verfeindet waren, vermutete sie, daß das Wesen sie zu dem Magier führen würde, vielleicht sogar den Auftrag hatte, ihn zu töten. Das würde ihre Probleme noch nicht lösen, ihr aber beträchtlich helfen. Und vielleicht würden die Spiegel nach Ulthars Tod ihre Macht verlieren, und Mark wäre wieder frei.

Das Labyrinth schien endlos zu sein. Vivian hatte schon nach wenigen Augenblicken vollständig die Orientierung verloren. Sie wußte nicht mehr, ob sie sich hinauf oder hinunter, im Kreis oder geradlinig bewegten. Aber das Ungeheuer vor ihr schien den Weg zu kennen. Es huschte auf seinen kleinen flinken Füßen durch die Gänge, hetzte über Treppen und Flure, so daß Vivian Mühe hatte, es nicht aus den Augen zu verlieren.

Schließlich blieb ihr unfreiwilliger Führer vor einer hohen, spiegelnden Tür stehen. Seine plumpen Finger kratzten über die Klinke und rüttelten daran. Sie war verschlossen. Das Wesen zischte ärgerlich, richtete sich auf die Hinterpfoten auf und schlug mit einer blitzschnellen Bewegung zu. Die Tür bebte. Es klirrte vernehmlich, als das Schloß zersplitterte, dann schwang die Tür mit leisem Quietschen nach innen.

Dahinter lag ein schmaler, niedriger Raum, der in schattiges Halbdunkel getaucht war. Nach der blendenden Helligkeit im Korridor hatte Vivian Schwierigkeiten, im Inneren des Raumes etwas zu erkennen. Sie nahm eine Anzahl schattenhafter Gestalten wahr, die sich um einen großen, rechteckigen Gegenstand versammelt hatten und scheinbar überrascht aufsahen, als die Tür aufgesprengt wurde.

Dann brach der Tumult los.

Das Wesen stieß ein triumphierendes Zischen aus und stürzte sich durch die Tür. Ein vielstimmiger Aufschrei erklang. Zwei, drei der Gestalten stellten sich dem Ungeheuer in den Weg, doch sie wurden einfach niedergerannt. Mit einer Kraft, die seiner geringen Größe und scheinbaren Harmlosigkeit spottete, fegte das Ungeheuer die Männer beiseite und stürzte sich auf Ulthar.

Der Magier wich mit schreckgeweiteten Augen zurück und hob die Hand.

Das Echsenmonster sprang. Vivian erwartete, es genau wie vorhin Sheldon gegen ein unsichtbares Hindernis prallen zu sehen, aber diesmal handelte es sich um den echten Ulthar. Die Kreatur warf sich auf ihn und riß ihn von den Füßen. Messerscharfe Krallen blitzten auf. Ulthar brüllte entsetzt und riß den Arm vors Gesicht, als die Reißzähne nach seiner Kehle schnappten. Er bäumte sich auf, warf den unheimlichen Angreifer mit der Kraft der Verzweiflung ab und kroch auf Händen und Knien davon. Die Kreatur folgte ihm wütend.

Schon dieser erste Angriff zeigte deutlich, daß Ulthar nicht den Hauch einer Chance hatte. Er hatte sich zu sicher gefühlt, doch hier nutzten ihm seine Spiegel nichts; ohne sie war er nur ein hilfloser Greis. Die Bestie schlug nach seinen Beinen, warf ihn abermals zu Boden und stürzte sich mit triumphierenden Kreischen auf ihn. Ihre Zähne gruben sich in Ulthars Schultern.

Der Magier brüllte. Seine Sklaven versuchten in den Kampf einzugreifen, doch sie verschafften ihm nur eine kurze Atempause. Im Gegensatz zu Conellys übrigen

Kreaturen schüttelte das Ungeheuer die Spiegelwesen mit geradezu spielerischer Leichtigkeit ab, schleuderte sie wie Puppen zur Seite und schnappte sofort wieder nach Ulthar.

Es erreichte ihn nicht. Eine unsichtbare Faust griff plötzlich nach dem Körper der Bestie, riß sie von ihrem zappelnden Opfer fort und schmetterte sie mit brutaler Gewalt gegen den Boden.

Hinter Ulthar erschien eine schlanke, hochgewachsene Gestalt. Vivian Taylor zuckte wie unter einem Peitschenhieb zusammen, als sie das Gesicht der Gestalt erkannte – ihr eigenes Gesicht! Hinter dem hilflosen Magier stand eine genaue Kopie ihrer selbst.

Melissa.

Vivians Gedanken überschlugen sich. Sie hatte den magischen Spiegel zerbrochen, bevor sie zu seiner Gefangenen werden konnte, und sie war bislang überzeugt davon gewesen, damit gleichzeitig auch Melissas Erwachen verhindert und ihr Duplikat vernichtet zu haben. Anderenfalls hätte es für Ulthar auch keinen Grund gegeben, weiterhin solche Anstrengungen zu unternehmen, sie in die Hände zu bekommen, und zu einer Gefangenen seiner Spiegel zu machen. Ging es ihm nur darum, sie als lästige Mitwisserin auszuschalten? Vivian glaubte nicht daran. Dafür hätte es wesentlich leichtere Möglichkeiten gegeben. Schon ein paarmal hätte er die Möglichkeit gehabt, sie zu töten.

Vivian beobachtete, wie Melissa gegen das Ungeheuer kämpfte. Das Echsenwesen krümmte sich wie unter unsichtbaren Schlägen und versuchte verzweifelt, vom Boden hochzukommen. Es war ein Kampf, der mit übersinnlichen Waffen ausgetragen wurde, und Melissa besaß ungeheure Kräfte, denen das Ungeheuer nichts entgegenzusetzen hatte.

Vivian konnte nicht glauben, daß es die gleichen Kräfte

waren, die auch sie selbst besaß oder zumindest besessen hatte, und doch mußte es so sein. Nur konnte Melissa sie anscheinend unendlich viel besser beherrschen.

Mühsam riß Vivian sich von dem phantastischen Anblick los und wich lautlos zurück. Sie mußte handeln, solange Ulthar und Melissa mit dem Ungeheuer beschäftigt waren. Wenn sie es erst einmal besiegt hatten, würden sie die gnadenlose Jagd auf sie wieder aufnehmen. Sie drehte sich um und lief los. Der Gang schien sich endlos vor ihr zu erstrecken, aber Vivian wußte jetzt, daß dieses Bild nicht echt war.

Illusion! hämmerten ihre Gedanken. Alles nur Illusion! Dieser Gang, die Spiegel, dieses ganze, endlose Labyrinth waren nichts als eine geschickte Täuschung, das Werk einer Magie, die sich grundlegend von allem unterschied, was sie kannte. Sie prallte gegen eine Wand, blieb stehen und schloß die Augen.

Es ist nicht echt! redete sie sich verbissen ein. Es ist alles nicht echt! Es gibt diesen Gang nicht. Dieses ganze Labyrinth ist eine Täuschung. Mit aller Kraft versuchte sie sich das Gebäude vorzustellen, wie es wirklich war. Vor ihren Augen erschien das Bild, das sie in dem kurzen Moment gesehen hatte, in dem die Kraft ihres Amuletts die Macht der Spiegel gebrochen hatte – ein schäbiger, altersschwacher Bau mit schmutzigem Lehmboden und undichten Wänden.

Der Gang um sie herum verschwamm. Graue, schmierige Flecke begannen sich in das makellose Silber des Bodens zu mengen. So, wie sich ein Tintenfleck auf Löschpapier ausbreitete, breiteten sich auf den Wänden große, blinde Flecken aus. Die Spiegel wurden unwirklich, verloren mehr und mehr an Substanz und Realität. Für einen endlos erscheinenden Augenblick sah sie die wirklichen Umrisse des Gebäudes durch das Silber der Spiegel schimmern.

Gleich darauf verschwand das Bild wieder, und der Korridor sah genauso aus wie zuvor. Erschöpft lehnte sich Vivian gegen einen Spiegel. Sie war zu schwach, um die Illusion zu brechen, kam gegen Ulthars Macht nicht an.

Ein leises Geräusch ließ sie herumfahren. Schritte näherten sich ihr. Hatten der Magier oder seine Sklaven sie aufgespürt? Instinktiv wollte Vivian zu laufen beginnen, begriff aber gleichzeitig, daß es ihr nichts genutzt hätte. Die Spiegelgeschöpfe waren ihr sowohl an Kraft wie an Schnelligkeit überlegen. Sie würde einen Verfolger nicht abschütteln, und es gab nichts, wo sie sich verstecken konnte. Sie blieb reglos stehen.

Ein Mann tauchte wenige Schritte vor ihr entfernt an der Abzweigung des Ganges auf, bog dann in ihren Korridor ein und blieb abrupt stehen, als er sie entdeckte.

Es war Conelly.

Einen Moment lang starrte er sie ebenso überrascht an, wie sie ihn, dann verzog er die Lippen zu einem häßlichen Grinsen. »Vivian Taylor«, zischte er. »Welch eine Freude, Sie zu treffen. Ich fürchte, Ulthar wird keine Gelegenheit mehr haben, Melissa zu neuem Leben zu erwecken. Sie werden nicht länger leben als er.« Sein Gesicht verzerrte sich zu einer Grimasse des Hasses. Langsam kam er näher.

Vivian widerstand dem Impuls, vor ihm zurückzuweichen. Sie konnte sich kaum noch vorstellen, daß es sich bei Conelly um den gleichen Mann handelte, der ihr zu Beginn der Party so sympathisch erschienen war. Aber sie wußte, daß sein Haß nicht ihr persönlich galt, sondern nur Ulthar, und das einzige, was im Moment zählte, war ihre gemeinsame Feindschaft mit dem Magier.

»Meinen Sie dieses Echsenwesen, das Sie ausgeschickt haben, um ihn zu töten?« fragte sie und bemühte sich, jedes Anzeichen von Furcht aus ihrer Stimme zu verbannen. »Ich fürchte, es wird seinen Auftrag nicht mehr ausführen können. Falls es überhaupt noch am Leben ist. Als ich es vor ein paar Minuten zuletzt sah, hatte es Ulthar nicht mehr viel entgegenzusetzen.«

»Sie lügen!« behauptete Conelly. »Niemand kann Quaraan besiegen, nicht einmal Ulthar.«

»Auch Melissa nicht?«

Vivian hatte ihre Frage bewußt in beiläufigem Ton gestellt, was die Wirkung noch verstärkte. Conelly blieb stehen. Ihre Worte hatten ihn getroffen. Für einen kurzen Moment hatte er sich nicht mehr völlig unter Kontrolle, und es gelang ihm nicht, seinen Schrecken zu verbergen. Deutlich war die Bestürzung auf seinem Gesicht zu erkennen. »Melissa?«

»Ulthar hat sie bereits erweckt. Ich hatte geglaubt, daß ich es verhindert hätte, aber vorhin habe ich sie gesehen. Sie kämpfte gegen Ihre Kreatur.«

»Lüge!« stieß Conelly noch einmal hervor. »Wenn Melissa wirklich frei wäre, wären Sie zu einer Gefangenen von Ulthars Spiegeln geworden. Sie versuchen nur, Ihr Leben mit dieser Lüge zu retten.«

Er kam weiter auf sie zu.

»Meines und auch Ihres«, sagte Vivian leise, aber mit um so größerem Nachdruck. Sie erreichte ihr Ziel, Conelly blieb erneut stehen. Sie hatte sein Interesse geweckt und fuhr rasch fort: »Ich bin Ulthar zwar entkommen, aber ich bin immer noch in diesem Labyrinth gefangen. Genau wie Sie.«

»Entkommen ...«

»Wenn es nicht so wäre, wären Sie doch längst nicht mehr hier«, fiel ihm Vivian ins Wort. Ihre Angst war fast völlig verschwunden, jetzt kam es nur darauf an, Conelly zu überzeugen. »Nicht hier, und vor allem nicht allein in Ulthars direktem Machtbereich. Im Moment ist er anscheinend noch zu beschäftigt, um sich um uns zu kümmern, aber wir sitzen beide in der Falle, und er hat uns sicherlich nicht vergessen.«

Conelly zögerte. Er rang sichtlich mit sich. »Angenommen, Sie hätten recht«, sagte er schließlich mißtrauisch. »Was schlagen Sie vor?«

Vivian atmete auf. Sie hatte noch nicht gewonnen, aber sie hatte die erste Hürde genommen. Conelly schien zumindest bereit, ihr zuzuhören. »Wir sind nicht gerade Freunde«, sprach sie weiter. »Aber im Grunde sind wir auch keine Feinde. Ich weiß kaum etwas über Sie, und vielleicht ist es auch besser so. Aber ich weiß, daß Sie mich nur wegen Melissa töten wollten. Mittlerweile hat Ulthar sie wieder erweckt, es gibt also keinen Grund mehr, warum Sie mich länger verfolgen sollten.«

»Woher weiß ich, daß Sie die Wahrheit sagen? Bislang habe ich keinen Beweis, daß Melissa nicht mehr in Ihnen steckt.«

Auch auf diesen Einwand war Vivian vorbereitet. »Dieses Killerwesen«, entgegnete sie. »Ich habe gesehen, wie es gegen Ulthar und seine Spiegelsklaven gekämpft hat. Der Magier hatte keine Chance, wie Sie es gesagt haben. Ihre Kreatur müßte ihn längst getötet haben, und ich nehme an, sie sollte anschließend zu Ihnen zurückkehren.« Demonstrativ schaute sich Vivian um. »Bis jetzt ist nichts von ihr zu entdecken. Glauben Sie mir, sie ist tot.«

Conellys Nervosität steigerte sich plötzlich. »Nicht einmal Melissa könnte Quaraan aufhalten«, stieß er hervor, doch es klang nicht sehr überzeugt.

»Ich habe lange Zeit Melissas Kräfte gehabt«, erinnerte Vivian. »Auch wenn ich immer nur einen Bruchteil davon benutzen konnte, habe ich immer gespürt, daß da viel mehr Potential war. Aber ich habe mich nie getraut, es anzuwenden, auch nur mit ihnen zu experimentieren. Ich wußte, daß ich dieses Potential nicht beherrschen könnte. Aber Melissa kann es, und sie hat keine Skrupel, diese Kräfte einzusetzen. Dieser ... Quaraan hatte keine Chance. Und wir werden sie auch nicht haben, wenn es uns nicht gelingt, von hier zu fliehen.«

Conelly schwieg einige Sekunden lang. Aufgeregt ging er im Gang auf und ab. Seine Augen glühten in einem unheiligen Feuer. »Und was sollen wir Ihrer Meinung nach tun?«

»Ich sagte schon, wir sind keine Feinde. Unser gemeinsamer Feind ist Ulthar, und wenn wir zusammenhalten, können wir ihn vielleicht besiegen, zumindest aber von hier entkommen.«

»Und wie?«

»Dieses ganze Labyrinth ist eine Täuschung. Deshalb gibt es auch keinen Ausgang. Ich habe es schon einmal geschafft, Ulthars Illusion zu zerstören, allerdings nur für einen kurzen Moment. Sie müssen es gemerkt haben.«

Conelly nickte langsam. »Sie also waren das. Durch Sie bin ich Ulthars Spiegeln überhaupt erst entkommen. Wie haben Sie es gemacht?«

»Ich ... ich weiß es nicht«, gestand Vivian. »Es war ein Zufall. Ich habe es noch einmal versucht, aber ich war nicht stark genug. Beim ersten Mal hatte ich ein Amulett, das mir half, meine Kräfte zu kontrollieren, doch ich habe es verloren.« Sie zuckte hilflos mit den Schultern. »Es war der richtige Weg. Nur fehlt mir allein die Kraft. Vielleicht schaffen wir es gemeinsam.«

Erneut blitzte Mißtrauen in Conellys Augen auf. »Ihre Kräfte?« wiederholte er gedehnt. »Ich denke, Sie besaßen diese Kräfte nur durch Melissa? Wie könnten Sie immer noch Melissas Hexenkräfte besitzen, wenn Ulthar Sie beide angeblich getrennt hat?« Er packte Vivian hart an den Schultern und schüttelte sie. »Antworten Sie!«

Vivian überlegte fieberhaft. Conellys Frage war durchaus berechtigt, stellte sich aber erst, seit sie wußte, daß

Melissa als eigenständige Person existierte. Während ihrer von Panik erfüllten Flucht hatte sich Vivian über diesen Punkt keine Gedanken gemacht. Eigentlich hätte sie ihre Kräfte verlieren müssen im gleichen Moment, in dem Melissa ihren Körper verlassen hatte. Noch einmal sah sie den Kampf Melissas mit dem Echsenwesen vor sich, und erst jetzt erinnerte sie sich, wie maskenhaft starr Melissas Gesicht gewesen war, wie leblos ihr Blick, wie hölzern ihre Bewegungen. Es hatte Vivian überrascht, daß die Trennung überhaupt stattgefunden hatte, aber anscheinend war sie nicht vollständig gelungen. Wenn ihre Theorie stimmte, bedeutete das letztlich, daß zumindest ein Teil Melissas immer noch in ihr schlummerte und Ulthar nicht mehr als ein weiteres Spiegelbild erzeugt hatte. Ein Spiegelbild, das die gleichen Kräfte besaß und sie auch perfekt einzusetzen vermochte, das aber dennoch nicht Melissa war.

Das jedoch konnte sie Conelly unmöglich sagen. Obwohl er sich meisterhaft zu verstellen verstand, herrschte in seinem Inneren ein Aufruhr, der blitzschnell in unbeherrschte Hysterie umschlagen konnte. Wenn sie auch nur andeutete, daß sie möglicherweise immer noch Melissa in sich beherbergte, würde er sie ungeachtet aller Konsequenzen aus purer Angst töten.

»Sie tun mir weh«, keuchte sie, um Zeit zu gewinnen.

»Sie sollen mir antworten«, rief Conelly, lockerte seinen Griff jedoch ein wenig.

»Verdammt, ich weiß es nicht. Vielleicht hatte ich diese Kräfte von Anfang an, und deshalb ist Melissa überhaupt erst in meinen Körper gelangt. Oder sie sind im Laufe der Zeit so sehr zu einem Teil von mir geworden, daß ich sie auch ohne Melissa noch besitze. Ich weiß es nicht, begreifen Sie das doch. Ich weiß nur, daß wir von hier weg müssen. Oder wollen Sie, daß Ulthar uns wieder einfängt?«

Conelly ließ sie los. »Also gut«, sagte er schweratmend. »Sie können diese Kräfte zwar nicht annähernd so gut beherrschen wie Melissa, aber vielleicht können Sie mir noch einmal von Nutzen sein. Verschwinden wir erst einmal von hier. Sie glauben, daß wir es gemeinsam schaffen, die Illusion zu überwinden?«

Vivian nickte, zuckte dann aber gleich darauf mit den Schultern. »Wir können es wenigstens probieren. Es ist unsere einzige Chance.«

»Gut. Geben Sie mir Ihre Hand. Sonst brauchen Sie nichts zu tun, ich erledige alles. Ich werde versuchen, unsere Kräfte miteinander zu verschmelzen. Entspannen Sie sich. Je ausgeglichener Sie sind, desto eher wird es gelingen.«

Vivian nickte, zögerte noch einmal kurz und reichte ihm dann ihre Hand, während sie sich gleichzeitig zu entspannen versuchten. Sie konnte spüren, wie irgend etwas behutsam nach ihrem Geist tastete. Ein leichtes Prickeln durchfuhr sie, und sie konnte spüren, wie sich die Härchen in ihrem Nacken aufrichteten. Die körperlose Berührung war ihr zuwider. Sie hatte das Gefühl, etwas Finsteres, Mächtiges würde sich wie eine erstikkende Decke über sie breiten, und schauderte. Eine Gänsehaut lief über ihren Rücken.

Conelly verstärkte seine Bemühungen, drang tiefer in ihren Geist ein. Instinktiv sträubte sie sich dagegen, doch Conelly fegte ihren leichten Widerstand mühelos hinweg. Erst einen Augenblick zu spät begriff sie, was er wirklich vorhatte.

Nein! schrie sie gepeinigt, doch der Schrei hallte nur in ihrem eigenen Schädel wider.

Conelly ließ seine Maske fallen, verzichtete auf jede Rücksicht. Wie ein ausgehungertes Raubtier fiel er über ihr Bewußtsein her, sog ihr Potential begierig in sich auf und fügte sie seinen eigenen Kräften hinzu.

Erneut begann Vivian zu schreien, doch abermals

drang kein Laut über ihre Lippen. Conelly hatte niemals vorgehabt, gemeinsam mit ihr von hier zu fliehen. Statt dessen zapfte er ihre Kräfte an, um sie für seine eigene Flucht zu benutzen, gleichgültig, was aus ihr wurde. Vivian begriff, daß sie sterben würde. Verbissen kämpfte sie gegen den fremden Einfluß an, stemmte sich gegen Conellys Sog, doch sie war schon zu geschwächt.

Dann …

Sie wußte selbst nicht, was geschah. Conelly brach ihren Widerstand, doch im gleichen Moment riß er eine Schranke in ihrem Geist ein, von deren Existenz nicht einmal Vivian selbst etwas gewußt hatte. Urgewaltige Kräfte brodelten in ihr hoch und überfluteten ihr Bewußtsein. Wie beiläufig fegte sie Conellys geistige Fühler zurück, kehrte den Sog um und riß nun ihrerseits seine Kräfte mit einem urgewaltigen Griff an sich. Plötzlich war es Conelly, der gellend schrie, aber selbst wenn sie es gewollt hätte, hätte Vivian nicht mehr aufhören können.

Für einen kurzen Moment nahm sie ihre Umgebung noch einmal bewußt wahr. Sie sah die spiegelnden Wände des Labyrinths um sich herum, und sie sah Conelly, der vor ihr auf dem Boden lag. Er wirkte geschrumpft, wie mumifiziert – *ausgebrannt*.

Vivian widmete ihm nur einen kurzen Blick, dann wandte sie sich zu dem Spiegel neben ihr um und schlug mit geballter geistiger Macht zu.

Im nächsten Moment hatte sie das Gefühl, direkt durch eine zersplitternde Glasscheibe zu stürzen. Ihre Umgebung schien zu zerbersten, in Millionen klirrender Scherben zu zerbrechen, und irgendwo schien eine gigantische Bogensaite gespannt zu werden. Vivian taumelte, fiel vornüber und prallte auf den schmutzigen Lehmboden.

Dann verlor sie das Bewußtsein.

19

Obwohl Melissa Conellys Killergeschöpf schwer zusetzte, gab es noch nicht auf. Ulthar wich den zuschnappenden Kiefern im letzten Augenblick aus. Die fingerlangen Reißzähne schlugen ins Leere. Das dumpfe, an eine zuschnappende Bärenfalle erinnernde Geräusch, mit dem die Kiefer der Bestie aufeinanderschlugen, vermischte sich mit seinem wütenden Fauchen.

Quaraans kleine, heimtückischen Augen funkelten boshaft. Das Wesen schien eingesehen zu haben, daß Ulthar auf normalem Wege nicht zu besiegen war. Die Echsenkreatur besaß Körperkräfte, mit denen sie einen Elefantenbullen hätte niederringen können. Aber den unsichtbaren Gewalten, mit denen sie hier konfrontiert wurde, war sie trotz allem nicht gewachsen. Der kleine, schuppige Kopf ruckte in einer wütenden Bewegung herum, während er abwechselnd Ulthar und die schlanke, dunkelhaarige Frau musterte, deren übersinnliche Kräfte ihn immer wieder von seinem Opfer zurückrissen.

Der Magier kroch mit schmerzverzerrtem Gesicht von dem tobenden Ungeheuer weg. »Vernichte ihn«, stöhnte Ulthar. Seine Stimme zitterte, aber es war nicht festzustellen, ob sie von Haß oder Schmerz entstellt war. Quaraans Zähne hatten sich tief in seine Schulter gegraben, ehe sein erster Angriff abgeschlagen worden war. Blut lief aus Ulthars zerfetztem Hemd und bildete eine langsam größer werdende Lache unter seinem Körper. Aber das lodernde, fanatische Feuer in seinen Augen war ungebrochen. Im Gegenteil – der heimtückische Angriff schien seine Entschlossenheit noch gesteigert zu haben.

Quaraan zischte drohend. Sein Schädel pendelte wie

der Kopf einer angreifenden Kobra hin und her, während er sich dem neuen Gegner zuwandte.

»Vernichte ihn!« schrie Ulthar noch einmal. Er richtete sich mühsam auf Hände und Knie auf, versuchte auf die Beine zu kommen und sackte mit schmerzverzerrtem Gesicht zurück. Die Wunde an seiner Schulter begann stärker zu bluten.

Aber sein Befehl war gehört worden. Hinter der Stirn der jungen Frau ballten sich unbegreifliche Energien zusammen. Quaraan schrie gellend auf, als die PSI-Kräfte seiner Gegnerin erbarmungslos zuschlugen. Er kippte nach hinten, wurde haltlos durch die Luft geschleudert und mit brutaler Wucht auf den Steinboden geschmettert. Roter Nebel wallte vor seinen Augen, und in seinem Mund war plötzlich scharfer, bitterer Blutgeschmack. Der Geschmack der Niederlage. Ein helles, grausames Lachen drang durch den Vorhang aus Schmerz und aufkommender Bewußtlosigkeit. Seine Gegnerin bewegte sich, tänzelte leichtfüßig auf ihn zu und hob fast beiläufig die Hand. Sengender Schmerz brannte sich in Quaraans Körper und schmetterte ihn abermals zu Boden.

Dennoch gab er auch jetzt noch nicht auf. Er hätte es gar nicht gekonnt, selbst wenn er gewollt häte. Er war geschaffen worden, um zu töten, und deshalb würde er einen Kampf niemals aufgeben. Notfalls würde er bis zu seinem eigenen Tod kämpfen.

Trotz seiner nur geringen Intelligenz erkannte er, daß die Frau die gefährlichere Gegnerin war. Sie hinderte ihn daran, das Opfer zu töten, also würde er erst sie vernichten müssen. Quaraan schüttelte sich, sprang auf und ging seinerseits zum Angriff über. Er fauchte, bäumte sich auf und schlug mit allen vier Pfoten und dem stachelbewehrten Schwanz nach dem Körper seiner Gegnerin.

Sein kleiner, gepanzerter Körper schnellte wie eine Stahlfeder durch die Luft.

Er erreichte die Frau nicht.

Eine unsichtbare Hand schien ihn mitten im Sprung zu packen und schleuderte ihn mit solcher Wucht zurück, daß er gegen die Wand krachte. Diesmal klang sein Fauchen eher kläglich.

Melissa kam mit langsamen Schritten näher. Ein hartes, grausames Lächeln erschien auf ihrem Gesicht. Ihre dunklen Augen richteten sich mit hypnotischer Kraft auf das kleine Echsenwesen. »Sieh mich an«, flüsterte sie. »Sieh mich an. Schau mir in die Augen!«

Quaraans Kopf kam in einer unendlich langsamen Bewegung hoch. Sein Körper zitterte wie unter einem Krampf, und aus seiner Brust drang ein dumpfes, wehleidiges Stöhnen.

»Sieh mich an«, flüsterte Melissa noch einmal. »Komm her zu mir!« Das Ungeheuer stand langsam auf. Seine Bewegungen wirkten mit einemmal hölzern und roboterhaft. Gehorsam wie ein gut dressierter Hund ging er auf Melissa zu und blieb dicht bei ihr stehen.

»Gut gemacht!« lobte Ulthar. Er rappelte sich mühsam hoch, humpelte an Melissas Seite und bedachte das wehrlose Echsenwesen mit einem halb triumphierenden, halb verächtlichen Blick. Dann drehte er sich mit einer abrupten Bewegung um und verließ den Raum. »Töte es!« befahl er im Hinausgehen.

Melissa nickte unmerklich. Um ihre Lippen spielte ein böses Lächeln …

Es war noch immer heller Tag, als Vivian erwachte, obwohl sie das Gefühl hatte, sehr lange geschlafen zu haben. Sie öffnete die Augen, atmete tief ein und richtete sich mühsam auf die Ellbogen auf. In ihr war die dumpfe, verschwommene Erinnerung an einen Alptraum, in dem sie das Gefühl gehabt hatte, irgendeine phantastische, unbegreifliche Grenze durchbrochen zu haben.

Alptraum?

Sie blinzelte, schüttelte sich die Haare aus dem Gesicht und besah sich ihre Umgebung genauer. Das Labyrinth, das Gebäude, die blitzenden, zum Wahnsinn treibenden Spiegel – alles war verschwunden. Sie lag auf nacktem, unebenen Lehmboden. Früher einmal mußte hier ein Gebäude gestanden haben – seine Umrisse waren noch vage zu erkennen, und rechts von ihr reckte sich wie ein mahnend stehengelassenes Momument ein leerer Türrahmen in die Luft. Dahinter waren die Konturen weiterer Gebäude zu erkennen.

Vivian blinzelte zu dem grellen Feuerball der Sonne empor. Ihre Armbanduhr war kaputt, aber es mußte bereits ziemlich spät sein. Die Sonne stand tief im Westen, senkte sich dem Ende ihrer täglichen Wanderung entgegen und übergoß den Himmel mit einem wahren Feuerwerk von Rot und Orange, durchzogen mit Streifen von Gold und dem ersten, kaum merklichen Schimmer der Dämmerung.

Vivian stand auf. Im ersten Augenblick wurde ihr schwindelig. Sie schwankte, kämpfte das Gefühl mit aller Willenskraft nieder und ging mit zitternden Knien auf den Türrahmen zu. Darüber war noch ein Bruchteil der ursprünglichen Wellblechverkleidung des Gebäudes zu erkennen.

Ulthars Spiegelkabinett stand seitenverkehrt darauf geschrieben.

Vivian kam nicht mehr dazu, sich weitere Gedanken darüber zu machen. Ein plötzlicher, eisiger Windstoß ließ sie erschauern. Papierfetzen und trockenes Laub trieben über den Platz, und das Geräusch des Windes, der sich zwischen den Resten der zusammengestürzten Häuser ringsum fing, echote wie grausames, höhnisches Gelächter in ihren Ohren. Sie bückte sich, hob einen Papierfetzen vom Boden auf und strich ihn glatt. Es war ein Fetzen uralter, längst verblichener Reklame, aber Vivians Augen sahen weder die bunten Bilder noch die marktschreierische Aufmachung. Ihr Blick hing wie hypnotisiert an der Schrift unter den Fotografien.

Es war Spiegelschrift, so wie auch die Buchstaben über dem Türrahmen nicht nur seitenverkehrt angeordnet waren, sondern in Spiegelschrift an der Ruine von Ulthars Kabinett prangten.

Es dauerte lange, bis Vivian die schreckliche Wahrheit begriff. Minutenlang stand sie regungslos da, starrte den Papierfetzen an und kämpfte gegen die aufsteigende Panik. Schließlich, nach einer Ewigkeit, riß sie ihren Blick von der Schrift los. Sie ließ den Papierfetzen fallen, drehte sich um und ging mit schleppenden Schritten auf die Silhouette New Yorks zu, die sich wie ein künstliches Gebirge am Horizont auftürmte.

Eines spiegelverkehrten New Yorks.

Vivian wußte nun, daß sie sich nicht an einen Alptraum erinnerte. Sie war wirklich über eine Grenze gegangen, hatte eine Barriere durchbrochen, die so phantastisch war, daß sie bisher nicht einmal an die Möglichkeit ihrer Existenz gedacht hatte.

Sie hatte die Welt hinter den Spiegeln betreten.

Es war keine Gefangenschaft innerhalb der Spiegel, wie bei Ulthars anderen Opfern und wie er es auch für sie geplant hatte, sondern etwas viel Phantastischeres. Vivian konnte sich noch genau an Conellys Heimtücke erinnern, wie er versucht hatte, sich zu befreien und sie zu töten, indem er ihr ihre Lebensenergie auszusaugen begann, aber an alles, was danach passiert war, besaß sie nur noch eine undeutliche, verschwommene Erinnerung. Conelly hatte eine Mauer in ihrem Inneren durchbrochen und dabei Kräfte freigelegt, die keiner von ihnen zu beherrschen vermochte; Kräfte, die ihn getötet und Ulthars Illusion zerstört hatten, und sie von den freiwerdenden Gewalten in diesen Riß geschleudert worden sein mußte, um hier zu stranden.

Für immer?

Vivian hatte es gespürt, als sie aus der Bewußtlosigkeit erwacht war – das Gefühl, daß hinter ihr eine Tür zugeschlagen wurde, das endgültige und unwiderrufliche Schließen einer Bruchstelle im Gefüge der Schöpfung, die überhaupt niemals hätte geöffnet werden dürfen.

Sie schloß die Augen, konzentrierte sich und tastete nach ihren magischen Fähigkeiten, versuchte, sie noch einmal zu aktivieren.

Es ging nicht.

Es war, als hätte sie niemals die Kräfte einer Hexe besessen. In ihr war nichts als eine große, bedrückende Leere. Ihre Kräfte hatten ihr den Weg hierher gebahnt, aber zurückkehren konnte sie auf dem gleichen Weg nicht.

Tiefe Mutlosigkeit überfiel sie.

Diese Welt glich ihrer alten, bekannten zumindest bis zu einem gewissen Grad, und dennoch war sie völlig fremdartig. So ähnlich, dachte Vivian, mußte sich ein Mensch fühlen, der eines Tages nach Hause kommt und feststellt, daß er zu einem Fremden in seinem eigenen Heim geworden ist.

Ein eisiger Schauer lief ihr über den Rücken, als sie an die bevorstehende Nacht dachte. Obwohl alles, was sie in den letzten Tagen auf der ehemaligen Vergnügungshalbinsel erlebt hatte, nur unangenehme Erinnerungen in ihr wachrief, schreckte sie instinktiv davor zurück, das Festland zu betreten. Coney Island bot trotz all seiner Schrekken den Schutz des Vertrauten, Bekannten. Es gab genug leerstehende Gebäude, in denen sie übernachten konnte.

Sah man von Ulthars völlig verfallenem Kabinett ab, befand sich diese spiegelverkehrte Ausgabe des Vergnügungsparks seltsamerweise in einem viel weniger fortgeschrittenen Stadium des Zerfalls. Auch hier waren die Zeichen des beginnenden Zusammenbruchs zu sehen – abblätternde Farben, zerbrochene Fensterscheiben, fingerdicke Staubschichten auf dem Boden, Holzwände und Balken, die sich unter dem Gewicht der Jahre zu biegen begannen. Aber es war, als wäre die Zeit hier vor dreißig oder vierzig Jahren einfach stehengeblieben. So oder ähnlich mußte Coney Island ausgesehen haben, kurz nachdem es aufgegeben worden war.

Vivian trat auf eine der Buden zu, um darin Schutz vor der hereinbrechenden Nacht zu suchen. Der Eingang war mit Brettern vernagelt, doch es fiel ihr nicht sonderlich schwer, sie zu entfernen.

Dahinter lag das Nichts.

Es dauerte mehrere Sekunden, bis ihr bewußt wurde, daß sie nicht einfach vor einem Abgrund oder am Eingang eines großen Raumes stand. Auf eine unbegreifliche Art endete die Welt schlichtweg jenseits des Torbogens, so als wäre die Schöpfung an dieser Stelle einfach nicht zu Ende geführt worden. Vivian wagte es nicht, den Raum zu betreten. Statt dessen prallte sie mit einem Schrei zurück und wandte den Blick ab.

Sonderbarerweise war es nicht dunkler geworden, es schien eher sogar heller geworden zu sein. Sie schaute noch einmal zum Himmel hinauf, und ihre Ahnung wurde zur Gewißheit. Statt sich zu vertiefen, war das Rot der Dämmerung blasser geworden, und die Sonne stand zweifellos höher als noch vor Minuten. Vivian schalt sich selbst eine Närrin. Sie hatte sich vom Stand der Sonne täuschen lassen; was sie sah, war keine Abend-, sondern bereits die Morgendämmerung, und in einer spiegelverkehrten Welt ging die Sonne natürlich nicht im Osten, sondern im Westen auf. Der Gedanke war nur eine logische Schlußfolgerung, und dennoch führte er ihr erst richtig vor Augen, *wie* fremd diese Welt wirklich war, wenn selbst die elementarsten Gesetzmäßigkeiten der Natur umgekehrt worden waren.

Die Verzweiflung schlug wie eine erdrückende Woge über Vivian zusammen. Einen Moment lang fragte sie sich allen Ernstes, welchen Sinn es noch hatte, überhaupt weiterzugehen und sich irgendwelche Hoffnungen zu machen, statt sich gleich an Ort und Stelle hinzusetzen und auf den Tod zu warten – oder den Wahnsinn. Bei allem, was ihr in den vergangenen Tagen widerfahren war, hätten die meisten anderen Menschen wahrscheinlich schon längst den Verstand verloren. Auch sie hatte nie an dämonische Flugmonster und Echsenungeheuer geglaubt, so wenig wie an zum Leben erwachende Spiegelbilder, aber aufgrund der in ihr steckenden paranormalen Fähigkeiten wußte sie bereits von Kindheit an, daß es das gab, was andere als übernatürlich bezeichneten, daß es mehr Dinge zwischen Himmel und Erde gab, als andere sich auch nur träumen ließen. Dieses Wissen hatte ihr bislang geholfen, mit dem Erlebten fertig zu werden, und es bewahrte sie auch jetzt davor, in Verzweiflung zu versinken und sich selbst aufzugeben. Bis zu ihrer Hochzeit mit Mark hatte sie in ihrem Leben um alles kämpfen müssen, nichts war ihr geschenkt worden, und deshalb wußte sie nur zu gut, daß nur der wirklich verloren war, der sich selbst verloren gab. Sie würde auch jetzt nicht einfach resignieren, selbst wenn ihre Situation noch so aussichtslos erscheinen mochte.

Beinahe ohne es zu merken, hatte Vivian die Richtung zum Strand eingeschlagen, dorthin, wo sie am gestrigen Morgen das Boot entdeckt hatte. Sie blieb stehen. Die Wellen bewegten sich sonderbar träge und schwerfällig. Für einen Augenblick hatte sie das Gefühl, die Zeitlupenaufnahme einer Meeresbrandung zu betrachten. Vivian kniete nieder, beugte sich vor und tauchte die Finger ins Wasser. Es war überraschend warm und fühlte sich kaum wie normales Wasser, sondern eher wie eine zähflüssige Flüssigkeit an. Ihre Hand bewegte sich gegen ihren Willen, als die nächste Welle heranrollte. Vivian stand stirnrunzelnd auf, betrachtete die glitzernde Flüssigkeit auf ihren Fingerspitzen und ging weiter. Diese Welt würde noch mehr Überraschungen und Rätsel für sie bereithalten, und sie hatte das Gefühl, daß die wenigsten davon angenehmer Natur sein würden.

Der feinkörnige, weiße Sand knirschte unter ihren Füßen, als sie am Strand entlangging. Schließlich erreichte sie eine Uferböschung an der Übergangsstelle zwischen Coney Island und dem Festland und stieg sie hinauf. Am Ende einer zerbröckelnden Asphaltstraße, die vom Highway zum Strand hinunterführte, stand ein uralter Dodge Station Car. Vivian blieb unwillkürlich stehen und hielt nach dem Fahrer Ausschau. Der Wagen war das erste sichtbare Zeichen von menschlichem Leben, das sie seit ihrer unfreiwilligen Ankunft hier bemerkte. Aber es gab in weitem Umkreis nicht die geringste Spur eines Menschen. Der Strand schien genauso leer und ausgestorben wie der übrige Teil der Halbinsel, den sie bislang gesehen hatte. Und wie wahrscheinlich diese ganze Welt, wisperte eine Stimme in Vivians Gedanken. Es war gut möglich, daß sie der einzige Mensch hier war, vielleicht sogar das einzig lebende Wesen überhaupt. Bislang hatte sie keinen einzigen Vogel gehört, obwohl noch am vergangenen Tag zahlreiche Möwen über dem Meer gekreist hatten. Es schien außer ihr einfach keine Lebewesen in dieser Welt zu geben.

Sie ging auf der Uferböschung entlang, betrat den Highway und näherte sich vorsichtig dem Wagen. Die Tür auf der Beifahrerseite stand offen. Das Fenster war halb heruntergelassen, und der Zündschlüssel steckte noch im Schloß, als wäre der Besitzer nur kurz weggegangen, um sofort zurückzukommen. Vivian umrundete den Dodge einmal und betrachtete ihn eingehend. Solche Modelle waren schon nicht mehr gebaut worden, als sie selbst noch nicht einmal geboren war, trotzdem machte der Wagen einen relativ neuen Eindruck. Der Lack wies nicht den geringsten Kratzer auf, und der Chrom auf Radkappen, Stoßstangen und Türgriffen glänzte so makellos, als wäre er erst vor kurzer Zeit frisch poliert worden.

Vivian zögerte nicht länger. Der Wagen würde wahrscheinlich noch in hundert Jahren hier stehen, ohne daß sich jemand um ihn kümmerte. Sie schob die Tür zu, umrundete das Fahrzeug noch einmal und ließ sich auf den Fahrersitz fallen.

Das Steuer befand sich auf der falschen Seite.

Vivian seufzte, zog die Tür hinter sich ins Schloß und rückte ächzend auf den vermeintlichen Beifahrersitz hinüber. Solche Fehler würden ihr noch öfter unterlaufen. Es war nicht leicht, Gewohnheiten, die sich ein Leben lang eingeprägt hatten, von einer Minute zur anderen zu ändern.

Sie versuchte zu starten, griff automatisch nach einem nicht vorhandenen Sicherheitsgurt und lächelte flüchtig. Der Dodge war vierzig Jahre alt. Damals hatte noch niemand an Sicherheitsgurte gedacht. Vivian drehte den Zündschlüssel gegen den Uhrzeigersinn, trat mit dem rechten Fuß die Kupplung durch und legte vorsichtig den Gang ein. Der Motor heulte protestierend auf und machte einen wilden Satz, als sie viel zu hastig Gas gab und die Kupplung mit einem Ruck kommen ließ. Es war gar nicht so leicht, mit dem linken Fuß Gas und Bremse zu bedienen. Der Dodge schaukelte und bockte wie ein Boot im Sturm, als sie auf den Highway einbog und nach

Süden fuhr. Sie hatten New York in südlicher Richtung verlassen, um nach Coney Island hinauszukommen. Also mußte sie – den spiegelverkehrten Gesetzen dieser Welt gehorchend – auch wieder in südlicher Richtung zurückfahren. Allmählich bekam sie eine ungefähre Vorstellung, von den Schwierigkeiten, die ein längerer Aufenthalt in dieser seitenverkehrten Umgebung mit sich bringen würde.

Sie fuhr an einem spiegelverkehrten Hinweisschild vorbei, ohne sich die Mühe zu machen, es zu entziffern.

Und dann sah sie plötzlich das Gespenst.

Natürlich war es nicht wirklich ein Gespenst, aber es wirkte zumindest so, wie man sich im allgemeinen einen Geist vorzustellen pflegte. Vivian brachte den Wagen mit einem harten Ruck zum Stehen und starrte verblüfft auf die schemenhafte Gestalt, die vor ihr die Straße überquerte.

Eigentlich war der Mann nur in Umrissen zu erkennen. Sein Körper wirkte transparent, als bestünde er nicht aus fester Materie, sondern aus einem farbigen Gas, das sich auf geheimnisvolle Weise zu den Konturen eines Menschen zusammengeballt hatte. Vivian konnte deutlich sehen, wie sich Büsche und Gras hinter ihm im Wind bewegten.

Der Mann blieb stehen, sah sich nach allen Seiten um und trat dann mit schnellen Schritten auf den Highway hinaus. Er überquerte die Straße, sprang mit einem Satz über die Leitplanke und blieb aufatmend stehen. Sein Verhalten erinnerte Vivian unwillkürlich an das Gehabe eines Mannes, der froh war, eine stark befahrene Straße unbeschadet überquert zu haben – nur daß die Straße völlig leer war. Mit Ausnahme von Vivians Dodge war weit und breit kein weiteres Fahrzeug zu entdecken.

Vivian legte den Gang ein und fuhr hinter dem Mann her. Er war weitergegangen, aber er schien es jetzt nicht mehr besonders eilig zu haben. Trotz ihrer unheimlichen Erscheinung wirkte die Gestalt nicht bedrohlich, aber Vivian hatte aus bitterer Erfahrung in den letzten Tagen lernen müssen, daß oft ganz reale Gefahren hinter scheinbar harmlosen Dingen steckten. Sie gab behutsam Gas, lenkte den Wagen auf die andere Straßenseite und fuhr langsam an der Erscheinung vorbei. Der Mann schien sie nicht zu bemerken. Er ging ruhig weiter, blieb einmal kurz stehen, um sich mit umständlichen Bewegungen eine Zigarette anzuzünden, und schlenderte dann weiter in Richtung City.

Und dann verschwand er.

Vivian trat verblüfft auf die Bremse und sprang aus dem Wagen. Mit zwei, drei großen Schritten war sie an der Stelle, an der die Erscheinung vor wenigen Augenblicken noch gestanden hatte. Sie konnte keine Spur mehr von ihr entdecken. Der Mann hatte sich so spurlos aufgelöst, als hätte er nie existiert.

Vielleicht hat er auch nicht existiert, wisperte eine kleine, boshafte Stimme in ihren Gedanken. *Vielleicht hast du dir nur eingebildet, ihn zu sehen. Vielleicht wirst du langsam verrückt.*

Verrückt ... verrückt ... verrückt ...

Vivian stöhnte, preßte die Fäuste gegen die Schläfen und versuchte, die quälende, flüsternde Stimme zu verdrängen. Sie war nicht verrückt. Sie wußte, daß sie den Mann gesehen hatte – oder vielmehr den Schatten eines Mannes. Und für einen kurzen, flüchtigen Moment erinnerte sie sich auch, wo sie ein ähnliches Bild schon einmal gesehen hatte, aber der Gedanke entschlüpfte ihr, bevor sie ihn richtig fassen konnte. Sie starrte eine Weile hilflos auf die Stelle, an der die geisterhafte Erscheinung gestanden hatte, ehe sie sich umdrehte und mit erzwungenen ruhigen Schritten zum Wagen zurückging. Nein – sie war nicht verrückt. Weder sie noch diese Welt. Der Mann stellte nur ein weiteres Fragezeichen in einer Kette ungelöster Rätsel dar, die die Spiegelwelt für sie bereit hielt. Sie würde sie lösen. Irgendwie.

Sie setzte sich hinter das Steuer, ließ den Motor an und fuhr langsam weiter. Ihr Blick fiel in den Rückspiegel. Das Hinweisschild, hinter dem die Erscheinung aufgetaucht war, war zu einem winzigen, streichholzschachtelgroßen Rechteck zusammengeschrumpft, das im Grün und Braun der Küstenlandschaft seltsam deplaziert wirkte. Und davor stand der Mann.

Vivians Augen weiteten sich ungläubig. Für einen Moment verlor sie die Kontrolle über den Wagen. Der Dodge brach aus, schlitterte über die Straße und kam mit kreischenden Reifen zum Stehen. Der Motor erstarb mit einem würgenden Husten, und irgendwo im Kofferraum löste sich schleppend ein Metallteil und krachte gegen die Rückbank. Aber von alledem bemerkte Vivian nichts. Ihr Blick hing wie gebannt an der winzigen, halbtransparenten Gestalt, die vor dem Reklameschild aufgetaucht war.

Die Verblüffung dauerte nur eine Sekunde. Dann reagierten Vivians Instinkte. Ihre Hände schienen sich ohne ihr Zutun zu bewegen. Sie drehte den Zündschlüssel, trat unbewußt Kupplung und Bremse in umgekehrter Reihenfolge und wendete den Wagen mit aufbrüllendem Motor und protestierend kreischenden Reifen. Der Dodge machte einen Satz, der seinem scheinbaren Alter Hohn sprach, und preschte auf der Gegenfahrbahn zurück. Sie erreichte die Reklametafel in dem Augenblick, als der Mann sich anschickte, die Straße zu überqueren. Vivian riß das Steuer herum, trat hart auf die Bremse und stellte den Wagen quer. Fünf Meter schwarzlackiertes Blech blockierten den Weg der Erscheinung. Der Mann reagierte jedoch überhaupt nicht auf den Dodge. Er schien aufmerksam nach rechts und links zu sehen, trat dann auf die Fahrbahn hinaus und lief mit weitausgreifenden Schritten los ... auf den Wagen zu ... *und hindurch*!

Obwohl Vivian Taylor fast damit gerechnet hatte, daß so etwas passieren würde, verschlug ihr der Anblick für einen Moment den Atem. Die Gestalt ging direkt auf den Wagen zu, ohne ihre Geschwindigkeit auch nur zu verringern. Der transparente Körper schien für einen Moment mit dem Kühler des Dodge zu verschmelzen und ging ungerührt weiter. Das Hindernis schien für ihn gar nicht zu existieren. Er schien es nicht einmal zu sehen.

Genausowenig, wie ich den Verkehr sehe, der auf dieser Straße fließt, dacht Vivian. *Oder den Körper dieses Mannes. Ich sehe nur seinen Schatten, sein ... Spiegelbild.*

Plötzlich wußte sie, wieso ihr die Erscheinung so sonderbar vertraut gewesen war. Und sie wußte auch wieder, wo sie ähnliche Bilder schon einmal gesehen hatte. In Ulthars Kabinett.

Das Bild des endlosen Ganges erschien wieder vor ihren Augen. Die Spiegel hatten die Abbilder der Sklaven gezeigt, die Ulthar unter seinen Willen gezwungen hatte. Aber einige waren leer gewesen, und viele von ihnen hatten seltsam unwirklich gewirkt; verblaßt, undeutlich und mehr oder weniger transparent. Es gab nur eine Erklärung. Die Spiegel mußten eine Verbindung zu dieser Welt darstellen. Ein Tor, über das die gefangenen Menschen allmählich in diese Welt vordrangen, wenn auch nur ganz langsam. Es geschah auf eine ganze andere Art als bei Vivian und änderte nichts daran, daß die Umstände, durch die sie selbst hierhergelangt war, einen vermutlich einmaligen Vorgang darstellten, aber dennoch bedeutete es, daß durch die Spiegel eine direkte Verbindung zwischen der Realität und dieser Welt bestand, eine Verbindung, die möglicherweise nicht nur von einer Seite aus durchlässig war.

Und es bedeutete auch, daß sie nicht allein war. Vivian hatte nur einen winzigen Teil des endlosen Labyrinths gesehen, aber selbst dort war ihr bereits die große Zahl der leeren Spiegel aufgefallen. Wenn alle ursprünglich darin gefangenen Menschen hierher gelangt waren, mußte es sich um Hunderte handeln. Nicht übermäßig viel, wenn sie bedachte, daß sich diese Welt wohl kaum nur auf eine Spiegelausgabe New Yorks beschränken würde, aber Vivian vermutete, daß sich die meisten Gefangenen irgendwo in der Nähe aufhielten, statt sich allein oder in kleinen Gruppen über diese leere, fremde Welt auszubreiten.

Sie wendete erneut, fuhr an der schemenhaften Gestalt vorbei und gab Gas. Die Silhouette der City zeichnete sich deutlich gegen den Morgenhimmel ab. Sie wirkte noch immer tot und öde, aber Vivian wußte jetzt, daß es irgendwo dort vorne Menschen geben mußte. Menschen, die wie sie Opfer des wahnsinnigen Magiers geworden waren. Zum ersten Mal, seit sie die Spiegelwelt betreten hatte, spürte sie so etwas wie Zuversicht. Sie gab Gas, beschleunigte und sah ungeduldig auf den Tachometer. Die Nadel schien mit quälender Langsamkeit nach oben zu kriechen. Der Motor des Dodge heulte protestierend. Der Wagen war ein schweres, eher gemütlich wirkendes Fahrzeug, das nicht für solche Beanspruchungen gedacht war, aber Vivian beschleunigte unbarmherzig weiter.

Es dauerte nur wenige Minuten, bis die wellige Graslandschaft allmählich zurückwich und die ersten Wohnblocks rechts und links der Coney Island Avenue auftauchten, die sich durch ganz Brooklyn hindurchzog. Vivian trat das Gaspedal bis zum Boden durch, fegte mit kreischenden Reifen über Kreuzungen und um Kurven und jagte den Wagen in einem Tempo über die verlassenen Straßen, der selbst einem routinierten Rennfahrer den Schweiß auf die Stirn getrieben hätte. Die schwarzen Türme der Hochhäuser von Manhattan ragten wie die Zinnen einer surrealistischen Burg vor ihr empor. Sie spürte instinktiv, daß sie dort vorne die Lösung des Rätsels finden würde. Manhattan war in der realen Welt das Herz der Stadt, der pulsierende, lebende Kern, ohne den New York nichts weiter als irgendeine ganz normale Großstadt wäre.

Die zyklopischen Pfeiler der Manhattan-Bridge tauchten vor ihr auf. Vivian riß den Wagen mit einem halsbrecherischen Manöver die Auffahrt empor, schaltete herunter und jagte mit über achtzig Meilen über das breite, verlassene Asphaltband. Wenige Minuten später erreichte sie den Broadway und hielt mit kreischenden Reifen. Erst jetzt kam sie dazu, sich ihre Umgebung genauer anzusehen. Der Anblick war entsetzlich.

Eigentlich konnte sie nicht einmal sagen, worin die Veränderung bestand. Die Häuser und Straßenzüge wirkten auf den ersten Blick, wie sie sie von früher kannte: riesige, wuchtige Gebilde aus Stahl, Beton und Glas, die wie die Wände einer künstlich errichteten Schlucht rechts und links in den Himmel zu wachsen schienen. Die Veränderung war nicht äußerlich, aber sie existierte. Vivian spürte sie überdeutlich. Irgendwie, ohne daß sich irgend etwas an ihrer Umgebung sichtlich geändert hatte, war der Gesamteindruck falsch. Es war, als lauere hinter den vertrauten Umrissen eine dumpfe, boshafte Macht, ein schweigendes Grauen, das darauf wartete, über jeden Fremden herzufallen, der es wagte, seinen Fuß in sein Territorium zu setzen.

Vivian versuchte, das Gefühl der Furcht, das in ihr emporstieg, zu unterdrücken, aber es gelang ihr nicht. Im Gegenteil – das Gefühl schien mit jedem Augenblick stärker und drängender zu werden. Für wenige Sekunden mußte sie gegen den Impuls ankämpfen, umzudrehen und in panischer Angst davonzurasen. Diese Welt war nicht für sie geschaffen. Allein die Anwesenheit eines lebenden Wesens mit freiem Willen stellte eine Blasphemie dar, das spürte Vivian.

Mit erzwungenen ruhigen Bewegungen zog sie den Zündschlüssel ab, öffnete die Tür und stieg aus. Es war kalt. Ein eisiger, durchdringender Wind schien aus dem Zentrum Manhattans zu ihr herüberzuwehen, Wind, der nicht nur physische Kälte mit sich brachte, sondern auch etwas *in* ihr erschauern ließ. Sie schlug die Wagentür hinter sich ins Schloß und ging langsam über die Straße. Ihre Schritte riefen ein verzerrtes, hallendes Echo hervor, und der Wind schien plötzlich stärker und wütender zu werden, als reagiere er bereits auf die Anwesenheit eines Eindringlings in seinem Reich.

Vivian blieb stehen, atmete tief durch und drehte sich einmal um ihre Achse. Ihr Blick wanderte unruhig an der Häuserfront entlang. Ihr Herz klopfte wild und schmerzhaft, und ihre Finger zitterten. Das Licht wirkte hier anders als draußen auf Coney Island oder dem restlichen New York. Eigentlich anders als jede Beleuchtung, die sie bisher zu Gesicht bekommen hatte – irgendwie kälter und härter. Es gab keine Schatten, keine Grau- und Mischtöne, sondern nur harte Konturen und gerade, wie mit dem Lineal gezogene Trennlinien zwischen grellem Sonnenlicht und tiefstem Schwarz. Der Anblick schmerzte in ihren Augen. Selbst der Wagen, mit dem sie hergekommen war, wirkte plötzlich verändert. Er hatte das Aussehen der gutmütigen Familienkarosse verloren und hockte jetzt schwarz und drohend inmitten der abweisenden Einsamkeit der Straße; ein buckeliges, drohendes Ungeheuer aus schwarzem Stahl und Feindseligkeit.

Vivian drehte sich fröstelnd herum und ging langsam die Straße hinunter. Der Wind blies ihr kalt ins Gesicht, und die Aura der Feindseligkeit, die ganz Manhattan einzuhüllen schien, vertiefte sich mit jedem Schritt, mit dem sie sich dem Zentrum näherte. Sie ging langsam in östlicher Richtung weiter, wobei sie immer wieder den Kopf in den Nacken legte und nach oben blinzelte. Durch die immense Höhe der Häuser entstand der Eindruck, daß sich die Wände über ihr nach innen wölbten. Der Himmel war zu einem schmalen, azurblauen Band zusammengeschrumpft, das von der Sonne mit flüssigem Gold übergossen wurde. Die Straßen wirkten seltsam sauber und aufgeräumt. Der Wind heulte über glatten, makellosen Beton, fegte an Häuserwänden vorbei, die so aussahen, als wären sie erst vor wenigen Stunden fertiggestellt worden, und rüttelte an Läden, hinter denen sich makellos geputzte und klare Scheiben verbargen. Die Stadt war nicht nur tot, sondern unberührt. Hier hatte es niemals Leben gegeben. Vivian fühlte sich unwillkürlich an die Gräber ägyptischer Pharaonen erinnert, in denen die Umgebung der Toten perfekt nachgebildet worden war, manchmal in allen Einzelheiten. Auch dort hatte sie dieses Gefühl gespürt – nur viel, viel schwächer. Dieses Spiegelbild New Yorks war nichts als ein gigantisches, lebensgroßes Modell der wirklichen Stadt.

Sie überquerte eine Kreuzung, blieb stehen und sah sich unschlüssig um. Der Wind trug einen fremdartigen, unangenehmen Geruch mit sich, den sie nicht einordnen konnte. Sein Heulen klang geradezu bedrohlich, und einen Moment lang bildete sich Vivian ein, das Wispern heller, entfernter Stimmen darin wahrzunehmen.

Sie schüttelte ärgerlich den Kopf und ging weiter. Wenn man sich lange genug auf ein bestimmtes, monotones Geräusch konzentrierte, dann konnte man darin alles mögliche hören. Vor allem Dinge, die gar nicht existierten. Sie mußte einen klaren Kopf behalten, wenn sie den Weg zurück jemals finden wollte.

Und dazu war sie entschlossener denn je.

20

»Ich will hier raus!« In Mary-Lou Cramers Stimme schwang Hysterie mit. Sie kauerte zusammengesunken vor einem der hohen, kaltschimmernden Spiegel, hatte die Hände vors Gesicht geschlagen und schluchzte hemmungslos. Ihre Schultern zuckten. »Bitte ... ich ... ich will raus ...«

Sheldon Porter sah hilflos auf. Er hatte sich inzwischen wieder von dem Angriff auf Ulthar erholt, doch im gleichen Maße, in dem seine Kräfte zurückgekehrt waren, schienen die Mary-Lous geschwunden zu sein. Sie wurde nicht fertig mit der Gefahr und dem Grauen, die plötzlich in ihr bis dahin wohlbehütetes Leben hereingebrochen waren. »Sie dürfen nicht aufgeben«, sagte er leise. »Wir werden den Ausgang schon finden.«

Die Worte klangen selbst in seinen Ohren hohl. Von den Wänden herab imitierten die stummen Spiegelbilder seine Lippenbewegungen. Es kam ihm wie eine grausame Pantomime vor, die einzig zu dem Zweck inszeniert wurde, um ihn zu verhöhnen. Er hatte gelogen, und er wußte es. Sie waren am Ende, hatten sich hoffnungslos verirrt. Und es bestand keine Aussicht auf Rettung. Er richtete sich auf, starrte sein Spiegelbild, das ihn tausendfach von den Wänden herab anblickte, wütend an und ballte hilflos die Fäuste. Sie waren stundenlang durch dieses verwunschene Kabinett geirrt, ohne nur eine Spur des Ausgangs zu finden. Jeder Schritt, jeder Meter, den sie zurücklegten, schien sie tiefer in das sinnverwirrende Labyrinth aus Gängen und Stollen hineinzuführen.

Wenn sich Ulthar wenigstens zeigen würde, wenn es wenigstens irgend jemanden gäbe, gegen den er kämpfen könnte! Er war hierhergekommen, um seinen Bruder zu rächen – aber alles, was er fand, waren Spiegel. Spiegel, Spiegel und immer wieder Spiegel, und selbst wenn er die Hintergründe nicht kennen würde, wäre ihm aufgefallen, daß mit den Spiegeln hier etwas nicht stimmte. Er spürte den Atem des Fremden und Bedrohlichen, der diese Gänge ausfüllte; die kaum verhüllte Drohung, die im seelenlosen Grinsen seiner Ebenbilder zu liegen schien. Der schlanke, dunkelhaarige Mann in dem Spiegel vor ihm war ihm auf absurde Weise ähnlich und fremd zugleich. Sein Gesicht wirkte eingefallen und blaß. Die Haut schimmerte wächsern. Geronnenes Blut hatte sein Haar verklebt und ein so sonderbares Muster auf seiner Stirn und der linken Schläfe hinterlassen, und unter seinen Augen lagen tiefe, dunkle Ringe.

Er drehte sich zu Mary-Lou herum, berührte sie sanft an der Schulter und versuchte, ein einigermaßen optimistisches Gesicht zu machen. Es mißlang kläglich. Er hatte plötzlich das Gefühl, etwas sagen zu müssen, aber ein Blick in ihre Augen ließ ihn verstummen. In seiner Kehle saß plötzlich ein bitterer, harter Kloß.

»Wir kommen hier nie wieder raus, oder?« fragte Mary-Lou leise und stand auf. Sie wirkte verstört und fahrig, und in ihren Augen flackerte immer stärker die beginnende Panik, aber noch versuchte sie, sich zu beherrschen.

»Wenn wir aufgeben, ganz bestimmt nicht«, entgegnete Sheldon. »Dieses verdammte Labyrinth muß ja irgendwo aufhören.« Er lachte kurz und hart. »Irgendwie werden wir es schon schaffen. Es gibt kein Labyrinth ohne Ausgang, Missis Cramer. Und notfalls müssen wir eben einen schaffen.« Er begann, seine Jacke aufzuknöpfen.

»Was haben Sie vor?«

Sheldon grinste flüchtig, warf die Jacke auf den Boden und zerrte ungeduldig an seinem Hemd. »Etwas, das ich mir erst als allerletzte Möglichkeit aufheben wollte«, erklärte er. »Aber wie es aussieht, haben wir mittlerweile alle anderen ausgeschöpft. Er zog das Hemd vollends aus der Hose. Mary-Lou sah, daß er darunter eine dünne, silbern schimmernde Kette um den nackten Oberkörper gewunden hatte.

»Was ist das?«

Sheldon begann, die Kette mit geübten Bewegungen abzuwickeln. »Eine kleine Überraschung, die ich mir für alle Fälle mitgenommen habe. Wäre ziemlich dumm von mir, unbewaffnet hierherzukommen.«

Mary-Lou runzelte zweifelnd die Stirn. »Aber ...«

»Warum nicht?« Sheldon stopfte sich das Hemd nachlässig wieder in die Hose, ließ die Kette spielerisch durch die Luft pfeifen und wickelte sie schließlich mit gekonntem Schwung um sein Handgelenk. »Wenn man damit umgehen kann, ist sie fast so gut wie eine Pistole«, erklärte er ernsthaft. »Und auf alle Fälle besser als ein Messer.«

Mary-Lou sah den jungen Mann entgeistert an. Natürlich hatte Sheldon ihr erzählt, wie er Vivian Taylor getroffen und hierhergekommen war. Aber sie begriff plötzlich, daß es noch eine Menge gab, was sie nicht wußte. Vielleicht war das auch besser so, dachte sie. Ein unbehagliches Gefühl begann sich in ihrem Magen auszubreiten. »Sagen Sie mir endlich, was Sie vorhaben«, verlangte sie.

»Ich weiß nicht, was es mit diesen Spiegeln wirklich auf sich hat«, antwortete Sheldon. »Aber wenn sie wie normale Spiegel aus Glas bestehen, dann sind sie auch zerbrechlich. Vielleicht können wir uns auf diese Art mit Gewalt einen Ausgang bahnen.« Er lächelte kalt. »Ich weiß nicht, was passiert, aber es ist wenigstens einen Versuch wert. Es wäre besser, wenn Sie zur Sicherheit ein Stück zur Seite gehen würden.« Er wartete, bis Mary-Lou seiner Aufforderung gefolgt war, dann trat er selbst auch einen Schritt zurück, hob die Hand und wickelte die Kette mit einer knappen Bewegung ab. Ganz so zuversichtlich, wie er sich gab, war er in Wahrheit nicht, er hatte sogar ziemliche Angst. Hier hatte er es mit ihm unbegreiflichen Mächten zu tun, und vielleicht würde er durch sein Vorhaben erst recht eine Katastrophe heraufbeschwören. Aber das würde sich erst herausstellen, wenn er es versucht hatte, und viel hatten sie nicht mehr zu verlieren.

Die glitzernden Stahlglieder verwandelten sich in ein wirbelndes, pfeifendes Rad, als er die Waffe über dem Kopf kreisen ließ, dann fuhr er so schnell herum, daß Mary-Lou der Bewegung kaum noch mit Blicken folgen konnte. Die Kette zischte durch die Luft, beschrieb einen blitzenden Halbkreis und sauste mit ungeheurer Wucht nieder.

Glas klirrte. Ein helles, peitschendes Geräusch ließ Mary-Lou zusammenfahren, während ein Hagel scharfkantiger Glassplitter auf sie und Sheldon niederprasselte. Aber während das Glas zerbarst, blieb der silberne Hintergrund unversehrt. Sheldon vermochte ihn auch nicht zu zertrümmern, als er noch ein paarmal darauf einschlug und mit aller Kraft dagegentrat. Genausogut hätte er versuchen können, eine massive Felswand einzureißen.

Schweratmend trat er schließlich zurück. »Keine Chance, das Ding kaputtzukriegen«, gab er zu. »Aber umsonst war es trotzdem nicht. Wenigstens brauchen wir jetzt nicht mehr blindlings umherzuirren. Von nun an werden wir an jeder Abzweigung immer den ersten Spiegel in der Richtung, in der wir gehen, zerschlagen. Dieses verdammte Kabinett kann ja nicht endlos sein. Wir sind wahrscheinlich schon stundenlang im Kreis herumgelaufen. Aber damit ist jetzt Schluß. Kommen Sie.«

Er machte eine auffordernde Bewegung mit der Linken, grinste mit neu erwachter Zuversicht und ging los. Mary-Lou folgte ihm zögernd. Als sie die nächste Abzweigung erreichten, blieb Sheldon stehen, schwang seine Kette und zerschmetterte einen weiteren Spiegel. Das Klirren des zerbrochenen Glases hallte wie der Todesschrei eines unbegreiflichen Lebewesens durch den Gang.

»Irgendwann«, zischte Sheldon wütend, »kommen wir auf diese Weise hier heraus. Wir müssen es einfach!« Er holte wütend aus und schlug noch einmal zu, und noch einmal, und noch einmal, immer und immer wieder. Bei jedem Schlag zersprang ein Spiegel zu Millionen klirrender, schreiender Scherben. »Wir müssen!« schrie er noch einmal. Er schien sich in eine Art kalt berechnender Raserei zu steigern. Mary-Lou sah, wie sich seine Muskeln bei jedem Schlag spannten, während er die Kette mit aller Kraft gegen die Wände krachen ließ.

»Sheldon! Hören Sie auf!« schrie sie ihn an.

Ihre Stimmen schienen den Bann zu brechen. Sheldon erstarrte, schloß für einen Moment die Augen und atmete hörbar aus. »Tut mir leid«, sagte er leise. »Ich ... ich glaube, ich war dabei, durchzudrehen.«

Mary-Lou trat zögernd auf ihn zu, berührte seinen Arm und starrte auf die Zerstörung hinunter, die sein kurzer Wutanfall hervorgerufen hatte.

»Es braucht Ihnen nicht leid zu tun«, sagte sie leise. »Ich verstehe Sie.« Dutzende von Spiegeln waren zerbrochen. Der Gang war übersät mit Glasscherben, und die leeren Rahmen wirkten auf Mary-Lou plötzlich wie augenlose Höhlen, die sie anklagend anstarrten. »Ich wollte, ich könnte es auch«, sagte sie plötzlich.

Sheldon lachte leise. »Tun Sie es. Es erleichtert.«

»Der Besitzer dieses Kabinetts wird es sicher nicht gerne sehen, wenn wir es zerschlagen.«

Sheldon grinste schief. »Ich hoffe es. Vielleicht locken wir ihn damit endlich aus seinem Loch heraus.« Er fuhr wütend herum und zerschmetterte einen weiteren Spiegel. »Ich werde dieses verdammte Kabinett kurz und klein schlagen, wenn es sein muß, Missis Cramer.«

»Das werden Sie ganz bestimmt nicht tun!« erklang eine Stimme hinter ihnen.

Mary-Lou fuhr mit einem kleinen, spitzen Aufschrei herum und starrte den leicht übergewichtigen Mann mit der beginnenden Stirnglatze an, der ein paar Schritte entfernt im Gang aufgetaucht war. »Jeremy!«

Jeremy Cramer sah seine Frau kurz an und lächelte kalt. »Es war nicht sehr klug von dir, mir zu folgen, Mary«, sagte er.

Mary-Lou schluckte krampfhaft. »Ich ...«

Jeremy schnitt ihr mit einer herrischen Bewegung das Wort ab. »Still jetzt. Wir unterhalten uns später.« Er ließ seinen Blick zu Sheldon wandern. »Sie hätten das besser nicht tun sollen, Sheldon. Mary-Lou hat recht – wir sehen es nicht gerne, wenn jemand unser Eigentum zerstört.«

Sheldon sah Mary-Lou verwirrt an. »Wer ist das?«

Mary-Lou zögerte. »Jeremy«, sagte sie schließlich. »Mein ... Mann. Oder das Wesen, das seine Stelle eingenommen hat«, fügte sie hastig hinzu.

Cramer grinste und bewegte sich mit kleinen, trippelnden Schritten auf Sheldon zu. Unter seinen Schuhsohlen knirschte Glas. »Geben Sie mir die Kette, Sheldon!«

Sheldon grinste abfällig. »Hol sie dir!« Er wich einen halben Schritt zurück, duckte sich und reckte kampflustig das Kinn vor. Die Kette pendelte lose in seiner Hand.

Ein kaum merkliches Flackern in Jeremys Augen warnte Mary-Lou. Instinktiv wollte sie Sheldon eine Warnung zurufen, aber ihre Reaktion kam viel zu spät. Jeremy sprang. Er federte ansatzlos vor, riß das Knie hoch und zielte nach Sheldons Gesicht, aber er hatte seinen Gegner unterschätzt. Sheldon wich mit einer spielerisch anmutenden Bewegung aus, ließ Cramers Fuß ins Leere treten und schlug dem FBI-Mann seinerseits wuchtig in die Kniekehlen. Cramer stolperte gegen die Wand, verlor das Gleichgewicht und fiel klirrend in einen Scherbenhaufen. Er rollte herum, sprang mit einem wütenden Knurren auf die Füße und ging erneut zum Angriff über.

Die Kette schnitt mit hellem Pfeifen durch die Luft. Sheldon sprang vor, drehte sich einmal um seine Achse und ließ die Stahlglieder mit vernichtender Wucht niedersausen. Cramer riß instinktiv die Arme hoch, um sein Gesicht zu schützen, aber die Kette durchbrach seine Deckung so mühelos, als wäre sie gar nicht vorhanden. Cramer wurde von den Füßen gerissen, herumgeschleudert und wuchtig gegen die Wand geworfen. Der Aufprall ließ den Boden erzittern.

Sheldon lachte schrill. »Darauf habe ich gewartet«, sagte er keuchend. »Du wolltest die Kette, nicht wahr? Hier hast du sie!« Er sprang abermals vor, riß die Kette hoch und ließ ihr Ende wie eine Peitsche nach Cramers Gesicht zucken. Der Schlag schmetterte Cramer erneut zu Boden, aber die erhoffte Wirkung blieb aus. Cramer knurrte, griff blitzschnell nach der Kette und brachte Sheldon mit einem harten Ruck aus dem Gleichgewicht. Sheldon stolperte, kämpfte mit wild rudernden Armen um seine Balance und fiel schließlich neben dem FBI-Direktor zu Boden. Cramer war mit einer blitzschnellen Bewegung über ihm.

Sheldon wehrte sich verzweifelt, doch trotz des immensen Unterschiedes in Gewicht und Muskeln hatte er keine Chance gegen seinen Gegner. Seine Fäuste hämmerten immer wieder zu, aber Cramer schien die Schläge gar nicht wahrzunehmen. Er lachte schrill, schlug Sheldons Arme zur Seite und nagelte sie mit den Knien am

Boden fest. Seine fleischigen Hände legten sich wie Stahlklammern um Sheldons Hals. Der junge Mann bäumte sich verzweifelt auf und versuchte, seinen Gegner abzuschütteln, aber Jeremys übermenschlichen Kräften war er nicht gewachsen. Cramer hockte wie eine große, mißgestaltete Kröte auf seiner Brust. Sein Gesicht verzerrte sich.

»Jeremy! Hör auf!« kreischte Mary-Lou. »Bitte, hör auf! Du bringst ihn um!« Sie versuchte, ihren Mann von seinem hilflos strampelnden Opfer herunterzuziehen, aber genausogut hätte sie versuchen können, einen Felsblock mit bloßen Händen zu bewegen. Jeremy knurrte ärgerlich und versetzte ihr einen Stoß, der sie zurücktaumeln und gegen die Wand stürzen ließ. Sie sackte hilflos zu Boden und zerschnitt sich die Hand an einer großen, gezackten Spiegelscherbe. Der Schmerz trieb ihr die Tränen in die Augen. Sie wimmerte, kam mühsam auf Hände und Knie und tastete blind über den Boden. Ihre Finger schlossen sich um etwas Spitzes, Scharfes. Ohne daß sie selbst genau wußte, was sie tat, nahm sie die Spiegelscherbe auf und wankte mühsam auf die beiden kämpfenden Männer zu.

Sheldon hatte aufgehört, sich zu wehren. Seine Beine zuckten hilflos, und sein Gesicht war blau angelaufen.

»Jeremy ... bitte ... hör auf«, schluchzte Mary-Lou.

Jeremy lachte nur boshaft, ein Lachen, das ihr zeigte, daß in ihm absolut nichts Menschliches mehr steckte. Sie schwang die dreieckige Scherbe wie einen Dolch, legte ihre ganze Kraft in den Stoß und rammte ihrem Mann die Scherbe in den Rücken.

Jeremy stieß einen schrillen Schrei aus. Er bäumte sich auf, fiel von Sheldons Körper herunter und wälzte sich über den Boden. Mit schmerzverzerrtem Gesicht versuchte er, an die Spiegelscherbe heranzukommen, die wie eine gläserne Pfeilspitze zwischen seinen Schulterblättern steckte, aber er schaffte es nicht. Eine unglaubliche Veränderung ging mit seinem Körper vor sich. Er wurde durchsichtig, schemenhaft und verschwommen – und verschwand.

Mary-Lou starrte fassungslos auf die Stelle, an der ihr Mann noch vor Sekundenbruchteilen gelegen hatte.

Irgendwo in den unergründlichen Tiefen des Spiegelkabinetts zerbrach in diesem Moment ein Spiegel. Ein hochgewachsener, untersetzter Mann fiel mit hilflos rudernden Armen vornüber aus dem Rahmen, schlug auf dem Boden auf und blieb einen Moment lang benommen liegen. Dann richtete er sich mühsam auf und begann mit schleppenden Schritten davonzugehen.

Das Haus sah aus, als hätte ein vollkommen wahnsinniger Architekt mit unglaublichen Hilfsmitteln seine Alpträume Gestalt annehmen lassen. Die ursprünglichen Umrisse des Gebäudes waren noch deutlich zu erkennen, aber die Konturen wirkten auf grauenhafte Art verzerrt und falsch.

Krank, dachte Vivian. Das Haus sah beinahe aus, als ... hätte es Krebs, als wäre es von Metastasen überwuchert, so verrückt der Gedanke auch anmuten mochte, aber ihr fiel kein besserer Vergleich ein. Die obersten vier Etagen schienen wie von einer ungeheuren Hand zusammengedrückt und verbogen zu sein. Die scheinbar massiven Betonwände waren zerdrückt, eingebeult, in bizarren Falten und Schlünden verformt, als bestünde das Haus aus Kunststoff oder Gummi, der in der Sonne warm geworden und zerlaufen war. Große, schwarzglänzende Tropfen waren an den Flanken des Gebäudes herabgelaufen und erstarrt. Die Fensterhöhlen erinnerten Vivian an aufgerissene, zahnlose Münder, aus denen ein stummer Schrei zu ihr herüberwehte.

Sie wandte sich ab, schloß die Augen und versuchte die Übelkeit zurückzudrängen, die der Anblick in ihr ausgelöst hatte, dann zwang sie sich, noch einmal hinzusehen. Die Veränderung war nicht nur auf dieses Haus beschränkt. Der ekelhafte Anblick hatte sie nur so in seinen Bann geschlagen, daß ihr die Gebäude rechts und links davon im ersten Moment normal vorgekommen waren, doch auch hier hatte die schleichende Veränderung schon begonnen. Dünne, glitzernde Schleimfäden wuchsen wie bizarre Spinnenbeine aus Fenstern und Türen. Die Gebäude wirkten irgendwie schief – die Winkel stimmten nicht mehr, und in den Schatten schien schleimiges, glitzerndes Leben zu lauern.

Vivian schluckte krampfhaft. In ihrem Mund war plötzlich ein säuerlicher, ekelhafter Geschmack. Sie legte den Kopf in den Nacken und sah zu den Silhouetten der Wolkenkratzer hinüber, die sich gegen den westlichen Horizont erhoben. Sie war noch zu weit entfernt, um die Einzelheiten erkennen zu können, aber die schwarzen Schatten der Riesenblocks wirkten irgendwie verzerrt und bedrohlich.

Ein Geräusch riß Vivian aus ihren Gedanken und ließ sie herumfahren. Es handelte sich um Schritte. Sie sah sich blitzschnell nach einer Deckung um und rannte dann auf den erstbesten Hauseingang zu. Die Tür war offen. Sie warf sich herum, preßte sich mit klopfendem Herzen gegen die Wand und starrte konzentriert in die Richtung, aus der das Geräusch gekommen war.

Es handelte sich wirklich um Schritte. Die Schritte von vier oder fünf Personen, schätzte Vivian. Sie klangen seltsam schleppend und mühsam. In der verlassenen Häuserschlucht nahm ihr Echo einen bedrohlichen Klang an.

Dann erschien die Gruppe auf der Straße. Es waren

zwei Männer, zwei Frauen und ein vielleicht zwölfjähriges Mädchen. Die Menschen waren nach der Mode der späten fünfziger Jahre gekleidet. Ihre Bewegungen wirkten roboterhaft und starr. Die fünf erinnerten weniger an lebende Menschen, sondern kamen Vivian eher wie willenlose Marionetten vor, an deren Fäden ein unsichtbarer Puppenspieler zog. Als sie näher kamen, sah Vivian, daß ihre Gesichter ebenso starr und unbewegt waren. Die Augen waren glanzlos und matt, und das kaum merkliche Lächeln in ihren Mienen wirkte gefroren. Sie hatte also recht gehabt – der Mann draußen auf dem Highway war nicht das einzige Opfer Ulthars gewesen, das den Weg in die Spiegelwelt gefunden hatte.

Sie wartete, bis die Gruppe dicht an ihrem Versteck vorübergegangen war. Dann nahm sie all ihren Mut zusammen und trat auf die Straße.

»Hallo!« sagte sie. Ihre Stimme hallte klar und scheinbar überlaut durch die Stille. Selbst der Wind verstummte für einen Augenblick, um dann mit neuer Wut loszubrechen, und für einen Augenblick hatte sie den aberwitzigen Eindruck, als ob ein unhörbares, ärgerliches Seufzen durch die Welt ginge. Die fünf Menschen jedoch zeigten nicht die geringste Reaktion.

Vivian lief ärgerlich los und vertrat ihnen den Weg. Die Gruppe teilte sich und ging um sie herum, wie man um ein lebloses Hindernis herumging. Vivian fuhr herum, griff nach dem Mädchen und hielt es fest. »Bleibt doch wenigstens stehen!«

Ein harter Ruck ging durch ihre Hand, als die Kleine einfach weiterging. Vivian stieß einen wütenden Fluch aus und eilte hinter der Gruppe her. »Verdammt noch mal – hört ihr mich denn nicht?« Sie riß eine der Frauen grob an der Schulter und schüttelte sie. »Antworten Sie doch wenigstens!«

Die Frau blinzelte. Ein mißbilligender Ausdruck auf

ihrem starren Puppengesicht, und für einen Augenblick sah es fast so aus, als wäre es Vivian gelungen, den Bann zu durchbrechen. Aber nur für einen Moment. Dann erstarrte das Gesicht wieder zu einem seelenlosen Marionettengrinsen. Die Frau hob die Hand, streifte Vivians Griff ab und drehte sich um, um dem Rest der Gruppe zu folgen.

Vivian starrte ihr entsetzt nach. Die Frau ging mit schnellen, weit ausgreifenden Schritten hinter den vier anderen her, nahm ihren Platz in der Gruppe wieder ein und verlangsamte dann ihr Tempo.

Plötzlich hatte Vivian das Bedürfnis, zu schreien. Endlich hatte sie Menschen gefunden, und nun gelang es ihr nicht, sich mit ihnen zu verständigen. Aber so leicht gab sie sich nicht geschlagen. Noch ein weiteres Mal versuchte sie, eine der Frauen anzusprechen, doch das Ergebnis war genauso niederschmetternd und deprimierend wie beim ersten Mal. Es schien, als wäre sie für diese Menschen einfach nicht vorhanden. Sie blieben kurz stehen und gingen dann um sie herum, wenn sie ihnen den Weg vertrat, aber ansonsten reagierten sie nicht auf sie.

Vivian beschloß, ihnen zu folgen. Diese Menschen bewegten sich so zielbewußt auf das Zentrum Manhattans zu, daß es schon kein Zufall mehr sein konnte. Vivian war immer sicherer, daß sie dort auch die anderen Opfer der Zauberspiegel treffen würde. Auch der Mann am Highway hatte sich in Richtung Stadtmitte bewegt. Sie konnte sich einfach nicht vorstellen, daß diese gigantische Spiegelwelt völlig ohne Sinn errichtet worden war.

Die grauenhafte Veränderung ihrer Umwelt ging weiter, als sie sich dem Zentrum näherten. Kaum eines der Häuser, die die Straße zu beiden Seiten säumten, war noch normal. Selbst die Straße schien sich verändert zu haben – der Asphalt schien wellig, porös und verworfen; der Boden federte unter ihren Schritten, und manchmal schien eine unmerkliche, vibrierende Bewegung durch ihre Schuhsohlen zu dringen. Schwarze, schleimig glitzernde Fäden wuchsen aus Gullys, Hauseingängen und Fenstern, und der üble durchdringende Geruch, den sie schon vorher wahrgenommen hatte, wurde fast unerträglich.

Vivian blieb stehen, kramte ein Taschentuch hervor und band es sich provisorisch um Mund und Nase, aber selbst das half nicht viel. Der Gestank schien nicht nur mit dem Wind herangetragen zu werden, sondern von überall herzukommen, als ströme jedes Haus, jeder Stein und selbst jedes Luftmolekül den unerträglichen Geruch aus. Vivian spürte Übelkeit in sich aufsteigen.

Die Gruppe vor ihr beschleunigte ihre Schritte, und Vivian ging ebenfalls schneller. Sie hatte den fünf Spiegelwesen etwa eine halbe Meile Vorsprung gelassen, um nicht unvorbereitet in eine Falle zu tappen, aber sie mußte immer wieder gegen den Impuls ankämpfen, einfach loszustürmen und sich der Gruppe anzuschließen, nur um nicht mehr allein zu sein. Die Einsamkeit war unerträglich. Noch nie zuvor in ihrem Leben hatte Vivian so deutlich gespürt, was es hieß, wirklich allein zu sein. Sie hätte im Augenblick selbst die Gesellschaft eines Zeitungsreporters bereitwillig in Kauf genommen, und das wollte wirklich eine ganze Menge bedeuten.

Langsam und mit gesenktem Kopf ging sie weiter. Der Anblick der verdrehten, deformierten Häuser schmerzte in ihren Augen, daß sie ihn nicht mehr ertragen konnte. Es war nicht allein das Aussehen der Gebäude. Irgend etwas Böses schien hinter den schwarzen Schleimmassen zu lauern, eine Art körperloser, kriechender Intelligenz, die wie eine gigantische Spinne in ihrem Netz hockte und darauf wartete, daß ihre Opfer in die Falle gingen.

Nach einer Weile begann es zu regnen; feiner, nieselnder Regen, der in Schwaden wie Nebel durch die Straßen trieb, Häuser und Menschen mit klammer Feuchtigkeit durchtränkte und sich als glitzernde Schicht auf Fensterscheiben und Dächern festsetzte. Vivian schlug den Kragen ihrer von Sheldon geborgten Lederjacke hoch und verbarg die Hände in den Taschen. Es wurde zunehmend kälter. Mit jedem Schritt, den sie tiefer in die Stadt eindrang, schienen die Strahlen der Sonne an Kraft zu verlieren. Der Regen wurde kalt, dann eisig. Dünne, schleimige Rinnsale sammelten sich in Regenrinnen. Auf den Bürgersteigen erschienen ölig glänzende Pfützen. Vivian zog angeekelt die Schultern zusammen und ging dicht an der Hauswand entlang weiter. Ihre Schuhe erzeugten seltsam saugende Geräusche auf dem nassen Asphalt. Der Regen schien nicht mehr aus Wasser, sondern aus einer unbestimmbaren, klebrigen Flüssigkeit zu bestehen.

Die Spiegelwesen bogen in eine Seitenstraße ein. Vivian zögerte einen Herzschlag lang, zuckte dann ergeben mit den Achseln und trat in den strömenden Regen hinaus, um die Straße zu überqueren. Sie konnte die Ausstrahlung des Fremdartigen jetzt deutlich spüren.

Ihr Blick fiel auf die dunklen Silhouetten der Hochhäuser im Stadtzentrum. Die schwarzen, verformten Kolosse, die sich dort gegen den Himmel erhoben, hatten kaum noch etwas mit den Häusern gemeinsam, die sie von Manhattan her kannte.

Als sie die Straße erreicht hatte, in der die Spiegelbilder verschwunden waren, durchschnitt ein gellender Schrei die Luft. Vivian blieb so abrupt stehen, als wäre sie vor eine unsichtbare Wand gelaufen. Es war ein grauenhafter, krächzender Aufschrei, ein grelles Kreischen in einer Tonlage, die Vivian erschauern ließ. Der Schrei schwang sich in ungeheure, fast in den Ohren schmerzende Höhen hinauf, hallte zwischen den steinernen Wänden der Häuserschlucht wider und brach dann mit der gleichen Plötzlichkeit ab, mit der er begonnen hatte.

Vivian nahm zögernd die Hände von den Ohren. Ihr Gesicht war schmerzverzerrt. Ihre Hände zitterten. Plötzlich hatte sie Angst davor, weiterzugehen. Sie preßte sich eng gegen die Wand und lugte um die Ecke.

Der Anblick ließ sie aufstöhnen.

Außer den fünf Personen, denen sie hierher gefolgt war, befand sich noch eine ganze Anzahl weiterer Spiegelwesen auf der engen Straße. Aber nicht nur sie.

Rechts und links der schweigenden Prozession bewegten sich seltsame, geschuppte Gestalten, Monstren, wie Vivian sie noch nie zuvor gesehen hatte. Sie schloß die Augen und versuchte sich abzuwenden, aber der Anblick dieser lebenden Scheußlichkeiten hatte sich bereits tief in ihr Bewußtsein gebrannt. Die Wesen waren mehr als zwei Meter groß. Sie erinnerten vage an die Echsenwesen, die sie in der realen Welt auf Coney Island gesehen hatte, aber die Ähnlichkeit endete damit, daß auch sie eine geschuppte Haut besaßen, wenngleich es sich nicht um grünliche, sondern um braune Panzerschuppen handelte. Sie waren stämmiger, gedrungener als die Echsen, Titanen mit Schultern, die doppelt so breit wie die eines normalen Menschen waren, und langen, muskulösen und biegsamen Armen, die in fürchterlichen Krallenhänden endeten. Spitze, gut zwanzig Zentimeter lange Dornen wuchsen aus Knie- und Ellenbogengelenken. Ihre Köpfe schienen nur aus Horn zu bestehen – bizarre Gebilde aus scheinbar planlos wucherndem Gewebe, das in zahllosen Stacheln und Schneiden endete. Die Gesichter waren Kraterlandschaften aus Rissen und Schründen, in denen zwei kleine boshafte Augen ohne Pupillen funkelten. Ihre Gebisse hätten jeden Mörderwal vor Neid erblassen lassen, aber das war noch lange nicht das schlimmste.

Schwarze, schleimig glitzernde Fäden, die von eigenständigem, zuckendem Leben erfüllt zu sein schienen, überzogen die Schuppenhaut der Ungeheuer. Vivian hatte nur einen winzigen Augenblick lang hingesehen, aber sie hatte trotzdem bemerkt, daß dieses Fadengeflecht nicht nur auf der Körperoberfläche der Wesen zu finden war. Fühler der ekelhaften, an bloßgelegte Nerven erinnernden Substanz wuchsen aus Nase, Mund und Ohren der Kreaturen.

Sie kämpfte die aufkommende Übelkeit nieder und zwang sich, die Gruppe noch einmal anzusehen. Die Prozession war mittlerweile weitergezogen. Offensichtlich hatte man nur noch auf das Eintreffen der fünf Wesen gewartet, denen Vivian hierher gefolgt war. Die Spiegelwesen bewegten sich zwischen den richtigen Wächtern, mit Bewegungen, die mehr noch als zuvor denen von willenlosen Marionetten glichen. Vivian sah, daß die Echsenwesen lange, gefährlich aussehende Peitschen in den Händen trugen, aber sie schienen nur zur Abschreckung zu dienen. Keines der Spiegelwesen machte auch nur den Versuch, aus der Doppelreihe auszubrechen.

Sie wartete, bis die Gruppe um die nächste Biegung verschwunden war, ehe sie sich von der Wand abstieß und geduckt hinterherschlich.

21

Der Vorhang bestand aus rotem, schwerem Samt. Eine kleine goldene Spange, die mit komplizierten Gravuren versehen war, verband die beiden Hälften miteinander und verwehrte den Blick auf das, was dahinter lag.

Bis auf den Vorhang war der Raum vollkommen leer.

Mildes, gelbes Licht kam aus einer unsichtbaren Quelle, und durch die dünnen Wände drang unverständliches Stimmengemurmel, unterlegt mit den zahlreichen, nicht einzeln wahrzunehmenden Geräuschen, wie eine größere Menschenmenge sie verursacht.

Zwischen Ulthars Brauen erschien eine steile, tiefe Falte. Auf seinem Gesicht lag ein besorgter Ausdruck, und seine Bewegungen wirkten fahrig. Er war nervös. Die Ereignisse hatten sich in letzter Zeit nicht nur nach seinen Vorstellungen entwickelt. Die Mächte, die hinter ihm standen, schätzten es nicht, wenn ihre Befehle nicht zu ihrer vollen Zufriedenheit ausgeführt wurden.

Der Vorhang schien sich merklich zu bewegen. Es klirrte leise, als die beiden Teile des goldenen Verschlusses aneinanderschlugen, und in den schweren roten Samtfalten schienen geheimnisvolle Schattenwesen zum Leben zu erwachen. Der Magier trat zögernd an den Vorhang heran. Seine Finger berührten die goldene Schnalle. Seine Lippen formten leise, unverständliche Worte in einer Sprache, deren Sinn er selbst nicht verstand. Der Verschluß löste sich. Die beiden Hälften des Samtvorhangs glitten wie von Geisterhand bewegt auseinander.

Dahinter lag ein riesiger, konkav gebogener Spiegel.

Ulthar blickte endlos lange auf das, was darin abgebildet war. Er spürte den Fluß dunkler, böser Kraft, der aus dem Zentrum des Spiegels zu ihm hinüberströmte. Eine Energie, die so fremdartig und böse war, daß sie selbst ihn noch manchmal erschreckte. Nach einer Ewigkeit schloß er den Vorhang wieder.

»Melissa!« brüllte er. Schritte näherten sich, dann wurde die Tür lautlos aufgestoßen.

»Sie haben mich gerufen, Meister?«

Ulthar lächelte dünn. »Hast du diese Kreatur getötet?« fragte er.

Melissa lächelte und nickte knapp. »Sie ist tot, wie ihr es befohlen habt, Herr.« Ihre Stimme klang starr. Da der Körper, in dem er Melissa zuletzt gekannt hatte, unwiederbringlich zerstört war und sie in Vivians Körper lebte, gehörte auch die Stimme Missis Taylor, aber sie hörte sich an wie eine schlechte Kopie. Irgend etwas fehlte, ein wichtiger, nicht näher zu bestimmender Teil. Ihr Bewußtsein war nicht einfach nur in Vivian Taylors Körper eingesperrt gewesen, sondern innerhalb dieses Vierteljahrhunderts viel stärker mit dem Vivians verschmolzen, als er geglaubt hatte. Jede der beiden Frauen besaß eine eigene Persönlichkeit – Melissa vielleicht etwas mehr als ihre Gegnerin, weil sie unterdrückt worden war und sich weitgehend abgekapselt hatte –, aber erst beide zusammen bildeten den Charakter Vivian Taylors. Und auch Melissa konnte nicht wirklich leben ohne den Teil ihres Charakters, der mit Vivian Taylor verschmolzen war. Die Bewußtseinsspaltung war nicht wie geplant verlaufen, und was er erschaffen hatte, war nicht mehr als die seelenlose Kopie Melissas.

Solange Vivian nicht so wie die Seelen der anderen Sklaven zu einer Gefangenen der Spiegel geworden war, blieb Melissa unvollkommen. Etwas fehlte. Initiative, Entschlußkraft und all die tausend anderen kleinen Dinge, die aus einem Menschen erst einen Menschen machten. Sie besaß noch weniger eigene Persönlichkeit als seine anderen Spiegelsklaven. Melissa war im Grunde nicht mehr als ein lebender Roboter, der seinen Befehlen gehorchte, aber nicht zu eigenen Entscheidungen fähig war. Sie war nicht die Frau, die er einmal geliebt hatte und nach der er so lange gesucht hatte.

Ulthar verspürte ein leises Gefühl der Beunruhigung, als er an die ungeheuren Kräfte dachte, die diese so zerbrechlich wirkende Frau entfesseln konnte, denn er war sich auch der Gefahr bewußt, die in ihrem gegenwärtigen

Zustand lag. Sie besaß schon jetzt wieder ihre frühere Macht, nicht aber ihr Wissen, ihre Erinnerungen, und vor allem war sie unfähig, auch nur die geringste Verantwortung für ihr Handeln zu tragen. Er mußte sich praktisch jedes Wort, das er in Melissas Gegenwart sprach, zehnmal überlegen. Das Spiegelwesen würde jeden Befehl wortwörtlich ausführen – ganz egal, welchen Schaden es dabei vielleicht anrichtete.

»Sie war viel stärker als Conellys andere Kreaturen. Wenn er eine von ihnen erschaffen konnte, wird es ihm auch bei weiteren gelingen. Die Schonzeit für ihn ist vorbei. Wir werden ihn töten, bevor er uns noch einmal gefährlich werden kann.«

»Das ist nicht mehr nötig, Herr«, entgegnete Melissa. »Er ist bereits tot.« Sie sprach auch jetzt mit völlig gleichgültiger Stimme. »Wir haben seinen Leichnam gefunden, hier im Labyrinth. Es scheint, als hätte Vivian Taylor ihn umgebracht.«

»Vivian?« keuchte Ulthar aufgeregt. »Was ist mir ihr?«

»Es hat eine starke Erschütterung des Labyrinths gegeben.« Melissa stockte kurz. »Es deutet alles darauf hin, als wäre sie durch die Spiegel gegangen. Hinüber auf die andere Seite.«

Ulthar fuhr zusammen. »Die andere ...« Er stieß ein ersticktes Stöhnen aus. »Wir müssen sie zurückholen. Wenn sie die Kristallfestung erreicht ...« Er straffte sich. »Hole Mark her. Sofort.«

Melissa verließ den Raum und kehrte wenig später mit dem Spiegelbild Mark Taylors zurück.

»Vivian ist entkommen«, berichtete Ulthar noch einmal. »Aber ich weiß, wo sie ist.« Ein häßliches Lächeln überzog sein Gesicht. »Sie sitzt in der Falle. Es gibt von dort, wo sie ist, kein Entkommen. Sie ist auf der anderen Seite.«

Mark runzelte die Stirn. »Sie meinen ...«

»Auf der Spiegelwelt.« Ulthar nickte. »Ganz recht. Dort drüben ist sie hilflos, sie hat keine Chance. Wir brauchen sie nur noch aufzusammeln. Und diesmal werden wir dafür sorgen, daß sie uns nicht noch einmal entwischt. Wir können uns keine Fehler mehr leisten.«

Mark Taylor bewegte sich unruhig. Er spürte die Nervosität, die hinter Ulthars scheinbar ruhig ausgesprochenen Worten lauerte. Der Magier hatte Angst. Das Spiegelwesen fragte sich unwillkürlich, wovor ein Mensch mit Ulthars Macht Angst haben mochte.

»Du wirst ein paar Männer auf die andere Seite schikken, um Vivian zu fangen«, befahl Ulthar nach einer Pause. »Aber suche zuverlässige Leute aus. Wir haben nicht mehr viel Zeit.«

Mark nickte. »Ich werde selbst gehen. Wenn Sie erlauben, nehme ich Melissa mit.«

Der Magier schüttelte hastig den Kopf. »Nein, auf keinen Fall. Ich brauche sie hier.« Er fuhr ruckartig herum, biß sich auf die Lippe und ballte die Faust. Sein Blick hing wie hypnotisiert an den Falten des Samtvorhangs. Wieder hatte er den Eindruck, daß der Stoff sich bewegte. Etwas ungeheuer Fremdes schien für Augenblicke in den Raum zu greifen und sich dann wieder zurückzuziehen.

»Beeil dich«, sagte er leise, ohne sich umzudrehen. »Schick die Männer los. Uns bleibt nicht viel Zeit.«

Die Luft zwischen zwei der Häuser begann unmerklich zu flimmern. Ein großer, rechteckiger Umriß schien sich dicht über dem Boden materialisieren zu wollen. Er flakkerte, wurde fester, verlor dann wieder an Substanz und wurde zu einer nebelhaften, kaum sichtbaren Erscheinung. Der Prozeß wiederholte sich, und diesmal stabilisierte sich der Umriß. Ein großes, an eine Tür erinnerndes Rechteck erschien mitten in der Gasse.

Eine Tür in eine andere Welt.

Nacheinander erschienen vier, fünf hochgewachsene Gestalten in der Öffnung, traten zögernd auf die Straße hinaus und blieben stehen.

Dann erlosch das Tor hinter ihnen von einem Augenblick zum anderen.

Mark Taylor sah sich vorsichtig um. Die Straßen schienen leer und verlassen zu sein, aber er spürte, daß er und seine Begleiter nicht allein waren. Irgendeine körperlose Bedrohung lauerte hier, die sie aus tausend unsichtbaren Augen zu mustern schien.

»Beeilen wir uns«, sagte er. Seine Stimme klang seltsam schrill und krächzend. »Diese Richtung.« Er wies mit einer vagen Geste in Richtung Stadtmitte. »Sie kann noch nicht weit sein. Je eher wir sie fangen, desto besser.«

Sie setzten sich in Bewegung. Ihre Schritte klangen seltsam hart und auf dem nassen Asphalt, überlaut in der hier herrschenden Stille. Mark bemerkte, wie Masterton unwillkürlich vorsichtiger auftrat, als befürchte er, durch das Geräusch seiner Schritte eine schlafende Bedrohung aufzuwecken. Wahrscheinlich verspürte er das gleiche, unsichere Gefühl wie Mark. Wahrscheinlich spürten sie es alle.

Mark hatte Masterton bewußt ausgewählt. Andere von Ulthars Geschöpfen mochten jünger und kräftiger sein, aber Masterton kannte er im Gegensatz zu ihnen, und vielleicht würde sich das inmitten dieser vollkommen fremden Welt als wichtig erweisen.

Mark starrte aus zusammengekniffenen Augen zu den Silhouetten der Stadt hinüber. Ulthar hatte ihn gewarnt. Sie bewegten sich in einer Umgebung, die sich völlig von allem unterschied, was Menschen je kennengelernt hatten. Die scheinbare Ähnlichkeit täuschte – dieses New York war eine spiegelverkehrte Ausgabe des echten New York, eine Stadt, die genauso rustikal und kompromißlos ins Gegenteil verkehrt worden war wie Mark, Masterton und die anderen. Hinter den scheinbar vertrauten Umrissen lauerte ein Grauen, das in seiner Gesamtheit menschliches Vorstellungsvermögen überstieg.

Mark spürte, wie die seltsame Ausstrahlung, die er gleich bei seiner Ankunft bemerkt hatte, etwas in ihm in Bewegung zu bringen schien. Das Gefühl war nicht in Worte zu kleiden. Er sah sich nervös um.

»Irgend etwas ...« begann Masterton zögernd, »stimmt hier nicht.«

Mark nickte impulsiv. Masterton spürte es also auch. »Ich glaube, Ulthar hat uns etwas verschwiegen«, murmelte er. Er erschrak über seine eigenen Worte oder vielmehr über die Gedanken, denen sie entsprangen. Jeder Zweifel an Ulthars Befehlen wäre ihm noch vor wenigen Minuten völlig unmöglich gewesen. Er bemerkte, daß Masterton ihn überrascht ansah, und runzelte ärgerlich die Stirn. »Gehen wir weiter«, sagt er barsch. »Wir haben nicht viel Zeit.«

Aber er spürte, wie die nagenden Zweifel wuchsen, während sie langsam tiefer in die Stadt eindrangen. Und langsam, ganz langsam machte sich in ihm die Überzeugung breit, daß Ulthar einen verhängnisvollen Fehler begangen hatte, sie hierher zu schicken.

Je tiefer Vivian ins Zentrum der Stadt vordrang, desto weniger waren die Häuser noch als Produkte menschlicher Technik zu erkennen. Die Gebilde, die die Straßen rechts und links säumten, ähnelten riesigen Schleimbergen, in denen nur noch dann und wann Andeutungen der ehemaligen Fenster und Türen zu erkennen waren: Große, unregelmäßig geformte Löcher, die Vivian an aufgerissene Münder erinnerten. Schwarze Fäden verbanden die Häuser miteinander und überzogen die Straße mit einem Spinnennetz klebriger Substanz. Zwischen den Fäden tauchten jetzt immer wieder Tümpel einer schwarzen, öligen Flüssigkeit auf, wo sich der Straßenbelag bereits vollkommen verwandelt hatte. Die Tümpel schienen von eigenständigem Leben erfüllt zu sein; Luftblasen stiegen an die Oberfläche, platzten mit peitschenähnlichem Knall und entließen Schwaden eines blauen, übelriechenden Gases, und einmal glaubte Vivian einen unbeschreiblich häßlichen Kopf aus der öligen Brühe auftauchen zu sehen, aber das war wohl nur Einbildung gewesen, denn als sie genauer hinsah, war davon nichts mehr zu entdecken.

Es fiel ihr mittlerweile immer schwerer, die eingeschlagene Richtung beizubehalten. Die finstere, abstoßende Ausstrahlung wurde beständig stärker. Es war, als bewege sie sich immer tiefer in einen unsichtbaren Nebel hinein, einen Nebel, der jeden Funken Menschlichkeit, Mitleid und Güte in ihr zu ersticken drohte.

Die Prozession der Spiegelwesen war verschwunden, aber sie hörte deutlich die Geräusche, die die Gefangenen und ihre Bewacher verursachten. Ab und zu wehte der Wind den Knall einer Peitsche zu ihr hinüber, und die Stille dazwischen wurde immer wieder von den krächzenden, grauenerregenden Schreien der Hornköpfigen zerschnitten.

Vivian bewegte sich vorsichtig über die Straße. Der Regen hatte aufgehört, aber dafür war es noch kälter geworden. Ein seltsames Halbdunkel lag über der Szene. Sie blieb stehen, legte den Kopf in den Nacken und blinzelte zur Sonne empor. Selbst sie wirkte verändert: Ein matter, verschwommener Kreis gelblicher Helligkeit, der kaum die Kraft zu haben schien, die Dämmerung ringsum aufzuhellen.

Vivian fuhr unwillkürlich zusammen, als sie die Schritte hörte. Das Geräusch war *hinter* ihr, und es waren nicht die monotonen, roboterhaften Schritte der Spiegelwesen, sondern schnelle, hastende Geräusche. Geräusche, wie sie vier oder fünf Menschen verursachen mochten, die sich schnell aber vorsichtig über die Straßen bewegten. Vivian sah sich gehetzt nach einer Deckung um. Auf der gegenüberliegenden Straßenseite befand sich ein Gebäude, das noch nicht vollkommen verändert war. Die oberen Stockwerke bildeten die gleiche, amorphe Masse wie überall, aber das Erdgeschoß und die erste Etage schienen einigermaßen unverändert.

Sie stieß sich von der Wand ab, hetzte über die Straße und warf sich durch die offenstehende Eingangstür.

Beinahe wäre es ihr letzter Schritt geworden.

Hinter der Tür befand sich ein keilförmiger Streifen Parkettfußboden, der in fünf oder sechs Metern Entfernung in ein einzeln dastehendes Wandstück überging.

Rechts und links davon aber war – *nichts*.

Vivian prallte entsetzt zurück, verlor das Gleichgewicht und rutschte über die Kante des Bodenstückes. Für eine endlose Sekunde schien ihr Körper reglos in der Luft zu hängen, ehe sie sich mit einer verzweifelten Drehung herumwarf und zu Boden stürzte. Ihre Beine pendelten über dem Abgrund. Einen Augenblick lang blieb sie schwer atmend liegen. Aus der unergründlichen Tiefe hinter ihr schlug ihr eine ungeheure Kälte entgegen. Mit vorsichtigen Bewegungen zog sie sich ganz auf den festen Boden hinauf und kroch auf allen vieren bis zur Rückwand.

Sie mußte plötzlich wieder an das unerklärliche Erlebnis denken, das sie vor ein paar Stunden gehabt hatte. Auch in dem leerstehenden Schuppen auf dem Rummelplatz, in dem sie sich hatte verstecken wollen, hatte der feste Boden unmittelbar hinter dem Eingang aufgehört. Vivian versuchte, eine Erklärung zu finden, aber es gelang ihr nicht. Die seltsame, symmetrische Keilform, in der Boden und Wand erhalten waren, erinnerte sie an den Lichtkegel, der beim Öffnen einer Tür in einen dunklen Raum fiel.

Natürlich – das war die Erklärung. Nur was erleuchtet wurde, konnte gespiegelt werden, und schließlich war diese ganze Welt nur ein gespiegeltes Abbild der Realität. Das Stück Boden und Wand, auf dem sie sich befand, stellte den Abschnitt dar, der vielleicht irgendwann einmal im Spiegel eines vorüberfahrenden Wagens erschienen war. Wenn sie den Gedanken in letzter Konsequenz weiterspann, bedeutete dies, daß sie wahrscheinlich überall in der Spiegelwelt nur Dinge finden würde, die irgendwann einmal in einem Spiegel erschienen waren. Alles andere war einfach nicht da, so absurd der Gedanke auch anmutete. Vermutlich würde sie hinter vielen Türen buchstäblich nichts finden.

Die Schritte draußen kamen näher, und das Geräusch riß Vivian in die Wirklichkeit zurück. Sie kroch vorsichtig auf den Eingang zu, griff über die Kante des Bodenstükkes hinaus und langte nach der Tür. Mit Quietschen, das ihr überlaut vorkam, schwang die Tür zu. Vivian richtete sich behutsam auf, klammerte sich am Türgriff fest und überzeugte sich davon, daß ihre Füße auf dem glatten Parkett sicheren Halt fanden. Der Ausschnitt der Wirklichkeit war hier an der Tür kaum einen Meter breit. Eine falsche Bewegung, und sie würde hilflos in die Tiefe stürzen. Der Gedanke, ins Nichts zu stürzen, endlos zu fallen, ohne jemals irgendwo anzukommen, ließ sie erschaudern.

Sie lugte vorsichtig durch den Türspalt nach draußen. Am Ende der Straße erschien eine Gestalt, dann noch eine ... drei ... vier, schließlich fünf Männer. Drei von ihnen waren seltsam altertümlich gekleidet, als wären sie aus einem Kostümfilm der frühen fünfziger Jahre entsprungen, die anderen beiden ...

Vivian unterdrückte im letzten Augenblick den Impuls, die Tür aufzureißen und auf die Straße hinauszustürzen. Die beiden anderen Männer waren Jonathan Masterton und Mark.

Aber sie wußte, daß es nicht der Mark war, den sie kannte. Wieder spürte Vivian diese seltsame, verzweifelte Trauer in sich aufsteigen. Obwohl sie genau wußte, daß dieser Mann dort vorne nur ein Ulthar sklavisch ergebenes Spiegelbild war, in dem aber alle negativen Eigenschaften Marks die Oberhand gewonnen hatte, drängte alles in ihr danach, hinauszulaufen und sich an seine Brust zu werfen.

Ulthar hatte also ihre Spur aufgenommen. Und er hatte den einzigen Jäger auf sie angesetzt, vor dem sich Vivian wirklich fürchtete.

Den Mann, den sie liebte.

22

Direkt vor ihnen machte der Gang eine scharfe Biegung, ohne daß Mary-Lou erkennen konnte, was dahinter lag. Obwohl es eine wissenschaftliche Unmöglichkeit war, waren die Spiegel so angeordnet, daß sie immer nur ihr eigenes und Sheldon Porters Spiegelbild zurückwarfen, ganz egal, aus welchem Blickwinkel sie sie betrachteten.

Mary-Lou blieb stehen. »Ich … ich kann nicht mehr«, stieß sie mit zitternder Stimme hervor. Längst schon hatte sie jedes Zeitgefühl verloren. Sie hatte das Gefühl, seit Stunden und Tagen durch das Spiegellabyrinth zu irren. Aber vielleicht waren es auch erst wenige Minuten. »Ich halte das alles einfach nicht mehr aus. Sie sollten … allein weitergehen, ohne mich.«

Sheldon schüttelte wortlos den Kopf. Er hatte seit dem Kampf mit Cramer kaum eine Silbe von sich gegeben. Sein Selbstbewußtsein schien einen ziemlichen Sprung bekommen zu haben. Er hatte auch aufgehört, Spiegel zu zerschlagen. Im nachhinein mußte sich Mary-Lou eingestehen, daß die Idee sowieso nicht gut gewesen war. Es wäre ziemlich naiv gewesen, im Ernst anzunehmen, daß Ulthar tatenlos zusehen würde, wie sie sein Labyrinth Stück für Stück zerstörten.

»Bitte, Sheldon, versuchen Sie, wenigstens ihr eigenes Leben zu retten«, drängte sie und griff nach seinem Arm. »Allein haben Sie die größere Chance, als wenn Sie sich um mich kümmern. Ich bin ja doch bloß eine Last für Sie.«

Sheldon schaute sie an. »Und was soll aus Ihnen werden?« fragte er.

Mary-Lou zuckte mit den Achseln und senkte den Blick. »Lassen Sie mich einfach hier zurück«, murmelte sie. »Es hat ja doch alles keinen Sinn. Wir sind verloren, und das wissen Sie so gut wie ich. Wir machen uns nur etwas vor. Wir werden so oder so sterben. Irgend jemand wird mich hier finden, und dann ist wenigstens alles vorbei. Vielleicht habe ich es ja auch verdient.«

Sie sah angeekelt auf ihre Hände hinunter. Sie hatte gemordet. Einen Menschen ermordet, mit ihren eigenen Händen.

»Unsinn«, erwiderte Sheldon gröber, als er wollte. »Sie machen sie nur dadurch selbst etwas vor, daß Sie sich Schuldgefühle einreden. Sie hatten keine andere Wahl. Er hätte uns sonst beide umgebracht.«

Mary-Lou nickte verkrampft. »Ich ... weiß«, sagte sie stockend. Sie ließ die Arme sinken, lehnte sich gegen die Wand und sah Sheldon unsicher an. »Ich ... ich versuche immer wieder, mir einzureden, daß dieses Wesen kein Mensch war, aber ...«

»Ich weiß, was Sie meinen.« Sheldon nickte. »Er sah aus wie Ihr Mann. Aber er war es nicht. Es war nur eine rein äußerliche Ähnlichkeit. Diese ... diese Kreatur lebte nicht einmal. Sie umzubringen war kein Mord. Vielleicht war es sogar eine Erlösung für Ihren Mann.« Er sprach mit ruhiger sanfter Stimme, als würde er mit einem Kind reden. Die Rolle des Beschützers war noch ungewohnt für ihn, aber sie fiel ihm leichter, als er erwartet hatte. Zu einem beträchtlichen Teil bezog er sogar seine eigene Kraft aus Mary-Lous Schwäche, daraus, daß er nicht nur für sich selbst, sondern auch für sie die Verantwortung trug. Ansonsten hätte er vielleicht ebenfalls schon längst resigniert. Noch vor zwei Tagen hatte er für Menschen wie Mary-Lou Cramer nur Verachtung, manchmal sogar Haßempfinden, aber jetzt rührte ihn ihre Angst und Hilflosigkeit.

»Ich weiß«, wiederholte Mary-Lou. Ihre Stimme zitterte merklich. »Ich weiß, daß es nicht Jeremy war, aber ... Er hat geredet und gehandelt, also muß er doch irgendwie leben und ...« Sie brach ab und unterdrückte ein Schluchzen.

Sheldon berührte sie sanft an der Schulter. »Ich verstehe Sie nur zu gut, Mary-Lou«, sagte er leise. Die Spiegel schienen seine Worte zu reflektieren und ihnen einen boshaften, höhnischen Klang zu verleihen. Er legte seinen Arm um ihre Schulter und zog sie an sich. Im ersten Moment versuchte Mary-Lou, sich zu wehren, aber Sheldon drückte ihre Hände mit sanfter Gewalt beiseite. Die Berührung tat ihr gut. Sie gab ihren Widerstand auf, ließ sich an seine Brust sinken und weinte hemmungslos.

»Ob er ... tot ist?« fragte sie nach einer Weile. »Der echte Jeremy, meine ich?«

Sheldon antwortete nicht, aber sie spürte, wie er sich unmerklich versteifte.

»Antworten Sie mir, Sheldon. Glauben Sie, daß ...«

Sheldon machte eine hastige Handbewegung. »Still!« Er ließ sie los, trat einen Schritt zurück und lauschte mit geschlossenen Augen.

Mary-Lou sah ihn verwirrt an. »Was ist los?«

Sheldon schüttelte ärgerlich den Kopf und legte den Finger auf die Lippen. »Ruhig«, flüsterte er. »Es kommt jemand. Ich höre Schritte.« Er wich zur gegenüberliegenden Wand zurück, preßte sich dagegen und griff unter seine Jacke. In seiner Hand lag eine schimmernde, messerscharfe Spiegelscherbe, als er sie wieder hervorzog. »Versuchen Sie ihn abzulenken«, zischte Sheldon.

Mary-Lou nickte automatisch. Sie hörte die Schritte jetzt auch; schwere, schleppende Schritte, als bewege sich jemand mit äußerster Mühe auf sie zu. Ihr Herz begann zu rasen. Sie sah die Angst auf ihrem eigenen Gesicht, als sie ihr Spiegelbild auf der gegenüberliegenden Wand betrachtete. Von der schlanken, auch im Alter von zweiundvierzig Jahren noch schönen Frau, die sie noch gestern gewesen war, war nicht viel übriggeblieben. Die Frau dort im Spiegel schien eine andere zu sein. Ihr dunkles, gepflegtes Haar hing in schweißverklebten Strähnen herab. Ihr Gesicht wirkte grau und eingefallen, und um ihre Mundwinkel lag ein bitterer, harter Zug, den sie noch nie an sich bemerkt hatte.

Die Schritte kamen näher. Sie konnte jetzt die Atemzüge des Mannes hören. Er schien stehenzubleiben, murmelte etwas und ging dann weiter. Ein leises, schleifendes Geräusch begleitete seine Schritte, so, als taste er sich mühsam mit der Hand an den spiegelverkleideten Wänden entlang.

Und dann geschah alles unglaublich schnell.

Der Mann erschien in der Gangbiegung. Mary-Lous entsetzter Aufschrei ging in Sheldons wütendem Brüllen unter, als er die Spiegelscherbe wie einen Dolch schwang und sich auf den Fremden stürzte.

»Sheldon! Nicht!«

Sheldon versuchte im letzten Augenblick, seinen Stoß abzuwenden. Die Scherbe verfehlte das Gesicht des Mannes um Millimeter, schrammte an dessen Schulter entlang und schlitzte den linken Jackenärmel auf. Sheldon taumelte vorwärts und verlor, von seinem eigenen Schwung mitgerissen, das Gleichgewicht, während Jeremy Cramer mit einem überraschten Schmerzlaut zurückwich und seinen verletzten Arm umklammerte.

»Was, zum Teufel, ist ...« Jeremys Augen weiteten sich ungläubig, als er seine Frau erkannte. »Mary-Lou! Wie – wie kommst du hierher?«

Mary-Lous Stimme versagte ihren Dienst. Sie sank an die Wand zurück, kämpfte gegen die Tränen und schlug die Hände vors Gesicht. Sie wußte selbst nicht, wie es ihr gelungen war, gerade noch rechtzeitig die Warnung auszustoßen. Im ersten Augenblick, als sie Jeremy gesehen hatte, hatte sie ihn für ein weiteres Spiegelbild gehalten und vor Schreck aufschreien wollen, doch irgend etwas an seiner Haltung, seinem Gesichtsausdruck oder seinem Blick hatte sie erkennen lassen, daß das nicht stimmte, daß es sich um den echten Jeremy Cramer handelte. Das Entsetzen darüber, wie knapp alles gewesen war, schnürte ihr die Kehle zu.

Sheldon richtete sich ungeschickt auf. Sein Blick wanderte immer wieder von Mary-Lou zu Jeremy. Augenscheinlich wußte er nicht so recht, was er von der Situation halten sollte.

Cramer seinerseits musterte ihn mit einer Mischung aus Vorsicht und Neugier. Ein dünner Blutfaden sickerte aus seiner zerschnittenen Jacke, aber er schien den Schmerz gar nicht zu spüren, so wenig, wie er sich bewußt zu sein schien, wie knapp er dem Tod entkommen war. Oder aber er verstand seinen Schrecken meisterhaft zu verbergen. »Wer sind Sie?« fragte er. »Und wie kommen Sie hierher? Sie und meine Frau?«

Sheldon lächelte kalt. Er schien entspannt dazustehen, aber seine Finger umklammerten noch immer die Scherbe. Seine gelöste Haltung täuschte. Innerlich war Sheldon gespannt wie eine Stahlfeder und jederzeit bereit, beim geringsten Anzeichen von Gefahr nachzuholen, wovon Mary-Lous Zuruf ihn abgehalten hatte. »Mich würde vielmehr die Frage interessieren, wie Sie herherkommen«, konterte er lauernd.

»Sheldon – nicht. Er ist ...« Mary-Lou schluckte krampfhaft. Man spürte, daß ihr die Worte eine ungeheure Überwindung abverlangten. »Das ist Jeremy, der echte Jeremy. Mein ... mein Mann.«

Sheldon zögerte. »Sind Sie .. sind Sie völlig sicher, daß er echt ist?« fragte er.

»Natürlich bin ich echt«, stieß Cramer hervor. Er strich über seine Schulterwunde und hielt Jeremy den Finger mit einigen Blutstropfen daran entgegen. »Sieht das vielleicht wie Ketchup aus?«

Sheldon atmete tief ein. »Ich ... es tut mir leid, wenn ich Sie verletzt habe. Aber ich dachte ...«

Cramer nickte. »Sie brauchen sich nicht zu entschuldigen. Ich kann mir lebhaft vorstellen, was Ihnen passiert ist.« Er musterte Sheldons zerschlagenes, geschwollenes Gesicht. »Sie scheinen so ungefähr das gleiche wie ich erlebt zu haben.«

»Das gleiche ist gut«, entgegnete Sheldon. »Ich hatte eine kleine Meinungsverschiedenheit mit einem Spiegelbild. Mit *Ihrem* Spiegelbild.« Er deutete mit einer Kopfbewegung auf Mary-Lou. »Wenn Ihre Frau nicht gewesen wäre, wäre ich jetzt tot. Sie hatte die einzig richtige Idee.« Er schwang seine Spiegelscherbe. »Die einzige Waffe, mit der man diese Kreaturen unschädlich machen kann. Jedenfalls die einzige, die ich kenne«, sagte er.

»Unschädlich?« hakte Cramer nachdenklich nach. »Sie meinen, Sie haben dieses Wesen – getötet?«

Sheldon schüttelte den Kopf. »Ich nicht. Ihre Frau.«

Jeremy sah Mary-Lou nachdenklich an. »Wann war das?«

»Vielleicht vor einer halben Stunde.« Sie zuckte mit den Schultern. »Genau kann ich es nicht mehr sagen. Hier drin verliert man jedes Gefühl für die Zeit. Es ... ist schrecklich.«

Jeremy trat auf seine Frau zu, nahm sie in den Arm und drückte sie tröstend an sich. »Eine halbe Stunde«, wiederholte er. »Das kommt in etwa hin. Vor einer halben Stunde ist der Spiegel plötzlich zerbrochen, in dem ich gefangen war.«

In Sheldons Augen blitzte es auf. »Das würde bedeuten, daß die Spiegel ihre Macht verlieren, wenn die lebenden Spiegelbilder vernichtet werden. Sobald wir eines dieser Wesen töten, befreien wir gleichzeitig den Menschen, dem es nachgebildet wurde.«

Jeremy Cramer nickte. »Es sieht so aus.« Er war Pragmatiker. In seinem Beruf mußte er geistig flexibel sein und praktisch denken, mußte sich blitzschnell auf neue Situationen einstellen und darauf reagieren können. Auch jetzt hielt er sich nicht damit auf, lange nach Erklärungen zu suchen, sondern dachte zunächst einmal praktisch. Er deutete mit einer Kopfbewegung auf die Scherbe in Sheldons Hand. »Haben sie noch mehr von den Dingern?«

»Nein. Aber ich kann welche besorgen.« Sheldon grinste, zog seine Kette unter der Jacke hervor und ließ ihr Ende wuchtig gegen die Wand krachen.

Diesmal jedoch war die Wirkung völlig anders als zuvor. Das Glas zerbrach zwar, aber von dem Hintergrund prallte die Kette ab und federte mit so großer Wucht zurück, daß sie Sheldon beinahe am Kopf getroffen hätte. Gleichzeitig erschütterte ein dumpfer, vibrierender Schlag das gesamte Labyrinth. Die Beleuchtung flackerte, ging aus und wieder an und erlosch schließlich ganz.

Mary-Lou schrie entsetzt auf. Am Ende des Ganges, aus dem Jeremy gekommen war, schien ein grelles, weißes Licht. Dunkle Umrisse schienen sich im Zentrum des Leuchtens zu bewegen; schwarze, zuckende Tentakel, schleimige Fäden und höllische, haßverzerrte Fratzen.

Sheldon keuchte. »Was ...«

Die Erscheinung verschwand ebenso plötzlich, wie sie aufgetaucht war. Ein tiefes, unmenschliches Stöhnen drang aus den Wänden. Der Spiegel, den Sheldon zerschlagen hatte, begann in dunkelrotem Licht zu glühen. Mary-Lou starrte ihn mit ungläubigem Entsetzen an. Das Glas war in unzählige winzige Splitter zersprungen. Ein paar größere Trümmerstücke hingen noch schräg im Rahmen, und dahinter ... Mary-Lou kämpfte den aufsteigenden Ekel nieder und zwang sich, genauer hinzusehen. Die Wand war aufgeworfen, porös und von dunkelroten und schwarzen Linien durchzogen, die im Rhythmus eines unhörbaren Pulsschlages zu zucken schienen. Dunkle Tropfen quollen aus dem zerstörten Spiegel. In der dunkelroten Beleuchtung wirkten sie wie Blut.

Das Stöhnen wiederholte sich, und der Boden erbebte ein weiteres Mal. Die Spiegel schienen sich auf bizarre Weise zu wellen und zu verbiegen.

»Weg hier!« schrie Sheldon. Er fuhr herum, riß Mary-Lou und Jeremy einfach mit sich, als sie nicht schnell genug reagierten, und hetzte den Gang entlang, doch sie kamen nur wenige Schritte weit. Wo vor Sekunden noch ein offener Durchgang gewesen war, waren plötzlich Spiegel. Sheldon fluchte, fuhr herum und versuchte in einen Nebengang auszuweichen. Aber auch dort war der Durchgang versperrt. Keuchend blieb Sheldon stehen. Der Boden zitterte immer noch, und die Wände bewegten sich in konvulsivischen Zuckungen. Der Gang schien sich wie ein lebendes Wesen unter den Schmerzen zu krümmen, die Sheldons Kette ihm zugefügt hatte.

Zu allen Seiten hin war der Weg von kalt schimmernden, deckenhohen Spiegeln verschlossen, ein zwei mal fünf Meter großes Gefängnis ohne sichtbaren Ausgang.

Und dann begann sich ganz, ganz langsam die Decke zu senken.

Mark Taylor hob die Hand und blieb stehen. »Sie ist hier«, sagte er leise. »Ganz in der Nähe. Ich spüre es.« Er wartete, bis Masterton und die anderen neben ihm angekommen waren, ehe er mit einer weit ausholenden Armbewegung auf die gegenüberliegenden Häuser deutete. »Irgendwo dort vorne.«

»Holen wir sie«, sagte Masterton entschlossen.

Mark hielt ihn mit einer raschen Bewegung zurück. »Nicht so schnell. Ich ... ich spüre noch etwas. Eine Gefahr.«

Masterton zog eine Grimasse. »Diese ganze Stadt ist mir nicht geheuer«, sagte er überzeugt. »Wir hätten nicht hierherkommen sollen.«

Mark sah ihn nachdenklich an. Die Kritik an Ulthars Befehlen war unüberhörbar. Und er wußte, daß die drei anderen ebenso dachten. Irgend etwas hatte sich in ihnen verändert, seit sie durch das Spiegeltor auf diese Welt gekommen waren. Es war, als endete Ulthars Macht über ihren Willen hier. Je mehr sie sich dieser beunruhigenden Ausstrahlung näherten, desto schwächer schien der Einfluß des Magiers zu werden, und desto mehr erhielten sie ihren eigenen freien Willen zurück.

Einer der Männer schien seine Gedanken zu erraten. »Warum gehen wir nicht zurück und lassen Ulthar selbst nach dieser Frau suchen?«

Mark fuhr herum. Der Mann hielt seinem Blick einen

Augenblick lang stand, dann senkte er betreten den Kopf und sah weg.

»Er hat recht«, flüsterte Masterton, als Mark sich wieder herumgedreht hatte. »Ich fühle mich nicht sehr wohl dabei, in einer unbekannten Welt voller unbekannter Gefahren herumzulaufen, nur weil Ulthar Vivian in seine Gewalt bringen will. Diese Welt ist nicht für Menschen bestimmt. Wir sollten nicht hier sein.«

»Wenn wir es nicht tun, tun es andere«, sagte Mark lahm.

Masterton grinste. »Von mir aus. Laß uns hier verschwinden. Vielleicht findet dieser Narr ein paar andere Idioten, die seine Drecksarbeit tun.«

Mark schwieg fast eine Minute. »Wir können nicht einfach gehen«, sagte er dann.

»Weil Vivian deine Frau ist?« vermutete Masterton. »Hängst du immer noch an ihr?«

»Nein.« Mark schüttelte den Kopf. »Sie ist mir völlig gleichgültig. Aber Ulthar darf sie auf keinen Fall in die Hände bekommen. Wir müssen es unter allen Umständen verhindern, wenn wir selbst leben wollen.«

Masterton zog die Augenbrauen zusammen. »Warum? Hast du immer noch Angst vor ihm?«

»In gewisser Hinsicht ja«, bestätigte Mark ernsthaft. »Du weißt ja, warum er Vivian Taylor in seine Gewalt bringen will, ihr alle wißt es. Ohne die echte Vivian ist Melissa nur ein hirnloses Geschöpf ohne eigenen Willen. Gelingt es Ulthar jedoch, Vivian in seine Spiegel zu verbannen, erwacht Melissa vollends zum Leben, und mit ihr wird er zur größten Gefahr, die die Welt je gesehen hat.«

Masterton zuckte mit den Schultern. »Was kümmert uns die Welt?«

»Nichts, Jonathan, sieht man davon ab, daß es die gleiche Welt ist, in der auch wir leben wollen«, gab Mark zurück. »Ich hätte dich für klüger gehalten. Ulthar *darf* Vivian nicht in die Hände bekommen, verstehst du das nicht? Wenn Melissa erwacht, ist er so gut wie unschlagbar.« Er lächelte häßlich. »Und ich glaube kaum, daß er unseren kleinen Verrat so einfach vergessen wird. Im Gegenteil, er wird uns jagen, und irgendwann wird er uns finden und töten.« Er sah Masterton und die anderen der Reihe nach an. »Deshalb werden wir Vivian fangen, wie er es befohlen hat. Aber denkt daran, was ich gesagt habe – sie darf unter keinen Umständen in Ulthars Gewalt gelangen. Es gibt nur eine Möglichkeit, diese Gefahr ein für allemal zu beseitigen. Wenn ihr Vivian seht – tötet sie.«

Er drehte sich um und deutete auf die Häuserreihe auf der anderen Straßenseite. »Sie ist in einem dieser Häuser. Jonathan, du bleibst hier und bewachst die Straße. Die anderen folgen mir. Holen wir uns die Hexe.«

23

Ulthar hatte die Fluchtversuche der drei Menschen in allen Einzelheiten verfolgt. Sein magischer Spiegel zeigte ihm alles, was irgendwo in den endlosen Gängen des Labyrinths geschah, so deutlich, als wäre er unmittelbar dabei. Ein geringschätziges Lächeln spielte um seine Lippen, als er die beginnende Panik in Sheldon Porters Augen sah. Die beiden Eindringlinge hatten den einzigen Weg gefunden, auf dem man seine Sklaven vernichten und die gefangenen Seelen befreien konnte. Aber sie waren dumm – so dumm wie fast alle Menschen, denen Ulthar in seinem Leben begegnet war. Sie hatten den Ausweg praktisch vor Augen gehabt, aber alles, woran sie dachten, war ihre kleinliche Rache.

Er bewegte die Hand, und der Spiegel wurde blind. Ulthar hatte dringendere Probleme, als die drei Menschen. Er würde sich später mit ihnen beschäftigen, wenn sie nicht bis dahin durch ihre eigene Dummheit schon den Tod gefunden hatten.

»Sind Mark Taylor und die anderen schon zurück?« fragte er leise.

Melissa schüttelte den Kopf. »Nein.«

»Warum nicht?«

»Sie haben die Spur Vivian Taylors aufgenommen. Aber es scheint ... Schwierigkeiten zu geben.« Die merkliche Pause vor dem Wort *Schwierigkeiten* ließ den Magier aufhorchen. »Vivian ist weiter in den verbotenen Bereich vorgedrungen, als wir angenommen haben«, sagte Melissa knapp. Ihre Stimme klang vollkommen emotionslos.

Ulthar schluckte einen Fluch herunter und wandte sich ab. Er begann allmählich zu begreifen, daß er Vivian Taylor unterschätzt hatte. »Sie darf auf keinen Fall die Kristallfestung erreichen.«

Melissa schüttelte den Kopf. »Das wird nicht geschehen, Herr.«

Ulthar lachte humorlos. »Ich hoffe es.« Er begann unruhig im Raum auf und ab zu gehen.

»Was ist mit Conelly?«

Melissa lächelte kalt. »Er scheint begriffen zu haben, daß er machtlos gegen uns ist. Zumindest sind keine Anzeichen von irgendwelchen Aktivitäten ...«

»Du unterschätzt ihn«, fuhr ihr Ulthar ins Wort. »Wenn wir uns auch nur die geringste Blöße geben, schlägt er zu.« Er blieb stehen, donnerte wütend auf die Tischplatte und fuhr herum. Die Dinge nahmen im Moment eine Entwicklung, die ihm ganz und gar nicht paßte. Vivian Taylor war gegen alle Erwartungen entkommen – schlimmer noch, sie hatte den einzigen Ort erreicht, von dem aus sie ihm wirklich gefährlich werden konnte.

Die Welt, in der sie sich befand, war weit mehr als nur eine spiegelverkehrte Ausgabe der Realität. Diesen Teil ihrer Existenz verdankte sie nur einem Zufall, ein reiner Nebeneffekt der Experimente mit den Spiegeln, eine Staffage, die auch nicht länger als ein paar Jahrzehnte Bestand haben würde. Aber es war die Welt, in der seine Spiegel erschaffen worden waren und aus der sie ihre Kraft bezogen.

Moron ...

Ulthar wußte aus eigener Erfahrung, daß die Kristallfestung von Moron praktisch uneinnehmbar war. Aber er wußte auch, daß schon mancher große Feldherr oder Verschwörer über scheinbare Kleinigkeiten gestürzt war. Die Geschichte von David und Goliath mochte frei erfunden sein, aber sie hatte eine wahren Kern. Der tödlichste Fehler, den man überhaupt begehen konnte, war, seinen Gegenspieler zu unterschätzen.

»Oder ihn überschätzen«, sagte Melissa in Vivians Gestalt.

Ulthar sah überrascht auf. »Du ... liest meine Gedanken?«

Ein flüchtiges Lächeln huschte über das ebenmäßige Gesicht der Hexe. »Nein, das kann selbst ich nicht. Aber es war leicht, Ihre Gedanken zu erraten.«

Für einen kurzen Moment glaubte Ulthar, einen spöttischen Unterton in Melissas Stimme zu hören, aber natürlich war das Unsinn. Das Spiegelwesen unterstand seiner Herrschaft vollkommen, in stärkerem Maße noch als all die anderen Menschen, die er im Laufe der Jahre in seinen Spiegeln gefangen hatte. Ulthar schauderte unwillkürlich, als er daran dachte, was geschehen könnte, wenn seine Macht eines Tages versagte. Keine Gewalt des Universums wäre fähig, diese Horde des personifizierten Bösen noch aufzuhalten. Aber das würde höchstens geschehen, wenn er einmal sterben sollte, und was dann passierte, konnte ihm gleichgültig sein.

Aber etwas an Melissas Verhalten irritierte ihn. Sie schien an Eigenständigkeit und Individualität zu gewinnen, seit sich Vivian Taylor in Moron aufhielt, dem einzigen Ort, an dem seine Macht erlosch. Möglich, daß Vivians Anwesenheit dort eine ähnliche Wirkung hatte wie ihre Gefangenschaft in einem seiner Spiegel. Melissa – das geistig unterentwickelte Ebenbild Melissas, das vor ihm stand – entwickelte sich nicht zu ihrem früheren Charakter, sondern in eine Richtung, die wie bei seinen übrigen Sklaven eher den negativen Eigenschaften des Originals entsprach. Dadurch wurde sie für ihn nicht nur nutzlos, sondern möglicherweise sogar gefährlich. Die geplante Bewußtseinsspaltung schien gründlicher mißlungen zu sein, als er bislang angenommen hatte. Befand sich Vivian Taylor erst einmal in seiner Gewalt, würde er diese Kopie Melissas vernichten und noch einmal ganz von vorne anfangen müssen.

Melissa bewegte sich unruhig, und obwohl sie es bestritten hatte und diese Kraft auch früher nicht besaß, war sich Ulthar nicht sicher, ob sie nicht doch in der Lage war, bis zu einem gewissen Grad seine Gedanken zu lesen, sie zumindest zu ahnen. Er begann sich immer unwohler in ihrer Gegenwart zu fühlen. Selbst für ihn, ihren Schöpfer, war es ein gespenstischer Anblick, die schlanke Frau vor dem Spiegel entlanggehen zu sehen, ohne daß ihr Spiegelbild auf der silbernen Fläche erschien. Ihm blieb nicht mehr sehr viel Zeit. Wenn dieses Wesen, das nicht Melissa, sondern nur eine Personifizierung ihrer und Vivian Taylors negativer Eigenschaften darstellte, weiterhin an freiem Willen gewann, würde es sich möglicherweise gegen seine Vernichtung wehren und vielleicht sogar gegen ihn wenden. Um so dringender wurde es für ihn, Vivian Taylor schnell in seine Gewalt zu bekommen.

Ulthar atmete hörbar ein. »Wir können nicht mehr länger warten«, entschied er. »Du wirst Mark und den anderen folgen und ihnen helfen, Vivian Taylor zu fangen.« Auf diese Art steigerte er die Erfolgsaussichten der Gruppe und befreite sich gleichzeitig für eine Weile von Melissas Gegenwart. Sobald sie den Auftrag ausgeführt hatte, würde er sie töten und noch einmal neu erschaffen.

Melissa lächelte. Es war ein seltsames, undefinierbares Lächeln, das sowohl Zufriedenheit als auch boshafte Vorfreude ausdrücken konnte. »Wie Ihr befehlt, Meister.« Sie drehte sich um und ging mit steifen Schritten aus dem Raum.

Ulthar starrte die geschlossene Tür noch lange an, nachdem Melissa gegangen war. Er verspürte eine innere, nicht zu erklärende Unruhe. Obwohl er sich dagegen wehrte, wanderte sein Blick wieder zu dem deckenhohen, dunkelroten Samtvorhang, der fast die ganze Ostseite des Raumes beanspruchte. Die Falten schienen sich zu bewegen. Es war keine sichtbare Bewegung, sondern irgend etwas außerhalb des menschlichen Wahrnehmungsvermögens, eine dumpfe, rein gefühlsmäßige Unruhe, die unter der Oberfläche des Sichtbaren zu brodeln schien.

Ulthar schauderte. Die Herren von Moron duldeten kein Versagen. Vielleicht hatte er schon zu viele Fehler gemacht ...

Er fuhr herum, lief aus dem Raum und warf die Tür hinter sich zu.

Als er gegangen war, bewegte sich der Vorhang. Für einen Moment klafften die beiden Hälften auseinander und gaben den Blick auf eine unglaublich fremde und bizarre Welt frei. Ein seltsamer, klagender Ton wehte herein, ein Geräusch, als streiche der Wind durch einen verzauberten Kristallwald. Es klang wie ein böses Lachen.

Vivian hatte jedes Wort verstanden, das Mark gesagt hatte. Sie sah, wie Masterton bis zur Straßenmitte zurückwich und stehenblieb. Von dort aus hatte er sämtliche Häuser auf dieser Straßenseite im Blick. Die anderen machten sich unter Marks Führung daran, die Gebäude zu durchsuchen.

Vivian gab sich keinen Illusionen hin – sie hatte schon mehrmals Kostproben der übermenschlichen Kraft dieser Wesen bekommen. Sie hatten sich mit dem Übergang in diese Welt verändert, ihren freien Willen wiedergewonnen, aber das änderte nichts an ihrer Stärke und machte sie eher noch gefährlicher. Der Mark Taylor, der die kleine Gruppe anführte, war nicht ihr Mann. Auch wenn er jetzt nicht mehr unter Ulthars Einfluß stand, war er immer noch nur ein Spiegelbild, in dem sämtliche negativen Charaktereigenschaften des echten Mark die Oberhand gewonnen hatten. Es war eine Kreatur, die eiskalt nur auf ihren eigenen Vorteil bedacht war.

Bisher war sie Ulthars Nachstellungen nur entkommen, weil der Magier darum bemüht war, sie unbeschadet in die Hände zu bekommen. Mark hingegen verfolgte ein anderes Ziel, und er würde sich dabei von keinerlei Skrupel oder Rücksichtnahme beirren lassen.

Sie mußte weg.

Noch einmal sah sie sich um, aber es gab keinen Ausgang. Die Wand hinter ihr war glatt und fugenlos, rechts und links davon war nichts außer abgrundtiefer Schwärze und tödlicher Kälte und über ihr ... Sie drehte sich um, drückte die Tür lautlos ins Schloß und sah nach oben. Über ihrem Kopf war die gleiche wesenlose Schwärze wie ringsum, aber die Stirnwand des Raumes ging für die Länge von etwa einem Meter in eine rauhe, unverputzte Decke über, um dann wie abgeschnitten aufzuhören – das Stück Decke, das irgendwann einmal in einem Spiegel zu sehen gewesen war.

Vivian zögerte nicht länger. Sie lief mit zwei, drei schnellen Schritten durch den Raum, federte kurz in den Knien ein und sprang dann mit ausgestreckten Armen in die Höhe. Beim dritten Versuch bekam sie die Kante des Deckenstückes zu fassen. Sie klammerte sich verzweifelt fest, konzentrierte sich und zog sich mit aller Kraft hinauf.

Hinter ihr ertönte ein wütender, enttäuschter Schrei. Graue Helligkeit strömte in den Raum, als die Tür wuchtig aufgestoßen wurde, und im Eingang erschien einer von Marks Begleitern.

Vivian verdoppelte ihre Anstrengungen, hinaufzukommen. Es war eine phantastische, bizarre Art des Aufstiegs – ihre Finger schienen sich da, wo sie über die Bruchkante hinausgriffen, aufzulösen. Aber sie hatte keine Zeit, sich darüber Gedanken zu machen. In einem verzweifelten Versuch ließ sie die Bruchkante mit der Rechten los und griff blind in das unsichtbare Nichts über ihr hinein. Ihre Hand verschwand bis zum Ellbogen, als sie hinaufgriff, aber sie bekam etwas Hartes zu fassen und zog sich blitzschnell hinauf.

Eine Hand griff nach ihrem Fußgelenk und zerrte daran. Vivian schrie vor Schmerz und Erschrecken auf und trat in blinder Angst um sich. Ihr Fuß trat auf etwas Weiches. Der Griff um ihr Fußgelenk löste sich. Der Mann taumelte zurück, verlor das Gleichgewicht und stürzte mit wild rudernden Armen ins Nichts. Sein Schrei schien endlos in Vivians Ohren zu gellen.

Eine zweite Gestalt erschien im hellen Rechteck der Tür. Es war Mark.

»Vivian! Bleib stehen!« rief er.

Vivian zog sich mit einem entschlossenen Ruck höher, in die Schwärze hinein. Ihre Arme waren jetzt bis zu den Ellbogen verschwunden. Es sah aus, als löse sich ihr Körper Stück für Stück auf.

»Vivian! Bleib hier!« brüllte Mark noch einmal. »Ich will dir helfen!« Er rannte mit traumwandlerischer Sicherheit über den schmalen Grat auf sie zu, griff nach ihren Beinen und bezahlte diesen Versuch mt einem schmerzhaften Tritt auf die Finger.

Vivian nahm all ihren Mut zusammen und zog sich nach oben. Sie spürte absolut nichts, als sie durch die unsichtbare Barriere glitt, aber dann wurde es vor ihren Augen plötzlich wieder hell. Sie befand sich in einem hohen, altmodisch eingerichteten Raum, durch dessen Fenster graues Zwielicht sickerte.

Rasch zog sie sich vollends nach oben, rollte über den weichen Teppich und blieb einen Herzschlag lang schweratmend liegen. Sie versuchte erst gar nicht, das Unerklärliche zu erklären. Offensichtlich waren die Naturgesetze ihrer Welt hier außer Kraft gesetzt. Alles, was je in einem Spiegel abgebildet worden war, war hier vorhanden. Räume, die scheinbar schwerelos im Nichts schwebten, jäh aufklaffende Abgründe, blinde Flecken in der Schöpfung, hinter denen das Nichts lauerte ... alles war möglich. Und sie wußte nun, daß es möglich war, das Nichts unbeschadet zu durchqueren, wenn es dahinter einen festen Halt gab.

Sie stand auf, trat ans Fenster und sah hinaus. Die Gestalt Jonathan Mastertons stand immer noch auf der Straße vor dem Haus. Sie sah, daß er sich heftig gestikulierend mit jemandem außerhalb ihres Gesichtsfeldes unterhielt und dann abrupt zu ihr hinaufsah.

Die Sicherheit, in der sie sich im Moment befand, trog. Wenn sie einen Weg gefunden hatte, hier hinaufzugelangen, dann würden ihre Verfolger diesen Weg bald ebenfalls finden. Sie fuhr herum, lief zur Tür und sah vorsichtig auf den Korridor hinaus. Auch der Gang war nur halb vorhanden. Die linke Wand und ein keilförmiger, nach hinten schmaler werdender Streifen des Fußbodens waren da, während ihr auf der rechten Seite die gleiche, angsteinflößende Schwärze wie unten entgegengähnte.

Vivian drückte sich eng gegen die Wand und ging vorsichtig los. Ihr Inneres war in hellem Aufruhr. Sie spürte den Boden unter den Füßen, und ihr Verstand sagte ihr, daß er fest war und ihr Gewicht trug. Aber ihre Augen signalisierten ihr, daß sie sich über einem endlosen Abgrund bewegte und der Boden jeden Augenblick unter ihrem Gewicht nachgeben konnte. Sie hatte einmal eine Geschichte über eine Brücke gelesen, die nur existierte, solange man fest an ihre Existenz glaubte, die sich aber in Nichts auflöste, sobald man an ihrer Tragfähigkeit zu zweifeln begann. Vivian verdrängte diesen Gedanken rasch wieder.

Sie erreichte die Biegung des Ganges. Der Korridor dahinter schien vollkommen erhalten zu sein. Vivian bleib einen Augenblick lang stehen und sah sich unschlüssig um. Von ihren Verfolgern war nichts zu sehen, aber es konnte nur noch Sekunden dauern, ehe sie auftauchten.

Es *mußte* einen Weg aus diesem Haus geben! Sie lief zögernd bis zur Treppe und blieb abermals stehen. Die Stufen führten steil in die Höhe. Sie dachte plötzlich daran, wie grausam verändert die Fassade des Hauses dort oben von außen ausgesehen hatte, aber ihr blieb keine andere Wahl, als diesen Weg einzuschlagen.

Von panischer Angst getrieben, begann sie die Stufen emporzusteigen. Es blieb ihr erspart, in die oberen Stockwerke des Hauses vorzudringen, allerdings auf eine ganz andere Art, als sie sich erhofft hatte. Sie kam genau zwei Stockwerke hoch, dann endete die Treppe ein Stück über ihr abrupt, und zu allem Überfluß, konnte sie unter sich bereits gedämpfte Stimmen und die polternden Schritte ihrer Verfolger hören.

Wahllos stürzte sie durch eine der Türen, die sie in

einem seitlich abzweigenden Korridor entdeckte. Das Zimmer dahinter schien ein genaues Duplikat des Raumes im Erdgeschoß zu sein, durch den sie in dieses irrsinnige Gebäude gelangt war: ein schmaler, keilförmiger Streifen festen Bodens, der in ein vielleicht anderthalb Meter breites Wandstück überging. Rechts und links davon war nur Schwärze.

Vivian Taylor fluchte lautlos vor sich hin. Sie hatte sich selbst in eine Falle hineinmanövriert. Die Schritte hinter ihr waren bereits zu nah, als daß ihr noch die Zeit blieb, ihr Versteck zu verlassen und sich nach einem anderen umzusehen. Mit klopfendem Herzen preßte sie sich in den toten Winkel zwischen Tür und Wand, den einzigen schmalen Streifen festen Bodens, den man von außen nicht einsehen konnte.

»Sie muß hier irgendwo sein«, hörte sie Marks Stimme durch die dünne Trennwand dringen. »In einem dieser Zimmer. Ich habe ihre Schritte genau gehört.«

»Und wenn sie weiter die Treppe hinauf gegangen ist?« ertönte eine andere Stimme.

Mark lachte rauh. »Sie besitzt zwar ein paar besondere Fähigkeiten, aber fliegen kann sie noch nicht«, sagte er spöttisch. »Die Treppe hört da hinten auf. Also los, worauf wartet ihr noch? Durchsucht die Zimmer.«

Schritte näherten sich. Vivian hörte, wie die Tür zum Nebenzimmer aufgestoßen wurde. Es konnte nur noch wenige Sekunden dauern, bis ihre Verfolger hier waren, und diesmal würde sie ihnen nicht noch einmal entkommen. Mark würde ihr keine zweite Chance geben, und der winzige, nur wenige Quadratmeter große Bodenstreifen, der sich wie eine Brücke über dem bodenlosen Nichts spannte, bot nicht einmal ein Versteck, hinter dem sich eine Maus hätte verbergen können.

Die Schritte kamen noch näher, dann wurde die Türklinke energisch heruntergedrückt.

Vivian reagierte, ohne zu denken. Ihre Finger griffen nach der Türkante, gleichzeitig suchte sie mit den Fingerspitzen an den aufgesetzten Zierleisten nach Halt. Als die Tür nach innen schwang, klammerte sich Vivian mit Finger- und Zehenspitzen daran fest. Sie begriff erst jetzt wirklich, was sie tat, aber es war zu spät, um noch abzuspringen. Die Tür schwang in einem Halbkreis auf und glitt über die scharf abgezirkelte Bodenkante hinaus ins Nichts. Vivian schloß die Augen und klammerte sich mit der Kraft der Verzweiflung an den winzigen Vorsprüngen fest.

Ein dunkler, durch das schräg einfallende Licht bizarr verzerrter Schatten erschien unter der Tür. »Hier ist sie nicht.«

»Aber sie muß hier irgendwo sein!« protestierte Mark vom Korridor aus. »Es gibt nur diese sechs Türen. Sie muß hier irgendwo in der Nähe sein.«

Der Schmerz in Vivians Fingern wurde unerträglich. Sie spürte, wie ihre Kraft mit jeder Sekunde nachließ. Sie öffnete die Augen, sah nach unten und stöhnte lautlos, als ihr Blick in die bodenlose Tiefe fiel.

»Aber das gibt es doch nicht! Sie ...«

»Sie wird tot sein«, fiel ihm eine andere Stimme ins Wort. »Es gibt keinen zweiten Ausgang. Wenn sie hier irgendwo wäre, hätten wir sie erwischt. Sie muß abgestürzt sein. Das ist die einzige Erklärung.«

Vivian betete lautlos, daß Mark die Erklärung akzeptieren würde. Sie wußte, wie stur er sein konnte, und es gab keinen Grund, anzunehmen, daß sein Doppelgänger ihm in dieser Beziehung nachstehen sollte.

»Verschwinden wir von hier. Wir vergeuden unsere Zeit«, sagte die fremde Stimme. Im gleichen Augenblick tönte von der Straße ein markerschütternder Schrei herauf. »Verdammt, das ist Masterton. Ich habe dir gesagt, daß mir die Gegend nicht geheuer ist. Laß uns verschwinden.«

»Ihr bleibt hier«, sagte Mark dumpf. »Ich gehe hier nicht eher weg, bis ich Vivian habe. Sie oder ihre Leiche.«

Vivian spürte, wie ihre Kräfte nachließen. Sie würde sich nur noch wenige Sekunden lang halten können.

»Du kannst ja bleiben, wenn es dir Spaß macht«, antwortete die gleiche aggressive Stimme, die Mark schon einmal widersprochen hatte. »Ich verschwinde jedenfalls von hier. Vancourn ist schon tot – ich habe keine Lust, ihm zu folgen.« Der Schatten unter der Tür wirbelte herum. Hastige, schnelle Schritte entfernten sich auf dem Korridor.

»Verdammt noch mal – ihr bleibt hier!« brüllte Mark. Seine Stimme überschlug sich. »Ich ...«

Vivians Muskeln verkrampften sich. Sie stöhnte, warf den Kopf in den Nacken und versuchte, die unerträglichen Schmerzen in Fingern und Fußspitzen zu ignorieren. Es ging nicht.

Und dann, genau in diesem Augenblick, in dem sie glaubte, es nicht mehr aushalten zu können, hörte sie, wie Mark sich herumdrehte und den beiden anderen folgte. Sie seufzte erleichtert und brachte die Tür leicht ins Schwingen, bis sie den festen Boden erreichen konnte. Vivian ließ sich zu Boden fallen, blieb eine Zeitlang mit hämmerndem Herzen liegen und stand schließlich mühsam auf. Die Anstrengung, die Tür zu öffnen und auf den Korridor hinauszugehen, erschien ihr fast zu groß.

Immer deutlicher spürte sie, wie müde und erschöpft sie war. Sie war jetzt praktisch seit drei Tagen ununterbrochen auf den Beinen, und sie hatte seit gestern abend weder etwas gegessen noch getrunken. Ihr Magen begann zu revoltieren. Übelkeit stieg in ihr empor, spülte einen widerwärtigen, bitteren Geschmack in ihren Mund und ließ sie schwindeln. Vor ihren Augen bewegten sich feurige Kreise. Sie taumelte gegen die Wand und sank langsam daran herunter.

Mit der Schwäche kam die Verzweiflung. Bei der Anstrengung, unter der sie bisher gestanden hatte, hatte sie noch keine Zeit gehabt, Angst oder Mutlosigkeit zu empfinden.

Bis jetzt.

Von der Straße drang gedämpfter Kampflärm zu ihr empor; wütende, zischende Schreie, ein dumpfes Klatschen, als träfe irgend etwas unglaublich Schweres und Hartes auf Fleisch und Knochen, gefolgt von einem wütenden Fauchen und schweren, stampfenden Schritten.

Vivian öffnete mühsam die Augen. Das Fenster war ein verschwommener, grauer Umriß irgendwo in unerreichbarer Ferne, und der Kampflärm schien wie durch einen dichten, wattigen Vorhang zu ihr herüberzuwehen; Geräusche aus einer anderen Welt, mit der sie nichts zu tun hatte.

Sie versuchte aufzustehen, aber es ging nicht. Ihre Muskeln weigerten sich, ihren Befehlen zu gehorchen. Sie spürte, wie ein warme, wohltuende Lähmung von ihrem Körper Besitz ergriff, eine verlockende Dunkelheit. Sie kämpfte dagegen an, aber sie spürte, daß sie den Kampf verlieren würde. Schließlich war sie nur ein Mensch, und selbst ein Mensch mit übernatürlichen Kräften braucht von Zeit zu Zeit eine Erholungspause.

Sie war allein.

Zum ersten Mal in ihrem Leben begriff sie, was das Wort Einsamkeit in seiner letzten Konsequenz bedeutete. Was es hieß, wirklich *allein* zu sein, das einzige wirklich lebende Wesen in einer ganzen Welt zu sein, in der jedes Molekül, jedes Atom Feindseligkeit und Ablehnung ausstrahlte.

Allein ...

Ohne daß sie es merkte, sank sie vollends zu Boden, krümmte sich wie ein schlafendes Baby auf der Seite zusammen und verfiel in einen todesähnlichen Schlaf.

24

Sheldon Porters Muskeln waren bis zum Zerreißen gespannt. Er stand breitbeinig in der Mitte des Ganges, stemmte die Handflächen gegen die Decke und versuchte unter Aufbietung aller Kraft, den langsam niedersinkenden Tod aufzuhalten. Sein Gesicht war schweißüberströmt. Die Muskeln an Hals und Rücken traten vor Anstrengung sichtlich hervor. Dennoch senkte sich die Decke weiter. Langsam vielleicht einen Zentimeter in der Minute, vielleicht weniger, aber unbarmherzig.

»Ich – ich schaffe es nicht«, stöhnte er. Seine Stimme war vor Anstrengung verzerrt und kaum verständlich. »Sie müssen mir ... helfen.«

Cramer erwachte aus seiner Erstarrung. Er fluchte wütend, riß sich das Jackett vom Leib und baute sich neben dem jungen Hünen auf. Seine ausgestreckten Fingerspitzen berührten kaum die Decke.

Porter schnaufte, ließ die Arme sinken und trat keuchend zurück. »Sinnlos. So halten wir sie nie auf. Sie können aufhören, Jeremy.«

Cramer knurrte, stellte sich auf die Zehenspitzen und preßte noch einmal die Hände gegen die silberne Decke. Über ihm schien ein kopfstehendes Spiegelbild die Geste zu erwidern.

»Hören Sie auf«, wiederholte Sheldon. »Es muß einen anderen Weg geben.«

Cramer ließ wütend die Arme sinken. »Wissen Sie einen?«

»Natürlich nicht. Aber wir helfen uns nicht, wenn wir unsere Kräfte vergeuden.«

Cramer erwiderte Sheldons Blick zornig, bückte sich dann und hob seine Jacke auf. »Vielleicht haben Sie einen Sesam-öffne-dich-Spruch oder so etwas auf Lager«, sagte er halblaut.

»Jeremy! Bitte ...« Mary-Lou eilte zu ihrem Mann hinüber und versuchte ihre Hand auf seine Schulter zu legen.

Cramer streifte sie wütend ab. »Ihr beiden scheint euch ja prächtig angefreundet zu haben«, sagte er aggressiv.

Zwischen Sheldons Augen erschien eine steife Falte. »Sie werden unsachlich, Mister Cramer«, sagte er betont freundlich. »Ihre Frau hat mir zweimal das Leben gerettet. Wenn sie nicht gewesen wäre, wäre ich jetzt ebenfalls in einem dieser verdammten Spiegel gefangen. Sie übrigens auch noch.«

Cramer schwieg eine Weile. »Sie haben recht«, sagte er dann. »Es ... es tut mir leid. Ich bin nervös.«

»Das sind wir alle«, gab Sheldon kalt zurück. »Aber das ist kein Grund, den wilden Mann zu spielen.«

»Bitte, fangt nicht schon wieder an, euch zu streiten«, sagte Mary-Lou. »Überlegt lieber, wie wir hier herauskommen.«

»Wahrscheinlich gar nicht«, sagte Cramer dumpf. »Die Falle ist zugeschnappt. Und wir sind wie blinde Schafe hineingerannt.«

»Ich hätte diesem Ulthar den Schädel einschlagen sollen, als ich ihm gegenüberstand«, grollte Sheldon.

»Sie haben es doch versucht, oder?« Mary-Lou lächelte flüchtig, als sie Sheldons betroffenes Gesicht sah. »Außerdem glaube ich nicht, daß Ulthar für diese Falle verantwortlich ist.«

»Wie meinst du das?« fragte Jeremy.

Mary-Lou zuckte hilflos mit den Achseln. »Ich weiß, es ... es hört sich verrückt an, aber ...«

»Das macht nichts. Die ganze Sache ist verrückt. Reden Sie«, drängte Sheldon.

»Vorhin«, begann Mary-Lou, »als Sie ... den Spiegel zerschlugen, da ... da hatte ich den Eindruck, als ob der ganze Raum sich krümmen würde. Fast so, als ... als hätte er Schmerzen.«

»Du meinst, diese Lichteffekte, das Beben ...«

Mary-Lou nickte. »Ja. Ich habe mir den Spiegel angesehen, den Sheldon zertrümmert hat. Ich weiß, ihr werdet mich für verrückt halten, aber er ... ich finde, er sah fast wie eine Wunde aus.«

Cramer sah seine Frau verblüfft an. »Das hört sich an, als ob du glaubst, dieses ganze verdammte Labyrinth würde *leben*. Willst du das damit andeuten?«

Mary-Lou schüttelte den Kopf. »Ich will gar nichts andeuten. Ich hatte nur den verrückten Gedanken, daß dieses Ding sich ... gewehrt hat, wenn du so willst.«

»Aber das ist doch Unsinn!« protestierte Cramer.

»Vielleicht«, murmelte Sheldon. »Aber vielleicht auch nicht. Wenn diese Spiegel in der Lage sind, Menschen in sich aufzusaugen und ihren Kopien eigenes Leben einzuhauchen ... Nach allem, was ich in den letzten Stunden erlebt habe, bin ich langsam bereit, buchstäblich alles zu glauben.« Er sah Mary-Lou nachdenklich an, versuchte zu lächeln und gab es dann auf, als er merkte, wie mißlungen die Geste wirkte. Auf seiner Stirn perlte feiner, glitzernder Schweiß. »Wir haben sowieso nichts mehr zu verlieren«, sagte er achselzuckend.

»Was haben Sie vor?« Cramer trat unruhig auf der Stelle und beobachtete ihn mißtrauisch.

Sheldon grinste. »Ausprobieren, ob Ihre Frau recht hat.« Er griff in die Jackentasche und zog die zusammengerollte Kette hervor. Seine Muskeln entspannten sich, als er die Waffe über dem Kopf schwang. »Wenn das hier die Reaktion auf Schmerzen war, dann wollen wir sehen, was passiert, wenn wir diesen Spiegeln noch mehr weh tun«, murmelte er.

Die Kette sauste mit hellem Pfeifen nieder. Glas klirrte. Ein Hagel winziger scharfkantiger Geschosse überschüttete Sheldon, während der Spiegel in zwei große und unzählige kleinere Scherben zerbarst. Ein ungeheures

Stöhnen ließ die drei Menschen zusammenzucken. Der gesamte Raum schien sich aufzubäumen. Der Boden hob sich ruckhaft und sackte gleich darauf wie ein bockendes Pferd wieder zurück. Sheldon prallte hart mit dem Hinterkopf auf. Für einen Moment versank seine Umgebung hinter einem Vorhang aus rotem, pulsierendem Schmerz. Er kämpfte gegen das Gefühl an, stemmte sich mühsam auf Hände und Knie hoch und suchte mit ungeschickten Bewegungen nach seiner Kette, die irgendwo zwischen den Glassplittern auf dem Boden lag.

»Volltreffer«, murmelte er. »Sie hatten recht, Mary-Lou.« Er lächelte verzerrt, stemmte sich vollends hoch und holte zu einem weiteren Schlag aus.

Diesmal hatte er den Eindruck, der ganze Raum würde zusammenstürzen. Ein fürchterliches, schmerzerfülltes Brüllen peinigte seine Ohren. Die Wände zogen sich zusammen, verdrehten sich. Der Boden kippte, wurde für einen Moment zur Wand und kippte dann mit einem Ruck zurück. Die Decke sackte mit einem schmatzenden Geräusch einen halben Meter herunter. Wellen und schnelle, rhythmische Zuckungen liefen über die Spiegel. Sheldon, Mary-Lou und Jeremy purzelten haltlos durcheinander. Ein dumpfes, vibrierendes Gefühl von Schmerz und hilfloser, unbändiger Wut schien den Raum zu erfüllen.

Sheldon rappelte sich mühsam hoch, schwang die Kette und ließ sie abermals gegen die Wand krachen. Der Spiegel zerbarst klirrend. Dahinter war eine amorphe, dunkelrote Masse zu sehen. Sheldon schwang mit wütendem Knurren seine Waffe und ließ sie in die fleischähnliche Masse klatschen. Die Kettenglieder drangen zentimetertief ein, rissen eine lange, blutige Spur und kamen mit einem saugenden Geräusch wieder frei.

Ein ungeheurer, unmenschlicher Schrei ließ die drei Menschen mit schmerzverzerrten Gesichtern zusammenbrechen. Mit einem fürchterlichen Knall zerbarsten sämtliche noch intakten Spiegel. Schwarze, schleimige Flüssigkeit tropfte von der Decke herunter, und die Beleuchtung ging in ein tiefes, pulsierendes Dunkelrot über.

Noch einmal schwang Sheldon seine Kette und schlug zu. Die Wand schien vor ihm zurückzuweichen, aber die Bewegung war ziellos und viel zu langsam.

»Sheldon!« Mary-Lous Stimme war über dem körperlichen, gequälten Schrei kaum zu verstehen. »Hinter dir!«

Sheldon wirbelte herum, auf einen heimtückischen Angriff gefaßt. Aber es gab keine neuen Ungeheuer, keine neuen Schrecken, mit denen sie Ulthars Kabinett überraschte. Hinter ihm war ein niedriger, pulsierender Durchgang entstanden. Sheldon zögerte keinen Augenblick. Er riß Mary-Lou mit sich, stürmte durch die Öffnung und blieb schweratmend stehen. Cramer kam prustend und keuchend hinterhergelaufen.

Unmittelbar hinter ihm schloß sich der Durchgang wieder.

»Geschafft«, sagte Sheldon. Seine Stimme zitterte. »Wir sind draußen. Dieses *Ding* hat wohl eingesehen, daß wir unverdaulich sind. Bevor wir ihm noch mehr weh tun können, hat es uns lieber nach draußen gelassen.«

»Draußen?« Mary-Lou teile Sheldons Optimismus nicht so ganz. Sie waren zwar aus der Falle entkommen, aber es schien, als wären sie vom Regen in die Traufe geraten.

Der Raum war gigantisch. Die Decke schien so hoch zu sein, daß sich der Blick irgendwo in der Höhe verlor, und die gegenüberliegende Wand verschwamm im Dunst der Entfernung. Es gab hier keine Gänge und Kreuzungen, aber Boden und Wände waren mit Tausenden und Abertausenden von hohen, rechteckigen Spiegeln bedeckt.

Und noch während Mary-Lou hinsah, erwachten einige der Spiegelbilder zu gespenstischem, tödlichem Leben.

Eisiger Wind wehte von Norden her über die Ebene, spielte raschelnd mit Laub und trockenen Blättern und zauberte kleine Wellenmuster auf die Oberflächen der Pfützen, die die Straße wie ein Muster achtlos hingeworfener Spiegelscherben bedeckten. Die Luft roch nach Regen, und über dem Meer ballten sich dunkle, drohende Wolkenberge auf. Die Sonne hatte ihre Wanderung fast beendet. Der große goldene Ball senkte sich dem östlichen Horizont entgegen; seine Konturen zerfaserten im unteren Drittel, lösten sich in rote und orangefarbene Streifen auf und verschmolzen mit der verschwommenen Trennlinie zwischen Meer und Horizont.

Die Frau stand hoch aufgerichtet auf dem Hügelkamm. Gegen den grellen Hintergrund des Sonnenunterganges wirkte ihr Körper wie eine schwarze, scherenschnittähnliche Silhouette. Ihr Haar bewegte sich wie ein Schleier im Wind. Der Blick der großen, dunklen Augen war starr auf die schwarze Silhouette Manhattans gerichtet, die sich wie die Zinnen einer mittelalterlichen Burg am Horizont erhob.

Deutlich spürte sie die Gefahr, die ihr von dort drohte. Sie dachte gar nicht daran, Ulthars Befehl zu befolgen und dorthin zu gehen.

Der Magier hatte einen tödlichen Fehler begangen. Nicht nur einmal, sondern gleich zweimal, und er wußte es noch nicht einmal. Selbst der Magier schien nicht alle Geheimnisse der Spiegelwelt zu kennen. In dieser Welt endete seine Macht. Er hätte schon Mark niemals hierherschicken dürfen. Melissa zweifelte nicht daran, daß auch er und seine Begleiter sich von Ulthars Einfluß befreit hatten. So wie sie. Sie war kein willenloser Roboter mehr, keine Puppe, die seinen Befehlen bedingungslos gehorchen mußte.

Und sie würde es auch nie wieder werden.

Ulthar war ein Narr. Früher einmal hatte sie ihn geliebt, hatte es sich zumindest eingebildet, auch wenn sie es heute nicht mehr nachvollziehen konnte. Aber damals war er immerhin ein stattlicher Mann gewesen, voller Energie und hochtrabender Pläne. Mit ihm zusammen wäre sie unschlagbar gewesen, und vermutlich hatte diese Aussicht ihre Gefühle verwirrt, bis sie sich eingebildet hatte, sie würde ihn lieben.

Aber es war gleichgültig, was damals gewesen war. Heute waren die Bedingungen anders. Ulthar war alt geworden, alt und häßlich. Bildete er sich ernsthaft ein, sie würde einen Greis wie ihn lieben können? Mehr noch als sein körperlicher Verfall jedoch stieß ihn seine seelische Veränderung ab. Ulthar war nur noch ein Fossil, das nicht in diese Zeit paßte, nicht mehr als ein Schatten seiner selbst. Seine Macht war größer als je zuvor, doch er besaß nicht mehr die Energie, sie sinnvoll einzusetzen. Ein ganzes Vierteljahrhundert hatte er vergeudet und ihre gemeinsame Sache dadurch verraten. Seine Suche nach ihr war nur ein Vorwand, eine Ausrede, mit der er sein Versagen vor sich selbst gerechtfertigt hatte. In Wahrheit war er damals zusammengebrochen, hatte seinen Lebenswillen verloren und sich vor der Welt verkrochen. Wenn er nicht in der Lage war, mit Schicksalsschlägen fertig zu werden, zeigte das nur, wie schwach er in Wahrheit war.

Sie hatte ihm sicher viel zu verdanken, ohne ihn wäre sie immer noch ein Teil Vivian Taylors, ohne sich ihres wahren Ichs bewußt zu sein. Aber ihre Befreiung war nicht allein auf Ulthars Anstrengungen zurückzuführen. In fünfundzwanzig Jahren hatte er sie nicht gefunden, und wahrscheinlich wäre es auch in Zukunft nicht anders gewesen, wenn Vivian nicht durch Zufall nach New York gekommen wäre. Selbst ein Blinder hätte sie unter diesen Umständen entdecken müssen.

Ulthar jedoch hatte auch dann noch versagt. Eine schwache und hilflose Frau wie Vivian Taylor hatte seiner ganzen Macht getrotzt und war ihm entkommen. Nur ihren verweichlichten, sentimentalen Gefühlen für diesen Mark hatte er es zu verdanken, daß sie zu ihm zurückgekehrt und sein Vorhaben doch noch gelungen war. Ulthar begann wieder Initiative zu entwickeln, aber es war zu spät für ihn, die verlorene Zeit aufzuholen. Melissa machte sich keine Illusionen, er konnte ihr nicht mehr nützen. Sein zaghaftes Vorgehen gegen Conelly, den Mann, der sie getötet hatte, zeigte deutlicher als alles andere, wie sehr sich Ulthar verändert hatte. Statt den Monstermacher mit einem harten, gezielten Schlag zu vernichten, hatte er bedächtig und ängstlich taktiert, hatte sogar einen Pakt mit Conelly geschlossen, und wenn sie nicht gewesen wäre, hätte die Kreatur des Monstermachers ihn sogar besiegt. Damit war ihre Schuld Ulthar gegenüber abgegolten.

Erst jetzt war sie wirklich frei geworden, und sie erinnerte sich daran, wie Ulthar sie behandelt hatte. Sie hatte seine Gedanken gelesen und seine Abscheu ihr gegenüber gespürt. Sie wußte sogar, daß er vorhatte, sie zu vernichten, sobald er Vivian Taylor wieder in seiner Gewalt hatte.

Soweit aber würde es nicht kommen.

Sie hatte nicht vor, ihm Vivian zu bringen, und Mark Taylor verfolgte vermutlich auch schon längst ganz andere Ziele. Vivian würde aller Voraussicht nach hier in der Spiegelwelt sterben, und mit etwas Glück würde es dem Spiegelbild Marks nicht anders ergehen.

Keiner der beiden würde je nach England zurückkehren. Sie hingegen würde es tun.

Noch war sie nicht stark genug, gegen Ulthar zu kämpfen. Der Taylor-Konzern jedoch besaß Macht, und Melissa war nicht gewillt, darauf zu verzichten. Man würde sich vielleicht über ihr verändertes Verhalten wundern, aber niemand würde bezweifeln, daß sie Vivian Taylor wäre, Mark Taylors Frau und seine Alleinerbin. Sie würde den Taylor-Konzern übernehmen und leiten, würde ihre Macht ausbauen, und irgendwann würde sie Ulthar vernichten. Sie empfand keinen Haß gegen ihn, er war ihr gleichgültig, aber er kannte ihre wahre Identität, und er war der einzige, der ihr gefährlich werden könnte. Deshalb war es besser, diese Gefahr sobald wie möglich zu beseitigen. Ulthar war schon jetzt verloren, auch wenn er es noch nicht wußte.

Ganz gleichgültig, welche Gefühle sie einmal für ihn gehegt hatte, er wäre in jedem Fall nur eine kurze Episode ihres Lebens gewesen. Sie lebte bereits seit Jahrhunderten, so lange, daß Melissa selbst schon vergessen hatte, wann genau sie geboren war. Sie wußte nur, daß es in einer dreickigen, kleinen Hütte irgendwo im Norden Schottlands gewesen war. Schon damals, in ihrem ersten Leben, hatte sie magische Kräfte besessen, wenn auch zunächst nur schwach. Aber sie hatte Zeit gehabt, ihr Potential zu entwickeln, viel Zeit. Es hatte fast ihr ganzes erstes Leben gedauert, bis sie auf die Beschwörung gestoßen war, die ihr den Wechsel in einen fremden Körper ermöglichte, aber die langen Jahre des Forschens hatten sich mehr als bezahlt gemacht.

Ihr Leben war eine Odyssee durch die finsteren Jahre des Mittelalters geworden, mit seinem Aberglauben, dem kirchlichen Wahn und den Hexenverfolgungen, aber sie hatte überlebt, wenn auch manchmal nur knapp. In einer Ironie des Schicksals war sie erst ausgerechnet in diesem Jahrhundert, in dem man nicht mehr an Hexen glaubte und das Übernatürliche verleugnete, erstmals wirklich in Gefahr geraten, als Conellys Schergen sie fast getötet hatten.

Aber auch das war nur noch Vergangenheit, und im Rückblick hatten sich die Geschehnisse sogar zu ihrem Vorteil entwickelt. Sie befand sich auf dem Höhepunkt ihrer Macht, noch nie waren ihre Kräfte so groß gewesen. Zudem verfügte sie nun über einen Körper, der nahezu unverletzlich war, weder Schwäche noch Alter kannte. Ihre bisher nur relative Unsterblichkeit war zu wirklicher Unsterblichkeit geworden. Der Triumph war ein ungeheuer köstliches Hochgefühl.

Einen Moment spielte Melissa mit dem Gedanken, sich zu vergewissern, daß Vivian und Mark Taylor wirklich starben. Es wäre verhängnisvoll, wenn einem der beiden wider allen Erwartungen die Flucht aus der Kristallfestung gelingen sollte. Aber diese Chance war zu gering, um sich deshalb Sorgen zu machen. Kein Mensch war den Herren Morons gewachsen. In dieser Hinsicht machte sich auch Melissa nichts vor, selbst ihre Kraft reichte dazu nicht aus. Es wäre ein lebensgefährliches Unterfangen, sich der Kristallfestung auch nur zu nähern; ein völlig unnötiges Risiko, nur um Gewißheit über etwas zu erlangen, das unausweichlich war.

Wichtigere Aufgaben warteten auf sie.

Melissa drehte sich um, warf einen letzten nachdenklichen Blick auf die Stadt hinunter und ging dann langsam in entgegengesetzter Richtung davon.

Ulthar fuhr wütend herum, als er hörte, wie die Tür geöffnet wurde und jemand den Raum betrat.

Der eintretende Mann wirkte gehetzt. In seinen Augen flackerte Angst, und seine Bewegungen waren von einer fast starren, nur äußerster Kraft aufrechterhaltenen Ruhe.

»Was ist los?« fauchte Ulthar.

»Die Eindringlinge, Meister …« begann der Mann vorsichtig. »Die beiden Menschen und unser entflohener Spiegelbruder …«

»Was ist mit ihnen?«

»Sie … sie sind entkommen«, sagte der Mann stokkend.

»Was sagst du da?« Ulthar sprang wütend auf den Mann zu, riß ihn am Kragen zu sich heran und schüttelte ihn wie eine Katze. »Wie konnte das geschehen?« brüllte er.

»Ich .. ich weiß es nicht, Herr. Sie sind aus dem Labyrinth ausgebrochen und befinden sich im Spiegelsaal.«

Ulthar stieß den Mann mit einem zornigen Fluch von sich und fuhr herum. Sein magischer Spiegel erwachte zu schimmerndem Leben, als er mit den Fingerspitzen darüberfuhr. Ein Abbild des Spiegelsaales erschien. Ulthar entdeckte die drei Menschen sofort. Einen Herzschlag lang starrte er die winzigen Gestalten voll ohnmächtiger Wut an. »Bin ich denn nur von Versagern umgeben?«

Der Mann antwortete nicht, aber Ulthar konnte seine Angst überdeutlich spüren. Das Gefühl besänftigte seine Wut ein wenig. »Fangt sie!« befahl er. »Fangt sie und bringt sie unverzüglich hierher – und zwar lebend.«

»Sie … sind sind gefährlich.«

»Das ist mir vollkommen egal!« brüllte der Magier. »Ich will sie haben – wenigstens diesen jungen Kerl und die Frau. Ich will wissen, wie sie es geschafft haben, aus dem Labyrinth zu entkommen!«

Das Spiegelwesen nickte, senkte den Blick und entfernte sich hastig.

Ulthar fluchte lautlos vor sich hin. Die negative Entwicklung, die er gespürt hatte, setzte sich fort. Er hatte viele Jahre Zeit gehabt, sich auf diesen Moment vorzubereiten, aber im gleichen Moment, in dem er Melissa endlich aufgespürt hatte, hatten sich die Ereignisse überschlagen, und ihm war kaum Zeit geblieben, sein Vorgehen gezielt zu planen. Statt selbst zu handeln, war er die meiste Zeit gezwungen gewesen, auf die Handlungen anderer zu reagieren, und dabei waren ihm zwangsläufig Fehler unterlaufen. Fehler, die nun Folgen zeigten, auch wenn Ulthar nicht damit gerechnet hätte, daß sie so folgenschwer ausfallen würden. Sein Imperium begann Stück für Stück auseinanderzufallen. Wenn er sich selbst gegenüber ehrlich war, hatten ihm die vergangenen Tage zwar einige Siege beschert, doch hatte er selbst sie am wenigsten herbeigeführt. Bislang war ihm noch keine Zeit geblieben, seinen neuerworbenen Einfluß über die Mächtigen der Stadt auszunutzen, und daß er sie überhaupt erworben hatte, war zwar zum Teil sein Verdienst gewesen, in erster Linie aber hatte er sie Conellys Fehlern zu verdanken. Nicht einmal dessen Tod konnte er sich selbst zugute halten.

Neben diesen kleinen Erfolgen jedoch hatte er nur noch eine Kette von Niederlagen zu verzeichnen, die immer verheerendere Formen annahm. Vivian Taylor war ihm gleich mehrfach entkommen, Melissas Befreiung war mißlungen, von Mark Taylor und dessen Begleitern, die er zur Verfolgung Vivians in die Spiegelwelt geschickt hatte, hatte er nichts mehr erfahren. Und zu allem Überfluß begann er die Gunst der Herren Morons zu verlieren, nachdem die drei Menschen ihnen durch das Zerschlagen so vieler Spiegel Schaden zugefügt hatten. Unbehaglich drehte Ulthar den Kopf und warf einen Blick zu dem roten Samtvorhang hinüber, bevor er sich wieder dem Abbild des Spiegelsaales zuwandte.

Er mußte dringend etwas unternehmen, mußte zeigen, daß er alle Fäden immer noch fest in der Hand hielt, um zu retten, was noch zu retten war. Es ging nicht mehr länger nur darum, seine Macht auszubauen oder wenigstens zu erhalten.

Es ging um seine Existenz.

Ulthar wußte, daß seine Leute im Grund nicht daran schuld waren, daß die drei den Fallen des Labyrinths entkommen waren. Selbst hier, im Zentrum seiner Macht, umgeben von den stärksten Schutzmaßnahmen, die er sich vorstellen konnte, spürte er die unsichtbare Kraft, die die drei Menschen schützte. Es war, als gäbe es noch ein viertes, ungeheuer mächtiges Etwas, das mit diesen drei Menschen in sein Reich eingedrungen war, ein körperloses Ding, das den Zauber seiner Spiegel zurückwarf.

Diese drei hatten kein Recht, hierzusein. Kein lebendes Wesen konnte die tödlichen Fallen überwinden, die zwischen dem Eingang und dem Spiegelsaal errichtet worden waren. Die Kammer, in der sie gefangen worden waren, stellte nur die letzte in einer ganzen Reihe tödlicher Fallgruben dar. Selbst Conellys Horden wären von den magischen Spiegeln gefangen und umgedreht worden, wenn der Monstermacher wirklich so dumm gewesen wäre, das Spiegelkabinett mit geballter Macht offen anzugreifen. Aber dieser junge Mann und das Mädchen hatten der Magie der Spiegel widerstanden. Es war, als existiere der Einfluß der Spiegel für sie nicht einmal.

Der Gedanke, daß diese beiden harmlos aussehenden Menschen die tödlichen Überraschungen der Spiegel nicht einmal bemerkt hatten, nicht einmal wußten, welchen Gefahren sie entgangen waren, versetzte Ulthar in rasende Wut. Er sah, wie ein halbes Dutzend seiner Spiegelbilder zum Leben erwachten; dunkle, schattenhafte Gestalten, die lautlos zwischen den mannshohen Spiegeln hindurchhuschten und die Eindringlinge einzukreisen begannen.

Ulthar lächelte häßlich. Vielleicht waren die beiden

Menschen gegen magische Kräfte gefeit – aber der reinen Körperkraft seiner Sklaven würden sie unterliegen.

Mit einer wütenden Handbewegung löschte Ulthar das Bild und fuhr herum. Sein Blick streifte den Samtvorhang. Das Rot schien dunkler geworden zu sein; drohender. Der Vorhang hatte die Farbe geronnenen Blutes angenommen.

Und diesmal sah Ulthar ganz deutlich, daß er sich bewegte.

25

Es dämmerte, als Vivian erwachte. Sie spürte, daß sie nicht lange geschlafen haben konnte; ihre Augen fielen immer wieder zu, und sie hatte Mühe, aufzustehen und zum Fenster hinüberzuwanken. Der Korridor war in tiefes Dunkel getaucht, und die Silhouetten der Dinge vor dem Fenster waren zu flachen, schwarzweißen Umrissen geworden, vor denen nächtliche Schatten dahintrieben. Über den Dächern Manhattans schimmerte noch ein schmaler, grauer Streifen, aber in wenigen Minuten würde es stockdunkel sein.

Vivian begriff, daß sie schnellstens hier heraus mußte. Dieses irrsinnige Haus war schon am Tage gefährlich genug – in der Dunkelheit würde es zu einer tödlichen Falle werden, wenn sie die jäh aufklaffenden Abgründe nicht einmal mehr sehen könnte.

Sie ging zur Treppe zurück. Die morschen Holzstufen knarrten unter ihrem Gewicht. Sie erreichte die erste Etage und ging – vorsichtig an die Wand gepreßt und angstvoll darauf bedacht, nicht in den schon jetzt unsichtbaren Abgrund zu stürzen, der auf der rechten

Seite des Korridors klaffte, und erreichte das Schlafzimmer, durch das sie hier heraufgekommen war. Sie wußte, daß sie die genaue Stelle nicht wiederfinden würde, an der sie durch die Schwärze geklettert war, und es wäre Wahnsinn, wenn sie sich blindlings durch die Schwärze in das tiefergelegene Stockwerk hinablassen würde. Die Gefahr, den schmalen Bodenstreifen zu verpassen und für immer im Nichts zu stranden, war viel zu groß.

Vivian zögerte einen Moment, ehe sie das Fenster aufschob und sich auf den Sims hinaustastete. Aber es gab keinen anderen Weg. Die Treppe, die von der zweiten Etage hier heruntergeführt hatte, endete wenige Stufen tiefer im Nichts. Wahrscheinlich besaß das Haus noch andere Ausgänge, aber Vivian wußte, daß es sinnlos war, bei der hier drinnen herrschenden Dunkelheit danach zu suchen. Glücklicherweise jedoch stammte das Haus aus einer Zeit, in der die Feuervorschriften der Stadt noch peinlich genau eingehalten worden waren. Neben dem Fenster war eine schmale, rostige Eisenleiter in die Wand eingelassen. Jedes Kind hätte mühelos daran hinunterklettern können.

Zumindest jedes Kind, das nicht an Höhenangst litt ...

Trotzdem hangelte sich Vivian Sprosse um Sprosse tiefer und atmete erleichtert auf, als sie den Boden erreicht hatte.

Sie blieb einen Augenblick reglos stehen und sah sich nach allen Seiten um, doch weder von Mark und seinen Begleitern noch von den anderen Spiegelwesen und ihren Bewachern war etwas zu entdecken. Langsam ging sie in die Richtung, in der diese verschwunden waren.

Sie war immer noch so mühe, als hätte sie überhaupt nicht geschlafen, und am liebsten hätte sie sich ein halbwegs sicheres Versteck für die Nacht gesucht, aber sie konnte nicht tatenlos herumsitzen und warten, daß der Gegner seinen nächsten Zug machte. Spätestens seit dem Auftauchen Marks war ihr klargeworden, daß Ulthar sie keineswegs vergessen hatte – im Gegenteil. Er führte die Jagd auf sie selbst hier genauso verbissen weiter. Vielleicht war sogar alles von ihm geplant gewesen, und sie hatte hierhin gelangen *sollen*. In der realen Welt hätte sie eine Chance gehabt, ihm zu entkommen, irgendwo unterzutauchen. Hier jedoch …

Gleich darauf aber wurde ihr der Fehler in ihrer Denkweise bewußt. Auf eine Weise, die ihr noch nicht ganz klargeworden war, stand Ulthar mit dieser bizarren Welt hinter den Spiegeln in Verbindung. Wahrscheinlich bezog er von hier seine ungeheuren Kräfte, aber dennoch stand dieser Ort außerhalb seiner Kontrolle. Er verlor die Kontrolle über seine Geschöpfe, wie sie an Mark gesehen hatte. Dies brachte ihr keinen Vorteil, da sie es immer noch nur mit dem negativen Spiegelbild Marks zu tun hatte, das sie nun sogar töten wollte, statt sie nur gefangenzunehmen, aber ebensowenig brachte es Ulthar einen Vorteil. Sie wußte kaum etwas über den Magier, aber bislang hatte sie ihn als einen sehr vorsichtigen Mann kennengelernt, der alle Risiken so weit wie möglich auszuschalten versuchte. Sie hierher gelangen zu lassen, an einen Ort, an dem er wesentlich weniger Macht besaß als in seinem Kabinett, vergrößerte das Risiko für ihn jedoch nur, also lag dies keineswegs in seiner Absicht.

Entweder wußte er kaum etwas über diese Welt, oder er mußte einen sehr triftigen Grund dafür haben, ihr seine Häscher sogar hierher nachzuschicken, obwohl die Gefahr bestand, daß er die Kontrolle über diese verlor. Die Gefahr, daß sie von den seinem Einfluß entronnenen Geschöpfen getötet wurde, erschien ihm anscheinend geringer, als sie hier frei herumlaufen zu lassen.

Vivian blieb unwillkürlich stehen und schaute sich noch einmal um. Sie begriff nicht, warum sie nicht schon früher darauf gekommen war. Wenn dies der Ort war, von dem Ulthar seine Macht über die Spiegel bezog, dann war dies wahrscheinlich auch der einzige Ort, von dem aus man ihm Schaden zufügen konnte. Irgendwo hier mußte es etwas geben, das ihm gefährlich werden konnte, und Vivian wußte auch, wo genau dies war. Es konnte sich nur um die Quelle dieser dumpfen, unmenschlichen Ausstrahlung handeln, die sie so überdeutlich spüren konnte, irgendwo vor ihr, im Zentrum der Stadt.

Sie ging weiter.

Irgendwo vor ihr zerschnitt ein gellender Schrei die Stille, leise und weit entfernt, aber fremdartig genug, um Vivian einen eisigen Schauer über den Rücken zu jagen. Das Bild der riesigen, grüngeschuppten Ungeheuer tauchte vor ihr auf. Vivian fror plötzlich, aber daran war nicht allein die nächtliche Kälte schuld.

Sie fragte sich, was aus Mark und den anderen geworden sein mochte. Es gehörte nicht viel Phantasie dazu, sich auszumalen, daß Masterton diesen gräßlichen, verzweifelten Schrei ausgestoßen hatte, weil die Wächter ihn entdeckt hatten, während er vor dem Haus stand und auf Mark wartete. Wahrscheinlich hatten sie ihn ebenso wie die willenlosen Spiegelwesen verschleppt, ihn und wahrscheinlich auch die anderen. Vivian empfand bei diesem Gedanken weder Befriedigung noch Erleichterung. Das Wesen, in das Mark sich verwandelt hatte, hatte sie zu töten versucht, aber es war dennoch Mark, auch wenn in dieser Kopie die negativen Eigenschaften seinen Charakter bestimmten. Was sie ängstigte, war nur der Gedanke, daß es möglicherweise auch auf den echten Mark Auswirkungen haben könnte, wenn seinem Spiegelbild hier etwas zustieß.

Sie schritt schneller aus. In der Dunkelheit wirkten die Häuser rechts und links der Straße noch bizarrer; riesige, schwammige aufgequollene Umrisse, die eine stumme Drohung auszustrahlen schienen. Vivian war plötzlich froh, daß sie nicht alle Einzelheiten erkennen konnte.

Die Straße wurde schmaler; gleichzeitig schienen die Häuser zu beiden Seiten an Höhe zu verlieren, als wären Stein und Beton aufgeweicht und zusammengesackt. Die Straße nahm mehr und mehr das Aussehen einer tiefen, von schwarzen, schimmernden Wänden begrenzten Schlucht an. Nur mit Mühe unterdrückte Vivian den Wunsch, wie ein verängstigtes kleines Mädchen einfach loszulaufen. Sie zog den Kopf zwischen die Schultern, rammte die Hände in die Jackentaschen und ging um die nächste Straßenbiegung.

Sie spürte, daß sie dem Zentrum der finsteren Ausstrahlung jetzt ganz nahe war, dennoch schrie sie entsetzt auf, als sie das *Ding* sah. Sie hatte versucht, sich in Gedanken, auf den Anblick vorzubereiten, aber was sie jetzt sah, war anders als alles, als sie sich vorzustellen vermocht hatte.

Die Häuser schienen in weitem Umkreis wie von einer ungeheuren Gewalt plattgewalzt zu sein. Ein runder, vielleicht eine Meile durchmessender Platz war entstanden, und in seinem Zentrum ...

Vivian wandte sich angeekelt ab und schloß die Augen, aber es nutzte nichts. Die wenigen Sekunden, die sie das Ding angesehen hatte, hatten gereicht. Der Anblick hatte sich wie ein glühendes Eisen in ihr Bewußtsein gebrannt; ein Bild, das so schrecklich und völlig verschieden von allem war, was menschliche Augen jemals gesehen hatten, daß es vielleicht ausgereicht hätte, um einen schwächeren Verstand als den Vivian Taylors durch seinen bloßen Anblick zerbrechen zu lassen. Auch sie spürte bereits die eisige Welle de Irrsinns, die aus ihrem Unterbewußtsein herausdrängte. Das Gebäude ähnelte einem gigantischen schwarzen Kristall. Seine Flanken schienen sich Hunderte von Metern weit in die Höhe zu erstrekken; ein Kaleidoskop aus schimmernden Facetten und schwarzem Wahnsinn.

Vivian drehte sich langsam um und zwang sich, noch einmal hinzusehen. Sie nahm die Hände von den Augen, senkte zunächst den Blick und ließ ihn dann vorsichtig, Stück für Stück, an den Flanken des riesigen Gebildes emporwandern. Nacht und Entfernung legten einen barmherzigen Schleier über die Umrisse des Monstrums, aber das wenige, das sie erkennen konnte, reichte aus, um sie bis ins Mark zu erschüttern.

Es war ein Gebäude. Jetzt, da sie genauer hinsah, konnte Vivian erkennen, daß es Öffnungen in den geschliffenen Facetten gab: Türen, Fenster und surrealistische, bizarre Balken und Erker, die einer kranken Phantasie entsprungen zu sein schienen. Der gesamte Koloß schien auf eine unmögliche, geistesverwirrende Art in sich selbst verdreht und gewunden zu sein. Blutrote Helligkeit schimmerte hinter einigen der Öffnungen hervor, pulsierendes, flackerndes Licht, das die Fremdartigkeit noch betonte. Hinter anderen schienen sich dunkle, grotesk geformte Schatten zu bewegen.

Vivian nahm all ihre Kraft zusammen und versuchte, auf die Kristallfestung zuzugehen. Es ging nicht. Ihr Körper weigerte sich einfach, ihr zu gehorchen. Sie versuchte es noch einmal, machte einen zögernden Schritt und blieb zitternd stehen. Die Entfernung zwischen ihr und dem Gebäude betrug nicht einmal zweihundert Meter – aber es hätten genauso gut zweihundert Lichtjahre sein können.

Es ging nicht.

Sie stöhnte, schloß die Augen und tastete sich blind weiter. Das grauenhaft verzerrte Bild der Kristallfestung stand noch immer vor ihren Augen, aber sie sah wenigstens keine weiteren Einzelheiten, als sie näher kam. Der

Boden wurde zunehmend unebener. Sie stolperte, fiel auf Hände und Knie und kroch mühsam weiter, krampfhaft darum bemüht, nur nicht aufzusehen, den Blick nicht versehentlich auf das alptraumhafte, tödliche Bild zu lenken. Sie war sicher, daß der reine Anblick dieses Dinges sie töten oder zumindest in den Wahnsinn treiben würde. Plötzlich war sie dankbar dafür, während der Nacht hier hergekommen zu sein. Sie kroch weiter, stand schwankend auf und taumelte vorwärts. Alles in ihr revoltierte dagegen, auch nur noch einen einzigen Schritt in diese Richtung zu tun, aber ihr blieb keine andere Wahl. Dort vorne lag der einzige Ausgang, die einzige Verbindung zu der Welt, aus der sie gekommen war.

Irgendwann, nach einer Ewigkeit, wie es ihr erschien, tauchte eine schwarze Wand vor ihr auf. Sie prallte dagegen, stieß sich mit einem kleinen, spitzen Schrei wieder ab und betrachtete angeekelt ihre Hände. Sie brannten. Spritzer mit einer dunklen, schleimigen Flüssigkeit klebten an ihrer Haut. Sie wischte sich angewidert die Hände an der Hose ab und zwang sich dann, die Wand vor ihr noch einmal anzusehen. Nirgendwo waren Fugen zu erkennen; das Gebäude schien nicht aus einzelnen Steinen, sondern aus einer einzigen kompakten Masse gearbeitet zu sein. Es handelte sich um ein schwarzglitzerndes Material, das aus unmittelbarer Nähe noch deutlicher an stumpfen Kristall erinnerte. Es kam Vivian vor, als bestünde es aus nichts als gestaltgewordener Schwärze.

Sie hielt nach einem Eingang Ausschau. Rechts von ihr befand sich eine Art Tor – ein mannshohes, unregelmäßig geformtes Loch, das tiefer in das Kristallgebäude hineinzuführen schien. Sie bewegte sich vorsichtig darauf zu. Jetzt, da sie das Gebäude erreicht und sich endgültig dazu entschlossen hatte, in sein Inneres vorzudringen, schien der unsichtbare Widerstand, gegen den sie bisher angekämpft hatte, schwächer zu werden.

Der Eingang war unbewacht. Entweder, überlegte Vivian, gab es auf dieser Welt niemanden, der in das Gebäude eindringen würde, oder seine Besitzer fühlten sich so sicher, daß sie es nicht einmal für nötig hielten, Wachen aufzustellen. Vielleicht traf beides zu. Abgesehen von Mark und seinen Begleitern waren die willenlosen Spiegelgeschöpfe die einzigen auch nur menschenähnlichen Wesen, die sie bislang in dieser Welt gesehen hatte, und selbst wenn es noch andere gab – wer würde schon so verrückt sein, freiwillig in diesen materialisierten Alptraum einzudringen? Überhaupt mußte sie aufhören, menschliche Logik, menschliche Reaktionen und Handlungen vorauszusetzen.

Die Form des Eingangs erinnerte sie ein wenig an einen gierig aufgerissenen Raubtierrachen. Vorsichtig spähte Vivian in den Gang. Rötliches, unangenehmes Licht erhellte seine Umrisse nur verschwommen. Der Gang besaß keine regelmäßige Form, sondern wand sich in irrsinnigen Windungen tiefer in das Gebäude. Wände und Decke schienen von purem Zufall geformt worden zu sein, waren wellig und aufgeworfen, und der Boden war mit unzähligen Rissen und Kratern übersät, aus denen heller, übelriechender Dampf quoll. Überall befanden sich bizarre Vorsprünge und Nischen, und von der Decke hingen skurril geformte Stalagtiten herab, Gebilde, die wie riesige, erstarrte Tropfen aussahen oder einfach große, unregelmäßig geformte Löcher, die ins Nirgendwo zu führen schienen. Ein dumpfes, rhythmisches Pochen, das an den Schlag eines gigantischen Herzens erinnerte, drang aus den Tiefen des Gebäudes.

Vivian atmete tief ein, nahm all ihren Mut zusammen und betrat den Stollen. Der Boden war weich und federte unter ihrem Gewicht. Sie spürte eine leise, vibrierende Bewegung, die im Takt mit dem pochenden Geräusch zu schwingen schien. Das Ganze erinnerte sie auf unbestimmbare Weise an etwas, das ihr seltsam bekannt und vertraut vorkam, etwas, mit dem sie das Gefühl von Gefahr und Bedrohung verband, das sie aber nicht einzuordnen vermochte.

Vivian machte einen zaghaften Schritt, dann noch einen. Das Gefühl der Bösartigkeit, das ihr entgegenschlug, grenzte fast an körperlichen Schmerz, dennoch zwang sie sich, weiter einen Fuß vor den anderen zu setzen.

Nach ein paar Metern machte der Gang einen Knick und endete ein Stück weiter. Vivian gelangte in einen großen, saalähnlichen Raum, dessen Decke sich irgendwo über ihrem Kopf in Schatten und wogendem Dunst verlor. An den Wänden entlang waren über ein Dutzend große, grotesk geformte Statuen aufgereiht.

Vivian blieb einen Augenblick lang unschlüssig stehen und schaute sich um. Sie konnte sich nicht vorstellen, daß die Beherrscher dieser Welt so unvorsichtig waren und keinerlei Wachen aufstellten, aber außer ihr schien sich kein lebendes Wesen auf dem Hof aufzuhalten. Trotzdem spürte sie die Gefahr, die von diesen schwarzen, kristallenen Wänden ausging.

Erst jetzt bemerkte sie, daß es außer dem Gang, durch den sie gekommen war, keinen weiteren Ausgang gab.

Sie trat neugierig an eine der Statuen heran und musterte sie mit einer Mischung aus morbider Faszination und Ekel. Die Gestalt stellte ein Wesen dar, wie es noch kein Mensch zu Gesicht bekommen hatte. Es war etwa anderthalb Meter groß und ungeheuer massig. Drei kurze, stämmige Beine trugen einen tonnenförmigen, kopflosen Rumpf, der über und über mit spitzen Stacheln bewachsen war. Aus der Körpermitte heraus starrte ein einziges, lidloses Auge zu Vivian herauf. Das Ding hatte zwei lange, fast menschlich wirkende Arme, die in fürchterlichen Klauenhänden endeten.

Eine fast durchsichtige, schleimig glänzende Substanz bedeckte die gesamte Oberfläche der Statue, als wäre sie in eine Art Kunststoffhülle verpackt.

Vivian schauderte. Wer immer dieses Ding erschaffen hatte, mußte über eine geradezu krankhafte Phantasie verfügen.

Sie wandte sich mit einem Ruck von der Skulptur ab und ging zur nächsten. Kaum eine der Statuen ähnelte der anderen, jede schien ein anderes Lebewesen zu zeigen, eine neue Scheußlichkeit, die ihren Vorgänger noch zu übertreffen suchte, und alle waren von dieser schleimigen Substanz überzogen. Jemand hatte hier ein Kabinett des Grauens erschaffen, eine Sammlung, deren Ziel es zu sein schien, die fürchterlichsten Erscheinungsformen des Lebens zu versammeln. Die Statuen sahen zudem so ungeheuer lebensecht aus, daß Vivian einen Moment lang ernsthaft überlegte, ob sie nicht vielleicht mehr als eine bloße Skulpturensammlung sah.

Eine der Figuren erregte ihre besondere Aufmerksamkeit. Das Wesen kam ihr auf eine seltsam erschreckende Weise bekannt vor. Es war riesig – vielleicht zweieinhalb Meter groß, ungeheuer breitschultrig und massig. Die Haut war über und über mit kleinen, schimmernden Schuppen bedeckt, und aus seinem Kopf wuchs eine bizarre Ansammlung scheinbar zufällig geformter Spitzen und Schneiden. Arm- und Kniegelenke waren mit langen, hornigen Stacheln versehen. Die Statue stellte eines der Wächterwesen dar, die sie in der Stadt gesehen hatte.

Vivian prallte erschrocken zurück, sog scharf die Luft ein und kämpfte mühsam um ihre Beherrschung, aber auch diese Gestalt war keine Wache, sondern nur eine leblose, aus der schwarzen Kristallmasse geformte Skulptur.

Ein leises, scharrendes Geräusch hinter ihr ließ Vivian

herumfahren. Ein Stück entfernt öffnete sich in der Wand vor ihr ein unregelmäßig geformter Durchgang. Schwarzer, von dunkelroten Blitzen durchwobener Dampf quoll daraus hervor. Der Boden vibrierte leicht.

Ein großer, düsterer Schatten bewegte sich unruhig inmitten des Durchgangs. Ein haariges, dünnes Etwas stach aus dem wogenden Dampf hervor und zog sich blitzartig wieder zurück. Dann schob sich ein riesiger, mißgestalteter Körper ins Freie.

Vivian schrie auf, als sie erkannte, was sich ihr da näherte. Es war eine Spinne, zumindest ein Wesen, das einer irdischen Spinne verblüffend ähnlich war. Es gab im Grunde nur zwei Unterschiede. Sie hatte zehn Beine statt acht – und war mehr als drei Meter groß.

Vivian wich Schritt für Schritt zurück, während sich das Monster aus kleinen, boshaften Augen umsah und seine Umgebung zu erkunden schien. Die kräftigen, fast unterarmlangen Mandibeln mahlten gierig. Heller Schleim tropfte aus dem Maul der Bestie und verdampfte zischend am Boden. Mit langsamen, beinahe gemächlich wirkenden Bewegungen krabbelte die Spinne näher. Ihre Beine bewegten sich in einem komplizierten Rhythmus, und der lauernde, gierige Ausdruck in ihren schimmernden Kristallaugen ließ sie fast menschlich erscheinen.

Vivian preßte sich eng gegen die glatte Wand. Ihre Finger fuhren nervös über das kristallharte Material, während sie verzweifelt nach einem Ausweg suchte. Keine der Öffnungen in den Wänden war groß genug, daß sie hindurchkriechen konnte; der einzige Ausgang aus dem gewaltigen Raum war der Gang, durch den sie gekommen war – oder der Durchgang direkt hinter der Spinne. Um diesen Gang jedoch zu erreichen, mußte sie die Bestie zunächst besiegen, und schon der bloße Gedanke daran erschien Vivian absurd. Sie hatte keinerlei Waffen, und das Ungeheuer hatte eine Spannweite von mehr als drei Metern. Der Körper allein maß mindestens achtzig Zentimeter, und die langen, messerscharfen Fänge sahen aus, als könnten sie einen menschlichen Körper mit einem einzigen Biß zerteilen.

Trotzdem zögerte die Bestie noch. Sie krabbelte langsam näher, verharrte etwa zwei Meter vor Vivian und musterte sie aus kleinen, boshaften Augen. Die feinen Härchen auf ihrem Körper bewegten sich wie unter einem unsichtbaren Wind, und die hornigen Krallen am Ende ihrer zehn Beine scharrten im Sand. Es klang, als zöge man mit dem Fingernagel über eine Schiefertafel.

Vivian fragte sich, warum das Monstrum zögerte, sich einfach aus sie zu stürzen. Sie drängte den aufkommenden Ekel zurück und zwang sich, das Tier mit fast wissenschaftlichem Interesse anzusehen. Es mußte einen ganz bestimmten Grund für das sonderbare Verhalten des Ungeheuers geben. Vivian wußte, wie stark Spinnen im Verhältnis zu ihrer Körpergröße waren. Ein solcher Koloß mußte es an Kräften mit jedem beliebigen Gegner aufnehmen können. Statt dessen beschränkte sich das Ungeheuer darauf, sie zurückzudrängen. Vivian bewegte sich ein Stück nach rechts. Die Spinne folgte ihrer Bewegung, ohne näher zu kommen. Ihre Kiefer klackten nervös.

Und dann plötzlich begriff Vivian. Die Aufgabe des Ungeheuers war es in erster Linie, den Durchgang zu bewachen. Je weiter es sich in den Raum hinausbewegte, desto größer war die Gefahr, daß sie es umrundete und die Öffnung in der Wand erreichte.

Vivian warf einen sehnsüchtigen Blick auf den Durchgang, durch den sie gekommen war. Noch könnte sie fliehen, aber was dann? Sie zweifelte nicht daran, daß es – wenn überhaupt – den einzigen Rückweg in ihre Welt tiefer im Inneren des Kristalls gab. Wenn sie floh, war sie für immer hier gefangen, ständig auf der Flucht vor den gepanzerten Kreaturen, und irgendwann würden diese Wächter sie erwischen. Nein, eine Flucht war keine Alternative. Selbst ein rascher Tod durch das Spinnenungeheuer erschien ihr noch gnädiger als ein Leben als Gejagte in dieser entsetzlichen Welt. Ihre einzige Chance bestand darin, das Ungeheuer zu täuschen und den Durchgang zu erreichen.

Sie wich weiter nach rechts aus. Das Monstrum folgte ihrer Bewegung auch diesmal, darauf bedacht, direkt zwischen ihr und dem Durchgang zu bleiben. Das Klakken der Kiefer wurde schneller und klang jetzt fast rhythmisch. Die Spinne drückte die hinteren drei Beinpaare durch und stemmte den Hinterleib in die Höhe. Ein dünner, glitzernder Schleimfaden tropfte aus ihren Drüsen.

Vivian erkannte die Gefahr fast zu spät. Das Tier zischte, schien sich in ein wirbelndes Chaos aus haarigen Beinen und reiner Bewegung aufzulösen und sprang auf sie zu. Aus ihrem Hinterleib zuckte ein fast fingerdicker, weißer Faden auf Vivians Gesicht zu.

Vivian ließ sich im letzten Moment fallen und rollte gleichzeitig herum. Der Faden klebte dort, wo er gegen die Wand geprallt war. Er spannte sich, als das Rieseninsekt zurückkrabbelte.

Vorsichtig stand sie auf, während die Spinne geschickt mit den hinteren vier Beinen nach dem Faden griff, ihn abriß und am Boden befestigte. Im schwachen, rötlichen Licht glänzte er schleimig, war aber ansonsten kaum zu sehen. Trotzdem wußte Vivian, daß sie ihn auf keinen Fall berühren durfte. Schon in der realen Welt waren Spinnweben im Vergleich zu ihrem winzigen Durchmesser ungeheuer stark.

Vivians Blick irrte zu den Statuen an der Wand, und plötzlich wußte sie, woran der Faden sie erinnerte. Die Spinne mußte die Skulpturen in diese schleimig glänzende Substanz gehüllt haben, die sie gesehen hatte.

Wenn es wirklich nur Skulpturen waren. Spinnen pflegten ihre Opfer in einen Kokon einzuspinnen.

Der Gedanke, daß es sich bei den Gestalten einst um lebende Wesen gehandelt haben könnte, ließ Vivian schaudern. Möglicherweise hatten die Wesen wie sie versucht, in den Kristall einzudringen und waren auf den Spinnenwächter getroffen.

Sie wich erneut zur Wand zurück und erwartete den nächsten Angriff des Monsters. Die Spinne schien es damit nicht sonderlich eilig zu haben. Offensichtlich war sie sich ihrer Beute vollkommen sicher. Sie befestigte einen zweiten Faden an der Wand, zupfte daran, als wollte sie seine Festigkeit überprüfen und klebte ihn schließlich neben dem ersten am Boden fest, so, daß beide eine Barriere vor dem Durchgang bildeten. Dann fuhr sie herum, musterte Vivian fast spöttisch und huschte auf wirbelnden Beinen auf sie zu.

Diesmal war Vivian vorbereitet. Als der Hinterleib der Spinne herumzuckte, warf sie sich gedankenschnell zur Seite und entging dem heranzuckenden Seidenfaden.

Es war fast zu leicht. Das Ende des Fadens klatschte mehr als einen Meter neben ihr gegen die Wand und blieb kleben. Sekunden später folgte ihm ein zweiter. Erst jetzt erkannte Vivian die Methode, die hinter dem Vorgehen des Ungeheuers steckte. Die Spinne hatte gar nicht vor, sie unmittelbar zu attackieren. Aber sie hatte Vivian bereits eingeschlossen. Zwischen den jeweils zwei Fäden blieben ihr höchstens fünf Meter freier Raum. Einen Augenlick lang überlegte sie, welche Chancen sie bei einem direkten Ausbruchsversuch hatte. Aber sie hatte gesehen, wie unglaublich schnell ihre Gegnerin war.

Die Spinne verharrte einen Augenblick lang reglos, huschte dann auf wirbelnden Beinen an Vivian vorüber und fügte einen weiteren Faden zu den beiden ersten. Ihr Gewebe war von fast mathematischer Präzision. Die drei

Fäden waren in einem so geschickten Winkel zueinander angeordnet, daß ein Entkommen an dieser Seite praktisch unmöglich war, ohne einen der Fäden zu berühren.

Vivian ging in die Knie, hob einen kleinen Stein auf und warf ihn kraftvoll nach den Fäden. Er streifte einen Faden, brachte ihn zum Schwingen und blieb trotz der Wucht, mit der sie geworden hatte, daran kleben.

Vivian ballte in hilfloser Wut die Fäuste. Das Ungeheuer krabbelte unablässig vor ihr her und fügte Faden an Faden zu ihrem Netz. Wenn sie weiter tatenlos zusah, würde sie in wenigen Augenblicken in einer Viertelkugel aus dünnen, tödlichen Fäden eingeschlossen sein. Die Spinne brauchte dann nur noch zu warten, bis ihr Opfer verdurstet war – oder sich in einem selbstmörderischen Ausbruchsversuch selbst vernichtete.

Vivian sah sich verzweifelt nach einer Waffe um, aber es gab nichts. Sie zögerte noch einen Moment, dann atmete sie tief ein und stürzte sich mit einer entschlossenen Bewegung auf das Monstrum. Gegen die Aussicht, lebendig eingesponnen und ausgehungert zu werden, erschien ihr sogar der Tod unter den Fängen der Riesenspinne wie eine Gnade.

Das Monstrum reagierte mit unglaublicher Schnelligkeit. Es fuhr herum, richtete sich auf die hinteren sechs Beine auf und schlug wütend nach Vivian. In dieser Stellung überragte es sein Opfer um mehr als das Doppelte.

Vivian tauchte unter den zupackenden Kiefern weg, warf sich zur Seite und trat noch im Fallen nach den haarigen Beinen des Ungetüms. Ihr Fuß traf eines der Beine mit vernichtender Wucht.

Das Bein brach ab.

Die Spinne stieß ein hohes, zischendes Geräusch aus und hüpfte mit einer fast komisch aussehenden Bewegung zurück. Der abgebrochene Beinstumpf zuckte, als wäre er von eigenständigem Leben erfüllt. Schwarzes

Blut sickerte daraus hervor und bildete eine stinkende Lache.

Vivian war völlig verblüfft. Mit einer solchen Wirkung hatte sie nicht gerechnet. Ihr Tritt war nicht sonderlich hart gewesen, nur eine instinktive Abwehrreaktion. Sie war zwar körperlich durchtrainiert, aber nicht übermäßig stark, und nach allem, was sie durchgemacht hatte, fühlte sie sich so ausgelaugt, daß sie froh war, sich überhaupt noch auf den Beinen halten zu können.

Sie stand auf, wich zwei, drei Schritte zurück und blieb stehen. Ihre Nerven schienen vor Anspannung zu vibrieren. Das Spinnenmonstrum mußte unglaublich zerbrechlich sein. Deshalb also scheute es den direkten Angriff. Sein Körper schien nur aus weichem, verwundbarem Plasma zu bestehen, das von einer hauchdünnen, zerbrechlichen Chitinschicht umgeben war.

Langsam kam es näher. Seine Augen funkelten boshaft, und die Kiefer waren weit und gierig geöffnet. Das Ungeheuer war verletzt, aber der Schmerz schien seine Wucht erst richtig anzustacheln. Es war immer noch gefährlich, vielleicht sogar gefährlicher als vorher.

Vivian tänzelte vorsichtig vor der Spinne auf und ab. Das Monstrum machte eine zaghafte Bewegung und prallte sofort zurück, als Vivian ihrerseits vorsprang. Es schien seine eigene Verwundbarkeit sehr gut zu kennen.

Aber Vivian war sich darüber im klaren, daß sie diese Taktik nicht lange durchhalten würde. Ihre Bewegungen wurden jetzt schon langsamer und mühevoller, und die Spinne war unglaublich schnell. Früher oder später würde sie einen Fehler machen.

Sie brauchte unbedingt eine Waffe. Erneut irrte ihr Blick zu den Statuen. Einige von ihnen trugen Schwerter oder vergleichbare Waffen, doch auch sie waren von der schleimigen Substanz eingehüllt und damit für sie unbrauchbar, selbst es ihr überhaupt gelingen sollte, bis zu den Statuen zu gelangen.

Es war Vivian ein Rätsel, wie all diese Wesen von der Spinne besiegt worden waren. Es befanden sich wahre Giganten darunter, Titanen, die bis an die Zähne bewaffnet waren. Dennoch waren sie alle ein Opfer der Spinne geworden. Möglicherweise hatten sie sich überschätzt. Sich – oder die Spinne.

Sah man von seiner Kraft und seiner Größe ab, stellte das Monstrum wegen seiner Verletzlichkeit für einen schwerbewaffneten Gegner eigentlich keine übermäßig große Gefahr dar. Viel verheerender jedoch war seine psychologische Wirkung. Wer einem solchen Koloß gegenüberstand, der dachte vermutlich erst gar nicht mehr ans Kämpfen. Auch Vivian hatte nicht vorgehabt, sich auf einen Kampf einzulassen, sondern wollte dem Ungetüm nur ausweichen und versuchen, an ihm vorbeizukommen, weil sie von vornherein geglaubt hatte, keine Chance zu haben. Es war purer Zufall, daß sie entdeckt hatte, wie verletzlich die Spinne war, und daß es ihr überhaupt bewußt geworden war, hatte sie nur ihrer Wendigkeit zu verdanken. Vielleicht waren die anderen Wesen durch ihre schwere Panzerung zu stark behindert und deshalb leichte Beute gewesen, oder sie waren vor Angst so gelähmt gewesen, daß das Monstrum sie in ihrem Netz einspinnen konnte, bevor es überhaupt zu einem Kampf gekommen war.

Vivians Blick fiel auf das abgeschlagene Spinnenbein. Das Blut hatte aufgehört, daraus hervorzusprudeln und war zu einer schwarzen Masse erstarrt. Bei dem Gedanken, das ekelhafte Ding anzufassen, drehte sich ihr der Magen um, aber sie hatte keine andere Wahl. Das Bein war der einzige erreichbare Gegenstand,m der sich zur Verteidigung benutzen ließ.

Vivian täuschte nach links an, federte dann mitten in der Bewegung nach rechts herum und griff noch im Fallen nach dem Bein. Die Spinne fiel auf die Finte herein und huschte in entgegengesetzter Richtung davon. Aber Vivian hatte ihre Kräfte unterschätzt. Sie prallte mehr als einen Meter vor dem Spinnenbein auf und blieb einen Herzschlag lang benommen liegen. Der Schmerz trieb ihr die Tränen in die Augen, aber sie griff blind nach vorne, und ihre Finger schlossen sich um etwas Hartes, Haariges.

Sie versuchte hochzukommen, bekam einen harten Stoß in den Rücken und riß automatisch die Hände vors Gesicht. Die Spinne hockte groß und häßlich über ihr. Ihre Augen funkelten vor Mordlust, und die weit geöffneten Kiefer zuckten gierig nach Vivians Kehle. Vivian dachte in diesem Augenblick nicht mehr, sondern handelte rein instinktiv. Sie bäumte sich auf, zog die Beine an und rammte sie dem Ungeheuer mit aller Kraft in den Leib.

Die Spinne wurde regelrecht von Vivian wegkatapultiert und segelte drei, vier Meter weit durch die Luft, bevor sie mit einem knirschenden Geräusch aufprallte.

Vivian richtete sich stöhnend auf. Sie durfte nicht aufgeben. Mühsam taumelte sie auf das Monstrum zu.

Das Ungeheuer krabbelte ihr schwerfällig entgegen. Der Aufprall schien es halb betäubt zu haben. Seine Kiefer schnappten ungelenk in Vivians Richtung. Die Beine schlugen wütend, aber die Bewegungen waren so unkontrolliert, daß Vivian keine Mühe hatte, ihnen auszuweichen.

Sie blieb mit zitternden Knien stehen, musterte ihre Gegnerin und sprang dann mit einem wütenden Schrei vor. Die Spinne antwortete mit einem ängstlichen Zischen. Sie fuhr herum, fegte Vivian von den Füßen und versuchte zu fliehen, aber sie schien schwerer verletzt zu sein, als es zunächst aussah. Der schaukelnde, majestätische Gang war in ein ungeschicktes Stolpern übergegangen, und aus ihrem Hinterleib tropfte schwarzes Blut.

Vivian sprang auf, holte das Ungeheuer ein und warf sich mit ihrem ganzen Körpergewicht darauf. Die Beine der Kreatur knickten wie Streichhölzer weg. Die Spinne stürzte in den Sand, zischte jämmerlich und wälzte sich herum. Ihre blutenden Beinstümpfe schienen anklagend in die Luft zu deuten, und in ihren Augen stand ein schmerzerfüllter, fast vorwurfsvoller Ausdruck.

Vivian holte mit dem Spinnenbein aus und ließ es wuchtig auf den Kopf der Kreatur niedersausen. Das Spinnenbein zerbrach unter der Wucht des Schlages. Vivian taumelte vorwärts, fiel schwer auf Hände und Knie und verharrte einen Augenblick lang reglos. Übelkeit wallte in ihr empor, gepaart mit Ekel und einer fast unüberwindlichen Müdigkeit. Nur unter Aufbietung aller Kräfte gelang es ihr, die Augen zu öffnen und sich in eine sitzende Position emporzuarbeiten.

Die Spinne war tot. Der dünne Chitinpanzer war unter Vivians Schlag aufgeplatzt. Graues, schleimiges Plasma quoll aus der Wunde und vermischte sich mit dem schwarzen Dämonenblut des Ungeheuers, bis sich die Überreste des Monstrums in einen gewaltigen, zuckenden Schleimklumpen verwandelt hatte.

Der Anblick war zuviel für Vivian. Sie stöhnte, wandte sich ab und übergab sich, aber da sie seit Tagen kaum etwas gegessen hatte, würgte sie nur bittere Galle hervor, die wie Säure in ihrem Mund brannte.

Als sie sich wieder aufrichtete, hatte sich das schleimige Ding, das einmal die Spinne gewesen war, verwandelt. Das Plasma hatte sich zu einem tonnenförmigen, haarigen Leib geformt, aus dem langsam, wie in Zeitlupe, dünne Extremitäten zu wachsen begannen.

Die Spinne entstand neu!

Zwei, drei Herzschläge lang starrte Vivian das widerwärtige Bild an, dann wich sie zitternd zurück. Unendlich vorsichtig kroch sie auf dem Bauch liegend unter den

Spinnenfäden hindurch, die den Durchgang versperrten, und blieb ausgelaugt liegen. Wieder spürte sie die Müdigkeit und Erschöpfung wie eine dunkle Welle über sich zusammenschlagen. Sie hatte kaum noch die Kraft, die Arme zu heben. Alles, was sie wollte, war Schlaf, ein paar Stunden Ruhe und Erholung. Die Verlockung, einfach auf dem unebenen Boden liegenzubleiben und ihrem Körper ein paar Augenblicke der Erholung zu gönnen, wurde übermächtig, aber sie wußte, daß sie nie wieder erwachen würde, wenn sie jetzt einschlief.

Mühsam richtete sie sich auf und taumelte tiefer in den Gang hinein.

Mary-Lou hatte nicht einmal die Zeit, eine Warnung auszustoßen.

Sie bemerkte ein schattenhaftes, nur halb wahrgenommenes Huschen irgendwo schräg hinter ihr; eine verschwommene Bewegung, die zu schnell war, als daß sie noch rechtzeitig hätte reagieren können. Dennoch öffnete sie den Mund, um zu schreien, aber in diesem Augenblick gingen Sheldon und Jeremy bereits unter den Leibern der Angreifer zu Boden. Auch sie selbst spürte einen harten, schmerzhaften Stoß im Rücken, taumelte vorwärts und fiel auf die Knie. Durch die Bewegung wurde der Mann, der sie von hinten packen wollte, über sie hinweggeschleudert. Er überschlug sich, prallte schwer auf den Rücken und kam mit einer geschmeidigen Bewegung wieder hoch.

Mary-Lou versuchte verbissen, sich mit der Spiegelscherbe zu verteidigen, mit der sie sich bewaffnet hatte. Aber ihr Gegner schien die Gefahr, die von dem unscheinbaren Glasstück ausging, genau zu spüren. Er sprang vor, trat nach ihrer Hand, so daß sie die Scherbe fallenlassen mußte, und warf sich mit seinem ganzen

Körpergewicht auf Mary-Lou. Erneut wurde sie zu Boden geschleudert. Der Aufprall raubte ihr fast das Bewußtsein. Sie stöhnte, machte ein paar schwache Abwehrbewegungen und versuchte den Körper des Mannes, der wie eine Zentnerlast auf ihrer Brust lag, abzuschütteln. Die einzige Reaktion bestand in einem brutalen Schlag, der ihren Widerstand endgültig brach.

Der Kampflärm neben ihr wurde schwächer. Jeremy hatte ebenfalls aufgehört, sich zu wehren, und auch Sheldons Kräfte schienen nachzulassen. Der ganze Kampf war in weniger als drei Minuten vorüber. Mary-Lou wurde auf die Füße gerissen. Ein Stoß in den Rücken trieb sie vorwärts. Hinter ihr wurden Sheldon und Jeremy jeweils von zwei der Spiegelwesen flankiert.

»Vorwärts«, kommandierte einer der Männer. »Ulthar möchte euch sehen.«

»Das beruht auf Gegenseitigkeit«, knurrte Sheldon.

Einer der Wächter quittierte diese Bemerkung mit einem Ellbogenstoß, der Sheldon nach Luft schnappen ließ. »Ihr redet nur, wenn ihr angesprochen werdet.«

Der Weg führte in einem scheinbar sinnlosen Zickzack-Kurs zwischen den Spiegeln hindurch. Der Boden schien zum Hintergrund der Halle hin leicht anzusteigen, aber vielleicht kam es Mary-Lou auch nur so vor, als fiele ihr das Gehen mit jedem Schritt schwerer. Sie wußte, daß der Weg in den Tod führte, und wenn nicht in den Tod, so doch in ewige Gefangenschaft; aber der Gedanke, für alle Zeiten in einen der Spiegel verbannt zu werden, erschien ihr fast schlimmer.

Mary-Lou sah sich verzweifelt nach einer Fluchtmöglichkeit um, doch sie erkannte sehr schnell, daß ihre beiden Bewacher ihr keine Chance lassen würden. Sie waren schneller und stärker als sie, und sie hatten den Vorteil, sich hier auszukenen. Ein Fluchtversuch war sinnlos. Selbst wenn sie Ulthars Häschern entkam, würde sie den Ausgang aus diesem Labyrinth niemals finden.

Dieser Teil des Spiegellabyrinths war fast noch bizarrer als die endlosen Gänge, durch die sie hergekommen waren. Es war ein gespenstischer Anblick: große, in schmale Silberrahmen gefaßte Spiegel, in denen Opfer gefangen waren. Sie wirkten wie riesige, lebensechte Fotos, genaue Abbilder lebender Menschen, die mitten in der Bewegung erstarrt zu sein schienen. Das einzige Lebendige an ihnen waren die Augen. Mary-Lou glaubte einen Ausdruck tiefster Verzweiflung darin zu lesen, einen schwachen Abglanz der Qual, die diese unschuldigen Menschen erleiden mußten.

Sie stutzte, als ihr Blick auf einen der Spiegel fiel. Der Mann darin war der gleiche, der Sheldons rechten Arm umklammert hielt.

Mary-Lou wußte hinterher nicht mehr, wie sie auf die Idee gekommen war. Sie wußte auch nicht, wie sie es trotz der ungeheuer schnellen Reflexe ihrer Bewacher geschafft hatte, sich loszureißen und auf den Spiegel zuzustürmen. Es war ein aussichtsloser, verzweifelter Versuch, aber in aussichtslosen Situationen reagiert man manchmal, ohne zu denken. Sie lief mit zwei, drei Schritten auf den Spiegel zu, schloß im letzten Moment die Augen undwarf sich mit aller Kraft gegen das Glas.

Hinter ihr erscholl ein vielstimmiger, entsetzter Aufschrei. Eine unmenschlich starke Hand griff nach ihrer Schulter und riß sie mitten in der Bewegung zurück, aber es war zu spät, um das Unheil aufzuhalten. Der Spiegel kippte langsam nach vorn, schien eine Zehntelsekunde reglos in der Luft zu hängen und zersplitterte dann auf dem Boden.

Im gleichen Augenblick zerbrach der Mann an Marks Seite. Ein hoher, schriller Ton erfüllte die Luft, und für einen winzigen Augenblick huschte ungläubiges Entsetzen über das Gesicht des Mannes, dann fiel er langsam zur Seite. Noch in der Luft zerfiel sein Körper in Tausende gläserner Bruchstücke.

Sheldon reagierte augenblicklich. Er nutzte die Überraschung seines anderen Bewachers aus, um sich loßzureißen, seine Kette aus der Tasche zu ziehen und damit zuzuschlagen. Der schwirrende Stahl schleuderte den Mann zurück, als er nachsetzen wollte. Er stand zwar sofort wieder auf, aber die wenigen Sekunden genügten Sheldon. Er stürmte los, riß im Vorüberlaufen einen von Jeremys Bewachern von den Füßen und ließ seine Kette mit wilder Entschlossenheit zwei-, dreimal hintereinander wahllos in die umstehenden Spiegel krachen.

Einer der Männer neben Mary-Lou explodierte. Sein Körper schien sich von einer Sekunde auf die andere in zerberstendes Glas zu verwandeln. Mary-Lou wich aufschreiend zurück und schlug die Hände vors Gesicht, als sie von einem Hagel kleiner, scharfkantiger Glassplitter überschüttet wurde.

»Keine Bewegung!« schrie Sheldon. Er stand breitbeinig zwischen den Spiegeln, ließ die Kette über seinem Kopf kreisen und funkelte die Angreifer wütend an. »Wenn ihr noch einen Schritt macht, schlage ich hier alles kurz und klein.«

Die Männer zögerten.

»Mary-Lou, Jeremy – kommt hierher«, befahl Sheldon.

Jeremy Cramer setzte sich zögernd in Bewegung und nahm hinter Porter Aufstellung. Mary-Lou postierte sich auf der anderen Seite. »Wenn sie irgend etwas versuchen, zerschlagt ihr alles, was auch nur entfernt an einen Spiegel erinnert«, wies Sheldon sie an.

Mary-Lou nickte impulsiv. Sie wußte, daß sie im Ernstfall keine Chance gegen die vier Männer hatten, aber sie hatten immer noch Zeit, vielleicht ein halbes Dutzend Spiegel zu zerstören. Offensichtlich schreckten die Angreifer vor diesem Risiko zurück – zumal der Spiegel darunter sein könnte, von dem ihr Leben abhing.

»Was versprecht ihr euch davon?« sagte einer der Männer. »Glaubt ihr im Ernst, ihr kommt hier heraus?«

Sheldon zuckte mit den Achseln. »Vielleicht.«

Einer der Männer machte einen Schritt. Sheldon ließ das Ende seiner Kette spielerisch nach einem Spiegel züngeln. Der Mann zuckte zusammen und wich hastig zurück. »Irgendwann werdet ihr müde.«

Sheldon grinste. »Möglich. Aber ich habe nicht vor, so lange zu warten. Ihr habt einen Auftrag bekommen, und genau den sollt ihr auch ausführen. Ich möchte, daß ihr uns zu Ulthar bringt.«

Cramer stöhnte erschrocken auf. »Sie wollen ...«

»Ganz recht«, sagte Sheldon, ohne die vier Spiegelwesen aus den Augen zu lassen. »Ich will diesen Ulthar sehen. Ich habe noch eine kleine Rechnung mit ihm zu begleichen.«

»Sie sind verrückt. Sie laufen direkt in die Höhle des Löwen.«

Sheldon lächelte kalt. »Da sind wir schon lange drin, mein Lieber. Oder bilden Sie sich wirklich ein, hier herauszukommen?« Er wechselte die Kette von der rechten in die linke Hand, bückte sich und hob eine spitze Scherbe auf. Dann winkte er einen der Männer zu sich heran.

Das Spiegelwesen gehorchte zögernd. Mary-Lou bildete sich ein, auf seinem Gesicht so etwas wie Angst zu sehen. Sheldon bedeutete dem Mann mit einer Geste, sich herumzudrehen und setzte ihm dann die messerscharfe Spitze der Scherbe an den Rücken. »Und jetzt wirst du uns führen. Ganz langsam. Und mach keine Dummheiten.«

Der Mann nickte verkrampft, schluckte und setzte sich widerstrebend in Bewegung. »Sie sind verrückt«, wiederholte er Jeremys Worte. »Zu Ulthar wollten wir euch ohnehin bringen.«

»Ja, aber jetzt gefallen mir die Umstände viel besser«, entgegnete Sheldon grinsend. »Es ist ein kleiner Unterschied, ob ich gefangen zu jemandem gebracht werde oder ob ich ihm selbst ein paar seiner Untertanen als Gefangene präsentieren kann. Ich kann nur in eurem Interesse hoffen, daß Ulthar etwas an eurem Leben liegt.«

Er bekam keine Antwort, hatte sie aber auch nicht erwartet.

Jeremy und Mary-Lou bewaffneten sich ebenfalls mit einigen der überall herumliegenden Scherben. »Paßt auf die anderen auf«, sagte Sheldon gepreßt. »Ich möchte nicht, daß unsere Freunde auf die Idee kommen, irgendwelche Dummheiten zu versuchen.«

Sie gingen langsam durch das Labyrinth von Spiegeln. Sheldon achtete darauf, immer in unmittelbarer Nähe einer größeren Anzahl von Rahmen zu bleiben, um sein einziges Druckmittel nicht aus der Hand zu geben. Aber ihre Gefangenen machten keine Schwierigkeiten. Trotz der grauenhaften Veränderung, die mit ihnen vorgegangen war, schienen selbst diese Wesen noch über einen Selbsterhaltungstrieb zu verfügen.

Der Saal endete vor einer rauhen, unverkleideten Felswand. Ihr Führer wies mit einer stummen Geste auf eine schmale Tür.

Sheldon gab Cramer einen Wink. Der FBI-Direktor ging vorsichtig zur Tür hinüber, öffnete sie und spähte hindurch. Dahinter lag ein niedriger, schmaler Gang, der mit unzähligen Spiegeln verkleidet war.

»Wohin jetzt?« erkundigte sich Sheldon.

Das Spiegelwesen vor ihm deutete nach rechts. »Es ist nicht weit, wenn man den Weg kennt. Schließlich erwartet Ulthar euch bereits.«

26

In zahlreichen Kehren und Windungen führte der Gang tiefer in das Kristallgebilde hinein. Wie Vivian mittlerweile festgestellt hatte, handelte es sich nicht einfach um einen einzigen Tunnel, sondern der Gang war Bestandteil eines sinnverwirrenden, riesigen Labyrinths mit unzähligen Abzweigungen, Gabelungen und Quergängen, in dem sich ein Mensch wahrscheinlich in Sekundenschnelle rettungslos verirren würde. Auch Vivian hatte schon nach wenigen Schritten vollkommen die Orientierung verloren, dennoch setzte sie weiterhin monoton einen Fuß vor den anderen und bemühte sich, wenigstens ungefähr die anfangs eingeschlagene Richtung beizubehalten, um nicht ständig nur im Kreis herumzulaufen.

Vivian wußte jetzt, woran diese Umgebung sie erinnerte. Zwar gab es hier keine Spiegel, aber ansonsten schien dieses Gebilde aus schwarzem Kristall ein getreues Gegenstück zu Ulthars Spiegelkabinett zu sein, ein dunkler, lichtfressender, lebensfeindlicher Schatten, den das Labyrinth des Magiers in diese Dimension warf.

Aber vielleicht war es auch genau umgekehrt.

Vivians Müdigkeit war geblieben, aber sie war längst schon über den toten Punkt hinaus, und das Gehen strengte sie nicht besonders an, so daß sie spürte, wie ihre körperlichen Kräfte allmählich zurückkehrten.

Während der ersten Zeit hatte sie sich immer wieder umgedreht und kurz zurückgesehen, aber von dem Spinnenmonstrum war nichts zu entdecken. Schließlich war Vivian überzeugt, daß es ihr nicht gefolgt war, sondern sich damit begnügte, weiterhin an seinem Platz auf Eindringlinge zu warten.

Dennoch blieb sie vorsichtig. Sie konnte sich nicht vorstellen, daß das Ungeheuer der einzige Wächter war – und doch schien es so zu sein. Immer mehr kam Vivian zu dem Schluß, daß die Beherrscher dieses Kristallgebildes glaubten, überhaupt keinen Schutz zu benötigen. Selbst die Spinne schien in erster Linie als Warnung zu dienen. Möglicherweise war das, was im Inneren des Gebildes lauerte, so schrecklich, daß es sich nicht durch Wächter schützen mußte, sondern sich selbst Schutz genug war.

Vivian wußte nicht, wie tief sie bereits in den Gang vorgedrungen war, als sie plötzlich die Geräusche hörte. Sie blieb stehen und lauschte.

Stimmen. Was sie hörte, waren gedämpfte Stimmen und die Geräusche schwerer, mühevoller Schritte, untermalt von einem metallischen Schleifen, das sie schon einmal gehört hatte. Und die Geräusche kamen näher. Vivian fuhr herum, hetzte ein paar Schritte zu einer Abzweigung zurück und verbarg sich in einem Seitengang. Vorsichtig spähte sie um die Ecke.

Eine Art bizarrer Prozession erschien in dem Tunnel, in dem sie sich gerade noch befunden hatte. Vivian erkannte fünf, sechs der großen, geschuppten Hornkrieger. Im Halbdunkel des Ganges wirkten ihre Gestalten noch drohender als im Licht der Nachmittagssonne; wandernde Berge, die zu finsterem Leben erwacht waren. Zwischen ihnen marschierte eine Anzahl der willenlosen Spiegelsklaven. Aber der Anblick unterschied sich in einem Punkt von dem vom Nachmittag: Einige der Gefangene schienen den Giganten nicht freiwillig zu folgen. Sie wehrten sich, versuchten die Reihen der Bewacher immer wieder zu durchbrechen und wurden brutal zurückgestoßen. Als die Gruppe näher kam, erkannte Vivian die Gesichter der Männer. Es handelte sich um Mark, Jonathan Masterton und die beiden anderen, die Ulthar in die Spiegelwelt geschickt hatte. Offensichtlich waren Mark und seine zwei Gefährten Masterton zu Hilfe geeilt und ebenfalls gefangengenommen worden.

Rückwärts gehend entfernte sich Vivian vorsichtig von der Abzweigung, als die Gruppe näher kam. Sie zog sich ein paar Schritte tiefer in den Gang zurück, sah sich gehetzt um und schmiegte sich schließlich mit hämmerndem Herzen in eine der zahllosen, dunklen Nischen, die die Gangwände unterbrachen.

Das erste der riesigen Wesen passierte die Abzweigung. Vivian hörte das leise Rasseln, mit dem seine Hornschuppen aneinanderrieben, als es an ihrem Versteck vorüberging. Das Ungeheuer schien eine boshafte, perverse Karikatur eines Menschen zu sein. Trotz seiner immensen Größe wirkten seine Bewegungen geschmeidig wie die einer Raubkatze. Die Erscheinung strahlte eine Aura von Kraft und Gewalttätigkeit aus. Die schwarzen, glitzernden Fäden auf seiner Haut zuckten und bebten. Der Anblick erinnerte Vivian an parasitäre Pilze, die einen Baum befallen hatten.

Der Hornkrieger bemerkte nichts von Vivians Anwesenheit, ebensowenig wie die anderen. Sie wartete, bis das letzte Wesen an ihrem Versteck vorübergegangen war. Dann trat sie lautlos aus der Nische hervor und folgte der Gruppe.

Die riesigen Hornwesen schienen nichts davon zu merken, daß sie verfolgt wurden. Sie hatten genug damit zu tun, Mark und seine drei Begleiter im Zaum zu halten, die im Gegensatz zu den willenlosen übrigen Spiegelwesen die Gefahr, die ihnen aus den Tiefen des Labyrinths entgegenwehte, ebenso deutlich spürten wie Vivian. Sie wehrten sich verzweifelt, und die Giganten schienen trotz ihrer ungeheuren Körperkräfte alle Mühe zu haben, sie am Ausbrechen zu hindern. Der Vormarsch der Gruppe verlangsamte sich zusehends, geriet immer wieder ins Stocken, und löste sich schließlich in einem unkontrollierten Tumult auf, als es Mark gelang, seinem Bewacher den Arm zu verdrehen und den Titanen zu Boden zu schleudern. Das Wesen knurrte wütend, kam mit einer Geschwindigkeit, die seinem plumpen Äußeren Hohn sprach, wieder auf die Füße und warf sich mit weit ausgebreiteten Armen auf Mark.

Mark wartete, bis das Wesen ihn fast erreicht hatte, wich dann blitzschnell zur Seite aus und nutzte die eigene Kraft des Angreifers, um ihn erneut zu Boden zu schleudern. Als der Hornkrieger sich diesmal erheben mußte, traf Marks Fuß seine Schläfe. Das Wesen brüllte auf, fiel ein drittes Mal nach hinten und blieb stöhnend liegen.

Eine halbe Sekunde später jedoch ging auch Marks Doppelgänger unter dem Ansturm von gleich drei Hornwesen zu Boden. Ein fürchterlicher Tumult brach los. Jonathan Masterton und die beiden anderen Spiegelbilder waren plötzlich ohne Bewacher. Einen Augenblick lang sah es so aus, als würden sie die Gelegenheit nutzen, um ihr Heil in der Flucht zu suchen, aber dann drehten sie sich zu Vivians Verblüffung herum und eilten Mark zu Hilfe.

Es war ein Kampf unvorstellbarer Gewalten. Im Vergleich zu den titanischen Hornkriegern wirkten die Spiegelgestalten geradezu winzig, aber Vivian hatte ja am eigenen Leib gespürt, wie unmenschlich stark sie waren. Trotzdem wußte sie, daß der Ausbruchsversuch zum Scheitern verurteilt war. Die geschuppten Gigangen waren schon jetzt in der Überzahl, und der Lärm, den die verbissen kämpfenden Gegner machten, konnte nicht mehr lange ungehört bleiben. In wenigen Augenblicken würden die Hornkrieger Verstärkung erhalten.

Vivian löste sich aus der Nische, in der sie sich versteckt hatte, und schlich geschickt an den Kämpfenden vorüber. Der Tunnel war an dieser Stelle so breit, daß sie unerkannt vorbeikommen konnte. Weder die Hornwesen noch Mark, noch eines der anderen Spiegelgeschöpfe nahmen Notiz von ihr.

Sie rannte los.

Aus einem der Seitengänge war das Stampfen schwerer Schritte zu hören, vermischt mit wütenden, kratzenden Schreien und dem Klirren von Waffen. Vivian verschwendete keinen Augenblick mehr damit, dem ungleichen Kampf zuzusehen. Sie rannte über den unebenen Boden, wählte blind einen Seitengang aus und stürzte hinein. Sie hatte plötzlich keine Angst mehr, sich zu verirren. Sie wußte, wo ihr Ziel lag: im Zentrum dieses gigantischen Alptraumes. Und sie spürte die Richtung dorthin so deutlich, daß sie sie selbst mit geschlossenen Augen gefunden hätte. Die quälende, unmenschliche Ausstrahlung, dieser Schatten des Böden, der die ganze Umgebung wie ein Pesthauch zu durchtränken schien – der Ursprungsort lag unmittelbar vor ihr.

Der Gang machte einen scharfen Knick und gabelte sich. Vivian blieb stehen, sah die beiden runden, von wallenden schwarzen Nebeln erfüllten Öffnungen einen Herzschlag lang stirnrunzelnd an und wählte dann die rechte. Der schwarze Nebel bildete nur einen dunklen Vorhang. Dahinter lag ein weiter, kuppelförmiger Raum, dessen Boden knietief von einer schwarzen, schleimigen Substanz bedeckt war.

Vivian stöhnte entsetzt auf. Sie wußte jetzt, warum die Hornwesen die verlassene Stadt durchstreiften, wohin sie ihre Gefangenen brachten und was mit diesen geschah.

Tausende der Spiegelwesen standen reglos vor ihr. Es wirkte wie eine Szene aus einem besonders widerlichen Horrorfilm. Die Spiegelgeschöpfe waren offensichtlich nicht freiwillig in diesen Raum gegangen, selbst diese abgestumpften willenlosen Wesen schienen im letzten

Moment gespürt zu haben, welches schreckliche Schicksal ihnen bevorstand. Auf ihren Gesichtern war das eingefrorene Entsetzen deutlich zu sehen, das im Augenblick ihres Todes von ihnen Besitz ergriffen hatte. Manche von ihnen standen in seltsam verkrampfter Haltung da, andere hatten einfach die Hände vors Gesicht geschlagen und sich in ihr Schicksal ergeben.

Vivian hatte den Eindruck, eine Ansammlung von lebensgroßen, perfekt nachgebildeten menschlichen Puppen zu betrachten, die ein wahnsinniger Künstler scheinbar wahllos über den Boden der Halle verteilt hatte, aber das allein war nicht das Schlimme.

Aus dem schwarzen Morast waren unzählige dünne, schleimige Fühler herausgewachsen, glitzernde Fäden, die an den Körpern der Spiegelwesen hochgekrochen waren und sie mit einem dichten, zuckenden Netz überzogen. Es war das gleiche Phänomen, das Vivian schon an den Echsen beobachtet hatte. Sie wußte plötzlich, daß ihre Vermutung richtig gewesen war. Nicht die Echsen, sondern dieses schwarze Geflecht war der wahre Herr dieser Welt.

Parasiten.

Sie herrschten über diese Festung des Grauens. Sie gaben Ulthar seine Macht, und sie waren es, die letztendlich hinter dem grausigen Geschehen standen. Diese ganze, riesige Menschenfalle, die Ulthar errichtet hatte, diente einzig und allein dem Zweck, neue Sklaven für die Wesen heranzuschaffen. Ulthar war nur ein Handlanger, ein Werkzeug, dessen sie sich bedienten, weil sie in ihrer wahren Gestalt nicht auftreten konnten.

Und es befanden sich nicht nur menschliche Opfer hier. Als sie genauer hinsah, bemerkte Vivian, daß die Menschen sogar nur einen Bruchteil der Gestalten ausmachten. Im Hintergrund des gewaltigen Saales erkannten sie noch andere Wesen, von denen einige sie an die

Statuen erinnerte, die sie beim Eindringen in das Kristallgebilde gesehen hatte, andere waren noch bizarrer und fremdartiger.

Auf wie viele Welten mochte sich die Macht dieser Parasiten erstrecken? Wie viele Handlanger wie Ulthar mochten ihnen überall im Universum dienen und ihnen ständig neue Opfer zuführen?

Vivian spürte eine zaghafte Berührung am Fuß. Sie sah hinunter, schrie entsetzt auf und prallte zurück. Ein schmaler, tastender Fühler war aus der Oberfläche der brodelnden Masse herausgewachsen und tastete nach ihren Beinen.

Angeekelt fuhr sie herum und lief durch den schwarzen Nebel nach draußen. Sie wußte, daß sie den Anblick nie wieder vergessen würde. Zitternd blieb sie stehen und wartete, bis sich das Zittern ihrer Glieder einigermaßen beruhigt hatte.

Parasiten.

Seelen-Parasiten …

Welche Schrecken würde der andere Ausgang für sie bereithalten?

Sie versuchte, den Anblick der in das schwarze Gespinst eingesponnenen Menschen für einen Augenblick zu verdrängen und ging zögernd auf den linken Eingang zu. Auch hier wallte dieser schwarze, geheimnisvolle Nebel. Sie trat hindurch und öffnete mit klopfendem Herzen die Augen.

Vor ihr klaffte ein ungeheurer, meilentiefer Abgrund, dessen Wände glatt und fugenlos wie pulsierendes Glas lotrecht in die Tiefe stürzten. Schwarzer, übelriechender Dampf stieg in faserigen Schwaden aus der Tiefe empor, und das pochende Dröhnen, das sie mehr denn je an das Schlagen eines riesigen, bösen Herzens erinnerte, war hier lauter als sonst irgendwo in der schwarzen Festung. Ein schmaler Steg ohne Geländer führte direkt vor ihr in kühnem Bogen über den Abgrund. Seine Oberfläche schimmerte metallisch. Ein helles, pulsierendes Leuchten begann irgendwo dicht hinter dem Anfang des schmalen Bandes, lief an seiner Oberfläche entlang und verschwand in der Ferne, um sofort danach wieder aufzuflammen; ein optischer Gegentakt zu dem dumpfen Pulsschlag, der die Luft vibrieren ließ. Aus dem Gang hinter ihr drangen Kampfgeräusche. Vivian drehte sich herum, zögerte kurz und trat dann durch den Nebelvorhang wieder heraus auf den Gang. Sie wußte, daß sie über den Steg mußte, wenn sie mehr erfahren und einen Rückweg in ihre Welt finden wollte, aber im Moment war sie beinahe froh, einen Vorwand dafür zu haben, nicht sofort auf diese Brücke ins Nichts hinauszutreten.

Auf dem Gang spielte sich ein verzweifelter, ungleicher Kampf ab. Vier der riesigen Hornwesen drangen mit Peitschen und Schwertern auf Mark und Jonathan Masterton ein, die sich Rücken an Rücken und mit offenbar erbeuteten Waffen verteidigten.

Hätten sich die Giganten allein auf ihre Körperkraft verlassen, wäre der Kampf in wenigen Augenblicken ganz vorbei gewesen. Aber sie schienen nicht zu begreifen, daß den lebenden Spiegelbildern mit Waffen nicht beizukommen war.

»Vivian!«

Marks Aufschrei ließ Vivian herumwirbeln. Hinter ihr war ein weiteres Ungeheuer aufgetaucht. Die Bestie überragte sie um fast einen Meter. In ihren Augen funkelte satanische Mordlust.

Vivian sah den Schlag kommen, warf sich instinktiv zu Boden und entging dem niedersausenden Schwert um Haaresbreite. Reflexartig trat sie nach der Kniescheibe der Echse. Der Tritt schien die Bestie eher zu ärgern als wirklich zu schmerzen, aber er verschaffte Vivian wertvolle Sekunden. Sie rollte sich herum, tauchte unter den zupackenden Klauen des Monsters weg und war mit einem verzweifelten Satz aus seiner Reichweite. Hinter ihr riß das Schwert eine meterlange Furche in den Boden.

Aus den Augenwinkeln heraus sah sie, wir Mark einem der Angreifer das Schwert in die Brust stieß und gleichzeitig geschickt unter einem weiteren Hieb wegtauchte. Vivian blieb keine Zeit, dem Kampf weiter zuzusehen. Auch sie wich einem weiteren Hieb ihres Verfolgers aus, sprang zurück und hob das Schwert des gefallenen Hornkriegers auf. In den Händen des riesigen Wesens hatte die Waffe klein und zerbrechlich ausgesehen, aber das Schwert war so schwer, daß Vivian es mit beiden Händen kaum halten konnte.

Als der Horngigant das nächste Mal zuschlug, riß sie die Waffe dennoch mit aller Kraft hoch und fing den Hieb auf. Der Schlag ließ sie gegen die Wand taumeln. Ein dumpfer, pulsierender Schmerz tobte durch ihre Arme. Das Schwert entglitt ihren tauben Fingern und fiel polternd zu Boden. Der Hornkrieger stieß einen triumphierenden Schrei aus und schwang seine Waffe zum letzten, entscheidenden Hieb.

Vivian sprang.

Sie trat mit dem Fuß nach dem Handgelenk des Angreifers und warf sich gleichzeitig herum, um an ihre eigene Waffe zu kommen. Der Zusammenprall ließ sie beide straucheln. Vivian fiel auf den Rücken, ignorierte den stechenden Schmerz, der durch ihre Rippen jagte, und tastete blind über den Boden. Ihre Finger schlossen sich um den Schwertgriff.

Ein riesiger, mißgestalteter Schatten wuchs über ihr empor, als sich ihr Gegner auf sie warf. Sie versuchte das Schwert hochzureißen, obwohl sie genau wußte, daß sie es nicht mehr rechtzeitig schaffen würde. Das tonnenschwere Ungeheuer würde sie einfach unter sich begraben.

Ein helles, silbernes Schemen blitzte über ihr auf, zischte dicht über ihrem Gesicht durch die Luft und bohrte sich in den Hals des Angreifers. Der Hornkrieger prallte zurück, als wäre er gegen eine unsichtbare Mauer gelaufen. Seine Finger verkrampften sich um das schmale, silberne Band, das sich wie eine bizarre Metallschlange um seinen Hals gewunden hatte. Ihr Mund öffnete sich, aber statt des erwarteten Aufschreies hörte Vivian nur ein hilfloses Röcheln. Das Ungeheuer brach in die Knie, kippte dann nach vorn und blieb reglos liegen.

Vivian richtete sich verwirrt auf.

»Rettung in letzter Sekunde, wie?« sagte eine vertraute Stimme.

»Mark!«

Mark grinste, löste die .Peitsche mit gekonntem Schwung vom Hals des toten Giganten und zog Vivian mit der linken vollends auf die Füße.

»Warum ...«

»Warum ich dir geholfen habe?« Mark lächelte humorlos. »Das frage ich mich selber«, entgegnete er. Er trat zurück, hob scheinbar mühelos eines der schweren Schwerter vom Boden auf und stieg über den reglosen Körper eines gefallenen Gegners hinweg, um Masterton aufzuhelfen, der stöhnend versuchte, sich unter der Zentnerlast eines toten Hornkriegers hervorzuarbeiten. Der Boden des Kampfplatzes war mit Blutlachen bedeckt. »Ich glaube nicht, daß Ulthar uns noch gefährlich werden kann, aber du kannst uns vielleicht noch nützen, bis wir hier heraus sind. Wie du wohl schon gemerkt hast, ist hier in Moron vieles anders als auf der Erde.«

Moron, wiederholte Vivian in Gedanken.

Das Wort brachte irgend etwas in ihr zum Schwingen. Eine dunkle, verschwommene Erinnerung, die nicht ihre eigene war. Alle Verdorbenheit, alle Gewalt des Universums schien im Klang dieser fünf Buchstaben zu liegen.

Obwohl sie nicht wußte, wer oder was sich dahinter verbarg, spürte sie das Grauen, das dieses Wort symbolisierte. Es war, als erinnerte sie sich plötzlich an Dinge, die sie nie erlebt hatte, als wehten bruchstückhafte Erinnerungen aus einem früheren Leben zu ihr herüber, Erinnerungen an ein Leben, das unendlich weit zurücklag. Sie spürte, wie sich etwas tief in ihr aufbäumte, und im gleichen Moment wußte sie, daß ihre Vermutung über Ulthars mißlungenen Versuch einer Bewußtseinsspaltung richtig gewesen war. Er hatte Melissa nicht von ihr getrennt, sondern nur eine negative Kopie von ihr hergestellt. Das Bewußtsein der Hexe schlummerte immer noch in Vivian, und die bloße Erwähnung Morons hatte ausgereicht, es trotz seines benommenen Dämmerschlafs für einen kurzen Moment voller Panik aufschrekken zu lassen.

Aber das Gefühl verging, ehe Vivian es richtig begreifen konnte. Zurück blieb nur ein dumpfes, bedrückendes Gefühl der Angst.

Masterton stemmte sich mit einem Fluch hoch. »Verschwinden wir von hier«, sagte er dumpf.

Mark nickte ungerührt. »Wenn du weißt, wo der Ausgang ist, gerne.«

»Der ...« Masterton brach ab, sah sich hilflos um und schien erst dann Vivian zu erkennen.

»Erledige das Weib. Und dann machen wir, daß wir wegkommen«, sagte er entschlossen.

Mark schüttelte ruhig den Kopf. »Das hat Zeit, Jonathan.« Er wandte sich an Vivian. »Im Grunde haben wir dir das alles zu verdanken«, sagte er fast freundlich. »Aber wenn Ulthar uns nicht deinetwegen hierher geschickt hätte, hätten wir auch nie unsere geistige Freiheit zurückerlangt. Ich glaube, wir verschieben unsere Meinungsverschiedenheiten besser auf später. Schließen wir einen Burgfrieden, bis wir hier heraus sind?«

Vivian kämpfte gegen den Drang an, hysterisch aufzulachen. Dieser Mann, der aussah wie Mark Taylor, der Mann, den sie mehr als jeden anderen Menschen auf der Welt liebte, sprach so ungerührt über ihren Tod, als handelte es sich um irgendeine beliebige geschäftliche Transaktion. Was er als Meinungsverschiedenheit bezeichnete, war sein Vorhaben, sie zu *töten*!

»Ich ... ich ...«

»Laß gut sein, Mädchen«, unterbrach sie Mark. »Wir müssen hier raus, bevor unsere ungehobelten Freunde Verstärkung bekommen. Du kennst nicht zufällig den Ausgang?«

Masterton deutete auf die beiden Gänge. »Versuchen wir es dort.« Er schickte sich an, durch den rechten Höhleneingang zu treten.

»Nein«, sagte Vivian hastig. »Wir müssen den anderen nehmen.«

Mark sah sie abschätzend an. »Wenn du meinst ... Aber wenn du versuchst, uns aufs Kreuz zu legen ... Gehen wir.« Er stieß Vivian zur Seite, zog sein Schwert und trat vorsichtig durch den Nebelvorhang. Masterton folgte ihm, während Vivian den Schluß übernahm. Als sie durch den Vorhang trat, hörte sie hinter sich schwere, klirrende Schritte. Sie hatten sich wirklich keine Sekunde zu früh entschlossen, zu verschwinden.

Mark blieb wenige Zentimeter vor dem Abgrund stehen. Zwischen seinen Brauen entstand eine Falte. »Das sieht nicht gerade vertrauenerweckend aus«, sagte er nachdenklich. »Weißt du, wo dieser Steg hinführt?«

»Nein.« Vivian schüttelte den Kopf. »Weiter bin ich nicht gekommen.«

»Dann probieren wir es eben aus.« Mark zuckte mit den Achseln, schob sein Schwert in den Gürtel und trat mit schlafwandlerischer Sicherheit auf den schmalen Metallsteg hinaus. »Fühlt sich stabil an«, sagte er, nachdem er ein paar Schritte gegangen und stehengeblieben war. »Kommt schon. Das Ding hält.«

Masterton unterstrich Marks Aufforderung mit einem unsanften Stoß, der Vivian auf die Brücke hinaustaumeln ließ. Sie streckte vorsichtig die Hände nach beiden Seiten aus, um ihr Gleichgewicht zu halten, und balancierte mit halbgeschlossenen Augen über dem Abgrund. Masterton folgte ihr in wenigen Schritten Abstand.

Sie marschierten vorsichtig los. Der Steg schien kein Ende zu nehmen. Nach wenigen Minuten fiel die Steilwand, über der er begonnen hatte, hinter ihnen zurück, während sich das gegenüberliegende Ende irgendwo im Dunst der Entfernung verlor.

Die Wanderung schien sich über Stunden hinzuziehen. Natürlich war sich Vivian darüber im klaren, daß erst wenige Minuten vergangen waren, seit sie durch das Nebeltor gegangen waren, aber es kam ihr so vor, als balanciere sie schon seit einer Ewigkeit auf diesem schmalen, geländerlosen Pfad über das Nichts. Selbst die Zeit schien hier nicht mehr den gewohnten Gesetzen zu gehorchen.

Irgendwann schließlich tauchte eine schlanke, nachtschwarze Steinsäule vor ihnen auf. Ihre Flanken stürzten glatt wie poliertes Glas in die Tiefe, und jedesmal, wenn eine der rasenden Lichtexplosionen, die unter ihren Füßen auf dem Metallband dahinglitten, ihr oberes Ende erreichten, schienen ihre Umrisse für Sekunden zu verschwinden.

Mark beschleunigte seine Schritte, als er das Ende des Steges auftauchen sah. Trotz der unerschütterlichen Ruhe, die er zur Schau trug, schien er erleichtert zu sein, wieder sicheren Boden unter den Füßen zu haben.

Sie waren im Zentrum der Kristallfestung.

Im Zentrum des Bösen …

Der Gedanke erschien mit solcher Wucht in Vivians Bewußtsein, daß sie unwillkürlich aufstöhnte.

Die Plattform war leer bis auf einen schwarzen, achteckigen Block in der Mitte. Über seiner Oberfläche wallte eine unfaßbare, körperlose Bewegung, ein auf und ab wehendes Nichts, brodelnde, reine Bewegung, die das Hemmnis fester Materie gestreift hatte.

Vivian, Mark und Jonathan Masterton gingen zögernd darauf zu.

Vivians Herz begann wild zu schlagen. Der Einfluß des Bösen war hier übermächtig. Die einfache Bewegung, einen Fuß vor den anderen zu setzen, kostete sie ungeheure Überwindung. Mühsam schleppte sie sich zu dem Steinaltar hinüber und starrte ins Zentrum dieser wirbelnden Nicht-Existenz.

Sie hatte den Eindruck, durch ein Loch in der Schöpfung zu schauen. Ihr Blick schien geradewegs in die Unendlichkeit zu fallen, einer Unendlichkeit, die sowohl über die Grenzen des materiellen Universums als auch über die Grenzen menschlichen Begriffsvermögens hinausging. Was sie sah, war keine Lebensform, keine Intelligenz, nichts, das dachte oder auch nur Gefühle und Empfindungen hatte.

Bosheit ...

Die Ablehnung, Verneinung alles Lebenden ...

Das Zentrum des Bösen ...

Dies hier mußte die Quelle aller negativen Kräfte sein, ein winziges Stück der Schöpfung, das zu reiner Schlechtigkeit pervertiert war.

Ein kosmisches Krebsgeschwür ...

Vivian spürte, daß dies nicht allein ihre Gedanken waren, sondern Melissas Bewußtsein sich tief in ihr aufbäumte und sie zwingen wollte, von hier zu fliehen, aber die Gedanken der Hexe kamen dem ziemlich nahe, was sie selbst empfand.

»Da hätten wir ja Ulthars kleines Geheimnis«, sagte Mark leise. Seine Stimme zitterte, und Vivian bemerkte aus den Augenwinkeln, daß er blaß geworden war. Seine Worte durchbrachen die Stille auf seltsam unangenehme Art. Menschen hatten in diesem Reich nichts verloren. Allein ihre Anwesenheit stellte eine Herausforderung dar.

»Du Narr«, erwiderte Vivian ebenso leise. Jedes Wort fiel ihr schwer. »Das hier ... ist nicht Ulthars Werk. Es ist unendlich mächtiger und böser als er. Er ist selbst nur ein Handlanger dieses ... dieses Etwas.«

Mark runzelte die Stirn, sagte aber nichts.

»Wir ... wir müssen es zerstören«, fügte Vivian stokkend hinzu.

Mark starrte sie ungläubig an. »Du ...du bist verrückt«, stieß er hervor. Auf seiner Stirn perlte Schweiß. »Wie ... wie sollten wir wohl *das hier* vernichten? Das ist das Zentrum der Kristallfestung, das Herz Morons. Niemand kann ihm etwas anhaben!«

»Bevor ihr weiterstreitet«, sagte Masterton plötzlich, »dreht ihr euch vielleicht zuerst einmal um. Wir bekommen Besuch.«

Vivian und Mark fuhren herum. Über den Steg stürzten Dutzende der riesigen Hornkrieger heran.

Die Tür schwang auf. Grelles, schmerzhaft intensives Licht blendete Mary-Lou. Sie hörte Geräusche, das Scharren eines Stuhles; Schritte. Dann ein leises, meckerndes Lachen.

»Treten Sie ein, meine Herrschaften.«

Sheldon versetzte seinem Gefangenen einen wütenden Stoß, der den Mann zur Seite taumeln ließ, und sprang mit einem Satz durch die Tür. Mary-Lou und Jeremy folgten ihm langsamer.

Das Zimmer war klein; ein rechteckiger, schäbig eingerichteter Raum mit rohen Holzwänden, durch deren Ritzen Sonnenlicht hereinsickerte. Der Fußboden bestand aus nacktem, festgestampftem Lehm, und von der fleckigen Decke blätterte uralter Putz ab. Ein wackeliger Tisch mit einem ebenso altersschwachen Stuhl, ein einzelner, deckenhoher Spiegel und ein schwerer Samtvorhang, der fast eine gesamte Wand in Anspruch nahm, stellten die gesamte Einrichtung dar.

Aber dafür hatte Mary-Lou nicht mehr als einen flüchtigen Blick übrig. Ihre gesamte Aufmerksamkeit war auf Ulthar gerichtet. Obwohl sie bisher nicht mehr als den Namen des Magiers gekannt hatte, wußte sie sofort, wen sie vor sich hatte. Der Mann war klein, alt, schmalschultrig und verrunzelt. Er hatte nur einen Arm, wodurch seine Figur seltsam verschoben und unproportioniert wirkte. Trotzdem schauderte Mary-Lou, als sie dem Spiegelmeister gegenüberstand. Der alte Mann strahlte ein ungeheures Selbstbewußtsein aus. Eine knisternde, beinahe faßbare Aura der Macht schien die zerbrechliche Gestalt zu umgeben.

»Auf diesen Moment habe ich gewartet«, zischte Sheldon. Er bewegte sich mit kleinen, tänzelnden Schritten auf Ulthar zu.

Ulthar lächelte unbeeindruckt. »Sie sind voreilig, junger Mann«, sagte er sanft. »Wie so viele Menschen in Ihrem Alter.«

Sheldon stieß die Tür mit einem ärgerlichen Knurren zu und überzeugte sich davon, daß außer Ulthar, Mary-Lou, Jeremy und ihm niemand im Raum war. »Was haben Sie mit Frank gemacht?« fragte er drohend.

»Frank?« Ulthar runzelte die Stirn. »Ich verstehe nicht ...«

Sheldon war mit einem einzigen Satz bei ihm. »Du verstehst ganz gut, du verdammtes Ungeheuer. Ich will wissen, wo mein Bruder ist!« Er schüttelte Ulthar wütend und stieß ihn dann grob von sich. Der Magier taumelte zurück, prallte gegen den Vorhang und hielt sich an seinen Falten fest.

Mary-Lou hatte den Eindruck, als ob sich der Vorhang ärgerlich bewegte. Für einen kurzen Moment mußte sie an ein schlafendes Ungeheuer denken, das durch die unsanfte Berührung geweckt worden war.

»Ich will wissen, wo Frank ist«, sagte Sheldon drohend. »Ich gebe dir genau zehn Sekunden Zeit, es mir zu erklären, sonst ...«

In Ulthars Gesicht zuckte ein Muskel. »Sonst?«

Sheldon trat drohend auf ihn zu.

»Bleib stehen!« befahl Ulthar. Im gleichen Moment wurde die Tür, durch die sie hereingekommen waren, erneut geöffnet, und Polizeichef Bender – das Spiegelbild Benders – trat ein. In der Hand hielt er eine Pistole.

»Sehen Sie besser ein, daß die Zeit des Heldenspielens vorbei ist«, sagte Ulthar. »Mit ist es egal, ob ihr lebt oder tot seid. Es dürfte nur für euch einen kleinen Unterschied machen.«

Er lächelte dünn und schaute Sheldon an. »Du bist wirklich nur gekommen, weil du glaubst, ich hätte deinen Bruder, du Dummkopf? Denkst du, ich könnte mich an jeden erinnern, der mir in die Falle gegangen ist? Ich habe so viele Sklaven, daß ich von den meisten nicht einmal den Namen weiß, und da soll ich mich ausgerechnet an deinen Bruder erinnern?« Er lachte kalt. »Ihr seid alle drei Narren«, sagte er dann abfällig. »Habt ihr euch wirklich eingebildet, hierher vordringen zu können, wenn ich es nicht will?« Er lachte noch einmal, drehte sich um und ordnete behutsam die Falten des Samtvorhanges. Sheldon entging nicht der besorgte Ausdruck, der dabei über das Gesicht des Magiers glitt.

»Ich gebe zu, daß die Idee nicht schlecht war, die Spiegel zu zerschlagen. Aber mehr als ein Ärgernis war es nicht.« Ulthar sah Sheldon spöttisch an, hakte den Daumen hinter den Gürtel und wies mit einer Kopfbewegung auf den Spiegel, auf dem ein getreues Abbild des Saales zu sehen war. »Mit ein bißchen logischem Nachdenken hättet ihr selbst darauf kommen können«, sagte er beiläufig. »Glaubst du wirklich, du könntest mir ernsthaft Schaden zufügen?« Er deutete auf die Kette in Sheldons Hand. »Weg damit!«

Sheldons Griff löste sich. Die Kette fiel klirrend zu Boden.

»Ich habe euch nur aus einem einzigen Grund hierher kommen lassen«, fuhr Ulthar fort. »Und dieser Grund sind Sie, meine Liebe.« Er fuhr herum, starrte Mary-Lou an und lächelte sein böses, humorloses Schlangenlächeln. »Oder vielmehr etwas, das Sie besitzen.«

Mary-Lou verstand überhaupt nichts mehr. Sie hatte nichts Außergewöhnliches bei sich. Ihre Brieftasche, die normalen Kleinigkeiten, die jeder mit sich herumschleppte, die Wagenschlüssel ... und das sternförmige Medaillon, das sie gefunden hatte, nachdem sie in das Labyrinth vorgedrungen war. Seit sie es eingesteckt hatte, hatte sie es völlig vergessen.

»Sie wissen, was ich meine«, sagte Ulthar. Er trat auf sie zu und streckte die Hand aus. »Geben Sie es mir.«

Mary-Lous Hände bewegten sich fast ohne ihr Zutun. Sie griff in die Tasche und zog das Medaillon hervor.

Der Magier schien zusammenzuzucken, als er den bläulich funkelnden Stein sah. Eine Mischung aus Angst und Faszination verzerrte für einen Moment sein Gesicht. »Das ist ... interessant«, sagte er stockend. »Woher haben Sie es?«

»Gefunden«, antwortete Mary-Lou.

»Gefunden? Wo?«

»Hier. Direkt nachdem ich das Gebäude betreten hatte. Es ... lag auf dem Boden. Jemand muß es verloren haben.«

»Es gehört Vivian Taylor«, sagte Sheldon. Er war verwirrt. jetzt, als er das Amulett sah, erinnerte er sich wieder deutlich, wie sie es gefunden hatten und Mary-Lou es eingesteckt hatte, aber während der ganzen seither verstrichenen Zeit hatte er nicht ein einziges Mal mehr daran gedacht. Fast als hätte das Medaillon nicht gewollt, daß sie sich an seine Existenz erinnerten …

Ulthar nickte. »Es gehört Vivian«, bestätigte er. »Das also war es. Ich habe mich die ganze Zeit über gefragt, weshalb sie so weit vordringen konnten. Ich hatte das Ding selbst schon einmal, aber anscheinend habe ich seine Kraft falsch eingeschätzt, sonst hätte ich es kaum so leichtfertig wieder aus der Hand gegeben. Geben Sie es mir!«

Auffordernd streckte er die Hand aus. Für einen Moment war seine Aufmerksamkeit ganz auf Mary-Lou und das Medaillon gerichtet.

Diesen Moment nutzte Sheldon aus. Er wußte nicht, was sich hinter dem Samtvorhang befand, aber er erinnerte sich deutlich der Furcht, die er vorhin auf Ulthars Gesicht gesehen hatte, und spürte, daß er dem Geheimnis des Magiers so nah wie nie zuvor war. Mit einem gewaltigen Satz sprang er vor.

Bender schoß.

Der Schuß hallte in der engen Kammer wie Kanonendonner, aber die Kugel verfehlte Sheldon. Dann hatte er den Vorhang erreicht und riß ihn im Fallen mit einem kraftvollen Ruck herunter. Dahinter kam ein riesiger, gebogener Spiegel zum Vorschein und darin …

Mary-Lou schrie entsetzt auf, aber ihr Schrei ging in Ulthars grellem, angsterfülltem Kreischen unter. Selbst Bender erstarrte, nur Jeremy verschwendete keinen Augenblick damit, in den Spiegel zu schauen, sondern sprang auf den Polizeichef zu und riß ihm die Pistole aus der Hand. Mary-Lou bemerkte es nicht einmal.

In dem Spiegel war brodelnde, durcheinanderwallende Schwärze zu sehen, eine Finsternis, die seltsam stofflich wirkte und Mary-Lou an ein Nest schwarzer, schleimig glänzender und untrennbar ineinander verwobener Schlangen erinnerte.

Sie spürte, wie sich der Stein in ihrer Hand erwärmte und fast begierlich zu pulsieren begann. Sie handelte instinktiv, ohne zu denken, schleuderte das Medaillon mit aller Kraft. Es flog auf den Spiegel zu – und hindurch, mitten hinein in die brodelnde schwarze Masse.

Ein gepeinigter, ohrenbetäubender Schrei ertönte, und nur Sekunden später drang ein gellender, vielstimmiger Aufschrei durch die geschlossene Tür. Ulthar erbleichte, wirbelte herum und starrte entsetzt auf den Spiegel, auf dem die draußen liegende Halle zu sehen war.

Die Spiegel explodierten einer nach dem anderen.

Es war eine Kettenreaktion. Wie bei einer Reihe Dominosteine, die nacheinander umfallen, wenn man den ersten anstößt, fraß sch die Explosion mit unglaublicher Schnelligkeit durch den Saal. Innerhalb von wenigen Sekunden verwandelte sich das Bild in ein Chaos aus grellen Lichtblitzen und herumwirbelnden Glassplittern. Ein dumpfes Grollen ließ den Boden erbeben, und ein unglaubliches Klirren und Bersten erfüllte die Luft. Das ganze Gebäude schien zu schwanken. Kalk und kleine Steine regneten von der Decke.

Immer noch hing Mary-Lous Blick wie gebannt an dem gebogenen Spiegel. Die Oberfläche hatte sich getrübt; das schwarze Wallen war einem Chaos durcheinanderwirbelnder Farben und Formen gewichen. Dann begann sich allmählich eine riesige Gestalt aus den tobenden Farben herauszuschälen; ein gigantischer, zweieinhalb Meter großer Umriß.

Ulthar wich aufkreischend zur gegenüberliegenden Wand zurück, als das Bild deutlicher wurde. Die Alptraumgestalt entpuppte sich als ein riesiges, schuppenhäutiges Ungeheuer, das nur aus Zähnen, Klauen und hornigen Stacheln zu bestehen schien.

Das Wesen bewegte sich, trat mit einem einzigen Schritt aus dem Spiegel heraus und auf den einarmigen Magier zu, ohne die anderen Menschen auch nur zu beachten. »Du hast versagt!«

Ulthar brach wimmernd in die Knie. »Nein!« kreischte er. »Ich habe nicht ...«

»Schweig!« schrie der Gigant. »Du hast deine Aufgabe nicht erfüllt. Du kennst die Strafe!« Das Wesen streckte einen seiner riesigen, muskelbepackten Arme aus, hob Ulthar wie ein Spielzeug hoch und drehte sich um.

»Nein!« kreischte Ulthar. »Bitte nicht! Es ist noch nicht verloren! Es ist nur ...« Seine Worte gingen in einem spitzen, unmenschlichen Schrei unter, als sich der Griff des Ungeheuers verstärkte.

»Durch deine Schuld sind Menschen in die Kristallfestung vorgedrungen«, dröhnte die Stimme des Giganten. »Die Existenz von Moron selbst ist in Gefahr geraten. Dafür wird dich die schlimmste nur vorstellbare Strafe treffen!«

Dann trat es mit einem einzigen Schritt in den Spiegel hinein und verschwand.

Für einen winzigen Augenblick schien die Zeit stehengeblieben. Ein dumpfes, vibrierendes Grollen ließ den Fußboden erbeben. Der Spiegel wurde blind und überzog sich mit einem Spinnennetz aus Millionen und Abermillionen winziger Risse.

Sheldon war der erste, der sich von seinem Schock erholte. »Raus hier!« brüllte er.

Er wirbelte herum, riß Mary-Lou mit sich und warf sich mit aller Kraft gegen die dünne Holzwand. Die morschen Bretter zersplitterten unter seinem Aufprall. Er stolperte nach draußen, fiel hin und raffte sich mühsam wieder auf. Hinter ihm taumelte Jeremy durch die gezackte Öffnung. Er hatte Bender gepackt und zerrte ihn wie ein kleines Kind hinter sich her.

»Weg!« schrie Sheldon. »Nichts wie weg hier!«

Das gesamte Gebäude erbebte. Krachend lösten sich Balken und Zwischenwände. Das Dach sank ein, stürzte mit einem polternden Dröhnen nach innen und riß einen Teil der Seitenwand mit sich.

Mary-Lou fiel auf die Knie. Blutiger Nebel wallte plötzlich vor ihren Augen. Sie nahm ihre Umgebung nur noch wie durch einen dichten Schleier wahr, glaubte plötzlich überall um sich herum Menchen zu sehen, Hunderte von Menschen. Direkt vor ihr tauchte ein altertümlich gekleideter Mann auf. Auf seinem Gesicht lag ein glückliches Lächeln. Im nächsten Moment brach er vor ihr zusammen.

Das letzte, was Mary-Lou sah, war, wie er in rasender Geschwindigkeit zu altern begann und zu Staub zerfiel, aber sie war sich nicht einmal sicher, ob sie es wirklich sah, oder ihre überreizten Sinne ihr nur etwas vorgaukelten.

Dann verlor sie endgültig das Bewußtsein.

Mark reagierte mit unglaublicher Kaltblütigkeit. Er fuhr herum, riß die erbeutete Peitsche aus dem Gürtel und schlug damit nach dem vordersten Hornkrieger. Das Wesen schrie auf, verlor das Gleichgewicht und stürzte aufkreischend in den Abgrund.

»Hier!« Mark warf Masterton die Peitsche zu und wirbelte abermals herum. »Halt sie auf.«

»Was hast du vor?«

Mark riß sein Schwert hoch und ließ die Klinge wuchtig auf den schwarzen Altar krachen. Funken stoben auf; ein langer, schartiger Riß entstand in der schimmernden

Oberfläche des Blocks, und das wesenlose Wallen schien sich zu verstärken.

»Hilf mir!«

Vivian nickte automatisch, trat neben Mark und stemmte die Waffe, die er ihr zuwarf, mit aller Kraft hoch. Das Schwert war so schwer, daß sie kaum die Kraft aufbrachte, es über den Kopf zu heben, geschweige denn, daß sie es schaffen würde, wuchtig damit zuzuschlagen.

Masterton hieb unablässig mit der Peitsche um sich. Jeder Hieb beförderte zwei, drei der klobigen Gestalten in die Tiefe, aber von hinten drängten unablässig weitere Angreifer nach. Die Wesen schienen keine Angst vor dem Tod zu haben. Und jedesmal, wenn Masterton zu einem neuen Schlag ausholte, drang die Front der Angreifer weiter vor.

Mark verdoppelte seine Anstrengungen, als er sah, wie die Hornkrieger unablässig weiter vordrangen. Sein Schwert schlug eine tiefe, schartige Furche in den Block, riß ganze Steinbrocken heraus und arbeitete sich unablässig tiefer.

Aber er war zu langsam.

Hinter seinem Rücken erscholl ein gellender Schrei. Er fuhr herum und sah gerade noch, wie Masterton unter dem Gewicht eines der Riesen zu Boden ging.

Dann waren die Hornkrieger heran.

Mark durchbohrte den vordersten Angreifer mit seinem Schwert, trat einem zweiten die Beine unter dem Körper weg und parierte einen Schwerthieb, ehe auch er unter der Menge der Angreifer wie unter einer lebendigen Welle begraben wurde.

Drei, vier der Bestien drangen mit wütenden Schreien auf Vivian ein. Sie wich zurück, entging einem fürchterlichen Fausthieb nur um eine Haaresbreite und stolperte hinter den Altar. Gigantische Hände griffen nach ihr.

Messerscharfe Krallen zerfetzten den Stoff ihrer Jacke und gruben sich tief in ihr Fleisch.

Vivian stöhnte. Noch einmal gelang es ihr, sich loszureißen und zurückzutaumeln. Ein Stück ihrer Jacke blieb in den Klauen des Hornkriegers zurück, der damit nicht gerechnet hatte. Einen Moment lang ruderte er haltlos mit den Armen, dann stürzte er rücklings in den Abgrund.

Und dann war es plötzlich vorbei. Von einer Sekunde auf die andere erstarrten die Hornkrieger zur Reglosigkeit.

Irgendein bläulich schimmernder Gegenstand kam aus dem Nichts herangeflogen, streifte den Rand des schwarzen Wallens und riß es entlang seiner Flugbahn auseinander, bevor es dicht vor Vivian zu Boden prallte. Instinktiv stellte sie einen Fuß vor und hielt es auf, bevor es über die Kante rutschen und in den Abgrund fallen konnte. Erst als sie sich nach dem Ding bückte, erkannte sie, daß es sich um ihr Amulett handelte.

Vivian vergeudete keine Zeit damit, sich zu fragen, wie es hierhergekommen war. Sie hob es auf und wog es ein paar Sekunden lang in der Hand. Der Stein war fast schmerzhaft heiß und pulsierte wild.

Sie schaute wieder zu dem Altar. Das Wallen war schneller geworden, hektischer – und angsterfüllt, wie es Vivian schien. Sie hatte deutlich gesehen, wie das Amulett die Schwärze, dort, wo es sie berührt hatte, auseinandergerissen hatte.

Mark hatte sich von dem Gewicht der regungslosen Hornkrieger befreit und taumelte heran. »Was ...«

Vivian beachtete ihn nicht. Sie zögerte noch einen kurzen Moment, dann schleuderte sie das Amulett mit aller Kraft auf den Altar zu. Es überschlug sich in der Luft und landete genau im Zentrum des schwarzen Wallens.

Ein ungeheurer, wütender Aufschrei zerriß die Luft.

Grellrotes Licht pulsierte aus dem Abgrund herauf. Gewaltige Flammen loderten in die Höhe. Die Brücke zerbrach, regnete in einem Hagel von Trümmerstücken in die Tiefe und riß Dutzende der Hornkrieger mit sich.

Der Altar schien zu verschwimmen. Das schwarze wesenlose Wallen wurde rot, dann weiß und verwandelte sich schließlich in einen grellen, ungeheuer heißen Glutball. Vivian sah, wie der Stein Feuer fing und brannte, wie sich der Boden unter ihren Füßen in rotglühende Lava verwandelte, aber sie verspürte keinen Schmerz.

Im nächsten Moment neigte sich das Plateau, auf dem sie, Mark und Masterton standen, zerbrach und stürzte in die bodenlose Tiefe, aber noch während sie stürzte, wurde die Welt um Vivian herum unwirklich, begann sich aufzulösen, und dann ...

Die Jalousien waren halb heruntergelassen. Der Licht der Nachmittagssonne fiel in Streifen durch die Ritzen zwischen dem weißen Kunststoff und zeichnete ein geometrisches Muster aus Hell und Dunkel auf die Tischdecke.

Vivian Taylor blickte nachdenklich in ihr Champagnerglas, nippte daran, und stellte es dann vorsichtig auf den Tisch. Ihre Finger folgten unbewußt den goldenen Linien, die das Sonnenlicht auf das Leinen des Tischtuches malte. Erst dann sah sie wieder auf und ließ ihren Blick der Reihe nach über die Gesichter der anderen fünf Personen im Raum gleiten.

Mary-Lou und Jeremy Cramer, Jonathan Masterton, Sheldon und natürlich Mark. Sie waren die einzigen, die sich an alles erinnerten. Mark, Masterton und sie selbst, weil sie auf der anderen Seite gewesen waren, und die anderen drei, weil sie sich als einzige normale Menschen in Ulthars Spiegelkabinett befunden hatten.

Vivian hatte sich gründlich ausgeschlafen, und zum

ersten Mal seit über einer Woche hatte der Alptraum von Melissas Sturz aus dem Hochhaus sie nicht gequält. Sie hatte Vivian überzeugt, daß dies auch nie wieder geschehen würde. Auch das war endgültig vorbei.

Ein Tag war verstrichen, seit sie aus der Spiegelwelt zurückgekehrt war, auf eine Art, die sie selbst nicht verstand. Ihre Erinnerung reichte nur bis zu dem Punkt, an dem das Plateau mit dem Altar darauf in die Tiefe gestürzt war und sie das Bewußtsein verloren hatte. Als sie wieder aufgewacht war, hatte sie sich wieder auf Coney Island befunden, und nicht nur sie, wie Jeremy Cramer ihr inzwischen berichtet hatte. Nach der Vernichtung der Spiegel waren auch die darin gefangenen Menschen wieder befreit worden. Seit sie in Ulthars Falle geraten waren, hatte die Zeit für sie aufgehört zu existieren, doch nach der Zerstörung der Spiegel hatte sie sich mit einem Schlag zehnfach zurückgeholt, was ihr zustand. Für die Menschen, die bereits seit Jahrzehnten Ulthars Gefangene gewesen waren, war es keine Befreiung geworden, nur eine Erlösung. Sie waren binnen weniger Sekunden zu Staub zerfallen. Vivian war froh, daß ihr dieser Anblick erspart geblieben war.

Die anderen – und es waren immer noch Hunderte gewesen – viele davon Gäste von Conellys Empfang – hatten das Bewußtsein verloren. Cramer hatte dafür gesorgt, daß sie unverzüglich in Krankenhäuser gebracht wurden. Mittlerweile hatten sie das Bewußtsein wiedererlangt und waren bis auf einige wenige, die beim Zusammenbruch des Kabinetts leichte Verletzungen davongetragen hatten, unversehrt. Wie sich inzwischen herausgestellt hatte, hatten sie jedoch alle keine Erinnerung mehr an die schrecklichen Ereignisse, die mit Ulthar in Zusammenhang standen. Auch Frank Porter, Sheldons Bruder, befand sich unter ihnen.

Bedrücktes Schweigen hing im Raum. Obwohl die

Hotelsuite groß und weitläufig war, fühlte sich Vivian beengt. Sie stand auf, ging ans Fenster und zog die Kunststofflamellen ein wenig auseinander, um hinuntersehen zu können. Der Verkehr brauste wie jeden Tag über die überfüllten Straßen Manhattans. Nichts schien sich verändert zu haben; das Leben ging seinen gewohnten Gang, als hätte es die ganzen schrecklichen Geschehnisse nie gegeben.

Sie drehte sich wieder um. »Wir sind Ihnen wohl zu großem Dank verpflichtet, Mister Cramer«, sagte sie.

Der FBI-Direktor lächelte. Er wirkte um Jahre gealtert. Auch sein Weltbild war völlig auf den Kopf gestellt worden, und er schien sich auch jetzt noch nicht völlig von den Schrecken erholt zu haben, die er erlebt hatte. Zugleich sah er müde aus. Kein Wunder bei allem, was er allein in den vergangenen vierundzwanzig Stunden geleistet hatte. Vermutlich hatte er noch keine Minute geschlafen.

»Was ich getan habe, war nur meine Pflicht«, wiegelte er ab. »Ich glaube, wir alle schulden Ihnen ungleich größeren Dank. Ohne Sie wäre wohl keiner von uns mehr am Leben.«

»Was ich getan habe, war purer Selbsterhaltungstrieb«, gab Vivian im gleichen Tonfall zurück und lächelte ebenfalls. »Wenn Sie nicht so schnell und entschlossen gehandelt hätten, gäbe es für uns wohl keine ruhige Minute mehr, und wahrscheinlich würden wir alle in der Klapsmühle landen.«

»So wie Susan Conelly«, sagte Cramer ernst. »Sie hatte keine Ahnung vom Doppelleben ihres Mannes und erlitt einen Nervenzusammenbruch, als wir in die unterirdischen Gewölbe unter seinem Haus eindrangen. Jetzt befindet sie sich in einem Sanatorium.«

Vivian konnte es sich gut vorstellen, nach allem, was Cramer ihr über die grausamen Funde in den Katakomben erzählt hatte. Er war mit einer speziell ausgesuchten Elitetruppe des FBI in die Gewölbe vorgedrungen. Offenbar waren mit dem Tod des Monstermachers auch seine Kreaturen gestorben, aber es mußte ein langsamer und qualvoller Tod gewesen sein. Zum Schluß waren die Ungeheuer übereinander hergefallen und hatten sich gegenseitig zerfleischt, nachdem sie zuvor von unglaublichem Haß getrieben die Einrichtung der Katakomben kurz und klein geschlagen hatten.

»Conellys Geheimnis wird wohl für immer ungelöst bleiben«, fuhr Cramer fort. »Wir haben zwar die Überreste zahlreicher sonderbarer Apparaturen gefunden, aber es lassen sich keine Schlüsse mehr ziehen, ob es ihm auf wissenschaftlichem Weg gelungen ist, Menschen in diese ... diese Ungeheuer zu verwandeln, oder ob es sich doch um eine Form der ... Magie handelt.«

Vivian entging nicht das kurze Stocken Cramers bei dem Wort *Magie*. Es fiel ihm immer noch schwer, sich damit abzufinden, daß es diese übernatürlichen Kräfte gab. »Vielleicht ist es auch besser, wenn dieses Geheimnis niemals gelöst wird«, murmelte sie.

»Die Monster selbst bieten auch keine Anhaltspunkte«, fuhr Cramer ungerührt fort. »Nach ihrem Tod haben sie sich wieder in Menschen zurückverwandelt. Ich habe die Leichen bereits fortbringen lassen. Es ist besser, wenn die Öffentlichkeit nichts davon erfährt. Der Skandal, den es gäbe, wenn herauskäme, daß der Bürgermeister von New York mehr als hundert Menschen umgebracht und in seinem Keller versteckt hat, würde nur die öffentliche Ordnung gefährden. Allerdings sind einige Gerüchte durchgesickert, obwohl ich sofort eine Pressesperre verhängt habe. Die Medien werden wohl noch eine Weile herumrätseln, aber die Aufregung wird sich bald legen. Was allerdings meine Vorgesetzten betrifft, so werde ich wohl noch einige Schwierigkeiten bekommen, die Wahrheit zu verheimlichen.«

»Ich möchte diesen Alptraum nur noch so schnell wie möglich vergessen«, murmelte Mary-Lou.

»Vielleicht war es auch nur genau das, ein besonders schlimmer Alptraum«, sagte Sheldon ohne rechte Überzeugung.

Vivian lächelte. »Den wir alle zugleiche geträumt haben?« Sie schüttelte den Kopf, ging zum Tisch zurück und ließ sich seufzend in den Sessel fallen.

»Dieses Moron«, sagte Sheldon und schaute sie an. »Glauben Sie, daß es ... vernichtet wurde?«

Vivian zuckte mit den Achseln. »Ich weiß es nicht«, antwortete sie ehrlich. »Aber das spielt auch keine Rolle mehr. Nachdem die Spiegel vernichtet sind, kann es uns nicht mehr gefährlich werden.«

»Zumindest, solange sich nicht wieder jemand wie Ulthar findet, der fanatisch genug ist, sich auf einen solchen Pakt einzulassen«, fügte Mary-Lou leise hinzu. »Aber, wie gesagt – ich möchte diese schrecklichen Tage einfach nur noch vergessen. Ich bin auch nur mitgekommen, um mich von Ihnen zu verabschieden.«

»Genau wie ich«, ergänzte Sheldon. »Durch Sie wurde mein Bruder gerettet, dafür wollte ich Ihnen danken. Sie wollen wirklich schon morgen fliegen?«

Mark nickte. »Sogar schon in aller Frühe. Durch die Flugdauer und die Zeitverschiebung werden wir trotzdem erst nachmittags in England eintreffen. Sie werden sicherlich verstehen, daß wir nach allem, was geschehen ist, so schnell wie möglich nach Hause wollen, da diese schrecklichen Erlebnisse nun endlich vorbei sind.«

Er wechselte einen raschen, unauffälligen Blick mit Vivian. Außer ihr wußte Mark als einziger, daß es noch nicht vorbei war. Genau wie Jonathan Masterton war auch er nach der Zerstörung der Spiegel wieder mit seinem Abbild verschmolzen, da er jedoch in der Spiegelwelt schon nicht mehr Ulthars Einfluß unterstanden hatte, besaß er auch die Erinnerungen daran.

Was Vivian aber beunruhigte, war die Frage, was aus Melissas negativem Spiegelbild geworden war. Es war nicht wieder mit ihr verschmolzen, und sie glaubte nicht daran, daß es vernichtet war. Eine Stimme tief in ihrem Inneren sagte ihr, daß es immer noch lebte. Vielleicht stand ihr der gefährlichste Teil dieses Kampfes noch bevor.

Aber es hatte keinen Sinn, auch noch die anderen mit diesen Gedanken zu ängstigen. Sie hatten damit nichts mehr zu tun. Wenn Melissa noch lebte, dann handelte es sich um eine Angelegenheit, die nur sie beide betraf, höchstens noch Mark. Und Vivian wußte auch, daß die finale Auseinandersetzung nicht hier in New York stattfinden würde, sondern in England.

»Natürlich verstehen wir das alle«, ergriff Jonathan Masterton das Wort. »Ich hoffe jedoch, daß ihr New York nicht nur in schlechter Erinnerung behaltet. Ihr wißt ja, gemeinsam durchlebte Gefahren schmieden Freundschaften besser als alles andere, und nachdem wir diese Gefahren siegreich gemeistert haben, werden wir uns schon allein aufgrund unserer geschäftlichen Zusammenarbeit in Zukunft noch oft sehen.« Er zwinkerte Vivian zu. »Beim nächsten Mal komme ich zu euch, dann könnt ihr mir die Gespenster und Dämonen zeigen, für die England so berühmt ist. Wäre doch gelacht, wenn wir mit denen nicht auch fertig würden.« Er hob sein Glas. »Trinken wir darauf, daß wir uns bald alle wiedersehen.«

Genau wie die anderen hob auch Vivian ihr Glas und trank einen Schluck Champagner.

27

Im unsicheren Licht der Dämmerung wirkten die Mauern von Hillwood Manor finster und drohend. Das große Anwesen, das sich seit Generationen im Besitz der Taylors befand, erhob sich wie ein buckeliges Ungeheuer auf dem Hügel; ein schwarzer, düsterer Koloß, der das umliegende Land allein durch seine Anwesenheit zu beherrschen schien. Mit seinen vielen, sternförmig angeordneten Nebengebäuden, den Türmchen, Erkern und Balkonen wirkte es mehr wie eine alte Trutzburg als wie ein Herrenhaus. Hinter keinem der Fenster brannte Licht.

Die Frau stand hinter der Brüstung des viereckigen Turmes in der Mitte der Gebäudeansammlung; wenig mehr als ein schwarzer Schatten gegen die niedrig hängenden Wolken. Wind spielte mit ihrem schulterlangen, schwarzen Haar, zupfte an ihrer Kleidung und bauschte den karmesinroten Umhang, der ihre Schultern wie ein Paar übergroßer, gefalteter Fledermausschwingen umgab.

Die Hauptgebäude von Hillwood Manor lagen wie ausgestorben vor ihr. Selbst über dem Hof lastete Schweigen, eine Stille, die fast unnatürlich wirkte. Wo früher das helle Zwitschern der Vögel war, das fröhliche Bellen der Hunde, die tausendfachen Geräusche des von Leben und Frohsinn erfüllten Anwesens, herrschte jetzt Stille. Das Anwesen war tot, von einem dumpfen, unbeschreiblichen Gefühl des Bösen erfüllt.

Obwohl die Sonne bereits am Horizont aufzugehen begann, schien es nicht richtig hell zu werden. Irgend etwas Dunkles, Kaltes hüllte das Gebäude ein, lastete wie unsichtbarer Nebel über Innenhöfen und Wehrgängen und erfüllte die Hallen und Gänge mit wispernden Schatten. Die freundliche, gelöste Atmosphäre war verflogen und hatte einem schleichenden Gefühl der Bedrohung

Platz gemacht. Hillwood Manor schien sich über Nacht verändert zu haben. Vielleicht waren die Schatten ein wenig härter und drohender geworden, vielleicht hatte sich der Gesamteindruck ein wenig mehr in Richtung jener unsichtbaren Grenze verschoben, die im Empfinden der Menschen den Unterschied zwischen Gut und Böse ausmacht. Die schmalen Fenster wirkten plötzlich wie dunkle, augenlose Höhlen, die drohend über das Land starrten, und der gemauerte Torbogen erinnerte an das gierig aufgerissene Maul eines bizarren Ungeheuers, das auf seine ahnungslosen Opfer lauert.

Melissa bewegte sich unruhig. Ihr Umhang raschelte leise, und das Geräusch ihrer Schritte erinnerte an das behutsame Schleichen einer Raubkatze. Ihr Blick glitt über die sanft abfallenden Wiesen, tastete sich über den Waldrand und verlor sich schließlich irgendwo in der Ferne.

Sie hatte dem Personal für einige Tage freigegeben, um sich in Hillwood Manor einzuleben und sich in Ruhe auf ihre neue Rolle als Vivian Taylor vorzubereiten. Dies war nun nicht mehr nötig, dennoch war sie froh, daß sie allein war. Es galt Vorkehrungen zu treffen, aber nicht auf eine Rolle, sondern auf einen Kampf.

Etwas war geschehen, womit sie niemals gerechnet hätte. Es war Vivian Taylor, der echten Vivian Taylor, wider alle Erwartungen gelungen, lebend aus der Spiegelwelt zurückzukehren. Mehr noch, Ulthars Macht war zerschlagen, der Magier selbst tot. Ein kleines, böses Lächeln glomm in Melissas Augen auf. Wenigstens um dieses Problem brauchte sie sich nicht mehr zu kümmern.

Blieben nur noch Vivian und Mark Taylor. Die beiden würden sich in wenigen Stunden auf den Rückweg nach England machen.

Melissa drehte sich um, verließ den Balkon und trat in

das dahinterliegende Zimmer, das Schlafzimmer der Taylors. Ihre Schritte waren lautlos, als sie über den hohen, flauschigen Teppich ging. Vor einem großen, goldgerahmten Spiegel blieb sie stehen. Das silberbedampfte Glas zeigte ihr das Bild einer jungen berückend schönen Frau: schwarzes Haar, eine schlanke, täuschend zerbrechlich wirkende Gestalt, ein Gesicht, in dem eine schwer zu definierende Mischung von Sanftmut und Kraft zu lesen war.

Melissa konnte sich an ihrem eigenen Anblick nicht satt sehen. Sie liebte diesen Körper, aber trotz allem handelte es sich nur um eine Kopie von Vivians Körper, wie ihr in den vergangenen Stunden schmerzlich bewußt geworden war, eine Seifenblase, die jeden Moment zerplatzen konnte. Ihr größter Trumpf war lediglich, daß Vivian und Mark zur Zeit noch nichts von ihr wußten.

Zum wiederholten Male innerhalb der letzten Stunden durchdachte Melissa das Problem. Ihr blieben nur zwei Alternativen: Sie konnte all ihre hochtrabenden Pläne vergessen und kurzerhand fliehen, aber das würde bedeuten, selbst zur Gejagten zu werden. Spätestens nach einem Gespräch mit dem Personal würde Vivian Taylor wissen, daß sie noch lebte, und sie auf keinen Fall unbehelligt lassen.

Die zweite Alternative bestand darin, sich schon jetzt zu einem Kampf zu stellen. Melissa machte sich nichts vor, Vivian Taylor war gefährlich. Sie würde vorsichtig sein müssen, aber es lag an ihr, Ort, Zeitpunkt und Umstände des Kampfes zu bestimmen, und das verschaffte ihr einen gewaltigen Vorteil. Sie würde Vivian und Mark töten und ihr Vorhaben dann wie geplant durchziehen. Erst wenn die beiden vernichtet waren, konnte sie sich wirklich frei fühlen.

Noch einmal ließ Melissa ihren Blick umherschweifen. Zur Zeit war all dies nicht mehr als eine Leihgabe, die sie sich nur angeeignet hatte, aber bevor die Sonne zum nächsten Mal aufgehen würde, würde alles ihr gehören.

Für immer.

Die LTU-Tristar-Maschine kam am frühen Nachmittag mit einem sanften, kaum merklichen Ruck auf der Landebahn des Londoner Flughafens zum Stehen. Das helle Singen der Triebwerke, das während der letzten viereinhalb Stunden ein monotones Hintergrundgeräusch zu dem Gesprächen der Passagiere gebildet hatte, verstummte abrupt. Über den Köpfen der Reisenden erloschen die Leuchtanzeigen, die die Passagiere aufgefordert hatten, sich anzuschnallen und das Rauchen einzustellen.

»Zu Hause«, sagte Mark Taylor. Seiner Stimme war die Erleichterung anzuhören, die er mit dem Wort verband. Er löste den Verschluß seines Sicherheitsgurtes, beugte sich im Sitz vor und sah einen Moment lang durch das Fenster auf das regennasse Flugfeld des Flughafens hinaus.

»Noch nicht ganz«, sagte Vivian Taylor leise. »Du wirst dich noch eine Weile gedulden müssen, ehe wir in Hillwood Manor sind.«

»Jedenfalls freue ich mich darauf, wieder englischen Boden unter den Füßen zu haben«, gab Mark zurück. Er seufzte demonstrativ, stand auf und klaubte die beiden Koffer mit ihrem Handgepäck aus dem Netz. Vivian erhob sich ebenfalls, griff nach ihrer Reisetasche und trat auf den schmalen Mittelgang hinaus. Die Stewardessen hatten bereits beiderseits des Ausstiegs Aufstellung genommen und ein berufsmäßiges Lächeln aufgesetzt, während ihre männlichen Kollegen durch die Maschine gingen und sich davon überzeugten, daß keiner der Reisenden etwas in der Maschine vergaß.

»Tut es dir leid, daß wir gleich nach Hause geflogen sind?« fragte Mark. »Vielleicht hätten uns nach allem ein paar Tage Urlaub irgendwo in der amerikanischen Wildnis doch ganz gutgetan.«

Vivian schüttelte den Kopf. Anfangs hatte zwar gerade sie auf diesen Urlaub nach Abschluß von Marks geschäftlichen Verhandlungen gedrängt, aber zuletzt war sie es auch gewesen, die sich mit aller Entschiedenheit gegen dieses Vorhaben gestellt hatte.

»Nicht im geringsten«, sagte sie nach einer Weile. »Verkriechen wir uns lieber ein paar Tage auf Hillwood Manor und machen es uns gemütlich.«

Mark zog eine Grimasse. »Verkriechen ist gut«, sagte er. »Wenn du wüßtest, wieviel Areit auf meinem Schreibtisch auf mich wartet ...«

»Ich weiß es zwar nicht, aber ich verspreche dir, daß ich ihn höchstpersönlich zerschlage, wenn du ihn auch nur anrührst«, sagte Vivian ernst. »Für die nächsten acht Tage ist alles, was nach Arbeit aussieht, tabu.«

»Sei nicht albern«, widersprach Mark. »Du weißt, daß der Konzern ...«

»Der Konzern wird nicht gleich zusammenbrechen«, unterbrach ihn Vivian energisch. »Außerdem hast du ein paar äußerst fähige Manager. Sollen die sich für ein paar Tage um alles kümmern. Wofür zahlst du ihnen schließlich über eine Viertelmillion Pfund im Jahr? Du bist nicht der einzige im Konzern, der etwas taugt.« Sie entdeckte den trotzigen Ausdruck in Marks Gesicht und mußte lächeln. Von Mark zu verlangen, daß er untätig die Hände in den Schoß legte, käme einer tödlichen Beleidigung gleich. Er gehörte zu den Menschen, die in ihrem Beruf vollkommen aufgingen und nur dann wirklich glücklich waren, wenn sie bis über beide Ohren in Arbeit steckten. »Meinst du nicht, daß auch wir uns mal ein paar Tage Ruhe verdient haben?« fügte sie deshalb hinzu.

»Wären wir wie geplant in Urlaub gefahren, hätte uns auch niemand erreichen können. Aber gut, ich komme dir ein bißchen entgegen. Zwei geschäftliche Telefonate darfst du führen.«

»Das ist ein Wort«, entgegnete er lachend. »Du hast keine Ahnung, wie lange ich telefonieren kann.«

»Und du weißt nicht, wie schnell ich zu einer Schere greifen und das Kabel durchschneiden kann.«

England begrüßte sie mit regenfeuchter Luft und klammer, herbstlicher Kälte, als sie die Maschine verließen. Mark blieb am Fuß der Gangway stehen, reckte sich und atmete demonstrativ ein, als wäre die nach Kerosin, Smog und den anderen Gerüchen einer Großstadt stinkende Luft das Köstlichste, das er je gerochen hatte.

Zwei große Busse kamen über das Flugfeld auf die Maschine zugekrochen. Mark und Vivian warteten, bis der erste Ansturm auf die Sitzplätze vorüber war, ehe sie selbst die Busse bestiegen. Nach dem fast fünfstündigen Flug war Vivian beinahe froh, einen Augenblick lang auf eigenen Beinen stehen zu können. Vor allen Dingen, als sie daran dachte, daß ihnen noch einmal anderthalb Stunden Flugzeit bevorstanden, ehe sie endgültig zu Hause waren. Sie stellte die Reisetasche ab, lehnte sich gegen die Rückseite eines der hohen, lederbezogenen Sitze und schloß für einen Moment die Augen. Eigentlich sollte sie froh sein, heil aus dem haarsträubenden Abenteuer herausgekommen zu sein. Aber die erwartete Erleichterung stellte sich nicht ein. Im Gegenteil – sie fühlte sich niedergeschlagen, deprimiert und erschöpft. Aber es war keine rein körperliche Erschöpfung, sondern etwas, das sehr viel tiefer ging und seine Ursachen irgendwo in ihrer Seele hatte.

Mark berührte sie sanft an der Schulter. »Fühlst du dich nicht wohl?«

Vivian versuchte zu lächeln, aber der Reaktion auf

Marks Gesicht nach zu schließen, mißlang das Vorhaben kläglich. »Ich bin müde, das ist alles.«

Mark nickte verständnisvoll. »Wenn du willst, bleiben wir die Nacht in London und reisen erst morgen weiter«, sagte er. »Vielleicht suchen wir uns irgendein gemütliches kleines Hotel in der Stadt.«

Vivian überlegte einen Moment. Der Vorschlag hörte sich verlockend an. Aber dann schüttelte sie doch den Kopf. Vielleicht würden ihre Depressionen von selbst verschwinden, wenn sie in die gewohnte Umgebung von Hillwood Manor zurückkehrte.

Mark zuckte mit den Achseln. »Wie du willst, es war nur gut gemeint.« Er zögerte einen Moment. »Es ist wegen Melissa, nicht wahr? Du glaubst immer noch, daß sie noch lebt.«

»Ich glaube es nicht nur, ich bin mir sogar sicher. Ich ... ich spüre es.« Sie machte eine kurze Pause. »Als ich mit Sheldon zu Ulthars Kabinett unterwegs war, hat er mir gesagt, er könnte fühlen, wenn sein Bruder Schwierigkeiten hätte, und es gibt eine Menge anderer Geschwister, die das von sich behaupten. Melissas Spiegelbild und ich aber stehen uns näher als Geschwister. Sie lebt, und ich bin mir sicher, daß sie über kurz oder lang versuchen wird, uns anzugreifen. Bis dahin möchte ich unbedingt auf Hillwood Manor sein, in vertrauter Umgebung. Ich würde mich dort einfach sicherer fühlen.«

Mark kam nicht mehr zum Antworten. Der Bus hielt, und sie schlenderten eingekeilt in eine lärmende, ungeduldige Menschenmenge, auf das Abfertigungsgebäude zu. Die Zollformalitäten nahmen nur wenige Minuten in Anspruch. Vivian und Mark reisten prinzipiell nur mit einem Minimum an Gepäck – die beiden Handkoffer und die Reisetasche waren alles. Nachdem ihre Pässe kontrolliert worden waren, durchquerten sie mit schnellen Schritten die riesige Halle und verließen das Gebäude durch einen Nebenausgang.

»Ich hoffe, die Maschine ist startklar«, murmelte Mark, während sie quer über den Rasen auf eine Ansammlung niedriger, dunkel gestrichener Gebäude zugingen. »Ich habe keine Lust, jetzt noch einmal stundenlang zu warten.«

»Du hast doch das Telegramm geschickt?«

Mark nickte grimmig. »Sicher. Aber es wäre ja nicht das erste Mal, da irgendein Trottel seinen wohlverdienten Büroschlaf schläft und dann ganz überrascht ist, wenn ich vor der Tür stehe.« Er zog den Kopf zwischen die Schultern, als ein eisiger Windstoß über das Rollfeld fuhr. Es begann zu regnen, und das ferne Grollen eines Gewitters mischte sich unter die Geräusche des Flughafens. Sie begannen zu laufen und erreichten den Hangar im gleichen Augenblick, in dem das Unwetter mit ganzer Macht losbrach. Als Mark die Tür hinter sich zuschob, schienen die Flughafengebäude hinter einem grauen, treibenden Schleier zu verschwimmen. Die Temperaturen fielen innerhalb weniger Augenblicke um mehrere Grade.

»Herzlich willkommen. Man merkt, daß wir wieder in der Heimat sind«, sagte Mark sarkastisch. »England zeigt sich von seiner besten Seite.« Er stellte die beiden Koffer ab, schlug seinen Jackenkragen herunter und sah sich aufmerksamin der Halle um.

Die zweimotorige Cessna des Taylor-Konzerns war bereits vor das Tor gerollt worden. Techniker in orangegelben Monturen bemühten sich um die Maschine. Aus dem Hintergrund der weitläufigen Halle war das dumpfe Dröhnen eines probelaufenden Motors zu hören.

»Dein Telegramm scheint angekommen zu sein«, sagte Vivian erleichtert.

Mark nickte wortlos und winkte einem der Techniker.

Der Mann legte seinen Schrauenschlüssel aus der Hand, wischte sich die Hände an der Hose ab und setzte sein ölverschmiertes Grinsen auf. »Missis Taylor! Mister Taylor! Schön, daß Sie wieder im Lande sind. Ihre Maschine ist fertig.«

»Schon durchgecheckt?«

»Selbstverständlich. Vollgetankt und startbereit. Sie können in fünf Minuten aufsteigen – wenn das Wetter mitspielt.«

Mark reichte dem Mann einen der beiden Koffer und trug den anderen und Vivians Tasche zur Cessna hinüber. Der Regen wurde mit jedem Augenblick stärker. Die Tropfen hämmerten in unablässigem Stakkato auf das Wellblechdach des Hangars, und der Donner wurde lauter und drohender.

»Ich glaube, ich besorge mir noch schnell den neuesten Wetterbericht«, sagte Mark besorgt. »Ich habe keine Lust, direkt in ein Unwetter hineinzufliegen.«

»Das hier ist nur ein kleiner Ausläufer«, sagte der Techniker. »Es kriselt schon den ganzen Tag, aber das Schlimmste spielt sich weiter südlich ab. Über dem Kanal muß es heiß hergehen.«

»Trotzdem.« Mark sprang leichtfüßig auf die Tragfläche hinauf,klappte das Kanzeldach hoch und reichte Vivian die Hand, um ihr beim Einsteigen behilflich zu sein. »Ich laufe noch mal rasch ins Büro und hole mir den letzten Wetterbericht.«

Vivian kletterte ins Cockpit der Cessna und begann routinemäßig, die Instrumente zu überprüfen.

»Das ist schon alles klar«, grinste der Monteur. »Sie müssen nur noch die Starterlaubnis vom Tower einholen.«

»Erledigen Sie das, während ich mich um das Wetter kümmere.« Mark drehte sich herum, sprang auf den

Hallenboden zurück und verschwand mit schnellen Schritten zwischen den dicht beieinander abgestellten Flugzeugen.

Die Glaskugel war etwas kleiner als ein Handball und stammte aus Vivian Taylors umfangreicher Sammlung magischer Hilfsmittel, aber Melissa war sich sehr sicher, daß die Einsatzmöglichkeiten der Kugel noch nie richtig ausgeschöpft worden waren, da es Vivian vor der Begegnung mit Ulthar niemals gewagt hatte, den in ihr verborgenen Kräften freien Lauf zu lassen. Weißliche Nebelschwaden schienen dicht unter der Oberfläche der Kugel dahinzutreiben, und dort, wo die untere Wölbung die Tischplatte berührte, hatte sich eine dünne Rauhreifschicht gebildet.

Melissas Gesicht schien zu einer unbeweglichen Maske erstarrt zu sein. Zwischen ihren Brauen stand eine strenge Falte, und die Augen blickten mit einer Mischung aus Konzentration und kaum unterdrückter Ungeduld auf die Glaskugel. Eine knisternde, unsichtbare Aura der Macht schien die reglose Gestalt zu umgeben, eine Macht, die selbst Wärme und Licht aus dem Raum zu verbannen schien und das Zimmer zu einer finsteren, feuchtkalten Höhle werden ließ.

Der Nebel ballte sich im Innern der Kugel zusammen, formte rasch vergängliche Umrisse und Figuren und trieb wieder auseinander. Allmählich veränderte sich die Farbe des Glases. Es wurde milchig, dann schwarz und schließlich blau, dann grün. Winzige Gestalten erschienen auf der gewölbten Oberfläche und verschwanden wieder, wurden von neuen Bildern abgelöst, Bilder, die Menschen und Landschaften zeigten und sich in immer rascherer Folge ablösten.

Schließlich stabilisierte sich das Bild. Die Kugel zeigte

jetzt eine hohe, halbrunde Halle, in der scheinbar nur ameisengroße Menschen zwischen bunten Spielzeugflugzeugen umherhasteten.

Melissa lächelte. Ihre Finger bewegten sich sacht, fuhren in kreisenden Bewegungen über das kühle Glas der Kugel. Das Bild wuchs, als drehe ein unsichtbarer Kameramann am Zoom-Objektiv seiner Kamera. Die Wände der Halle glitten rechts und links aus dem Ausschnitt, während im Zentrum ein flaches, zweimotoriges Sportflugzeug heranwuchs. Es war eine Cessna – ein schnittiges, in den schwarz-goldenen Farben des Taylor-Konzerns gestrichenes Sportflugzeug, unter dessen aufgeklappter Kanzel eine dunkelhaarige Gestalt zu erkennen war.

Vivian Taylor.

Melissas Lächeln vertiefte sich. In den letzten zwei Tagen, seit sie in Hillwood Manor angekommen war, hatte sie immer wieder in die Kugel geschaut, um über Vivians gegenwärtigen Aufenthaltsort und ihre Handlungen unterrichtet zu sein. Solange die Taylors sich jenseits des großen Teichs befunden hatten, war die Gefahr, etwas gegen sie zu unternehmen, zu groß gewesen. Die Entfernung war zu groß gewesen, und eine mißglückte Attacke hätte die beiden nur vorzeitig gewarnt. Zudem reichte es nicht, Vivian einfach zu töten. Die Frau mußte verschwinden, und zwar spurlos.

Nun erst war für Melissa die Zeit zum Handeln gekommen. Die Taylors befanden sich in ihrem direkten Einflußbereich, und sie hatte ihre Vorbereitungen fertig getroffen. Die Falle war bereit, zuzuschnappen.

Melissa holte zu ihrem ersten Schlag aus.

»Alles in Ordnung«, sagte Mark, als er aus dem Büro des Flugleiters zurückkam. »Es ist wirklich nur ein kleiner Ausläufer. Im Norden ist der Himmel klar. Das heißt, daß wir in spätestens zehn Minuten durch strahlenden Sonnenschein fliegen.« Er nickte Vivian aufmunternd zu, überzeugte sich davon, daß das Gepäck sicher und ordentlich verstaut war und drückte den beiden Technikern jeweils eine Fünf-Pfund-Note in die Hand. Die Männer bedankten sich und eilten nach vorne, um die Hangartore zu öffnen.

Mark kletterte ächzend auf den Pilotensitz und griff nach oben, um die Plexiglaskanzel zu schließen. »Startfreigabe haben wir auch schon«, sagte er aufgeräumt. »Caveman hat alles erledigt.«

»Du solltest dich bei ihm entschuldigen«, sagte Vivian.

Mark ließ die Kanzel einrasten, kämpfte sekundenlang fluchend mit dem Sicherheitsgurt und schaltete die Zündung ein. Auf dem Armaturenbrett leuchteten ein halbes Dutzend verschiedenfarbiger Lämpchen auf.

»Wofür entschuldigen?« fragte er, ohne Vivian anzusehen.

»Für die Bemerkung, die du vorhin über den Büroschlaf gewisser Leute gemacht hast.«

Mark grinste. »Ich wußte nicht, daß Caveman Dienst hat. Bei ihm klappt alles. Ein tüchtiger Mann. Ich spiele sogar mit dem Gedanken, ob ich ihn für unseren Konzern engagieren soll.«

»Wozu?«

Mark zuckte mit den Achseln, sah flüchtig auf die verwirrende Anzahl von Instrumenten vor sich und drückte den Anlasserknopf. Die sechshundert PS der Cessna erwachten zu grollendem Leben. »Warum nicht? Tüchtige Männer kann man immer gebrauchen«, rief er über den Lärm der Motoren hinweg. »Außerdem glaube ich nicht, daß Caveman hier sehr glücklich ist. Er wirkt ziemlich verbissen. Wahrscheinlich kann er sich nicht damit abfinden, daß seine Karriere hier zu Ende sein soll. Er war einmal ein tüchtiger Ingenieur.«

»Was heißt war?«

Die Hangartore rollten quietschend nach oben. Die Techniker traten beiseite, und Mark schob den Gashebel um wenige Zentimeter nach vorne. Das Flugzeug setzte sich rüttelnd in Bewegung.

»Er ist es immer noch, soweit ich das beurteilen kann. Aber da war einmal eine dumme Sache, vor ein paar Jahren. Keine Ahnung, was genau. Ich glaube, er ist mit seinem Vorgesetzten aneinandergeraten und hat ihm eine runtergehauen. Jedenfalls war seine Karriere in diesem Moment zu Ende.« Ein helles Piepsen aus dem Funkempfänger unterbrach seinen Gedankengang. Er ließ den Steuerknüppel los, griff nach dem Mikro und drückte die Sprechtaste. »TK-zero-one an Tower. Kommen.«

Die Stimme des Flugdienstleiters war kaum zu verstehen. Statisches Knistern und kratzende Störgeräusche überlagerten die Verbindung, und Mark hatte Mühe, die Worte aus dem Lärm herauszuhören. »Hier Tower. TK-zero-one, Sie haben Startfreigabe. Nehmen Sie Startbahn siebzehn.«

»Verstanden, Tower. TK-zero-one Ende und aus.« Mark hängte das Mikrophon in die Halterung zurück, griff mit der Linken nach dem Steuerknüppel und gab gleichzeitig Gas. »Ich habe ja gesagt, daß auf Caveman Verlaß ist«, rief er triumphierend.

Vivian gab ein ärgerliches Geräusch von sich. »Das Funkgerät hat jedenfalls besser funktioniert, bevor er die Maschine durchgecheckt hat«, sagte sie gereizt.

Mark sah sie konsterniert an. »Ist dir eine Laus über die Leber gelaufen?« fragte er. Die Worte taten ihm fast sofort wieder leid, aber Vivian schien an seinem rüden Ton keinen Anstoß zu nehmen. »Entschuldige«, sagte er sanft.

»Flieg lieber los. Ich habe keine Lust, auf diesem verdammten Flugplatz Wurzeln zu schlagen.«

Mark schluckte die wütende Entgegnung, die ihm auf der Zunge gelegen hatte, herunter und konzentrierte sich auf den Startvorgang. Die Cessna machte einen wilden Satz, als er den Gashebel viel zu hart nach vorne stieß, und schoß mit aufbrüllendem Motor auf die Startbahn hinaus. Den Männern im Tower mußten die Haare zu Berge stehen, wenn sie den Vorgang beobachteten.

Der Regen war mittlerweile stärker geworden. Das Rollfeld schimmerte wie ein riesiger, mattgrauer Spiegel, und die Wolken schienen so tief zu hängen, daß Mark fast damit rechnete, den schlanken Turm des Towers in den treibenden grauen Massen verschwinden zu sehen. Der Wind zerrte und rüttelte an den Tragflächen der kleinen Maschine, aber im Norden klarte der Himmel bereits jetzt auf. Ein heller, goldgelber Streifen wuchs langsam in der grauen Wolkenbank empor. Der Wetterbericht schien also ausnahmsweise einmal nicht frei erfunden zu sein, dachte Mark zufrieden. Über Nordengland mußte strahlender Sonnenschein herrschen.

Er wartete ungeduldig, bis die Nadel des Geschwindigkeitsmessers die Hundert-Meilen-Marke erreicht hatte, ehe er den Steuerknüppel langsam zu sich heranzog. Die stumpfe Nase des Sportflugzeuges folgte der Bewegung gehorsam, während das Rollfeld unter ihnen in die Tiefe stürzte. Mark riß die Maschine so steil empor, wie es nur ging. Er flog noch nicht allzu lange, aber er wußte, daß solche Gewitterfronten oftmals sehr niedrig hingen. Niedrig genug, um selbst für ein so kleines Flugzeug wie dieses kein ernsthaftes Hindernis dazustellen. Für zehn, fünfzehn Sekunden tauchte die Cessna in wirbelnden, grauweißen Nebel ein, dann hatte sie die Wolkendecke durchstoßen.

Mark atmete erleichtert auf, als der bockende Steilflug

in ein sanftes Gleiten überging. Unter ihnen wetterleuchteten grelle Blitze durch die Wolkenbank, und ein Blick nach Süden zeigte ihm, daß der Himmel dort schwarz war.

»Das Schlimmste ist überstanden«, sagte er. »In anderthalb Stunden sind wir zu Hause.« Er warf einen Blick auf den Kompaß, korrigierte den Kurs um mehrere Grad und schaltete den Autopiloten ein, ehe er sich entspannt zurücksinken ließ.

Vivian saß zusammengekauert neben ihm und starrte aus dem Fenster. Mark konnte ihr Gesicht nur im Profil sehen, aber auch so war die Veränderung deutlich zu erkennen. Eigentlich war es nichts Äußerliches – die junge, dunkelhaarige Frau neben ihm war noch die gleiche, mit der er vor wenigen Tagen hierhergeflogen war. Ihre Augen blickten vielleicht ein wenig ernster als sonst, und die Anstrengungen der letzten Tage hatte tiefe Spuren in ihrem Gesicht hinterlassen: dunkle Ringe unter ihren Augen und einen bitteren, resignierenden Zug, den er zuvor noch nie an ihr bemerkt hatte. Mark fragte sich besorgt, ob alles nicht vielleicht auch für sie zuviel gewesen war. Vivian wirkte depressiv, ängstlich ... unentschlossen in allem, was sie sagte oder tat. Schon der bloße Gedanke an Melissa machte sie offenbar krank.

Vivian schien seinen Blick zu spüren. Sie drehte sich halb um, sah ihm einen Herzschlag lang in die Augen und wandte sich dann wieder ab.

Mark zündete sich umständlich eine Zigarette an, starrte einen Moment lang in die Glut und klappte den Aschenbecher auf. »Mach dir nicht zu viele Sorgen«, sagte er. »Wir werden neue Leibwächter einstellen. Ich lasse unser Haus rund um die Uhr bewachen.«

Vivian antwortete nicht sofort. Sie seufzte, schüttelte unmerklich den Kopf und fuhr sich mit einer fahrigen Geste durch die Haare. »Leibwächter?« Sie lächelte traurig, sah ihn kurz an und blickte dann wieder aus dem Fenster. Die Wolkendecke unter dem Flugzeug schien sich wie ein riesiges, lebendes Wesen zu bewegen. »Du kennst doch Melissas Macht. Nicht einmal eine ganze Armee von Leibwächtern könnte etwas gegen diese Frau ausrichten. Wir würden nur Unschuldige gefährden.«

Mark zögerte. »Und was sollen wir deiner Meinung nach tun? Einfach die Hände in den Schoß legen und abwarten?«

Vivian zuckte unbehaglich mit den Schultern. »Wenn überhaupt jemand Melissa aufhalten kann, dann bin ich es«, behauptete sie. »Ich bin überzeugt, daß sie ebensoviel Angst vor mir hat wie ich vor ihr. Wir haben die gleichen Kräfte, auch wenn sie diese viel, viel besser beherrschen kann. Aber ...« Vivian brach abrupt ab und starrte durch die Frontscheibe nach draußen. Ihre Augen weiteten sich erstaunt. »Mark – was ist das?«

Vor ihnen, vielleicht noch fünf, sechs Meilen entfernt, hatte sich ein riesiges, dunkles Etwas aus der Wolkendecke gehoben. Im ersten Augenblick hatte Mark den Eindruck, direkt auf ein riesiges, mißgestaltetes Ungeheuer zuzufliegen, das der Maschine mit gigantischen Armen entgegenzugreifen schien. Aber dann erkannte er, daß es nur eine Wolke war, wenn auch eine sehr sonderbare Wolke. Es war nicht allein ihre dunkle, rauchbraune Farbe, die Mark beunruhigte. Das Phänomen stand in krassem Gegensatz zu allem, was er je über Meteorologie und Aeronautik gehört hatte. Sie türmte sich in einer riesigen, kompakten Halbkugel über dem brodelnden Wolkenmeer auf. Ihre Oberfläche schien zu kochen. Graue, faserige Nebelschleier wuchsen wie bizarre Arme aus der Wolkenkugel hervor.

»Ein ... Sturm?« fragte Vivian zögernd.

Mark schüttelte den Kopf. »Unmöglich. Aber was immer es ist – mir gefällt es nicht. Ich fliege lieber darum herum.« Er klappte seinen Sitz nach vorne, schaltete den Autopiloten aus und griff nach dem Steuerknüppel.

Aber die Maschine gehorchte ihm nicht!

Mark fluchte lauthals, betätigte das Höhenruder und zog den Steuerknüppel nach rechts. Die Cessna flog stur geradeaus, als würde sie an einem unsichtbaren Seil gezogen.

»Das ... das gibt es doch nicht«, stieß Mark verblüfft hervor. »Das ist doch unmöglich!« Er versuchte es noch einmal, aber auch diesmal verweigerte ihm das Flugzeug den Gehorsam. Die Maschine folgte unbeirrbar dem einmal eingeschlagenen Kurs.

Die Wolkenbank wuchs mit beängstigender Geschwindigkeit vor ihnen empor. Mark konnte erst jetzt erkennen, daß die Luft dort vorne regelrecht zu kochen schien. Riesige Wirbel und Trichter bildeten sich auf der Oberfläche der gespenstischen Wolke, gigantische Strudel, in denen die kleine Maschine wie ein Spielzeug zerschmettert werden mußte.

»Mark! Das ist eine Falle!« schrie Vivian plötzlich. »Ich spüre ...«

Mark nickte entsetzt. Auch ihm war mittlerweile klar geworden, daß das Phänomen mit menschlicher Logik nicht zu erklären war. Diese Wolke dort vorne war nicht auf natürlichem Wege entstanden. Hier war Magie im Spiel. Noch vor wenigen Tagen hätte er diesen Gedanken als lächerlich abgetan. Er hatte zwar gewußt, daß Vivian über einige Fähigkeiten verfügte, die über die anderer Menschen hinausgingen und sich am leichtesten mit dem Wort *Magie* umschreiben ließen, aber sein Glaube daran hatte sich auf etwas Wahrsagerei, Kartenlegen und dergleichen mehr beschränkt. Erst seit den Ereignissen in New York und auf der Spiegelwelt wußte er, daß es weit größere magische Kräfte gab; Kräfte, die auch in der Lage waren, so etwas zu bewirken.

Die Instrumente der Cessna begannen verrückt zu spielen. Zeiger tanzten wild auf und ab, der elektronische Horizont überschlug sich, und die Kompaßnadel begann wie wild zu kreiseln. Ein ungeheurer Schlag ließ das Cockpit erbeben. Die Cessna legte sich auf die Seite, begann zu trudeln und wurde dann von einer unsichtbaren Kraft wieder auf ihren ursprünglichen Kurs zurückgerissen.

Und dann tauchten sie in die Wolkenbank ein.

Es war wie ein vorweggenommener Weltuntergang. Das Motorengeräusch wurde vom ungeheuren Brüllen des Sturms verschluckt. Ein helles, metallisches Kreischen marterte ihre Ohren. Blitze zuckten rechts und links der Kanzel auf, schienen wie geisterhafte Arme nach dem Flugzeug und den beiden Passagieren zu greifen. Blaues Elmsfeuer tanzte über das Armaturenbrett.

Mark schrie auf und ließ den Steuerknüppel los. Der Kunststoff begann zu rauchen. Er hörte, daß Vivian irgend etwas schrie, aber er konnte die Worte nicht verstehen. Er versuchte, sich zu ihr herumzudrehen, aber die ungeheure Beschleunigung preßte ihn hilflos in seinen Sitz.

Irgend etwas Großes, Dunkles tauchte in dem tobenden Chaos vor der Pilotenkanzel auf, huschte dicht an der Maschine vorüber und streifte die rechte Tragfläche.

Das Holz zersplitterte mit einem ekelhaften Geräusch. Die Maschine bäumte sich auf, überschlug sich vier-, fünfmal hintereinander und sackte dann wie ein Stein nach unten. Vivian schrie entsetzt auf, als die Maschine die Wolkendecke durchstieß. Der Boden schien mit unglaublicher Geschwindigkeit zu ihnen emporzustürzen.

Mark riß verzweifelt am Steuerknüppel, obwohl er längst erkannt haben mußte, wie sinnlos seine Bemühungen waren. Die Cessna war ein Wrack. Selbst wenn der

Sturm plötzlich aufhören würde, würden sie weiterstürzen.

Die Maschine überschlug sich. Vivian wurde im Sitz nach vorne geschleudert und prallte schmerzhaft gegen die Armaturenverkleidung. Sie nahm plötzlich alles mit phantastischer Klarheit wahr. Ihre Umgebung, das helle, qualvolle Splittern von Holz und Metall, den auf und ab hüpfenden Horizont, den emporspringenden Boden, der durch die rasende Geschwindigkeit ihres Sturzes zu einer braun-grünen Masse zu verschmelzen schien. Marks Gesicht, gleichermaßen von Angst und Wut verzerrt.

War das der Tod?

Viele Menschen behaupteten, daß man in der Sekunde vor dem Sterben noch einmal sein ganzes Leben erlebt. Vivian merkte nichts davon. Sie hatte nur panische Angst und ein irrationales Gefühl der Enttäuschung, das Bewußtsein, betrogen worden zu sein. Irgendwie schien ihr der Gedanke fast lächerlich, auf so banale Art ums Leben zu kommen, nach all den ungeheuren Gefahren, die sie gerade erst überstanden hatte. Sie wurde hilflos in der Kabine herumgeschleudert, als ein weiterer furchtbarer Stoß den zerschmetterten Rumpf der Maschine traf. Die Cessna bäumte sich auf. Der Motor erstarb mit einem häßlichen Geräusch. Vivian prallte gegen einen harten Gegenstand, schrie gequält auf und griff in blinder Panik nach oben.

»Tu doch etwas!« vernahm sie Marks Schreien wie aus weiter Ferne.

Sie konnte nicht antworten. Die nackte Todesangst verhinderte jeden klaren Gedanken.

Plötzlich schien der Himmel zu explodieren. Die graue Wolkendecke riß in unglaublichem Tempo auseinander. Ein unsichtbares, wesenloses Etwas griff nach der winzigen Maschine, fing ihren rasenden Sturz wenige hundert

Meter über dem Boden ab und schleuderte sie wie ein welkes Blatt wieder in die Höhe.

Mark stemmte sich ächzend im Pilotensitz hoch und starrte aus ungläubig aufgerissenen Augen nach draußen. Die Luft rings um die Maschine schien sich in flüssigen, rotierenden Sirup zu verwandelt zu haben. Er sah, wie die Wolkendecke über ihnen endgültig aufriß, sich zu einem rotierenden, trichterförmigen Etwas zusammenballte. Die Cessna kippte in die Waagerechte zurück und jagte in flachem Winkel auf den unsichtbaren Wellen des Sturmes dahin. Automatisch drückte Mark den Anlasserknopf. Der Motor stöhnte qualvoll, machte ein paar Drehungen und sprang dann stotternd an.

Mark schüttelte hastig den Kopf und umklammerte verbissen den Steuerknüppel. Das, was sie hier erlebten, stand im krassen Gegensatz zu allen Naturgesetzen, aber das interessierte ihn im Moment nicht. Er wußte, daß sie eine Chance hatten, wenn das unglaubliche Phänomen auch nur noch wenige Augenblicke anhielt. Probeweise betätigte er das Höhenruder, und das Wunder geschah – die Nase der Cessna senkte sich gehorsam dem Boden entgegen, und die Maschine begann mit einem stoßenden, rüttelnden Abstieg. Trotz der abgerissenen Tragflächen hielt sich die Maschine mühsam in der Luft.

»Festhalten!« schrie Mark. »Das gibt eine Bruchlandung!« Er wußte nicht, ob Vivian seine Worte über dem Toben des Sturms und dem gequälten Heulen der Motoren verstanden hatte. Als er den Kopf wandte, sah er, daß sie wie leblos auf dem Sitz zusammengesunken war. Sie schien das Bewußtsein verloren zu haben, aber Mark blieb keine Zeit, sich um sie zu kümmern, mußte sich voll auf die bevorstehende Bruchlandung konzentrieren.

Verzweifelt zerrte er am Steuerknüppel, um den Aufprallwinkel so flach wie möglich zu halten. Das blaue, verwaschene Band eines Flusses huschte unter der

Maschine hinweg, wurde vom schmierigen Grün einer Wiese und schließlich der blaugrünen Masse eines Waldes abgelöst. Mark konnte nicht erkennen, wie schnell die Maschine war – der Geschwindigkeitsmesser war wie alle Instrumente ausgefallen –, aber sie mußte immer noch weit über einhundert Meilen schnell sein. Bei dieser Geschwindigkeit konnte schon ein einfacher Weidezaun zu einem tödlichen Hindernis werden.

Aber er hatte keine Zeit mehr, über ihre Überlebenschancen nachzudenken. Der flügellose Torso der Cessna streifte die obersten Wipfel des Waldes, hüpfte wie ein flach gewordener Stein in die Höhe und fuhr dann mit unglaublicher Geschwindigkeit in die Äste der Bäume.

Vivians Aufschrei ging im Splittern und Bersten der Glaskanzel unter.

28

Sie erschrak.

Für einen winzigen Augenblick wallte graue, lähmende Panik in Melissa empor und drohte auch den letzten Rest von Konzentration hinwegzuspülen. Das Abbild der hilflos trudelnden Maschine im Inneren der Kugel wurde unscharf, verschwand hinter treibenden Schleiern und begann sich aufzulösen.

Melissas schmale Hände begannen zu zittern, als sie begriff, daß sie einen tödlichen Fehler begangen hatte. Sie hatte sich hinreißen lassen. Die Verlockung, die verhaßte Feindin ein für allemal aus dem Weg räumen zu können, war für einen winzigen Augenblick übermächtig geworden und hatte sie viel härter zuschlagen lassen als beabsichtigt.

Aber sie durfte Vivian nicht töten, noch nicht. Wenn das Flugzeug abstürzte, würde man Vivians Leiche bergen, und das durfte nicht geschehen. Selbst wenn es Melissa gelingen sollte, den Leichnam rechtzeitig fortzuschaffen, bevor ein anderer das Wrack erreichte, würde es ihr schwerfallen, zu erklären, wie sie diesen Absturz ohne Verletzung überlebt hatte. Dieser Körper hatte nur den einen, winzigen Nachteil, daß er in gewisser Hinsicht schon geradezu *zu* perfekt war. Sie war nahezu unverletzlich, es sei denn, ihr Körper würde völlig vernichtet, so daß sie sich nicht selbst ein paar harmlose Verletzungen beibringen konnte, um ihre Rolle überzeugender zu spielen. Wenn sie aber nach so einem Absturz aus dem völlig zerstörten Wrack des Flugzeugs stieg, ohne auch nur die geringste Blessur davongetragen zu haben, würde das zwangsläufig Mißtrauen schüren, und gerade das konnte sie nicht gebrauchen. Es gab sehr einfache Möglichkeiten, festzustellen, daß sie nicht die wäre, für die sie sich ausgeben wollte, schon weil sie kein Spiegelbild warf. Wenn erst einmal Verdacht entstand, würde das ihren ganzen Plan gefährden, vielleicht sogar vollends vereiteln.

Nein, Vivian Taylor durfte keinesfalls unter solchen Umständen sterben. Der Absturz hatte eine ganz andere Bedeutung in Melissas Plan, hatte nur dazu gedient, Vivian in die vorbereitete Falle zu locken. Sie war sich sicher gewesen, Vivian würde ihre eigenen Kräfte einsetzen, um den Sturz aufzuhalten, würde mit dieser Situation allein fertig werden. Danach aber sah es nicht aus.

Melissa erkannte, daß sie nicht mehr lange zögern durfte. Notfalls mußte sie selbst eingreifen. Sie verschwendete eine wertvolle Sekunde damit, sich zu entspannen, und konzentrierte sich dann erneut auf das Bild des abstürzenden Flugzeugs in der Glaskugel.

Laß sie abstürzen! wisperte eine Stimme in ihren Gedanken. Vernichte sie, ehe sie dich vernichtet! Du mußt! Sie ist eine Gefahr! Nur eine von euch kann überleben!

Melissa stöhnte. Ihre Lippen bebten, und auf ihrer Stirn erschien ein Netz feiner, glitzernder Schweißtropfen, während sie sich bemühte, ihren Haß zu unterdrücken und gegen den Drang anzukämpfte, Vivian sterben zu lassen.

Das Flugzeug stürzte jetzt immer schneller. Sie sah, wie der zerschmetterte Rumpf der Cessna die Wolkendecke durchbrach und wie ein Stein dem Boden entgegenfiel.

Mit ihren Händen umklammerte Melissa die Glaskugel, aber Bruchteile von Sekunden, bevor sie sich entschloß, in das Geschehen einzugreifen und den Absturz aufzuhalten, sah sie, wie die Sturmwolken von unvorstellbaren Kräften auseinandergefetzt wurden, und sich der Kurs des Flugzeugs stabilisierte.

Melissa lächelte zufrieden. Sie hatte sich in ihrer Gegnerin nicht getäuscht.

Vivian wußte nicht, wie lange sie bewußtlos gewesen war. Das letzte, woran sie sich erinnerte, war das schreckliche Gefühl des freien Fallens gewesen, das Wissen, mit Hunderten von Meilen dem Boden entgegenzurasen und vollkommen hilflos zu sein. Sie öffnete die Augen, setzte sich auf und sank mit einem wehleidigen Stöhnen wieder zurück, als ein scharfer Schmerz durch ihren Arm fuhr. Blut sickerte warm und klebrig aus einer Platzwunde dicht unter ihrem Haaransatz, und ihr linkes Bein fühlte sich seltsam taub und gefühllos an.

Vivian wartete, bis die Welle der Übelkeit einigermaßen abgeklungen war, ehe sie noch einmal versuchte, die Augen zu öffnen und aufzustehen. Diesmal gelang es ihr.

Die Bäume filterten das Sonnenlicht zu einem sinnverwirrenden Muster aus Hell und Dunkel, Licht und Schatten und unzähligen Grau- und Grünschattierungen. Vivian erhob sich stöhnend auf Hände und Knie, schüttelte den Kopf und versuchte, den stechenden Schmerz hinter ihrer Stirn zu ignorieren.

Das Flugzeugwrack lag fast fünfzig Meter von ihr entfernt zwischen den Bäumen; ein zertrümmertes, verdrehtes, zerfetztes Etwas, das von der Faust eines Riesen in den Boden gerammt worden zu sein schien. Die Maschine hatte eine lange, rauchende Bresche in den Wald geschlagen – eigentlich war es ein Wunder, daß sie nicht explodiert war. Vivian stand vollends auf und ging mit zitternden Knien zum Wrack der Cessna hinüber. Die Plexiglaskanzel war zersplittert und abgerissen. Die scharfkantigen Scherben hatten den Kunststoffbezug der Sitze zerfetzt, so daß das helle Schaumstoffmaterial der Füllung herausquoll.

Vivian schauderte. Wären sie und Mark nicht durch den Aufprall aus der Maschine geschleudert worden …

Ein leises, schmerzerfülltes Stöhnen ließ sie herumfahren.

Mark!

Er lag zusammengekrümmt im Schatten der Maschine, versuchte sich hochzustemmen und fiel zurück, als die Arme unter seinem Körpergewicht nachgaben.

Vivian sprang mit einem Satz über den zusammengestauchten Bug des Flugzeugs und kniete neben Mark nieder. Vorsichtig drehte sie ihn herum, wischte ihm die Haare aus der Stirn und bettete seinen Kopf auf ihrem Schoß.

Marks Gesicht war blutüberströmt. Das rechte Auge war dunkel und fast zugeschwollen, und über der Magengegend war sein Hemd blutbefleckt. »Was ...« murmelte Mark leise, »ist passiert?«

Vivian grinste gezwungen. Die Geste wirkte zuversichtlicher, als sie sich fühlte. »Du solltest dein Geld zurückverlangen«, sagte sie scherzhaft. »Eine so miserable Landung habe ich noch nicht erlebt.«

Mark versuchte zu lächeln, doch bei all dem Blut und dem bemitleidenswerten Zustand, in dem er sich befand, wirkte es furchteinflößend. »Hilf mir hoch.« Er streckte auffordernd die Hand aus, aber Vivian schüttelte nur den Kopf. »Du bleibst liegen, bis ein Arzt da ist. Du bist verletzt.«

»Blödsinn«, preßte Mark hervor. »Ich habe eins auf den Schädel bekommen, aber sonst bin ich okay.« Er stemmte sich hoch, um seine Worte zu unterstreichen, verzog schmerzhaft das Gesicht und hielt sich am Flugzeugwrack fest. Aber er stand. »Siehst du?«

Er fuhr sich mit den Fingern durch das Haar, zog eine Grimasse und betrachtete seine Fingerspitzen. Sie schimmerten rot. »Eine Platzwunde«, sagte er. »Kopfwunden bluten immer stark. Aber ich begreife nicht, wieso wir den Absturz überhaupt überlebt haben.«

»Eine ungeheure Portion Glück«, sagte Vivian unsicher. »Sieht so aus, als hätten wir einen äußerst aufmerksamen Schutzengel gehabt.«

Mark schnitt eine Grimasse. »Unsinn. Wir waren ein paartausend Fuß über dem Boden, als die Tragfläche abriß. Aus dieser Höhe und bei unserer Geschwindigkeit nützt einem alles Glück der Welt nichts.« Er schüttelte den Kopf und bezahlte diese unüberlegte Bewegung mit einem stechenden Schmerz, der ihn aufstöhnen ließ. »Die Sache geht nicht mit rechten Dingen zu. Ebensowenig wie dieser plötzliche Sturm.«

»Du glaubst ... Melissa steckt dahinter? Aber das ergibt doch keinen Sinn. Warum sollte sie eine derartige Mühe auf sich nehmen, nur um uns hinterher zu retten? Wir waren doch praktisch schon so gut wie tot.«

»Du hast mich falsch verstanden«, entgegnete Mark langsam. »Die Sache ist nur dann unlogisch, wenn für den Absturz und unsere Rettung die gleiche Person verantwortlich ist. Es kann durchaus sein, daß Melissa den Sturz verursacht hat, aber etwas anderes die Wolken auseinandergetrieben hat.«

Plötzlich begriff Vivian. »Du meinst, ich wäre es gewesen?« Sie runzelte die Stirn. »Ich kann meine Kräfte auf keinen Fall so gezielt einsetzen, außerdem habe ich schon während des Sturzes das Bewußtsein verloren.«

»Ja, genau zum gleichen Zeitpunkt, als die Wolken aufrissen. Und was deine Kräfte betrifft ... denk bloß daran, wie du Conelly getötet und dabei das Tor in die Spiegelwelt aufgerissen hast.«

»Das war ich nicht, das ...« Verwirrt brach Vivian ab und biß sich auf die Lippe. Sie hatte schon einmal versucht, Mark zu erklären, was passiert war, aber sie verstand es selbst noch nicht. In äußerster Todesangst hatte sie die Kontrolle über sich verloren, und diesmal ... »Ich weiß es nicht«, schloß sie. »Aber wenn das ein Angriff Melissas war, ist es um so dringender, daß wir schnell nach Hillwood Manor kommen. Jetzt jedoch kümmern wir uns erst einmal um dich. Du mußt zu einem Arzt. Auch, wenn es wirklich nur ein paar Kratzer sind«, sagte sie schnell, ehe Mark etwas erwidern konnte. »Hast du eine Ahnung, wo wir ungefähr sind?«

Mark zuckte mit den Schultern. »Vielleicht siebzig, achtzig Meilen nördlich von London. Aber dahinten kommen Leute – fragen wir sie.« Er wies mit einer Kopfbewegung zum Waldrand.

Vivian drehte sich ebenfalls um. Die Bäume hörten

zwanzig, dreißig Schritte hinter ihnen wie abgeschnitten auf und wurden voneinem weiten, frisch gepflügten Acker abgelöst. Ein halbes Dutzend kleiner, aufgeregt gestikulierender Gestalten kam über das Feld auf die Unfallstelle zugelaufen, und hinunter ihnen wurde ein roter, auf und ab hüpfender Punkt sichtbar, der sich nach einigen Augenblicken als Traktor entpuppte.

Vivian wartete ungeduldig, bis die ersten Helfer näher gekommen waren. Es waren drei junge, kräftig gebaute Burschen, ein etwa fünfzigjähriger Mann im blauen Overall und eine etwa gleichaltrige Frau.

»Wir ... wir haben den Absturz beobachtet«, sagte einer der Jungen schweratmend. »Mein Gott, ging das schnell. Sie ... Sie sind runtergekommen wie ein Stein, und es ist Ihnen wirklich nichts passiert?« Er sah Vivian und Mark abwechselnd an und schüttelte den Kopf, als könne er es einfach nicht fassen, die Insassen des zertrümmerten Wracks munter und einigermaßen wohlbehalten vor sich zu sehen.

»Nicht viel«, schränkte Mark ein. »Die Landung war zwar etwas unsanft, das muß ich zugeben, aber sonst ...«

Vivian lächelte flüchtig. Mark schien wirklich nicht ernsthaft verletzt zu sein. Seinen Galgenhumor hatte er jedenfalls nicht verloren.

»War sonst noch jemand in der Maschine?«

»Nein. Nur mein Mann und ich. Wir hatten Glück, daß uns der Aufprall aus der Kanzel geschleudert hat. Wahrscheinlich hat uns das das Leben gerettet.«

»Sie untertreiben. Ich verstehe zwar nichts vom Fliegen, aber ich habe noch nie gehört, daß jemand ein Flugzeug mit nur einem Flügel abfängt und dann relativ sauber landet.« Der Alte warf einen Blick auf das Wrack. »Ich heiße übrigens Hedon«, fuhr er nach einer kurzen Pause fort. »Jack Hedon. Das ist meine Frau Mary, und diese drei Burschen sind Frank, Paul und Malcolm, meine

Söhne.« Er wies der Reihe nach auf die übrigen Mitglieder der Familie und sah Vivian fragend an.

»Mein Name ist Vivian Taylor«, stellte sich Vivian vor. Erleichtert registrierte sie, daß der Name den Leuten nichts zu sagen schien. »Und der Bruchpilot da drüben ist mein Mann Mark.«

Hedon grinste und ging an Vivian vorbei zum Flugzeugwrack. Seine Augen weiteten sich erstaunt, als er aus allernächster Nähe sah, wie gründlich das Flugzeug zerstört worden war.

»Allerhand«, murmelte er. »Beinahe unglaublich, daß da noch einer lebend rausgekommen ist.« Er lächelte unsicher und sah Mark nachdenklich an. »Was ist passiert?«

»Ich ... ich weiß es nicht«, improvisierte Mark hastig. »Die Motoren fielen plötzlich aus, und dann ging der Zauber auch schon los. Keine Ahnung, was wirklich passiert ist. Vielleicht habe ich auch den Sturm ein wenig unterschätzt.«

Hedon legte den Kopf in den Nacken und blinzelte in den Himmel. Die Wolkendecke hing noch immer drohend und tief über dem Wald, aber die Luft war erstaunlich ruhig. »Hm«, machte er nachdenklich. »Vielleicht sieht es ja über den Wolken anders aus.« Er bückte sich, hob ein verformtes Metallteil, dessen ursprüngliche Funktion auch mit sehr viel Phantasie nicht mehr zu erraten war, vom Boden auf und wog es unschlüssig in der Hand.

Der Traktor war inzwischen näher gekommen und mit tuckerndem Motor am Waldrand stehengeblieben. Der Fahrer stieg ab und kam mit eiligen Schritten zu ihnen gelaufen.

»Was passiert?« fragte er keuchend.

Hedon schüttelte den Kopf. »Ziemlich viel Trümmer, aber den Passagieren ist nichts zugestoßen.« Er deutete mit einer Kopfbewegung auf Mark. »Wäre trotzdem nett, wenn du Mister ...«

»Taylor«, half Mark aus.

Hedon nickte. »Wenn du Mister Taylor zu Doc Smallbridge bringen würdest.«

»Gerne.« Der Neuankömmling wandte sich an Mark. »Wenn Ihnen meine Staatskarosse nicht nobel genug ist ...«

»Besser als laufen«, sagte Mark. »Aber es ist nicht nötig.«

»Und ob es nötig ist.« Vivian sah Mark ernst an und deutete in gespielter Strenge auf den Traktor. »Du fährst mit. Ich werde mich hier um alles kümmern.«

Mark zuckte resigniert mit den Achseln. Wenn Vivian sich einmal eine Sache wirklich in den Kopf gesetzt hatte, war es so gut wie unmöglich, sie davon wieder abzubringen. Außerdem, überlegte er, hatte sie im Grunde recht. Die Platzwunde mußte versorgt werden, und er konnte sich in der Stadt gleich darum kümmern, daß die Polizei und die Behörden verständigt wurden.

Und daß sie weiterkamen.

Nach allem, was passiert war, brannte Mark ebenso wie Vivian darauf, so schnell wie möglich nach Hause zu gelangen. Die Gefahr schien keineswegs überwunden zu sein. Melissa würde sich kaum tatenlos damit abfinden, daß sie ihre Attacke überlebt hatten. Wahrscheinlich würde über kurz oder lang ein weiterer Angriff erfolgen. Mark hatte keine Ahnung, aus welcher Richtung dieser Angriff zu erwarten war und wie er aussehen würde, aber er würde sich in der gewohnten Umgebukng von Hillwood Manor entschieden wohler fühlen. Sie waren dort nicht ganz so hilflos und ausgeliefert wie hier.

Er ging zum Flugzeug zurück, warf einen letzten, bedauernden Blick auf das zermalmte Wrack und wandte sich dann resigniert an den Traktorfahrer. »Fahren wir.«

Vivian wartete, bis Mark und sein Begleiter gegangen war. Dann wandte sie sich an Hedon. »Vielleicht wäre es besser, wenn jemand die Polizei benachrichtigen würde.«

Hedon winkte ab. »Das ist schon geschehen. Clark hat sofort angerufen, als wir gesehen haben, wie die Maschine runterkam.«

»Clark?«

»Einer meiner verzogenen Söhne«, erklärte Hedon. »Er ist auf der Farm geblieben.« Er räusperte sich. »Eigentlich müßten sie längst hier sein.«

»Wer?«

»Die Polizei. Aber das dauert bei uns manchmal etwas länger.« Er lächelte entschuldigend. »Kommen Sie mit zu uns nach Hause. Meine Frau kocht Ihnen sicher gerne einen Tee. Ich glaube, den können Sie vertragen.«

Vivian nickte dankbar. »Ich habe noch Gepäck in der Maschine«, sagte sie. »Wenn wir das mitnehmen könnten ...«

»Sicher.« Hedon fuhr herum und winkte seinen Söhnen, die neugierig die Absturzstelle umlagerten. »Malcolm, Paul, Frank – ihr geht Mrs. Taylor mit dem Gepäck zur Hand.«

Vivian öffnete die Klappe des Stauraums. Einer der Koffer war aufgeplatzt und hatte seinen Inhalt in einem wüsten Chaos ausgespien. Sie stopfte die herausgefallenen Sachen eilig in den Koffer zurück, drückte ihn zu und wuchtete ihn erst dann ins Freie.

Einer der drei Hedon-Jungen griff danach und stemmte ihn in die Höhe, als wäre er schwerelos. Sie gab den anderen Koffer und die Reisetasche an die beiden übrigen Farmerssöhne weiter und verschloß überflüssigerweise die Klappe wieder, dann machten sie sich gemeinsam auf den Weg zur Farm.

Auch wenn sie bei dem Absturz unverletzt geblieben

war, fühlte sich Vivian mehr als erschöpft. Der Kampf gegen Ulthar hatte ihr alles abverlangt, hatte sie mehrfach bis an den Rand der völligen körperlichen und geistigen Erschöpfung getrieben. Von diesen Strapazen hatte sie sich noch längst nicht erholt. Auch der lange Flug war anstrengend gewesen, die Zeitumstellung – von dem Absturz erst gar nicht zu reden. Sie fühlte sich ausgelaugt, und jeder Schritt fiel ihr schwer, aber zum Glück brauchten sie nicht allzu weit zu laufen. Die Farm der Hedons lag nur eine knappe Meile von dem Waldstück entfernt, in dem sie abgestürzt waren. Als Vivian hinter Jack Hedon durch das schmale, mit Efeu und wilden Rosen überwucherte Tor ging, näherte sich von Norden her das Geräusch einer Polizeisirene.

Hedon verzog spöttisch das Gesicht. »Unsere gute Polizei«, sagte er. »Sie kommt mal wieder, wenn alles zu spät ist.«

»Kommen Sie, Mrs. Taylor.« Mary Hedon berührte Vivian sanft am Arm und führte sie ins Haus. »Wir können genausogut hier drinnen auf die Polizei warten.«

Das Haus erwies sich als überraschend hell und sauber. Die moderne, funktionale Küche stand im krassen Gegensatz zu dem verfallenen Äußeren des Fachwerkgebäudes, und die übrige Einrichtung schien, soweit Vivian mit ein paar flüchtigen Blicken erkennen konnte, ebensowenig auf einen kleinen, abseits gelegenen Bauernhof zu passen. Irgendwie hatte sie erwartet, daß hier noch alles wie vor hundert Jahren sein würde, obwohl sie wußte, daß es ein unsinniges Klischee war. Die Segnungen der Zivilisation machten auch vor der ländlichen Idylle längst nicht mehr halt.

Sie ließ sich den Weg ins Bad zeigen, verschloß die Tür sorgfältig hinter sich und zog Jacke und Bluse aus. Das eisige Wasser tat gut, als sie sich Blut und Schmutz aus ihrem Gesicht wusch. Sie trocknete sich ab, zog sich wieder an und verließ das Bad. Als sie über den Flur ging, hörte sie Jack Hedon leise mit jemandem reden. Der Duft von frischem Tee zog durch das Haus.

Hedon sah auf, als Vivian die Küche betrat. Er saß zusammen mit einem älteren, untersetzten Mann in der schwarzen Uniform des Landpolizisten am Küchentisch, spielte gedankenverloren mit seiner Teetasse und rauchte eine Zigarette.

»Nehmen Sie Platz, Missis Taylor.«

Vivian gehorchte. Hedon schob ihr eine Tasse Tee herüber und bot ihr eine Zigarette an. Sie griff mit einem dankbaren Nicken danach und ließ sich Feuer geben.

»Mister Klugman, unser Dorfpolizist«, erklärte Hedon mit einem flüchtigen Lächeln. »Und das«, er deutete auf Vivian, »ist Missis Taylor.«

Klugman nippte an seinem Tee, griff in seine Uniform und förderte einen Schreibblock und einen kaum fünf Zentimeter langen Bleistiftstummel zutage. »Ich kann mir vorstellen, daß Ihnen jetzt nicht danach ist, lästige Fragen zu beantworten«, sagte er bedauernd. »Aber es muß sein. Ich werde mich bemühen, es so kurz wie möglich zu machen. Aber ich muß zumindest Ihre Personalien aufnehmen.«

»Das macht nichts«, entgegnete Vivian. »Im Gegenteil – ich bin ganz froh, ein wenig Ablenkung zu haben. Der Schreck sitzt mir noch immer in den Knochen.«

Klugman lächelte verständnisvoll und befeuchtete die Spitze seines Bleistifts mit der Zunge. »Ihr Name ist also Taylor.«

»Vivian Taylor«, bestätigte Vivian.

Klugman kritzelte etwas, stockte und sah dann auf. »Vivian Taylor?« fragte er. »Haben Sie irgend etwas mit dem Taylor-Konzern zu tun?«

»Er gehört meinem Mann und mir«, sagte Vivian.

Klugman schwieg eine ganze Weile. Seine Stimme

klang um mehrere Tonlagen freundlicher, als er weitersprach. »Jack sagte irgend etwas von einem Sturm, in den sie geraten sind?«

Vivian antwortete nicht sofort. Der Zweifel in Klugmans Stimme war unüberhörbar.

»Sie müssen mich verstehen«, sagte Klugman hastig, als er ihr Zögern bemerkte. »Es ist nicht gerade an der Tagesordnung, daß ein Flugzeug abstürzt. Und bei jemandem wie Ihnen ...«

»Ja?«

»Nun.« Klugman rang verzweifelt nach Worten. »Sehen Sie, Misses Taylor, Prominente wie Sie haben gewöhnlich Feinde, und ...«

Vivian lächelte gegen ihren Willen, als Klugman abbrach. Wahrscheinlch beschränkten sich die Fälle, die er normalerweise zu untersuchen hatte, auf das Einfangen entlaufener Katzen oder das Aufklären von Hühnerdiebstählen, und jetzt, als wirklich einmal etwas Aufregendes passierte, ging seine Phantasie mit ihm durch. Dabei hatte er nicht einmal so unrecht – wenn auch auf eine ganz andere Art, als er dachte.

Vivian schüttelte den Kopf. »Es war ein Unfall, Mister Klugman, das ist ganz sicher. Ich wüßte niemanden, der mir nach dem Leben trachtet. Außerdem gäbe es einfachere Methoden.«

»Wir müssen das Flugzeugwrack trotzdem vorerst beschlagnahmen«, sagte er unsicher. »Es gibt gewisse Vorschriften, die ...«

Vivian nickte. »Weiterfliegen können wir sowieso nicht«, erklärte sie.

Klugman lächelte gezwungen. Offensichtlich wurde ihm die Situation mit jeder Sekunde peinlicher. »Ihr Mann ... äh ... Mister Taylor ist derzeit beim Arzt«, sagte er lahm. »Ich hoffe, er wird wiederkommen, wenn ... wenn ..«

Vivian sah den Polizisten kühl an. »Besteht irgendein Grund für uns, länger als unbedingt nötig hierzubleiben?« fragte sie.

Klugman schüttelte irritiert den Kopf. »Eigentlich nicht. Sie ... wollen natürlich weiter. Dringende Geschäfte, nehme ich an.«

»Das stimmt. Es wird sicher ein paar Tage dauern, ehe die Untersuchung abgeschlossen ist. Ich hoffe, wir müssen nicht so lange dableiben.«

»Das nicht. Sie sollten sich natürlich zu unserer Verfügung halten – aber ich denke, Sie können weiterreisen, wenn Sie müssen.«

»Aber erst morgen«, mischte sich Hedon ein. »Es wird ja schon bald dunkel. Sie können und Ihr Mann können diese Nacht gerne hier schlafen.«

Vivian zögerte. »Wir möchten uns auf keinen Fall aufdrängen ...«

Hedon machte eine wegwerfende Handbewegung. »Sie drängen sich nicht auf. Wir haben genug Platz. Außerdem glaube ich nicht, daß heute noch ein Zug fährt, und es gibt im Ort kein anständiges Hotel. Hier passiert auch so wenig, daß wir uns über jeden Besuch freuen.«

Vivian blieb unschlüssig. »Wenn es Ihnen wirklich nichts ausmacht ...«

»Das macht es nicht. Malcolm kann Sie morgen in aller Frühe zum Bahnhof bringen. Oder wir bestellen Ihnen ein Taxi – wie Sie wollen.« Er stand auf, ging zur Tür und rief nach seiner Frau.

»Mary wird ein Zimmer vorbereiten«, sagte er, als wäre es bereits beschlossene Sache, daß Mark und Vivian hierblieben.

»Eigentlich ...« begann Vivian, wurde aber sofort wieder unterbrochen.

»Nichts eigentlich«, sagte Hedon entschieden. »Falsche Bescheidenheit ist hier völlig unangebracht. Sie brauchen Ruhe. Sie haben bei dem Absturz mit Sicherheit einen Schock erlitten, auch wenn Sie jetzt vielleicht noch nichts spüren.«

Vivian nickte ergeben, senkte den Blick und nippte anihrem Kaffee. Plötzlich spürte sie erneut, wie müde sie war. Eine wohltuende, sanfte Lähmung schien sich von innen heraus in ihrem Körper auszubreiten.

Klugman stand geräuschvoll auf. »Ich werde hinüberfahren und mir die Absturzstelle ansehen«, erklärte er, während er seinen Schreibblock umständlich verstaute. »Danach muß ich mit meinen Vorgesetzten telefonieren. Ich denke, wir sehen uns nachher noch einmal. Ich muß noch ein paar Worte mit Ihrem Mann wechseln, schließlich war er der Pilot.« Er nickte Hedon zum Abschied zu und verließ die Küche. Wenige Augenblicke später hörte Vivian, wie sein Wagen angelassen wurde.

Sie leerte ihre Teetasse, drückte die Zigarette aus und stand schwankend auf. Der Raum schien sich vor ihren Augen zu drehen. Sie stöhnte, preßte die Handflächen gegen die Schläfen und machte einen unsicheren Schritt.

»Fühlen Sie sich nicht wohl?« fragte Hedon. Seine Stimme klang seltsam verzerrt.

Vivian versuchte zu antworten, aber es ging nicht. Ihre Stimme schien ihrem Willen nicht mehr zu gehorchen. Die Dimensionen des Raumes stimmten plötzlich nicht mehr. Die Wände wichen auseinander, und da, wo gerade noch der Küchentisch gewesen war, befand sich plötzlich ein riesiges, wirbelndes Nichts, ein schwarzer Strudel aus Vergessen und Schlaf.

»Kommen Sie, ich bringe Sie auf Ihr Zimmer«, sagte eine gleichermaßen vertraute wie fremde Stimme. Jemand berührte sie sanft an der Schulter. Sie sah auf, machte eine instinktive Abwehrbewegung und wäre gestürzt, wenn nicht plötzlich starke Hände nach ihr gegriffen und sie aufgefangen hätten. »Sehen Sie, Missis Taylor, das habe ich gemeint«, sagte Hedon. Er griff sanft unter ihre Schulter und führte sie wie ein kleines Kind vor sich her.

Irgendwo tief in ihr begann eine warnende Stimme zu schreien, aber sie fühlte sich zu schwach, um darauf zu hören. Sie taumelte durch den Flur, fiel die Treppe hinauf, als sie ging, und wankte schließlich willenlos auf das breite, weißbezogene Bett zu, zu dem Hedon sie führte.

»Ruhen Sie sich eine Stunde aus, dann geht es Ihnen besser«, sagte er. Seine Stimme schien einen bösen, gehässigen Unterton zu haben.

Vivian sank seufzend auf das Bett nieder. Hedon griff nach ihren Füßen, zog ihr wie ein fürsorglicher Vater die Schuhe aus und breitete dann ein dünnes, weißes Laken über ihr aus. Vivian war zu schwach, um sich zu wehren. Das Geräusch, mit dem er die Tür hinter sich zuzog, schien wie ein Donnerschlag durch den winzigen Raum zu hallen.

Sie war allein.

Allein?

Nein – sie war nicht allein. Irgend etwas Fremdes befand sich noch im Raum. Unsichtbar, ungreifbar, lautlos. Es war, als wären die Schatten in Ecken und Winkeln plötzlich von lauerndem, bösen Leben erfüllt.

Vivian zwang sich, die Augen zu öffnen und die niedrige Decke anzusehen. Die Maserung der gehobelten Deckenplatten bildete plötzlich ein verwirrendes, hypnotisches Muster, sinnverdrehende Zeichen und Linien, die ihren Blick zwangen, ihnen zu folgen. Langsam, fast wie in Trance stand Vivian auf. Sie trat auf einen Spiegel zu, der an einer Wand des Zimmers hing und musterte ihr Gesicht, das ihr daraus entgegenstarrte.

Ihr Gesicht?

Erst nach Sekunden erkannte Vivian, daß sie sich

täuschte. Das Gesicht glich dem ihren in jedem Detail, und doch war es das Gesicht einer Fremden! Die Augen blickten hart und mitleidslos. Augen, für die Begriffe wie Güte, Liebe und Menschlichkeit nicht existierten und die einen harten und rücksichtslosen Geist widerspiegelten. Es war Melissas Blick.

Vivian schrie und wich aufstöhnend vor dem Spiegel zurück, aber ihr Spiegelbild wiederholte die Bewegung nicht. Sie versuchte, den Blick abzuwenden, aber es ging nicht. Sie war im Blick der Hexe gefangen, eingesponnen in das hypnotische Funkeln dieser schwarzen, grundlosen Augen.

»Ich kriege dich, Vivian Taylor!« vernahm sie die Stimme Melissas. Die Worte klangen direkt in ihrem Geist auf. »Du kannst nicht vor mir fliehen. Einmal bist du mir entkommen, aber ich kriege dich, egal, wo du dich verkriechst. Du kannst dich nicht vor mir verstecken!«

Vivian taumelte zurück, stolperte und fiel schwer zu Boden. Der Schmerz zerriß den Bann. Vivian schlug die Hände vors Gesicht, wälzte sich herum und schloß die Augen. Dann verlor sie zum zweiten Mal innerhalb kurzer Zeit das Bewußtsein. Sie sah nicht mehr, wie das Bild ihrer Doppelgängerin verblaßte.

Als Jack Hedon, der von ihren Schreien angelockt worden war, in das Zimmer stürzte, war von der unheimlichen Erscheinung nichts mehr zu sehen.

»Wie fühlst du dich?«

Zuerst wußte Vivian nicht, wo sie die Stimme einordnen sollte. Sie lag auf dem Rücken auf einer harten, kalten Unterlage. Rotgefärbtes Licht drang durch ihre geschlossenen Lider, und die Berührung an ihrer Schulter war zwar sanft, aber auch stark. Sie öffnete die Augen und versuchte sich aufzusetzen, wurde aber sofort mit sanfter Gewalt zurückgeschoben.

»Du bleibst schön liegen«, sagte Mark. Er verbarg seine Sorge hinter einem ungeschickt geschauspielerten Lächeln und setzte sich ächzend auf die Bettkante. »Schön, daß du wieder wach bist.«

»Was ... ist passiert?« fragte Vivian verwirrt.

Mark zuckte die Achseln. »Ich dachte, du würdest mir das sagen«, antwortete er. »Mister Hedon hat dich bewußtlos auf dem Fußboden gefunden. Er sagt, er hätte dich schreien gehört.« Das Lächeln war plötzlich wie fortgewischt, und zwischen seinen Brauen entstand eine steile Falte. »Was ist geschehen?«

Vivian sah sich ängstlich im Zimmer um. Die Tür stand einen Spalt weit offen, und aus dem Erdgeschoß drangen die undeutlichen Stimmen der Hedons herauf.

»Wir sind allein«, beruhigte sie Mark. »Du kannst offen reden.«

»Es war Melissa«, erklärte Vivian mit gedämpfter Stimme. »Ich habe sie in dem Spiegel dort drüben gesehen.« Sie deutete zu der Wand.

Mark zuckte bei der Erwähnung des Spiegels unwillkürlich zusammen. Er schaute hinüber, aber alles, was er in der gläsernen Fläche sah, war ein exaktes Abbild eines Teils des Raumes.

»Sie hat mir gedroht«, fuhr Vivian fort. »Sie hat gesagt, sie würde mich töten, und ich könnte mich nirgendwo vor ihr verstecken. Sie kann uns jederzeit finden, das hat sie bewiesen. Sie weiß, daß wir hier sind. Wir müssen weg, Mark, so schnell wie möglich.«

Mark lachte bitter. »Du wirst in deinem Zustand nirgendwo hinfahren. Ganz abgesehen davon, daß der nächste Zug erst morgen früh fährt. Um diese Zeit kriegen wir nicht mal einen Wagen.«

»Um diese Zeit?«

»Es ist fast elf«, erwiderte Mark. »Du warst mehrere Stunden bewußtlos. Du gehst nirgendwohin, ehe der Arzt nicht hier war.« Er grinste. »Eine der seltenen Gelegenheiten, dir mal etwas mit gleicher Münze heimzuzahlen.«

Vivian setzte sich auf. Sie fühlte sich immer noch zum Umfallen müde, aber es war keine rein körperliche Müdigkeit mehr. Es war etwas, das tiefer ging. Eine Erschöpfung, die ihre Wurzeln irgendwo in ihrer Seele hatte, als gäbe es da etwas, das ihren Lebenswillen angriff.

»Verdammt, Mark, das ist kein Spiel! Hast du überhaupt gehört, was ich gesagt habe? Melissa weiß, daß wir hier sind. Ist dir klar, was das bedeutet? Sie kann uns jederzeit angreifen, und du hast ja erlebt, was sie auszurichten vermag.«

»Eben«, antwortete Mark ernst. »Wenn sie uns überall mühelos finden kann, ist es egal, wo wir uns aufhalten. Dadurch wird es sogar besonders wichtig, daß du dich schnellstmöglich erholst. Je schlechter es dir geht, ein desto leichteres Opfer bist du für sie.«

»Mark, ich bin in Ordnung«, behauptete Vivian. »Und irgendein Transportmittel finden wir schon. Niemand wird ablehnen, wenn du ihm den doppelten oder dreifachen Neupreis für seinen Wagen bietest.«

»Was nutzt mir all mein Geld, wenn ich es nicht bei mir habe? In meiner Brieftasche sind nur die dreihundert Pfund, die ich vor unserem Abflug am Flughafen gewechselt habe. Bei einem Scheck sieht alles schon anders aus, bei einem solchen Angebot würde jeder mißtrauisch werden.«

»Dann lassen wir uns eben von einem Taxi nach Hillwood Manor fahren.«

»Hör schon auf mit dem Unsinn«, sagte Mark unwirsch. »Du bist nicht im Zustand, zu reisen. Mir kannst du nichts vormachen. Du fühlst dich großartig, wie? Man sieht es dir an. Du siehst aus wie das blühende Leben.«

»Ich kann mir vorstellen, wie ich aussehe«, erwiderte Vivian ärgerlich. »Aber das hat nichts mit dem Unfall zu tun. Ich ... ich fühle mich schon seit unserer Rückkehr aus den Staaten nicht wohl.« Sie lachte leise. »Vielleicht vertrage ich das englische Klima nicht mehr.«

Mark ging nicht auf den Scherz ein. Er stand auf und ging zur Tür, um sie zu schließen. »Ich wollte es eigentlich später tun«, sagte er dann. »Aber früher oder später muß ich dich sowieso fragen – und wenn du schon selbst damit anfängst ... Du bist nicht erst seit unserer Rückkehr aus New York so seltsam. Du hast dich verändert, seit du auf der Spiegelwelt warst. Du bist plötzlich reizbar, übellaunig, depressiv ... Eigenschaften, die ich überhaupt nicht an dir kenne.«

Vivian antwortete nicht sofort. Mark drückte eigentlich nur mit einfachen, klaren Worten das aus, was sie selbst schon die ganze Zeit über gefühlt hatte. Irgend etwas war mit ihr passiert – oder passierte noch. Zu Anfang hatte sie diese Veränderung auf die Erschöpfung geschoben, auf den Umstand, daß nicht nur ihr Körper, sondern auch ihr Geist eine Erholungspause dringend nötig hatte. Aber eigentlich hatte sie gewußt, daß dies nichts als eine Ausrede war. Es wurde nicht besser, sondern schlimmer.

»Ich weiß«, sagte sie leise, ohne Mark anzusehen. »Aber ich kann dir diese Frage nicht beantworten, weil ich die Antwort selbst nicht weiß. Ich habe dir alles erzählt, was ich erlebt habe, aber ...« Sie brach ab und suchte nach Worten. »Es gibt Dinge, die man nicht mit Worten beschreiben kann«, sagte sie schließlich.

Eine Zeitlang sagte keiner von ihnen ein Wort. Schließlich nickte Mark verständnisvoll. »Das beste wird sein, du schläfst dich erst einmal aus. Morgen früh reden wir dann über alles.«

»Mark, ich will nicht hierbleiben. Wir sind hier in Gefahr, begreif das doch endlich.«

»Aber die Gefahr ist hier sicherlich nicht größer, als wenn wir mit dem Auto irgendwo in der Nacht unterwegs wären.« Mark drehte sich herum, ging zur Tür und verließ den Raum. Vivian hörte seine Schritte auf der Treppe.

Plötzlich hatte sie Angst.

29

Die Beleuchtung war bis auf den matten, rotgelben Schimmer einer einzelnen Kerze erloschen. Leise, fremdartige Musik erfüllte den Raum; Klänge, die von schrillem Diskant bis zu einem tiefen, beunruhigenden Hämmern reichten und von untergegangenen Kulturen und finsteren Riten kündeten. Durch die geschlossenen Fenster schien die Nacht mit ihren Schatten und Ängsten hereinzusickern.

Der Raum hatte kaum noch etwas mit dem hellen, freundlichen Wohnzimmer gemein, das Mark und Vivian am Nachmittag kennengelernt hatten. Die Wände waren mit schwarzem Samt verhängt, in dessen Falten fremdartiges Leben zu pulsieren schien, und auf dem Fußboden war mit schwarzer Kreide ein kompliziertes Muster aus kabbalistischen Zeichen und einfachen, einprägsamen Symbolen entstanden. Die Zeichnung hatte die Form eines großen, sechseckigen Sternes.

»Kniet nieder«, sagte Jack Heldon. Für einen Moment übertönte das Rascheln von Kleidung das leise Geräusch der Musik, als die fünf anderen seinem Befehl gehorchten. Auch der Farmer hatte sich verändert. Er trug jetzt ein langes, lose fallendes Gewand aus schwarzer Seide, auf dessen Rücken ein verkleinertes Abbild des Sternes eingestickt war, in dessen Spitzen er und die übrigen Mitglieder seiner Familie knieten.

Die Gesichter der anderen waren starr nach unten gerichtet. Keiner von ihnen wagte es in diesem Moment, Hedon anzusehen. In den Augen des Farmers begann ein fanatisches Feuer zu glühen.

»Wir haben eine Aufgabe zu erfüllen«, erklärte er. Die Worte klangen seltsam hohl und unirdisch in den Raum mit den samtverhangenen Wänden. »Der große Tage ist gekommen, meine Kinder. Der Tag, auf den wir so lange und geduldig gewartet haben.«

Schon seit langer Zeit versuchte Jack Hedon, mit den Mächten der Finsternis in Kontakt zu treten. Seinen Bemühungen war bislang stets der Erfolg verwehrt geblieben, aber Jack Hedon war schon immer ein hartnäckiger Mann gewesen. Geduldig hatte er damit begonnen, seine Familie in sein schwarzes Netz einzuspinnen. Er hatte seine Frau und die damals noch kleinen Kinder in die Anfänge des Okkultismus eingeweiht, hatte begonnen, schwarze Messen zu lesen und so etwas wie eine private Götzensekte aufzuziehen. So lange, bis ihm sowohl seine Frau als auch seine vier Söhne vollkommen hörig waren. Hedon war fest davon überzeugt, daß es ihm eines Tages gelingen würde, die Aufmerksamkeit Satans auf sich zu lenken. Von Kindheit an war er religiös erzogen worden, er glaubte an die Existenz Gottes ebenso wie an die des Teufels. Aber als er älter wurde, hatte er erkannt, daß es viel mehr Vorteile bot, dem Bösen zu dienen. Satan, der gefallene, aus dem Himmelreich vertriebene Engel, war für seine Hinterlist bekannt, aber auch dafür, daß er seine treuen Diener mit Macht und Reichtum belohnte.

Jack Hedon war entschlossen, die Gunst des Teufels zu erringen. Und die Chance dazu bot sich ihm – jetzt.

Er trat auf den großen Spiegel zu, der hinter ihm an der Wand hing. Sein Gewand raschelte leise, und im flackernden Licht der Kerze sah sein Gesicht aus, als wäre es mit Blut übergossen. »Hörst du uns, Herrin der Finsternis? Wir, deine treuen Diener rufen dich.« Hedon wußte, wie pathetisch und überheblich seine Worte klangen, doch er fand, daß dies der Bedeutung dieser Zeremonie angemessen war.

Ein flüchtiges Huschen glitt über die Oberfläche des Spiegels, leichter Nebel, dann schälte sich das Bild einer Frau daraus hervor. Eine Gestalt, die jener Frau bis aufs Haar glich, die sie bei sich beherbergten, und die doch völlig anders war.

»Ich höre dich«, sagte Melissa nüchtern. »Als ich gestern bei euch war, habe ich euch einen Auftrag erteilt. Nun ist die Zeit gekommen, ihn zu erfüllen. Seid ihr dazu bereit?«

Jack Hedon nickte. »Ja, wir sind bereit, Herrin.«

»Gut.« Melissa nickte zufrieden. »Wie ich es euch gestern angekündigt habe, habe ich euch diese Frau, die meinen Interessen im Wege steht, direkt in die Arme getrieben. Nun verlange ich, daß ihr euren Teil des Paktes erfüllt und den Auftrag ausführt, den ich euch gab. Tötet diese Frau und ihren Begleiter. Mein höllischer Vater wird euch reich dafür belohnen.«

»Wir werden tun, was du uns aufgetragen hast, Herrin«, sagte Jack Hedon. Mit langsamen, gemessenen Schritten ging er zu einem kleinen Schrank hinüber, öffnete eine Schublade und nahm einen schmalen, mit Samt ausgeschlagenen Kasten heraus, den er in das Zentrum des Kreidezeichens hineinlegte. »Nehmt die verfluchten

Waffen«, sagte er hohl. »Nehmt sie und tötet Vivian Taylor!«

Er trat zurück, richtete sich hoch auf und wartete schweigend, bis jeder der fünf einen schmalen, silbernen Dolch mit gewellter Klinge an sich genommen hatte, bevor auch er selbst zugriff.

Zufrieden beobachtete Melissa sie. Die Hedons, allen voran Jack Hedon, waren Dummköpfe, irregeleitete Narren, die an Unfug wie Götter und Dämonen glaubten und sich einbildeten, es gäbe einen Teufel, den sie mit ihren albernen Zeremonien beeindrucken könnten. Nun, ihr konnte es gleich sein, für sie stellten die Hedons nur Werkzeuge dar. Sie war auf sie gestoßen, als sie nach dem günstigsten Ort gesucht hatte, das Flugzeug abstürzen zu lassen. Sie hatte sich den Aberglauben der Leute zunutze gemacht und sich als Herrin der Finsternis, Tochter des Satans ausgegeben, und ein paar einfache, kleine Kostproben ihrer Macht hatten ausgereicht, Jack Hedon zu überzeugen.

Aber jetzt spürte sie auch den Widerwillen, den vor allem Hedons Frau diesem Mordauftrag entgegenbrachte. »Ich spüre den Keim des Zweifels in dir, Mary Hedon«, sagte sie mit drohender Stimme. »Du weißt, welche Strafe auf Ungehorsam steht. Mein Vater belohnt die, die uns dienen, reich. Aber er weiß genauso reich zu bestrafen. Du wirst gehorchen?«

»Ja, Herrin, ich werde gehorchen«, antwortete Mary mit zitternder Stimme.

»Dann geht! Tut es jetzt. Und tut es schnell!«

Zögernd setzten sich die fünf Gestalten in Bewegung und verließen den Raum. Kaum hatten sie die Tür hinter sich geschlossen, konnte Melissa ein Lachen nicht mehr länger unterdrücken. Es war kaum vorstellbar, wie ungeheuer naiv und einfältig diese Menschen waren. Sie hatten das Schicksal, das sie erwartete, mehr als verdient.

Mochten sie glauben, Macht und Reichtum mit ihrer Tat zu ernten. Das einzige, das sie jedoch wirklich finden würden, war der Tod. Wenn sie versagten, den Tod von der Hand Vivian Taylors.

Anderenfalls wären sie für Melissa nur lästige Zeugen und würden den verdienten Lohn von ihrer Hand erhalten.

Vivian Taylor warf sich unruhig hin und her. Sie schlief, aber es war ein unruhiger, quälender Schlaf, von Alpträumen und dunklen Visionen heimgesucht, ein Schlaf, aus dem sie erschöpfter erwachen würde, als sie eingeschlafen war.

Mark beobachtete sie nachdenklich, drückte seine Zigarette aus und suchte im Dunkeln nach einer neuen. Der Aschenbecher auf dem Beistelltisch quoll über, und die Luft war trotz der geöffneten Fenster stickig und verqualmt.

Er hatte versucht, ebenfalls zu schlafen, aber Vivians Unruhe hatte ihn wieder aus dem Bett getrieben. Im ersten Moment hatte er versucht, sie zu wecken, aber dann hatte er sich entschieden, sie doch schlafen zu lassen. Wenn ihr Geist schon nicht zur Ruhe kam, sollte wenigstens ihr Körper eine Erholungspause haben. Er war aufgestanden, hatte sich angezogen und sich an Tisch in der Ecke gesetzt, um eine Art Wache zu halten. Vivians Zustand erfüllte ihn mit mehr als bloßer Unruhe. Irgend etwas war mit ihr geschehen. Sie begann sich zu verändern, in immer stärkerem Maße und immer deutlicher.

Er hatte Angst. Angst um Vivian, ihre geistige und körperliche Gesundheit, und er verspürte auch eine weit größere Angst vor Melissa, als er sich bislang hatte anmerken lassen.

Er fand die Zigarettenpackung, klappte sie auf und stellte enttäuscht fest, daß sie leer war. Aber er mußte etwas tun, etwas haben, um seine Hände zu beschäftigen und seine Gedanken abzulenken. Er stand auf, ging auf nackten Füßen zur Tür und drückte die Klinke lautlos herunter. In der Reisetasche, die sie unten abgestellt hatten, befanden sich noch genug Zigaretten.

Als er auf den Korridor hinaustrat, drang leise Musik an sein Ohr, die ihn stutzen ließ. Eigentlich war es keine richtige Musik, eher eine Art von scheinbar wahllos und unmelodisch aneinandergereihten Tönen, die ihm eine Gänsehaut über den Rücken trieben.

Vorsichtig schlich er zur Treppe und lehnte sich über das Geländer. Ein loses Dielenbrett knarrte unter seinem Gewicht, aber das Geräusch würde unten kaum gehört werden.

Die Töne wurden lauter, als unten eine Tür geöffnet wurde, und für einen Moment erfüllte dunkelrotes, flakkerndes Licht den Flur.

»Dann geht!« sagte eine Stimme, die er nur zu gut kannte. »Tut es jetzt. Und tut es schnell!«

Mit einem Schlag war Mark hellwach. Lautlos wich er zurück. Von unten waren jetzt Schritte zu hören, das Rascheln von Stoff und schwere, mühsam unterdrückte Atemzüge. Mark öffnete die Schlafzimmertür, schlüpfte hindurch und schloß sie bis auf einen schmalen Spalt. Seine Sinne waren bis aufs äußerste gespannt. Das Gefühl der Gefahr war jetzt fast greifbar.

Ein dunkler, geduckter Schatten erschien am Ende der Treppe, gefolgt von einem zweiten, dritten ... Mark zählte sechs Personen, die sich beinahe lautlos auf ihn zu bewegten. Alle trugen kuttenähnliche Gewänder mit spitz zulaufenden Kapuzen, die nur Gesichter freiließen. Sie waren im Dunkeln nicht genau zu sehen, aber Mark glaubte, die Hedons zu erkennen.

Er drückte die Tür ins Schloß, preßte sich mit dem Rükken gegen die Wand und wartete mit angehaltenem Atem, bis die Klinke erneut heruntergedrückt wurde. Es blieb keine Zeit mehr, Vivian zu warnen, und in dem Zustand, in dem sie sich befand, hätte sie auch kaum schnell genug reagieren können. Mark tastete nach dem Lichtschalter und drückte ihn genau in dem Moment herunter, in dem der erste Eindringling das Zimmer betrat.

Es handelte sich wie erwartet um Malcolm, einen der Hedon-Söhne, wenn er sich richtig erinnerte. Mark reagierte um den Bruchteil einer Sekunde schneller als Malcolm. Er stieß sich von der Wand ab, warf sich schützend vor das Bett, in dem Vivian immer noch ahnungslos schlief und trat rechtzeitig zu. Sein Fuß kam in einer blitzschnellen Bewegung hoch und traf Hedons Handgelenk.

Der Junge schrie auf, ließ den Dolch fallen und taumelte mit schmerzverzerrtem Gesicht zurück. Für einen Augenblick entstand unter der schmalen Tür ein Tumult, als er gegen seine nachdrängenden Brüder stolperte und hinfiel.

Ein wütender, vielstimmiger Aufschrei gellte durch den Raum. Mark sprang zurück, blockte einen aufwärts geführten Messerstich mit dem Unterarm ab und schmetterte gleichzeitig einem der Angreifer seine Faust ins Gesicht. Der Mann wankte zurück, fiel auf Hände und Knie nieder und blieb stöhnend hocken. Gleich darauf fuhr Mark herum. Seine Linke schoß so schnell vor, daß die Bewegung mit dem bloßen Auge kaum noch zu verfolgen war. Ein weiterer Angreifer taumelte zurück, griff sich mit schmerzverzerrtem Gesicht an die Kehle und sackte dann lautlos zu Boden.

Aber Mark hatte keine Zeit, sich über den Sieg zu freuen. Die übrigen Hedons stürzten sich mit unglaublicher Wut und Wildheit auf ihn. Er federte zurück, brachte einen Angreifer zu Fall und fiel dann selbst zu Boden, als er einem wütenden Messerstich ausweichen mußte.

Irgend etwas blitzte über ihm auf. Mark warf sich mit einem verzweifelten Satz zur Seite, kassierte dafür einen brutalen Tritt und griff blind nach dem Fuß. Neben ihm bohrte sich ein Messer in den Boden. Mark sprang wieder auf und wich langsam bis zur Wand zurück, tauchte im letzten Moment unter einem weiteren heimtückischen Messerhieb weg und schrie gleich darauf schmerzerfüllt auf, als sich eine Klinge in seinen Oberarm bohrte. Der Schmerz trieb ihm die Tränen in die Augen. Sein linker Arm schien plötzlich wie gelähmt zu sein.

Die Hedons heulten triumphierend auf und drangen erneut auf Mark ein. Ein Messer schlitzte seine Jacke auf und hinterließ einen langen, brennenden Kratzer auf seiner Haut, und ein wütender Tritt gegen seine Kniescheibe brachte ihn aus dem Gleichgewicht.

Trotz des Schmerzes griff er mit beiden Händen nach einem Arm, der sich gierig nach seiner Kehle ausstreckte, und drehte ihn herum. Ein wütender Schmerzensschrei erscholl. Mark sprang zurück und hielt seinen Gefangenen wie einen Schild vor sich. Der Angriff der anderen kam für einen Moment ins Stocken.

»Laß ihn los!« zischte Mary Hedon. Sie stand neben dem Bett und richtete die Klinge ihres Dolches auf Vivians Brust. Ihr Gesicht war starr wie das einer Wachspuppe, nur ihre Augen glühten in einem fanatischen, verzehrendem Feuer. »Laß ihn los, oder Ihre Frau stirbt!« wiederholte sie scharf. »Sie haben keine Chance. Geben Sie auf!«

Die Stimme war von solcher Kraft, daß Mark für einen Moment versucht war, ihr zu gehorchen, aber er begriff, daß er damit nur das endgültige Todesurteil für Vivian und sich selbst unterschrieben hätte. »Den Teufel werde ich tun«, sagte er schweratmend. »Werfen Sie das Messer weg, wenn Sie Ihren Sohn wiederhaben wollen.« Er verstärkte den Druck auf den Arm des Jungen ein wenig und legte ihm gleichzeitig seinen Arm wie eine Schlinge um die Kehle. »Wenn Sie zustechen, töten Sie Ihren Sohn«, sage er drohend.

Die Frau zögerte sichtlich. Ihre Hände begannen zu zittern, und in ihre Augen trat ein unruhiges, unentschlossenes Flackern. Aber der Dolch schwebte weiterhin über Vivians Brust.

Mark bemerkte, daß Vivian wach war. Ihre Augen waren angstvoll aufgerissen, und ihr Körper hatte sich unter der Bettdecke verkrampft. Aber sie schien erkannt zu haben, daß jede Gegenwehr in diesem Augenblick der reine Selbstmord gewesen wäre.

»Sie bluffen, denn Sie sind nicht schnell genug«, sagte eine Stimme von der Tür her.

Mark fuhr herum. Unter der Tür stand eine riesige, drohende Gestalt: Jack Hedon. Der schwarze, lose fallende Umhang und die weit nach vorne gezogene Kapuze gaben seiner Erscheinung etwas Dämonisches. Er stand unbeweglich an seinem Platz, musterte Mark kalt und verzog spöttisch die Lippen. »Auch Sie werden sterben, Mister Taylor«, sagte er laut. »Ebenso wie Ihre Frau.« Er wandte sich an Mary. »Worauf wartest du noch? Tu es!«

Mark stieß seinen lebenden Schild von sich und sprang im gleichen Moment los, als Mary Hedon die Waffe zum tödlichen Stoß erhob. Für eine grauenhafte, unendlich lang erscheinende Sekunde schien die Zeit stillzustehen. Mark flog fast waagerecht durch die Luft, aber er wußte, daß er zu spät kommen würde.

Er sah plötzlich alles mit phantastischer Klarheit, sah, wie der Dolch in einer ungeheuer kraftvollen Bewegung heruntersauste, sah das Licht der Deckenlampe, das sich in Vivians aufgerissenen Augen spiegelte, ihre Arme, die in einer verzweifelten Abwehrbewegung hochkamen; zu spät, viel zu spät.

Im gleichen Moment überschlugen sich die Ereignisse.

Mary Hedon erstarrte mitten in der Bewegung, der niedersausende Dolch verharrte eine Handbreit über Vivians Brust. Ein ungeheurer Schlag erschütterte das Haus. Putz renete von der Decke, die Fensterscheiben zerbrachen klirrend. Das Licht ging aus, flackerte noch einmal und erlosch endgültig. Mark überschlug sich in der Luft, krachte schmerzhaft zu Boden und sah aus den Augenwinkeln, wie Mary Hedon von der gleichen unsichtbaren Gewalt, die ihn aus der Bahn geworfen hatte, hochgehoben und von dem Bett fortgerissen wurde. Blitze zerfetzten die Luft, verwandelten den Raum in ein blendendes, in blauweißes Flackerlicht getauchten Chaos aus Hitze und Schmerzensschreien, dem Geruch verbrannten Fleisches und hellem, elektrischem Knistern.

Einer der Blitze zuckte auf Jack Hedon zu, sengte in den Türrahmen neben seiner Schulter und ließ das Holz aufflammen. Hedon brüllte entsetzt auf, als die Flammen mit unglaublicher Geschwindigkeit nach seiner Robe griffen und sie in Brand setzten. Ein zweiter Blitz traf ihn in die Brust und ließ ihn wie eine leblose Spielzeugpuppe zu Boden sinken.

Mark stemmte sich stöhnend hoch, aber die gleiche unsichtbare Kraft, die ihn schon einmal zu Boden geworfen hatte, hielt ihn auch diesmal fest und drückte ihn zurück. Er sah, daß Vivian sich halb aufgerichtet hatte. Ihre weit aufgerissenen Augen schienen in einem verzehrenden Feuer zu glühen. »Nein!« schrie er. »Vivian, tu es nicht! Hör auf!«

Sie hörte ihn nicht einmal. Erneut zuckten Blitze durch den Raum. Direkt neben Mark verwandelte sich Mary Hedon in eine lebende Fackel. Sie schrie auf, taumelte mit wild rudernden Armen durch den Raum und wurde schließlich von einem zweiten Blitz gefällt.

Hinterher wußte Mark nicht mehr, wie lange das entsetzliche Schauspiel gedauert hatte. Der Raum verwandelte sich in einen Alptraum aus Hitze und Licht. Weitere Blitze zuckten durch dieLuft, ließen Tapeten und Möbelstücke in Flammen aufgehen, sengten lange, gezackte Rußspuren in Decke und Fußboden und fraßen sich in Stoff und Fleisch. Vorhänge und Möbel begannen zu brennen. Schwarzer, beißender Qualm verpestete die Luft. Die Deckenbalken begannen zu schwelen und fingen schließlich Feuer. Selbst als sich längst keiner der Hedons mehr rührte, peitschten die Blitze noch immer in ihre leblosen Körper.

Irgendwann hörte es auf.

Keuchend kam Mark auf die Beine. Um ihn herum brannte das Haus. Er wankte auf das Bett zu. Vivian hatte erneut das Bewußtsein verloren.

Durch die geöffnete Korridortür drang plötzlich helle, wabernde Helligkeit, als die Holztreppe mit einem explosionsartigen Knall Feuer fing.

Das Bauernhaus war nur äußerlich modern gewesen. Unter Rauhputz befand sich immer noch das Reisig- und Strohgeflecht, mit dem seine ursprünglichen Erbauer sich vor Jahrhunderten vor Kälte und Wind geschützt hatten. Der Brand breitete sich mit rasender Geschwindigkeit aus. Die uralten Eichenbalken, die Dach und Zwischendecke trugen, flammten fast gleichzeitig auf, und das Treppenhaus verwandelte sich innerhalb weniger Sekunden in ein kochendes Flammenmeer. Schon nach wenigen Augenblicken war das Haus von dicken, beißenden Rauchwolken erfüllt. Die Luft war so heiß, daß Mark schmerzerfüllt aufschrie. Er riß Vivian hoch, nahm sie auf die Arme und torkelte halbblind zur Tür.

Eine Flammenwand schlug ihnen entgegen. Mark hob

schützend eine Hand vors Gesicht, preßte Vivian mit der anderen eng an sich und versuchte, das Zimmer zu verlassen, aber die ungeheure Hitze trieb ihn fast augenblicklich zurück. Außerdem hatte ihm der kurze Blick deutlich gezeigt, daß es auf diesem Wege kein Entkommen gab. Die Treppe stand in hellen Flammen, und noch während Mark ins Schlafzimmer zurückwich, brach ein Teil der ohnehin altersschwachen Stufen zusammen und prasselte in einem feurigen Hagel ins Erdgeschoß hinunter.

Mark sah sich gehetzt um. Die Luft schien wie flüssiges Feuer in seiner Kehle zu brennen. Er hustete und wankte zum Fenster, schlug mit den Ellbogen die scharfkantigen Glassplitter aus dem brennenden Rahmen und beugte sich hinaus. Der Boden schien mindestens eine Meile unter ihm zu liegen.

Das Fenster neben ihm zerbarst in einem glühenden Scherbenregen nach draußen. Flammen schlugen wie aus einem überdimensionalen Kamin ins Freie, leckten an der Hauswand empor und hinterließen eine breite, rußige Spur.

Mark vergeudete eine kostbare Sekunde damit, die kühle Nachtluft einzuatmen, dann kletterte er zitternd auf das schmale Fensterbrett hinaus und zog Vivian hinter sich her. Ihr Haar war verkohlt, und ihr schmales, schönes Gesicht war von einer Unzahl von Brandblasen verunstaltet.

Mark richtete sich auf dem kaum zehn Zentimeter breiten Brett auf und atmete tief ein. Dann sprang er.

Der Boden schien ihm mit unglaublicher Geschwindigkeit entgegenzurasen. Mark zog die Beine an, preßte Vivians zitternden Körper an sich und bereitete sich auf den Aufprall vor. Gleich darauf hatte er das Gefühl, zwischen Hammer und Amboß einer gigantischen Schmiede geraten zu sein. Er knickte in den Kniekehlen ein, fiel mit mörderischer Wucht auf die Seite und kugelte hilflos vier, fünf Meter weit über den aufgeweichten Lehmboden. Vivian wurde ihm aus den Armen gerissen und davongeschleudert.

Trotz des fürchterlichen Schmerzes wurde er nicht bewußtlos. Für einen Moment hatte Mark das Gefühl, in Flammen gebadet zu werden, aber der Schmerz verging überraschend schnell und machte einem dumpfen, pulsierenden Hämmern Platz, das nach und nach seinen ganzen Körper erfaßte. Er stemmte sich mühsam hoch, suchte mit tränenden Augen nach Vivian und kroch dann auf Händen und Knien auf sie zu. Der grelle Feuerschein des brennenden Hauses erhellte den Hof fast taghell. Immer wieder blitzen im Innern des Gebäudes grelle Explosionen auf, und die Fensteröffnungen verwandelten sich eine nach der anderen in flammenspeiende Schlünde. Die Hitze wurde jetzt selbst hier draußen fast unerträglich.

Mark erreichte Vivian. Ihre Brust hob und senkte sich in schnellen, hektischen Stößen, und die Augäpfel unter den geschlossenen Lidern zuckten wild hin und her. Ihre Lippen bewegten sich unablässig, aber das Brüllen der Flammen erstickte ihre Stimme. Mark richtete sich unter Aufbietung aller Kräfte auf, griff unter Vivians Achseln und zog sie hoch. Der schlanke Körper schien Zentner zu wiegen. Er stolperte zurück, kämpfte die aufkommende Übelkeit nieder und versuchte, den stechenden Schmerz in seinem Rücken zu ignorieren.

Das Haus erbebte. Der Dachstuhl sank funkensprühend in sich zusammen, und das auseinanderbrechende Gebäude überschüttete Mark und Vivian mit einem Funkenhagel. Mark spürte einen harten, betäubenden Schlag gegen die Schulter, krümmte sich zusammen und warf sich schützend über Vivian. Neben ihm krachte ein zentnerschwerer Holzbalken auf den Boden, versengte seinen Arm und ließ ihn aufstöhnend herumfahren.

Er sah, wie der nasse Lehm um sie herum unter der unglaublichen Hitze trocknete und riß.

Blindlings griff er nach Vivian, bekam sie zu fassen und kroch rückwärts davon. Vivian schleifte er wie einen leblosen Gegenstand hinter sich her.

Er wußte nicht, wie lange er so durch die Hölle kroch. Die Zeit war unwichtig geworden, existierte nicht mehr. Es gab nur noch ihn, die Hitze, Flammen und Licht – und den einzigen Gedanken, immer weiter und weiter wegzukriechen. Nur raus aus diesem Inferno aus Feuer und Licht.

Irgendwann ließ die mörderische Hitze nach. Mark sank in sich zusammen.

30

Melissa war zufrieden.

Sie wußte nicht recht, ob sie sich darüber freuen sollte, daß Vivian Taylor erneut entkommen war, oder ob sie es bedauern sollte. Hätten die Hedons Erfolg gehabt, wäre es für sie leicht gewesen, Vivians Leiche zu beseitigen und endgültig deren Position einzunehmen.

Andererseits bereitete ihr das Spiel immer mehr Spaß. Bislang war alles nach Plan verlaufen. Vivian war in Todesgefahren geraten, aus denen sie sich nur durch den Einsatz ihrer PSI-Kräfte hatte befreien können. Wenn es soweit war, hatten diese instinktiv die Kontrolle über ihr Handeln übernommen, sowohl beim Absturz des Flugzeugs wie auch beim Mordversuch der Hedons.

Genau das hatte Melissa erreichen wollen. Nun war Vivian Taylor mit ihrer Kraft fast am Ende. Sie war so stark geschwächt, daß sie ein leichtes Opfer darstellte, und deshalb bedauerte Melissa das Scheitern der Hedons nicht übermäßig. Hätten sie Erfolg gehabt, hätte es sie um das Vergnügen gebracht, ihrer Gegnerin höchstpersönlich den Todesstoß zu versetzen.

Es wurde Zeit, Vivian zu holen.

Melissa stand auf, ging zum Fenster und starrte hinaus. Die Sonne würde in wenigen Augenblicken aufgehen; es wurde hell. Heute noch, dachte Melissa. Dieser Tag würde die Entscheidung bringen.

Bevor die Sonne das nächste Mal aufging, würde Vivian Taylor tot sein.

Das Erwachen kam genauso übergangslos wie die Bewußtlosigkeit. Es gab kein langsames Hinüberdämmern, wie Mark es von anderen Gelegenheiten her kannte. Er erwachte so abrupt, als habe jemand irgendwo einen Schalter umgelegt und sein Denken wie eine Glühbirne wieder angeschaltet.

Grelles, orangerot gefärbtes Sonnenlicht blendete ihn. Mark hob instinktiv die Hand, um seine Augen vor der blendenden Helligkeit zu schützen. Er blinzelte. Irgendwo in seinem Unterbewußtsein nagte der Gedanke, daß etwas nicht in Ordnung war, aber es dauerte fast eine Minute, ehe er wirklich erkannte, was es war.

Seine Umgebung hatte sich verändert. Dort, wo eigentlich die verkohlten Überreste der Hedon-Farm sein sollten, erstreckte sich eine sanft abfallende, nach Süden hin von Felsen und riesigen Findlingen begrenzte Wiese. Die Luft roch nach frisch geschnittenem Gras und Wildnis statt nach verkohltem Holz, und statt des Sirenengeheuls, das er halbwegs erwartet hatte, drang nur das heisere Krächzen eines Vogels an sein Ohr.

Auf der anderen Seite ragten die Mauern Hillwood Manors auf.

Im ersten Moment glaubte Mark, noch immer in den Spinnweben eines Traums gefangen zu sein, der ihn bis in die Realität hinein verfolgte. Er blinzelte noch ein paarmal und erwartete, daß das alte Herrenhaus verschwand, sich als die Illusion entpuppte, die es nur sein konnte. Aber das tat es nicht. So schwer es Mark auch fiel, sich das vorzustellen, er war fast zweihundert Meilen von der niedergebrannten Farm entfernt aufgewacht!

Er fuhr herum, sah sich um und sprang mit einem Satz auf die Füße, als er Vivian wenige Meter neben sich im Gras liegen sah. Mit einem Satz war Mark bei ihr. Vivian war bei Bewußtsein. Ihre Augen waren weit geöffnet, aber Mark hatte den Eindruck, daß sie ihn überhaupt nicht wahrnahm. Ihr Blick schien direkt durch ihn hindurchzugehen und auf einen imaginären Punkt irgendwo hinter seinem Rücken gerichtet zu sein. Sie bewegte die Lippen, aber alles, was Mark verstehen konnte, waren sinnlose, verworrene Satzfetzen und ein hohes, kindliches Wimmern.

Er kniete neben ihr nieder, legte ihren Kopf vorsichtig auf seinen Schoß und berührte mit einer hilflosen Geste ihre Stirn. »Kannst du mich … verstehen?« fragte er stokkend.

Zuerst schien es, als würde Vivian nicht reagieren. Aber dann, nach einer scheinbaren Ewigkeit, klärte sich ihr Blick. Sie bewegte den Kopf und nickte unmerklich.

»Hast du Schmerzen?«

Die Frage war mehr als überflüssig. Vivians Körper war über und über von Brandwunden und Hautabschürfungen entstellt, und ihre rechte Gesichtshälfte war geschwollen und dunkel angelaufen. Trotzdem schüttelte sie den Kopf.

»Nein. Ich bin nur … müde.«

»Versuch, ob du aufstehen kannst. Ich helfe dir. Es sind nur ein paar Schritte zum Haus.«

Vivian richtete sich mit erstaunlicher Kraft in eine sitzende Position auf. »Wie ... wie sind wir hierher gekommen?«

Mark zuckte die Achseln. »Ich weiß es nicht. Ich erinnere mich nur noch, wie die Farm abgebrannt ist und ich mit dir aus dem brennenden Haus geflohen bin. Dann wurde ich ohnmächtig, und als ich wieder erwachte, befanden wir uns hier.«

»Die Farm ist abgebrannt?«

Mark nickte. Ein bitterer Kloß saß ihm plötzlich im Hals. »Die Hedons haben versucht, uns umzubringen.«

»Ich erinnere mich vage«, stammelte Vivian. »Es war ein ... Inferno. Ich hatte solche Angst, und dann ...« Ein entsetzter Ausdruck trat in ihre Augen. »Mark, ich wollte das nicht, das mußt du mir glauben! Es war nicht ich, die das getan hat. Es kam einfach über mich. Ich konnte mich nicht dagegen wehren.«

»Ich glaube dir ja«, murmelte Mark. »Wir können später darüber reden. Denkst du, du schaffst es, aufzustehen?«

Vivian nickte. Sie stemmte sich langsam in die Höhe, doch Mark mußte ihr dabei helfen. Zweimal wäre sie fast gestürzt, wenn er sie nicht festgehalten hätte. Er hielt sie auch noch am Arm fest, als sie die ersten zögernden Schritte machte. Erst als sie einigermaßen sicher auf den Beinen stand, ließ er sie los.

»Versuchen wir es. Es ist nicht weit.«

Langsam näherten sie sich dem Haupteingang von Hillwood Manor. Nirgendwo zeigte sich ein Zeichen von Leben, das Anwesen schien wie ausgestorben. Das zweiflügelige Tor stand einladend offen.

»Das gefällt mir nicht«, murmelte Mark, während sie in

die große Eingangshalle traten. »Wo steckt das Personal? Und warum steht hier alles offen?«

»Melissa«, murmelte Vivian. »Wir ... wir haben uns getäuscht. Verdammt, ich hätte früher darauf kommen können.«

»Was meinst du?«

»Ich habe mir die ganze Zeit eingebildet, hier wären wir sicherer vor ihr als an irgendeinem anderen Ort. Dabei hat sie die ganze Zeit hier auf uns gewartet.«

»Ganz recht«, ertönte eine Stimme hinter ihnen. Gleichzeitig schlug das Tor mit dumpfem Dröhnen zu.

Mark drehte sich langsam herum – und erstarrte. Hinter ihm stand Melissa.

Es war das erste Mal, daß er das von Melissas Geist beherrschte Spiegelbild Vivians persönlich sah. Sekundenlang starrte er in das schmale, von schwarzem Haar umrahmte Gesicht, suchte fast verzweifelt nach irgendeiner Abweichung, einem Fehler, aber die Kopie war so perfekt, wie ein Spiegelbild nur sein konnte, sah man davon ab, daß die echte Vivian zerschunden und verletzt war.

Hinter Marks Stirn tobte ein Chaos. Er war unfähig, auch nur einen einzigen klaren Gedanken zu fassen. Plötzlich konnte er gut nachvollziehen, wie Vivian zumute gewesen sein mußte, als sie seinem eigenen negativen Spiegelbild gegenübergestanden hatte.

Melissa lächelte kalt. »Du hast recht, Vivian«, sagte sie spöttisch. Sie breitete die Arme aus. Der rote, lose fallende Umhang ließ ihre Gestalt größer und drohender erscheinen, als sie wirklich war. Eine seltsame Veränderung schien plötzlich mit ihrer Umgebung vorzugehen. Das durch die hohen Fenster hereinfallende Licht schien schwächer und diffuser zu werden. Die Möbelstücke verblaßten zu harten, skeletthaften Konturen. »Ich wußte ja, daß ihr kommen würdet und brauchte nur hier zu warten. Dieser Ort schien mir ideal für einen Entscheidungskampf.«

»Du … du bist wahnsinnig«, flüsterte Mark.

»Bin ich das?« Melissa schüttelte den Kopf. »Ich tue nur, was sogar jeder halbwegs vernünftige Mensch an meiner Stelle tun würde. Ich werde den Taylor-Konzern regieren, aber das ist nur eine kleine Annehmlichkeit. Ich muß zugeben, es hat mich ziemlich überrascht, daß ihr es geschafft habt, lebend aus der Spiegelwelt zurückzukehren. Ich hatte gehofft, ihr würdet schon dort sterben, das wäre die einfachste Lösung gewesen, wenn auch etwas unbefriedigend für mich. Aber jetzt kann ich ja nachholen, was Moron versäumt hat.«

Mark atmete scharf ein, ballte die Fäuste und stellte sich schützend vor Vivian. »Du mußt mich schon mit umbringen, wenn du sie töten willst.«

»Dein Wunsch ist mir Befehl«, entgegnete Melissa spöttisch. »Aber später – hab noch ein bißchen Geduld. Zuerst wirst du miterleben, wie deine Frau stirbt.«

Mark machte eine Bewegung, als wolle er auf sie zutreten, und blieb sofort wieder stehen, als Melissa drohend die Hand hob. Es war nicht einmal so, daß er Angst gehabt hätte – er wußte, daß dieser Teufel mit Vivians Gesicht die Macht besaß, ihn mit einem Fingerschnippen zu vernichten. Aber er hatte keine Angst vor dem Tod; nicht in diesem Moment. Alles, woran er dachte, war Vivian. Seine Gedanken überschlugen sich.

»Du kannst sie nicht töten!« sagte er.

»Ach?« Melissa lächelte zuckersüß, aber es war kein wirkliches Lächeln. In diesem Punkt war die Kopie nicht perfekt. So sehr sich Vivian und ihre schwarze Schwester auch ähneln mochten, so verschieden waren sie gleichzeitig auch. Es war kein Unterschied, der *sichtbar* gewesen wäre, aber dafür war er um so deutlicher zu *fühlen*. Diese Frau war kalt wie Eis. »Kann ich nicht?«

»Du würdest dich selbst umbringen!« sagte Mark. »Du hast es selbst gesagt – ihr zwei seid eins. Zwei Seiten der gleichen Münze. Du tötest dich selbst, wenn du sie umbringst.«

Melissas Blick wurde für einen Moment nachdenklich. Dann nickte sie, als hätte sie den Gedanken ernsthaft erwogen und zumindest in gewisser Hinsicht für interessant befunden. Aber ihr Blick blieb so kalt, wie er gewesen war. »Eine hübsche Theorie«, sagte sie. »Schade nur, daß sie falsch ist. Vivian und ich sind in der Tat zwei Erscheinungsformen ein und desselben Körpers, und in einem Punkt hast du sogar recht. Wir können nicht *beide* in dieser Welt leben. Einer von uns muß gehen. Und jetzt tritt zur Seite – bitte!«

Mark schüttelte entschlossen den Kopf. Ihm entging nicht der grausame Spott, der in Melissas Worten anklang. Vivian würde in ihrem gegenwärtigen Zustand nicht einmal einen Kampf gegen einen normalen Menschen bestehen. Melissa hatte geschickt dafür gesorgt, daß sie mit ihren Kräften am Ende war. Plötzlich begriff er, welcher Sinn hinter dem Ganzen gesteckt hatte. Der Sturm, der Flugzeugabsturz, das Feuer – Melissa war es keine Sekunde lang darauf angekommen, Vivian zu töten. Alles hatte nur dem Zweck gedient, Vivian zum Einsatz ihrer paranormalen Kräfte zu zwingen, sie zu schwächen und der Hexe einen entscheidenden Vorteil für diesen Kampf zu verschaffen. Plötzlich war er nicht einmal mehr sicher, daß Melissa Vivian jemals wirklich hatte umbringen wollen. Vielleicht war es nicht der Tod, der ihr drohte, sondern etwas ungleich Schlimmeres.

»Sie hat recht, Mark«, ergriff Vivian das Wort. »Tu besser, was sie sagt. Dieser Kampf zwischen uns ist schon lange überfällig. Du kannst mir dabei nicht helfen.« Sie sah auf, blickte ihr Spiegelbild ein paar Sekunden lang auf eine Art an, die Mark einen eisigen Schauer über den

Rücken laufen ließ, und fügte ganz leise und mit seltsamer Betonung hinzu: »Das hier geht nur uns beide etwas an.«

»Aber du kannst unmöglich kämpfen«, stieß er hervor. Seine Stimme brach fast vor Furcht. »Du bist viel zu schwach. *Sie bringt dich um*!«

»Du irrst dich, Mark«, sagte Vivian. »Sie wird mich nicht töten. Das hat sie niemals vorgehabt, weil sie es nämlich gar nicht kann – nicht wahr, *Schwester*?« Sie machte einen Schritt auf Melissa zu und blieb stehen, wie Mark vor ihr, aber nicht aus Angst; nicht aus Furcht um ihr Leben, sondern auf eine Weise, die Mark nicht in Worte fassen konnte.

Vielleicht zum ersten Mal, seit er Vivians dunkles Ebenbild kennengelernt hatte, sah er Unsicherheit in ihrem Blick; möglicherweise sogar wirkliche *Angst*. Er spürte auch, daß Melissa ebensowenig wie er wußte, was Vivian vorhatte. Mit einer herrischen Bewegung trat sie auf Vivian zu und hob die Hand. Mark wollte sich schützend vor Vivian stellen, aber Melissa fegte ihn einfach zu Boden; mit einer Bewegung des kleinen Fingers und fast, ohne ihn zu berühren. Er taumelte zurück, stürzte schwer auf den Rücken und unternahm keinen Versuch mehr, sich zu erheben.

»Was soll der Unsinn?« fragte Melissa. Der Zorn in ihrer Stimme überzeugte so wenig wie ihr Lächeln zuvor, denn es war jene Art von Schärfe, die Unsicherheit überspielen sollte. »Versuch nicht, mich auszutricksen. Ich weiß, wie du denkst. Ich bin du, vergiß das nicht.«

»Ich weiß«, sagte Vivian ruhig. »Ich habe es keine Sekunde vergessen. Niemals. Im Gegensatz zu dir.«

Melissas Augen wurden schmal wie die einer Katze, die eine Beute musterte, bei der sie sich noch nicht ganz sicher war, ob sie nun Opfer oder möglicherweise Jäger war. »Du bluffst«, sagte sie.

Vivian lächelte. Es war ein sehr trauriges, melancholisches Lächeln, ein Ausdruck, wie Mark ihn noch nie zuvor auf ihrem Gesicht gesehen hatte, und der ihm fast mehr angst machte als alles, was er in den letzten Stunden erlebt hatte.

Und ganz plötzlich wußte er, warum das so war, denn er *begriff* mit einem Male, was dieses Lächeln bedeutete.

Aber es war zu spät.

Vivian drehte sich zu ihm herum und öffnete die Hand, und in derselben Sekunde sah er, was sie darin verborgen gehabt hatte. Er hatte es nicht gemerkt, obwohl sie es die ganze Zeit über bei sich gehabt haben mußte. Vivian mußte all ihre verbliebene Macht aufgewandt haben, um es zu verbergen. Er hatte es nicht bemerkt. Niemand hatte es gemerkt, auch Melissa nicht.

»Es tut mir leid, Mark«, sagte Vivian. »Bitte verzeih mir.« Und damit drehte sie sich wieder zu Melissa um und hob die Hand, und endlich sah auch sie, was darin blitzte: die zehn Zentimeter lange Klinge des Dolches, mit dem Hedon sie hatte opfern wollen.

In der ersten Sekunde war Melissa einfach fassungslos. Dann lachte sie, schrill und so laut, daß es fast in Marks Ohren schmerzte.

Und dann brach dieses Lachen unvermittelt ab und machte purem Entsetzen Platz.

»*Nein*!« schrie sie. »*Das kannst du nicht tun!* DAS WAGST DU NICHT!«

Auch Mark schrie entsetzt auf und versuchte auf die Beine zu kommen, um sich auf Vivian zu stürzen, und im gleichen Bruchteil einer Sekunde spürte er, wie Melissa all ihre mentalen Kräfte zu einem einzigen, gewaltigen Schlag sammelte. Vivian sprang vor, streckte den linken Arm aus und krallte die Hand in Melissas Haar. Blaues Elmsfeuer zuckte aus ihren Fingerspitzen, ein helles, elektrisches Knistern war zu hören, und für eine halbe

Sekunde waren ihre beiden Gestalten von zitternden blauen Lichtfäden umhüllt. Noch immer tobten Funken über ihre Körper, ein verzehrendes blaues Feuer, das sie beide aneinanderkettete. Vivians letztes, verzweifeltes Aufbegehren, in dem der Rest Kraft lag, den sie noch besaß.

Und der Dolch berührte beinahe sanft Vivians Brust und senkte sich bis zum Heft hinein.

Melissa schrie wie in unvorstellbarer Qual auf. Verzweifelt warf sie sich zurück, schlug mit der einen Hand nach Vivians Gesicht und versuchte mit der anderen, ihre Finger aus ihrem Haar zu lösen, aber es gelang ihr nicht. Vivian brach ganz langsam in die Knie und zog sie dabei mit sich, und ihre Finger hatten sich unlösbar in Melissas Haar gekrallt. Sie sank vollends auf die Knie herab, blieb einen Moment lang wankend sitzen und kippte dann zur Seite. Ihre Finger lösten sich aus Melissas Haar, und ihr dunkles Ebenbild riß sich mit einem Schrei vollkommen los, sprang wieder in die Höhe und stürzte in der gleichen Bewegung zu Boden.

Mark hatte Vivian endlich erreicht. Mit einem Schrei fiel er neben ihr auf die Knie und streckte die Hände nach ihr aus. Aber er wagte es nicht, sie zu berühren, als er ihrem Blick begegnete.

Sie starb. In ihren erlöschenden Augen war noch ein winziger Funke von Leben, aber er war nicht einmal sicher, ob er noch ausreichte, sie ihn erkennen zu lassen. Ihre rechte Hand löste sich vom Griff des Dolches und sank kraftlos zu Boden, und im gleichen Augenblick hörte er, wie auch Melissa wieder zurückfiel, denn das Leben, das in einem hellroten, pulsierenden Strom aus Vivians Körper herausfloß, war auch das Leben ihres negativen Ebenbildes. Auf einer tieferen, seinem bewußten Zugriff in diesem Moment noch verschlossenen Ebene seines Denkens begriff er, was sie getan hatte, nämlich den schwindenden Rest ihrer Kräfte dazu zu nutzen, sich ein letztes Mal mit ihrer dunklen Schwester zu vereinen. Die Kräfte hatten nicht mehr gereicht, sie Melissa überwinden zu lassen oder sie gar wieder zu zwingen, zu dem zu werden, was sie einst gewesen war. Aber sie hatten gereicht, ihren Tod zu ihrer *beider* Ende werden zu lassen.

»Du … hast mich … also doch noch überlistet«, drang Melissas Stimme in seine Gedanken. Mühsam hob Mark den Kopf und sah sie an. Sie hatte sich herumgedreht und war ein Stück auf Vivian zugekrochen, das Gesicht vor Anstrengung verzerrt und die Hände zu Krallen geformt; ein sterbendes Raubtier, das seinen letzten Atem dazu aufwendete, sein Opfer doch noch zu bekommen und es mit sich in den Tod zu reißen. Ihr Gesicht war zu einer Grimasse verzerrt, und in ihren Augen loderte ein Feuer, das ihn schaudern ließ. Aber der Haß, auf den er wartete, kam nicht. Er spürte nichts. Nicht einmal mehr wirklichen Schmerz. Er fühlte sich einfach nur leer.

»Aber das … nutzt dir nichts«, hauchte Melissa. Auch sie starb. »Du hast … gewonnen, aber du … entkommst mir … trotzdem nicht«, flüsterte sie. »Ich werde … immer bei dir … sein, Schwester. Auch auf der … anderen Seite.«

Ihre Bewegungen hörten auf. Das Feuer in ihrem Blick erlosch, ihr Kopf rollte kraftlos zur Seite, und als Mark den Blick wieder senkte und auf Vivian hinabsah, war das Leben auch aus ihren Augen gewichen. Langsam, unendlich behutsam und zärtlich streckte er die Hand aus, berührte ihr Gesicht und schloß ihre Augen. Die Berührung spendete keinen Trost. Das Wunder, auf das er wartete, kam nicht. Vielleicht hatte sie es von Anfang an so geplant. Vielleicht hatte etwas in ihr vom ersten Moment an gespürt, daß sie diesen Kampf nicht gewinnen konnte, denn sie kämpfte ihn gegen ein Geschöpf, das so klug und stark und mächtig war wie sie selbst, aber unvorstellbar böse. Sie *hatte* gekämpft, und sie hatte alles gegeben, was sie hatte, aber der Preis, den sie dafür hatte zahlen müssen, war vielleicht zu hoch gewesen. Es waren Menschen gestorben. *Sie* hatte Menschen *getötet*, und er wußte plötzlich, daß sie mit dieser Last so oder so nicht hätte weiterleben können. Doch all dies begriff er erst viel später, und es sollte noch länger dauern, bis er begann, auch den Trost zu verspüren, der in diesem Gedanken lag. Im Augenblick empfand er nichts. Nicht einmal mehr Entsetzen. Er saß einfach neben ihr und starrte ins Leere, und als er das nächste Mal den Blick hob, da waren sie allein; Melissa war verschwunden, wie sie gekommen war. Aber er vergaß ihre letzten Worte nie: *»Ich werde immer bei dir sein, Schwester. Auch auf der anderen Seite.«*

ENDE

Band 13306

Wolfgang Hohlbein

Der Hexer von Salem

Der Dagon-Zyklus

Deutsche Erstveröffentlichung

Im September des Jahres 1885 wird vor der Küste Englands ein schreckliches Seeungeheuer gesichtet, das gnadenlos Kriegsschiffe angreift und versenkt. Selbst Kanonen können der Bestie nichts anhaben.
Robert Craven, der Hexer, hat zu dieser Zeit andere Sorgen. Sein Freund und Mentor Howard Lovecraft ist spurlos verschwunden. Craven ahnt nicht, daß das Auftauchen des Ungeheuers und Lovecrafts Verschwinden in direktem Zusammenhang stehen.
Unter dem Meer schmiedet ein Wesen seine dunklen Pläne, das Äonen alt ist und sich nun aufmacht, das Land zu erobern. Seine Diener sind schon überall.
Nur der Hexer hat die Macht, den Fischgott Dagon zu besiegen. Er und das Seeungeheuer, das in Wahrheit die legendäre Nautilus ist, das Unterseeboot Kapitän Nemos . . .

Dies ist der dritte große Sonderband des bekannten Fantasy-Autors Wolfgang Hohlbein. Neun Romane der Hexer-Serie wurden von ihm neu bearbeitet und zu einer abgeschlossenen Geschichte zusammengefaßt.

BASTEI LÜBBE

Sie erhalten diesen Band im Buchhandel, bei Ihrem Zeitschriftenhändler sowie im Bahnhofsbuchhandel.

Band 13 328

Wolfgang Hohlbein

Geisterstunde

Deutsche Erstveröffentlichung

In vier meisterhaften Erzählungen feiert der Horror seine schönsten Triumphe. Wolfgang Hohlbein, der bekannte Autor phantastischer Literatur, lädt ein zu verwunschenen Orten und unheimlichen Begegnungen:

- in ein ehemaliges Internat, dessen Schüler einst den Pakt mit dem Teufel schlossen,
- in eine stillgelegte Privatklinik mit einem Labor, in dem auch heute noch entsetzliche Dinge geschehen,
- in ein unheimliches Kaufhaus, wo die Schaufensterpuppen nicht so leblos sind, wie es eigentlich sein sollte,
- in ein uraltes Landhaus, wo ein Zitat aus einem verwunschenen Buch schreckliche Wahrheit wird.

BASTEI LÜBBE

Sie erhalten diesen Band im Buchhandel, bei Ihrem Zeitschriftenhändler sowie im Bahnhofsbuchhandel.